온에어24

온에어24 4권

초판 인쇄 | 2018년 06월 19일
초판 발행 | 2018년 06월 28일

지 은 이 | 박하민
펴 낸 이 | 박성면
펴 낸 곳 | 도서출판 로담

등록번호 | 제 396-2011-000014호
등록일자 | 2011년 1월 19일
주   소 | 경기도 파주시 문발로 115, 세종출판벤처타운 201-A호
전   화 | (031) 8071-5201
팩   스 | (031) 8071-5204
E - mail | bear6370@hanmail.net

ISBN 979-11-5641-110-9 (4권)
     979-11-5641-106-2 [04810]

값 11,800원

RODAMROMANCESTORY

기획총괄 박하민
제 작 로담

YBS시사보도국 특집기획

온에어24

제 4 권

On air 24

책임프로듀서 강재희
연 출 서정언, 김윤
구 성 송민혜

윤은 침대 옆 테이블에서 끊임없이 울리는 진동 소리에 베개로 얼굴을 파묻으며 신음 소리를 냈다. 도저히 눈이 떠지지 않았다. 간신히 뒤척인 윤은 재채기를 하며 몸을 겨우 반쯤 일으켰다. 이불은커녕 상의도 입지 않고 있다는 사실을 깨달은 건 직후였다.

이불은 마지막으로 정리해 놓은 그대로 반듯하게 잘 접힌 채였다. 머릿속을 더듬었으나, 집에 들어와 샤워를 하고 너무 피곤해 잠깐만 누워 있을까, 하며 침대에 파묻힌 뒤로는 아무런 기억도 없었다. 아마 그대로 잠들었던 듯했다.

지치지도 않고 울리던 핸드폰 진동 소리가 잠시 끊겼다. 윤은 벽에 걸린 시계를 보았다. 커튼 밖으로 들어오는 푸르스름한 빛에 비친 시계는 아직 새벽 여섯 시 전을 가리키고 있었다.

이 시간에 전화라니, 아무래도 헛것을 들은 게 아닐까 생각한 윤은 침대 헤드에 기댄 채 아직 멍한 머리를 두어 번 흔들었다.

그때 다시 핸드폰이 울리기 시작했다. 착각이 아니었나 싶어 핸드폰을 집어 든 윤의 눈에 보인 건 낯선 번호였다. 고개를 갸웃하던 윤은 전화를 받았다.

"……여보세요?"

목소리가 잔뜩 잠겨 나왔다. 누가 들어도 방금 자다 깬 사람일 게 뻔했다. 뒤늦게 헛기침을 두어 번 했으나 이미 때는 늦어 있었다. 그러나 핸드폰 너머의 사람은 그런 것 따위 신경 쓰지 않는다는 투로 윤에게 다급히 물었다.

『YBS 김윤 피디님 되십니까?』

낯선 남자의 목소리였다. YBS, 김윤, 피디님. 이 새벽에 전화한 사람이 부르기에는 지나치게 공식적인 호칭이라 순간적으로 정신이 번쩍 들었다. 무의식중에 몸을 바로 세워 앉은 윤은 까닭 없이 마르는 입술을 축이며 되물었다.

"네, 그런데요. 누구시죠?"

『저기, 주무셨나 봐요. 새벽에 정말 죄송합니다. 저 <데일리 시사 인 서울> 사회부 한종연이라고 합니다.』

처음 듣는 이름이었다. 윤은 한종연, 하고 생경한 이름을 입 안으로 뇌어 보았다.

"<데일리시사>시라고요?"

다시 한 번 확인하려 물었으나, 돌아온 대답은 뜻밖이었다.

『네, 그게…… 임형원 선배가 지금 서울대병원 응급실에 실려 갔다고 연락을 받아서요.』

"네?"

순간 찬물을 끼얹은 듯한 감각이 머리 위에서부터 전신을 달려 내려갔다. 갑자기 오한이 돌아, 핸드폰을 든 채 자리에서 일어난 윤은 서둘러 옷장에서 손에 집히는 티셔츠를 끄집어냈다. 윤이 티셔츠를 뒤집어쓰는 사이, 종연이 말을 이었다.

『임 선배가 자기한테 혹시 무슨 일 생기면 피디님한테 꼭 연락해 주라고 하셨거든요.』

아직 완전히 명료해지지 않은 머릿속으로는 그 말의 의미를 확실히 판단할 수가 없었다. 윤은 핸드폰을 고쳐 쥐었다.

"무슨 일입니까? 어디 아프셨어요? 사고입니까?"

연이은 윤의 물음에 종연이 난처하다는 투로 머뭇거렸다.

『아뇨, 저기, 지병 같은 게 있는 분은 아닌데, 저희도 지금 막 가족분들한테 연락을 받아서요. 뭐 어떻게 된 건지 잘 모르겠습니다. 가족분들도 경찰에서 연락 받은 지 얼마 안 됐다고 하시고요.』

"경찰이요?"

만약 지병 같은 문제였다면 경찰에서 연락이 올 리 만무했다. 무슨 일이 생긴 게 확실하다는 직감이 들었다.

"임 기자님 상태가 어떤지는 모르시고요?"

『저도 지금 병원으로 가는 중이라서요. 연락 받자마자 피디님한테 전화 드린 겁니다.』

"아, 네. 알겠습니다. 연락 주셔서 감사합니다."

전화를 끊은 윤은 침대 옆에 선 채 핸드폰을 내려다보았다. 낯선 번호가 점멸하다 액정이 꺼졌다. 잠시 망설이던 윤은 바로 정언에게 전화를 걸었다. 신호가 네댓 번쯤 가자, 건너편에서 피곤한 기색이 역력한 목소리가 돌아왔다.

『김 피디?』

원래보다 한 톤 더 낮아진 목소리는 색다른 느낌이었으나, 지금은 거기에 신경을 쏟을 여유가 없었다. 윤이 시계를 한 번 더 확인하고는 빠르게 말했다.

"선배, 죄송해요. 지금 <데일리시사>에서 전화가 왔는데요, 임형원 기자님이 서울대병원 응급실 실려 가셨다고 연락받았대요. 제가 지금 가 보려고 그러거든요. 선배한테 말씀드려야 될 것 같아서요."

『뭐? 왜? 무슨 일인데?』

정언 역시 그 말에 정신이 번쩍 든 듯 윤을 다그쳤다. 윤은 서둘러 대답했다.

"잘 모르겠어요. 전화 준 분도 병원 지금 가는 중이라 상황 모르시는 것 같더라고요."

『알았어. 나도 갈 테니까 일단 거기서 만나.』

뭐라고 더 말할 시간도 주지 않고 전화가 끊어졌다. 욕실에서 후다닥 세수를 하고 물을 묻혀 머리만 대충 정리한 윤은 황급히 차 키를 집어 들고 집을 나섰다. 아직 출근시간이 되려면 한참 먼 도로는 한적했다.

스산한 새벽 공기를 가르며 서울대병원 주차장에 차를 세운 윤은 다시 종연의 번호를 찾아 전화를 걸었다. 로비에 있다고 대답한 종연을 찾아 두리번거리던 윤은 곧 안경을 낀 남자와 눈이 마주쳤다. 서너 명의 남자들이 로비 중앙에 서서 무슨 이야기인가를 나누고 있었다.

"<데일리시사> 기자분들 되십니까?"

가까이 다가간 윤이 묻자 남자들이 순간적으로 경계하는 빛을 띠었다. 윤은 얼른 지갑에서 명함을 꺼내 건넸다.

"저 <비하인드 24> 김윤 피디라고 하는데요."

눈이 마주쳤던 남자가 명함을 받아 들더니 곧 아아, 하며 윤을 쳐다보았다.

"제가 전화 드린 한종연입니다."

"안녕하세요. 대체 무슨 일인지……."

"잠시만요. 어, 저기 오시네. 경사님, 경사님, 여기요!"

종연이 때마침 이쪽으로 걸어오는 남자를 향해 크게 팔을 휘적였다. 체격 좋은 남자가 곧 성큼성큼 가까워졌다. 종연이 윤에게 남자를 소개했다.

"종로서 백유찬 경사님이시거든요. 여기는 YBS 김윤 피디님."

고개를 가볍게 숙여 보인 윤은 유찬에게 물었다.

"사건 담당이세요? 어떻게 된 건지 설명해 주실 수 있나요?"

유찬이 눈썹 부근을 긁적이다 대답했다.

"그게, 새벽 네 시 반쯤 종로 5가 지구대에서 신고가 들어왔답니다. 인근에서 자취하는 여학생 둘이 집에 들어오는 길에 주택가 주차장 뒤에서 사람이 쓰러진 걸 보고 신고를 했어요. 지구대에서 출동했는데, 임 기자님이 머리에 피를 흘리면서 의식을 잃고 있어서 바로 현장 보존하고 구급차 불러서 이송한 겁니다."

억양이 강한 말투였으나 알아듣기 어렵지는 않았다. 윤은 눈썹을 좁혔다.

"뭐죠? 강도 사건입니까? 폭행?"

유찬이 짧게 깎은 자기 뒷머리를 손으로 만지며 설명했다.

"후두부, 여기 뒷머리, 이쪽을 둔기로 강하게 맞았어요. 원한 관계인지, 단순 강도인지는 아직 확인이 안 됐습니다. 당시 소지품 중에 지갑이나 시계 같은 귀중품은 그대로 있었는데, 기자님들이 보시고 가방 안 물건이 없어진 것 같다고 하시더라고요."

"뭐가 없어졌는지 아세요?"

윤의 물음에 종연이 끼어들었다.

"저희도 선배 물건이라 확실하진 않은데, 기자수첩. 선배가 그거는 항상 꼭 갖고 다니거든요. 따님하고 아드님이 몇 년 전에 선배 생일에 돈 모아서 만년필 사 준 게 있단 말이에요. 그걸 기자수첩에 선배가 항상 꽂아서 다니는데 만년필은 있고 수첩이 없어요. 핸드폰하고 그거, 그 보이스리코더. 그거랑요."

기자수첩, 핸드폰, 보이스리코더. 다른 물건은 아무것도 없어지지 않았다면 목적이 뭔지는 뻔했다. 순간 온몸이 서늘해졌다. 새벽 공기 탓만은 아닐 터였다. 갑자기 굳어진 윤의 얼굴을 살피던 유찬이 의아한 표정을 했다.

"짐작 가는 데 있으세요?"

"경사님, 이따가 저랑 얘기하시죠."

얼른 유찬의 질문을 끊은 종연이 생각났다는 듯 유찬을 마주 보았다.

"아 참, 근처 CCTV는 확보하셨습니까?"

"지구대에서 확인 중입니다. 날 밝으면 인근 차량 블랙박스 협조 얻어서 수거할 거고요. 저 잠깐 좀, 실례합니다."

대답하던 유찬이 주머니에서 울리는 핸드폰을 꺼내 보더니 전화하는 제스처를 만들어 보이고는 후다닥 자리를 떴다. 유찬의 모습이 완전히 사라지자, 종연이 아휴, 하고 깊은 한숨을 내쉬며 머리를 벅벅 긁적였다.

"저희가 그제 어제 분위기가 진짜 좋았어요. 요새 너무 불안했는데, <뉴스라이트> 보도 시작되고 나서 우리도 터트릴 수 있다, 분위기가 우리 쪽으로 온다 이게 딱 생겼거든요. 오늘 조간마다 지지율 나가는데, 아직 못 보셨죠? 엄대진이 지금 7.2퍼센트 차이로 역전당했어요. TK 지역에서 지지율이 12.7퍼센트 떨어졌단 말입니다."

어제 지지율 관련해 재희가 했던 말은 사실인 듯했다. 종연이 팔짱을 끼며 혀를 찼다.

"어젯밤에 리서치 기관에서 결과 받고 완전 기분 좋아서 회식까지 했다고요, 저희가."

"임 기자님도 회식 가셨다가 그렇게 되신 겁니까?"

"그런 것 같아요. 저희가 2차까지 갔다가, 선배하고 몇몇이 따로 3차 간 걸로 알거든요. 물어보니까 새벽 두 시 반 넘어서, 두 시 반하고 세 시 사이 정도에 자리를 파했답니다."

종연이 조금 떨어져 선 다른 기자들을 가리켰다. 형원과 함께 3차를 갔다는 기자들인 듯했다.

"그러면 그사이에 무슨 일이 생긴 거네요."

윤의 말에 종연이 주변을 한 번 둘러보고는 목소리를 낮췄다.

"이게 지갑이 없어졌다, 시계가 없어졌다 그러면 강도인가 보다 할 텐데, 기자수첩이랑 핸드폰, 보이스리코더 같은 것만 쏙 빼서 가져갔잖아요. 그러니까 느낌이 딱 오죠."

종연 역시 같은 의심을 하고 있는 듯했다.

"없어진 것 중에 중요한 자료 같은 게 있었나요?"

윤이 묻자 종연이 고개를 가로저었다.

"백업 안 한 자료는 없을 겁니다. 선배가 그런 게 진짜 철저하거든요. 녹취 따면 클라우드 바로 올려 저장하고, 기자수첩에 뭐 메모하면 바로 찍어서 메일로 전송해 놓고 그래요."

"혹시 사찰당하고 계셨거나, 그런 건 없었고요?"

"그거야 저희는 일상이죠. 비자금 조성 추적하면서 그게 완전 뭐 생활이었어요. 그런데 오늘 같은 경우는 저희가, 다들 동요가 크죠. 그냥 협박하고, 감시하고 이러는 건 많았는데 사람을 이렇게…… 그런 적은 없었어서."

종연의 말끝이 약간 흐려졌다. 동료가 이런 일을 당하는 걸 눈앞에서 봤다면 겁이 나지 않을 리 없었다. 팀원들에게 벌어졌던 일을 생각하던 윤은 나오려는 한숨을 눌렀다.

"기자님 상태 많이 심각한가요?"

"최소한 삼십 분에서 한 시간 정도는 방치됐었던 것 같아요. 가족분들 오셔서 수술 동의서 쓰고 바로 수술실 옮겼다는데, 아마 지금 중환자실 들어갔을 겁니다."

얼굴을 찌푸린 종연이 말을 막 마쳤을 즈음, 로비 입구에서 낯익은 목소리가 윤을 불렀다.

"김 피디!"

정언이었다. 윤은 거의 반사적으로 그쪽을 돌아보았다. 정언 역시 자다 말고 뛰쳐나온 듯했다. 머리를 뒤로 당겨 묶은 채 세수만 겨우 한 게 분명한 얼굴에는 여전히 핏기가 없었다. 정언이 곁에 서 있는 종연을 보더니 얼른 자기 명함을 꺼내 건넸다.

"안녕하세요, <비하인드 24> 서정언입니다."

"<데일리시사> 사회부 한종연입니다."

종연이 꾸벅 인사하자, 정언도 마주 고개를 까딱이고는 바로 윤을 다그쳤다.

"어떻게 된 거야?"

"새벽에 쓰러져 계신 걸 근처 사는 사람들이 보고 신고했대요. 둔기로 머리를 맞아서 의식이 없으시다고…… 귀중품은 그냥 있는데 기자수첩하고 핸드폰, 보이스리코더만 가져갔다는데요."

"미치겠네, 정말."

정언이 한쪽 눈가를 손으로 덮어 두어 번 문지르며 내뱉었다. 두 사람의 눈치를 살피던 종연이 위층을 가리키는 손짓을 했다.

"그, 일단 중환자실 올라가 보시겠어요?"

"아, 네. 감사합니다."

대답한 정언은 윤을 끌고 종연과 함께 중환자실로 향했다. 중환자실 보호자 대기실에 몇몇 사람만이 남아 꾸벅꾸벅 졸거나 벽에 기대 있는 것이 눈에 들어왔다. 종연은 구석에 모여 앉은 세 사람 쪽을 기웃거리더니 곧 가까이 다가갔다. 인기척에 중년의 여자가 고개를 들었다.

"사모님, 저 한종연입니다."

형원의 부인인 듯했다. 계속 울고 있었는지 눈이며 코가 온통 새빨갰다. 곁에는 젊은 여자와 교복 차림의 소년이 나란히 앉아 있었다. 젊은 여자가 자리에서 일어났다. 겨우 스물, 스물하나나 되었을까 싶었다. 아마 형원이 말하던 큰딸인 듯했다.

"안녕하세요."

여자가 인사를 건네자 종연이 어, 하며 그 어깨를 두어 번 가볍게 두드렸다.

"어, 시현아. 정민이도 왔네. 많이 놀랐지?"

"조금요."

딸 이름이 시현, 아들 이름이 정민인 모양이었다. 시현이 짧게 대답하고는 자기 가방에서 물티슈를 꺼내 제 엄마에게 건넸다. 무슨 말부터 해야 될지 모르겠다는 얼굴로 서 있던 종연이 조심스럽게 물었다.

"선배 좀 어떻습니까?"

"모르겠어요, 모르겠고…… 수술은 잘됐다고 하는데, 마취가

깨 봐야 의식이 있는지 없는지 안다고⋯⋯."

부인이 다시 울음을 터트렸다. 시현이 곁에서 제 엄마를 달래더니 정민에게 말했다.

"야, 엄마랑 내려가서 밥 먹고 와. 여긴 내가 있을 테니까."

"누나는?"

정민이 눈치를 보며 묻자 시현은 턱짓을 했다.

"엄마랑 갔다 오라고."

정민이 더 말 않고 엄마를 부축해 대기실에서 나섰다. 시현은 팔짱을 끼며 의자에 앉아 어깨를 움츠렸다. 그 모양을 가만히 보고 있던 정언이 윤에게 나지막이 말했다.

"김 피디, 가서 따님 뭐 마실 거 하나 사다 드려."

"아, 네."

바로 아래층으로 내려가 편의점에서 음료수 몇 캔을 사들고 돌아온 윤은 시현에게 음료수를 건넸다. 웅크리고 앉아 있던 시현이 퍼뜩 놀라 고개를 들었다. 윤은 곁에 선 정언을 가리키며 말했다.

"안녕하세요, <비하인드 24> 피디 김윤입니다. 이쪽은 서정언 피디님이고요."

그러나 정언이 일부러 자신에게 음료수를 사다 주라고 한 보람도 없이, 시현은 윤에게는 전혀 관심조차 주지 않고 정언을 보더니 눈을 휘둥그렇게 떴다.

"저 피디님 알아요. 저 엄청 팬이에요!"

정언도 이런 상황을 예상하지는 못한 듯 당황한 기색으로 감사합니다, 하고 대답했다. 시현이 다급히 가방을 뒤지더니 사인받을 게 없네, 하며 투덜거렸다. 정언이 두어 번 헛기침을 하더니 시현의 곁에 앉았다.

"저희가 취재하면서 아버님께 도움을 정말 많이 받아서요."

"진짜요?"

웬일, 하며 시현이 웃었다. 아버지가 중환자실에 누워 있는 사람치고는 씩씩한 태도였다. 시현은 윤이 준 이온음료 캔을 따두어 모금 마셨다. 정언은 몸을 기울여 시현을 마주 보았다.

"아버님 상태에 대해서 뭐 얘기 들으신 거 있나요?"

"아직 잘 모른대요. 마취 깨려면 몇 시간 더 있어야 된다고 그래서요."

"너무 걱정하지 마세요."

정언이 위로의 말을 건네자 시현이 고개를 가로저었다.

"걱정 안 해요. 우리가 맨날 그러다 아빠 죽으면 어떡하냐고 그랬는데 아빠가 절대 안 죽는다고, 그런 걱정하지 말라고 약속했어요. 이런 거 한두 번도 아닌데요, 뭐."

그 말에 순간 가슴이 덜컥 내려앉았다. 모두가 그런 두려움을 지니고 사는 걸까. 배시시 웃은 시현이 입가에 손을 대며 바닥 어딘가를 응시했다.

순간 윤은 쾌활해 보이는 그 얼굴에 얼핏 스치는 그림자를 알아보았다. 같은 두려움을 가진 사람들은 눈치챌 수 있는 찰나였다. 정언이 잠시 침묵하다 화제를 돌렸다.

"따님이 학교 신문사 기자라고 하시던데, 기자 지망생이세요?"

시현이 하하, 하고 웃는 소리를 냈다.

"아빠가 그런 얘기도 해요? 뭐라고는 안 하고요?"

대답을 기다린 물음은 아닌 듯, 시현은 곧 말을 이었다.

"학교 신문사 다녔다고 그냥 이력서에 한 줄 쓰려고, 그런 건 싫어요. 아빠 같은 기자가 되고 싶거든요. 아빠도 <조한일보> 있다 옮겼잖아요. 선배들은 저 피곤한 애라고 그러는데, 아빠는 피곤한 스타일이라야 기자질 잘한다고 그러더라고요. 아 참, <비하인드 24> 저 진짜 한 주도 안 빼놓고 매주 봐요. 아빠가 어제 <뉴스라이트> 나오는 거 보고 이번 주는 기대하라고, 완전 재밌을 거라고 그랬는데…….”

밝았던 목소리 끝이 떨렸다. 시현이 아이고, 하며 벌떡 일어나더니 공연히 옷자락을 툭툭 털었다.

“저 잠깐 화장실 좀 갔다 올게요.”

시현이 부리나케 자리를 떴다. 남들 앞에서 우는 걸 보이기 싫은 듯했다. 정언의 곁에 앉은 윤은 잠시 침묵하다 말했다.

“씩씩하네요.”

“그래도 애는 애지.”

짧은 한숨을 섞어 대꾸한 정언은 무슨 생각을 하는지 한동안 말이 없었다. 시현은 오랫동안 돌아오지 않았다. 시현이 나간 쪽을 물끄러미 보고 있던 정언이 몸을 일으켰다.

“잠깐 전화 좀 하고 올게.”

정언이 비상구 계단을 내려가는 소리가 들렸다. 정민과 형원의 부인이 돌아온 건 삼십 분쯤 뒤였다. 날이 밝자 연락을 받았는지 대기실로 속속 형원의 동료들이 하나둘씩 달려왔다. 기자들이 삼삼오오 모여 자기들끼리 대화를 나누는 소리가 들렸다.

“임 기자 아직 중환자실 있습니까? 면회 안 돼요?”

“마취 깨어나고 의식 돌아오는지 봐야 된다는데.”

“아이고, 이것 참…….”

윤은 사람들 사이를 떠도는 불안한 공기를 쉽게 느꼈다. 초조한 얼굴로 의자에 앉았다 일어나기를 반복하는 사람들 중 먼저 말을 꺼내는 사람은 없었으나 다들 같은 생각을 하는 듯했다. 자신들 중 누구라도 이런 일을 당할 수 있다고. 두려움은 쉽게 전염되는 감정이었다.

어쩌면 이런 상황을 노린 것일 수도 있었다. 언제나 본보기는 하나면 충분했다. 한 명을 본보기로 내걸면, 백 명이 침묵한다. 누가 그 두려움을 넘는 백한 번째, 백두 번째 사람이 될 수 있을까. 불현듯 머릿속을 잠식하는 생각들은 차갑고 날카로웠다.

얼마나 지났을까, 엘리베이터 문이 열리며 누군가가 모습을 드러냈다. 중년의 남자였다. 아무렇게나 자른 듯한 덥수룩한 머리에, 80년대 스타일의 촌스러운 뿔테 안경이 얼굴을 절반은 가린 채였다.

문이 열리기 무섭게 훅 끼쳐 오는 짙은 담배 냄새에 윤은 저도 모르게 고개를 들었다. 남자가 어색한 표정으로 대기실 안을 훑었다. 그때 종연이 놀란 표정으로 그에게 달려갔다.

"최 주필님!"

그 말에 윤은 멈칫했다. <데일리시사> 기자들이 최 주필님이라고 부를 만한 사람은 윤이 아는 한 한 사람뿐이었다. 윤은 그의 얼굴을 뚫어지게 보았다.

최창묵.

사진 속의 얼굴과는 많이 달랐으나, 유심히 본다면 알아보지 못할 정도도 아닌 것 같았다. 종연이 서둘러 그의 팔을 끌었다.

"여긴 어떻게 오셨습니까? 이쪽으로 오세요."

창묵이 자신에게 쏠린 시선을 의식한 듯 황급히 종연의 손을 떼어 내며 고개를 저었다.

"아, 아냐. 아냐. 그냥 연락받고, 어떻게 된 건가 하고……."

"마취 풀리고 완전히 의식 돌아와야 면회할 수 있답니다. 여기 앉으세요."

종연이 자리를 권했으나 창묵은 연신 사양했다.

"아니, 아냐. 나 담배 좀 피우고 올게."

창묵은 서둘러 비상구로 빠져나갔다. 주위를 살핀 윤은 후다닥 그의 뒤를 쫓았다. 인기척을 느꼈는지 비상구 계단을 내려가던 창묵의 걸음이 점점 느려졌다. 그 자리에 멈춘 윤은 두세 계단 위에서 창묵의 등에 대고 물었다.

"최창묵 주필님 되십니까?"

윤의 목소리에 창묵의 발이 뚝 멈췄다. 창묵이 사방을 경계하는 초식동물 같은 표정으로 뒤를 홱 돌아보았다. 계단을 내려온 윤은 명함을 꺼내 건넸다.

"저 <비하인드 24> 김윤 피디입니다."

창묵은 그 명함을 받는 대신 윤을 빤히 보았다. 지쳤다고 해야 할까, 무기력하다고 해야 할까. 명확히 규정할 수 없는 그 눈이 제대로 닦이지 않은 안경 너머에서 순간 짧게 빛났다. 윤은 창묵을 마주 보았다.

"아직 저희하고 얘기할 의사 없으신 겁니까?"

창묵이 짧은 숨을 내쉬며 덥수룩한 머리를 긁적였다. 그가 손을 움직일 때마다 담배 냄새가 흩어졌다. 거의 온몸 구석구석마다 담배 냄새가 배어 있는 것 같았다.

"피디님, 그때도 말씀드렸지만 제가……."

윤은 창묵의 말을 끊었다.

"임 기자님이 주필님 설득하시겠다고 저한테 말씀하셨어요."

창묵이 그 말에 버석거리는 입술을 손끝으로 문지르다 입을 열었다.

"내가 몇 번이나 이건 아닌 것 같다고 임 기자한테 말을 했습니다."

"정보현에 대해서 알고 계셨죠?"

윤은 대답 대신 물었다. 이마를 덮은 머리칼 아래로 창묵이 눈썹을 좁혔다.

"왜 숨기셨던 겁니까? 계좌 정보까지 줘 가면서 정보현 숨기신 목적이 있으실 거 아닙니까."

답이 돌아오지 않자 윤은 그를 다시 한 번 다그쳤다.

"그 계좌도 다 차명이죠? 누가 사용하는 계좌입니까?"

사실 대답을 기대한 것도 아니었다. 잠깐 숨을 고른 윤은 창묵을 응시했다.

"최 주필님."

윤과 시선을 맞추던 창묵이 곧 어슷하게 눈을 비껴 피했다. 그를 더 이상 몰아붙여 봐야 나올 것이 없을 듯했다. 애초에 형원이 계속해서 설득을 했고, 상황이 이렇게까지 됐는데도 계속해서 숨고 싶은 거라면 자신이 강요할 권리가 있는 것도 아니었다.

"알겠습니다. 말씀 안 하셔도 상관없습니다."

윤이 순순히 물러나자, 다시 계단을 내려가려던 창묵이 등을 돌린 채 걸음을 멈췄다.

"……<비하인드 24> 정말 방송 내보내려고 그럽니까?"

뭐라고 대답하기도 전, 창묵이 갈라지는 목소리로 내뱉었다.

"피디님은 엄대진을 몰라요."

그건 뜻밖에도 걱정하는 것처럼 들렸다. 그러나 그게 도리어 약간의 오기를 불러일으켰다.

"저도 엄대진 몇 달 동안 취재했고 직접 만나 봤습니다."

"임 기자 저렇게 된 거 엄대진이 시켰을 거라고 생각하잖아요. 아닙니까?"

윤은 순간 멈칫했다. 창묵이 계단 난간을 움켜쥐고 있다가 고개를 돌렸다.

"피디님들 목숨 걸고 한다고 임 기자가 저한테 얘기하더라고요. 그런데 진짜 목숨 건다는 게 뭔지 알아요?"

조소하는 듯한 말투였으나 그건 자조에 가까웠다. 윤은 그의 의도를 바로 파악하지 못했다. 창묵이 다시 물었다.

"죽기 직전까지 가 본 적 있습니까?"

"죽기 직전에 몰린 게 아니면 저희한테 이 방송 내보낼 자격 없는 겁니까?"

윤이 되물은 말에 창묵이 희미하게 웃었다.

"청와대, 검찰, 경찰, 엄대진이 자기 마음대로 못 하는 데 하나도 없어요. 피디님들은 절대 엄대진 못 잡습니다."

퀭한 얼굴에는 모든 것을 다 포기한 사람 특유의 무력함이 자리하고 있었다. 존경받던 언론인, 신인 정치가로서의 커리어가 한순간에 박살 난 사람이 가질 수 있는 게 패배감뿐이라는 걸 이해할 수 없지는 않았다.

그러나 윤은 그 무력함에 휩쓸려 들어갈 마음 따위는 없었다.

"임 기자님이 그렇게 말씀하시던데요. 확신 같은 건 없다고, 이건 최후의 발악이라고. 우리는 운에 거는 거라고요."

창묵의 표정이 미묘하게 변했다. 윤은 말을 이었다.

"그래서 주필님 꼭 만나 뵙고 싶었던 겁니다. 저희가 쓸 수 있는 무기는 팩트밖에 없잖아요. 이게 정말 소용없는 일이라고 해도, 한 사람이라도 더 진실을 알게 되면 거기 의미가 있는 것 아닙니까?"

난간을 움켜쥔 창묵의 손끝이 하얗게 질렸다. 윤은 그의 손이 가늘게 떨리는 것을 보았다. 잠시 창묵과 대치하던 윤은 고개를 꾸벅 숙였다.

"실례했습니다."

창묵이 대답하지 않고 계단을 내려갔다. 그의 모습이 완전히 보이지 않게 된 뒤에야 윤은 다시 보호자 대기실로 돌아왔다. 그새 시현의 곁에 앉아 있던 정언이 윤을 보고는 의아하다는 얼굴을 했다.

"어디 갔다 온 거야?"

"최창묵 주필이 왔더라고요."

"여기?"

정언이 멈칫하며 묻는 말에 윤이 서둘러 화제를 돌렸다.

"얘기 안 할 것 같아서 알겠다고 했어요. 스튜디오는 어떻게 됐대요?"

주위를 슬쩍 본 정언이 가족들과 이야기를 나누는 시현의 곁에서 조금 떨어져 앉으며 목소리를 낮췄다.

"다른 부서에도 부탁해 봤다는데 우리한테 스튜디오 주지 말라고 한 거 맞는 것 같아. 다들 엄청 난감해하면서 사정은 알겠는데 곤란하다고 한대. 선배가 어떻게 될지 모르니까 우선 나머지 작업 들어가겠다고, 여기서 상황 보고 연락 달라네."

"다른 건요?"

"사장님하고 국장님 빠르면 오늘 오후에 바로 검찰 소환 들어

갈 수도 있대."

윤은 그 말에 눈을 동그랗게 떴다.

"이렇게 빨리요?"

"엄대진 지지율 급락했다며. 그저께보다 어제 <뉴스라이트> 시청률 더 올랐어. 계속 오를 가능성 높고. 인터넷 여론도 장난 아냐. 오늘은 어린애들 아토피나 알레르기 발병한 내용하고 전 주민 전수 조사한 내용 나갈 거야. 사진 봤는데 보도 나갈 애들 상태가 너무 심각해. 하청업체 증언도 방송될 거라 엄대진 입장 에서는 지금 불법이고 뭐고 우리 못 막으면 죽는다고 생각할걸. 우선 임 기자님 상태 좀 보고 결정하자고."

윤은 고개를 끄덕였다. 나란히 앉은 정언과 윤 사이에서 지루 한 기다림이 이어졌다.

정오 면회 시간에도 의사의 반응은 부정적이었다. 마취는 풀 렸지만 의식이 없다는 것이었다. 이대로라면 며칠 정도 더 중환 자실에 있을 수도 있다는 의사의 답변에 형원의 부인은 거의 쓰 러질 기세였다.

결국 시현의 성화에 정민은 제 엄마를 데리고 집으로 돌아갔 다. 동료들도 하나둘씩 자리를 떴다. 점심을 먹고 돌아온 뒤 늦 은 오후가 되자 남은 사람은 서너 명 정도였다. 윤은 손목에 찬 시계를 보고는 정언에게 물었다.

"어떡하죠?"

이대로 무작정 기다릴 수는 없었다. 당장 방송이 될지 안 될지 가 문제인 판이었다. 정언이 잠시 생각하더니 구겨진 미간을 누 르며 나직이 대답했다.

"만약에 오늘 중으로 상태 호전될 것 같지 않으면 사무실로 넘어가자. 거기서 어떻게 할지 얘기해 봐야 될 것 같아."

"아무래도 오늘은 안 될 것 같죠?"

"그러게. 걱정되네. 계속 기다릴 수는 없으니까……."

전화 좀, 하고 자리를 뜬 정언이 돌아온 건 십 분쯤 뒤였다.

"선배가 아까 종편 들어갔다고, 와서 얘기하자고 하네."

"알았어요."

윤이 몸을 일으키자, 정언은 남아 있던 시현에게 자기 명함을 건넸다.

"무슨 일 생기거나 도움 필요하시면 이쪽으로 연락 주세요."

명함을 받아 들어 뚫어지게 보던 시현이 고개를 끄덕였다. 너무 걱정 마시고요, 하고 한마디를 덧붙인 정언은 엘리베이터로 향했다. 내려가는 버튼을 누른 정언은 피곤하다는 얼굴로 층수 표시창을 쳐다보았다. 마침내 알림 소리와 함께 문이 열렸다. 윤은 먼저 안으로 들어선 정언의 뒤를 따랐다.

막 문이 닫히려는 순간이었다. 그때 누군가 급히 달려와 사이로 갑자기 몸을 끼워 넣었다. 시각보다 먼저 낯선 존재를 인식한 건 후각이었다. 그새 익숙해진 짙은 담배 냄새가 좁은 공간 안으로 훅 밀려들었다.

윤은 거의 본능적으로 정언의 앞을 막아섰다. 예상하지 못한 불청객이 얼굴을 들었다. 그는 숨을 몰아쉬고 있었다.

"저, 피디님."

창묵이었다.

"잠깐 얘기 좀 할 수 있겠습니까?"

안경 너머의 눈은 절박했다.

◆

　창묵의 원룸 오피스텔은 횅했다. 창을 무겁게 내리덮은 검은색 암막 커튼을 걷어도 방 안의 묘한 싸늘함은 가시지 않았다.

　환기는 자주 하는 듯 방 안의 공기는 선선했으나, 희미하게 집 안 전체에 밴 담배 냄새는 숨길 수 없었다. 작은 책상 위의 노트북 한 대와 휴지통 속의 구겨진 담뱃갑 따위를 제외한다면 생활감도 거의 느껴지지 않았다.

　차에 개인용 캠코더를 가지고 다니는 것이 다행이었다. 윤이 곁에서 미니 삼각대와 캠코더를 세팅하는 사이, 창묵은 작은 테이블을 사이에 놓고 두 사람과 마주 앉았다.

　정언은 창묵의 안색이 몹시 나쁜 것을 곧 알아차렸다. 자신들이라고 썩 나은 상태는 아닐 것 같았으나, 손목에 찬 시계에 흘끗 눈을 준 정언은 창묵에게 물었다.

　"저녁 안 드셔도 괜찮으시겠어요?"

　창묵이 그 말에 고개를 가로저었다.

　"예, 원래 식사를 자주 하는 편은 아닙니다. 괜찮습니다."

　말마따나 집 안 어디에도 뭔가 음식을 해 먹는 듯한 흔적은 없었다. 정언은 윤이 세팅을 마친 것을 확인하고는 입을 열었다.

　"우선 저희하고 만나 주셔서 감사합니다."

　짧은 침묵이 지났다. 창묵은 잠깐 현관으로 시선을 주었다. 무언가를 두려워하는 표정이 얼핏 지났다가 사라졌다. 창묵이 거기 시선을 둔 채 나지막하게 말했다.

　"⋯⋯솔직히 말하면 지금도 그만두고 싶어요. 피디님들이 하려는 거 도박입니다. 엄대진, 남제선, 위험한 사람들이죠. 목숨 걸고 도박하기에 두 분 너무 젊지 않습니까."

목소리 끝이 갈라졌지만 정언은 대답 대신 물었다.

"임 기자님 때문에 마음 바꾸신 겁니까?"

창묵의 입매에 희미한 웃음이 물렸다. 뭐라고 말해야 할지 모르겠다는 얼굴로 입가를 매만지던 창묵이 어깨를 으쓱했다.

"네, 뭐, 아니…… 어느 정도는, 어느 정도는요. 우리 애가 시현이하고 동갑입니다. 마지막으로 얼굴 본 게 한 일 년 반, 대학 들어가기 전에. 일이 그렇게 되고 나서 가족들이 다 지방으로 내려갔었죠. 저는 가족들 볼 낯이 없으니까 돈만 보냈고. 애가 대학 면접 본다고 서울 올라왔을 때, 그때 마지막으로 봤어요. 애비라고 낯짝 들 수가 있습니까."

말투는 담담했으나 그가 느꼈을 고통을 짐작하는 건 어렵지 않았다. 수감이나 다름없이 이 좁은 공간에서 오로지 글만 쓰며 사람과의 접촉을 거의 끊은 채, 가족과도 만날 수 없는 생활을 유지한다는 건 결코 쉬운 일이 아닐 터였다.

창묵이 두 손으로 눈가를 문질렀다.

"우리 애가 저 교도소 있을 때 면회를 온 적이 있습니다. 다시는 오지 말라고 혼을 내서 보냈어요. 그 어린 게 어깨를 축 늘어뜨리고 가던 게 아직도 생각납니다. 시현이가 혼자 그렇게 앉아 있는 거 보는데, 마음이 참…… 모르겠습니다."

고개를 숙인 창묵의 모습은 쓸쓸했다. 창묵이 손을 깍지 끼어 입가에 댔다. 몇 초 정도의 정적이 흘렀다. 먼저 그 정적을 깬 건 창묵이었다.

"전 모험을 싫어하는 사람입니다. 지금 다시 생각해 보면, 제가 제 인생에서 유일하게 후회하는 일, 그게 정치판 멋모르고 뛰어든 거죠. 기자 생활하면서 엄대진 가까이서 자주 봤고, 제가 그 사람 알 만큼 안다고 생각했습니다."

창묵은 말하던 도중 무심결에 손을 뻗어 구겨진 재킷 주머니를 몇 번이나 더듬었다.

"담배가, 이런…… 잠깐 사러 갔다 와도 될까요?"

"이거라도 괜찮으시면 드리죠."

정언이 자기 주머니에 있던 담뱃갑을 밀어 놓자, 창묵이 고맙다는 듯 고개를 가볍게 까딱였다.

"아, 감사합니다. 불편하지 않으시면 한 대 피우겠습니다."

담뱃갑에서 담배 한 개비를 꺼내 입에 문 창묵이 몸을 일으켜 창을 열고는 불을 붙였다. 정언은 창가에 서 잠시 담배를 피우는 그의 손이 심하게 떨고 있다는 것을 알아차렸다.

담배가 절반쯤 타들어 갈 때까지 말없이 서 있던 창묵은 근처에 놓인 종이컵 안에 담배를 눌러 끄고는 자리로 돌아와 앉았다. 손은 여전히 떨리고 있었다.

"괜찮으세요?"

정언이 묻자 창묵이 머쓱하게 대답했다.

"죄송합니다. 오늘은 아직 안정제를 안 먹어서요."

안정제라는 말에 정언이 멈칫하는 것을 느꼈는지, 창묵이 한마디를 덧붙였다.

"그 일 있고 나서 정신과 오래 다녔습니다."

그 일이라면 서온건설 게이트를 말하는 것이 분명했다. 창묵은 선뜻 말을 시작하지 못했다. 연신 손끝을 만지작거리는가 하면 긴 한숨을 쉬기도 하고, 입을 열려다가도 아니, 하고 중얼거리며 다시 침묵하기를 반복하는 창묵을 보고 있던 윤이 조심스럽게 물었다.

"얘기하기 힘드시겠어요?"

"아, 아닙니다. 잠시만요."

퍼뜩 손사래를 친 창묵이 마침내 결심한 듯 숨을 크게 들이쉬었다.

"형원이가, 임 기자가 피디님들 얘기를 많이 했습니다. 그런 친구들 드물다. 자기가 그런 사람들 아주 오랜만에 봤다. 진짜 살아 있는 사람들이다…… 굉장히 칭찬을 많이 했어요. 믿어도 된다. 우리한테 이거 정말 마지막 기회다. 그러면서 설득했죠."

목소리가 불안한 듯 흔들렸다. 느릿느릿한 말투는 말을 하는 동안 조금씩 빨라졌다. 잠깐 사이를 둔 창묵이 바람 새는 소리로 웃었다.

"저는 솔직히 그 말 안 믿었습니다. 지금도 안 믿어요."

"그런데 왜 저희 만나 주기로 하신 겁니까?"

정언은 그를 마주 보았다. 얼굴의 윤곽을 굴절시킬 정도로 도수 높은 안경 렌즈 너머로 새까만 눈동자가 일순간 빛을 품었다. 창묵이 천천히 대답했다.

"김윤 피디님이 아까 저한테 그렇게 말씀하시더라고요. 한 사람이라도 더 진실을 알게 되면 의미가 있는 것 아니냐."

정언은 곁에 앉은 윤에게 시선을 주었다. 자신이 한 말을 남의 입으로 듣기가 조금 민망했는지, 윤이 순식간에 빨개진 귀 끝을 만졌다. 창묵이 그런 윤을 흘끗 보더니 픽 웃었다.

"그럴 수도 있겠다. 어쩌면…… 만에 하나. 이건 제 인생에서 두 번째 도박입니다. 첫 번째가 정치판 들어간 거였고, 전부 다 잃었죠. 제가 아까 김 피디님한테 그랬습니다. 피디님들은 절대 엄대진 못 잡는다고. 솔직히 제가 이 말 한다고 해서 잡을 수 있을까, 그것도 회의적입니다."

강한 자조를 품은 말투였다. 이 일에 대한 확신 같은 것은 전혀 찾아볼 수 없었다. 마지막의 마지막까지 몰려 본 사람이라야 알 수 있는 그 절망감을 정언은 쉽게 가늠하지 못했다.

잠시 말이 없던 창묵이 정언을 응시했다.

"제가 조건 하나 걸겠습니다."

"뭐죠?"

"무슨 일이 있어도 이 방송 내보내 주십시오. 방송이 안 되면 저도 죽고 피디님들도 죽습니다. 관용어가 아니라 문자 그대로 죽는다는 겁니다. 이번 폭로가 정말 마지막 기회예요."

문자 그대로의 죽음. 그 말은 먼 동시에 너무나 가까이 있었다. 경고는 끝났다는 걸 정언 역시 어렴풋이 짐작하고 있었다. 이다음이라면, 경고 따위는 없다…… 엄대진은 무조건 결판을 보려고 할 게 분명했다. 그러나 그건 이쪽도 마찬가지였다.

"알겠습니다."

정언이 대답하자 창묵이 몸을 일으켜 자기 노트북을 가져왔다. 메일함을 연 창묵은 정언의 명함에 적힌 메일 주소를 쓰고는 수십 개의 파일을 첨부해 전송했다. 정언의 핸드폰에서 곧 메일 알림창이 떴다. 창묵이 노트북을 내려놓으며 말했다.

"제가 우선 피디님 메일로 지금 가지고 있는 녹취 파일 전부 보내드렸습니다. 서온건설 게이트 당시에 엄대진하고 엄대진계 의원들이 저한테 혼자 덮어쓰라고 한 내용들입니다. 이건 나중에 확인해 보시고요."

창묵의 말에 정언은 고개를 번쩍 들었다. 창묵이 흘러내린 안경을 고쳐 썼다.

"마지막 기회, 이 말 지금까지 여러 사람한테 들었습니다. 엄대진하고 서온건설 커넥션 추적하던 사람들 오래 전부터 있었어요. 그런데 전부 다 실패했습니다. 엄대진이 왜 난공불락인지 아십니까?"

창묵은 대답을 기다리지 않고, 손끝으로 허공에 삼각형을 그려 보였다.

"엄대진한테 정, 경, 언론, 이 세 가지가 완전히 밀착돼 있어요. 정치판 들어왔을 때부터 스타였던 거 다 이유 있습니다. 엄청나게 철저히 기획된 상품이에요. 본인 자신도, 젊을 때부터 아주 노회한 스타일이었죠. 노회한…… 이 말이 딱 붙진 않네요. 요즘 말로 한다면 소시오패스에 더 가까울 수도 있겠습니다."

탁자 위에 놓여 있는 담뱃갑으로 손을 가져간 창묵은 담배 한 개비를 다시 꺼냈으나 입에 물지는 않았다. 빈 담배를 떨리는 손가락 사이에 끼우고 까딱이며 창묵이 말을 이었다.

"<조한일보> 변순철 회장은 야심 있는 사람이죠. 그런데 천생 언론인입니다. 무슨 뜻이냐, 자기 손에는 피 묻히기 싫어해요. 뒤에서 조종하는 게 자기 스타일인 겁니다. 내 얼굴에 침 뱉는 소리긴 하지만, 그게 소위 권력 있는 언론인들 마인드잖아요. 펜이 칼보다 강하다, 그 격언을 몸소 실천합니다. 펜을 칼처럼 쓰는 거죠."

"엄대진은 변순철 회장의 기획작이라는 겁니까?"

정언이 묻자 창묵은 순순히 수긍했다.

"그렇죠. 엄대진 집안이 어떤 집안입니까. 사학 재벌이에요. 명문 사립고 만들어 놓고, 남정건설 끌어들여 간부들 돈으로 배

불리고 일부를 지역 정계에 줄 댔습니다. 그러니까 여기서 자연스럽게 커넥션이 생겼어요. 한선당 기반은 TK니까, TK 의원들 통해서 변순철 귀에 엄대진 애기가 들어갔습니다. 건설업체하고 지역 정계 긴 사학 재벌 후계자, 거기서 멈췄으면 됐는데 변순철이 엄대진을 거기 놔두기엔 아깝다고 생각한 거죠."

<경상일보>의 박창도 국장과 만나 들었던 이야기가 스쳤다. 이미 오래 전부터 알음알음 퍼져 있던 이 이야기들이 지금까지 단 한 번도 수면 위로 올라오지 않은 까닭은 굳이 생각할 필요도 없는 것이었다.

창묵이 담배 끝을 탁자 위에 톡톡 두드렸다.

"TK 출신, 인물 좋고 달변이고 머리가 잘 돌아가고 결정적으로 죄책감이 없고. 완벽하죠. 엄대진 부친 엄중길하고 변순철이 딜을 합니다. 내가 너희 아들 사위로 맞아 대통령 만들겠다. 앞길 막기 전에 재단 싸그리 정리해라. 상대는 <조한일보> 회장입니다. 말 안 들을 이유가 있겠습니까?"

엄대진이 정계 입성하기 직전 부친이 운영하던 정화재단이 모두 정리된 것을 놓고, 민혜가 누구의 작품일까 고민하던 것이 떠올랐다. 창묵의 말을 들어 보니 그건 자신이 조종할 수 있는, 아주 그럴듯한 마네킹을 대신 세우기 위한 변순철의 판단이었던 듯했다.

물론 정언은 그 마네킹이 실은 얼마나 무서운 존재였는지 이제 잘 알고 있었다. 병원에서 생명 유지 장치를 붙인 채 산 것도, 죽은 것도 아닌 상태로 누워 있는 변순철도 그 사실을 알고 있을지 불현듯 궁금해졌다.

"엄대진이 재단 정리하면서 남정건설 끼고 수도권으로 진출합니다. 수도권에서 남정건설이 서온건설로 사명 변경하고, 엄대진이 신도시 사업을 죄다 몰아줍니다. 서온건설 성장세가 어마어마해지고, 순식간에 지방 건설사가 한국 톱5 건설사 규모로 올라와요. 확실한 돈줄 쥐려고 밑에서 작업을 먼저 한 거죠. 원래 건설업은 유착 심한 곳인 건 당연히 아실 테고. 서온건설이 제일 강하게 본딩돼 있지만 나머지 건설사들이 깨끗하다, 그런 애기는 아닙니다."

창묵이 마른기침을 몇 번 뱉었다. 잠시만요, 하며 냉장고에서 반쯤 마시다 만 생수병을 가져와 한 모금을 마신 창묵은 다시 말을 이었다.

"아무튼 엄대진이 국토위 쪽도 접수하면서 무소불위가 됐죠. <조한일보>가 엄대진 띄워 주기 위해 몇 년에 걸쳐 총공세 쏟아부었고요. 마르지 않는 자금줄, 당권 장악, <조한일보> 위시한 보수 언론들 가드. 세 박자가 완전히 딱 맞아떨어집니다. 지금은 청와대도 엄대진한테 밉보일까 조심하고 있죠. <조한일보> 힘이 그 정도입니다."

엄대진은 정치와 대기업과 언론이 만들어 낸 거대한 괴물이었다. 이제 누구도 그 괴물을 통제할 수 없었다. 자신들이 하려는 일은 정말 불가능한 게 아닐까. 정언은 퍼뜩 뇌리를 지난 생각을 바로 떨어 버렸다. 그렇다 한들 이제는 돌아갈 수 없었다.

"그런데 이 서온건설하고의 관계를, 여러 사람이 남제선이 처음 수도권에 진출하던 시점부터 쭉 조사해 왔어요. 서온건설 게이트 터졌을 때 제일 유력한 증인, 제가 기억하기로는 이름이 윤대석. 이 사람이 소위, 거기서는 짱개라고 했죠. 배달부라서."

"윤대석 씨에 대해 아십니까?"

"잘 알죠. 제가 직접 돈을 받았으니까."

익숙한 이름에 정언은 한쪽 눈썹을 약간 좁혔다. 창묵은 고개를 끄덕였다.

"현금으로 돈이 오가기 때문에 그런 고전적인 방법을 사용한 겁니다. 비서관이나 보좌관들은 들키기 쉬우니까, 평범한 회사 직원 하나를 골라서 씁니다. 남정건설 시절부터, 습관이라고 할까요. 그렇게 인편에 뇌물을 전달하는 게 남제선 습관입니다. 조부가 끼고 키웠다니 아마 거기서 보고 배웠겠죠."

이훈주, 윤대석, 고정민, 박규형…… 정언은 그 자리에서 희생된 사람들의 이름을 떠올렸다. 사진 속에서 영원히 박제된 그들의 삶과 남겨진 사람들을 누구도 책임지지 않았다.

"아무튼 검찰에서, 당시에 이정수, 진형은 검사. 아주 패기 넘치는 젊은 친구들. 이 친구들이 윤대석 확보하고 다 끝났다고 했어요. 이 친구들 그 전부터 엄대진 추적하고 있었거든요. 얼마나 희망에 부풀었겠습니까. 여당 실권자를 잡아 처넣을 수 있는 인생에 몇 번 안 오는 기회잖아요. 그런데 윤대석이 너무 허무하게 죽은 겁니다."

창묵이 헛웃음을 뱉었다.

"그러면서 판이 바로 뒤집혔죠. 엄대진 스타일입니다. 먼저 한 놈을 효수하는 거."

"임 기자님도 그런 겁니까?"

"그렇다고 볼 수 있겠죠. 같은 꼴 당하기 싫으면 입 다물어라. 엄대진이 무서운 점이 뭐냐, 사실 아무리 권력 있어도 사람 죽이는 건 심적으로 저항감이 있습니다. 그렇잖아요. 그런데 엄대진은 그런 게 없습니다. 한 놈 죽이는데 두 놈은 왜 못 죽이나.

그게 엄대진 생각이에요. 백 명이 말을 안 듣는다? 그러면 백 명 목 자르는 게 엄대진입니다. 남제선 통해 조폭까지 끼었으니까 그런 건 더 쉬웠죠."

목적을 위해서는 무엇이든 할 수 있는 인간. 그런 인간을 과연 인간이라고 부를 수 있을까 하는 본질적인 질문을 떠올린 정언이 창묵에게 물었다.

"손경일에 대해서도 아십니까?"

그 이름을 들은 창묵은 즉시 대답했다.

"원래 남제선 수족이죠. 엄대진하고 남제선 사이에서, 의원들이 디쉬 보이라는 애칭을 썼습니다. 설거지 전문이니까. 엄대진계 의원들 중에서도 핵심으로 꼽히는 사람들이라면 손경일은 거의 다 압니다. 그 밑에 있던 게 조창식. 행동대장 격이죠."

"조창식이 죽은 것도 알고 계십니까?"

혹시나 싶어 물은 말이었는데, 뜻밖에도 창묵은 놀라는 기색이 없었다.

"네. 손경일이 가까이 두던 애들이 서너 명 정도 되는데, 조창식 밑에 있던 애들도 죽었다고 하던데요. 이름이, 아마…… 김성학하고, 장, 장, 누구더라."

"장영관입니다."

"아, 그래요. 그리고 이원욱."

정언은 눈을 가늘게 떴다. 창묵이 어떻게 그들을 그렇게 정확히 알고 있는지 모를 노릇이었다.

"잘 아시네요?"

"그 사람들한테 죽을 뻔했으니까요."

돌아온 답은 여상했으나, 정언과 윤은 생각지도 못한 말에 서로 눈을 크게 떴다. 다시 생각하기 싫은 기억인지 창묵은 담배를 끼워 놓은 손가락 끝으로 찌푸려진 미간을 긁적였다.

"제가 그 뒤로 바다를 못 봅니다. 텔레비전에서 나오는 것도 못 봐요. 하조대 방파제, 아직도 확실히 기억하죠."

구체적인 장소까지 언급하며, 창묵은 잠깐 말을 멈췄다. 담배를 피울까 말까 망설이는 듯했다. 탁자 위로 시선을 내린 창묵이 입을 열었다.

"서온건설 게이트 터지고 엄대진한테 만나자는 연락이 왔습니다. 전부 뒤집어써 달라, 집행유예로 풀려나게 해 주겠다. 물론 저도 돈 받은 게 있었으니까 조사하면 자유롭지는 않았죠. 그런데 그 큰 건을 당에서 저 혼자 뒤집어써라, 그러면 억울하지 않겠습니까. 솔직히 말하자면 제가 받은 돈이, 전체 금액에서 보면 정말 미미한 수준이라 집행유예 받을 자신도 있었고요."

표정이 굳어진 정언을 슬쩍 본 창묵이 웃는 소리를 냈다.

"너무 뻔뻔합니까?"

비난할 생각은 없었으나, 그 말에 굳이 아니라는 인사치레를 하고 싶지도 않았다. 정언의 얼굴을 확실히 읽은 듯, 창묵은 말을 이었다.

"당시에는 살아야겠다는 생각밖에 없었으니까. 내가 발을 잘못 들였다는 걸 알았는데, 이미 늦었었죠. 돈이란 게 사람을 정말 쉽게 망칩니다. 처음에는 거부감이 있었어요. 그런데 두 번, 세 번 받기 시작하면 무감각해집니다. 원래 내 돈처럼 생각되는 거죠. 남들도 다 받는데 뭐 어떤가."

스스로에게 변명을 하는 것 같은 말투는 아니었다. 그건 차라리 건조한 문장으로 쓰는 회고록에 가깝게 느껴졌다.

"아무튼 제가 그렇게는 못 하겠다고 한 일주일 버텼습니다. 그런데 검찰 증인, 윤대석이 갑자기 사망하고 나서 바로 다음 날인가, 조창식하고 나머지 셋이 같이 찾아왔어요. 의원님이 모시고 오라고 하신다. 영 불안했는데 차를 탔죠. 타자마자 눈을 가리고 손발을 묶더니 하조대 방파제로 간 겁니다."

창묵이 몸을 조금 웅크렸다. 마른 어깨가 부들부들 떨리는 것이 눈에 들어왔다. 창묵이 다소 신경질적으로 덥수룩한 머리칼을 쓸어 올리며 이마 부근을 문질렀다.

"거기가 일몰이 지나면 출입 금지 구역입니다. 도착하니까 한밤중인데 거기로 끌고 들어갔죠. 파도가 상당히 높은 날이었습니다. 아직도 파도가 치면 물이 튀던 느낌이 기억나요. 눈을 가리고, 방파제 끝에 사람을 세워 놓고 조창식이 그랬죠. 의원님 말 듣고 집행유예 받겠냐, 아니면 여기서 전신 골절로 죽겠냐. 방파제 테트라포드가 오래되면 따개비 같은 것들이 엄청나게 달라붙어요. 그 사이로 사람을 빠뜨리면 부딪치면서 뼈가 부러지고 따개비 껍데기에 살이 다 찢어집니다."

순간 윤이 짧은 숨을 들이쉬었다. 자신과 같은 생각을 한 게 분명했다.

이원욱.

이원욱이 박규형 과장을 죽일 방법을 고민했다면서 하던 말이 선명하게 되살아났다.

「방파제, 방파제 삼발이. 사람들이 잘 모르는데, 그게 사이가 커요. 거기 빠지면 바로 못 찾는다고. ……떨어지면서 뼈가 막 여기저기 부러지니까 사고사로 처리하기도 쉽고.」

이원욱은 그게 시체를 버려도 티가 나지 않게 하기 위해 본인

35

들이 쓰던 방식이라고 말했다. 그 말이 사실이라는 걸 이런 식으로 확인하고 싶은 생각은 추호도 없었다.

"선택의 여지가 없었죠."

창묵의 목소리 끝이 흔들렸다. 도저히 안 되겠는지, 창묵이 자리에서 벌떡 일어났다.

"죄송합니다. 한 대만 더 피우겠습니다."

창가에 선 창묵은 지금껏 손가락 사이에 끼우고 있던 담배를 입에 물고 불을 붙였다. 들이마시는 호흡조차 불안정해, 담배 끝에 붙은 불이 그 숨에 따라 약간 희미해졌다가 다시 선명하게 밝아지기를 반복했다.

담배 한 대를 모두 피울 때까지 침묵하던 창묵이 숨을 길게 뱉었다. 원룸 오피스텔 안에 흐릿한 담배 연기가 안개처럼 번지며 내려앉았다.

"사실 기자로 살면서 어느 정도 담이 생겼다고 생각했는데, 그때는 눈에 보이는 게 없었습니다. 엄대진이 한다면 하는 사람이다, 그걸 이미 알고 있었으니까. 무조건 살려 달라고 빌었죠. 그러니까 방파제에서 끌고 나왔는데, 거기 엄대진이 서 있는 겁니다. 차 앞에."

창묵이 갑자기 킥킥대며 웃었다. 한참 그렇게 웃던 창묵이 창가에 기대섰다.

"제가 무릎 꿇고…… 구차하죠. 그런데 사람이 진짜 죽겠구나 생각하면 그렇게 되더라고요. 의원님, 제발 목숨만 살려 주십시오, 하라시는 대로 다 하겠습니다. 그러고 애원을 했습니다. 그 자리에서 바로 서울 올라와서 검찰에서 자백서 썼죠."

별것 아니라는 듯 이야기하지만 그의 자존심이 그때 완전히 박살났으리라는 건 보지 않아도 짐작할 수 있었다. 창묵이 그토록 회의적인 태도를 취하는 것도 이해가 갔다. 죽음 바로 앞까지 끌려갔다 온 사람에게 왜 더 저항하지 않느냐고 설득할 수는 없는 노릇이었다.

"대가로 받으신 게 뭐죠?"

정언은 화제를 돌렸다. 창묵이 다시 맞은편으로 돌아왔다.

"아까 김 피디님이 물어보신 어게인라이프 차명계좌입니다."

창묵이 탁자 위를 뒹굴던 볼펜을 집어 들어 종이 위에 어게인라이프라는 글자를 끄적였다.

"발기인으로 등록된 몇 사람, 뭐 이미 조사하셨으니까 아시겠지만 전부 엄대진이나 서온건설하고 관련 있는 사람들이죠. 제가 정계 들어가기 전에 발기인으로 참여한 단체입니다. 원래 엄대진이 아니라 한선당 마크맨 하던 친구가 저한테 어게인라이프 발기인 돼 줄 수 있겠냐고 해서 수락한 겁니다. 어게인라이프 창단한 뒤에 엄대진한테 다음 총선에서 비례 받아 보시면 어떻겠냐, 그 연락이 온 거죠."

"어게인라이프가 어떤 목적의 단체인지 알고 계셨습니까?"

창묵이 고개를 가로저었다.

"처음에는 몰랐죠. 정말 노숙자 자활 지원 단체인 줄 알았습니다. 비례 받고 난 뒤에 안 거죠. 사실상 저는 거기 이름만 올려졌으니까, 활동은 직원들이 알아서 하겠거니 한 겁니다."

"노숙자들 이용해서 명의 도용하기 위해 만들었다는 걸 나중에 아셨다는 거죠?"

"네. 그런 방식을 사용한다는 것 자체를 생각도 해 본 적이 없었으니까."

거짓말인 것 같지는 않았다. 노숙자 자활 단체를 이용해 명의를 대량으로 도용한다는 건 확실히 아무나 할 법한 발상은 아니었다.

"정계 입성하고 가지고 계셨던 차명계좌가 몇 개입니까?"

"세 개였습니다. 국토위에서 사용했던 계좌하고 서온건설 전용 계좌, 그리고 어게인라이프에서 사용하던 계좌. 당시에 얼굴마담으로 나선 사람들 외에 명단에 이름만 올린 발기인들이 있었습니다. 적당히 친척이나 친구 이름 올려 달라고 해서 올렸던 거죠. 이 사람들 이름으로 개설된 계좌 중에 하나였어요."

"임 기자님 말로는 주필님이 어게인라이프는 그냥 기부금 내역 쉽게 속일 수 있어서 사용한 단체일 뿐이다, 그렇게 말씀하셨다는데요. 왜 임 기자님까지 속이신 겁니까?"

창묵은 그 말이 약간 불편하다는 표정으로 한쪽 눈썹을 찌푸렸다.

"속였다기보다는, 뭐 그런 목적이 있었던 건 사실입니다. 특히 금액이 어느 정도 하한선이면 기업에서 기부금 명목으로 받아서 세탁하기 굉장히 편리해요."

동료를 일부러 기만했다는 말이 마음에 걸리는 듯, 창묵은 처음으로 다소 변명 같은 대답을 늘어놓았다.

"어쨌든 아까도 말씀드렸던 것처럼…… 서온건설 게이트 뒤집어쓰고 제가 대가로 받은 게 그 계좌 중에 하나였어요. 원래는 기부금 세탁 용도로 쓰던 계좌인데, 사건 터진 이후로 그 용도로는 사용 안 하게 됐습니다. 계좌 내역은 제가 따로 보내드리죠. 제가 수감돼 있는 동안 여기로 매달 생활비가 들어왔습니다. 한 달에 딱 백만 원. 언제 끊길지는 모르겠지만 지금도 계속 들어오고 있고요. 그게 엄대진하고 저 사이의 딜이었습니다."

백만 원, 정언은 그 숫자를 입 안으로 되풀이했다. 잘나가던 언론인이자 신인 정치인이 자신의 모든 커리어를 다 무너뜨리고 침묵하는 대가로 받기에 많은 돈이라는 생각은 들지 않았다.

창묵이 한숨 섞인 목소리로 내뱉었다.

"제가 왜 대화 거절했는지 아시겠습니까?"

정언은 대답 대신 그를 마주 보았다.

"저 가장입니다. 일 끊기고, 동료들이 옛정이 있어서 다시 일하고는 있지만 그 돈 가지고 애들 등록금 내고 생활비 대기엔 빠듯하죠. 백이 아니라 단돈 십만 원도 아쉽습니다. 그거 다 포기한다는 게 쉽지 않아요. 물론 제가 남 탓을 할 일이 아닌 건 압니다. 비겁하다고 생각하시는 것도 이해합니다."

초면인, 그것도 본인보다 한참 어린 사람들 앞에서 자존심을 구기는 말을 하기가 힘든 듯 창묵은 말하는 내내 몇 번을 주저하는 기색이었다. 창묵의 낯빛이 어두워졌다. 짧게 침묵하던 창묵은 다시 형원의 이야기로 돌아갔다.

"어쨌든 임 기자 집요한 사람입니다. 정보현 의심하기 시작하니까 제가 어쩔 수 없이 그 계좌 던져 준 겁니다. 다른 계좌들도 그 명단에만 올라 있는 발기인들 이름으로 된 계좌입니다. 예전 내역은 살아 있겠지만, 임 기자가 뒤졌어도 최근 자금 흐름은 나오는 게 없었을 겁니다."

"엄대진에게 어떤 피해도 가지 않게 하기로 약속이 돼 있었습니까?"

"명시적인 약속은 아니죠. 그런데 제가 아니까. 엄대진이 어떤 사람이라는 걸."

그 말에서 순간적으로 희미한 두려움이 묻어났다.

"임 기자가 정보현에서 안영균으로 가면 당연히 엄대진 나오는 거 아닙니까. 변명 같지만, <데일리시사> 지키려면 정보현에 대한 의심을 끊어야 했어요."

"그런 식으로 어게인라이프 이용할 수 있도록 아이디어 낸 게 누굽니까?"

"정보현입니다."

창묵은 한 치의 망설임도 없이 그 이름을 발음했다.

"초반에는 차명계좌 브로커를 끼고 했었는데, 위험한 일이 한 번 있었던 모양이에요. 브로커가 언론에 엄대진 차명계좌 건을 폭로하겠다고 돈을 요구했답니다."

"그래서요?"

"그 사람 죽었습니다. 뭐, 정확히는 죽였습니다, 이래야 맞겠네요. 브로커가 엄대진이 어떤 사람인지 몰랐던 거죠."

방해가 된다면 무조건 제거하는 건 상대를 불문한 법칙인 모양이었다. 창묵이 말을 이었다.

"그 뒤에 엄대진이 추적 불가능한, 자기하고 무관한 계좌 얻는 방법 생각해 보라고 안영균한테 지시를 했다고 들었습니다. 아이디어는 정보현한테 나왔고요. 그 작업 메인은 정보현이었죠."

"의심을 덜 받기 위해서?"

"그렇죠. 나중에 걸려도…… 이게 참 재미있어요. 경찰, 검찰이야 그렇다 치고 대중들한테 고정관념이 있어요. 여자는 그렇게 큰일에 끼어들 수 없다. 몇백 억이 왔다 갔다 하는 판입니다. 여자가, 그것도 너무 천사 같은 여자가 명의 도용에 관여하면서 그런 대형 로비의 밑작업을 친다? 대중들은 이거 잘 못 받아들입니다. 언론에서 불쌍하고 순결한 피해자로 프레이밍하면 더 그래요. 엄대진이 그 부분까지 생각해서 정보현한테 이 일 맡겼다고 봐야죠. 만약에 어게인라이프 건이 언론에서 먼저 공개됐다면 이현교 대표한테 다 덮어씌우고 끝냈을 겁니다."

창묵이 다시 물을 마셨다. 길게 이야기하는 것이 힘든 듯, 소파에 등을 묻은 창묵은 잠깐 기다려 달라는 손짓을 했다. 숨을 고르던 창묵이 곧 입을 열었다.

"어쨌든 정보현으로 이어지면 안 되니까, 제가 절대 아니라고 계속 설득을 했습니다. 차라리 이 계좌 조사해 보라고 이미 죽은 차명계좌 몇 개를 알려 준 거고요. 당시에 엄대진이 어게인라이프 이용해 개설한 차명계좌가 어마어마했기 때문에, 정작 발기인들 명의로 된 계좌를 정리할 생각은 안 한 겁니다. 제가 뒤집어쓰는 대가로 꼬박꼬박 생활비 받을 목적으로는 그 계좌가 적격이기도 하고요. 나중에 걸려도 엄대진은 기부금이다, 이래 버리면 그만이니까."

"엄대진이 뭘 노리고 임 기자님을 공격한 걸까요?"

"<뉴스라이트>, <비하인드 24>, 그리고 <데일리시사 인 서울>이 공조한다는 걸 이미 알지 않습니까. 임 기자가 비자금 계속 추적해 왔잖아요. 그리스 SO 컴퍼니까지 까발리면서. 그런데 지금 YBS 막는 게 실패하지 않았습니까. <뉴스라이트>가 이미 터져 버렸으니까."

창묵의 표정이 한층 더 심각해졌다. 이 공간에 마치 듣는 귀가 있기라도 한 듯, 창묵은 갑자기 목소리를 낮췄다.

"엄대진은 지는 거 못 참는 성격이에요. 하다못해 의원들끼리 술자리에서 게임을 할 때도 암묵적으로 엄대진한테는 무조건 져

주는 걸로 합의가 돼 있을 정도입니다. 안 그러면 어떻게 될지 아니까."

창묵이 두 손으로 얼굴을 감싸며 긴 숨을 내쉬더니 다시 고개를 들었다.

"그러니까 임 기자 저렇게 만든 겁니다. 죽일 생각이었을 텐데임 기자가 운 좋게 목숨 부지했다고 봐요. 엄대진 패턴은 대부분 비슷합니다. 먼저 돈이나 권력으로 포섭. 여기서 보통 다 성공하기는 하죠. 그런데 포섭도 안 되고 자기가 막지도 못하면 방법 없습니다. 그냥 죽여야지."

무감한 단어들은 싸늘했다. 창묵은 소파에 등을 기댔다. 퀭한 얼굴 위로 창백한 형광등 빛이 떨어져, 그렇지 않아도 나쁜 안색이 한층 심각하게 보였다.

"그게 엄대진 방식입니다, 오래 전부터. 제가 서온건설 수도권 진출했을 때부터 엄대진 뒤 캐던 기자들 여럿 있었다고 얘기했죠. 이 사람들 거의 변절했어요. 변절 안 한 사람은 죽었고요. 살해당한 겁니다."

"그렇게 죽은 기자들이 누구죠?"

정언의 물음에 창묵은 잠깐 기억을 더듬는 듯 사이를 두었다가 대답했다.

"제일 유명한 건 YBS 서현국 기자겠네요."

YBS 서현국 기자.

메모를 하던 정언은 눈을 들었다.

누구라고?

그 이름이 머릿속에 바로 입력되지 않았다. 일순간 세상이 멈춘 것 같았다. YBS, 서현국, 기자. 방금 창묵이 한 말을 다시 한 번 입 안으로 뇌었으나, 그 이름이 왜 이 자리에서 나오는지 납득할 수 없었다.

다이어리 위를 달리던 펜이 중간에서 멈췄다. 그러나 정언은 그것조차 깨닫지 못했다. 머릿속이 그 찰나에 완전히 지워졌다. 단 한 글자조차 머릿속에 떠올리는 것이 불가능했다. 믿을 수 없다는 표정을 한 윤이 먼저 되물었다.

"방금 누구라고 하셨죠?"

창묵이 어깨를 으쓱해 보였다.

"서현국 기자, 유명하잖아요. YBS 보도국 전설 아닙니까. 백선경, 전한동, 서현국, 최영직. 서현국하고 최영직 알아주는 콤비였죠. 그런데 한 사람은 죽고, 한 사람은 변절합니다."

동명이인 따위가 있을 리 없었다. YBS 보도국의 전설, 서현국 기자. 백선경, 전한동과 이름을 나란히 할 수 있는, 최영직과 동료였던…… 거대한 광원 앞에 선 것처럼 일순간 시야가 하얗게 바랬다. 펜을 쥔 손이 떨렸다. 분명 자신의 귀로 듣고 있는 이야기였으나 단 하나도 이해가 가지 않았다.

충격을 받은 정언의 얼굴을 응시하던 창묵이 의아하다는 듯 물었다.

"이 얘기 잘 모르십니까?"

정언은 대답하지 못했다. 그 침묵을 긍정이라고 생각한 듯, 창묵이 말을 이었다.

"정치에서 제일 중요한 게 언론 포섭하는 겁니다. 보수 언론이야 문제가 아니었죠. 제일 큰 스피커인 <조한일보>가 있으니까. 그런데 진보 언론이 문제였습니다. 엄대진이 당시에 젊은 피로 이미지메이킹을 하고 있었기 때문에, 진보 스피커가 반드시 필요했어요. 그 과정에서 제일 먼저 리스트업 된 사람들이 YBS 서현국하고 최영직입니다. 기자들 사이에서는 그때 무슨 언론상 있다, 그러면 아 그거 서현국하고 최영직 거네, 그런 농담 할 정도였으니까."

엄대진, 진보 스피커, 서현국, 최영직, 리스트업. 단어들이 토막토막 분절해 떠돌았다.

"그런데 그 두 사람이 그때 서온건설이 신도시 사업 모조리 쓸어간 부분에 대해 취재하고 있었어요. 종착점이 어디였겠습니까? 결국 엄대진이에요. 그거 캐다 보면 엄대진이 미리 부지 찍어 놓고 개발 사업 푸시해서 부동산 차익으로 재미 엄청나게 봤다, 여기까지 갈 수밖에 없었단 말입니다. 엄대진이 그거 알고 바로 서현국을 한선당으로 영입하려고 했습니다. 당시에 20억 이상 제시했다는 소문 있었죠. 영입만 된다면 그 돈 이상의 가치를 할 사람이었고요."

꿈에서도 상상하지 못한 이야기였다. 현국은 본래 집 밖의 일을 집 안에서 잘 얘기하지 않는 사람이기는 했다. 하지만 정말 엄대진이라든지, 한선당 영입이라든지, 20억이라든지, 신도시 사업 따위에 대한 건 지나가다 들어 본 기억조차 없었다.

"서현국은 제안 거절했습니다. 엄대진한테 방법 있었겠습니까? 이제 뜨려는 참인데 발목 잡힐 수는 없는 것 아닙니까."

"자동차 사고였던 걸로 아는데요."

정언은 간신히 입을 열었다. 엉망진창이 된 머릿속보다 말이 더 빠르게 쏟아졌다.

"역주행한 트럭이……."

정언은 자신이 무슨 말을 하고 있는지도 인식하지 못했다. 손을 움켜쥐었으나 떨림은 도리어 더 심해졌다. 서늘한 방 안임에도 불구하고 이마로 식은땀이 맺혔다. 깊은 물속에 그대로 빠진 것처럼 귀가 먹먹해졌다. 창묵의 목소리가 몇 겹을 덧씌운 창 너머에서 말하는 것처럼 멀게 들렸다.

"그 트럭이 어떤 트럭인지는 아십니까?"

창묵이 물었다. 입이 붙어 버린 듯 말이 나오지 않았다. 윤이 뭔가 이상하다는 것을 느꼈는지 정언의 팔을 살짝 잡으며 선배, 하고 속삭이듯 정언을 불렀다.

그러나 정언은 그 소리도 듣지 못한 채 눈도 한 번 깜빡이지 않고 창묵에게 시선을 고정했다. 창묵이 잠깐 기억을 더듬는지 관자놀이 부근을 누르다 입을 열었다.

"서현국이 을정신도시 현장에 취재 나간 길이었습니다. 그 공사 현장 출입하던 덤프트럭 운전사가 서현국 차를 그냥 역주행으로 받아 버렸죠. 신고가 된 상황에서 사설 구급차가 먼저 도착했어요. 그런데 서현국을 굳이 현장에서 한 시간 가까이 걸리는 서울대병원으로 이송했습니다. 더 가까운 병원도 있었거든요. 왜 그랬느냐. 당시 구급차 기사 증언이 있었습니다. 무조건 먼 병원으로 옮기라는 오더를 받았다. 누구한테 받았느냐. 그건 말할 수 없다. 이 증언 기록 나중에 지워집니다."

심장이 점점 빠르게 뛰기 시작했다. 가슴이 터질 것처럼 쿵쿵대는 소리가 고막을 가득 채웠다. 창묵의 말에 집중하고 싶었지만 그 목소리는 어지럽게 흐트러질 뿐이었다.

"트럭 운전사는 당시에 음주 상태가 아니었습니다. 서현국하고는 어떤 관계도 없었죠. 아무 이유도 없이 사람을 죽였는데 집행유예 받고 풀려났어요. 그 사람 반년도 못 살고 죽었습니다.

현장에서 뛰어내려 자살했다는데, 글쎄요. 그거 자살이라고 믿는 사람 있겠습니까?"

"……그게 사고가 아니라는 걸 어떻게 알죠?"

입 안이 바싹 말랐다. 혀가 움직이는 감각조차 느껴지지 않았다. 목소리가 부들부들 떨리고 있었으나, 이미 통제를 잃은 스스로를 감당할 수 없었다. 펜을 움켜쥔 손끝이 새하얗게 질렸다. 잠깐 침묵하던 창묵이 한쪽 눈썹을 약간 찌푸리며 대답했다.

"엄대진이 하조대 방파제에서 본인 입으로 얘기했으니까요. YBS 서현국 아시죠? 서현국 내가 죽였습니다. 최 의원님 하나 여기서 죽이는 건 일도 아니에요. 정확히 그렇게 말했습니다. 당시에 서현국 사망에 의문 가진 사람들 있었습니다. 저 그때 <조한일보> 사회부에 있었습니다. 구조원 증언 얘기 경찰 출입기자들 사이에서 나왔던 겁니다. 그런데 다들 입 다물었어요."

―YBS 서현국 아시죠? 서현국 내가 죽였습니다.

들어 본 적도 없는 말이 엄대진의 목소리로 생생하게 되살아났다. 그 환청은 소름 끼치도록 선명했다. 숨이 목까지 차올랐다. 정언은 문득 엄대진을 떠올렸다. 바를 정에 말씀 언 자를 쓰냐고 묻던 그 얼굴.

알고 있었던 건가.

되짚어 보면 당연한 일이었다. 이중으로 보안된 오피스텔 주소를 알아내 빈집털이를 가장하며 경고했고, 남편의 회사를 알아내 전화를 걸고, 번호 없는 문자로 사찰 협박을 하고, 자동차의 브레이크 호스를 끊는 일도 아무렇지 않게 한 이들이었다. 서정언이 서현국 딸이란 건 문서 한 장이면 바로 알 수 있는 사실이었다.

그걸 알면서, 일부러…… 그 순간 마치 감전된 것처럼 강렬한 감각이 전신을 훑고 내려갔다. 두려움인지 분노인지 분간할 수 없는 감정들은 마른 나무를 태우는 불길처럼 머릿속으로 삽시간에 번져 나갔다.

정언은 창묵을 뚫어지게 보았다.

"최영직 기자가…… 최영직 기자는 확실히 포섭됐던 겁니까?"

더듬거리며 물은 말에 창묵이 고개를 약간 기울였다.

"서현국 죽자마자 엄대진 취재 그만둔 거 보면 서현국이 왜 죽었는지 진짜 이유 알았을 겁니다. 죄책감이 있었던 건지 뭔지, 금방 현직 그만두긴 했습니다만……"

말끝을 흐린 창묵이 퍼뜩 멈칫하더니 벽에 걸린 시계를 보았다. 어느새 창으로 들어오던 마지막 햇살도 지평선을 넘어가고, 바깥에는 어스름이 깔린 지 오래였다. 창묵이 마른기침을 두어 번 뱉고는 남은 물을 마셨다.

"이 얘기 하려던 건 아니었는데, 아무튼 제가 말씀드릴 수 있는 건 이 정도인 것 같습니다. 보내 드린 녹취파일 확인해 보시고 혹시 도움을 드릴 부분이 있다면 연락 주세요."

"알겠습니다. 감사합니다."

정언은 거의 기계처럼 말하며 자리에서 일어났다. 아무 생각도 할 수가 없었다. 어떻게 창묵의 오피스텔을 나왔는지도 기억이 나지 않았다. 덜덜 떨리는 손으로 주머니 속의 차 키를 찾아 움켜쥔 정언에게, 곁에 선 윤이 낮은 목소리로 물었다.

"서현국 기자님 얘기가 너무 충격인데요. 방송국에 이거 아는 사람들 있을까요?"

정언은 걸음을 멈췄다. 당장이라도 주저앉고 싶은 기분이었다.

호흡이 목 아래로 내려가지 않았다. 숨이 막혀 저도 모르게 셔츠 칼라 부근을 그러쥐자, 멈칫한 윤이 정언의 팔을 잡아 자기를 보게 했다.

"선배."

온몸의 감각이 전부 낯설었다. 실을 달아 조종하는 인형처럼, 몸이 의지대로 움직이지 않는 느낌은 불쾌했다. 정언은 멍하니 윤을 마주 보았다. 분명히 시선을 맞추고 있는데도, 윤의 얼굴이 머릿속에서 그대로 분해되는 것 같았다. 윤이 눈을 크게 뜨며 정언을 붙들었다.

"선배, 괜찮아요? 얼굴이……."

정언은 윤의 손을 떼어 냈다.

"아무것도 아냐. 빨리 가자."

애써 태연한 척 내뱉은 말은 끝이 떨렸다. 윤이 선배, 하고 다시 한 번 정언을 불렀으나 정언은 차에 올라타 바로 문을 잠갔다. 아무래도 이상하다고 생각했는지 윤이 창을 두드렸다. 그러나 정언은 창을 열지도 않은 채 시동을 걸었다. 주차장을 빠져나가는 정언의 뒤를 윤이 서둘러 쫓아왔다.

무슨 정신으로 방송국으로 돌아왔는지도 알 수 없었다. 머릿속에는 오로지 한 가지 생각뿐이었다. 당장 영직을 만나야 했다. 차에서 내린 정언은 뒤따라 바로 곁에 차를 세우며 앞을 가로막는 윤에게 캠코더를 건넸다.

"캠 가지고 바로 사무실로 올라가. 내 컴퓨터 켜져 있을 테니까 메일함에서 녹취파일 받아서 팀원들하고 확인하고, 인터뷰……."

"선배, 저 좀 보세요. 잠깐만요."

윤이 말을 끊으며 정언의 어깨를 쥐었다. 윤이 이러는 걸 보니 지금 자신이 얼마나 엉망진창일지는 뻔했다.

정언은 윤의 손을 떼어 냈다. 윤 앞에서 형편없는 꼴을 보이는 건 싫었다. 자신조차도 상상한 적 없는 늪에 빠지는 기분은 말로 설명할 수 없는 것이었다. 윤에게 그런 걸 알게 하고 싶지 않았다.

"비켜."

"어디 안 좋으세요? 갑자기 왜 그러시는데요."

윤이 안절부절못하는 얼굴로 정언의 안색을 살폈다. 조금만 더 버텼다가는 윤 앞에서 그대로 무너질 것 같았다. 정언은 윤을 밀어내며 빠르게 엘리베이터를 향해 걸어갔다.

"……인터뷰 내용 공유하고, 송 작가님하고 구성안 수정해."

"어디 가시려고요? 선배, 대답 좀 해 주세요. 네?"

윤이 뒤를 쫓아오며 물었다. 무슨 일이 생긴 게 분명하다고 생각한 듯했다. 정언이 아무 말 없이 엘리베이터 버튼을 누르자, 윤이 선배, 하고 다시 한 번 부르며 정언의 팔을 잡았다. 머릿속에서 날뛰는 분노에 시야가 흐릿해졌다.

"따라오지 마!"

정언은 있는 힘껏 윤의 손을 뿌리쳤다. 정언의 격렬한 반응에 놀랐는지 눈을 동그랗게 뜬 윤이 한 걸음 물러났다.

그때 엘리베이터 문이 열렸다. 뒤도 돌아보지 않고 엘리베이터에 탄 정언은 바로 닫힘 버튼을 눌렀다. CP실이 있는 8층을 연이어 누르자, 닫히는 문 사이로 어쩔 줄 몰라 하며 자신을 마주 보는 윤의 얼굴이 눈에 들어왔다.

문이 완전히 닫힌 순간 정언은 엘리베이터 벽에 허물어지듯 기대섰다. 등으로 차가운 냉기가 스몄으나 온몸은 타 버릴 것 같은 열기로 떨렸다. 층수 표시창의 숫자가 천천히 올라갔다.

마침내 숫자가 8에 멈추며 문이 열렸다. 끝없이 긴 복도는 지나다니는 사람 하나 없이 고요했다. 속에 있는 것을 모조리 다 토하고 싶은 기분이었다. 울렁거리는 가슴 위를 꽉 누른 정언은 잠시 숨을 골랐다.

복도 끝의 문 앞으로 걸어간 정언은 거기 붙은 선명한 명패를 보았다.

최영직 CP.

노크조차 없이 문을 벌컥 연 정언은 안으로 들어섰다. 있는 힘껏 문을 닫자 넓은 방 안으로 쾅, 하는 소리가 잔상을 남기며 번졌다. 책상 앞에 앉아 서류를 보고 있던 영직이 불쾌한 표정으로 얼굴을 들었다. 누가, 라고 하려는 듯 입을 열었던 영직이 다음 순간 자리에서 벌떡 일어났다.

"이게 누구야."

정언은 그 자리에서 움직이지 않았다. 놀란 듯, 혹은 반가운 듯한 얼굴을 하며 영직이 가까이 다가왔다.

"정언아."

자신의 이름을 부르는 목소리는 어릴 적 자주 들었던 영직의 목소리 그대로였다.

「아빠랑 같이 일하는 동생이야. 영직이 삼촌이라고 불러.」

아빠가 어린 자신의 머리를 쓰다듬으며 하던 말이 환각처럼 머릿속을 한 번 휘돌고 사그라졌다.

잠깐 눈을 감았다 뜬 정언은 영직을 똑바로 마주 보았다.

"저 <비하인드 24> 서정언 피디로 여기 온 겁니다."

내뱉은 말은 딱딱했다. 바보가 아닌 이상 그 말투가 호의와는 거리가 멀다는 걸 모를 리 없었다. 잠깐 멈칫한 영직이 몇 걸음 떨어진 곳에서 멈춰 선 채 정언을 마주 보았다.

"무슨 일이야, 갑자기."

"저희 아버지 돌아가신 이유 알고 계셨습니까?"

서론 없이 바로 직구를 던지자 영직의 눈썹이 꿈틀했다. 정언은 그 이지적이고 싸늘한 얼굴이 한순간 동요하는 것을 놓치지 않았다.

"이유라니, 무슨 이유. 그건 사고……."

"사고가 아니라는 거 알고 계셨냐고 묻는 겁니다."

영직의 말을 끝까지 듣지 않고 자르자, 정언을 응시하던 영직이 소파를 가리켰다.

"이쪽으로 앉아. 앉아서 얘기하자."

"저 CP님하고 한가하게 앉아서 얘기할 마음 없습니다. 대답해 주시죠. 알고 계셨습니까? 그래서 현직 떠나신 거고요?"

영직이 쓰고 있던 안경을 벗으며 눈가를 눌렀다. 분명 당혹감에 가까운 표정이 그 얼굴에 스쳤다.

"어디서 무슨 말을 듣고 와서 이러는지 모르겠지만……."

"대답 피하시는 거 긍정이라고 생각해도 되겠습니까?"

정언은 영직에게 한 걸음 가까이 다가서며 그를 다그쳤다. 영직이 정언아, 하고 부르는 목소리에 내내 속에서 들끓던 불길이 기름을 부은 듯 치솟았다.

"알고 계셨죠? CP님이 그렇게 아버지 배신하고 얻은 게 고작이 자리입니까? 엄마하고 저 보면서 죄책감 못 느끼셨어요?"

하얗게 질리도록 말아 움켜쥔 손끝이 부들부들 떨렸다. 소파 등받이를 짚은 영직은 한동안 말없이 정언과 시선을 맞췄다. 가느다란 금테 안경 너머의 눈동자는 복잡한 표정을 담고 있었다.

"내가 무슨 말을 하면 믿겠니?"

"뭐라고 하셔도 저 못 믿습니다."

그 대답에는 생각할 시간조차 필요하지 않았다. 영직의 변명을 들을 생각 따위는 없었다. 창묵의 말을 듣자마자 여기로 달려온 건 확인하고 싶어서였다. 정말 아버지가 그래서 죽은 건지, 지금까지 그저 불운한 사고라고 믿었던 그 모든 일들이 실은 누군가의 의도였는지.

차라리 영직이 부정하기를 바라면서도, 정언은 영직과 마주하고 서 있는 매 순간 조금씩 더 차가운 확신에 가까워졌다. 왜 대답하지 못할까. 왜 아니라고 말하지 못할까.

알고 있는 모든 단어들이 제멋대로 뒤엉켰다. 가느다란 철사들을 아무렇게나 얽어 놓은 것처럼 머릿속이 엉망진창이었다.

영직이 정언을 설득하려는 듯 최대한 차분하게 입을 열었다.

"선배 죽은 거 어디까지나 사고였어."

"의도된 사고였겠죠. 사설 구급차 기사 증언 있었다는 얘기 들었습니다. 무조건 먼 병원으로 이송하라고, 이 증언 기록 삭제됐다고요. 사고 낸 트럭 운전사는 취한 상태도 아니었는데 살인에 고의성이 없다고 집행유예 받았다면서요. 그리고 그 사람도 죽었죠."

틈을 주지 않고 쏟아지는 말들은 분노에 젖어 있었다. 영직이 다시 한 번 정언을 불렀다.

"정언아."

"저 <비하인드 24> 피디입니다. 제가 끝까지 갈까요? 그거 원하세요?"

정언은 눈 한 번 깜빡이지 않은 채 영직에게 물었다. 여기 뛰어든 이후, 언제든 필요하다면 끝까지 갈 각오는 되어 있었다. 그러나 지금처럼 그 말이 절실한 건 처음이었다. 할 수만 있다면 어디까지라도 쫓아가 숨겨진 진실이 뭔지 자신의 눈으로 보고 싶었다.

영직이 그 말에 깊은 한숨을 쉬었다.

"내가 알았든 몰랐든, 이제 와서 뭐가 달라지니?"

그건 결국 인정이나 다름없는 말이었다. 정언은 문득 엄대진을 만나고 돌아오던 길의 기억을 떠올렸다. 젊은 아버지가 어쩐지 슬픈 듯한 눈으로 자신을 내려다보던 그 얼굴. 그 얼굴이 유독 뇌리에 선명히 박혀 지워지지 않았다.

정언은 이를 악물었다.

"아무것도 안 달라진다고 생각해서 변절하신 겁니까?"

"세상이 변했어. 그렇게 살 수 있는 시대가 아냐."

"세상이 변하면 사람답게 사는 법도 달라집니까? 저 아버지한테 그렇게 배운 적 없습니다."

정언의 말에 영직이 숙이고 있던 고개를 들었다. 무감하던 눈동자에 형용할 수 없는 감정이 떠올랐다. 영직의 목소리가 낮아졌다.

"엄대진 어떤 사람인지 눈으로 봤으니까 알잖아. 우리가 상대할 수 있을 것 같아? 정언이 너 지금 뭔가 잘못 생각하고 있어."

"제 판단이 틀릴지는 몰라도 제 생각은 틀리지 않습니다."

정언은 강경했다. 영직이 소파에 기대서며 팔짱을 끼었다.

"내가 아까 강재희한테도 얘기했어. 너희 이번 주 방송 못 나간다고."

그 말을 들은 정언은 눈썹을 치켜떴다. 그들이 쓸 수 있는 무기란 결국 이런 것이었다. 이미 시작된 흐름을 어떻게든 막기 위해 부랴부랴 둑을 쌓고 물을 틀어막으려는 그 시도에 조소와 분노가 동시에 밀려들었다.

말없이 자신을 쏘아보는 정언의 얼굴에 영직이 머리칼을 쓸어 올렸다. 손가락 사이로 군데군데 희끗해진 머리칼이 빛을 받아 하얗게 반짝였다.

"내가 나 걱정돼서 방송하라 마라 하는 것 같아? 내가 왜 너희 CP로 왔겠어? 너 생각해서 온 거야. 선배 딸이니까, 내가 부채감이 있으니까. 너라도 살려 놓으려고."

영직은 거의 호소하고 있었다. 정언은 놀랍게도 그게 어쩌면 사실일지도 모른다는 것을 깨달았다. 자신을 보는 영직의 눈은 가독하기 어려웠으나, 그 말이 거짓처럼 느껴지지는 않았다. 그러나 도리어 그 진실함은 더 날카롭게 발톱을 세워 속을 긁었다.

"자기변명에 아버지 이용하지 마세요."

떨림이 가라앉지 않았다. 영직의 말이 설령 사실이라 한들, 이런 방식은 아니었다. 정말 자신을 돕고 싶었다면 이런 방식이어서는 안 되는 것이었다. 그 말은 도망치고 실패한 스스로에게 변명하기 위해서, 조금의 죄책감이라도 덜기 위해서 뱉은 변명일 뿐이었다.

"정언아, 제발."

"아버지가 살아 돌아와도 지금 저 못 막습니다."

"여기서 끝내. 그게 너하고 너희 팀이 다 사는 길이야. 더 가지 말라고. 목숨 아까운 거 왜 몰라?"

영직이 애원하듯 말했지만 정언은 그 말이 끝나기 무섭게 목소리를 높였다.

"끝을 내는 건 접니다. 더 가야 할지 멈춰야 할지도 제가 결정합니다!"

사무실 안에 적막이 내려앉았다. 두 사람 사이의 공기는 무겁고 팽팽했다. 정언은 숨을 쉬는 것조차 잊은 채 영직을 응시했다. 안경 너머의 눈이 미묘하게 흔들렸다. 절대 물러서지 않는 정언과 대치하던 영직이 마침내 그 침묵을 깼다.

"엄대진이 너 누구 딸인지 몰라서 여태 손 안 댄 줄 알아?"

영직은 정언이 자신의 말에 대답할 시간조차 주지 않고 고함을 쳤다.

"너 서현국 딸인 거 엄대진이 처음부터 다 알고 있었어! 내가 선배 죽는 것도 모자라서 딸 죽는 것까지 눈앞에서 봐야겠어? 그래, 너 그 결정 한다 쳐. 그래서 엄대진이 너 죽이면, 너희 엄마는! 사모님은 무슨 죄로 남편 잃고 딸까지 잃어야 하냔 말이야! 선배나 너나, 본인들이 정의감에 취해서 죽든 말든 본인 선택이다, 그래. 그거 알겠어. 그런데 너희 엄마는? 엄마 생각은 안 해?"

"엄마하고 저 걱정하셨으면 그때 진실 애기하셨어야죠!"

정언이 받아치자 영직이 정언에게 한 걸음 가까이 다가섰다. 원칙주의자 같은 얼굴에 처음으로 분노의 감정이 서렸다.

"그러면 죽은 사람이 살아 돌아와? 내가 선배한테도 똑같이 애기했어. 사모님하고 따님 생각은 안 하시냐고. 선배 혼자 입 다무는 게 뭐가 어렵냐고! 그래서, 너희 아빠 어떻게 됐어? 기자 하나 개죽음당한 것밖에 더 돼? 선배 죽어서 엄대진 막을 수 있었어?"

"CP님!"

"너 이 방송 나가면 세상이 뒤집어질 것 같아? 너희 아빠가 목숨 걸고 그렇게 취재해서 남은 게 뭐야? 세상이 뭐가 그렇게 달라지고 뭐가 그렇게 더 좋아졌냐고! 너 지금 당장 핸드폰 켜서 포털 사이트 메인 뉴스 봐. 거기 댓글에서 뭐라고 지껄이는지 한 번 보라고. 너 그렇게 목숨 걸고 싸우는 거 고작 그렇게 수준 낮은 인간들 권리 챙기는 일밖에 안 돼! 알기나 해?"

영직의 목소리는 진심으로 울분에 차 있었다. 정언은 그가 아주 오랫동안 그런 생각에 사로잡혀 있었으리라는 것을 쉽게 짐작했다. 정언은 불현듯 영직의 변절이 창묵의 말처럼 단순한 두려움은 아닐지도 모르겠다고 생각했다.

어쩌면, 그건 회의감에 더 가까울 수도 있었다. 젊은 시절을 바쳐 세상을 바꿔 보려 노력했으나 돌아온 것은 선배의 죽음뿐이었다면, 모든 것이 언제나 그대로였다면…… 열정 넘치던 젊은 기자가 회의주의자로 변모하는 건 어렵지 않았을 터였다.

안경 너머의 눈에서 불꽃이 튀었다.

"그 인간들이 너희한테 뭐 대단히 고마워하기나 할 것 같아? 다 조작이다, 북한 빨갱이다, 수구 꼴통들한테 돈 받고 세뇌당해서 그딴 댓글이나 달아 대는 놈들 위하면 돌아오는 게 뭐야?"

그러나 설령 그렇다 한들 지금의 영직을 정당화할 수는 없었다. 정언은 그런 것을 용납하지 못했다. 정언은 물러서지 않고 영직의 말을 맞받았다.

"선민의식 집어치우시죠. 지금 CP님 하시는 거 궤변입니다!"

"궤변? 뭐가 궤변인데? 방송은 대중이 원하는 걸 보여 주는 거야. 불편하고 보기 싫은 진실이 아니라! 대중이 원하는 게 엄대진이라고! 그게 지금 이 국민 수준에 어울리는 대통령이야!"

영직이 이성을 잃은 채 소리를 질렀다. 정언은 그의 눈을 응시했다. 정언을 물끄러미 마주 보던 영직이 먼저 시선을 돌렸다. 흥분 탓에 그의 마른 어깨가 들썩였다. 영직은 한동안 숨을 골랐다. 그가 다시 입을 열었을 때, 그 목소리는 처음보다 더 낮아져 있었다.

"내 말 새겨들어. 내일 오전에 사장님하고 국장님 검찰 소환도 결정됐어. <뉴스라이트>도 내일부터는 못 나간다고 생각해. 너희도 마찬가지야. <비하인드 24> 토요일까지 스튜디오 수배 불가능해. 방송 안 되니까 괜히 힘 빼지 말고 목숨 아끼라고. 편성국장이 특선영화 편성한다는 거 내가 강재희 불러서 시청률 잘 나온 편 대강 편집해서 내보내라고 얘기했으니까 그렇게 알고."

정언은 대답 대신 돌아섰다. 더 이상 들을 이야기는 없었다. 등 뒤에서 정언아, 하는 영직의 목소리를 들었으나 정언은 말없이 문을 열었다. 잡은 문손잡이가 차가웠다. 열어젖힌 문 너머로 고요한 복도가 아득했다.

사무실을 나선 정언은 있는 힘껏 문을 닫았다. 부서지는 듯한 소리가 텅 빈 복도 전체를 울렸다. 닫힌 문 너머에서 영직이 비명을 지르듯 정언을 불렀다.

"서정언!"

그러나 그 목소리는 결코 정언에게 닿을 수 없었다. 정언은 뒤도 돌아보지 않고 비상구 계단을 달려 내려갔다. 마음의 어딘가가 천천히 소리를 내며 무너져 내렸다. 한 조각씩, 한 조각씩 떨어져 내리던 그 성벽이 점점 빠르게 붕괴하기 시작했다. 발밑의 감각이 전부 사라졌다.

끝없는 어둠 속으로 세상이 빨려 들어가는 것 같았다.

멍하니 쳐다본 엘리베이터 층수 표시창의 숫자는 8에서 멈춘 채 움직이지 않았다. 윤은 닫힌 엘리베이터 문에 비친 자신의 얼굴을 보았다. 어쩔 줄 몰라 하는 그 표정은 낯설었고, 동시에 묘한 무력감을 느끼게 했다.

정언에게 무슨 일이 생긴 것이 분명했다. 그러나 무슨 일인지 짐작조차 가지 않았다. 최창묵의 오피스텔에서부터 정언의 상태는 뭔가 이상했다. 누가 봐도 무슨 일이 있나 싶을 정도였다. 아무리 기억을 되짚어도 이유를 알 수 없어 더 답답했다.

마음에 걸리는 게 있다면 단 하나, 서현국 기자의 얘기였다.

창묵이 서현국 기자에 대한 말을 꺼낸 순간 자신도 가슴이 덜컥할 정도였기에, 정언이 크게 다르리라는 생각은 들지 않았다. 그러나 그 일이 정언이 그렇게까지 동요할 만한 이유인지 확신할 수가 없었다.

겨우 정신을 차린 윤이 사무실 문을 열고 들어서자 심각한 얼굴로 무슨 얘기인가를 나누고 있던 팀원들이 일제히 이쪽으로 시선을 돌렸다. 책상에 걸터앉아 있던 재희가 먼저 말을 걸었다.

"어, 김 피디. 서 피디는 어디 두고 혼자 왔어?"

"모르겠습니다."

윤은 주저하며 대답했다. 재희가 이건 무슨 말인가 싶었는지 눈가를 찡그리며 되물었다.

"어디 갔는지 모르겠다는 거야?"

"주차장까지 같이 들어왔는데 갑자기 따라오지 말라고 하셔서……."

말끝을 흐리는 윤을 본 재희가 재차 확인했다.

"서 피디가?"

"네."

잠깐 뭔가를 생각하던 재희는 고개를 까딱였다.

"전화 한 번 해 볼래?"

윤은 즉시 핸드폰을 꺼내 정언에게 전화를 걸었다. 그러나 신호가 수십 번 가도 정언은 전화를 받지 않았다. 뭔가 이상하다는 생각이 든 건 그때였다. 퍼뜩 불길한 예감이 엄습했다. 서둘러 다시 한 번 전화를 걸었지만 마찬가지였다. 한참 응답 없는 신호를 듣고 있던 윤은 전화를 끊었다.

"안 받는데요."

재희가 미간을 찌푸리며 혼잣말처럼 중얼거렸다.

"이 상황에 갑자기 어딜 갔지?"

"무슨 일 있었습니까?"

윤이 묻자 곁에 앉아 있던 찬수가 대신 대답했다.

"최 CP님이 이번 주 방송 하지 말라고 해서 우리가 지금 어떻게 해야 되나, 그거 얘기하던 중이었어."

"방송을 하지 말라고요?"

윤은 눈을 동그랗게 떴다. 선경 덕분에 <뉴스라이트>도 이미 이번 주 내내 방송이 진행 중이었다. 이제 와서 <비하인드 24>를 막는다 해도 엄대진의 상황이 나아질지는 회의적이었다. 그런데도 어떻게든 더 악화되는 건 막을 생각인 듯싶었다. 재희가 가벼운 한숨을 섞어 내뱉었다.

"내일 오전에 사장님하고 국장님 검찰 출석 결정됐어. 일단 두 분 부재중이면 막아 줄 사람 없다 그거지. 지금 하는 짓 보니까 검찰 조사 최대한 길게 잡아 놓고, 조사 끝나면 바로 영장 청구할 생각인 것 같아."

엄대진이 폭락한 지지율을 만회할 방법은 하나뿐이었다. 앞으로 나갈 방송이라도 틀어막고, 서온건설 게이트 때처럼 역으로 언론 플레이를 시도해 여론을 바꾸는 것.

이 방송이 자신들이 시도할 수 있는 최후의 반격이듯, 엄대진 역시 마찬가지일 게 분명했다. 재희가 구겨진 미간을 손끝으로 눌렀다.

"CP님이 지금 편성국에서 특선영화 강제로 편성하겠다는 거 막았대. 시청률 잘 나온 편 두세 개 엮어서 900회 특집으로 내보내라고 하는 중이야."

사장과 보도국장의 검찰 소환과 동시에 더 이상의 보도를 막기 위한 판을 짠 모양이었다. 이제 다 왔다고 생각했는데, 고작 며칠을 버티는 게 이렇게까지 힘들 줄 누구도 예상하지 못했을 건 당연했다. 어두워진 윤의 얼굴을 알아차렸는지 재희가 서둘러 화제를 돌렸다.

"그건 그렇고, 임 기자님 좀 어때? 어떻게 된 거야?"

"어제 회식 끝나고 새벽에 들어가는 길에 습격당하신 것 같아요. 쓰러져 계신 걸 근처 사는 사람들이 보고 신고했다는데, 경찰 말로는 뒤통수를 둔기로 맞았다고 그러더라고요."

윤의 대답을 들은 석현이 눈을 화등잔만 하게 떴다.

"아니, 진짜 이젠 별 미친 새끼들이 다 있네. 그래서?"

"병원으로 옮겨서 수술은 끝났는데, 저희 나올 때까지 의식이 없으셔서……."

윤이 말끝을 흐리자, 혜주가 입가를 가리며 발을 동동 굴렀다.

"어떡해요, 괜찮으시겠죠?"

"무슨 일 생기면 연락 달라고 가족분들한테 말씀드렸는데 아직 연락 없었어요. 기다려 봐야죠, 뭐."

윤은 혜주를 안심시키려 애써 웃어 보였다. 물론 모두에게 그다지 위로가 될 상황은 아니었으나, 지금으로서는 다른 방법도 없었다. 재희가 몸을 조금 앞으로 내밀었다.

"다른 건?"

"없어진 물건이 하필이면 기자수첩하고 핸드폰, 보이스리코더라 동료분들이 심적으로 좀 심하게 위축되신 것 같더라고요."

재희가 그 말에 한숨을 내쉬며 이마를 짚었다. 석현이 혀를 차며 절레절레 도리질을 쳤다.

"엄대진이네, 엄대진이야. 백 퍼센트네. 하이고, 미친 새끼. 진짜 쫄리긴 엄청 쫄리나 봐?"

"<뉴스라이트> 방송 나가고 여론이 너무 심각해. TK 지역에서 타격 장난 아니고. 야당 공작이라고 틀어막기라도 하려면 추가 보도는 무조건 막아야겠지."

대답하며 무슨 생각을 하는지 잠시 입가를 만지작거리던 재희가 윤을 마주 보았다.

"경찰에서는 뭐라고 그래?"

"CCTV하고 블랙박스 확보하고 조사 들어갈 건가 봐요."

"그래, 알았어. 그리고?"

"아, 저기, 최창묵 만났습니다. 인터뷰도 했고요."

최창묵이라는 말에 재희의 표정이 달라졌다.

"어떻게?"

"병원으로 찾아왔더라고요. 임 기자님 그렇게 되신 거 보고 동요가 있었나 봐요. 서온건설 게이트 때 당내에서 자기보고 덮어쓰라고 강요했다는 녹취파일 전부 보내 줬습니다. 내용은 아직 확인 못 해봤는데 선배가 우선 인터뷰하고 녹취파일 내용 공유해서 구성안 수정하라고 했거든요."

"그럼 일단 인터뷰부터 좀 들어 봐. 프리뷰 딸 시간 없으니까 무슨 내용 쓸 수 있나 좀 보자고."

앉아 있던 책상에서 내려온 재희가 바로 손가락을 까딱여 회의실로 들어오라는 손짓을 했다. 윤은 서둘러 회의실 모니터에 캠을 연결하고 인터뷰 영상을 틀었다. 팀원들이 옹기종기 모여 앉아 화면에 눈을 고정했다.

최창묵이 엄대진의 배경에 대해 말하는 동안 팀원들은 저마다 그렇지, 그럴 줄 알았어, 따위의 혼잣말로 추임새를 넣었다. 팀원들이 웅성거리는 사이에도 재희는 한마디도 하지 않고 선 채 모니터를 뚫어지게 보고 있었다.

그사이 최창묵이 하조대 방파제에 끌려간 이야기를 시작하자, 듣고 있던 석현이 완전히 질렸다는 얼굴로 치를 떨었다.

"엄대진 무섭다, 진짜."

그 말에 예준이 맞장구를 쳤다.

"미쳤네, 미쳤어. 말한 최창묵이 대단하네. 난 저런 짓 당했으면 절대 말 못 해요. 평생 숨어 살 거야. 김 피디한테 설득당한 게 신기하다."

"아니, 진짜 엄대진 가지고 연쇄살인범 특집 해도 되겠어."

석현이 고개를 내저었다. 전혀 농담 같지 않은 말이었다. 이미 취재하는 동안 드러난 사망자만 해도 두 손으로 다 꼽지도 못할 정도였다. 실제로 묻힌 피해자들은 훨씬 더 많을 것이 분명했다. 회의실 안에 짧은 침묵이 지났다.

그러는 동안에도 화면 속에서 최창묵의 말은 계속 이어졌다. 창묵이 정보현과 임형원 기자에 대해 말하는 것을 주의 깊게 듣고 있던 팀원들이 갑자기 크게 동요한 건 다음 순간이었다. 화면 속에서 창묵의 목소리가 흘러나왔다.

『제일 유명한 건 YBS 서현국 기자겠네요.』

서현국이라는 이름을 듣자마자, 팔짱을 끼고 앉아 있던 현진이 자리에서 벌떡 일어났다.

"야, 이게 뭔 소리야?"

한마디도 없던 재희가 갑자기 버럭 소리를 지른 건 그때였다.

"빨리 볼륨 올려!"

깜짝 놀란 지혁이 다급하게 리모컨을 찾아 볼륨을 올렸다. 창묵의 목소리가 회의실 전체를 채웠다.

『서현국 기자, 유명하잖아요. YBS 보도국 전설 아닙니까. 백선경, 전한동, 서현국, 최영직. 서현국하고 최영직 알아주는 콤비였죠. 그런데 한 사람은 죽고, 한 사람은 변절합니다.』

"이거 진짜야?"

현진이 경악하는 표정으로 물었으나 아무도 대답할 수 있을 리 없었다. 눈을 휘둥그렇게 뜬 찬수가 아니 이런 씨발, 개 같은, 하며 문장이 되어 나오지 않는 육두문자만 연신 반복했다. 답지 않게 얼굴에서 핏기가 완전히 가신 재희가 화면을 뚫어지게 보다 입을 열었다.

"좀 보고 있어 봐. 김 피디는 나 잠깐 따라 나오고."

재희가 먼저 회의실을 나섰다. 영문을 모르는 윤은 서둘러 재희를 따랐다. 옥상 정원까지 가는 동안 재희는 내내 한마디도 하지 않았다. 갑자기 왜 이러는지 이유를 알 수가 없었다. 옥상 문을 닫은 재희가 벽에 기대서며 전에 없이 심각한 얼굴로 윤에게 물었다.

"서 피디 어디로 간다는 얘기 정말 없었어?"

"아뇨, 아무 말도……."

문득 서늘한 불길함이 바닥의 그림자에서부터 스멀거리며 기어 올라와 발목을 휘감았다. 서 있는 바닥에서부터 번지는 그 이상한 감각에 저도 모르게 몸이 굳는 것 같았다. 무슨 말을 해야 할지 모르겠다는 표정을 하며 윤을 한참이나 응시하고 서 있던 재희가 눈가를 눌렀다.

"서 피디가 얘기 안 했어?"

"무슨 얘기요?"

윤이 되묻자 재희가 긴 한숨을 내쉬었다. 망설이는 기색이 역력했다. 자신이 아는 재희는 결코 이럴 사람이 아니었다. 까닭 없이 식은땀이 솟았다. 이마와 목덜미가 불어오는 바람에 선뜩했다. 오랫동안 말이 없던 재희가 나지막하게 입을 열었다.

"자기 아버지가 서현국 기자라는 거."

그 말이 머릿속에 바로 들어오지 않고 글자 그대로 머릿속에서 떠돌았다. 누가 누구라고? 아무리 애써도 의미가 조합되지 않아, 윤은 눈을 깜빡였다.

"네?"

윤이 그 사실을 전혀 몰랐다는 걸 눈치챈 듯, 재희가 한숨 섞인 목소리로 내뱉었다.

"서 피디 서현국 기자 딸이야. 외동딸. 아버지 돌아가시고 YBS 들어왔다고."

누가 머리 위에서부터 얼음을 쏟아부은 것처럼 머릿속이 순식간에 차가워졌다. 온몸의 피가 일순간에 모두 빠져나가는 느낌은 낯설었다.

완전히 얼어붙은 윤은 손끝 하나도 까딱하지 못한 채 재희를 빤히 보았다. 자기 머리칼을 이리저리 흩은 재희는 벽에 뒷머리를 박으며 허공에 대고 중얼거렸다.

"미치겠다, 정말."

눈앞이 아찔하게 빙글 돌았다. 그제야 아무렇게나 쏟아부어 놓은 직소 퍼즐의 조각처럼 이해할 수 없던 모든 장면들이 하나로 맞춰지기 시작했다. 창백해진 얼굴, 떨리던 목소리, 끝이 새하얗게 되도록 말아 쥐던 가느다란 손. 따라오지 말라고 소리를 지르던 정언의 그 표정은 지금까지 단 한 번도 본 적 없는 것이었다.

"선배가, 그러면……."

윤은 저도 모르게 입술을 달싹였다. 머리보다 먼저 입이 제멋대로 움직였다. 그러나 그다음 말은 아무것도 생각나지 않았다. 재희가 머리칼을 쓸어 올리며 윤을 물끄러미 보았다. 설명할 수 없는 눈빛이었다.

발을 딛고 선 땅 밑이 그대로 무너지는 것 같았다. 갑자기 누가 목을 조르는 것처럼 숨이 막혔다.

왜 말하지 않았을까. 엉망진창이 된 머릿속으로 윤은 가장 먼저 그 질문을 떠올렸다. 서현국 기자에 대한 이야기가 나올 때마다 정언은 마치 전혀 모르는 사람인 양 넘어가곤 했다. 아버지는 어떤 분이셨냐고 물었을 때도 그냥 평범한 분이었다는 대답만이 돌아왔던 것이 생각났다.

마치 영상을 거꾸로 돌리듯 수많은 기억들이 역순으로 재배치되기 시작했다. 윤의 생각이 멈춘 곳은 처음 희경을 만난 후 모였던 회의실 안이었다. 정언이 꼭 이 사건을 방송하고 싶어 한다고 느꼈기에, 재희에게 겁도 없이 팩트를 가져오겠다고 말했던 그 순간.

그저 막연하던 느낌이었다. 그때는 왜 자신이 그렇게 생각했는지 알지 못했다. 완전히 잊고 있던 기억이 재생된 순간 윤은 그 까닭을 비로소 깨달았다.

사랑하는 사람을 마지막 인사조차 없이 떠나보낸 걸 쉽게 받아들일 수 있는 사람은 없다던 정언의 목소리가 뇌리를 지났다. 겪어 본 사람만이 알 수 있을 상실감. 이 사건을 시작했을 때부터 정언이 그 고통을 몇 번이나 다시 반복했을지 감히 상상조차 할 수 없었다.

차 안에서 죽지 말라고 말하며 눈물을 흘리던 그 얼굴이 되살아난 건 필연적이었다. 정언이 무엇을 두려워하고 있었는지 이제야 알 것 같았다. 온몸이 떨려 왔다.

"제가, 제가 어릴 때 서현국 기자님하고 만난 적 있었거든요. 저희 집에서 기자님한테 도움 받은 일이 있어서 그거 선배한테 얘기했었는데…… 그 뒤로도 기자님 얘기 몇 번쯤 했었고, 그때 말했을 수도 있는데, 왜……."

윤은 더듬거리며 두서없는 단어들을 발음했다. 혼란스러움과 무력감이 뒤섞여 머릿속이 새하얘졌다. 그런 윤을 물끄러미 보던 재희가 나지막이 대답했다.

"서 피디 그거 말하기 싫어해. 서현국 딸이라고 소문나면 사람들이 자기 어떻게 볼지 뻔히 아니까. 회사에서 이거 아는 사람 몇 없어. 우리 팀원들도 모르고."

서현국 기자의 딸이 아니라, 서정언 피디 본인으로 인정받고 싶었기에 지금까지 다른 사람들에게 그런 이야기를 하지 않았으리라는 건 충분히 이해할 수 있었다.

그러나 지금 자신의 마음은 이성적인 이해 바깥에 존재했다. 조금만 더 기대 줄 수는 없었을까. 자신을 믿어 줄 수는 없었던 걸까. 재희에게 말할 수 있었다면, 왜 자신에게는 말하지 못했을까. 뭐라고 이름 붙일 수 없는 감정들이 제멋대로 한데 뒤섞였다. 그런 윤을 알아차렸는지, 재희가 다독이듯 말했다.

"김 피디가 그런 얘기 했으면 더 말하기 힘들었겠지. 서 피디 성격 알잖아. 선 확실한 앤데, 괜히 그렇다고 말했다가 공사 구분 안 될까 싶어 입 다물었을 거야."

재희의 말이 맞다는 건 알고 있었다. 그러나 의례적인 대답조차 떨어지지 않았다. 윤이 침묵하자, 눈썹 위를 몇 번 문지른 재희가 물었다.

"혹시 갈 만한 데 생각 안 나?"

정언에게는 개인적인 삶이 거의 존재하지 않았다. 재희도 그걸 모를 리 없었다. 윤은 그 질문으로 재희 역시 막막해하고 있다는 걸 알아차렸다. 윤이 간신히 고개를 젓자, 재희가 윤의 어깨를 두드렸다.

"일단 김 피디가 집 아니까, 혹시 거기 있는지 한 번 갔다 와 볼래? 내가 이쪽에서 찾아볼 테니까."

"네."

재희가 서둘러 옥상을 나갔다. 계단을 내려가는 발소리를 듣고 있던 윤은 퍼뜩 정신을 차렸다. 이러고 있을 때가 아니었다. 정언이 어떤 마음일지, 무슨 생각을 하고 있을지 가늠하는 것만으로도 심장이 꽉 조여드는 것 같았다.

서둘러 옥상에서 뛰어나온 윤은 바로 엘리베이터를 타고 로비로 내려왔다. 정언의 집을 향해 달려가는 내내 윤은 계속 전화를 걸었다. 그러나 통화 목록에 정언의 이름이 수십 번 찍히도록 정언에게서는 답이 돌아오지 않았다. 허무하게 흩어지는 발신음에 속이 타들어 갔다.

윤은 정언의 오피스텔 앞에 멈춰 숨을 골랐다. 올려다본 창가에는 불이 꺼진 채였다. 바로 지하 주차장으로 뛰어 내려가 그 넓은 주차장을 끝에서 끝까지 몇 번이나 오가며 확인했으나, 정언의 차는 없었다.

근방을 전부 뒤지는 동안 거의 한 시간이 훌쩍 지나갔다. 재희에게서 전화가 걸려 온 건 그때였다. 윤은 얼른 전화를 받았다.

『서 피디 집에 없어?』

누가 들을까 싶어서인지 잔뜩 낮아진 목소리였다. 윤은 애써 침착하게 대답했다.

"네. 주차장에 차도 없어요."

『여기서도 본 사람이 없다는데.』

미치겠다, 하고 재희가 중얼거렸다. 잠깐 사이를 둔 재희는 윤에게 말했다.

『사무실로 와. 전 부장님하고 대책 얘기했으니까, 김 피디라도 일단 들어야지.』

"알겠습니다."

전화를 끊은 윤은 몸을 숙이며 긴 숨을 내쉬었다. 머리 위로 떨어지는 가로등 빛에 그림자가 멀리 늘어졌다. 도로를 지나치는 자동차 소리나 근처 상가에서 흘러나오는 희미한 음악들 따위는 언제나의 일상과 다를 바 없었다. 그러나 그 여상함이 갑자기 낯설어졌다.

믿음이 무너지는 순간 드러난 진실은 지나치게 잔혹했다. 지금까지 익숙했던 모든 세계가 자신을 배신하고 등을 돌린다는 건 어떤 기분일까. 짐작조차 할 수 없는 고통을 애써 상상하자, 무딘 칼날로 심장의 어딘가를 저미는 듯한 아픔이 스며들었다.

윤은 그 자리에 무너지듯 다리를 접어 주저앉았다. 지금 바라는 건 단 하나였다. 제발 정언이 지금 이 순간 혼자라고 생각하지 않기를, 그 모든 고통을 홀로 감당하려 하지 않기를.

윤이 다시 사무실로 돌아왔을 때, 이미 창묵의 인터뷰를 전부 본 듯 팀원들은 몹시 심각한 분위기였다. 윤이 돌아오자 당연히 정언이 함께 올 거라고 생각했는지 문으로 시선을 주었던 예준이 의아하다는 듯 물었다.

"아니, 도대체 서 피디는 지금 이 판국에 어딜 간 거야?"

"일이 좀 생겼어."

재희의 말에 예준이 화들짝 놀라며 되물었다.

"일? 무슨 일이요?"

"그건 나중에 얘기할게. 일단 지금 방송 어떻게 할지부터 생각하자고."

재희가 즉시 화제를 돌렸다. 희림이 걱정스러운 표정으로 조심스럽게 말을 꺼냈다.

"내일 오전에 사장님하고 국장님 들어가시면 <뉴스라이트>는 어떡해요?"

"전 부장님하고 얘기했는데 무슨 일이 있어도 방송은 사수하신대. 그래도 아직 전 부장님 편이 많아. 지금 반대하는 쪽에서 제작 거부 사태 생길 수도 있어서, 정수창 앵커하고 나머지 기자들이 펑크 대비한 추가 기사 올려놓고 큐시트 2안 짜는 것도 고려중이라고 하고."

귀를 기울이고 있던 찬수가 흠, 하며 턱을 만지작거렸다.

"그러면 일단 그쪽은 <뉴스라이트>에 맡겨야겠네."

"어차피 우리가 거기 간섭할 수도 없잖아요. 전 부장님이 그건 그 팀에서 어떻게든 내보낼 거라고 신경 쓰지 말라고 하시더라고요. 우리가 문제인 거지."

"혹시 뉴스 센터 스튜디오 쓰는 건 불가능해요? 세트나 뉴스 스탠바이 시간 때문에 힘든가?"

호형이 끼어들자 재희가 고개를 가로저었다.

"그건 둘째 치고, 지금 우리가 스튜디오를 쓰면 다른 사람들이 보복 당하게 생겼어."

정언의 생각으로 정신이 없는 와중에도 그 말은 선명하게 들렸다. 잠시 멍하니 앉아 있던 윤은 퍼뜩 고개를 들었다. 재희가 두통이 있는 듯 찌푸린 미간 위를 꽉 눌렀다.

"내가 지금 다른 데 더 부탁을 할 수가 없어. 토요일 자정까지 우리는 일산 센터 포함해서 무조건 모든 시사보도국 배정 스튜디오 사용 금지고, 이거 어기면 부서 책임자한테 중징계 내린다고 위에서 협박했대. 제발 자기들 사정 좀 봐 달라고 하더라고."

"방송 직전까지 막으면 니들이 뭐 어쩌겠냐 이거예요?"

황당해 죽겠다는 표정을 한 호형이 얼굴을 벅벅 문질렀다.

"이거 진짜 돌아 버리겠네."

"그리고 만에 하나 외주 스튜디오든 렌탈이든 어떻게 구한다 쳐도 지금 방송 자체를 내보내지 말라는데 이건 어떻게 할까 그 거지. CP님이 금요일 오후에 편집본 가져와서 시사를 하래. 이 사들이 직접 보겠다면서."

"만약에 우리가 거부하면?"

찬수가 묻자 재희는 어깨를 으쓱해 보였다.

"그러면 심석건 말대로 그냥 특선영화 내보내면 그만이죠."

"아주 최후의 발악을 하는구만. 벌써 지지율 폭락중인데 우리 막는다고 판 새로 짤 수 있을 것 같은가?"

"뭐라도 해 보고 싶지 않겠어요? 우리도 뭐라도 해 보려고 시 작한 거니까."

재희의 말투는 담담했으나 그 속이 어떨지 짐작하는 건 어렵 지 않았다. 이 자리의 모든 사람이 다 같은 마음일 터였다. 한동 안 말이 없던 찬수가 중얼거렸다.

"아, 진짜 스튜디오고 뭐고 당장 방송을 하는 게 난감하네. 최 CP 얘기 이사진들 앞에서 서버에 올린 최종본 시사하라는 거 지? 환장하겠다, 정말."

사무실 안에 무거운 침묵이 내려앉았다. 막다른 골목에 몰린 상황이었다. 아무리 생각해도 다른 방법이 없었다. 최종본으로 시사까지 하겠다는 건 문제가 될 소지는 무조건 제거하겠다는 뜻이었다.

그렇다고 여기서 포기하자니 그건 더더욱 말도 안 되는 소리 였다. 죽을힘을 다해서 여기까지 왔는데, 코앞에 목적지를 놓고 그만둘 수는 없었다. 정언이라면 더더욱 이보다 더한 상황이라도 어떻게든 방송을 내보낼 방법을 강구할 게 분명했다.

한동안 생각에 빠져 있던 윤은 입을 열었다.

"방송 안 할 수는 없는 거 아닙니까?"

"그렇지."

재희가 무슨 그런 당연한 소리를 하냐는 듯 대답했다. 팀원들의 시선이 윤에게 쏠렸다. 입술 끝을 몇 번 잘근거리던 윤은 재희를 마주 보았다.

"그러면 생방송으로 내보낼 수는 없나요?"

"생방송?"

재희가 되묻자, 찬수가 곁에서 눈을 휘둥그렇게 떴다.

"김 피디, 생방 들어가 봤어?"

"아뇨."

물론 그런 적은 없었다. 기껏해야 <오늘의 요리>가 경력의 전부인 윤이 생방송 경험 따위가 있을 리 만무했다. 찬수가 재 뭐지, 하는 얼굴로 심각하게 윤을 쳐다보다 말고 고개를 돌려 팀원들에게 시선을 주었다.

"우리가 생방 해 본 적이 있나?"

"없죠. 생방할 일이 뭐가 있어, 뉴스도 아니고."

대꾸한 철진이 어우, 하며 고개를 갸웃했다.

"아무리 천하의 서정언이라도 생방으로 앉아서 말하라면 그게 될까? 녹화 때 실수 없는 편이긴 한데 녹화랑 생방이랑 압박 오는 게 다르잖아."

석현이 철진에게 면박을 주었다.

"아니, 압박이 문제가 아니고 그게 어떻게 가능하냐고. 갑자기 생방을 어떻게 해. 문제가 한두 가지가 아닌데."

스튜디오 녹화가 불가능해 영상 종편조차 끝내지 못한 데다 메인인 정언은 사라진 상태였다. 생방송을 하려면 구성안도 다시 짜야 했고, 송출 가능한 스튜디오도 필요했다. 이사진들이 최종본을 확인하겠다고 눈을 시퍼렇게 뜨고 있는 건 더 문제였다. 사실상 생방송을 하기 위해 준비된 게 하나도 없는 상황이나 다름없었다.

다들 말도 안 된다는 표정을 하는 사이, 무슨 생각을 하는지 눈을 바닥에 둔 채 손끝으로 입술을 문지르던 재희가 고개를 들었다.

"요새 개인방송 스튜디오 렌탈하는 데도 많던데, 정 안 되면 그런 데라도 빌려 볼까?"

"진짜 하게요?"

철진이 반신반의하며 물었으나 재희는 진지했다.

"고려해 볼 만한 것 같아. 김 피디 생각은 뭐야?"

윤은 마른침을 삼켰다. 성공률이 희박한 작전이었으나 아무 생각 없이 한 말은 아니었다. 재희가 단칼에 안 된다고 자를 수도 있었지만 일단 말은 꺼내 봐야 했다.

"지난번에 서버에서 시보국 최종본 삭제해서 방송 펑크 날 뻔한 적 있다면서요. 저희가 그거 역으로 이용하면 안 됩니까?"

"어떻게?"

"우선 이사진들 요구대로 베스트 에피소드 묶은 편집본 만들어서 서버 올리는 겁니다. 금요일 오후 시사는 그 파일로 하고요. 그리고 방송 직전에 파일 삭제해 버리고 생방 들어가는 거 불가능할까요?"

윤이 조심스럽게 묻자 사무실 안에 정적이 지났다. 윤을 빤히 보던 재희가 씩 웃었다.

"김 피디 배 좀 까 봐. 간 어디 됐나 보게."

자리에 앉아 있던 호형이 슬금슬금 윤에게 다가오더니 정말 셔츠를 벗길 기세로 옷자락을 움켜쥐었다. 화들짝 놀란 윤이 당황하자 낄낄 웃은 호형이 잡았던 옷자락을 놓아주고는 책상에 걸터앉으며 윤의 편을 들었다.

"그렇게 하려면 일이 커서 그렇지, 이론적으로 불가능한 것 같진 않은데요. 일단 편성을 받았으면 그 시간에 우리가 방송을 할 수는 있다 그거니까. 심석건이나 이명구한테 우리 편성 내 달라고 항의하고 그러면서 진 뺄 필요는 없는 거 아니에요? 우리는 편성 받은 시간에 <비하인드 24> 이름으로 생방이든 재방이든 내보내기만 하면 되잖아요."

"아니, 윗대가리들 뒤통수치는 건 그렇다 쳐도 생방 말이 쉽지. 지금부터 그걸 준비한다고? 차라리 어디서 녹화 따로 떠서 방송 직전에 교체하는 게 낫지 않아?"

호형의 말을 듣고 있던 찬수가 불신인지 불안인지 확신할 수 없는 얼굴로 물었다. 그러나 재희는 고개를 가로저었다.

"걔들도 우리가 할 만한 짓 경우의 수 다 내놓고 감시하겠죠. 그렇게 생각하면 아예 생방으로 가 버리는 게 오히려 드라마틱할 수도 있지. 만약에 위에서 스튜디오 난입해서 우리 끌어낸다거나, 강제로 생방송 종료한다거나 하면 그건 더 문제가 되니까. 녹화방송이라면 송출 문제라고 핑계라도 대겠지만."

"아니, 근데 니들 잊고 있는 거 같은데 그거 하려면 제일 중요한 게 주조랑 부조 아냐. 거긴 우리 생방한다는 거 알아야 되잖

아. 만약에 주조에서 말 새어 나가거나 협조 안 해주고 바로 심석건 말대로 특선영화 틀어 버리면 어떡할 거야?"

찬수가 생각하는 가장 큰 문제는 주조정실인 모양이었다. 찬수의 말에도 일리는 있었다. 실제로 송출되는 방송을 제어하는 건 주조정실이었기에, 그쪽의 협조가 없다면 생방송으로 촬영을 한다 해도 그걸 내보낼 방법이 없었다. 호형이 되물었다.

"주조야 설득하면 되는 거 아니에요?"

"우리 타임 들어가는 거 여소명 MD일 텐데, 안 피디가 설득할 수 있어? 그럼 가서 해 보든가."

찬수의 말에 호형이 급격히 쭈그러들며 입을 다물었다. 재희도 골치 아프다는 얼굴로 관자놀이 부근을 눌렀다. 까닭을 모르는 윤은 곁에 앉은 호형을 쳐다보았다.

"왜요? 여소명 MD님이 누군데요? 이상한 분이에요?"

윤의 물음에 찬수가 바람 빠지는 소리를 내며 대신 대답했다.

"이상하다기보다는, 뭐라고 해야 되나? 사람이 너무 칼 같아. 완전 원칙주의자야. 이런 사람들을 설득하기 더 힘들다고. 상대가 누구든 원칙에 맞으면 하고 아니면 안 하고 그런 사람이라."

"여 MD님 설득할 수 있으면 여기 아니고 국제기구 가서 네고시에이터 해야 돼."

재희가 한마디를 보탰다. 여소명 MD가 어떤 사람인지 궁금해질 지경이었다. 대화를 듣고 있던 혜주가 눈치를 보다 물었다.

"김 피디님 보내면 안 돼요? 여 MD님도 여자분인데 그래도 이왕 하는 거……."

"쫓겨나지나 않으면 다행이야. 그런 걸로 넘어갈 분이면 우리가 이런 소리도 안 하지."

하하, 하고 웃은 재희가 팔짱을 끼었다.

"일단 난 김 피디 아이디어 나쁘지 않다고 봐. 더 좋은 플랜도 사실상 없고."

"여 MD님은?"

찬수가 미간을 좁히자 재희가 어깨를 으쓱해 보였다.

"밑져야 본전이죠. 내가 설득해 볼게요."

"성공하면 진짜 국제기구 가려고?"

킬킬거리는 찬수에게 재희는 짐짓 진지한 얼굴을 했다.

"내가 또 국제 외교 문제에 관심이 많잖아. 우선 한 작가님하고 임 선배, 민 피디 붙어서 편집본 만드는 걸로 합시다. 너무 공들이진 말고, 작년 최고 시청률 세 개 정도만 뽑아서 적당히 의심 안 받을 정도로만. 나머지 사람들도 좀 도와주고."

가볍게 손뼉을 딱 친 재희는 자기 손목에 찬 시계를 확인하더니 다시 눈을 들었다.

"그렇게 알고 준비해 봅시다. 오늘은 퇴근들 해요. 내일 아침부터 스튜디오 렌탈되는 곳 있는지 연락 돌려 보고, 생방송 가능할지 체크해 보자고. 김 피디는 잠깐 나랑 얘기 좀 하고."

팀원들이 부스럭대며 자리에서 하나둘씩 일어났다. 팀원들이 모두 빠져나가자, 재희가 바깥이 조용해진 것을 확인하고는 윤에게 물었다.

"서 피디 연락 없었지?"

"네. 계속 전화하는데 연결이 안 돼요."

"다 돌아다니면서 물어봐도 본 사람이 없다는데 도대체 어딜 간 거야."

창턱에 걸터앉아 혼잣말을 뱉은 재희가 재차 윤을 다그쳤다.

"방송국에 같이 들어온 건 확실해?"

"네. 주차장에서 선배가 엘리베이터 타는 것까지 봤는데……."

말끝을 흐린 윤의 머릿속으로 순간 어떤 장면이 지나쳤다. 정언이 탔던 엘리베이터의 층수 표시창이었다. 문이 닫히자마자 올라가던 숫자가 멈춘 곳은 8층이었다. 8층…… 빨간색으로 표시된 그 숫자가 선명하게 떠올랐다.

8층이라면 CP실이 있는 곳이었다. 정언이 창묵에게 영직에 대해 묻던 것이 갑자기 뇌리를 스쳤다. 머릿속의 생각보다 말이 더 빨리 튀어나왔다.

"CP실이요."

"CP실?"

재희가 미간을 좁혔다. 윤은 마른침을 삼키며 대답했다.

"저, 서현국 기자님 얘기 나왔을 때 선배가 최영직 기자도 그 사실 알고 있냐고 물어봤었어요. CP님한테 사실 관계 확인하려고 그런 것 같아요. 엘리베이터 타고 바로 올라갔는데 8층에 멈춘 걸 제가 봐서……."

이마를 짚은 재희는 얘를 어떡하냐, 하고 중얼거리며 잠시 침묵했다.

영직에게 뭐라고 물었을까. 무슨 말을 했을까. 원하던 대답을 얻었을까. 원하던 대답이라는 게 있기나 했을까. 꼬리를 물고 이어지는 질문에는 답이 없었다. 거기서 정언을 끝까지 붙들었어야 하지 않았을까 하는 생각에 심장이 조여드는 것 같았다.

윤의 마음을 알아차린 듯 허공으로 긴 숨을 내쉰 재희가 위로를 건넸다.

"김 피디 잘못 없어. 일이 이렇게 될 줄 누가 알았겠어."

"혹시 전한동 부장님도 이 얘기 알고 계셨던 겁니까?"

윤이 묻자 재희가 고개를 가로저었다.

"아냐. 안 그래도 부장님하고 아까 얘기했는데 엄청 충격받으시더라고. 최창묵 말대로면 아마 당시 경찰 출입 기자들 몇몇 사이에서 말 나왔다가 덮어 버린 거 아닐까 싶어. 돌아가신 지 벌써 십오 년 가까이 된 데다 범인도 죽었다니까 정황 아는 사람도 거의 없을 테고."

애써 웃은 재희가 윤의 등을 두드리고는 말을 돌렸다.

"너무 걱정하지 마. <조한일보> 김인택 쪽에서 이번 주에 YBS 방송 보고 만나겠다는 식으로 얘기했대. 여론 바뀌는 거 보고 이게 일시적일지, 아니면 유지할 수 있는 이슈인지 판단하려는 것 같아."

"방송 나가면 김인택도 마음 결정할까요?"

"본인 입장에서는 신중해야 하니까 결정타 기다리겠지. 김 피디 말대로 생방 가는 거 난 좋은 생각이라고 봐. 어차피 모 아니면 도지. 서로 이판사판이야, 이제."

몸을 일으킨 재희는 초조해하는 윤에게 시선을 주었다.

"그리고 혹시 모르니까 서 피디한테 연락 계속해 줘. 나도 해 볼 테니까. 어디 가서 나쁜 생각할 애는 아닌데, 보통 일이 아니다 보니까 걱정되네. 충격 심했을 거라서…… 생판 남들도 그렇게 놀라는데 본인은 어땠겠어. 책임감 없는 애는 아니니까 우선 기다려 보자고. 김 피디 오늘 새벽부터 고생 많았어. 들어가서 좀 쉬어."

부드러운 말투였다. 도저히 쉴 기분은 아니었으나, 여기 있다고 해서 뾰족한 수가 생기는 것도 아니었다. 마지못해 네, 하고 대답한 윤은 가방을 챙겨 자리에서 일어났다.

재희에게 고개를 꾸벅 숙여 보이며 사무실을 나선 윤은 주머니 속의 핸드폰을 꺼내 들여다보았다. 역시 정언에게서는 연락이 없었다. 통화 목록 몇 페이지를 가득 채운 정언의 이름에, 윤은 조용한 비상구 계단에 주저앉으며 머리를 감쌌다.

정언이 어디서 뭘 하고 있을지 아무것도 생각나지 않아 답답해 미칠 지경이었다. 몇 달 동안 가족보다 더 오랜 시간을 함께 보냈는데도, 자신이 기실 정언에 대해 전혀 모른다는 걸 깨닫는 일은 그리 유쾌하지 않았다.

한동안 어두운 계단에 앉아 있던 윤은 핸드폰 진동에 퍼뜩 놀라 이름을 확인했다.

최진수 부장님.

뜻밖의 이름이었다. 생각도 하지 못한 연락이라, 윤은 서둘러 헛기침을 두어 번 하고는 전화를 받았다.

"네, 부장님."

인사조차 없이 진수의 목소리가 돌아왔다.

『퇴근했냐?』

"아뇨, 아직……."

『어, 잘 됐네. 너 우리 사무실 잠깐 들러라.』

"왜요?"

『왜요는 이 새끼야, 왜놈들이 까는 요가 왜요고.』

진수의 개그 감각은 자신이 있을 때 그대로였다. 뭐라고 대답할까 윤이 고민하는 사이, 핸드폰 너머에서 진수가 버럭 소리를 질렀다.

『뭐 인마, 너 지금 쌍팔년도 개그 하지 말라고 하려고 그랬지?

입 다물고 빨리 와!』

알겠습니다, 하고 전화를 끊은 윤은 짧은 한숨을 쉬고 자리에서 일어났다. 무슨 일인지는 알 수 없었으나 차라리 퇴근해서 집에서 온갖 상상에 괴로워하는 시간을 조금이라도 줄이는 편이 나을 것 같았다.

교양국으로 내려간 윤은 <오늘의 요리> 사무실 앞을 기웃거렸다. 몇 달 전까지 매일 출근하던 사무실인데, 이제는 어쩐지 남의 집처럼 서먹했다. 닫힌 문을 가볍게 두드리자, 안에서 진수가 문을 열었다. 사무실 안은 모두 퇴근했는지 텅 비어 있었다.

"부장님, 잘 지내셨어요?"

윤이 인사를 건네기 무섭게 진수가 까치발을 들며 윤을 쥐어박았다. 아야, 하며 맞은 이마를 감싸자 진수가 혀를 찼다.

"야 인마, 아주 재미가 좋냐? 어떻게 몇 달이 되도록 얼굴 한 번을 안 보여?"

"죄송합니다."

멋쩍게 대답하자 진수가 제일 가까운 빈 의자에 걸터앉으며 윤에게 턱짓으로 맞은편 자리를 가리켰다. 윤이 진수와 마주 앉자 진수가 윤을 아래위로 훑어보았다.

"한창 팔팔할 놈이 왜 반쪽이야? 거기 일 그렇게 많냐?"

"생각보다는 할 만한데요."

씩 웃는 윤을 본 진수가 이 새끼 봐, 하는 얼굴로 팔짱을 끼었다.

"내가 너 그리 가고 나 욕먹을까 봐 엄청 떨었다는 거 아니냐. 근데 이충민한테 물어보니까 강재희가 김윤 아주 일 잘한다고 그랬다던데."

하루아침에 생판 남의 집에 애 맡겨 놓은 아버지의 심정이 됐던 모양이었다. 진수가 그런 걸 물어보고 다녔을 줄은 꿈에도 생각하지 못한 윤은 어색하게 뒷머리를 긁적였다.

"아니에요. 그냥 짐이나 안 되는 거죠, 뭐."

"여기서도 좀 그렇게 열심히 하지, 이 새끼야."

"제가 뭘 또 그렇게 열심히 안 했다고 그러세요."

부루퉁한 척을 하자 진수가 짐짓 삐죽거리는 윤의 입을 찰싹 때렸다. 윤이 아야, 하며 입가를 가리자 진수가 서운함 반, 안도감 반의 표정으로 내뱉었다.

"가서 잘 한다니까 그래도 내 맘이 좀 낫더라. 또 사고는 안 칠까 아주 조마조마해 죽을 뻔했어."

"제가 애도 아닌데 뭘 그렇게 걱정하셨어요."

별소리 다 듣겠다는 얼굴을 하는 윤을 가만히 보던 진수가 의자에 등을 묻었다.

"<비하인드 24> 이번 주가 마지막 방송이라며? 방송 나갈 수 있어?"

"그건 어떻게……."

깜짝 놀란 윤은 눈을 크게 떴다. 진수가 굳이 그 말에 대답하기 귀찮다는 듯 손을 휘적이며 재차 물었다.

"뭘 어떻게야, 인마. 방송 나갈 수 있어, 없어."

"당연히 나가야죠."

단어는 단호했지만 확신이 없었다. 팀원들의 말마따나 문제가 한두 가지가 아닌 탓이었다. 윤을 빤히 마주 보던 진수가 팔짱을 끼었다.

"스튜디오 구했냐? 강재희가 스튜디오 수배중이라고 소문 다

났던데."

"어떻게든 해 보려고요."

풀이 죽어 대답하자 진수가 코끝으로 웃는 소리를 냈다.

"뭘 어떻게 할 거야? 시사보도국 배정 스튜디오는 싹 사용 불가라며."

불난 집에 기름 뿌리는 것도 아니고, 왜 갑자기 불러서는 이런 말을 하는지 모를 노릇이었다. 윤이 진수의 의도를 가늠하기 위해 눈치를 살피는 사이, 진수가 입을 열었다.

"내일 오전에 사장님하고 백선경 국장님 검찰 소환이라고?"

대답을 기다린 말은 아닌 듯 진수가 휴, 하고 짧은 한숨을 뱉고는 이마를 긁적였다.

"<오늘의 요리> 스튜디오 쓰게 해 주면 돼?"

"네?"

윤은 귀를 의심하며 되물었다. 맞은편에 앉은 진수의 얼굴은 폭탄 발언을 한 것치고 지나치게 평온했다. 벼락을 맞은 듯 선뜻 대답하지 못하고 눈만 깜빡이는 윤을 보던 진수가 쯧, 하고 혀를 찼다.

"거기 쓰면 녹화할 수 있냐고 묻잖아."

"부장님."

윤이 다급히 진수를 부르자, 뭐라고 한마디도 더 하기 전 진수가 가차 없이 말을 잘랐다.

"아, 사내자식이 왜 이렇게 잔말이 많아. 할 수 있어, 없어?"

"부장님, 그게……."

"꽃게랑 대게는 알아도 그게는 모른다, 인마. 할 수 있나 없나, 그것만 대답하라고."

개인방송 스튜디오 수배까지 생각하는 와중에 버젓이 장비가 갖춰진 방송국 스튜디오를 쓰게 해 준다니, 지금 상황에서는 무릎을 꿇고 큰절을 올려도 모자랄 판이었다. 하지만 그 제안은 선뜻 받아들일 수 없는 것이기도 했다.

"저희한테 스튜디오 내주면 해당 프로그램 관리자한테 징계 간다고 들었는데요."

"그래서 뭐, 너 관리자야? 관리자는 난데 뭐가 불만이야?"

주저하는 윤을 본 진수가 의자 다리를 툭 걷어찼다.

"너 스튜디오 쓸지 말지도 결정 못 해? 이거 뭐 완전 시다구만. 야, 강재희 지금 있어? 있으면 전화해서 내려오라고 그래."

"아니, 부장님."

"늙은이 귀에 대못 박냐? 부장님 소리를 지금 몇 번을 하는 거야? 빨리 전화 안 해?"

진수가 다그치는 통에 윤은 어쩔 수 없이 핸드폰을 꺼냈다. 머뭇거리다 재희에게 전화를 걸자, 신호가 두어 번 가기도 전에 재희가 바로 전화를 받았다.

『어, 무슨 일이야?』

"그게, 저…… 잠깐 <오늘의 요리> 사무실로 오실 수 있으세요? 최진수 부장님이 얘기할 게 있다고 하시는데요."

『교양국 최진수 부장님?』

당연히 정언 얘기라고 생각했던 듯했다. 뜬금없는 진수의 이름에 의아하다는 투로 되물은 재희는 잠깐 사이를 두었다가 순순히 대답했다.

『알았어.』

전화가 끊어졌다. 재희가 <오늘의 요리> 사무실로 온 건 채오 분도 지나지 않아서였다. 진수가 문을 열어 주자, 재희가 깍듯하게 인사를 건넸다.

"안녕하세요."

"어, 강 피디. 여기 좀 앉아 봐. 아니, 내가 이 새끼 불러서 뭐 좀 물어보는데 시다라 뒤치다꺼리나 하지 지가 뭘 결정을 못 하잖아. 그냥 강 피디한테 물어보는 게 맞는 것 같아서."

의자를 끌어다 반 강제로 재희를 눌러 앉힌 진수가 원래 자리로 돌아가 앉았다. 사정을 모르는 재희는 의아한 표정을 했다.

"무슨 일이시죠?"

"스튜디오 못 구한다며. 우리가 <오늘의 요리> 스튜디오 쓰게 해 주면 방송할 수 있어?"

서론 없이 바로 본론으로 들어가는 진수에게, 재희는 드물게도 당혹한 기색이 역력한 얼굴로 되물었다.

"진심으로 말씀하시는 겁니까?"

"그럼 내가 다 늙어서 젊은 사람들 불러다 놓고 헛소리할까 봐 그래?"

"저희한테 스튜디오 주는 팀은 무조건 징계로 알고 있습니다."

"하여튼 <비하인드 24> 아주 이타적이야, 응? 프로그램만 이타적인 줄 알았는데 사람들이 어떻게 그렇게 남 생각부터 열심히 하나?"

헛웃음을 뱉으며 재미있어 죽겠다는 표정으로 재희를 빤히 보던 진수가 턱을 만지작거렸다.

"지금 본인들 코가 석 자인 거 알아? 남 걱정할 때가 아냐."

"관계없는 분한테 폐 끼칠 수는 없습니다."

"같은 YBS 직원인데 왜 관계가 없어? 회사 개판 나고 사장님,

시보국장님 잡혀가게 생겼다는데, 니들은 교양국장 잡혀가는 거 아니니까 손 놓고 구경이나 하라 그거야?"

재희가 선뜻 대답할 말을 찾지 못하고 침묵했다. 그런 재희에게 시선을 두고 있던 진수가 입을 열었다.

"군대 갔다 왔잖아. 군인들 전방에만 배치하나? 전방이 있으면 후방도 있고 보급책도 있고 첩보부대도 있고, 그래야 전쟁이 돌아가지. 시보국이 전방이니까 교양국 같은 후방은 빠져라?"

"그런 뜻은 아니었습니다."

재희가 서둘러 고개를 가로저었다. 진수가 알겠다는 듯 손을 들어 재희가 더 말하려는 걸 막았다.

"김윤 그렇게 전보당하고 내가 진짜 생각이 엄청 많았다고. 그 뒤로 징계 받은 사람들 보면 솔직히 뭐 이 새끼는 징계라고 할 수도 없는 거긴 한데, 아무튼 내가 그때 애한테 엄청 뭐라고 그랬어. 왜 입 못 다물고 있냐고. 너 뭔데 남들 다 가만히 있는데 거기 그런 글 썼냐고. 그런데 일이 이렇게 되니까 그게 엄청 마음에 걸리더라고. 내가 윗사람으로서 그렇게 얘기한 게 맞나, 내 한 몸 보신하자고 어린놈한테 입 다물라고 한 게 잘한 짓인가."

시선을 내린 채 손끝을 만지작거리고 있던 윤은 멈칫하며 진수를 마주 보았다. 진수가 윤의 시선을 외면하며 말을 이었다.

"공문 검토하고 결정 내린 거야. 시보국에서는 지금 이런 거 못 하잖아. 근데 공문에 뭐라고 돼 있냐, 모든 시사보도국 소속 프로그램 제작 스튜디오 사용 불가. 외주도 불이익 주겠다. 그런데 교양국은 언급 자체가 안 돼 있어. 이 건으로 징계를 내릴 수도 없고, 징계를 내린다고 해도 내가 빠져나갈 부분이 있다고."

심장이 덜컥 내려앉았다. 그런 부분은 생각조차 해 보지 못한 것이었다. 확실히 아까 재희도 시사보도국에 배정된 스튜디오가 사용 금지라고 언급했을 뿐, 다른 곳에 대해서는 말한 적이 없었다. 놀란 두 사람을 번갈아 보던 진수가 웃는 소리를 냈다.

"내가 나이 뭐 공으로 처먹은 줄 아나? 나도 다 생각이 있으니까 하자는 거지. 내가 무슨 정의감이 엄청 있어서 이러는 게 아니라고. 내가 김윤 이 새끼, 오랜만에 좀 똘똘한 놈 하나 왔구나 싶어서 잘 키워 보려고 끼고 있었는데 일 치고 그리 가 버려서 심란해 죽을 뻔했어."

진수가 윤에게 슬쩍 시선을 주더니 머쓱한 듯 관자놀이 부근을 긁적거렸다.

"아들 같은 놈 보내 놨더니 길바닥에서 녹화하게 생겼다는데 그걸 그냥 둘 수가 있나. 통박 굴리고 견적 나오니까 하자는 거야. 우리 스튜디오 괜찮아. 장비 교체한 지도 얼마 안 됐고. 시보국에서 하는 건 우리도 다 하니까. 부조 들어갈 스탭 없으면 우리 쪽에서 지원할 수도 있고."

"정말 괜찮으시겠습니까?"

재희가 아무래도 마음에 걸린다는 투로 묻자 진수가 손을 휘적였다.

"안 괜찮으면 뭐 어쩌려고? 일이 이쯤 됐으면 시보국에서도 앞일 생각하고 저지르는 건 아니잖아. 안 그래? 내일 없다, 죽어도 오늘 죽는다 마음먹었으니까 스튜디오 구하러 다니겠지."

그건 사실이었기에 재희와 윤 중 누구도 대답하지 못했다. 한참을 생각하던 재희가 결국 알겠습니다, 하고 수긍하자 진수가 코끝을 찡긋거리며 씩 웃었다.

"아이, 그래도 관리자가 좀 낫네. 언제 녹화 딸 건데?"

"생방송 진행할까 하는데요."

"생방? 생방으로 <비하인드 24>를 내보낸다고?"

그때까지 느긋하던 진수가 그 말에 자리에서 펄쩍 뛸 기세로 목소리를 높였다. 제풀에 깜짝 놀라 창 너머를 살핀 진수는 이게 무슨 소리냐는 표정을 했다.

"아직 결정된 건 아니고 극비 사항입니다."

"야, 이거⋯⋯."

재희의 말에 뭐라고 얘기하려는 듯 운을 뗐던 진수가 자기 머리를 흩어 놓더니 짧은 한숨을 뱉었다.

"일단 우리 스튜디오가 금요일 촬영 끝나면 주말은 비어서, 내가 추가 촬영 있다고 일요일 새벽까지 스튜디오 키핑해 놨어. 그거 가지고 지지든 볶든 알아서 하라고. 별관 스튜디오라 본관에서 진행하는 것보다는 눈에도 좀 덜 띌 테고."

"감사합니다."

"사고 크게 치네. 스케일이 아주⋯⋯ 남들이 다 <비하인드 24>, <비하인드 24> 그러는 이유가 있구만."

실없이 웃은 진수가 에라 모르겠다, 하며 내뱉었다.

"이왕 칠 거 크게 치라고. 그래야 남들이 다 보지. 시시하게 치면 나만 아파."

"생방송하자고 한 거 김 피디 생각입니다."

재희의 말에 진수가 황당하다는 표정으로 윤을 쳐다보더니 기가 찬다는 듯 픽 웃었다. 진수는 윤이 앉은 의자 다리를 툭 걷어찼다.

"강 피디. 애가 진짜 똑똑하고 괜찮은 놈이야. 가끔 지 맘대로 튀어서 그렇지. 성에 안 찰 거 알지만 잘 좀 봐 줘."

"아닙니다. 저희 팀에 보내 주셔서 감사하죠."

"내가 보냈나, 지가 지 발로 간 걸. 얘기 끝났으니까 가 봐. 괜히 시다 불러서 두 번 일했네."

공연히 투덜거린 진수가 빨리 가라는 손짓을 했다. 나가려던 윤은 뒤를 돌아보았다. 진수가 왜, 하고 내뱉는 얼굴에 윤은 짐짓 진지하게 물었다.

"부장님, 저 보고 싶어서 부르신 거죠?"

"너는 꼭 1절만 하라고 하는데 4절도 모자라서 합창에 제창까지 하더라."

진수가 자리에서 벌떡 일어났다. 바로 쥐어박을 기세라, 윤은 얼른 아니에요, 하고 손을 내젓고는 고개를 꾸벅 숙였다. 진수에게 등을 떠밀려 사무실을 나서기 무섭게 재희가 안도의 한숨을 내쉬며 가슴을 쓸어내렸다.

"아, 김 피디 덕분에 살았다. 솔직히 진짜 막막했거든. 말이 외부 렌탈이지 거기서 생방송 송출하려면 일이 또 장난 아니잖아. 하루 만에 어떻게 스튜디오 구하고 세팅 들어가고 MD님 설득해야 되나 싶어서 머리 터지는 줄 알았는데, 제일 중요한 거 해결해 줘서 고마워."

민망해진 윤은 고개를 가로저었다.

"아니에요. 부장님이 빌려 준다고 하신 건데요, 뭐. 전 아무것도 안 했는데……."

"부장님이 김 피디 생각해서 우리한테 빌려 주신다는 거 아냐. 아무리 봐도 다시 데려가고 싶어 하시는 것 같은데 큰일 났네, 우리도 이제 김 피디 도로 뺏기기 싫은데."

씩 웃은 재희가 윤의 어깨를 툭 쳤다.

"얼른 들어가."

열려 있는 비상구로 향한 재희가 계단을 뛰어 올라가는 소리가 멀게 들렸다.

그 자리에 서 있던 윤은 아직 불이 켜진 <오늘의 요리> 사무실에 눈을 주었다. 예전 언젠가, 민혜에게 진수가 교양국으로 자신을 다시 데려갈 거라는 이야기를 들은 정언이 쌀쌀맞게 굴었던 것이 떠올랐다. 그러면서도 결국에는 자신을 걱정하던 정언이었다. 돌아갈 수 있다면 언제든 가도 된다고.

그런 순간을 떠올리면 정언이 스스로의 감정에 이기적인 법을 모르는 게 아닐까 생각하게 되곤 했다. 정언의 그 서툴고 인간적인 부분들은 늘 마음을 끌었다. 그러나 지금 이 순간에도 정언이 어디선가 자신의 고통보다 다른 것을 먼저 생각할까 봐 두려웠다. 윤은 대답 없는 핸드폰을 들여다보았다. 꺼진 액정에 비친 얼굴이 어둡게 잠겨들었다.

46

　무음으로 돌려놓은 핸드폰의 화면이 다시 한 번 연신 반짝이다 잠잠해졌다. 정언은 거기 눈을 주었다. 김윤, 부재중 통화(38). 굳이 보지 않아도 얼마나 애타게 자신을 찾고 있을지는 뻔했다. 하지만 지금은 윤에 대해 생각할 여유가 전혀 없었다.

　영직의 사무실을 뛰쳐나온 정언의 머릿속에 있던 생각은 하나뿐이었다. 여기와는 무조건 멀어지고 싶었다. 방송국은 한때 아버지가 모든 걸 바쳤고, 자신 역시 남은 삶을 걸겠다고 생각한 곳이었다. 그 열정에 돌아온 보답이 이런 절망감과 배신감이라는 사실을 받아들일 수가 없었다.

　주차장에서 뒤도 돌아보지 않고 차를 몰고 나왔지만 막상 어디로 가야 할지 막막했다. 팀원들의 얼굴을 볼 자신도 없었고, 이럴 때 연락할 만한 사람도 생각나지 않았다. 목적지 없이 한참을 헤매다 멈춘 곳이 한강이었다.

　헤드레스트에 머리를 기댄 정언은 앞창 너머의 풍경을 보았다. 새까맣게 흐르는 한강의 수면 위로 야경의 불빛들이 떨어져 산란했다. 평일 밤의 한강공원은 한적했다. 이따금 산책을 하는 연인들이나 삼삼오오 모여 앉아 이야기를 나누는 가족들의 모습이 눈에 띌 뿐이었다.

모든 것이 평소와 똑같았다. 세상은 언제나처럼 아무 일도 없다는 듯 돌아가고 있었다. 정언은 불현듯 그 풍경을 멀게 느꼈다. 영원히 깰 수 없는 악몽 속으로 끌려 들어간 기분이었다. 아무리 발버둥 쳐도 다시는 이 창 너머의 세계로 돌아갈 수 없을 것 같았다.

정언은 멍한 머릿속으로 기억을 되짚었다. 자신이 취재한 많은 가해자들은 그렇게 말하곤 했다. 감춰지고 묻힌 건 모두 그럴 만한 이유가 있어서라고. 아무도 그걸 끄집어내고 공개할 권리는 없다고. 너희가 모르는 진실이 있고 그게 알려지면 누군가가 또 다치게 된다고.

늘 그런 건 비열한 변명이라고 생각했었다. 그러나 답을 알 수 없는 물음이 어딘가에서 고개를 들었다. 아빠의 죽음도 그럴 만한 이유가 있었던 일일까. 내가 모르는 진실이 있는 걸까. 여기서 멈추지 않으면 누가 더 다치게 될까.

「너희 아빠가 목숨 걸고 그렇게 취재해서 남은 게 뭐야? 세상이 뭐가 그렇게 달라지고 뭐가 그렇게 더 좋아졌냐고!」

영직의 목소리가 환각처럼 되살아났다. 머리가 깨질 것 같았다. 정언은 핸들 위로 엎드렸다. 가슴이 답답해 움켜쥔 셔츠 자락이 손안에서 마구 구겨졌다.

얼마나 그러고 있었을까, 갑자기 운전석 창을 두드리는 소리가 들렸다. 퍼뜩 놀란 정언은 고개를 들었다. 순찰 중이었는지, 젊은 경찰 두 사람이 창 너머에서 이쪽을 들여다보고 있었다. 정언이 문을 반쯤 열자 가까이 있던 경찰이 물었다.

"여기서 뭐하시는 겁니까?"

"네?"

되물은 목소리가 갈라져 나왔다. 얼굴이 심하게 좋지 않았는지, 경찰이 걱정스러운 표정을 했다.

"괜찮으세요? 술 드시거나, 그런 건 아니시죠?"

"네."

"아까 저희가 순찰 돌다 봤는데, 계속 그러고 계셔서……."

경찰이 정언의 눈치를 슬쩍 살폈다. 정언은 그제야 자신이 무슨 일이라도 저지를 듯한 사람처럼 보였다는 걸 한 박자 늦게 깨달았다. 목덜미가 화끈거렸다.

"아닙니다. 괜찮습니다."

정언의 대답에 약간 안도한 표정을 한 경찰이 가볍게 경례를 붙이고는 자리를 떴다.

문을 닫은 정언은 헛웃음을 뱉었다. 마치 허술한 부조리극을 연기하는 배우가 된 기분이었다. 다시 시선을 앞으로 돌리자 창너머에서 넘실대는 어두운 강물의 결이 망막 위에서 반짝였다. 한동안 거기 눈을 두고 있던 정언은 시동을 걸었다. 여기 계속 있었다가는 정말 무슨 짓이든 하게 될 것 같아서였다.

서둘러 한강공원을 빠져나온 정언은 오랫동안 한밤중의 도로를 배회했다. 서울 시내를 정처 없이 떠돌다 결국 차를 멈춘 곳은 신촌 주택가 인근의 작은 빵집 앞이었다.

이미 자정이 가까워진 시간이었다. 간판의 조명은 꺼졌지만 아직 가게 안의 불은 켜진 채였다. 오륙 년쯤 전 한 번 바꿔 단 간판은 오래된 가게라고는 생각할 수 없이 산뜻했다.

오월의 나무.

또박또박한 폰트로 적힌 글씨가 눈에 들어왔다. 가게 앞의 주차 구역에 차를 세운 정언은 한동안 텅 빈 쇼윈도를 보고 있다가 차에서 내렸다. 보통 저녁이면 대부분의 빵이 모두 팔리기에, 효명이 이 시간까지 가게를 열어 놓는 건 드문 일이었다.

마치 자신이 찾아올 줄 알고 있기라도 했던 것처럼, 작은 가게의 유리문으로 따뜻한 조명이 흘러나왔다. 정언은 머뭇거리다 가게 문을 열었다. 위쪽에 매달린 작은 풍경이 맑은 소리로 딸랑거렸다.

카운터는 비어 있었다. 풍경 소리에 안쪽의 제빵실에서 인기척이 들리더니 쾌활한 목소리가 먼저 날아들었다.

"어머, 남은 제품 없는데요. 죄송해요."

"빵은 됐고요, 최효명 여사님 보러 왔습니다."

애써 아무렇지도 않은 척 대꾸하자, 제빵실 안쪽에서 한 박자 늦게 고개를 내민 효명이 정언을 보더니 눈을 휘둥그렇게 뜨며 뛰쳐나왔다.

"어머, 어머! 어머, 미쳤어. 너 여기 어떻게 왔어?"

"뭘 어떻게 와, 차 가지고 왔지. 삼촌은? 왜 가게 이 시간까지 열어 놨어?"

무슨 일이 있다는 티를 내기는 싫었다. 부러 평소처럼 물은 말에, 효명이 밀가루가 군데군데 묻은 앞치마를 털며 대답했다.

"오늘 동네 아줌마 시어머니가 돌아가셨대서 거기 갔다 왔어. 삼촌보고 가게 먼저 닫아 놓으라고 하고. 근데 너희 삼촌이 뭐 뒷정리 깔끔하게 하니. 좀 아까 왔는데 아무래도 대충 해 놓고 갔지 싶어서 청소하고 가려고 그랬지."

만약 가게가 닫혀 있었다면 그냥 돌아갈 생각으로 온 곳이었다. 우연의 일치겠지만, 싸늘한 가운데 그나마 희미한 온기가 돌았다. 정언은 자신이 지금 혼자 있고 싶지 않았다는 걸 문득 깨달았다.

심장이 뛰는 순간마다 희미한 통증이 전신으로 번지는 것 같았다. 그 고통을 혼자 견디는 것이 두려웠다. 효명이 앞치마를 벗어 카운터 안쪽에 접어 넣고는 정언의 얼굴을 유심히 보았다.

"그런데 너 얼굴이 왜 그래?"

"얼굴이 왜."

"무슨 일 있는 사람처럼 그렇잖아. 너 울었어?"

단번에 속을 꿰뚫어 보는 듯한 효명의 말에 가슴 한쪽이 뜨끔했다. 정언은 에이, 하며 시선을 피했다. 말을 돌리는 걸 알아차렸는지 효명이 정언의 팔을 잡으며 물었다.

"애, 저녁은 먹었어?"

이 시간까지 안 먹었을 리가 있냐고 말하고 싶었으나, 그렇게 대답하기도 전 효명이 혀를 찼다.

"안 먹었지? 못 살아, 내가."

"엄마는?"

어떻게 알았는지 모를 노릇이었다. 정언이 묻자 효명은 나는 장례식장에서 먹고 왔지, 하고 대답하며 안쪽에 세워 둔 물걸레 포로 가게 바닥을 닦기 시작했다. 정언은 얼른 효명의 손에서 자루를 빼앗아 들었다.

"내가 할게."

"피곤한 애가 뭘 해, 됐어. 올라가 있어. 금방 문 닫고 갈게."

효명이 정언의 등을 밀어냈으나, 정언은 서둘러 바닥을 밀며 대꾸했다.

"내가 이거 전문가잖아. 오랜만에 좀 해 보자."

짧은 실랑이가 벌어졌으나, 정언의 고집에 효명은 결국 어쩔 수 없다는 듯 두 손을 들었다. 정언과 가게 정리를 마치고 나선 효명은 가게 문을 잠그고 집으로 연결된 쪽문으로 들어섰다.

계단을 올라 현관을 열자, 아예 집안 전체에 밴 듯한 옅은 빵 냄새가 밀려들었다. 후각은 기억을 가장 오랫동안 간직하는 감각이라고 했던가. 오랜만에 돌아오는 집이었으나 그 냄새는 기억 속에 늘 자리한 그대로였다. 거실의 불을 켠 효명이 정언을 끌어 소파에 앉히더니 뺨을 만졌다.

"얼굴이 왜 이래. 어떻게 된 게 그때 봤을 때보다 더 말랐어?"

"괜찮다니까."

정언은 서둘러 효명의 손을 밀어냈다. 무슨 일이 벌어졌는지 효명이 알게 될까 봐 두려워서였다. 아휴, 하고 들으라는 듯 한숨을 쉰 효명이 정언의 팔을 이리저리 만져 보았다.

"뼈만 남아서는 아주, 바람 불면 안 날아가니?"

"사람이 그렇게 쉽게 날아가는 줄 알아?"

정언이 손을 내젓자 효명이 갑자기 은근하게 웃었다. 정언은 까닭 없는 불길한 예감에 미간을 좁혔다. 아니나 다를까, 효명이 듣는 사람도 없는데 소곤거렸다.

"저번에 그, 김윤 피디? 그런 남자가 들고 가면 딱 좋겠구만. 키 크지, 몸 좋지, 어깨가 아주…… 너 같은 애는 한 손으로도 들고 가겠더라."

"아, 좀!"

생각지도 못한 상황에 튀어나온 윤의 이름에 목덜미가 확 달아올랐다. 정언이 버럭 소리를 질렀으나, 효명은 전혀 아랑곳하지 않는 표정으로 정언의 옆구리를 쿡쿡 찔렀다.

"너 맨날 남자 만날 시간도 없다고 입에 달고 살잖아. 사내 연애하면 일부러 시간 내서 안 만나도 되고 얼마나 좋아? 그 얼굴로 왜 피디 한다니? 김 피디 몇 살인데? 후배면 너보다 어려?"

"한 번 본 사람 가지고 뭐 어디까지 가려고 그래? 양심 좀 가져, 엄마 딸한테는 너무 과분해 보이지 않아?"

애써 장난스럽게 넘기려 했으나, 윤을 떠올리기 무섭게 주머니에 든 핸드폰의 무게가 몇 톤은 되는 듯 무거워졌다. 대답 없는 자신 때문에 발만 동동 구르고 있을 게 뻔해 문득 입 안이 말랐다. 그런 사정을 알 리 없는 효명은 정언의 말에 심각한 표정을 했다.

"아니, 인물 좋긴 하더라만…… 우리 서 피디가 뭐가 어때서?"

"맘에 없는 칭찬 됐고요."

중간에 말끝을 흐리는 걸 보니 내심 그런 생각을 하기는 하는 모양이었다. 정언이 말을 끊자 효명이 정언의 허벅지 위를 찰싹 때리고는 부엌을 돌아보았다.

"아무튼 올 줄 알았으면 너 좋아하는 거 해 놨을 텐데, 미리 연락 좀 하고 오지. 먹을 게 아무것도 없네."

"라면 있으면 라면이나 끓여 먹자."

"무슨 라면이야, 맨날 라면 먹을 거면서."

효명이 눈을 흘겼다. 대답 대신 웃은 정언은 몸을 일으켜 부엌으로 가서는 찬장을 열었다. 가지런히 열을 맞춰 정리된 라면 두 개를 끄집어낸 정언은 냄비에 물을 올리며 대꾸했다.

"라면 안 먹는다니까. 밖에 나가서 일부러 라면을 왜 사먹어. 삼시 세끼 회사에서 잘 먹고 있어. 간만에 먹고 싶어서 그래."

"하여튼 그런 것도 지 아빠 닮았어, 저건. 맨날 새벽에 와서 라면 끓여 먹고, 나한테 들키면 간만에 먹고 싶어서 그랬다고 그러고."

봉지를 뜯던 정언은 그 말에 저도 모르게 멈칫했다. 무심히 한 말이었을 테지만 손이 떨렸다. 정언은 곧 물이 끓기 시작한 냄비 안에 서둘러 면과 가루 수프를 집어넣었다. 익숙한 냄새가 하얗게 올라오는 김에 섞여 온 집 안에 퍼졌다.

허리를 두드리며 자리에서 일어난 효명이 냉장고에서 김치를 꺼내고 수저와 앞접시를 챙겨 식탁에 놓았다. 정언이 식탁 위에 냄비를 올려놓고 자리에 앉자, 효명이 수저에는 손도 대지 않은 채 물었다.

"너 무슨 일 있지?"

"일은 무슨 일. 얼른 먹어. 맛있겠다."

정언은 말을 돌리며 앞접시에 라면을 두어 젓가락 덜어 내 먹기 시작했다. 빈속이었지만 허기가 느껴지지는 않았다. 사실 무슨 맛인지도 정확히 알 수가 없었다. 정언이 꾸역꾸역 라면을 먹는 동안, 유심히 정언을 지켜보던 효명이 물었다.

"뉴스 보니까 유동욱 사장하고 시사보도국 국장 검찰에 소환된다 어쩌고 그러던데, 너희는 상관없어?"

"엄마가 신경 안 써도 돼."

"그럼 누가 신경을 써, 딸 일에."

정언은 젓가락을 들고 있던 손을 멈췄다. 효명이 얼굴에서 웃음기를 거뒀다.

"부모도 자식 속 모른다고 암만 그래도 무슨 일 있는지 없는지 그런 건 다 보여."

"엄마."

"말하기 싫어?"

늘 그렇듯 태연한 척을 하고 싶었지만 뜻대로 되지 않았다. 정언은 대답 대신 침묵했다. 작게 한숨을 쉰 효명이 손을 뻗어 얼굴 옆으로 흘러내린 정언의 머리칼을 귀 뒤로 쓸어 넘겼다.

"얼른 먹어. 먹고 자야지."

무슨 일이 있다는 걸 이미 알아차린 게 분명했다. 눈가가 뜨거워졌다. 정언은 서둘러 고개를 숙이며 다시 라면을 먹었다. 맞은 편에서 효명도 말없이 젓가락을 놀렸다. 짧은 식사를 마치고 정언이 싱크대에 냄비며 그릇, 수저 따위를 집어넣자 효명이 뒤에서 정언을 밀어냈다.

"가서 씻고 자. 이건 엄마가 할게."

"내가 할래."

정언이 도로 싱크대 앞에 서며 물을 틀자 효명이 눈을 흘겼다.

"왜 이렇게 말을 안 들어?"

"여사님도 나이 먹더니 고집만 생겼어. 가게 일찍 열잖아. 먼저 씻어."

효명의 등을 떠민 정언은 서둘러 그릇을 씻기 시작했다. 효명이 할 수 없다는 표정을 하더니 먼저 욕실로 들어갔다. 몇 개 없는 설거지를 곧 마친 정언은 거실 소파에 앉았다. 욕실 문 너머에서 물소리가 희미하게 들려왔다.

텔레비전을 켜고 채널을 이리저리 돌리던 정언은 홈쇼핑에서 채널을 멈췄다. 자정을 넘긴 시각인데도 쇼호스트들은 밝은 목소리로 보험 상품을 광고하고 있었다. 과장된 말투로 쉴 새 없이 뱉어 내는 단어들이 귓가를 그대로 지나쳤다.

그 소리를 들으며 멍하니 앉아 있던 정언은 주머니에 손을 집어넣어 핸드폰을 꺼냈다. 그새 윤의 이름 옆 부재중 통화의 숫자는 훌쩍 늘어난 채였다.

― 선배 어디 가신 거예요

― 전화 좀 받아 보세요 무슨 일 생긴 거 아니죠?

― 제발요 그냥 전화만 받아 주시면 안 돼요?

연달아 들어온 메시지들을 물끄러미 내려다보던 정언은 손을 떨구며 무릎에 얼굴을 파묻었다. 영직의 말이 머릿속을 떠나지 않았다. 그 자리에서는 선민의식 집어치우라고, 비겁한 변명이라고 반박했지만 영직을 이해할 수 있을 것 같은 기분이 들어 두려워졌다.

그저 한 방울의 물.

결국 그건 아무 힘도 없는 걸까. 언젠가는 이 컵이 넘칠지도 모른다고, 지금이 아니더라도 언젠가는 그렇게 될 수도 있다고 희망을 갖는 건 어리석은 생각일까. 영직의 말처럼 아무리 오랜 시간이 흘러도 아무것도 변하지 않는 게 당연할까.

재희와 한동, 선경, 그리고 현국을 차례로 생각하던 정언은 머리를 감쌌다. 끝이 없는 싸움이었다. 자신들은 어쩌면 결코 쟁취할 수 없는 걸 좇는 어리석은 이상주의자일 수도 있었다. 이대로 누구도 기억하지 않는 자리에서 아무것도 얻지 못하고 사라져 버릴지도 모른다는 막막함이 고개를 들었다.

<비하인드 24>의 피디가 됐을 때부터 지금까지 정언은 단 한 번도 뒤를 돌아본 적 없었다. 이 길이 옳다는 확신에 의심 따위는 존재하지 않았다. 두려움도 유혹도 뿌리치면 그뿐이었다.

그러나 지금은 밀려드는 감정들을 통제할 방법이 없었다. 회

의감, 절망감, 슬픔, 분노 따위가 아무렇게나 뒤섞인 감정들은 제 색을 알아보지 못할 정도로 한데 뭉쳐 심장 어딘가에서 새까맣게 가라앉았다.

오로지 이 마지막 방송을 내보내는 것만 생각하고 지금까지 달려왔는데, 며칠만 견디면 끝없이 달려오던 이 막막한 레이스의 종착점인데 더 이상 갈 자신이 없었다. 지금이라도 그냥 주저앉고 싶은 기분이었다.

화면 속의 쇼호스트들은 어느새 사라지고 경쾌한 음악이 그 자리를 대신했다. 다 씻었는지 욕실을 나온 효명이 얼굴을 닦다 말고, 소파 위에 웅크린 정언을 보더니 가까이 다가왔다.

"애, 여기서 왜 이러고 있어. 피곤할 텐데 얼른 씻고 자."

"엄마."

정언은 무릎에 얼굴을 묻은 채 효명을 불렀다. 효명이 곁에 앉았다. 낡은 소파에서 희미하게 바람이 빠지는 듯한 소리가 났다.

"왜."

정언은 눈을 들어 효명을 보았다. 젊었을 적에는 동네에서 알아주는 미인이었다며 믿지 않은 자화자찬을 종종 늘어놓는 효명이었다. 아직 나이보다는 젊어 보였으나, 세월의 흔적을 숨길 수 없는 흰 머리칼이 군데군데 눈에 들어왔다.

"엄마는 아빠랑 결혼한 거 후회한 적 없어?"

"애가 오늘따라 왜 이래."

효명이 별소리 다 듣겠다는 표정으로 정언을 보다가 소파에 등을 기대며 거실 창 너머로 눈을 주었다.

"후회할 게 뭐 있어, 이제 와서."

반쯤 닫아 놓은 커튼으로 가로등 빛이 한 겹 걸려져 스며들었다. 효명이 기지개를 켜며 대답했다.

"그런 남자인 줄 모르고 결혼한 것도 아니고. 애초에 데모하다 쫓겨 들어왔잖아. 너희 외할아버지가 처음 보고 저거 마음고생 어지간히 시킬 놈이다, 딱 그랬지."

"그런데 왜 결혼할 때 반대 안 하셨는데?"

"다들 영 탐탁찮아 하는데 아버지가 딱 그랬다고. 세월이 수상한데, 사내자식이 기개가 있으니 그만하면 된 놈이다. 지금 생각하면 너희 외할아버지가 사람 보는 눈은 있지 않았니? 마음고생 어지간히 하긴 했는데, 서현국이 또 사람은 됐잖아."

재미있는 농담이라도 하듯 효명이 깔깔거렸다. 정언은 잠시 말없이 무릎 위에 머리를 얹은 채 효명의 옆얼굴을 물끄러미 보았다. 거실에 한동안 아까 틀어 놓은 홈쇼핑 채널의 음악소리만 흘렀다. 침묵하던 정언은 나지막이 물었다.

"아빠 원망 안 해?"

효명이 고개를 가로저었다.

"사람 죽고 사는 게 마음대로 되니. 서현국 팔자가 딱 거기까지다, 그러면 그걸 내가 어떻게 더 원망을 해. 자기가 뭐 죽고 싶어 죽은 것도 아닌데. 딸 잘 키워서 방송국 같이 다니겠다, 그게 꿈이었는데 그렇게 일찍 가고 싶었겠어?"

그 말투는 담담했다. 정언은 문득 오래전의 일을 떠올렸다. 발인을 마치고 돌아온 다음 날 새벽, 효명은 언제나처럼 같은 시간에 일어나 가게 문을 열었다. 이미 벌어진 일은 돌이킬 수 없으니 후회하지도 않겠다는 게 효명의 지론이었다.

효명이 얼마나 강한 사람인지 새삼 생각한 정언은 손을 뻗어 효명의 옷자락을 만졌다.

"엄마."

"왜 자꾸 불러, 애가."

답지 않게 어린애처럼 구는 정언을 본 효명이 의아한지 고개를 갸웃했다. 한동안 그러고 있던 정언은 불현듯 물었다.

"내가 이러고 다니는 거 안 했으면 좋겠어?"

한 번도 그런 걸 물었던 적이 없었다. 효명은 정언이 뭘 하든 간섭하지 않는 엄마였다. 방송국에 들어가겠다고 했을 때도 그랬고, <비하인드 24> 피디가 됐다고 말했을 때도 그랬다. 효명이 그 말에 웃더니 정언의 머리를 두어 번 쓰다듬었다.

"어떤 엄마가 자식이 그러고 다니는 걸 좋아해. 맨날 이상한 사람들이 욕하고, 막 사찰한다는 소리 들리고 그러는데 무섭잖아. 우리 딸이 아무리 씩씩해도 혼자 살면서 무슨 일 안 당할까 걱정도 되고."

빈말로라도 살갑다고는 할 수 없는 딸이었으나, 엄마의 마음은 어쩔 수 없는 모양이었다. 속에서 뜨거운 것이 울컥 치받쳐, 정언은 눈을 감으며 팔에 얼굴을 묻었다. 머리칼을 만지는 효명의 손가락 끝이 세심했다.

"그런데 내가 그 일 하지 말라고 하면 안 하겠어? 누구 딸인데. 자기 좋은 건 죽어도 해야 되고, 그게 옳다고 생각하면 목에 칼이 들어와도 다른 소리 못 하고."

잠시 사이를 둔 효명의 목소리가 조금 낮아졌다.

"너도 아무 생각 없이 살진 않겠지. 무슨 생각이 있으니까 그렇게 살 거 아냐. 너라고 뭐 목숨이 열 개, 스무 개 있겠어? 너도 무서울 때 있고, 힘들 때 있고…… 그럴 걸 엄마가 왜 몰라. 내가 동네에서 그냥 몇 십 년 빵만 팔면서 살아도 억울하고 분할 때 있는데 너는 오죽하겠어."

혼자서만 쓰는 일기장의 한 페이지를 문득 엿본 것 같은 감각이 지났다. 효명이 한숨처럼 나지막이 말했다.

"그래도 부모라고 자식 인생 마음대로 할 수 있나. 어릴 때부터 고집 알아줬는데 저 싫으면 안 하겠지, 그래도 그 일이 좋으니까 하겠지, 그러는 거지. 그냥 무슨 일만 안 생겼으면 좋겠다, 내 딸이 나보다는 오래 살았으면 좋겠다 생각하면서."

마지막 말에 기어이 얼굴을 묻은 소매가 옅게 젖어들었다. 정언은 입술을 깨물었다. 한 번 터진 눈물을 참는 건 쉽지 않았다. 정언은 고개를 들며 효명을 꼭 끌어안았다. 자신보다 반 뼘쯤은 작은 효명의 몸은 정언의 마른 팔로 충분히 감싸 안고도 남을 정도였다.

언제 엄마가 이렇게 작아졌을까. 불현듯 떠올린 물음에 답을 찾는 대신 정언은 그 어깨에 얼굴을 파묻었다. 놀란 효명이 목을 뒤로 빼며 정언을 보려 했으나, 정언은 그럴수록 팔에 더욱 힘을 주었다.

"어머머, 애가 왜 이래."

정언의 등을 찰싹 친 효명이 그래도 싫지는 않은지 곧 등을 토닥였다. 한참을 그러고 있던 효명이 물었다.

"너 진짜 무슨 일 있지?"

"……아냐."

"엄마한테 말해 봐. 너 무슨 일 있잖아."

"진짜 아무것도 아냐. 그냥 엄마 오랜만에 봐서 그래."

정언은 얼굴을 묻은 채 웅얼거렸다. 잠시 말이 없던 효명이 가느다란 한숨을 뱉었다.

"그러니까 자주 좀 와. 오기 전에 말하면 엄마가 너 좋아하는 것도 다 해 놓잖아."

정언은 효명이 자신의 거짓말을 빤히 들여다보고 있다는 걸 알아차렸다. 그러나 효명은 더 이상 캐물을 생각이 없는 듯했다. 겨우 참은 눈물을 삼키며 숨을 고르자, 한동안 정언의 등을 토닥토닥 두드리던 효명이 몸을 떼며 정언의 뺨을 쥐고 흔들었다.

"아주 애야, 애. 사람들은 이런 거 모르지?"

"아파, 애는 무슨."

괜히 투덜거린 말에 효명이 정언의 등을 두드렸다.

"사람들이 다 너무 멋있다고 칭찬하는 서정언 피디님인데, 평생 내 딸이고 내 애라서 좋네."

웃어 보인 효명이 몸을 일으켰다.

"얼른 씻고 들어가서 자. 피곤해. 엄마는 잔다."

응, 하고 대답하자 효명이 안방으로 들어가 문을 닫았다. 아직도 혼자 떠들고 있는 텔레비전을 끈 정언은 한동안 닫힌 안방 문을 바라보았다.

효명처럼 이미 지난 일에 의연해지기 위해서는 얼마나 오랜 시간이 필요한 것일까. 차라리 최창묵을 만나지 말았어야 했다는 후회는 너무 뒤늦은 것이었다. 어떤 진실이든 감당할 각오를 하고 뛰어든 일이었으나, 그 진실이 자신을 향해 날을 겨눌 거라고는 단 한 번도 상상한 적 없었다.

심장에 누군가가 추를 하나씩 매다는 듯, 마음 한구석이 점차 묵직하게 잠겨들었다. 정언은 오랫동안 고요한 거실에 앉은 채 움직이지 않았다. 한참 만에 겨우 몸을 일으켜 작은방의 문을 열자, 마치 어제까지 쓰던 방처럼 모든 것이 그대로였다. 효명이 매일 청소해 두는 모양이었다.

대강 씻고 온 정언은 옷장을 열어 편한 옷으로 갈아입었다. 그때 정언의 눈에 문득 보인 건 옷장 위에 올려놓은 작은 상자였다. 집에 남아 있던 아버지의 유품을 모아 둔 것이었다. 적어도 십여 년 이상은 그 상자를 단 한 번도 열어 본 적이 없었다.

잠시 상자를 쳐다보고 있던 정언은 의자를 끌어다 그 위에 올라서서 상자를 내렸다. 먼지가 하얗게 쌓인 뚜껑 위를 티슈로 닦아 낸 정언은 머뭇거리다 그것을 열어 보았다.

안에 든 것은 기자 수첩 여러 개와 인화하지 않은 롤필름 몇 개, 기사 스크랩북들, 낱장으로 보관된 사진 두어 뭉치, 오래된 구형 녹음기 따위였다. 떨리는 손끝으로 그 물건들을 만져 보던 정언은 오래된 기억을 되짚었다.

발인을 마치고 이삼 일쯤 지난 뒤 영직이 집에 한 번 찾아온 일이 있었다. 영직은 중요한 자료가 있다며 현국이 서재로 쓰던 방을 한참이나 뒤졌다. 무엇인지 알 수 없는 문서 같은 것들을 상자에 쓸어 모아 담은 영직이 다른 건 더 없냐고 물었던 일이 퍼뜩 뇌리를 스쳤다.

장례식을 끝내고 돌아오자마자 효명과 정언은 이 상자에 죽기 전 현국이 가지고 있었던 물건들과 평소에 자주 쓰던 물건 따위를 모두 모아 둔 뒤였다. 그래 봐야 상자 하나도 채우지 못할 만큼 단출한 물건들이었다.

어쩐지 그걸 보여 주고 싶지 않아서 더는 없다고, 잘 모르겠다고 말하며 영직을 돌려보냈던 것이 떠올랐다.

영직이 그때 찾던 건 뭐였을까.

손끝에서부터 차가운 감각이 전신으로 번졌다. 당연하게도 그

때 영직이 가져간 자료들은 하나도 돌려받지 못했다. 그 이후로는 영직에게서 연락이 온 적도 없었다.

만약 최창묵의 말이 전부 사실이라면, 영직이 그렇게 서둘러 가져간 자료들은 엄대진에 관련된 것일 가능성이 높았다.

―바를 정에 말씀 언 자 쓰십니까?

그 순간의 공기가 퍼뜩 되살아났다. 뱀처럼 차가운 눈동자와 가늘게 말려 올라가던 입매. 아무것도 모르는 자신을 비웃으며 그렇게 물었을 엄대진을 생각하자 그 태연함과 지독함에 치가 떨렸다.

이를 악문 정언은 안의 내용물을 바닥으로 쏟아 놓았다. 정언이 가장 먼저 펼쳐 본 것은 현국의 기자수첩이었다. 수첩의 내용은 마치 암호처럼 기록되어 있었다. 어릴 적 몇 번인가 그 수첩을 본 적이 있었지만, 거의 알아볼 수 없는 내용이 대부분이었다.

한자와 영어, 일본어 따위를 마구 뒤섞어 쓰는 특유의 기록 방식은 아버지 본인만이 아는 것이었다. 언젠가 왜 그렇게 쓰는 거냐고 물었을 때, 현국은 중요한 내용이라 남들이 알아보면 안 되니까, 라고 웃으며 대답했다.

지금 생각하면 늘 이런 위협에 시달린 아버지가 자신만의 기록 방식을 만든 건 당연해 보였다. 수첩 몇 장을 넘겨보던 정언은 그것을 한쪽으로 밀어 두고 스크랩북을 펼쳤다. 현국 자신에 대한 기사가 실릴 때마다 스크랩해 둔 것인 듯했다.

스크랩북을 넘기던 정언은 한곳에서 손을 멈췄다. 오래된 신문 속의 흑백 사진에 나란히 선 두 남자의 얼굴이 박혀 있었다. 하단의 캡션이 선명했다. 'YBS 시사보도국 사회부 서현국(좌),

최영직(우) 기자'.

정언은 스크랩북을 덮어 버리며 잠시 숨을 골랐다. 토할 것 같은 기분이었다. 한참 바닥을 짚은 채 손을 말아 쥐고 있던 정언은 겨우 몸을 추슬렀다. 마치 지독한 감기에 걸린 것처럼 온몸에 오한이 들었다.

선뜻 다른 것들에 손을 댈 생각을 하지 못하고 멍하니 바닥에 흩어진 물건들을 눈으로 하나하나 훑어보던 정언은 구형 마이크로카세트 녹음기를 집어 들었다. 작동이 될지 의심스러울 정도로 오래된 물건이었으나, 보관 상태는 좋아 보였다.

후면의 배터리 넣는 부분을 열어 보자 안은 비어 있었다. 주변을 둘러보던 정언은 책상 위에 놓여 있던 알람시계의 건전지를 빼 녹음기에 넣고는 플레이 버튼을 눌렀다. 거의 끝부분까지 감겨 있던 카세트에서 낯선 남자의 목소리가 흘러나왔다.

『……의정부 지나서, 거기가 지금은 농지입니다. 엄대진이 차명으로 매수를 하고 있어요.』

약간의 노이즈가 있었으나 알아듣지 못할 정도는 아니었다. 벼락을 맞은 듯 놀란 정언은 서둘러 녹음기의 볼륨을 올리며 귀를 가까이 가져갔다. 다른 남자가 묻는 목소리가 들렸다.

『투기입니까?』

현국이었다.

방송국에 입사한 이후, 예전에 현국이 나온 뉴스 영상 같은 것은 내부 데이터베이스에서 얼마든지 볼 수 있었지만 정언은 일부러라도 절대 그런 것은 찾아보지 않았다. 마지막으로 현국의 목소리를 들은 지가 이미 십수 년도 더 전이었으나, 그 한마디를 듣자마자 기억 속에서 현국의 목소리며 표정, 말하면서 손을 움직이는 특유의 버릇까지도 바로 되살아났다.

어릴 적 들었던 젊은 아버지의 목소리가 그 작은 기계 안에 그대로 살아 있다는 것이 이상했다. 대답하는 내용이 귀에 잘 들어오지 않았다. 정언은 녹음기를 움켜쥔 손에 힘을 주었다. 손끝이 가늘게 떨렸다.

『그렇죠. 1, 2년 사이에 신도시 개발 계획 잡을 겁니다. 의정부 지나서, 전방에서 가까운 쪽이니까, 아무래도 사람들이 보수 성향이 강하죠. 지역적으로…… 개발 결정되면 최소한 스무 배 이상, 정말 최소한으로 잡아서. 그 정도 가격 폭등할 건 예측이 됩니다.』

『해당 지역이 부지 선정에 실패할 가능성도 있지 않습니까?』

『서온건설 끼고 있잖아요. SOC 몰아주고, 신도시 개발 넣어 주고 리베이트 받고. 그 리베이트 다 한선당으로 들어갑니다. 국토부 한선당이 잡고 있는데 부지 선정이 별겁니까?』

대답하는 사람이 누구인지는 알 수 없었다. 정언은 문득 이 사람이 살아 있을지 궁금해졌다. 신도시 개발 계획이 아직 잡히지 않은 부지, 의정부 지나서…… 엄대진이 진송신도시 부지를 미리 매입했다는 이야기임이 틀림없었다.

언제 녹음된 것인지, 누구와 대화한 것인지 아무것도 알 수 없었으나 그 짧은 대화만으로도 앞뒤 내용을 유추하는 것이 가능했다.

『어, 영직아. 테이프 거의 다 됐네. 잠깐 끊었다 가자.』

현국의 말에 멀리서 네, 하고 대답하는 목소리가 들렸다. 영직이었다. 십여 초 정도의 침묵이 지난 뒤 테이프가 모두 돌아가며 찰칵 소리와 함께 재생이 멈췄다.

정언은 녹음기를 내려다보았다. 이건 분명 지금 상황에서 너무나 중요한 자료였다. 그러나 이 안에 담긴 내용을 처음부터 다시 돌려 들을 자신이 없었다.

만약에 진실을 몰랐다면 가능했을까.

그저 사고였다고, 엄마의 말처럼 아빠의 운명은 거기까지였다고 생각하며 살았다면 지금의 이 두려움을 이겨 낼 수 있었을까.

작은 방 안에 내려앉은 침묵 속에서 정언은 눈을 감았다. 단 몇 시간, 창묵을 만나기 전으로 시간을 되돌릴 수 있다면 어떤 대가라도 기꺼이 치를 수 있을 것 같은 기분이었다.

철저한 팩트는 언제나 자신에게 주어진 유일한 무기였다. 진실이 우리를 구원한다는 믿음만이 전부였다. 상상한 적 없는 배신은 더욱 고통스러웠다. 깨져 버린 믿음의 단면은 견고했던 만큼 날카로웠다. 전신을 꿰뚫고 짓누르는 진실의 무게를 더 이상 감당할 자신이 없었다.

넋을 잃은 듯 앉아 있던 정언을 퍼뜩 현실로 돌려놓은 건 진동하는 핸드폰 소리였다. 반짝이는 화면에서 윤의 이름이 선명했다. 자정을 넘긴 지 한참이었지만 아직도 잠들지 않은 모양이었다.

「그렇죠. 슈퍼맨이 평소에는 클락 켄트라는 이름 쓰면서 신문사 기자로 일하잖아요. 그래서 어린 마음에 그 기자님도 슈퍼맨일 거라고 철석같이 믿었다니까요. 옷도 비슷하게 입고 오셨거든요. 체크무늬 셔츠에 갈색 재킷에 뿔테 안경 있잖아요. 집에 아직 그분 명함도 있어요.」

옥상에 나란히 앉아 자판기 커피를 마시며 대기업을 그만두고 방송국에 들어온 이유에 대해 말하던 윤의 목소리가 스쳤다. 그

때는 그게 아버지 애기일 거라고는 상상도 한 적이 없었다. 슈퍼맨. 그렇게 말하던 윤의 눈빛은 소년처럼 들떠 있었다.

체크무늬 셔츠, 갈색 재킷, 뿔테 안경. 젊은 아버지의 얼굴이 마치 그린 것처럼 선연하게 되살아났다. 안경 너머의 어쩐지 슬픈 듯한 눈. 정언은 그때 현국이 왜 그런 표정을 했는지 기억하지 못했다. 이상하게도 최근 떠올린 현국의 얼굴은 늘 그랬다.

끊임없이 울리던 핸드폰이 마침내 조용해졌다. 정언은 점멸하던 윤의 이름이 꺼진 액정 아래로 사라지는 것을 보았다. 새까맣게 잠긴 그 작고 네모난 어둠이 막막했다.

「제가 예전에 선배한테 애기했었잖아요. 저 어릴 때 저희 집에 YBS 기자님 오신 적 있었다고, 그분 때문에 제가 여기 피디 된 거라고요. 그 기자님이 서현국 기자님이었어요.」

아무것도 모르는 윤이 지나치듯 한 말이었지만, 윤의 기억 속 그 기자가 아버지였다는 걸 알게 된 순간 심장이 덜컥했던 건 사실이었다. 그때 사실은 서현국 기자가 우리 아빠라고 털어놓았을 수도 있었다. 하지만 정언은 그렇게 하지 않았다.

서정언 피디가 아니라 서현국 기자의 딸로 생각되는 건 싫었기에, 아버지 이야기를 숨기는 것은 오랜 습관이었다. 윤이 그걸 안다 해서 자신을 다르게 보거나 태도가 달라질 거라고는 생각하지 않았지만, 굳이 말할 필요는 없다고 생각했던 것이다.

게다가 당장 하루 앞의 일도 모르는 판이었다. 자신이 언제, 어떻게 될지 확신하는 건 불가능했다. 때문에 윤과의 연결고리를 하나라도 더 만드는 걸 피하고 싶은 마음도 있었다. 만에 하나, 상상할 수 있는 최악의 상황이 벌어진다면 남겨질 윤이 조금이라도 더 괜찮을 수 있도록.

혹시, 윤이 그 사실을 알았을까.

거기에 생각이 미치자 머릿속이 싸늘해졌다. 만약 그걸 알았다면 윤이 어떤 심정일지는 굳이 묻지 않아도 뻔했다.

입장을 바꿔 놓고 생각해도 마찬가지였다. 브레이크 호스가 절단된 걸 고작 반나절 숨긴 윤에게 화가 나서 퍼부어 댄 주제에, 이 사실을 지금까지 숨긴 자신을 윤이 이해할 거라고는 생각되지 않았다.

긴 한숨을 뱉은 정언은 등을 돌려 벽을 보고 웅크리며 이불을 뒤집어썼다. 눈을 감았으나 잠은 오지 않았다. 어떻게 해야 할지 아무것도 판단할 수가 없었다. 당장 오늘 밤은 그렇다 치고, 그 뒤가 문제였다.

위에서 방송을 막기로 작정했다고 했으니 팀에서도 어떻게든 방법을 강구할 건 당연했다. 그러나 이 일에 대해 생각하는 것 자체가 숨이 막혔다. 습관적인 편두통이 밀려들었다. 깨질 듯 아파 오는 머리를 감싼 채 정언은 몸을 더 작게 말았다.

몸은 피곤했으나 잠이 잘 오지 않았다. 선잠이 들었다 다시 깨는 것을 수도 없이 반복하던 정언은 퍼뜩 정신을 차렸다. 몇 시간이나 지났는지, 이미 날이 밝은 듯했다. 창을 가린 암막커튼 사이로 햇살이 스며들었다.

놀란 정언은 침대에서 벌떡 일어났다. 두통은 여전했다. 벽에 걸린 시계는 이미 열 시 반을 가리키고 있었다. 지끈거리는 머리 탓에 관자놀이 부근을 꾹 누른 정언은 한참 몸을 숙이고 있다가 겨우 침대 아래로 내려섰다. 바닥에 둔 핸드폰의 LED 표시등이 연신 깜빡였다.

정언은 핸드폰을 집어 들어 켜 보았다. 윤의 이름 옆 부재중 통화 수는 그사이 더 늘어 있었다. 잠도 안 자고 전화를 걸어 댄 건가 싶어 입이 썼다. 이마를 짚은 정언은 한 손으로 통화 목록을 확인했다.

쭉 늘어선 윤의 이름 사이사이로 간혹 재희가 보였다. 바로 직전에 걸려온 전화는 민혜의 것이었다. 전날 밤부터 연락 두절이었으니 그럴 만도 했다.

정언이 통화 목록을 내려다보고 있는 사이 다시 전화가 들어오기 시작했다. 윤이었다. 망설이던 정언은 전화를 받았다. 미처 입을 떼기도 전, 통화가 연결된 것을 확인하자마자 윤이 다급하게 물었다.

『선배, 선배 맞죠?』

윤의 목소리를 듣자마자 가슴 한구석이 툭 무너져 내리는 듯한 기분이었다. 뭐라고 대답해야 할 것 같은데 말이 나오지 않았다. 막 잠에서 깨어 멍한 머릿속이 안개 속을 헤매는 것처럼 답답했다.

충전해 두지 않은 핸드폰에서 배터리가 얼마 남지 않았음을 알리는 경고음이 울렸다. 사이를 두고 윤의 목소리가 건너왔다.

『아무 일 없으신 거죠?』

침착하려고 애써 노력하고 있다는 걸 보지 않아도 알 수 있는 말투였다. 괜찮냐는 말 대신 돌아온 질문에 정언은 겨우 응, 하고 입술을 달싹였다. 그 대답은 거의 숨소리에 가까웠다. 짧은 정적이 지났다. 머리를 제대로 들 수 없을 정도의 두통에 무릎을 끌어당겨 안은 정언은 이마를 댔다.

『출근하실 수 있어요?』

"……미안."

중얼거린 말에 윤이 멈칫하는 것이 느껴졌다. 뭐가 미안하다는 건지 스스로도 명확히 규정할 수가 없었다. 핸드폰을 움켜쥔 손이 떨렸다. 윤이 선배, 하고 정언을 불렀다. 다시 한 번 경고음이 빽빽거렸다.

정언은 하얗게 일어난 입술 위를 깨물었다. 얇은 피부가 이 끝에 걸려 가늘게 벗겨지며 희미한 피 맛이 입 안으로 스몄다.

도망치고 싶다는 생각이 든 건 그때였다.

그것을 깨달은 정언은 숨을 멈췄다. 이보다 더 끔찍하고 더 불행한 일이 넘쳐나는 세상이었다. 지금까지 세상의 그림자만을 쫓아 달려온 주제에 왜 달아나려고 하느냐고, 그 수많은 어둠에 비하면 이건 아무것도 아니라고 이성이 스스로를 설득했다. 그러나 그렇게 되풀이할 때마다 심장이 조금씩 차가워졌다.

「선배나 너나, 본인들이 정의감에 취해서 죽든 말든 본인 선택이다, 그래. 그거 알겠어. 그런데 너희 엄마는? 엄마 생각은 안 해?」

그렇게 자신을 다그치던 영직이 떠올랐다. 무슨 일만 생기지 않았으면 좋겠다고, 내 딸이 나보다는 오래 살았으면 좋겠다고 말하던 효명의 목소리가 곧 거기 겹쳐졌다. 다음 순간 마치 스위치를 누른 듯 눈물이 터졌다. 소리를 내지 않기 위해 이를 악물었으나 소용이 없었다.

누군가 해야 할 일이고 자신이 이 자리에 있기에 하는 일이었다. 거기에 개인의 삶 같은 건 중요하지 않았다. 그러나 효명이 혼자 남겨질지도 모른다는 건 상상하고 싶지 않았다. 효명에게 그런 일을 두 번 겪게 할 수는 없었다.

『제 말 들리세요? 선배, 대답 좀 해 보세요. 네?』

113

윤의 목소리가 떨렸다. 다음 순간 배터리가 방전됐는지 짧은 핸드폰 종료음과 함께 통화가 끊겼다. 정언은 꺼진 핸드폰을 귀에 대고 있다가 손을 떨어뜨렸다. 힘이 풀린 손에서 벗어난 핸드폰이 바닥으로 굴렀다.

견딜 수 없는 두통 탓에 거의 쓰러지듯 바닥에 몸을 만 정언은 눈을 감았다. 정신을 잃은 건지 잠이 든 건지 분간이 되지 않았다. 눈이 떠지는가 싶으면 다시 의식이 잠겨들었다. 전신으로 번지는 오한에 공처럼 웅크린 정언은 가느다란 숨을 내쉬었다.

누군가 멀리서 정언아, 하고 이름을 부르는 소리를 들은 것도 같았다. 그러나 귀를 기울이려 애를 쓰자 그 목소리의 잔상은 곧 사라졌다. 환청일까. 눈을 감고 있는데도 현기증이 났다. 먹은 것도 없이 속을 게워 내고 싶은 기분에, 정언은 무의식적으로 가슴 위를 꾹 눌렀다.

의식이 점멸하기를 반복했다. 처음에는 빠르게, 그리고 점점 느리게. 의식이 돌아오는 텀이 점차 길어졌다. 마침내 완전히 의식이 암전됐을 때였다. 빛 한 점 없는 암흑 속을 그저 끝없이 떠도는 듯한 감각은 몽롱했다.

왼쪽과 오른쪽, 위와 아래도 분간할 수 없는 그 절대적인 어둠 속에서는 눈을 뜬 것과 감은 것도 분간이 되지 않았다. 아주 깊은 물속에 몸을 맡긴 것처럼 의식이 부유했다.

정언아.

속삭이는 듯한 목소리에 어둠의 흐름이 멈췄다. 정언아, 서정언. 그 목소리는 조금 더 또렷해졌다. 아빠. 생각보다 먼저 의식이 미친 말에 정언은 소스라쳤다. 분명 현국이었다.

서정언, 일어나. 학교 가야지. 출근하기 전 늘 그렇게 자신을 깨워 주던 목소리는 십수 년이 지난 지금도 또렷했다.

정언아, 눈 떠. 정언아.

어깨를 쥐고 흔드는 손길에 정언은 눈을 번쩍 떴다. 한꺼번에 쏟아져 들어오는 빛에 눈이 시렸다. 아빠, 아빠, 하고 입술을 달싹였으나 목소리가 거의 나오지 않았다. 막혔던 숨이 한꺼번에 쏟아져 호흡이 가빴다.

"애, 너 출근 안 했어? 아니 세상에, 열 끓는 거 봐."

효명의 목소리가 선명했다. 흐릿했던 시야가 다시 초점을 찾기까지는 몇 초가 더 걸렸다. 효명이 바닥에 잔뜩 웅크리고 있던 정언을 끌어다 억지로 침대에 눕히고는 분주하게 이마며 뺨을 짚어 보았다. 정언은 간신히 그 손목을 잡았다.

"엄마."

하얗게 마른 입술을 달싹이자 효명이 손을 멈추더니 걱정스러운 표정을 했다.

"아니, 나는 새벽에 나가면서 너 출근했을 줄 알았지. 전화를 아무리 해도 안 받아서 혹시나 하고 올라왔더니 여기서 이러고 있었어? 출근 안 했어? 괜찮아?"

대답이 나오지 않았다. 온몸이 식은땀으로 젖어 오한이 들었다. 그새 몇 시간이 다시 흐른 모양이었다. 혀를 차며 후다닥 나가서 물수건을 가져온 효명이 정언의 얼굴을 닦아 주고는 몸을 받쳐 반쯤 일으켰다. 손에 알약 서너 알과 물컵을 쥐어 준 효명은 어서 먹으라는 손짓을 했다.

"너 열이 펄펄 끓어, 애. 해열제야. 얼른 먹어. 회사에 전화는 했어?"

정언은 그제야 바닥에 떨어진 핸드폰에 눈을 주었다. 배터리가 다 돼서 꺼진 핸드폰은 새까만 액정을 위로 한 채였다. 효명이 핸드폰을 집어 들어 눌러 보더니 꺼진 것을 알았는지, 거실에서 충전기를 가져다 핸드폰을 꽂아 두고는 서둘러 부엌으로 나갔다.

정언은 스르르 미끄러지듯 베개에 머리를 묻었다. 부엌에서 효명이 뭐라고 통화하는 것이 들렸다. 텔레비전을 켜는 소리가 나며 익숙한 아나운서의 목소리가 흘러나왔다. 오후 뉴스인 것 같았다. 정언은 누운 채 그 목소리에 귀를 기울였다.

『……검찰은 이번 주 초 불법 선거자금 제공 의혹으로 검찰에 소환되어 조사를 받은 이규완 한국선진당 의원에 대해 추가 조사를 실시할 예정입니다. 검찰은 이 의원의 보좌관 김 모 씨에게 현재 구속영장을 발부하였으며, 곧 이 의원에 대한 구속 여부도 결정할 것으로 보입니다.』

이규완, 추가 조사, 구속영장…… 몇 개의 단어들이 띄엄띄엄 들어왔다. 그것만으로도 내용을 파악하기는 어렵지 않았다. 천장에 시선을 둔 채 눈을 깜빡이는 사이 다음 뉴스가 흘러들었다.

『엄대진 한국선진당 후보는 다음 주 초, 최근 불거지고 있는 서온건설 관련 논란에 대해 입을 열 것으로 전망됩니다. 현재 한국선진당에서는 이를 네거티브 정치 공세로 규정하고 법적 대응을 예고했습니다. 그러나 <뉴스라이트>의 보도 이후 지지율은 뚜렷한 하락세로 돌아서고 있습니다. 민권당의 민주영 후보는 이번 주 들어 처음으로 각종 여론조사에서 엄 후보를 오차 범위 바깥으로 앞질렀습니다.』

내가, 우리가, 저 사람을 이길 수 있을까. 멍한 머릿속으로 스미는 의구심은 쉽게 고개를 숙이지 않았다. 눈을 감자 엄대진의 얼굴이 선연해졌다. 자신을 보며 웃던 그 얼굴. 언제나 승리를 확신한다는 듯, 너희 같은 건 아무것도 아니라는 듯.

『서온건설이 시공한 해당 아파트 주민들의 피해 사례가 속속 등장하고 있습니다. 특히 서온건설이 작년 환경부에서 사용 금지한 대국시멘트 제품을 그대로 시공했다는 것이 알려지면서, 각종 호흡기 질환 및 알레르기, 아토피 증상 등을 호소하는 입주민들이 서온건설 측에 보상을 요구하고 있습니다. 해당 유해 물질이 영유아들에게 치명적이라는 연구 결과 보도 이후, 서온건설은 아직까지 별다른 해명을 내놓지 않았습니다.』

아나운서의 멘트 후 흘러나온 것은 젊은 여자의 목소리였다.

『저희는 그런 줄 알았으면 절대 이 아파트 안 들어왔죠. 분양할 때는 수입산 친환경 자재만 사용한다, 그러니까 믿고 들어왔는데 애는 계속 아프고, 회사에 아무리 문의해도 원래 너희 애가 예민하고 약해서 그렇다고. 세 살짜리 애가 살이 다 벗겨져요. 어른들도 그러면 못 견딘다고요. 가렵고 아프니까 밤새 잠도 못 자고, 손을 다 싸매 놓는데도 자면서 얼굴을 막 문지르니까 베개에 피가 이렇게…….』

아마 인터뷰에 응한 주민인 듯했다. 울먹이는 말끝이 잠겼다. 어디서나 지나칠 법한 평범한 사람의 얼굴이 그려졌다. 그 목소리에는 분노와 두려움, 억울함이 뒤섞여 있었다. 아무 힘도 없는 사람들, 수천만 인구 중 하나에 지나지 않는, 그저 스쳐 가고 나면 잊어버리는 그 사람들 하나하나의 삶을 지켜 줄 수 있는 건 누구일까.

스스로가 그럴 수 있을 거라고 생각한 적도 있었다. 그러나 지금은 두려웠다. 모든 믿음이 사라진 세계는 이전과는 완전히 다른 것이었다. 이 고통을 누구에게도 털어놓을 수 없었다. 효명에게는 더더욱 불가능했다.

세상 모든 사람이 다 서현국의 죽음에 얽힌 진실을 알게 된다 하더라도, 효명만은 마지막까지 그 진실을 몰라야 했다. 진실의 대가가 무엇인지는 이미 정언 자신이 가장 뼈저리게 느낀 탓이었다. 가슴이 답답해졌다.

부엌에서 또닥또닥 칼질하는 소리와 무언가 끓는 듯 희미하게 보글거리는 소리가 멀게 들렸다. 떠도는 소리들은 귀로 들어오지 않고 그대로 흘러나갔다. 효명이 누군가와 다시 통화를 하는 듯한 소리가 잠시 들렸으나 착각인 것 같기도 했다.

얼마나 지났을까, 정언은 효명이 정언아, 하고 부르는 소리에 퍼뜩 정신을 차렸다. 눈을 뜨자 쟁반에 죽 한 그릇을 받쳐 들고 온 효명이 침대 위에 쟁반을 내려놓고는 정언을 일으켜 앉혔다. 효명은 다시 정언의 뺨을 만져 보았다.

"열은 조금 내린 것 같기도 한데…… 일단 죽 좀 먹어."

"입맛 없어."

"너 하루 종일 아무것도 안 먹었잖아."

고개를 저었으나, 효명은 들은 척도 하지 않고 죽을 떠 한 숟갈씩 불어 가며 억지로 입 안에 밀어 넣었다. 강제로라도 몇 숟가락 받아먹고 나니 헛헛했던 속에 조금 온기가 돌았다.

그릇을 반쯤 비운 정언은 더 못 먹겠다고 손을 내저었다. 효명이 한 숟갈만 더 먹어, 하며 재촉했으나 정언이 완강히 거부하자 할 수 없다는 듯 쟁반을 들고 일어섰다.

"일단 가게 내려갔다 올게. 좀 쉬고 있어, 그럼."

효명이 더는 아무것도 묻지 않는 게 다행이었다. 정언의 얼굴을 물수건으로 다시 한 번 꼼꼼히 닦아 준 효명이 쟁반을 다시 챙겨 들고 방을 나가며 불을 껐다. 어두워진 방 안에서 천장을 올려다보고 있으려니 수없이 쌓인 질문들이 하나씩 떠올랐다.

스튜디오는 어떻게 됐을까. 방송은 나갈 수 있을까. <뉴스라이트>는 어떻게 되는 걸까. 사장님과 국장님은, 팀원들은…… 윤은. 단 1분도 그냥 흘려보내서는 안 되는데, 자신이 지금 여기 이렇게 누워 아무것도 하지 못하고 있다는 걸 스스로도 믿을 수가 없었다.

얼마나 그러고 있었을까, 문득 거실에서 울리는 전화벨 소리가 날카롭게 정언을 현실로 돌려놓았다. 받을 생각이 없었으나 연신 울리는 전화벨은 그칠 기미가 없었다.

어쩔 수 없이 자리에서 일어난 정언은 아직도 지끈대는 머리를 흔들며 거실로 나섰다. 수화기를 집어 들자 효명의 목소리가 넘어왔다.

『얘, 손님이 왔는데.』

무슨 말인지 이해가 되지 않았다. 정언은 사이를 두었다가 물었다.

"……뭐라고?"

『괜찮으면 잠깐 내려와. 아니면 올라가라고 할게.』

그새 누가 온 건지 수화기 너머로 어서 오세요, 하는 효명의 목소리와 함께 전화가 끊어졌다. 수화기를 내려다보며 서 있던 정언은 미간을 좁혔다. 아픈 걸 빤히 아는데도 손님이 왔다고 부르는 걸 보니 무슨 일이 있기는 한 모양이었다.

욕실에서 대강 세수를 한 정언은 짧은 머리를 당겨 묶었다. 아직 현기증은 가시지 않았으나 아까보다는 훨씬 나은 느낌이었다. 차라리 조금 움직인다면 머릿속이 맑아질지도 몰랐다. 계단을 내려간 정언은 쪽문을 열었다.

초조한 듯 도로 위를 발끝으로 툭툭 차며 서 있던 그림자와 맞닥뜨린 건 다음 순간이었다. 무심코 눈을 든 정언은 그 자리에 그대로 멈췄다. 상대방 역시 마찬가지였다. 가로등의 빛에 드러난 흰 얼굴은 낯이 익었다.

윤이었다.

시선이 마주치자 몸이 그대로 굳어 버리는 듯한 감각이 순식간에 전신으로 번졌다. 눈을 깜빡이던 윤이 애써 아무렇지도 않은 척하는 게 빤한 얼굴로 말했다.

"……어머님한테 전화 드렸거든요. 선배 거기 있냐고, 연락이 안 돼서 걱정하고 있다고 그러니까 선배가 많이 아프다고 하셔서요. 실례지만 제가 혹시 잠깐이라도 좋으니까 선배 만날 수 있냐고…… 그랬더니 여기로 오라고 얘기하시더라고요."

그러나 그 목소리는 숨길 수 없을 정도로 떨리고 있었다. 아무 단어도 생각나지 않았다. 입술 끝을 깨물며 바닥에 드리워진 그림자를 내려다보던 윤이 다시 고개를 들었다.

"저하고 얘기하는 거 불편하세요?"

시선이 바로 맞춰졌다. 입 안이 말랐다. 이 순간이 불편한 건 사실이었다. 하지만 눈앞의 윤을 보자 그 말이 나오지 않았다. 규정할 수 없는 감정들이 한데 뒤엉켰다. 가만히 정언을 마주 보던 윤이 입을 열었다.

"하루 종일 제가 무슨 생각했는지 모르실 걸요."

얼어붙은 듯 서 있는 정언을 향해 윤이 웃었다.

"선배한테 아무 일 없기만 하면 무슨 짓이든 다 할 거라고 기도했어요."

예리하게 심장 위를 스치는 듯한 감각이 지났다. 서늘하고 아
릿한 통증. 환각인 것을 알면서도 절로 숨을 멈추게 되는 아픔
이었다.

"저 그냥 갈까요?"

윤이 물었다. 정언은 오랫동안 침묵했다. 답은 정해져 있었다.

"……아냐."

윤을 밀어내는 건 자신에게 이미 불가능해진 지 오래였다.

◆

밤새 전화를 수십 통은 더 걸어 본 것 같았다. 잠을 자려다
가도 한 번만 더, 한 번만 더 하며 연락을 시도한 탓에 윤은 한숨
도 잠들지 못했다. 뻔히 전화가 오는 걸 알 텐데도 연락을 받지
않으니 속이 완전히 타들어 가는 기분이었다.

결국 잠들기를 포기한 윤은 날이 밝기 무섭게 출근길에 나섰
다. 경찰에 신고라도 해야 하는 거 아닐까 하며 사무실에 들어
서자, 벌써부터 자리에 앉아 있던 재희가 윤을 보자마자 벌떡
일어났다.

"서 피디 연락 안 됐어?"

"네."

"미치겠다, 정말. 이런 적이 없었는데……."

재희가 이마를 짚으며 얼굴을 찌푸렸다.

"차라리 어디 틀어박혀서 마음 정리라도 하고 있으면 다행인
데, 무슨 일 생겼을까 봐 그게 제일 걱정이야. 연락 한 통 없이

이럴 애가 아닌데."

재희 역시 내내 연락을 시도해 본 듯했다. 말없이 입을 다물고 서 있는 윤을 물끄러미 보던 재희가 앉으라는 손짓을 했다.

"김 피디 얼굴 말이 아니네, 아주. 지금 상황이 이러니까 일단 서 피디가 방송을 어떻게 하고, 이런 문제는 나중에 생각하자고. 무슨 일 있으면 연락 왔을 테니까 너무 걱정하지 말고 기다려 보자."

네, 하고 대답했으나 그건 그저 반사적인 행동이었다. 그렇게 오랜 시간을 함께한 재희조차도 이런 일을 단 한 번도 겪어 본 적 없을 정도라면, 정언이 지금 어떤 상황일지는 충분히 짐작할 수 있었다.

자리에 앉은 윤은 컴퓨터를 켰다. 그러나 아무 생각도 나지 않았다. 바탕화면을 멍하니 보며 넋을 놓고 있던 윤은 뭐라도 해야 할 것 같아 가방 안에 든 자료들을 꺼냈다. 물론 눈에 들어오는 것이 없기는 마찬가지였다.

사무실 안에는 정적만이 감돌았다. 응답 없는 핸드폰에 온 신경이 쏠렸다. 얼마나 지났을까, 팀원들이 속속 출근하기 시작했다. 혹시, 하는 생각이 들었으나 열 시 반이 넘도록 정언은 나타날 생각을 하지 않았다. 어쩐지 이대로 정언이 아주 사라져 버릴 것 같은 불길한 예감이 퍼뜩 엄습했다.

재희도 문이 열릴 때마다 퍼뜩 놀라 고개를 드는 걸 보면 비슷한 생각을 하고 있는 듯했다. 곧 정언과 민혜를 제외한 모든 팀원이 자리를 채웠다. 짧은 한숨을 뱉은 재희가 곧 표정을 감추며 가볍게 손뼉을 딱 쳐서 자신에게 시선을 집중시켰다.

"다들 왔지? 좋은 얘기 먼저 할게. 스튜디오 구했어."

"스튜디오를?"

"어디요?"

아침 대신인지 하루견과 봉지를 뜯어 나눠 먹고 있던 찬수와 철진이 거의 동시에 물었다. 재희가 대답했다.

"<오늘의 요리>에서 자기들 스튜디오 쓸 수 있게 해 준대."

"뭐?"

현진이 눈을 휘둥그렇게 뜨는 얼굴에, 재희가 턱 끝으로 윤을 가리켰다.

"어젯밤에 거기 최진수 부장님이 나하고 김 피디 불러서 직접 얘기하신 거예요. 우리가 스튜디오 못 구하고 있다는 거 들었다고, 김 피디 봐서 해 주시겠다던데요."

"아니, 우리는 좋긴 한데 거기 징계 받으면 어떻게 하려고 그런대요?"

아예 자리에서 벌떡 일어나 몸을 앞으로 내민 호형이 믿을 수 없다는 표정을 했다. 재희가 팔짱을 끼며 대답했다.

"공문에 우리한테 못 내주는 거 시보국 배정 스튜디오로 한정돼 있어. 만약에 그 건으로 인사위 회부되면 공문에 명시 안 돼 있었다고 걸 생각이신 것 같던데."

"아무리 그래도 그렇지, 그걸 우리가 덥석 받아도 돼요?"

"나도 계속 사양했는데 부장님이 굉장히 완강하시더라고."

찬수가 휙 소리가 나게 휘파람을 불었다.

"야, 김 피디 진짜 엄청난 인재네. 어지간하면 그렇게까진 안 하실 텐데."

"그때 게시판에 글 안 썼으면 어떻게 할 뻔했어?"

놀림 반, 칭찬 반인 예준의 물음에 윤은 애써 웃었다. 물론 전

혀 그럴 기분은 아니었다. 현진이 고개를 뽑아 윤 쪽을 건너다
보더니 갑자기 생각났다는 듯 재희를 보았다.

"그런데 서정언 왜 아직도 출근 안 해? 무슨 일 있어?"

"집에 일이 좀 생겼대요. 작가님, 편집본 어떻게 할지 결정했
어요?"

적당히 둘러댄 재희는 즉시 말을 돌렸다. 다행히 현진은 별 의
심 없이 고개를 끄덕였다.

"어제 집에 가서 구성안 보고 시청률 순으로 비슷한 아이템
세 개 모았어. 어차피 페이크니까 별도로 내레이션 따거나 할
거 없이 그냥 대충 짜깁기해서 붙이려고."

"오케이. 그건 임 선배랑 민 피디가 좀 붙여서 봐 줘요."

재희가 손끝으로 찬수와 철진을 가리키자 두 사람이 고개를
끄덕였다. 재희는 말을 이었다.

"스튜디오는 우리가 금요일 밤부터 쓸 수 있어."

"그러면 세팅할 시간은 충분히 되겠다. 그런데 세트 옮기면서
말 안 나가려나?"

석현이 묻는 말에 재희가 대답했다.

"교양국 스튜디오는 별관 건물이라 센터에서 세트 옮기는 동
선이 다르대. 새벽에는 이동하는 사람 거의 없어서 잘 모르고.
어젯밤에 미술센터 쪽하고 통화했어."

"거기 우리 녹화 막힌 거 알아?"

"알지. 화요일에 세트 넣어 놨더니 갑자기 빼라고 오더 내려왔
다는데. 아, 무슨 일 생겼구나 그랬다고 하더라고."

촬영을 잡아 놓은 스튜디오에서 갑자기 불가 통보를 받은 일
을 말하는 모양이었다. 땅콩을 으적거리던 찬수가 부정확한 발

음으로 물었다.

"세트 넣었다고 불이익 주는 거 아닌가?"

재희가 어깨를 으쓱해 보였다.

"딜을 하긴 했는데 뭐 그쪽이 밑지는 장사죠, 따지고 보면."

"무슨 딜?"

"이사진 바뀌면서 미술센터 외주 회사로 빼고 간접고용으로 돌렸잖아요. 그거 원래대로 직접고용으로 돌려 달라고 작년부터 미술센터 노조에서 투쟁중이고. 자기들이 확실히 보안 지킬 테니까 대신 〈비하인드 24〉에서 이거 한 번 방송해 줄 수 있냐는 거지."

간밤에 미술센터 쪽과도 이미 이야기를 마쳤을 정도라면 재희도 거의 쉬지 못한 게 분명했다. 피곤한 듯 눈가를 누르는 재희에게 예준이 궁금하다는 얼굴을 했다.

"우리 문 닫는다고 말씀은 드렸어요?"

"영원히 닫을 건 아니잖아, 그러시더라고. 그래서 그건 아니죠, 그런데 우리 맘대로 될지 모르겠습니다, 그러니까 그래도 좋대. 거기도 상황 워낙 안 좋으니까 지푸라기 잡아 보는 거지, 뭐. 방송 전에 절대 말 나가면 안 된다고 하니까 믿을 만한 직원들 보내겠다고 했어."

턱을 괴고 재희의 말을 듣고 있던 현진이 갑자기 웃는 소리를 냈다.

"야, 재밌네. 위에서는 이런 상황 생각도 안 했을 텐데. 지렁이도 밟으면 꿈틀한다고, 죽으라고 죄다 밟아 놓는 바람에 살 구멍이 생기는 거 진짜 웃기지 않냐? 애초에 김윤 안 보냈으면 엄대진 뒤 안 캤을 수도 있고, 〈뉴스라이트〉 방송도 안 했을 거고, 교양국에서 스튜디오도 안 빌려 줬을 텐데. 미술센터도 가만히 잘 있던 애들 돈 아낀다고 외주로 돌려서 우리 도와주게 만들고."

그러니까, 하고 찬수가 맞장구를 쳤다. 재희가 피식 웃었다.

"죽으란 법은 없잖아요. 세트는 미안한데 주 피디가 우 피디랑 같이 좀 봐 줘."

"알겠습니다."

예준이 대답하자, 재희가 오케이 사인을 만들어 보였다.

"나머지 사람들은 일단 대본 수정할 때까지 스탠바이. 대본 수정 끝나고 추가분 있으면 바로 편집하고 점검하는 걸로 하자고."

그때 사무실 문이 벌컥 열렸다. 윤은 재희가 순간 멈칫하는 것을 놓치지 않았다. 그러나 문을 열고 들어선 건 민혜였다. 곱슬곱슬하게 말아 놓은 머리가 사방으로 흩날리는 걸 보니 어지간히 급히 달려온 모양이었다.

"아우, 미안해. 늦었네."

주말에 아이가 아파 입원했다며 며칠을 출근하지 못했던 민혜였다. 재희가 물었다.

"어, 송 작가. 애는 좀 어때?"

숨을 몰아쉬며 의자에 풀썩 주저앉은 민혜가 말도 말라는 듯 양팔을 휘적거렸다.

"말도 마. 아주 전쟁이었어, 전쟁. <뉴스라이트>는 계속 나가지, 나는 속이 바짝바짝 타지, 애가 열은 안 떨어지지…… 그저께 애가 병원 싫은지 계속 울어서 퇴원하면 안 되겠냐 애원하니까 열 오르면 바로 다시 데려오래. 퇴원시켜서 집에 눕혀 놓고 열 오르나 안 오르나 그것만 감시하고 있었다는 거 아냐."

"애는 누가 보고, 그럼."

"어제까진 친정 엄마가 와서 봐주시고 오늘 아침에는 시어머니. 눈치를 얼마나 주시는지 말도 못 한다, 진짜."

민혜가 진저리를 치자 호형이 혀를 차며 말을 보탰다.

"며느리가 구국의 작가라고 말이라도 해 보시지 왜요."

민혜는 그 말에 코웃음을 치더니 고개를 절레절레 흔들었다.

"구국의 작가는 무슨. 우리 시어머니가 엄대진이라면 껌뻑 돌아가셔, 아주. 내가 이러고 있는 거 알면 뒷목 잡고 넘어가실걸. 아침부터 뉴스 보면서 YBS 욕을 쉬지도 않고 하시는데, 누가 보면 우리가 부모 원수인 줄 알겠더라니까."

"운명의 장난이네. 엄대진 이거 고부 사이를 갈라놓고 말야."

재희가 짐짓 얼굴을 찌푸리자 민혜가 아이 그러니까, 하고 투덜거리며 주위를 두리번거렸다.

"아니, 근데 정언 어디 갔어? 왜 안 보여?"

"집에 일이 좀 생겼대. 일단······."

재희가 다시 화제를 돌리려 했으나 민혜는 들은 척도 않고 고개를 갸웃했다.

"무슨 일? 어머니 어디 안 좋으셔? 열이 40도까지 끓어도 출근을 하던 애가 안 온 거 보면 뭐 심각한가 본데?"

"나중에 얘기할게."

황급히 말을 막은 재희는 얼른 다른 이야기를 꺼냈다.

"지금 내가 주조랑 얘기는 해 봐야 되는데, 토요일에 생방 가는 걸로 일단 알고 있어. 스튜디오는 확보했고."

이상하다는 얼굴을 하고 있던 민혜가 잘못 들었나 싶었는지 귓가를 긁적이며 되물었다.

"강 피디 지금 뭐라고 그랬니? 생방? 내가 뭐 잘못 들었나?"

"아냐, 아주 잘 들었어. 생방이라고 한 거 맞아. 그리고 내 간 얘기하지 마. 이거 내 아이디어 아니고 김 피디 아이디어니까."

동그란 눈이 튀어나올 정도로 커졌다. 민혜는 곁에 앉은 윤의 어깨를 찰싹 때렸다.

"어머머, 미쳤어. 생방 해 봤어요?"

윤이 아뇨, 하고 고개를 젓자 민혜가 입을 딱 벌리며 윤을 아래위로 훑어보았다.

"어머, 세상에."

어쩐지 너 처음부터 이런 사고 한 번 칠 줄 알았다, 라고 이마에 써 붙인 표정이었다. 재희가 손가락을 딱 소리 나게 튕겨 민혜의 주의를 다시 자신에게 돌려놓았다.

"아무튼 일이 그렇게 됐고, 최창묵 인터뷰 새로 따온 거 있으니까 그거 보고 추가할 내용 추가해서 생방용으로 나랑 김 피디랑 송 작가 셋이서 수정 좀 하자고."

"알았어."

민혜가 오케이 사인을 보냈다. 그때 핸드폰을 보고 있던 호형이 고개를 들었다.

"사장님이랑 국장님 지금 검찰 출석하셨나 봐요."

"몇 시간이나 붙들려 계시려나?"

석현이 걱정스러운 듯 중얼거린 말에 재희가 짧은 한숨을 쉬었다.

"오늘 <뉴스라이트> 시작할 때까지는 붙잡아 놔야 의미가 있겠지. 그러면 최소한 13시간, 14시간 이상. 그 새끼들 전적 생각하면 20시간 이상 잡아 두려고 할 수도 있고."

"장난 아니네."

혀를 내두르는 석현에게 재희는 어깨를 으쓱해 보였다.

"서로 장난할 시간 없다 그거지. 우리도 시작합시다. 나 주조가 볼 테니까 무슨 일 있으면 연락 주고."

손으로 전화하는 모션을 만들어 보인 재희가 일부러 윤 뒤로 돌아 나가며 살짝 어깨를 짚었다. 정언에게 연락이 온다면 얘기해 달라는 뜻일 터였다. 정언에게 무슨 일이 생겼는지 알 리 없는 민혜는 코끝을 긁적이며 책상 위에 놓인 자료들을 뒤적였다.

"작가님, 이거 최창묵 인터뷰 프리뷰요."

성옥이 민혜에게 프리뷰 파일 인쇄한 것을 내밀었다. 인터뷰를 보고 미리 풀어 놓은 모양이었다. 민혜가 고마워, 하고 그것을 받아 들더니 책상에 굴러다니던 형광펜을 집어 들며 윤을 돌아보았다.

"김 피디, 나 이것 좀 보고 대본 수정할 부분 얘기할게요."

"네."

윤이 대답하자 민혜가 갑자기 목소리를 낮추며 소곤거렸다.

"정언 무슨 일 있는지 알아요? 나 지금 전화했는데 안 받네."

윤은 애써 웃으며 고개를 가로저었다. 민혜가 별일이야, 하고 중얼거리며 프리뷰 파일로 눈을 돌렸다. 자신뿐 아니라 재희나 민혜의 연락도 안 받는 거라면 일부러 그런 게 틀림없었다. 구성안을 다시 펼쳤으나 눈에 들어올 리가 만무했다.

결국 자리에서 일어난 윤은 사무실을 나왔다. 조용한 비상구 계단 벽에 등을 기대고 선 윤은 정언에게 전화를 걸었다. 통화 목록은 이미 몇 페이지 내내 정언의 이름으로 채워진 채였다.

받을 거라는 기대는 없었다. 귀에 들리는 건 몇십 초 동안 반복되는 통화 연결음뿐이었다. 한숨을 누른 윤이 막 전화를 끊으려 할 때였다. 갑자기 연결음이 멈추며 상대방이 전화를 받았다. 순간 심장이 덜컥 내려앉았다. 건너편에서 미처 한마디도 돌아오기 전, 윤은 다급하게 물었다.

"선배, 선배 맞죠?"

대답은 없었지만 정언이 분명했다. 손이 부들부들 떨렸다.

"아무 일 없으신 거죠?"

윤이 재차 다그치듯 묻자 사이를 두고 숨소리처럼 작게 응, 하는 대답이 들렸다. 정언이 무사하다는 사실을 확인하자마자 다리에서 힘이 풀렸다. 윤은 그 자리에 그대로 무릎을 접어 주저앉으며 머리칼을 쓸어 올렸다. 심장이 쿵쿵거리며 뛰었다.

"출근하실 수 있어요?"

『……미안.』

미안하다니, 뭐가. 이해할 수 없는 말에 윤은 핸드폰을 더 꽉 움켜쥐었다.

귀를 기울이자 정적 사이로 희미하게 넘어오는 소리가 들렸다. 숨소리 같기도 하고, 혹은…… 우는 것 같기도 한. 정언이 스스로를 컨트롤할 수 없는 상황이라는 걸 눈치채기는 어렵지 않았다.

"제 말 들리세요? 선배, 대답 좀 해 보세요. 네?"

애원하다시피 매달렸으나 몇 초 정도의 침묵이 지난 뒤 전화가 끊겼다. 퍼뜩 놀란 윤은 바로 다시 전화를 걸었으나, 전화가 꺼져 있다는 안내 메시지만 들려왔다. 전화를 일부러 끊은 것인지, 아니면 끊어진 것인지 판단이 되지 않았다.

도대체 어디 있는 걸까. 회사가 아니라면 정언이 있을 만한 곳이 어디일지 짐작조차 할 수 없었다. 무릎에 얼굴을 파묻고 있던 윤은 긴 한숨을 내쉬었다.

정언에게 아무 일도 없다는 확신만으로도 좋을 거라고 생각했는데, 정작 정언이 무사하다는 걸 알게 되니 더 답답해졌다. 당장 방송이 코앞인 판이었다. 정언이 여기까지 와 놓고 포기할 사람은 아니라고 생각하면서도, 혹시나, 하는 생각이 고개를 들었다.

사고로 죽은 줄 알았던 아버지가 사실은 누군가에게 살해당했다는 걸 알게 됐다면 어떨까. 쉽게 상상조차 할 수 없는 가정은 끔찍했다. 정언이 어떤 심정일지 이해할 것 같다고 말하는 것도 불가능했다.

주저앉아 핸드폰을 만지작거리던 윤은 갤러리 첫 페이지의 사진에 눈을 주었다. 지난번 수아를 만나러 갔을 때 찍은 사진이었다. 작은 썸네일 안에서 환하게 웃는 수아의 얼굴을 보고 있던 윤은 머리칼을 쓸어 올리며 고개를 두어 번 흔들었다. 자신이라도 정신을 차려야 했다.

숨을 고른 윤은 희경에게 메시지를 보냈다. 이번 주에 방송될 것 같다는 메시지였다. 지난번 센터로 찾아갔을 때, 희경이 조심스럽게 방송 일정을 물은 적이 있었다. 그때는 확정된 사항이 없었기에 결정되면 희경에게 바로 알려 주기로 했는데, 이번 주 내내 정신이 없어 까맣게 잊고 있던 터였다.

메시지를 보낸 윤이 비상구를 나서려는데, 손에 쥐고 있던 핸드폰이 진동했다. 희경이었다. 윤은 바로 전화를 받았다. 네, 하고 입을 떼자마자 희경의 목소리가 들렸다.

『피디님, 안녕하세요. 보내 주신 문자 받았어요. 통화 괜찮으실까요?』

조심스러운 말투에 멈칫한 윤이 되물었다.

"무슨 일 있으세요?"

『아뇨, 저…… 정말 이번 주에 방송 나가는 건가요?』

"예정 잡혀 있습니다. 별일 없는 이상은 방송될 거예요. 오래 기다리시게 해서 죄송합니다."

윤의 말에 희경이 화들짝 놀란 투로 얼른 부정했다.

『아니에요, 아니에요, 피디님. 죄송하시긴요.』

"이해해 주셔서 감사합니다."

『그러면 방송 직전이라 많이 바쁘시겠네요.』

윤은 다른 손으로 눈썹 위를 문질렀다. 희경이 하고 싶은 말을 빙빙 돌리고 있다는 생각이 든 까닭이었다. 눈을 가늘게 뜬 윤은 바로 희경에게 물었다.

"수아한테 무슨 일 있나요?"

『아, 아니에요. 그런 건 아니고요, 저…….』

희경이 어려운 이야기인 듯 한참을 주저했다. 뒤에서 수아인지 리아인지, 엄마, 하며 자꾸 뭐라고 조르는 소리가 들렸다. 저, 저, 하며 머뭇거리던 희경이 겨우 입을 열었다.

『저기, 피디님, 정말 죄송해요. 내일이 애들 아빠 생일이거든요. 그래서 식구들끼리 조그맣게 파티하면서 애들한테 아빠 얘기 하려고 하는데, 수아가 자꾸 피디님들 보겠다고…… 자기가 꼭 피디님들 만나야 된다고, 파티하는 날이니까 선물 줄 거라고 그래서요.』

뜻밖의 말이었다. 긴장이 탁 풀렸다. 희경의 뒤에서 수아가 나 피디님, 피디님, 하고 종알거리는 소리가 작게 넘어왔다. 피디님이라는 말이 무슨 뜻인지도 모를 텐데, 희경을 따라 윤을 볼 때마다 피디님, 하고 옹알거리는 수아였다. 그 얼굴을 떠올린 윤은 맥없이 웃었다.

"저희한테요?"

웃음기 섞인 투로 되묻자 희경은 실례라고 생각했는지 더 쩔쩔맸다.

『저, 죄송해요. 너무 실례인 거 아는데, 애가 계속 고집을 부려서요. 저, 저희가 그쪽으로 갈 테니까 십 분 정도만 시간 내주실 수 있을까 해서…… 피디님들이 잘 해주시니까 제가 너무 염치없는 거 아는데, 수아가 이런 적이 없었거든요. 바쁘시면 다음에…….』

윤은 희경의 이야기를 들으며 손목에 찬 시계를 보았다. 숨 쉴 시간도 없을 게 분명했지만, 십 분도 안 날 리는 만무했다. 더구나 수아가 만나고 싶다고 그렇게 조른다는데 그걸 거절하기도 어려웠다.

"아닙니다. 잠깐이면 괜찮습니다. 편하신 시간에 오세요. 출발하실 때 연락 주시고요."

『죄송해요, 피디님. 정말 감사합니다. 내일 뵐게요.』

희경이 죄송하다는 말을 몇 번이나 했는지 세어 보고 싶을 정도였다. 네, 하고 대답한 윤은 전화를 끊었다. 머리칼을 훑으며 잠시 서 있던 윤은 자리로 돌아왔다. 심각한 얼굴을 하고 프리뷰 파일에 눈을 고정시킨 채 펜 끝을 두드리고 있던 민혜가 윤을 보았다.

"어, 김 피디, 나 지금 이거 읽고 있는데 중요한 내용이 되게 많네요? 앞부분은 지금 우리 취재 내용으로 교차 검증이 가능한

데, 이 뒷부분 있잖아요. 서현국 기자 얘기."

서현국이라는 이름을 듣자마자 가슴이 덜컥 내려앉는 기분이었다. 애써 표정을 감추며 그게 왜요, 하고 묻자 민혜가 얼굴을 찌푸리며 펜 끝으로 이마를 긁적였다.

"이걸 지금 우리가 검증할 방법이 없는 거죠?"

"검증이라면 어떤……."

"기자님이 죽기 전에 엄대진을 취재하고 있었다, 이런 증거가 지금 없는 거잖아. 그죠?"

윤이 대답하지 못하고 머뭇거리자 민혜가 자기 이마를 쳤다.

"아우, 내 정신 봐. 김 피디 입사한 지 얼마 안 돼서 서현국 기자님 잘 모르겠네. 정언 얘는 대체 무슨 일이 있길래 전화도 아예 꺼 놓고 안 오지? 연락 안 왔어요?"

미안, 하고 중얼거리던 정언의 목소리가 떠올랐다. 윤은 입을 다물었다. 재희의 말대로 팀에서 정언이 서현국 기자의 딸이라는 사실을 아는 사람이 없다는 건 확실해 보였다. 만약 민혜가 그걸 알고 있었다면 자신에게 지금 이런 질문을 할 리가 없었다.

윤의 침묵이 수긍이라고 생각한 듯, 걱정스러운 표정을 한 민혜가 다시 보던 파일로 시선을 돌렸다.

자리에 앉은 윤은 계속 정언과의 짧은 통화를 곱씹었다. 왜 미안하다고 한 걸까, 왜…… 속이 답답해졌다. 정언의 심정을 짐작조차 할 수 없어 더 그랬다.

만약 자신이 이런 일을 겪었다면 어땠을까.

떠돌아다니는 기억 속에서 문득 윤은 처음 이곳에 왔을 때를 상기했다. 수많은 기획안 속 세계들은 이전에 단 한 번도 상상한 적 없는 것이었다. 화려한 번화가 사이 숨은 가로등조차 없는 골목처럼, 거기 언제나 있지만 아무도 인식하지 못하는 어둠.

<비하인드 24>를 만든다는 건 결국 그 어둠을 들여다보는 일이었다. 그러나 만약 눈을 든 순간 사실은 자신이 그 어둠 속에 있었던 걸 알게 된다면, 빠져나올 수 없는 늪에 갇혀 버린 걸 알게 된다면…… 벼락을 맞은 듯한 감각에 윤은 고개를 들었다.

알고 있던 모든 세계가 뒤바뀐다면.

빛인 줄 알았던 곳이 사실은 그림자 한가운데였다면.

입 안이 말랐다. 상상만으로도 밀려드는 두려움에 머릿속이 차가워졌다. 예측할 수 없이 덮친 어둠에 갇히면, 누가 더 앞으로 나아가려 할 수 있을까.

정언의 미안하다는 말이 무슨 뜻인지 깨달은 건 그때였다. 그만두고 싶다는 거다. 여기서 도망치고 싶다고, 눈을 돌리고 싶다고, 무섭다고, 움직일 수가 없다고. 말아 쥔 손끝이 새하얗게 질렸다.

윤도 정언이 어떤 사람인지 이제 잘 알고 있었다. 그렇게 막다른 곳에 몰린 채로도, 도망치고 싶어 하는 자신을 더 채찍질하고 있을 게 분명했다. 모두가 이 마지막 방송에 전부를 걸고 있었다. 정언이 거기서 달아날 수 있으리라고는 생각되지 않았다.

얼마나 그러고 있었는지, 민혜가 멍하니 앉아 있는 윤을 보더니 의아한 표정으로 물었다.

"김 피디, 괜찮아요? 얼굴 되게 안 좋은데 왜 그래?"

"네?"

"어디 아픈 거 아니에요? 얼굴에 핏기가 하나도 없어. 정언이야 원래 그런다 치는데 김 피디까지 왜 그래, 무섭게. 병원 가봤어요?"

"아, 아니에요. 괜찮습니다."

윤이 고개를 가로젓자 민혜가 영 불안하다는 얼굴을 했다.

"정언한테 무슨 연락 없었죠? 전화를 왜 계속 꺼 놨지? 절대 핸드폰 안 꺼 놓는 앤데."

혼잣말처럼 중얼거린 민혜가 곧 화제를 돌렸다.

"아무튼 일단 여기 이렇게 수정할 거예요. 읽어 봐요. 앞부분에 교차 검증 가능한 내용이 많아서 중간중간 따서 넣으면 될 것 같아. 최창묵한테 연락해서 신원 보호 원하시냐, 원한다면 어디까지 원하시냐 빨리 좀 물어봐 줄래요? 만약에 대역 원한다면 바로 찍어야 되니까. 모자이크랑 음성변조 넣을지 말지도 결정해야 되고."

민혜가 그새 수정된 구성안을 내밀었다. 윤은 구성안을 받아 들어 다시 확인해 보았다. 이미 먼저 편집이 끝난 소스들이 있었기에, 최대한 덜 건드리는 방향으로 수정한 모양이었다. 생방송을 염두에 뒀는지, 피디 몫의 내레이션은 여러 차례 고친 흔적이 남아 있었다.

정언이 생방송 스튜디오에 앉아 이 멘트를 읽을 수 있을까, 윤은 문득 생각했다. 멘트를 읽기는커녕 지금은 정언이 그 스튜디오에 앉아 있을지도 확신할 수 없었다. 나오는 한숨을 참으며 구성안을 끝까지 확인한 윤은 창묵에게 메시지를 보냈다. 답은 곧 돌아왔다.

— 대역 사용하면 한선당 측에서 반드시 제보자 신원으로 역공 들어옵니다. 얼굴 공개하고 방송하세요. 그게 제가 사는 길입니다.

이원욱이 자기 얼굴을 방송에 내보내 달라고 애원하던 일이 겹쳐졌다. 입이 썼다. 신원을 밝혀서 얻는 위험을 감수할 정도의 두려움. 창묵의 메시지가 떠 있는 핸드폰 화면에 눈을 두고 있던 윤은 나오려는 한숨을 누르며 민혜에게 말했다.

"필요 없다고 하는데요. 신원 공개하고 방송해 달래요."

"그래요? 아예 까고 가는 게 안전하다고 생각하나 보네. 우리 입장에선 뭐 그럼 좋지. 최창묵 누구인지 모르는 것도 아니고, 신원 까고 말하면 증거가 좀 부족해도 사람들이 받아들이기 쉬우니까."

차라리 잘됐다는 얼굴로 고개를 끄덕인 민혜가 윤에게 손가락을 까딱였다.

"정언 없으니까 우리 둘이 우선 봐요. 구성안 볼 줄은 알잖아."

회의실로 윤을 부른 민혜는 맞은편에 앉았다. 추가된 인터뷰로 구성안을 새로 짠 민혜가 윤에게 수정 사항을 설명했다. 추가 배치를 논의하는 일이 적당히 마무리되자, 민혜는 윤에게 내레이션을 직접 읽어 보게 했다.

한 멘트를 몇 번이나 다시 읽히며 계속해서 수정하는 통에 나중에는 입이 마를 지경이었다. 결국 윤이 잠시 휴식을 요청하고 물을 마시는 사이, 민혜가 턱을 괴고 그런 윤을 보다 물었다.

"김 피디 딕션 굉장히 좋네? 어디서 배웠어요?"

"아, 언시 준비하면서 잠깐…… 스터디 들어갔을 때 기자나 아나운서 생각해 보라고 해서 조금 배웠어요."

생각지도 못한 칭찬에 당황하며 대답하자 민혜가 눈을 동그랗게 떴다.

"어머, 왜 안 했어요? 내가 다 아깝다. 정언 다음으로 이런 사람 처음 보는데."

"그래요?"

"정언도 입봉 때부터 딕션 완전 칼이었거든요. 강 피디가 혹독하게 시키긴 했는데 본인도 아나운서들 하는 만큼 엄청 연습했다고 그러더라고. 걔가 뭐든 적당히 하는 법이 없잖아요."

고개를 절레절레 저은 민혜가 웃었다. 애써 따라 웃기는 했으나 머릿속이 복잡했다. 민혜의 말대로 뭐든 적당한 게 없는 정언이었다. 얼마나 가혹하게 자신을 몰아붙이고 있을까 생각하는 것만으로도 가슴이 선뜩했다.

간신히 첫 번째 수정을 마치자 이미 몇 시간은 훌쩍 지난 뒤였다. 민혜가 마지막 클로징 멘트 자리를 펜 끝으로 톡톡 치며 턱을 괴었다.

"이 자리는 원래 담당 피디가 직접 쓰는데, 정언이 와야 쓰지. 뭐 방송 전에는 오겠지만…… 혹시 어머님이 많이 아프신가? 전화가 안 돼서 물어볼 수도 없고. 가게는 열었나 모르겠네."

민혜의 혼잣말에 퍼뜩 지난번 정언의 어머니가 회사에 찾아왔던 일이 떠올랐다. 선물용 쿠키 상자 수십 개를 들고 와 나눠 주는 사이, 희림이 지나치듯 정언의 어머니가 하는 빵집이 유명하다는 얘기를 하던 것이 뒤이어 생각났다.

오월의 나무. 박스 겉에 쓰여 있던 또박또박한 글자를 기억해 내는 건 어렵지 않았다. 윤은 전화 좀 하고 올게요, 하며 바로 사무실을 나왔다. 비상구 계단에서 서둘러 핸드폰으로 '오월의 나무'를 검색하자, 가장 상단에 바로 가게 이름과 위치, 메뉴, 지도, 전화번호 따위가 떴다.

마르는 입술을 물었다 놓은 윤은 전화를 연결했다. 신호음이 두어 번 가기도 전에 바로 상대방이 전화를 받았다.

『네, 오월의 나무입니다.』

중년 여인의 목소리였다. 짧은 만남이라 확신할 수는 없었으나, 그날 만났던 정언의 어머니인 것 같았다. 윤은 숨을 고르며 최대한 침착하게 물었다.

"안녕하세요. 서정언 선배 어머님 되시나요?"

『어머, 네. 누구시죠?』

가게 전화로 정언에 대해 물을 거라고는 예상하지 못한 듯, 바로 상대방의 목소리가 달라졌다. 약간 불안한 기색이 섞인 말투에, 윤은 얼른 대답했다.

"선배하고 같이 일하는 김윤 피디입니다. 지난번에 뵈었는데 혹시 기억하세요?"

이름을 말하자 놀란 투로 건너편의 목소리가 높아졌다.

『아, 그럼요! 당연히 기억하죠. 그런데 무슨 일로…….』

"저, 선배가 오늘 출근을 안 했거든요. 실례인 줄 아는데 정말 죄송합니다. 혹시 본가에 들렀는지 여쭤보려고 연락드렸습니다. 어디 많이 아픈 건지 걱정되는데 통화가 안 돼서요."

『정언이가 회사를 안 나갔다고요?』

당황해서 되묻더니 잠깐 어머, 어머, 하고 혼자 중얼거리던 정언의 어머니가 윤에게 서둘러 변명하듯 말했다.

『어젯밤에 여기 와서 잤는데, 아파서 그랬나? 어머, 세상에. 내가 일찍 나와서 애가 당연히 일어나서 출근한 줄 알았어요.』

"아, 어젯밤에……."

그 말에 긴장했던 속이 조금 느슨해졌다. 정언이 혼자 있었을까 봐 걱정했는데, 그래도 가장 안심할 만한 곳에 있었던 것 같아 그나마 다행이었다. 윤은 안도의 한숨을 뱉으며 가슴 위를 눌렀다. 어머니의 말이 넘어왔다.

『네. 늦게 왔더라고요, 열두 시 다 돼서. 그런 적이 없었는데 이상하다 하긴 했어요. 연락해 보고 다시 전화할게요. 번호 좀 불러 줄래요?』

윤은 자기 핸드폰 번호를 두 번 반복해서 불러 주었다. 금방 전화할게요, 하고 전화가 끊어졌다. 윤은 벽에 등을 기대고 섰다. 핸드폰을 쥔 손이 차갑게 젖어들었다.

다시 전화가 걸려 온 건 이십 분쯤 지나서였다. 진동이 울리기 시작한 순간 전화를 받자, 아휴, 하는 한숨이 먼저 들렸다.

『정언이 엄마예요. 정언이 집에 있네요. 어지간하면 그러는 애가 아닌데, 많이 아파서 연락도 못 하고 결근한 것 같아요. 어떡하죠?』

"많이 안 좋습니까?"

『열이 심하게 나서요. 애가 워낙 잘 먹지도 않고 그러더니 기어이 탈이 났나 봐요.』

어머니에게는 이유를 말하지 못한 게 틀림없었다. 열이 심하게 난다는 말에 마음이 초조해졌다.

『아유, 미안해요. 많이 걱정했겠네요.』

"……죄송합니다. 실례인 거 아는데, 제가 잠깐 선배 보러 가도 괜찮을까요? 걱정돼서요."

그렇게 물은 건 충동적이었다. 한 번 본 게 고작인 직장 동료가 아픈 딸을 보러 오겠다는 걸 이상하게 생각하지나 않으면 다행이었다. 그러나 이대로 가만히 정언이 돌아올 때까지 기다리고 있을 수는 없었다. 놀란 듯 잠깐 정적이 흘렀으나, 대답은 의외로 쉽게 돌아왔다.

『정언이한테 얘기해 놓을게요. 여기 온다는 거죠? 주소는 알고요?』

"네. 바로 가겠습니다."

『그래요.』

전화를 끊기 무섭게 사무실로 돌아온 윤은 민혜에게 저 잠깐 나갔다 올게요, 하고 말하고는 차 키를 집어 들었다. 놀란 민혜가 어디 가냐고 물었으나, 윤이 뛰어나간 통에 그 말은 이미 등 뒤에서 닫힌 문에 가로막혔다.

슬슬 퇴근 시간이 가까워 오는 도로였다. 신호에 걸릴 때마다 윤은 이 끝으로 입술을 잘근거렸다. 근처의 공영 주차장에 차를 세우고 가게 앞에 도착했을 때는 이미 저녁 시간이었다.

소박하고 깔끔한 간판은 눈에 쉽게 들어왔다. 전면창 안 진열 장에는 가지각색의 빵들이 가지런히 놓여 있었다. 몇 걸음 떨어진 곳에서도 부드럽고 고소한 빵 냄새가 풍겼다. 작은 가게 안에서는 이미 몇몇 손님이 빵을 고르는 중이었다.

숨을 고른 윤은 가게 문을 밀었다. 풍경이 딸랑거리는 소리를 냈다. 카운터 안에서 어서 오세요, 하는 목소리가 들렸다. 정언의 어머니였다. 윤이 안녕하세요, 하며 인사를 건네자 곧 윤을 알아본 어머니가 반색을 했다.

잠깐 기다리라는 손짓을 하더니 수화기를 든 어머니는 손님이 왔다며 어딘가로 전화를 걸었다. 아마 정언인 듯했다. 짧은 통화 후 수화기를 내려놓은 어머니가 카운터 너머로 몸을 조금 내밀 었다.

"전화했으니까 금방 내려올 거예요. 저기, 정언이가 진짜 그런 애가 아니거든요. 지각 한 번 안 하는 앤데, 몸이 너무 안 좋았나 봐요."

"좀 괜찮아졌나요?"

"아까 약 먹고, 죽도 한 반 그릇 먹더라고요. 정신을 못 차리는 것 같더니 열은 좀 내렸어요. 일부러 정언이 보러 와 줘서 고마워요. 원체 앓는 소리 한 번을 안 하는 앤데……."

어머니가 말끝을 흐렸다. 뭔가 말하려다 마는 듯한 그 얼굴에, 윤은 무슨 일이 있었던 건가 문득 생각했다. 그 생각은 길게 이어지지 않았다. 어머니가 문 옆쪽을 가리켰다.

"요 앞에서 기다리면 나올 거예요. 내가 저녁이라도 대접했으면 좋겠는데, 손님이 있어서 영 그러네. 어쩌죠?"

"괜찮습니다. 잠깐 얼굴만 보러 온 건데요, 뭐. 감사합니다."

미안해하는 얼굴에 깍듯하게 고개를 숙여 인사한 윤은 손님들로 복작거리는 가게 안을 빠져나왔다. 건물 옆으로 조그만 쪽문이 하나 나 있었다. 쪽문 너머로 보이는 계단은 위층의 가정집과 연결된 듯했다.

어스름이 내리기 시작하는 도로 위로 가로등이 켜졌다. 윤은 바닥을 내려다보며 그림자 위를 툭툭 찼다. 고작 몇 분이겠지만, 몇 시간은 되는 것처럼 긴 기다림이었다.

얼마나 지났을까, 쪽문이 열리며 안에서 누군가 밖으로 나섰다. 자신을 보고 멈춰 서는 인기척에 윤은 고개를 들었다. 정언이었다. 자신이 왔을 거라고는 생각도 하지 못한 듯, 시선이 마주치자마자 정언이 그 자리에 얼어붙었다.

그렇지 않아도 핏기 없는 얼굴이 하룻밤 사이에 더 엉망이었다. 당장이라도 끌어당겨 안아 주고 싶은 걸 참기 위해서는 약간의 인내심이 필요했다. 윤은 애써 웃었다.

"……어머님한테 전화 드렸거든요. 선배 거기 있냐고, 연락이 안 돼서 걱정하고 있다고 그러니까 선배가 많이 아프다고 하셔서요. 실례지만 제가 혹시 잠깐이라도 좋으니까 선배 만날 수 있냐고…… 그랬더니 여기로 오라고 얘기하시더라고요."

정언은 대답하지 않았다. 표정 없는 얼굴이었으나 윤은 그 아래의 수많은 감정들을 쉽게 간파했다. 당혹감, 두려움, 불편함. 정언이 당장이라도 이 자리에서 도망쳐 버릴 것 같아, 윤은 서둘러 물었다.

"저하고 얘기하는 거 불편하세요?"

그 말에 정언의 눈이 흔들렸다.

"하루 종일 제가 무슨 생각했는지 모르실 걸요."

윤은 애써 웃었다. 건드리기만 해도 무너질 듯한 그 얼굴을 마주하자 머릿속이 텅 비는 기분이었다.

"선배한테 아무 일 없기만 하면 무슨 짓이든 다 할 거라고 기도했어요."

나지막이 뱉은 말에 긴 침묵이 지났다. 떨어지는 가로등 빛이 서늘했다. 윤은 정언의 눈을 응시했다. 할 말이 아주 많은 것 같은, 혹은 아무 말도 하고 싶지 않은 것 같은 그 눈. 어느 쪽인지 확신할 수 없었다.

"저 그냥 갈까요?"

"……아냐."

잠깐의 사이를 두고 정언이 대답했다. 윤은 정언에게 한 걸음 다가섰다. 손을 뻗어 이마를 짚어 보자 정언이 움찔했다. 닿는 순간 느껴질 정도로 이마가 뜨거웠다. 가까이서 스친 옅은 숨에도 희미한 열기가 묻어났다. 다른 생각보다 걱정이 앞섰다.

"아직도 열 있어요."

"얘기하려고 왔다며."

"선배."

정언을 부르자, 정언은 아무 말도 없이 윤을 마주 보았다. 닥쳐올 일이 뭐든 각오한 사람처럼, 단호한 입매가 꼭 닫힌 채였다. 서현국 기자의 일 때문일까. 불현듯 스친 생각에 잠시 정언을 내려다보던 윤은 주차장 쪽을 가리켰다.

"차에서 얘기해요. 선배 지금 열 많이 나서 어디 가기 힘들겠어요."

얼마 떨어지지 않은 주차장까지 가는 동안 정언은 내내 말이 없었다. 조수석 문을 열어 주자 정언이 순순히 차로 들어와 앉았다. 문을 닫자 공기가 순식간에 고요하게 가라앉았다. 조금 떨어진 도로에서 들리는 자동차의 소리와 상가에서 흘러나오는 음악 소리 따위가 멀게 떠돌았다.

막상 이렇게 있으니 무슨 말부터 꺼내야 할지 막막했다. 어색한 정적은 무거웠다. 정언이 헤드레스트에 머리를 기댔다. 허공으로 가는 한숨을 뱉은 정언이 먼저 입을 열었다.

"알았지?"

서두조차 없는 질문이었으나 심장이 내려앉는 듯했다. 묻지 않아도 무슨 말인지는 뻔했다. 서현국 기자가 자기 아버지라는 걸 알았느냐는 질문이었다. 정언의 입에서 가장 먼저 나온 말에, 정언이 내내 그 문제를 고민하고 있었으리라는 걸 윤은 문득 깨달았다.

정언은 시선을 앞창 너머 어딘가에 둔 채 입술을 달싹였다.

"나 이해 못 해도 상관없어."

무감한 말투였다. 그러나 정말 상관없다면 그 질문을 가장 먼저 하지도 않았을 터였다. 윤은 이제 이런 정언을 잘 알고 있었다. 상처 받는 게 두려워서, 혹은 상처를 줄 게 두려워서 먼저 벽을 치고 물러나는.

포항에서의 기억이 되살아났다. 그날 밤 정언이 인간적인 부분 따위는 기대하지 말라고 선을 그었던 건, 결국 지금처럼 될까 봐 두려웠던 것이다. 지금처럼 의도하지 않은 순간 서로를 다치게 만들까 봐. 그 방어적인 태도에 윤은 헛웃음을 뱉었다.

"제가 뭘 이해 못 하는데요."

때로 이렇게 빤히 들여다보인다는 걸 스스로는 알고 있는지 문득 궁금했다.

"선배 아버지가 서현국 기자님이라고 얘기 안 하신 거요?"

정언의 시선은 앞에 고정된 채였으나, 무릎 위에 놓인 손이 가늘게 떨리는 것이 눈에 들어왔다. 열 때문일까, 아니면…… 설명할 수 없는 감정들이 동시에 밀려들었다. 정언의 옆모습을 빤히 보던 윤이 나지막하게 물었다.

"제가 선배한테 왜 그 얘기 안 하셨냐고 화내도 되는 사람이에요?"

정언이 그 말에 멈칫했다. 뭐라고 대답하려는 듯 하얗게 마른 입술을 두어 번 움직이던 정언은 곧 입을 다물었다. 확실하게 선을 긋고 싶다면 아니라는 말 한마디면 충분했다. 그럼에도 정언은 그렇게 하지 못했다.

"왜 대답 못 하세요. 지금 제가 화낼 거라고 생각하고 선수 치셨잖아요. 저 선배한테 화낼 자격 있는 사람이라고 생각하시냐고요."

윤이 화가 났다고 생각했는지, 정언이 처음으로 시선을 돌려 이쪽을 보았다. 그러나 정언이 어떤 상황인지 알면서 그럴 수 있을 리 없었다. 윤은 한숨처럼 웃었다.

"제가 어떻게 화를 내요. 말했잖아요. 선배한테 아무 일 없기만 하면 뭐든 다 할 거라고 기도했다고."

마주친 시선에는 불안감이 가득했다. 이런 얼굴은 처음이었다. 몸이 아파서 마음이 무너지는 건지, 아니면 약해진 마음이 몸의 병으로 옮아 간 건지 알 수 없었다. 심장의 어딘가가 뜨끔해졌다. 열 때문인지 핏기 없는 얼굴에 뺨 부근만 희미한 홍조가 돌았다. 정언이 그 위를 손으로 몇 번 열없이 문질렀다.

"……어떻게 알았어? 선배가?"

오랫동안 말이 없던 정언이 침묵을 깼다.

"네."

대답한 윤은 바로 덧붙였다.

"진짜 화난 건 아니에요. 전 몰랐는데 강 피디님은 알고 계신 게 질투 나서 그렇지."

분위기를 풀기 위한 농담이었지만, 물론 백 퍼센트 농담은 아니었다.

"그냥 술김에 얘기했던 거야."

마치 그 속을 읽기라도 한 것처럼 정언이 입술을 달싹였다. 열 때문인지 평소보다 목소리에 공기가 훨씬 많이 섞인 느낌이었다. 속삭이는 듯한 낮은 목소리의 결을 문득 만져 보고 싶었다.

"선배가 저한테 변명하시니까 좀 색다른데요."

윤은 씩 웃었다. 변명이라는 단어가 영 걸렸는지, 정언의 한쪽 눈썹이 약간 치켜 올라갔다. 그러나 정언은 굳이 그 말을 부정하지는 않았다. 따지고 보면 딱히 더 나은 말도 없기는 했다.

윤은 곧 얼굴에서 웃음기를 거두며 정언을 마주 보았다. 열에 약간 들뜬 그 얼굴은 평소와 달라 보였다. 평소에는 아주 잘 드는 칼 같았다면, 지금은 슬라이드 유리를 깨뜨린 조각 같았다. 날카롭지만 손을 대는 순간 그대로 부서질 수도 있을 듯한.

서늘하고 깊은 눈동자가 이쪽을 응시했다. 그새 한층 짙어진 어스름 탓에 정언의 표정이 조금 더 흐릿해졌다. 정언의 눈도 내리깔린 어둠처럼 가라앉은 채였다. 그 뺨을 만지고 머리칼을 쓰다듬어 주고 싶은 걸 참기 위해 윤은 무릎 위에 놓여 있던 손을 말아 쥐었다.

"괜찮으시냐고 안 물어볼게요. 아니라는 거 아니까."

머릿속이 복잡했지만, 눈앞의 정언보다 더하지는 않을 터였다. 윤은 애써 단순해지려 노력하며 입을 열었다.

"선배가 지금 어떤 마음일지 아무리 생각해도 모르겠어요."

정언이 멈칫했다. 그 마음을 다 이해한다거나, 공감한다거나, 그런 말 따위는 하기 싫었다. 그건 명백한 거짓말이었다. 짐작조차 불가능한 그 속을 얄팍한 위로로 달랠 마음은 없었다.

"그래서 밤새 엄청 걱정했어요."

나지막한 말에 무릎 위로 떨어진 정언의 시선이 퍼뜩 윤에게 돌아왔다. 윤은 부러 투덜거렸다.

"정말 돌아 버리는 줄 알았다고요. 선배가 이러고 있을 거 뻔히 보여서."

"내가 어쩌고 있는데."

아까보다 조금 더 낮아진 목소리였다. 조용한 차 안이 아니라면 그냥 흩어져 버릴 것 같은. 그 소리의 입자들이 너무 옅어,

이상한 불안감이 스며들었다.

"제 피 한 방울도 안 남기고 말리려고 하시잖아요, 지금."

애써 농담처럼 대꾸한 말에 정언이 픽 웃는 소리를 냈다. 농담 아닌데요, 하고 덧붙이려던 윤은 그 말을 삼켰다. 정언은 지친 듯 한쪽 눈가를 손으로 덮었다. 가늘다 못해 앙상한 손가락 끝이 떨리는 것이 선연했다. 정언이 그 떨림을 감추려는 듯 손에 조금 더 힘을 주었다.

다시 긴 정적이 내려앉았다. 먼저 그 침묵을 깬 건 윤이었다.

"왜 아무 말도 안 하세요?"

"무슨 말을 해야 되는데, 내가."

정언이 힘없이 중얼거렸다.

"뭐라도요."

"할 말 없어."

정언은 변명조차 포기한 사람 같았다. 변명. 그 말은 확실히 정언과는 먼 단어였다. 그러나 최소한의 자기변호조차 하지 않으려는 그 태도에 도리어 애가 타는 건 윤 쪽이었다.

아프다고, 힘들다고, 그 말 한마디가 정언에게 왜 그렇게 어려운 건지 답답했다. 가늘고 날카로운 정언의 옆모습에 눈을 두고 있던 윤은 다시 물었다.

"그만하고 싶으세요?"

그 물음에 정언의 몸이 굳었다. 마른 어깨가 순간 경직하는 게 옷 아래로도 보였다. 윤은 아무것도 아니라는 듯 말을 이었다.

"그럼 그렇게 하시면 되잖아요."

"뭐?"

정언의 눈이 커졌다. 당연히 그런 반응일 거라고 생각했기에 윤은 여상하게 대꾸했다.

"그게 뭐 어때서요."

정언은 못 박힌 듯 윤을 쳐다보았다. 뭐 이런 게 다 있나, 하고 써 붙인 얼굴이었다. 물론 서정언에게 방송을 그만하라니, 누가 들었다 해도 그런 반응이 나올 건 당연했다. 할 말을 찾지 못하고 입술을 달싹이던 정언이 윤에게 물었다.

"……지금 본인이 무슨 소리 하는지 알긴 해?"

"네."

"어떻게 취재한 건데, 이걸……."

목소리를 높였던 정언의 말끝이 급격히 흐려졌다. 몇 달을 매달린 일이었다. 이제 와서 포기한다는 건 불가능했다. 그 사실을 누구보다 잘 아는 사람은 바로 정언이었다.

물러날 수도, 전진할 수도 없는 늪. 그대로 서 있는 사이 정언은 그 늪에 발목을 잡힐 게 뻔했다. 1분 1초가 아까운 시점이었다. 이렇게 허비할 시간이 없는데도 정언이 움직이지 못한다는 건 그만큼 두렵다는 뜻이었다. 윤은 정언의 눈을 마주 보았다.

"저 있잖아요. 강 피디님도 있고, 다른 선배들도 있고. 저 못 믿으셔도 선배들은 믿으실 수 있을 거 아니에요. 몇 년을 같이 했는데. 팀이 왜 팀인데요."

정언이 그 말에 멈칫했다. 윤은 말을 이었다.

"그만하고 싶다고 얘기하셔도 돼요. 무섭다고 하셔도 되고요. 포기하면 뭐 어때요."

그건 진심이었다. 정언이 말을 잃은 표정으로 눈을 깜빡였다. 윤은 씩 웃었다.

"스튜디오도 구했고 방송도 하기로 했어요."

"방송을? 어떻게?"

놀란 정언의 목소리가 커졌다. 윤은 어깨를 으쓱해 보이며 대답했다.

"생방송으로요."

"생방송? 주조하고 합의된 거야?"

정언이 윤을 다그쳤다. 방금 전까지 다 죽어 가더니, 방송 얘기가 나오자마자 살아나는 게 그나마 다행이었다. 윤은 차분하게 정언을 달래듯 말했다.

"강 피디님이 얘기해 보신다고 했어요. 선배 없어도 방송 돌아가니까 너무 걱정하지 마시라고요. 혼자 하는 팀 아닌데, 누가 힘들면 다른 사람들이 대신해 줄 수도 있잖아요."

정언의 눈이 흔들렸다. 윤은 잠시 사이를 두었다가 가벼운 한숨을 뱉었다.

"저 선배한테 당장 내일부터 나오라고, 방송 코앞이니까 일하라고 그런 말 하러 온 거 아니에요. 전에 얘기했잖아요. 선배가 그렇게 힘들게 견뎌야 되는 거면 전 <비하인드 24> 폐지돼도 상관없다고. 선배가 일에 미친 사람이라 멋있어 보였고, 그래서 빠진 거지만 선배 인생에 그게 전부가 아니었으면 좋겠어요."

윤은 눈썹 부근을 긁적이며 멋쩍은 얼굴로 말을 이었다.

"선배가 뭘 좋아하는지, 자주 가는 데가 있는지, 친한 사람이 있는지, 이럴 때 갈 만한 데가 어딘지…… 아무것도 생각 안 났어요. 선배 많이 안다고 생각했는데, 건방지죠."

마주 본 눈이 복잡했다. 윤은 그 시선을 어슷하게 비껴 피하며 나지막하게 입을 열었다.

"그러다 생각했어요. 선배한테 산다는 게 뭘까. 사람들은 다 그런 거 있잖아요. 퇴근하고 친구하고 맥주 한잔할 수도 있고, 집에서 드라마를 볼 수도 있고, 애인하고 저녁을 먹을 수도 있고. 그런데 선배한테는 그런 게 없는 거예요. 방송이 선배 삶이고, 이 팀이 전부고."

뒤통수라도 한 대 얻어맞은 듯한 표정을 하고 있는 정언을 본 윤은 고개를 저었다.

"저 선배 비난하는 거 아니에요. 제가 뭐라고 선배한테 그러겠어요. 저도 팀원이니까 선배 삶에 나름대로 한 자리 차지할 수 있었던 건데, 어떻게 생각하면 다행이죠. 여기가 아니었으면 제가 선배 인생에 들어올 일 없었을 테니까."

"그럴 일 없었을 거라고?"

"제 얼굴 이렇게 안 먹히는 여자는 선배가 처음이라서요. 제가 여기 아니면 어디서 선배 보고 들이댔어도 말 한 번 못 걸어 보는 사이였을 거 아니에요."

짐짓 진지한 척 심각하게 대답하자, 정언이 어이가 없는지 웃는 소리를 냈다. 그 얼굴을 물끄러미 보고 있던 윤은 손을 뻗어 이마 위로 흘러내린 정언의 머리칼을 넘겨주었다. 손가락 사이로 떨어지는 가늘고 부드러운 머리칼의 감촉이 서늘했다.

"선배가 웃는 게 좋아요."

생각도 못 한 말이었는지 정언이 미간을 찌푸렸다. 이런 게 더 귀엽다는 걸 알기는 할까, 속으로 생각한 윤은 얼굴에서 웃음기를 거뒀다.

"그 얼굴 보면 진짜 뭐든 다 할 수 있을 것 같아요."

눈썹을 좁힌 정언이 되물었다.

"제정신 아니지?"

"선배 만나고 제가 지금보다 더 제정신인 적 없을걸요."

말문이 막힌 듯 정언이 이마를 짚었다. 창백한 얼굴에 귀 끝만 빨갛게 단 채였다. 시선을 맞추지 못하는 정언을 끌어 자신을 보게 만들고 싶은 걸 겨우 참으며, 윤은 정언의 옆얼굴을 물끄러미 보았다.

"그러니까 마음 가는 대로 하세요. 지금 그만두셔도 아무도 선배보고 뭐라고 안 해요. 팀이 전부라고 생각하시면 선배도 그만큼 믿음 주셔야죠. 혼자 그렇게 힘들고 괴로워하실 거면 선배가 지금까지 해 온 게 무슨 의미예요. 선배 하나 없다고 지금까지 온 거 전부 소용없는 걸로 만들 사람들 아닌데 왜 그러세요."

정언이 실은 서툰 사람이라고 느끼는 건 이럴 때였다. 이런 순간에도 홀로 죽어라 버티며 이를 악무는 건 약한 모습을 보이기 싫어서일 터였다. 혼자 모든 걸 책임져야만 강한 사람이 아니라는 걸 정언이 알았으면 했다.

"저 선배가 지금 얼마나 아픈지 몰라요. 상상도 안 가고요. 그런데 그냥…… 선배가 아프다고 얘기해 주셨으면 좋겠어요. 나 너무 아프다고, 죽을 것 같다고, 그러니까 옆에 있어 달라고 할 수는 있잖아요. 똑같은 고통 가진 사람만 다른 사람 위로할 자격 있는 건 아니니까."

"김 피디."

정언이 윤의 말을 끊으려 했으나, 윤은 아랑곳하지 않았다.

"옆에 있어 달라고 하시면 그렇게 할게요. 더한 것도 상관없어요. 그게 뭐든 선배한테 제가 해 드릴 수 있는 건 다 할 거예요."

이 끝으로 아랫입술을 누른 정언이 시선을 내렸다. 다시 공기가 가라앉았다. 무릎 위에 놓인 정언의 손끝이 안으로 말려 들어갔다. 이 침묵의 순간을 모두 언어로 치환하는 것이 가능하다면, 그건 여기서 정언을 안아 주지 않고는 참을 수 없는 말들일 거라고 윤은 문득 생각했다.

"집에 가지 말고 오늘은 여기 계세요."

사실은 옆에 있으면 안 되냐고 묻고 싶었지만, 윤은 그러는 대신 웃어 보였다. 정언이 멈칫하며 윤을 마주 보았다.

"아프고 머리 복잡할 땐 혼자 있는 거 아니더라고요. 진짜 걱정 많이 했는데 여기 계셔서 다행이에요."

"여기 있는 거 알면서 뭐 하러 왔어."

정언이 다시 시선을 피하며 입술을 달싹였다. 무심함을 가장한 말투가 실은 미안함에 가깝다는 건 이미 잘 알고 있었다.

"매일 보다가 하루 못 보니까 더 보고 싶잖아요."

능청스러운 말에 정언이 한숨처럼 내뱉었다.

"하여튼 말은 잘 해."

"행동도 잘 하잖아요. 보여 드려요?"

짐짓 정언 쪽으로 몸을 기울이자, 화들짝 놀란 정언이 창가에 붙을 기세로 물러났다. 당황한 기색이 역력한 얼굴에 결국 푹 웃는 소리가 터졌다. 순순히 제자리로 돌아간 윤은 정언에게 말했다.

"농담이에요. 그만 들어가세요. 얼굴 진짜 빨개요. 아까보다 열도 더 나는 것 같고."

먼저 차에서 내린 윤은 조수석 문을 열어 주었다. 차에서 내린 정언을 다시 집 앞까지 데려다주는 사이, 정언은 무슨 생각을 하는지 내내 말이 없었다. 현관으로 통하는 쪽문 앞에 서 있던 정언이 바로 들어가지 않고 잠시 머뭇거리더니 윤에게 말했다.

"잠깐 올라왔다 가."

"아니에요, 쉬세요. 선배 아픈데 왜……."

뜻밖의 말에 놀란 윤이 손을 내젓자 정언이 나지막하게 대답했다.

"줄 거 있어서 그래."

그게 뭔지 묻기도 전에 정언이 걸음을 옮겼다. 윤은 서둘러 그 뒤를 따랐다. 가게 위층의 가정집으로 올라가 현관을 연 정언은 안으로 들어섰다. 집 안 곳곳에 깊숙이 배인 부드러운 빵 냄새가 옅게 밀려들었다.

정언은 거실 소파를 가리키더니 작은방으로 들어갔다. 소파에 앉은 윤은 주변을 둘러보았다. 외관은 상당히 오래된 건물이었는데, 내부는 수리한 듯 깔끔했다.

아마 한 번쯤은 새로 달았을 듯한 흰 새시 틀, 노란색 커튼, 낡았지만 깔끔하게 관리된 패브릭 소파 같은 것들이 만드는 집 안의 분위기는 부드럽고 따뜻했다. 정언이 가장 먼저 떠올린 곳이 집이라는 것도 이상하지 않았다. 누구든 가만히 앉아 있는 것만으로도 위로받을 수 있는 다정한 고요함.

몇 분쯤 지났을까, 방 안에서 뭔가 부스럭거리던 정언이 품에 상자 하나를 들고 나와 테이블 위에 올려놓았다. 윤은 의아한 얼굴로 정언을 보았다. 이게 뭐냐고 묻기도 전 정언이 먼저 입을 열었다.

"아빠 돌아가시고 집에 남아 있던 물건 모아 놓은 거야."

생각도 못 한 말에 가슴이 덜컥 내려앉았다. 서현국 기자의 유품을 굳이 자신에게 보여 주는 건 그럴 만한 이유가 있어서일 터였다. 정언이 상자 뚜껑을 만지작거렸다. 그 손끝에 초조한 기색이 묻어났다.

"엄대진하고 관련된 자료도 있어. 내가 녹음기 테이프 잠깐 듣고 확인했는데, 아마…… 방송 나가는 데 필요할 수도 있어서."

마지막 말을 발음하는 목소리 끝이 갑자기 잠겨들었다. 정언이 우는 걸까 싶어 놀란 윤은 저도 모르게 정언의 손을 잡았다.

"선배."

정언이 고개를 숙였다. 손을 뺄 거라고 생각했지만, 정언은 그렇게 하지 않았다. 입술 끝을 물었다 놓은 정언이 입을 열었다.

"……그만둬도 된다고 말해 줘서 고마워."

불현듯 깊은 수면 아래를 비춘 듯한 감각이 지났다. 정언이 드물게 드러낸 그 진심은 손을 대는 즉시 깨질 것처럼 불안하게 느껴졌다. 잡고 있는 손이 떨렸다. 윤은 거의 무의식적으로 정언의 차가운 손을 더 꼭 감싸 쥐었다. 정언이 입을 열었다.

"솔직히 자신 없어."

바닥으로 떨어지는 목소리는 혼잣말에 가깝게 들렸다.

"그만두고 싶다는 생각 한 거 처음이야."

그 입가에 희미한 미소가 떠올랐다가 곧 사라졌다. 가슴을 서늘하게 만드는 표정이었다. 금방이라도 무너질 것처럼 위태롭게 선 채, 정언은 입술을 달싹였다.

"무슨 짓 당해도 버틸 수 있었는데 이젠 무서워."

정언의 입에서 나온 무섭다는 말은 낯설었다. 처음 왔을 때부터 수십 번은 더 던졌을 질문이었다. 선배는 무섭지 않아요? 이런 일 아무렇지도 않아요? 그때마다 정언은 늘 담담하게 굴었다. 이런 일쯤은 견디게 된다고. 결국은 아무렇지도 않아진다고.

하지만 지금은 아니었다.

"내가 믿던 게 뭔지 모르겠어, 이젠."

정언이 입술을 깨물었다. 불신을 고백하는 고해성사실의 신자 같은 얼굴이었다.

"정말 목숨 걸고 했어. 김 피디 말대로 <비하인드 24> 들어온 이후로 나한테 다른 삶 없었다고. 이런 일 하는 사람도 필요하니까, 내가 여기 있으니까, 이게 내 일이니까…… 다른 생각 해 본 적 없었어. 그런데 이제 와서 후회돼. 내가 이 일 안 했으면 아무것도 몰랐을 수 있는데. 아빠가 그냥 사고로 죽었다고 알고 살면서."

부들부들 떨리는 목소리 끝이 갈라졌다. 감당할 수 없을 만큼 무겁고 아픈 단어들이었다. 그러나 이 많은 단어들은 지금 정언을 괴롭히는 고통의 극히 일부조차도 제대로 표현할 수 없었다. 윤은 그 사실을 잘 알고 있었다. 정언이 웃는 소리를 냈다.

"재밌지. 더한 일 겪은 사람도 많은데, 세상에 이것보다 훨씬 더 끔찍한 일 많다는 거 내 눈으로 수백 번, 수천 번도 더 봤는데…… 아무것도 아니라고, 다 지나간다고 말하면서 정작 내 일 되니까 순식간에 사람이 무너져. 그런 사람들에 비하면 진짜 아무것도 아닌데."

차라리 울어 버리면 지금처럼 보는 사람을 미치게 만들지는 않을 것 같았다. 파랑주의보가 내린 바다처럼 생각들이 격렬하게 수위를 높이며 밀려들었다. 머릿속이 제멋대로 뒤엉켰다.

"……왜 아무것도 아닌데요."

다친 쪽은 정언인데, 자신이 먼저 터지지 않기 위해 견디는 건 상상보다 더 괴로웠다.

"내 상처가 나한테 제일 아픈 거 당연하잖아요."

가슴부터 목 안쪽까지 뜨거운 것이 역류했다. 그 궤적마다 불을 붙인 것 같았다. 윤은 흔들리는 목소리를 애써 눌렀다. 몰랐다면 좋을 텐데, 정언이 무슨 생각을 하는지 그대로 들여다보이는 탓이었다.

"지금 그런 생각 이기적인 것 같으세요? 그건 이기적인 게 아니라 인간적인 거예요. 남들이 뭔데요. 누가 나 대신 아파 준대요? 내가 다치고 내가 아프다는데 누가 뭐라고 그래요. 지금 아픈 사람 선배예요. 다른 사람들 생각하지 마세요."

속을 들킨 사람처럼 정언이 멈칫했다. 문득 맞닿은 시선이 얇은 칼날처럼 마음의 어딘가를 저미듯 지났다. 윤은 다시 한 번 말했다.

"그만하셔도 돼요. 제가 할게요. 저 할 수 있어요, 선배."

그 말에 정언이 무너졌다. 그대로 주저앉으려는 정언을 낚아챈 윤은 그 마른 몸을 꽉 안았다. 정언이 밀어내려는 듯 윤의 어깨를 쥐었으나 윤은 완강했다. 가늘고 찬 숨이 배회하다 결국 가슴으로 파묻혔다.

숨이 막힐 정도로 끌어안은 팔 안에서 정언이 떨었다. 윤은 잠시 눈을 감았다. 어느 누구도 정언을 이렇게 망가뜨릴 수 없었다. 절대 그렇게 되게 내버려 두지 않을 생각이었다. 설령 그게 정언 스스로라 하더라도 마찬가지였다.

그럼에도 정언이 이런 순간을 아무에게도 보인 적 없을 거라는 확신은 달콤하고 고통스러웠다. 때문에 통제되지 않는 진심을 막는 건 불가능했다.

"제 앞에서만 이러시면 안 돼요?"

참지 못하고 숨소리로 속삭인 말에 정언은 윤의 옷자락을 움켜쥐었다. 말보다 절박하게 매달리는 손끝이 대답을 대신했다.

이전에는 누구에게도 자신이 알지 못하고 결코 돌아갈 수 없는 과거의 시간들을 모두 들여다보고 싶다고 생각한 적이 없었다. 아무도 알지 못하는 어떤 순간들을 전부 독점하고 싶다는 바람을 가져 본 것도 처음이었다.

제어할 수 없는 갈망의 실체는 또렷했다. 누구와도 이 순간을 공유하고 싶지 않았다. 궤도 안, 달의 뒷면, 깨져 버린 유리 성벽 너머의 정언은 오로지 자신의 것이었다. 지금 정언에게 필요한 단 한 사람이 있다면 그건 자신이었다.

윤은 오랫동안 그대로 움직이지 않았다. 귓가에서 맴도는 희미한 숨소리와 품을 가득 채운 정언의 체온이 시간을 잠시 멈춘 듯했다.

품에 얼굴을 묻고 있던 정언이 고개를 들었다. 윤은 그 창백한 얼굴을 들여다보았다. 이런 순간을 이용하고 싶지 않다면 거짓말이었다. 지금 자신이 어떤 행동을 하더라도 정언이 거절할 리 없었다. 머릿속을 녹여 버리는 상상들 중 무엇이든 현실이 될 수도 있었다.

그러나 그렇게 하기는 싫었다. 정언을 안아 조심스럽게 앉혀 준 윤은 가까이서 열에 들뜬 뺨을 살짝 어루만졌다. 차마 윤을 마주 보지 못하고 시선을 내린 정언이 간신히 입술을 달싹였다.

"……미안해."

윤은 고개를 가로저으며 웃었다.

"뭐가요. 지금 저 좋은 일만 하셨는데."

농담처럼 대답하며 자리에서 일어난 윤은 테이블 위의 상자를 품에 안아 들었다. 갈게요, 하며 몸을 돌리자 정언이 현관까지 따라 나왔다. 열린 문가에 기대선 정언이 짧은 한숨을 뱉었다.

"빨리 들어가세요."

상자를 안고 손짓하던 윤은 퍼뜩 생각난 것이 있어 아, 하고는 정언을 마주 보았다.

"저기, 이희경 씨가 연락 주셨었어요. 내일 박규형 과장님 생일이라 가족들끼리 작게 파티하면서 수아랑 리아한테 아빠 얘기하려고 하신다고 그러는데, 수아가 선배랑 저한테 뭐 주고 싶은 게 있다고 그랬대요. 시간 뺏어서 죄송하다고 하시면서 이쪽으로 오시겠다고, 십 분 정도만 볼 수 있겠냐고 하시길래 알겠다고 했거든요."

조심스럽게 꺼낸 말에 정언은 잠깐 생각하더니 곧 순순히 대답했다.

"알았어. 연락 줘."

"괜찮으시겠어요?"

"수아가 보고 싶다고 했다며."

정언이 나지막하게 대답했다. 윤은 정언이 희경과 두 딸에게 자신을 겹쳐 본다는 걸 알고 있었다. 상황이 이래도 그런 부탁을 거절할 마음은 없는 듯했다. 잠시 머뭇거리던 윤은 정언에게 말했다.

"힘드시면 며칠 더 쉬면서 생각해 보셔도 돼요. 강 피디님한테는 제가 얘기할게요. 이희경 씨는 여기 근처로 오시라고 해도 되니까 부담 갖지 마시고요."

"알았어."

"아무것도 생각하지 마시고 그냥 선배 생각만 하세요. 저 진짜 갈게요. 약 드시고 좀 누워 계세요. 잠 못 자면 나을 병도 안 나아요."

덧붙인 말에 정언이 윤을 물끄러미 응시했다. 윤은 애써 그 눈을 외면하며 몸을 돌렸다. 발이 쉽게 떨어지지 않았다. 그때 등 뒤에서 정언이 부르는 소리가 들렸다.

"김 피디."

"네?"

한 계단 아래서 윤은 뒤를 돌아보았다. 그 새까만 눈동자가 내려온 어둠 속에서 더 깊었다. 바닥을 알 수 없는 물처럼 가라앉은 정언의 눈에 까닭을 알 수 없이 가슴이 덜컥했다. 정언이 입술을 달싹였다.

"고마워."

어쩐지 정언이 이대로 사라질 수도 있을 것 같았다. 멍하니 정언을 보던 윤이 간신히 네, 하고 대답하자 정언은 잠시 눈을 내리감았다. 곧 현관 안으로 사라진 정언이 문을 닫았다. 윤은 오랫동안 그 자리에 선 채 움직이지 못했다. 불현듯 품에 안은 상자의 무게가 이미 묵직해진 심장 위로 더해졌다.

47

맞은편에 앉은 소명은 피곤한 기색이 역력한 얼굴을 두 손으로 감쌌다. 진작 퇴근했어야 하는 사람을 몇 시간째 붙들어 놓고 있으니 그럴 만도 했다. 소명이 짧은 한숨을 뱉고는 카페 소파에 등을 깊숙이 묻었다.

"원칙적으로 불가능하다는 말 지금까지 몇 번 했지?"

"저도 잘 알죠. 힘드니까 부탁드리러 온 건데요."

입이 말랐다. 재희는 소명을 마주 보았다. 뿔테 안경 너머로 표정 없는 눈이 자신을 응시했다. 소명과 초면은 아니었다. 교양국 피디 출신인 소명은 피디 시절 연수와 친했던 사람 중 하나였다. 재희 역시 연수를 통해 소명과는 예전부터 잘 아는 사이였다.

그러나 소명이 출산 이후 주조정실 MD로 소속을 옮기면서 이전처럼 자주 만날 일이 없게 된 지 오래였다. 주조정실의 교대근무 탓도 있었고, 연수의 장례식 이후로는 이렇게 따로 이야기를 나누는 일 자체가 처음이었다.

때문에 그 어설픈 친분을 가지고 자신이 소명을 설득하겠다고 나선 건 아니었다. 소명의 성격상 그건 도리어 자신의 약점에 가까웠다. 그러나 지금은 다른 대안이 없었다.

침묵하던 소명이 안경을 벗으며 눈 앞머리를 눌렀다.

"강 피디."

"네."

"피디들은 주조 MD 일 별거 아닌 줄 알지?"

낮은 목소리에서는 거의 감정이 느껴지지 않았다. 소명의 입에서 그런 말이 나올 거라고는 생각하지 못했기에, 약간 당황한 재희는 서둘러 그 말을 부정했다.

"아닙니다. 무슨 말씀을 그렇게……."

"지난번에 시보국에서 인사위 열어서 주조로 발령받은 분들 다 그만둔 건 알아?"

시보국 프로그램 피디들 중 몇몇이 지난번 이사회 저지 이후 열린 인사위에서 전보 조치를 당한 일이 있었다. 그 중 두 명이 주조정실 MD로 발령받았는데, 두 사람 모두 얼마 지나지 않아 종편으로 이적한 것은 재희도 이미 아는 사실이었다.

재희의 굳은 표정을 본 소명이 입매를 슬몃 비틀었다.

"운행표 체크하고, 예고 내보내고, 자막 넣고, 필러(filler)[1] 틀고. 하루 종일 여기 앉아서 하는 일 없이 모니터링만 하고. 별거 아닌 일이긴 하지."

"저 그런 생각 전혀 안 합니다."

재희가 다시 한 번 부정하자 소명이 어깨를 으쓱했다.

"강 피디 좋은 사람인 거 아는데 대부분 그렇게 생각한다고.

---

1) 텔레비전 방송에서 프로그램 사이의 시간을 메우기 위해 송출하는 영상이나 음성.

내가 피디 출신이야. 그거 모르겠어?"

재희는 입을 다물었다. 그런 분위기를 부정할 수는 없었다. 윗선에 밉보인 사람들이 주조정실로 발령 나는 케이스가 처음은 아니었다. 특히 프로그램을 만드는 피디 일과는 정반대 업무에 가깝다 보니, 좌천된 피디들이 하루아침에 구경꾼 된 기분이라고 토로하는 일도 잦았다. 소명이 재희를 빤히 보다 픽 웃는 소리를 냈다.

"주조 와서 별소리 다 들었는데 오늘이 제일 황당하네."

"한 번만 더 생각해 주시면 안 될까요?"

"윗선 가서 얘기해. 내가 무슨 힘이 있다고 이래?"

재희의 부탁에도 소명은 냉랭했다. 재희는 나오려는 한숨을 참으며 다시 한 번 소명을 설득했다.

"지금 시보국 상황 아시잖아요. 윗선 설득할 수 있다고 생각했으면 제가 이러겠습니까?"

이만큼 절박한 적은 처음이었다. 몇 달을 공들인 방송인데, 더구나 모든 판이 다 준비된 마당인데 이제 와서 주저앉을 수는 없었다. 무릎이라도 꿇을 기세인 재희에게 소명이 물었다.

"윗선은 설득 안 되고, 나는 될 것 같고?"

그 말에 가슴이 덜컥했다. 방송국에서 소명의 성격을 모르는 사람은 없었다. 물론 소명을 설득하겠다고 마음먹은 순간부터 이런 상황도 고려하지 않은 건 아니었다. 소명이 재희를 빤히 마주 보다 벗어 두었던 안경을 다시 썼다.

"강 피디가 신념 가지고 일하는 거 나도 잘 알아. 시보국 상황 잘 알고, 다른 데 상황도 안 좋다는 것도 알고. 나도 피디 일 오래 했어. 힘든 거 왜 모르겠어."

안경다리가 걸리는 귀 부근을 손끝으로 문지르며 얼굴을 찌푸리던 소명이 팔짱을 끼었다.

"그런데 지금 강 피디 하자는 거 같이 밥그릇 엎자 그 소리밖에 더 돼?"

자신들에게 협조하면 무조건 연대 책임이 되는 상황이었다. 소명에게 그걸 감당해 달라는 소리나 다름없었으니, 변명할 말이 없었다. 소명이 입을 다문 재희를 바라보다 재미있다는 표정을 했다.

"말 못 하네. 그렇잖아. 강 피디 지금 본인은 정의의 사도고, 나는 비협조적인 방관자다 그거 아냐."

"그런 의도는 아니었습니다. 죄송합니다."

재희는 즉시 사과했다. 그러려는 생각은 없었지만, 소명이 그렇게 여기는 속내가 뭔지는 충분히 이해할 수 있었다. 자신의 방식이 반감을 사기 쉽다는 것도 감수한 일이었다. 머릿속이 복잡하게 돌아갔다.

소명이 가라앉은 재희의 표정을 알아차렸는지 좁혀진 미간을 눌렀다.

"강 피디도 지금 이게 말 안 되는 요구라는 거 알잖아."

누구보다 그 사실을 잘 아는 건 당연히 재희 자신이었다. 소명이 말을 이었다.

"나라고 회사 돌아가는 꼴 모르겠어? 그런데 우리는 강 피디랑 상황이 달라. 이렇게까지 하면서 방송 계속할 생각이야? 아니지? 이게 마지막이다, 지금 그렇게 생각하고 왔을 거 아냐."

"네."

재희가 순순히 그 말을 인정하자, 소명이 픽 웃었다.

"그런데 난 그게 아니라고. 주조 쪽은 안 그래도 불안정한 사람들 많아. 이사진 바뀌면서 MTD[2] 전부 계약직으로 갈아 치운 건 알지? 여기 반발해서 노조 가입한 사람들 다 전보시켰고. 나랑 같이 일하던 MD들 지금 다 지방 사무국 이런 데 가 있어. 폭탄 돌리기도 아니고 이게 뭐냐고. 피디 징계 내려서 여기 MD로 보내고, MD 징계 내려서 지방 사무국 보내고. 거기서도 눈 밖에 나면 어떻게 하겠어?"

마지막 말은 다소 감정적이었다. 소명에게서는 보기 드문 어투였다. 사이를 둔 소명이 다시 낮은 한숨을 쉬었다. 아무래도 재희에게 이런 얘기를 하는 건 본인도 불편한 일인 듯했다.

"사람들 몸 사릴 수밖에 없어. 더구나 계약직으로 바뀌면서 경력 없는 친구들 케어하느라 후배들이 부담도 심하고."

"무슨 말씀이신지 압니다."

"맘에 없는 소리 하지 마. 강 피디가 주조 일 하면서 목숨 걸고 싶어 하는 사람 없다는 소리 진짜 이해해? 그거 이해하는 사람이 이럴 수는 없지."

소명의 부정에 속이 뜨끔했다. 무슨 말인지 너무나 잘 아는 탓이었다. 스스로 사명감이라고 부르는 그 거창한 신념 때문에 다른 사람들의 자리를 위태롭게 만들 수도 있었다. 불현듯 부끄러운 기분에 낯이 뜨거워졌다. 소명이 이미 다 식은 지 오래인 커피를 홀짝이며 내뱉었다.

"솔직히 나 개인만 놓고 본다면 그거 어려운 일 아냐. 편성표 이미 나와 있고, 그거 그냥 생방으로 교체하는 건데. 손이 좀 가

---

2) 송출감독.

서 그렇지 뭐가 문제겠어. 그런데 방송 나가고 뒷감당 어떻게 할 거냐고. 위에서 나 개인한테만 문제를 삼겠다, 그럼 상관없어. 나도 솔직히 지금 회사 꼴 정떨어지고, 강 피디가 나쁜 짓하려는 것도 아닌데 못 도와줄 이유 없으니까. 그런데 위에서 반드시 일반 스탭들한테까지 책임 묻는다고. 강 피디도 팀원들 데리고 있으니까 알잖아."

소명 역시 자신의 문제보다는 다른 사람들에게 불똥이 튈 것이 두려운 듯했다.

"무리한 부탁인 줄 아는데, 사정이 급해서 저희 생각만 했습니다. 죄송합니다."

재희는 다시 한 번 사과했다. 소명은 그런 재희를 뚫어지게 응시했다. 테이블 위로 정적이 흘렀다. 카페에 틀어 놓은 제목을 알 수 없는 팝송의 멜로디가 그 정적 위를 떠돌았다. 한 곡이 거의 다 끝나갈 즈음, 소명이 입을 열었다.

"꼭 이렇게까지 해야겠어?"

답을 생각할 필요도 없는 질문이었다.

"네."

"왜?"

"이게 저희한테도 마지막입니다."

소명의 눈이 가늘어졌다. 재희는 마르는 입술을 물었다 놓으며 말을 이었다.

"사장님하고 시보국장님 검찰에 소환됐으니 어떻게든 위에서 두 분 잘라 내려고 하겠죠. 일 년 전하고 지금하고 저희 어떻게 달라졌는지 아실 겁니다."

"<뉴스라이트>에서 계속 보도 내보내고 있잖아. 그걸로는 안 되는 상황이야?"

"저희 이번 주 방송이 정말 중요합니다. 그것 때문에 <뉴스라이트>에서 먼저 위험 부담 감수하고 이 기획 시작했어요. 저희가 이 방송 못 하면 <뉴스라이트>까지 죽습니다."

소명은 재희의 말을 곱씹는 듯 한동안 침묵했다. 손끝을 소파 팔걸이에 톡톡 두드리던 소명이 창가로 시선을 돌렸다. 한참 동안 시선을 두고 있던 소명이 입을 열었다.

"<비하인드 24> 방송하면 상황이 달라져?"

"확신 못 합니다. 그렇다고 안 하면 아무것도 안 달라지니까 하려는 거고요."

그건 재희가 할 수 있는 가장 정직한 대답이었다. 반드시 그렇게 된다는 보장은 어디에도 없었다. 이 방송이 정말 아무것도 아니게 되어 버릴 수도 있었다.

거대하고 악랄한 적. 그 세력이 얼마나 강하게 뻗어 있는지 이쪽에서 파악한다는 건 불가능했다. 이길 확률이 얼마나 될까. 자신들이 하려는 건 그 불확실한 확률에 거는 위험한 도박이었다. 기가 찬다는 얼굴로 재희를 응시하던 소명이 헛웃음을 뱉었다.

"강 피디 정말 사람 난처하게 만드는 데 재주 있어."

"그럴 의도 아니었습니다."

소명이 몸을 앞으로 조금 내밀었다. 시선이 더 가까운 곳에서 마주쳤다. 안경 너머의 눈은 고요했다. 어떤 생각을 하고 있는지 읽기 어려웠다.

"내가 지금 이 상황 위에 보고할 수도 있다는 생각 안 해?"

올 게 왔구나, 속으로 중얼거린 재희는 담담하게 대답했다.

"각오하고 왔습니다."

"각오하고 왔다?"

"여 MD님 어떤 분인지 압니다. 저희가 원칙 어기려고 한다는 것도 알고요. MD님이 지금 저희 상황 윗선에 보고한다고 하시면 받아들이겠습니다."

소명이 지금처럼 나올지 모른다는 것도 이미 염두에 둔 부분이기는 했다. 의외로 순순히 그 말을 받아들이는 재희의 태도가 뜻밖이었는지, 뿔테 안경 너머로 소명의 눈썹이 약간 치켜 올라갔다.

"내가 제안 거절하면 플랜 B는 뭔지 물어봐도 되나?"

"생각 안 해 봤습니다."

재희의 대답에 소명이 의아한 얼굴로 고개를 기울였다. 재희는 말을 덧붙였다.

"유튜브로 실시간 스트리밍 들어갈 예정이기는 했습니다. 정 안 된다면 그렇게라도 해야죠."

"홈페이지 실시간은 어차피 우리 따라 움직이니까, 안 되면 유튜브로?"

"네."

"생각보다 대책 없네?"

"좀 그렇죠."

재희가 웃자 소명이 턱을 괴었다. 재희의 얼굴을 한동안 응시하던 소명이 혼잣말처럼 중얼거렸다.

"강 피디 이럴 때 보면 지 기자랑 진짜 닮았어."

연수 이야기를 먼저 꺼낼 거라는 생각은 하지 못했기에, 재희는 저도 모르게 약간 움찔했다. 정작 말을 시작한 소명은 여상한 얼굴이었다.

"연수 걔 안 그렇게 생겨서 엄청 무대포였잖아. 위에서 그렇게 깨져도 기 한 번 안 죽고."

그러나 그 짧은 말속에서 느껴지는 감정들은 복잡했다. 불현듯 손끝까지 저릿한 감각이 지났다. 재희는 애써 아무렇지도 않은 척 대답했다.

"그랬죠. 제가 연수 따라가려면 한참 멀었는데요."

"강재희."

갑자기 불린 이름에 재희는 소명과 시선을 맞췄다. 소명이 자신을 그냥 이름만으로 부르는 건 오래전의 기억을 되짚어도 드문 일이었다. 소명이 나지막하게 물었다.

"내가 연수 때문에 설득하기 더 쉬울 것 같다고 생각했어?"

"아뇨, 그래서 더 안 될 거라고 생각했습니다. 그런 소리 듣기 싫어하실 테니까."

소명의 무표정하던 얼굴에 희미하게 웃는 빛이 떠올랐다.

"연수가 맨날 하는 소리가 강 피디한테 화내기 힘들다 그거였는데, 내가 이제 그게 무슨 소린지 알겠네. 그렇게 눈치 빠른 사람이 나한테 찾아와서 이러니까 나도 어지간하면 도와주고 싶은데, 나 혼자 결정할 수 있는 문제가 아냐. 밥줄 걸린 사람들 한둘이 아니잖아."

재희는 남은 커피를 한 모금 마셨다. 씁쓸한 맛의 흔적이 사라지지 않고 감돌았다. 컵 표면에 맺힌 물방울 위를 손끝으로 문지르던 재희는 테이블 위에 시선을 둔 채 입을 열었다.

"누가 저한테 그렇게 물어보더라고요. 신념 좋은데, 신념 지키자고 팀원들 밥그릇 엎을 수 있냐. 그게 강 피디가 생각하는 저널리즘이라는 거냐. 대답 못 했습니다. 신념이 사람보다 중요한

가, 사람답게 살려고 신념 가지는 건데 주객전도 아닌가. 솔직히 지금 좀 많이 창피하네요. 저 그렇게 잘난 척해도 아직 한참 모자라는 놈이구나 싶어서요."

바로 자리에서 일어난 재희는 소명에게 인사를 건넸다.

"죄송했습니다. 얘기 들어 주셔서 감사합니다."

소명이 대답 없이 가방을 집어 들며 몸을 일으켰다. 주차장으로 내려가는 소명의 뒷모습을 보고 있던 재희가 한숨을 뱉고는 머리를 흩었다. 쉬운 일일 거라고는 생각하지 않았지만, 지금은 소명이 편성국에 이 상황을 얘기하지 않기만을 빌어야 할 것 같았다.

사무실로 돌아오자 삼삼오오 모여 있던 팀원들의 눈이 일시에 재희에게 쏠렸다. 오전부터 내내 소명을 만난다고 자리를 비웠으니, 어떻게 됐는지 궁금했던 모양이었다. 호형이 가장 먼저 목을 뽑아 물었다.

"어떻게 됐어요?"

재희가 대답 대신 고개를 가로젓자 찬수가 그럴 줄 알았다는 듯 어깨를 으쓱했다.

"여 MD 보통 사람 아니라니까."

사무실의 분위기가 조금 가라앉았다. 찬수가 즉시 손뼉을 딱딱 쳐 팀원들의 주의를 돌렸다.

"어차피 크게 기대한 건 아니었잖아. 만약에 안 되면 인터넷으로 실시간 스트리밍이라도 돌리면 돼."

"그러지, 뭐. 방송국에서 나가야만 방송인가."

현진이 그 말에 맞장구를 쳤다. 그래도 속을 알아주는 팀원들 덕에 바닥을 치려던 기분이 그 직전에 멈췄다. 자리에 앉은 재희는 사무실을 둘러보았다. 윤이 보이지 않았다.

"김 피디는?"

민혜가 대신 대답했다.

"잠깐 나갔다 온다고 나가더니 아직 안 오네. 저녁 먹을 시간 인데."

"우선 다들 저녁 먹고 와."

재희는 서랍에서 법인카드를 꺼내 현진에게 건넸다. 현진이 과장된 표정으로 눈을 휘둥그렇게 뜨더니 카드를 흔들었다.

"야, 내가 뭘 긁을 줄 알고 이걸 줘?"

"회사 다 같이 관두는 김에 최후의 만찬이나 하시죠."

재희가 툭 내뱉자 현진이 미친놈, 하며 재희의 머리를 쥐어박 았다. 재희가 아야, 하고 맞은 이마를 문지르자 현진이 짐짓 삿 대질을 했다.

"최후는 무슨, 내가 기어이 이 법인카드 다시 와서 쓰고 만다. 확 꽃등심이나 구울까 보다."

팀원들이 낄낄거리며 자리에서 일어났다. 팀원들을 따라 나가 려던 민혜가 꼼짝도 않고 있는 재희를 보더니 물었다.

"안 가?"

"나중에. 갔다 와."

민혜가 걱정스러운 얼굴로 뭔가 말하려다 알았어, 하고는 사 무실을 나갔다. 삽시간에 조용해진 사무실에 혼자 앉은 재희는 창가로 몸을 돌려 앉았다. 어둑해진 도시에 하나둘씩 별무리처 럼 빛이 떠올라 야경을 수놓기 시작했다.

손을 깍지 끼어 뒷머리를 받친 재희는 먼 도시의 풍경을 바라 보았다. 머릿속이 복잡했다. 소명의 협조 없이 생방송을 한다는 건 사실상 거의 불가능한 일이었다. 어떻게 해야 할까 생각했으나 뾰족한 수가 없었다.

얼마나 그러고 있었을까, 등 뒤에서 문이 열리는 소리가 났다. 저녁 먹으러 간 사람들이 이렇게 빨리 온 건가 싶어 뒤를 돌아보자, 품에 웬 상자 하나를 안고 선 윤이 눈에 들어왔다. 놀란 재희는 자리에서 일어나며 물었다.

"어, 김 피디. 어디 갔다 온 거야? 그건 또 뭐고?"

"선배 만났어요."

윤이 자기 책상 위에 상자를 내려놓으며 대답했다. 그 말에 귀를 의심한 재희는 바로 윤을 다그쳤다.

"서 피디? 연락됐어? 지금 어디 있대?"

"어머님 댁에요."

그 말에 팽팽하게 당겨졌던 불안감이 한순간 느슨해졌다. 정언이 이렇게까지 연락이 안 된 건 처음이라 혹시 나쁜 생각이라도 한 건 아닌지, 엄대진이 무슨 짓이라도 저지른 건 아닌지 내내 걱정하던 참이었다.

"좀 괜찮아? 상태가 어때?"

"몸이 많이 안 좋다고, 오늘은 아파서 아예 연락을 못 했던 것 같더라고요."

속으로 안도의 한숨을 쉰 재희가 묻자, 차분한 대답이 돌아왔다. 그러는 걸 보니 정언의 상태가 걱정한 것만큼 나쁘지는 않은 듯했다. 다시 의자에 풀썩 앉은 재희는 등을 기댔다.

"그래도 어머님 댁에 있다니까 다행이네. 애 잘못되는 줄 알고 간이 콩알만 해졌어, 진짜. 거기 있는 건 어떻게 알았어?"

"혹시나 해서 가게로 전화해 보고……."

윤이 말끝을 약간 흐렸다. 그제야 가게 이름을 떠올린 재희는 아, 하며 눈썹을 좁혔다. 윤이라도 거기 생각이 미친 게 다행이었다. 잠시 머뭇거리던 윤이 재희를 마주 보았다.

"저, 그리고 선배한테 생방송 얘기는 했는데 선배가 못 나올 수도 있을 것 같은데요."

이유를 물을 필요도 없는 말이었다. 그 상황에서도 정언이 방송 걱정을 했나 싶어 속으로 혀를 내두른 재희는 고개를 절레절레 저었다.

"설마 내가 방송 나오라고 닦달할까 싶어서 그런데? 그런 거 걱정하지 말고 쉬고 싶은 만큼 쉬라고 해. 그 성격에 보나마나 방송 나가야 되는데, 그러면서 속 끓이고 있을 거 뻔한데. 하여튼 서 피디 진짜 왜 그렇게 자기 생각을 안 해?"

정언이 들었다면 선배나 잘 하라고 할 소리를 내뱉은 재희는 팔짱을 끼었다. 정언의 요령 없는 성격을 모르는 바는 아니었지만 속이 상하는 건 어쩔 수 없었다.

"그러면 스튜디오에 김 피디가 나가게 될지도 모르는데, 할 수 있어?"

잠시 사이를 둔 재희가 화제를 돌리자, 윤이 눈을 휘둥그렇게 뜨며 되물었다.

"제가요?"

"뭘 그렇게 놀라. 내가 설마 2년 차를 생방송에 혼자 던져 놓을까 봐 그래?"

재희가 웃는 얼굴에 윤이 눈치를 보더니 입술을 잘근거렸다. 윤 정도면 화면에 최적화된 비주얼이라고 할 만했다. 그러나 <비하인드 24> 방송도 한 번 안 해본 생 초짜를, 그것도 심지어 생방송에 던져 놓을 마음은 없었다. 그러나 돌아온 대답은 뜻밖이었다.

"해야 되면 해야죠."

가끔 사람을 이렇게 깜짝깜짝 놀라게 하는 건 천성인 모양이었다. 해야 되면 하겠다고? 윤의 대답을 곱씹은 재희는 하하, 하고 웃는 소리를 냈다.

"자세 좋네."

어떤 상황이 생길지는 알 수 없었고, 윤이 얼마나 제 역할을 해 줄지도 미지수였으나 일단 그 태도에 마음이 놓였다. 재희는 턱으로 윤이 책상 위에 올려놓은 상자를 가리켰다.

"그건 뭐야?"

"아, 선배가 아버님 유품이라고 하던데요. 엄대진 관련 자료도 있는데 선배가 직접 확인 못 할 것 같다고 해서요."

"서현국 기자님?"

생각도 못 한 말에 멈칫한 재희는 윤을 재촉했다.

"그럼 일단 뭐 있는지 빨리 확인해 봐. 송 작가 저녁 먹고 들어오면 바로 반영해서 최종 수정 들어가게."

고개를 끄덕인 윤이 상자를 안고 회의실로 들어갔다.

그사이 팀원들이 저녁을 먹고 돌아왔다. 재희에게 자료 이야기를 들은 민혜는 즉시 윤이 있는 회의실로 달려갔다. 저녁 내내 거기 틀어박혀 있던 민혜가 고개를 내민 건 열한 시가 다 되어서였다.

민혜는 흥분한 말투로 재희의 팔을 잡고 흔들었다.

"김 피디가 가져온 서현국 기자님 자료 있잖아. 이거 엄대진이 차명으로 현재 진송신도시 부지 매수했다는 증거 자료야. 강 피디는 이런 게 갑자기 어디서 났어? 강 피디가 줬다며?"

민혜의 물음에 재희는 뭐, 하며 얼버무렸다. 윤이 민혜에게도 숨긴 모양이었다. 다행히 출처가 정말 궁금한 건 아니었던 듯 민혜가 서둘러 말을 이었다.

"인터뷰 녹음된 게 중요한 거더라고. 인터뷰이가 엄대진이 진 송신도시 부지 매입할 때 명의 빌려 준 사람인데, 황영토목이라 는 하청업체 간부. 지금은 폐업한 업체인데 엄대진이 수도권 올 라오면서 부지 매입할 당시까지는 규모가 상당히 있었대. 천안 거점이고 충청도 지역 하청 위주로 한 업체라는데 누구 생각나 지 않아?"

천안 거점 업체, 충청도 지역 하청 위주…… 머릿속에 바로 떠 오르는 인물이 있었다. 재희는 눈을 가늘게 뜨며 물었다.

"황영토목 오너 이름이 뭐야?"

"정관수."

"정보현 아버지야?"

민혜가 휘파람을 불며 손뼉을 짝짝 쳤다.

"캬, 역시 눈치 빨라. 내가 그래서 강 피디 사랑하잖아."

"나 사랑하지 마. 상처 받아. 나 나쁜 남자인 거 알면서 왜 그 래. 아무튼 그림 쓸 만하겠어?"

진지한 얼굴로 농담을 던지자 민혜가 뭐라니, 하며 질색했다. 쿡쿡대며 웃는 재희에게 손가락질을 한 민혜가 대답했다.

"증거 자료 바로 첨부해서 대본 수정하고 VCR 잠깐 추가하면 될 것 같아. 일 크지 않으니까. 아무리 늦어도 금요일 밤이나 토 요일 오전까지는 충분히 되겠어."

"알았어."

고개를 끄덕이자 민혜가 더 가까이 다가와 작은 목소리로 소곤거렸다.

"여 MD님이 아무래도 안 되겠대?"

"송출하고 부조까지 엮이는 거니까 좀 그런가 봐."

"그것도 그렇긴 하네. 그러면 어떻게 하지?"

"일단 유튜브 실시간 스트리밍이라도 생각해 보자고. 시청자 수는 비교 안 되겠지만 우선 방송한다는 게 중요하니까. 인터넷 중심으로 방송 직전에 커뮤니티나 SNS에 실시간 주소 싹 돌려서 홍보하고."

민혜의 표정에 아쉬운 기색이 역력했다. 재희는 손을 뻗어 민혜의 어깨를 두드렸다.

"일단 편집은 내가 할게. 송 작가는 그만 들어가. 고생했어."

알았어, 하고 풀이 죽은 목소리로 대답한 민혜가 주섬주섬 가방을 챙겨 손을 흔들며 사무실을 나갔다. 회의실에서 나온 윤에게도 퇴근하라고 말했으나, 윤은 잠깐만 자고 올라오겠다며 곧 숙직실로 내려갔다.

빈 사무실이 고요했다. 다른 피디들은 내일 시사를 위해 편집실에서 머리를 맞대고 있는 중이었다. 커피라도 한 잔 마셔야겠다 생각하며 자리에서 일어난 재희는 정수기 앞에 섰다. 컵에 믹스커피 두 봉지를 뜯어 넣고 막 뜨거운 물을 받고 있을 때였다. 사무실 문이 열리며 누군가 고개를 들이밀었다.

"강 피디."

그 목소리에 들고 있던 컵을 떨어뜨릴 뻔한 재희는 재빨리 컵을 내려놓고 시선을 들었다. 소명이었다. 아까 퇴근한 줄 알았는데, 어떻게 된 건가 싶어 까닭 없이 불안해졌다.

"아, 네. 안 들어가셨습니까?"

당황한 기색을 감추며 소명을 마주 보자, 안으로 한 걸음 들어선 소명이 팔짱을 끼었다. 뭔가 할 말이 있는 듯한 표정이었다. 한동안 침묵하던 소명이 안경 너머의 날카로운 눈으로 시선을 맞춰 왔다.

"자신 있어?"

"네?"

저도 모르게 되묻자 소명이 다시 한 번 말했다.

"회사 제자리로 돌려놓을 자신 있냐고."

가슴이 크게 뛰기 시작했다. 재희는 바짝 마르는 입술을 축이며 소명을 마주 보았다.

"MD님."

"다들 자기 자리에서 자기 일 하는 게 원칙이다, 내 생각은 그거야."

소명이 쯧, 하고 혀를 차며 이마 부근을 긁적였다.

"여기가 강 피디 자리잖아. 강 피디 같은 사람들 징계 받고 자기 자리도 아닌 주조에서 모니터링하는 꼴 더 보기 싫어. 나도 내 밥그릇 챙겨야 되는 사람인데, 그런 식으로 자리 뺏기는 것도 불쾌하고."

이건 사실상의 허락이었다. 입이 바짝 말랐다. 소명이 어쩔 수 없다는 표정으로 한숨을 섞어 말했다.

"토요일 밤에 우리 조가 들어갈 거고, 다른 MD들도 동의했어. 지금 시보국 인력 부족이라고 들었는데, 부조 들어갈 엔지니어 필요하면 믿을 만한 사람들 불러 줄게."

"지금 그 말씀은, 그러면……."

"나한테도 다음 없어. 이거 방송국 역사에 없는 일이라고."

허락하기만 한다면 당장 무릎이라도 꿇고 싶은 심정이었다. 소명이 내뱉었다.

"한 번으로 뒤집을 자신 없으면 지금 말해."

"할 겁니다."

단 한 번.

"할 수 있습니다."

그 한 번의 기회를 절대 놓칠 수는 없었다. 재희를 빤히 보던 소명이 고개를 끄덕였다.

"알았어."

더 이상의 말은 필요 없었다. 사무실을 나가는 소명의 등 뒤로 문이 닫혔다. 멍하니 서 있던 재희는 긴 숨을 뱉었다. 심장이 터질 것 같았다.

불이 꺼진 방 안은 고요했다. 닫아 놓은 커튼 너머로 희미하게 가로등의 불빛이 스몄다. 정언은 창을 등지고 웅크린 채 벽에 아롱지는 빛의 움직임을 눈으로 좇았다. 그만해도 된다고, 그게 뭐 어떠냐고 말하던 윤의 얼굴이 머릿속을 떠나지 않았다.

한 번도 그런 생각을 해 본 적이 없었다. 절대 그만두면 안 된다고, 포기하면 안 된다고 늘 스스로를 채찍질하는 것은 오랜 습관이었다. 멈춘다는 건 상상조차 할 수 없는 일이었다.

그러나 지금의 자신에게 가장 필요한 건 괜찮다는 말이었다. 윤이 그 말을 하기 전까지는 스스로도 그 사실을 알지 못했다.

그렇게 말해 준 윤 앞에서 엉망으로 무너진 건 그래서였다.

아까의 일이 떠올라 창피해진 정언은 이불을 더 당겨 얼굴을 묻었다. 아직 열이 남은 건지 머릿속이 빙글거렸다. 눈을 감고 한동안 누워 있던 정언은 문득 문이 열리는 소리에 고개를 돌렸다. 효명이 문틈으로 머리를 내밀었다. 씻고 나온 듯 머리칼에 아직 물기가 있었다.

정언이 잠들지 않은 것을 안 효명이 방에 불을 켰다. 어두웠던 방 안이 삽시간에 하얗게 밝아졌다. 효명은 침대가에 걸터앉으며 정언의 이마를 짚어 보았다. 효명의 손이며 옷소매에 깊숙이 배어 있는 고소하고 부드러운 냄새가 공기 속을 떠돌았다.

"열은 좀 내렸어? 그러게 몸 관리 잘 해, 맨날 괜찮다고만 하지 말고."

"괜찮다니까."

정언이 입술을 달싹이자 효명이 혀를 찼다.

"으이구, 하여튼 미련해서는……."

침대 곁의 티슈를 두어 장 뽑아 이마에 배어 나온 식은땀을 닦아 준 효명이 화제를 돌렸다.

"김 피디 저녁이라도 먹여서 보냈어야 되는데 어떡하니? 여기까지 왔는데."

어지간히 안타깝다는 말투였다. 그 속이 뻔히 들여다보여 속으로 한숨을 내쉰 정언은 대수롭지 않다는 듯 대답했다.

"나중에 밥 사지, 뭐."

"근데 다시 봐도 사람이 너무 괜찮아, 얘."

아니나 다를까였다. 누운 채 기가 찬다는 표정으로 효명을 올려다보던 정언은 코끝으로 웃는 소리를 냈다.

"뭘 얼마나 봤다고 괜찮다고 그래. 이상한 애면 어떡하려고 오라고 그랬어?"

"딱 봐도 그런 애 아니더구만. 딸 있는 엄마가 아무 남자나 집 앞에 오라고 할까 봐?"

효명이 정색하는 얼굴에 정언은 눈을 가늘게 뜨며 물었다.

"얼굴 보고 그런 거 아냐?"

답지 않게 바로 대답이 나오지 않는 효명을 본 정언이 고개를 흔들며 그럼 그렇지, 하고 중얼거리자, 효명이 즉시 항변했다.

"아니, 이왕이면 다홍치마 아냐. 잘생긴 놈은 얼굴값 하고 못생긴 놈은 꼴값한다는 말도 몰라? 이왕 하는 거 얼굴값 하는 게 낫지."

"아, 됐어."

물론 틀린 말은 아니었지만, 윤을 생각하니 다시 머리가 지끈거렸다. 손을 내저은 정언이 말을 끊었으나, 효명은 굴하지 않았다. 이불 위로 정언의 옆구리를 쿡쿡 찌른 효명이 은근히 기대감에 찬 얼굴로 물었다.

"근데 진짜 너 좋아하는 거 아니니? 누가 직장 선배 연락 안 된다고 걱정돼서 집에 전화하고 아프다니까 찾아오고 그래."

"왜. 탐나?"

정언이 되묻자 효명이 정언의 어깨를 찰싹 쳤다. 정언이 아야, 하며 어깨를 문지르자 효명이 호들갑을 떨었다.

"어머, 그럼 안 나? 인물 좋지, 싹싹하지, 너희 팀 피디 될 정도면 똑똑하기도 할 거 아냐. 내가 한 삼십 년만 젊었으면……."

"엄마는 삼십 년 젊어져도 아빠 만날걸."

"그건 그렇지."

그 말을 바로 수긍한 효명은 심각한 얼굴로 앉아 있다가 팔짱을 끼었다.

"너희 회사 인사팀이 나랑 보는 눈이 비슷한 거 아닐까?"

"최효명 여사 안목이 오죽하겠습니까."

농담 반, 진담 반으로 툭 내뱉자 효명이 깔깔거리며 웃었다.

"그러니까 서정언 같은 딸 낳았지."

혼자 뭐가 그렇게 재미있는지 한참 웃어 대던 효명이 정언에게 물었다.

"내일은 회사 갈 거야?"

"아직, 모르겠네."

어정쩡하게 대꾸한 정언은 나오려는 한숨을 눌렀다. 윤이 그렇게 말해 준 게 마음의 위로는 되었으나, 그렇다고 정말 안 가는 건 또 마음에 걸렸다. 재희에게서도 윤에게 들었다며, 힘들면 얼마든지 더 쉬어도 된다는 메시지를 받은 뒤였다.

차라리 당장 오라고 들볶으면 마음은 더 편할 텐데, 하고 속으로 생각한 정언은 미간을 문질렀다.

"휴가 냈어?"

효명의 말에 정언은 대답 대신 뭐, 하며 말을 얼버무렸다. 얼굴에서 웃음기를 거둔 효명이 침대 머리맡에 앉은 채 정언을 물끄러미 내려다보았다. 그 시선이 어쩐지 속을 다 들여다보는 것 같아, 공연히 눈을 피한 정언은 이불 속에서 손을 꼼지락거렸다.

"무슨 일인지 아직도 엄마한테 말하기 싫어?"

효명의 말에 가슴이 덜컥했다. 아무리 떨어져 살았대도 엄마를 속인다는 건 생각보다 훨씬 힘든 일이었다.

"일은 무슨."

둘러댄 말에도 효명은 순순히 넘어가지 않았다.

"아무 일 없는 사람 얼굴이 아냐, 너. 김 피디도 아무 때나 집 앞까지 쫓아오겠어? 무슨 일 있으니까 걱정돼서 찾아왔겠지."

그 말에 저도 모르게 퍼뜩 놀란 정언은 효명을 쳐다보았다. 효명이 그런 정언을 빤히 보다 눈을 가늘게 뜨며 웃었다.

"왜, 눈치가 너무 빨라서?"

"……엄마는 아빠한테 다른 일 하라고 말해 본 적 없어?"

"뜬금없이 무슨 소리야."

서둘러 말을 돌리자 효명이 별소리를 다 듣겠다는 표정으로 미간을 좁혔다. 정언은 몸을 반쯤 일으켜 침대에 기대앉았다.

"엄마 만났을 때는 대학생이었다며. 기자 취직했을 때 다른 일 하라고 할 수도 있었잖아."

"너희 아빠가 뭘 하면 안 그랬을까 봐?"

코웃음을 치더니 옛 기억을 되짚는 듯 잠시 눈을 굴리던 효명이 한숨을 섞어 입을 열었다.

"나라고 너희 아빠가 기자 일 해서 좋은 게 뭐 있었겠어. 집에 일찍 오기를 해, 그렇게 일하면서 돈을 수억씩 벌기를 해. 아빠 얼굴을 못 보니까, 내가 너 어릴 때 저녁 뉴스 나오면 아빠 보여 준다고 맨날 안고 있어서 시사 프로 피디가 됐나 싶어 속상해 죽는 줄 알았다니까."

어렴풋한 기억 속에서 그 장면들은 빛바랜 사진처럼 남아 있었다. 매일 밤 아홉 시가 되면 YBS 뉴스를 튼 효명은 어린 정언을 품에 안고 앉아 텔레비전을 보았다. 뉴스에 현국이 나올 때마다 효명은 정언의 손을 잡고 화면을 가리키며 아빠야, 아빠, 하고 말하곤 했다.

처음 YBS 시사보도국 피디에 합격했다는 말을 들었을 때, 효명이 어릴 때 뉴스 보여 주지 말 걸 그랬다며 투덜거리던 건 농담이 아니었던 듯했다. 효명이 할 수 없다는 얼굴로 웃었다.

"그런데 서현국 그 성격에 어딜 갔어도 그랬을 거 아냐. 그냥 회사 갔어도 노조위원장 같은 거 안 했겠니? 그 꼴 못 봐서 집에서 놀라고 했어도 동네 통반장하면서 민원 수리하러 다녔을 거고. 그렇게 생각하니까 아이고, 그것도 내 팔자다 싶었지. 너희 할아버지, 할머니도 못 말린 걸 내가 어떻게 말려. 할아버지가 너희 아빠 대학생 때 데모하는 거 걸려서 한 번만 더 데모하면 팔다리를 분질러 버린다고 했더니 그럼 휠체어 타고 데모하러 다닌다고 그랬다잖아."

정언은 문득 아버지의 얼굴을 떠올렸다. 만년 문청 같은 얼굴 어디에 그런 강단이 있었는지 지금 와서는 쉽게 상상할 수 없었다. 정언은 부러 어깨를 으쓱했다.

"내 성격이 어디서 왔나 했네."

"그럼 나 닮은 줄 알았어? 애, 너희 엄마는 아주 교양 있는 사람이야. 어디다 비교하니?"

효명이 짐짓 정색을 하며 눈을 흘겼다. 시선이 마주치기 무섭게 두 사람은 동시에 웃음을 터트렸다. 그 웃음의 끝이 사그라지자 방 안에는 다시 옅은 침묵이 내려앉았다. 정언은 가만히 자기 머리칼을 쓰다듬는 효명을 마주 보았다.

내내 맴도는 생각들은 어느 쪽으로도 쉽게 판단을 내리지 못하게 만들었다. 아빠에 대해 말해야 할까. 어차피 방송이 나간다면 알게 될 사실이었다. 그 전에 자신의 입으로 말하는 게 맞다는 걸 알면서도 선뜻 입이 떨어지지 않았다.

"엄마, 있잖아."

정언은 한동안 침묵하다 입을 열었다. 효명이 머리칼을 만지던 손을 내리며 정언을 마주 보았다.

"왜 그래, 겁나게."

"있잖아, 만약에…… 만약에 그때 아빠가 안 죽었으면 어땠을 거 같아?"

주저하며 물은 말에 효명이 눈썹을 좁혔다.

"얘가 진짜 이상하네. 왜 그런 소릴 해?"

"그냥 만약에 그랬으면 어땠을 거 같냐고."

"이제 와서 그런 얘기하면 뭐하니."

다 부질없다는 듯 효명이 손을 내저었다. 그 손은 힘없이 무릎 위로 떨어졌다. 허공을 응시하던 효명은 혼잣말처럼 입술을 달싹였다.

"그렇게 생각하면 한도 끝도 없지. 내가 너희 아빠한테 적금 만기되면 새 차 사준다고, 조금만 기다리라고 그랬는데. 딱 한 달만 더 있었으면 만기였다고, 그게. 그거 이자 얼마 차이 나는 게 뭐라고, 그냥 맘먹었을 때 적금 깨서 사줄걸. 그랬으면 안 죽었을 수도 있는데. 그 생각을 천 번은 더 했어."

발인을 마치고 돌아온 날 밤, 등을 돌리고 돌아누운 효명이 중얼거리던 목소리가 뇌리를 지났다.

「진작 좋은 차 한 대 사줄걸.」

마치 어제 일처럼 당혹스러울 정도로 생생하게 떠오른 기억이 퍼뜩 잘 드는 칼날처럼 심장 위를 긋고 지났다.

정언은 굳은 듯 효명의 옆얼굴을 보았다. 어느새 제법 나이가 든 그 옆모습에서 젊은 효명의 흔적이 떠올랐다가 희미해졌다.

효명이 공연히 눈가를 두어 번 문질렀다.

"너 취직하자마자 차 사 준 거 그 돈이야. 내가 한이 맺혔다고. 나 때문에 죽었나 싶어서."

그 목소리 끝이 떨렸다. 정언이 방송국에 합격했다는 얘기를 듣자마자 효명이 가장 먼저 한 일은 정언을 불러 근처의 자동차 대리점에 간 것이었다. 효명은 차가 얼마든 상관없으니 무조건 튼튼하고 좋은 걸로 사라고 강권했었다.

효명은 구두쇠까지는 아니더라도 알뜰하기로는 이름난 사람이었다. 장사가 잘 되는데도 굳이 가게 규모를 늘리지 않는 건 그 까닭도 있었다.

그런데 효명은 그날 대리점에서 몇 천만 원 하는 차를 일시불로 정언에게 뽑아 주었다. 평소의 효명이라면 상상도 못 할 일이었다. 그때는 이유를 알지 못했다. 그날의 일을 효명이 계속 마음에 담아 두고 있었다는 걸 짐작조차 한 적이 없었던 탓이었다. 머릿속이 차가워졌다.

"왜 엄마 때문이야, 그게."

목소리가 잠겨 나왔다. 정언은 그것을 감추기 위해 짧게 헛기침을 했다.

"엄마 때문 아냐."

서둘러 부정하자 효명이 코 밑을 문지르더니 공연히 새침하게 물었다.

"그걸 어떻게 알고? 아빠가 그래? 나 때문에 죽은 거 아니라고?"

"응. 꿈에서."

정언이 대답하자 효명이 픽 웃더니 팔짱을 끼었다.

"하이고, 매정한 인간. 마누라 꿈에는 안 와도 딸은 보고 싶은 모양이지?"

"엄마 꿈에 나오면 혼날까 봐 그러겠지."

"혼날 짓을 하질 말아야지, 그럼. 창창한 마누라 두고 혼자 가긴 왜 가?"

"빨리 다른 남자 만나지 그랬어. 아직 안 늦었는데 왜. 인기 많잖아, 엄마."

농담처럼 던진 말에 효명이 턱 끝을 치켜들었다.

"내가 눈이 좀 높아?"

그러시겠죠, 하고 대꾸한 정언은 뒤에서 효명의 허리를 안으며 등에 얼굴을 묻었다.

"엄마랑 같이 자도 돼?"

"다 큰 게 왜 그래."

징그럽게, 하고 덧붙이면서도 효명은 굳이 정언을 밀어내지 않았다. 침대로 들어온 효명이 몸을 돌려 정언을 마주 보았다. 정언이 이불 속으로 파고들자, 효명은 정언의 이마를 다시 한번 만져 보고는 나지막하게 말했다.

"아직도 열 좀 있네. 푹 자, 애. 너무 무리해서 그래."

"응."

겨우 입술을 달싹인 정언은 눈을 감았다. 아직 진실을 말할 준비가 되어 있지 않았다. 현국의 죽음이 아직까지도 자기 탓이라고 생각하는 효명에게, 어떻게 말해야 상처를 주지 않을 수 있을지 아무리 생각해도 답이 없었다.

이미 자신이 받은 고통을 생각한다면, 어차피 어떤 방식으든 진실을 알게 된 순간 닥칠 충격을 피할 방법은 전무했다. 정언이 내내 거기 대해 생각하는 사이, 그런 속내를 알 리 없는 효명의 손길이 정언의 뒷머리를 부드럽게 쓰다듬고 토닥였다.

언제 깜빡 잠이 들었는지 모를 노릇이었다. 불현듯 놀라 눈을 떴을 때 침대 옆자리는 이미 비어 있었다. 효명은 이미 아침에 가게를 열러 나간 모양이었다. 꿈조차 없이 깊게 잠든 건 오랜만이었다. 겨우 몸을 일으켜 앉은 정언은 손을 뻗어 옆에 놓아둔 핸드폰을 집어 들었다. 사정을 모르는 팀원들에게서 메시지가 몇 개 들어와 있었다. 정언은 가장 위에 뜬 민혜의 메시지를 보았다.

— 정언, 어디가 얼마나 아파서 며칠째 결근이야? 내가 죽 사 가지고 갈까?

아마 많이 아파 출근을 못 한다고 윤이 대충 둘러댄 모양이었다. 정언은 괜찮아요 그냥 몸살이 심해서, 하고 답장을 보내고는 눈꺼풀 위를 눌렀다. 눈가가 물기 없이 뻑뻑했다. 잠시 고개를 뒤로 젖히며 침대 헤드에 기댄 정언은 핸드폰에 들어온 메시지를 차례로 확인했다.

— 오늘 오후 5시에 신촌에서 이희경 씨하고 잠깐 만나기로 했어요. 마침 근처에 약속이 있으시대요.

윤의 메시지가 눈에 들어왔다. 정언은 윤과의 대화를 되짚어 보았다. 수아가 선배랑 저한테 뭐 주고 싶은 게 있다고 그랬대요, 하던 것이 떠올랐다. 지금은 방송 생각에서 멀어지고 싶었으나, 수아가 마음에 밟히는 건 어쩔 수 없었다.

처음부터 수아와 리아가 아니었다면 시작하지 않았을 일이었다. 가족을 잃고 일상을 지키려 하는 희경의 필사적인 모습이 불러일으킨 기시감만 아니었다면. 처음에는 아무것도 아니라고 생각했던 일이 결국 멀리 돌고 돌아 다시 자신에게 온 건 운명일까.

운명이란 말을 그리 좋아하지는 않았다. 그러나 지금의 이 상황을 설명할 다른 단어가 없었다. 민혜가 그 많은 게시판의 글 중 희경의 것을 가져오게 된 것도, 자신이 꼭 이 사건을 취재하겠다고 마음먹은 것도, 윤이 팩트를 가져오겠다며 재희 앞에서 말한 것도 전부 이렇게 되기 위해서였다면.

윤의 메시지 위에 시선을 두었던 정언은 알았어, 하고 짧은 답을 보냈다. 커튼을 친 방 안을 가득 채운 옅은 어둠이 눈꺼풀 위로 부드럽게 얹혔다. 머릿속이 가는 실을 아무렇게나 얽어 놓은 듯 복잡했다. 아무 생각도 하고 싶지 않았다.

오후까지 내내 웅크리고 누워 있었으나 깜빡 잠들었다 깨기를 반복한 통에 머리가 무거웠다. 몇 번인가 효명에게 전화가 걸려왔다. 밥은 먹었냐는 물음에 이따가, 하고 연신 대답했으나 입맛이 있을 리 만무했다.

윤에게 곧 출발한다는 연락을 받은 건 네 시가 조금 넘어서였다. 부스스 몸을 일으킨 정언은 욕실에서 씻고 나와 화장대 앞에 앉았다. 늘 그다지 생기 있는 느낌은 아니었으나, 최근 며칠 사이 얼굴이 더 말이 아니었다.

희경이나 아이들이 보고 놀라지나 않을까 싶어, 마지못해 대강 화장을 한 정언은 약속 장소인 신촌역 근처의 프랜차이즈 카페로 향했다. 커피 두 잔을 시키고 창가 자리에 앉자, 곧바로 입구로 들어선 윤이 두리번거리며 정언을 찾았다.

정언이 손을 들어 보이자 윤이 후다닥 달려와 맞은편에 앉았다. 윤의 얼굴에도 피곤한 기색이 역력했다. 아마 철야를 한 모양이었다. 그래도 생글생글 웃는 건 여전했다.

"방송 준비는?"

커피를 앞으로 밀어 놓으며 물은 말에 윤이 목소리를 낮췄다.

"주조하고 협의됐대요. 어제 구성안 수정하고 강 피디님이 추가 편집 시작하셨어요. 다른 선배들은 페이크 영상 가지고 조금 전에 이사회 시사 들어가셨고요."

주조정실을 어떻게 설득했는지 모를 노릇이었다. 주조정실의 여소명 MD라면 정언도 잘 알고 있었다. 어지간해서는 넘어가지 않을 사람인데 협조해 준 걸 보니, 상황이 제대로 돌아가는 건 확실해 보였다. 정언은 눈가를 누르며 말끝을 흐렸다.

"생방송이면 스튜디오 나가야 되는데……."

담당 피디가 그 주의 아이템을 진행하도록 되어 있었기에, 이제 와서 진짜 생방송을 진행한다니 가장 먼저 그 걱정이 들었다. 아무래도 안심이 안 된다는 얼굴이었는지, 정언을 가만히 보던 윤이 말했다.

"신경 안 쓰셔도 돼요. 다른 생각하지 마세요. 무리하실 필요 없어요."

그렇게 말하는 본인도 무리하고 있는 얼굴이라 헛웃음이 났다. 정언이 바람 빠지는 소리를 내자, 그걸 부정이라고 생각했는지 윤이 다시 한 번 정언을 설득했다.

"진짜예요. 선배가 신경 쓰실 거 하나도 없다니까요."

물론 그렇게 말하는 윤의 마음이 뭔지 정언 역시 모르는 바는 아니었다. 정언은 대답 대신 커피를 마시며 말을 돌렸다.

"어제 <뉴스라이트>는 어떻게 나갔대?"

"이사진 편인 제작진들은 다 제작 거부하고 남은 인원들끼리 진행했대요. 미리 큐시트 B안 만들었다고 하더라고요. 오늘도 그렇게 나갈 모양이던데요. 이번 주까지 서온건설 특종 보도한다고 미리 계속 예고했고요."

유동욱 사장과 백선경 국장이 부재중인 상황이었다. 한동을 비롯한 사람들이 남은 방송을 지키기 위해 얼마나 필사적일지는 보지 않아도 뻔했다. 위에서는 어떻게든 막으려 하겠지만, 이미 시작된 여론을 멈추기는 힘들 터였다.

더구나 이미 <뉴스라이트>는 매번 다음 방송을 예고하고 있었다. 여기서 방송을 강제로 멈추면 역효과였다. 위에서도 그것을 알기에 이러지도 저러지도 못하는 상황일 게 틀림없었다. 잠시 생각에 빠져 있던 정언은 윤의 목소리에 퍼뜩 정신을 차렸다.

"선배 없어도 세상 잘 돌아가고 있어요. 혼자 세상 구할 생각 안 하셔도 돼요."

정언은 눈을 들어 윤을 마주 보았다. 그 표정은 진지했다. 한참을 물끄러미 응시하자, 윤이 의아한 듯 물었다.

"왜요?"

"정곡 찔려서."

정언은 짧게 대답했다. 윤의 말대로였다. 자신 없이도 세상은 돌아가고 있었다. 마지막 방송을 하는 그 자리에 꼭 자신이 있어야만 하는 건 아니었다. 그걸 알면서도 마음 한구석이 무거워지는 건 어쩔 수 없었다.

도망치고 싶지 않은데, 자꾸만 물러나게 되는 게 싫었다. 정언은 입술 안쪽을 이로 누르며 표정을 감췄다. 커피를 반쯤 마셨을 때, 입구로 희경이 두 아이의 손을 잡고 들어섰다. 먼저 윤을 알아본 수아가 이쪽으로 달려왔다. 어, 한 윤이 얼른 수아를 안아 들었다.

"그렇게 뛰면 넘어져, 수아야."

안녕하세요, 하고 수아가 뒤늦게 고개를 꾸벅 숙였다. 뒤를 따라온 희경이 정언과 윤에게 가벼운 묵례를 건넸다.

"안녕하세요. 잘 지내셨죠?"

네, 하고 웃어 보인 정언은 맞은편 자리를 권했다.

"수아, 리아, 잘 있었어?"

정언이 묻자 리아가 혀 짧은 발음으로 두 손을 앞에 모으고는 인사를 했다.

"피디님, 안녕하세요."

처음 만났을 때보다 확연히 자란 느낌이었다. 애들은 금방 크는구나, 하고 속으로 생각한 정언은 윤에게 눈짓을 했다. 윤이 바로 커피 한 잔과 아이들을 위한 주스를 사서 돌아왔다. 깜짝 놀라 괜찮은데, 하고 손을 내저은 희경이 머뭇거리다 입을 열었다.

"오늘 아빠 생일파티 하고 왔거든요."

"얘기하셨어요?"

"네."

희경이 고개를 끄덕였다. 그때까지 말이 없던 수아가 고개를 들어 윤과 정언을 올려다보았다.

"아빠가 멀리 가서 우리하고 이제 전화도 못 하고 우리 못 만나러 온대요."

재회를 기약할 수 없는 이별을 이 아이들이 이해할 수 있을까. 정언은 가만히 수아를 마주 보았다. 수아가 배시시 웃고는 손가락을 꼼지락거렸다.

"근데 아빠가 나랑 리아랑 엄청엄청 사랑한다고 전해 달라고 그랬대요. 아빠가 많이 보고 싶은데 거기는 차가 없고 무지무지 멀어서 어른 될 때까지는 못 온다고요."

가슴 한쪽이 꽉 막히는 것 같았다. 문득 이진의 말이 떠올랐다. 어른들은 아이들이 아무것도 모른다고 생각하지만 실은 그렇지 않다고. 수아가 무슨 생각을 하며 그 말을 받아들였을지 불현듯 궁금해졌다. 정언은 가라앉는 목소리를 애써 다듬으며 웃어 보였다.

"수아는 괜찮아?"

수아가 고개를 주억거렸다.

"네, 괜찮아요. 나중에 어른 되면 아빠 보러 갈 수 있어요."

"씩씩하네."

윤이 기특하다는 듯 수아의 머리를 쓰다듬고는 주스 병을 따서 건넸다. 고맙습니다, 하고 두 손으로 병을 잡은 수아가 주스를 홀짝였다. 희경은 윤의 품에 안겨 있는 수아에게 손짓했다.

"수아, 피디님들한테 선물 드릴 거 있다며. 피디님들 많이 바쁘시니까 얼른 드리고 가자."

수아가 고개를 끄덕이더니 마시던 주스 병을 테이블 위에 올려놓았다. 윤의 무릎에서 내려온 수아가 손을 잡아끌었다. 얼결에 윤이 자리에서 일어나자, 수아가 멀리 떨어진 구석 자리를 가리키며 정언에게도 손짓을 했다.

"왜? 엄마랑 리아가 알면 안 돼?"

정언이 농담처럼 묻자 수아가 고개를 끄덕였다. 제법 진지한 표정이었다. 잠시만요, 하고 희경에게 양해를 구한 정언은 수아와 함께 구석 자리로 향했다.

뒤를 돌아본 수아가 희경이 이쪽을 보는지 안 보는지 확인하더니 메고 온 조그만 아동용 핸드백을 만지작거렸다. 규형이 사주었다는 빨간 가방이었다. 늘 몸에서 절대 떼놓지 않는다더니, 오늘도 마찬가지였다.

빨간 에나멜 백을 얼마나 가지고 다녔는지, 끈 부분에 손때가 까맣게 탄 채였다. 수아가 조심스럽게 가방을 열더니 안에서 무언가를 끄집어냈다. 사탕 같은 건가, 하고 무심코 생각했으나 안에서 나온 건 뜻밖의 물건이었다.

카드 하나가 들어갈 법한 작은 봉투였다. 윤 역시 이게 뭔가 싶었는지 고개를 갸웃했다.

"이게 뭐야?"

"아빠가 줬어요."

수아가 소곤거렸다. 이상한 예감에 가슴이 서늘해졌다. 정언은 다시 한 번 확인하듯 되물었다.

"아빠가?"

정언의 목소리가 크다고 생각했는지, 수아가 입술에 손가락을 대며 조용히 하라는 표시를 했다. 수아가 몸을 숙여 정언과 머리를 맞대며 조그맣게 웅얼거렸다.

"아빠가 이거 주면서, 수아가 갖고 있다가 나중에 누구 주라고 그랬어요."

"누구한테? 왜 엄마한테 안 드렸어?"

엄마 이야기가 나오자 수아가 고개를 세차게 가로저었다.

"아빠가 나중에 내가 진짜진짜 믿을 수 있는 어른한테 주는 거라고 그랬어요. 엄마는 알면 안 된대요."

"엄마가 알면 안 된다고 했다고?"

정언이 재차 확인하자 수아가 입술에 댄 손가락을 떼지 않은 채 대답했다.

"비밀이에요. 엄마한테 말하면 안 돼요."

수아는 조그만 손을 휘적여 얼른 집어넣으라는 표시를 했다. 윤이 서둘러 그 봉투를 셔츠 포켓 안에 넣었다. 완전히 봉투가 보이지 않는 것을 확인한 수아가 자리에서 일어났다. 기다리고 있던 희경이 수아에게 손짓을 했다.

"수아, 선물 드렸어?"

희경에게 달려간 수아가 고개를 주억거렸다. 윤이 수아의 머리를 쓸어 주고는 빙긋 웃었다.

"고마워. 착하네, 수아. 바쁜 일 끝나면 이모랑 삼촌이랑 또 아이스크림 먹으러 가자."

수아가 네, 하고 대답했다. 희경이 민망하다는 얼굴을 했다.

"바쁘신데 죄송해요."

"아니에요. 여기까지 와 주셔서 감사하죠. 내일 방송 나갈 거니까 꼭 봐 주세요."

윤이 미소를 지었다. 수아가 무엇을 주었는지 희경은 알 리 없었다. 기껏해야 편지 같은 것이리라 생각하는 듯했다. 희경이 아무 의심 없는 얼굴로 두 사람에게 인사를 건넸다.

"정말 감사합니다. 저희 그만 갈게요."

"조심해서 가세요."

윤이 희경을 입구까지 배웅했다. 희경이 두 아이를 데리고 나가는 것을 확인한 윤이 서둘러 자리로 돌아왔다. 포켓에서 봉투를 꺼낸 윤이 정언의 맞은편에 앉았다. 봉투를 열자 안에서 나온 건 조그만 메모리카드 하나였다.

생각도 하지 못한 물건이었다. 왜 규형이 수아에게 이런 걸 줬는지 모를 노릇이었다. 순간 당황한 탓에 짧은 침묵이 지났다.

"이게 뭐지? 어디서 나온 거야?"

혼잣말처럼 자문한 정언은 손톱만 한 메모리카드를 이리저리 돌려 보았다. 핸드폰의 메모리카드라면 이미 초반에 확보한 지오래였다. 혹시 발견되지 않을 때를 대비해 만든 사본인가 싶었다. 잠시 그 메모리카드를 들여다보는 사이, 윤이 갑자기 뭔가 생각난 듯 눈을 크게 떴다.

"블랙박스?"

그 말에 정신이 번쩍 들었다. 윤이 서둘러 말을 이었다.

"이거 혹시 블랙박스 메모리 아니에요? 박규형 씨 차 블랙박스 확인하러 갔을 때 거기 이게 없었잖아요."

윤의 말대로였다. 자신들이 차를 확인했을 때 규형의 블랙박스 메모리는 이미 제거된 상태였다. 희경의 말로는 규형이 블랙박스 고장이라는 말을 했다고 했다. 그러나 만약 블랙박스가 고장 난 적 없었다면, 단지 규형이 미리 메모리를 빼 두었던 것이라면.

있을 수 없는 일은 아니었다. 정언은 윤에게 되물었다.

"블랙박스 메모리를 미리 빼서 수아한테 줬다고?"

"주변 사람들이나 경찰 못 믿어서 그런 거 아닐까요? 애는 뭔지 모르니까. 괜히 이희경 씨가 갖고 있다가 그런 사람들한테 넘어갈 수도 있잖아요. 그래서 애한테 맡겨 두고 믿을 수 있는 어른한테 주라고 한 거 아니에요? 최유림 변호사님이나 임형원 기자님 생각하고?"

긴장한 듯 윤의 말이 빨라졌다. 일단 확인해 보면 알 일이었다. 윤이 서둘러 자기 핸드폰의 슬롯에 메모리카드를 끼워 넣었다. 안에 든 것은 동영상 파일이었다. 기본적으로 생성되는 파일명과 달리, 가장 위의 파일은 '중요'라고 파일명이 변경되어 있었다.

뭔가 있다는 직감이 들었다. 규형은 이미 녹취록과 내부 문서를 남겨 둔 뒤였다. 이게 정말 블랙박스 메모리라면, 이런 물건을 아무 이유 없이 그냥 수아에게 주었을 리 없었다. 윤이 서둘러 동영상을 재생하고는 정언이 볼 수 있도록 밀어 놓았다. 곧 화면에 차 내부가 비쳤다. 뒷좌석이 선명하게 찍혀 있었다.

"내부 촬영인데요?"

윤이 고개를 갸웃했다. 차량 내부 촬영이 가능한 4채널 블랙박스인 듯했다. 정언은 영상을 유심히 보았다. 뒷좌석을 완전히 비추는 앵글이라, 운전석 쪽 사람은 어깨가 걸려 나왔다. 뒤창으로 어렴풋이 보이는 풍경이 낯익었다.

"메이 주차장 같은데요."

윤이 나지막하게 말했다. 그 말대로였다. 화면 한쪽에 메이 간판이 약간 비치는 것이 바로 눈에 들어왔다. 곧 운전석에 탄 사람이 시동을 걸고 내비게이션을 입력하는 소리가 났다.

"박규형 씨가 지금 타 있는 거지?"

"그런 것 같아요."

정언의 물음에 윤이 수긍했다. 곧 화면 속에서 뒷좌석 문이 열리며 누군가가 안에 앉았다.

『박규형 과장님 맞습니까?』

동영상에서 흘러나온 목소리가 또렷했다. 두 사람은 거의 동시에 서로를 마주 보았다.

『나 엄대진입니다.』

동영상 속 얼굴이 선명했다. 엄대진을 아는 사람이라면 누구나 알아볼 수 있을 만큼 확실한 장면이었다. 심장 뛰는 소리가 커지며 귓전을 때렸다. 정언은 먹먹해지는 귓가를 꽉 누르며 숨을 골랐다.

마른침을 삼킨 윤이 볼륨을 조금 더 올렸다. 카페의 배경 음악 사이로 엄대진의 매끄러운 목소리가 흘러나왔다.

『나 누군지 알아요?』

『아, 네. 저…… 의원님 아니십니까?』

대답하는 목소리가 조심스러웠다. 겁을 먹은 것처럼도 들렸다. 대진이 웃었다.

『조 계장 말로 요새 박 과장님이 좀 심란하신 것 같다고 그러던데.』

짧은 침묵이 지났다. 대진이 다시 규형에게 물었다.

『왜? 지금 하는 일 때문에 그래요?』

규형은 대답하지 않았다. 정언은 서둘러 기억을 더듬었다. 메이와 유란에서 확보한 VIP실 CCTV에서 대진이 직접 드나드는 영상을 본 기억이 없었다. 그렇다면 이날은 일부러 규형을 만나기 위해 주차장에서 대기하고 있었던 게 분명했다.

『손 사장도 박 과장은 다루기 힘들다고 하더라고.』

『……죄송합니다.』

그의 말에 규형이 주저하는 투로 사과했다. 대진은 아주 재미있는 말이라도 들은 양 웃음을 터트렸다.

『아니지, 죄송할 일이 아니지.』

존댓말이 어느새 자연스러운 반말로 바뀌어 신경을 긁었다.

웃음기가 어려 있던 말투가 돌변한 건 다음 순간이었다.

『죄송할 일은 안 하는 게 맞지. 안 그래?』

퍼뜩 등으로 소름이 돋았다. 독사가 발목을 휘감아 올라오는 듯한 환각이 지났다. 대진이 나지막하게 물었다.

『기자 만났다며?』

『네?』

『변호사, 기자, 그런 사람들 만나고 다닌다며.』

대진이 주머니에서 담배를 꺼내 입에 물고는 불을 붙였다. 차 안이 순식간에 담배 연기로 흐릿해졌다. 연기를 뿜어낸 대진이 내뱉었다.

『박 과장, 정신 똑바로 차려. 부인 아직 젊던데. 애들도 많이 어리고.』

『의원님.』

규형의 목소리가 떨렸다. 입 안이 말랐다. 가족을 가지고 이런 식으로 협박하는 그 비열함에 이가 갈렸다. 평범한 아내와 아무 것도 모르는 어린 두 딸의 삶 따위는 대진에게 그저 도구에 지나지 않았다.

『박 과장 죽고 부인까지 죽으면 애들은 누가 돌보나?』

다시 한 번 연기를 뱉은 대진이 창에 대고 담배를 비벼 껐다.

『나 뒤통수치려던 놈들 중에 아직 살아 있는 놈 없어. 시체도 못 찾은 놈 많고.』

규형을 직접 협박하러 온 것이었다. 아무것도 아닌 현장 과장 한 사람이, 자기의 모든 걸 망가뜨릴까 두려워서. 분노와 좌절감 이 한데 뒤섞였다. 단번에 발화점까지 올라간 감정들이 머릿속 에서 들끓었다.

『조 계장하고 손 사장이 컨트롤이 안 된다고 하도 그러니까 내가 직접 만나러 온 거야. 무슨 말인지 알겠어?』

『……네.』

『아직 의원님, 의원님 하지만 곧 대통령님, 대통령님 할 날 온다고.』

숨을 제대로 쉴 수가 없었다. 맞은편에 앉은 윤 역시 마찬가지였다. 눈을 깜빡이는 것조차 잊은 듯 얼어붙은 윤은 화면에 시선을 고정한 채 꼼짝도 하지 않았다.

『박 과장 계속 이러면, 내가 대통령 되고도 살려 두겠어?』

대통령.

대진의 입에서 나온 그 세 글자에 전신으로 차가운 감각이 끼쳤다. 그 자리가 뭐라고 이렇게까지 해야 하는지 진심으로 궁금해졌다. 평범한 사람쯤 몇 명이든, 몇십 명이든 죽여도 상관없다고 생각할 수 있을 정도의 욕망이 무엇인지 이해할 수가 없었다.

『내가 죽이고 싶은데 못 죽이는 사람 없어. 농담이라고 생각하지 마.』

낮게 웃은 대진이 차 문을 열었다. 영상은 거기서 끊겨 있었다. 한참이나 말을 잃고 있던 윤이 겨우 정언을 마주 보았다.

"완전 라스트 샷이에요. 얼굴 너무 잘 보여요. 자기 입으로 이름도 말했고."

뜨거워진 감정들이 소용돌이쳤다. 거대한 원심력이 수많은 감정들을 끌어들였다. 가장 마지막까지 남은 건 분노였다. 온몸이 떨렸다. 정언은 손을 말아 움켜쥐었다. 잠시 숨을 고르고 있으려니, 윤이 걱정스러운 얼굴로 정언에게 물었다.

"선배, 괜찮아요?"

"여기서 바로 송 작가님이랑 선배한테 영상 전송하고 사무실 들어가."

지금 머릿속에 남은 생각은 오로지 하나였다. 정언이 몸을 일으키자 윤이 다급히 따라 일어나며 정언의 팔을 잡았다.

"데려다드릴게요."

"아냐. 나 어디 좀 가 봐야 될 것 같아."

윤의 손을 떼어 낸 정언은 고개를 가로저었다. 윤이 귀를 의심하는 표정으로 되물었다.

"어딜 가신다고요?"

"이따가 다시 연락할게."

대답 대신 정언은 바로 카페를 뛰어나갔다. 윤이 등 뒤에서 선배, 하고 외쳤으나 그 말은 들리지 않았다. 정신없이 가게 앞까지 달려온 정언은 세워 둔 자기 차에 시동을 걸었다.

금요일 퇴근 시간의 도로를 뚫고 달려간 곳은 서울 외곽의 한 절이었다. 주차장에 차를 세운 정언은 법당에서 먼 봉안당으로 향했다. 현국의 기일이 아니면 거의 오지 않는 곳이었다. 어스름이 내린 뒤의 절은 고요했다. 멀리 법당의 등만이 손님을 맞았다. 추모관 앞의 경비실에는 불이 켜져 있었지만 사람은 없었다.

추모관 안으로 들어서자 천장까지 빽빽하게 똑같이 짜 넣은 안치단이 눈에 들어왔다. 안치단의 유리문 안쪽으로는 조그마한 유골함들이 나란했다. 간간이 걸린 색색의 조화들이 알록달록하게 눈을 어지럽혔다.

안쪽으로 걸어 들어간 정언은 발을 멈췄다.

이렇게 서면 꼭 눈높이가 맞는 곳에, 아무 무늬 없는 유골함이 놓인 것이 눈에 들어왔다. 고 서현국. 이름과 생년월일만 적힌 유골함은 조촐했다. 누가 두고 간 것인지, 위로 걸린 작은 조화 리스의 꽃잎 끝은 살짝 바래 있었다.

정언은 유골함이 놓인 유리문 안쪽을 가만히 들여다보았다. 유골함 곁에는 작은 액자가 있었다. 한 장의 가족사진. 열한 살 즈음, 세 식구가 공원으로 소풍을 나갔다가 찍은 사진이었다. 사진 속 젊은 부부와 어린 소녀는 눈이 보이지 않을 정도로 활짝 웃는 얼굴이었다. 소녀의 손에 들린 노란색 풍선이 선명했다.

정언은 잠시 눈을 감았다 떴다. 사진 속의 세 사람에게 이런 순간들은 더 오래, 더 많이 지속되는 것일 수도 있었다. 그러나 모든 것이 깨져 버린 지 오래였다. 젊은 아내는 십수 년간 지워 지지 않는 죄책감 속에서 살아야 했다. 어린 소녀에게는 아빠와 마지막 인사를 나눌 단 5분조차 주어지지 않았다.

단 한 사람이, 오로지 자신의 욕망 하나만을 위해 얼마나 많은 가족을 그렇게 망가뜨린 것일까. 묻혀 버린 진실 속에서 얼마나 많은 사람들이 엄마와 자신처럼 고통받고 있을까.

가끔 현국에게 어떻게 해야 되는 거냐고 묻고 싶은 순간들이 있었다. 지금이 그랬다. 그러나 대답은 이미 정해진 질문이었다. 정언은 아주 오랫동안 그 자리에 선 채 유리 너머의 유골함을 응시했다. 정언아, 하고 부르던 현국의 목소리가 환청처럼 희미 하게 맴돌았다.

「정언이 이름은 아빠가 지었지. 거짓말하고 남 속이는 사람 되지 말라고. 우리 딸은 아무리 무섭고 힘들어도 바른말 할 수 있는 사람이었으면 좋겠는데.」

언젠가 이런 날이 올 거라고 생각한 적이 있었을까.

한 치 앞도 내다볼 수 없는 것이 사람 일이라지만, 어쩌면……

언젠가 그런 날이 올 수도 있다고, 불행한 일이 벌어질 수도 있다고 단 한 번이라도 예감한 적 있었을까.

안경 너머로 보이던 현국의 슬픈 눈이 떠올랐다. 언제나 가장 나쁜 순간을 먼저 생각한다는 건, 가장 행복한 시절에도 닥쳐올 불행을 걱정한다는 건 무엇일까. 이제야 현국의 그 표정을 이해할 수 있을 것 같았다.

정언은 그 자리에 다리를 접어 주저앉았다. 무릎에 얼굴을 묻은 순간 미처 참을 새도 없이 눈물이 쏟아졌다. 눌러 참던 흐느낌이 터지는 건 순식간이었다. 정언은 어린아이처럼 소리를 내어 엉엉 울었다. 아주 오랫동안 쌓이고 쌓여 이제 단단해진 줄 알았던 벽이 심장에서 소리를 내며 완전히 무너져 내렸다.

온몸에 물 한 방울 남지 않을 만큼 울고 나서야 정언은 고개를 들었다. 바닥에 떨어진 눈물이 창백한 조명에 반짝였다. 간신히 몸을 일으키자 현기증이 났다. 속이 완전히 텅 비어 버린 듯한 감각이 아찔했다.

정언은 유골함 위의 유리에 손을 짚으며 고개를 숙였다. 차가운 유리 위로 체온이 닿았다. 손끝을 짚은 자리마다 잠시 하얗게 습기가 어렸다가 곧 사그라졌다. 안개가 낀 것처럼 먹먹하던 머릿속이 조금씩 또렷해졌다.

정언은 숨을 들이쉬었다. 동영상 안의 엄대진이 떠올랐다. 규형은 어떤 마음으로 그 증거를 남겨 놓았을까. 자신이 정말 죽을 수도 있다고 생각한 사람이 아니라면, 절대 그럴 수 없었을 게 분명했다.

희경이 아니라 수아에게 메모리카드를 맡긴 건 규형의 마지막 도박이라고 할 수도 있었다. 수아가 아무에게나 그걸 주어 버릴 수 있다는 것을 알았을 텐데도.

지금처럼 자신들의 손에 그 메모리카드가 들어올 수 있는 확률은 지극히 희박했다.

수많은 우연들의 연속.

계속되는 우연은 결국 필연이다. 기적 같은 일이 일어난다면, 그건 반드시 그렇게 되어야 할 이유가 있기 때문이다. 처음부터 현국이 아니었다면 시작하지 않았을 수도 있는 일이었다. 마지막에 결국 다시 현국에게 돌아온 건 이렇게 되기 위해서였을 거라고 정언은 생각했다.

마주 본 사진 안의 현국은 웃고 있었다. 입술을 깨문 정언은 봉안당을 나서며 주차장에 세워 둔 차에 시동을 걸었다. 이제 더 이상 물러날 곳은 없었다.

한밤중의 거리를 달려 돌아왔을 때, 효명은 막 가게 문을 닫으려던 참이었다. 차를 세운 정언이 안으로 들어서자 놀란 효명이 눈을 동그랗게 떴다.

"너 지금 들어오는 거야? 아픈 애가 어딜 갔다 이제 와?"

"엄마, 나 할 말 있어."

정언은 대답 대신 효명의 팔을 잡아끌었다. 효명이 당황한 얼굴로 후다닥 가게 문을 잠갔다. 영문도 모른 채 집까지 무방비하게 끌려온 효명은 정언의 등을 찰싹 쳤다.

"어머머, 애가 왜 이래."

영문을 몰라 하는 효명을 거실 소파에 앉힌 정언은 입술을 깨물었다. 숨을 고르며 효명의 곁에 앉은 정언은 잠시 사이를 두었다가 입을 열었다.

"나 내일 방송 나갈 거야."

효명이 무슨 소리를 하느냐는 얼굴로 눈썹을 좁혔다.

"맨날 방송하는 애가 왜 새삼스럽게, 뭐야."

"내일 방송에 아빠 얘기 나올 수도 있어."

나지막한 목소리에 효명이 눈을 깜빡였다. 정언의 말이 바로 입력되지 않은 듯했다. 기껏해야 몇십 초, 그러나 마치 몇 시간처럼 느껴지는 긴 침묵이 지났다. 효명이 되물었다.

"뭐?"

몸이 가늘게 떨리기 시작했다. 정언은 말아 쥔 손으로 무릎 위를 꽉 눌렀다. 말해야만 했다. 진실을 안다는 건 때로 고통스러운 일일 수도 있었다. 그러나 더 이상 숨길 수는 없었다.

손등 위에 머물렀던 시선을 든 정언은 효명을 마주 보았다. 맞닿은 시선이 까닭을 모르는 불안감으로 흔들렸다. 다시 한 번 숨을 크게 들이쉰 정언은 눈을 감았다가 떴다.

"나 몇 달 동안 계속 취재하던 사건 있었어. 그런데 그게 아빠하고 관련이 있어. 방송 나가기 전에 엄마한테 미리 얘기하는 거야."

"애, 무슨 소리야. 알아듣게 얘기를 해."

효명이 애써 웃었다. 그러나 그 얼굴은 이미 겁을 먹은 기색이 역력했다. 입 안이 바짝 말랐다.

"엄대진."

그 세 글자의 자음과 모음이 입 안을 모래처럼 긁었다. 정언의 입에서 나온 이름에 효명이 도무지 모르겠다는 표정을 했다.

"엄대진? 국회의원? 대통령 선거 나오는 사람? 그 사람이 왜?"

"엄대진이 아빠 죽였어."

내뱉는 숨이 끝까지 가기도 전 발음한 문장은 짧았다. 잠시 시간이 멈춘 듯한 정적이 흘렀다. 효명의 얼굴에서 핏기가 완전히 사라졌다. 삽시간에 새하얗게 질린 효명이 눈을 크게 떴다. 얼어붙은 눈동자가 떨렸다.

"얘, 너 지금 뭐라고 하는 거야?"

머릿속의 문장들이 자꾸만 입 안에서 흩어졌다. 이미 아까 몸에 남은 물이라고는 한 방울도 없이 흘린 것 같았는데, 다시 눈가가 뜨거워졌다. 잠시 눈을 감았다 뜬 정언은 효명을 응시했다. 이제는 돌이킬 수 없었다.

"아빠 죽은 거 사고 아니었어. 엄대진 비리 취재하다 그렇게 된 거야."

"서정언!"

효명이 비명을 지르듯 말을 끊었다. 쉽게 받아들일 수 없는 이야기라는 건 누구보다 정언이 가장 잘 알고 있었다. 정언은 효명의 손을 잡았다. 늘 따뜻했던 손인데, 지금은 손끝까지 얼어붙은 채였다. 정언은 그 차가운 손을 완전히 감싸 쥐었다. 벌벌 떨리는 감각이 누구의 것인지 판단할 수 없었다.

"증인이 있어. 내가 직접 들었어."

그날, 최창묵의 원룸 안이 고스란히 뇌리에서 되살아났다. 옅은 담배 냄새, 창으로 스미던 어스름, 초췌하던 최창묵의 얼굴, 팔을 잡아 오던 윤의 체온까지도. YBS 서현국 기자. 그 이름이 최창묵의 입에서 나오던 그 순간을 정언은 절대 잊지 못했다.

몇 킬로미터를 쉬지 않고 달린 사람처럼 숨이 가빴다. 심장을 쥐어짜는 듯한 감각을 애써 외면하며, 정언은 입술을 달싹였다.

"나 그것 때문에 방송 못 하겠다고 했어. 당장 내일이 방송인데 도망쳤어. 엄마가 무슨 일 있냐고 물어봤을 때 도저히 말 못

하겠어서, 엄마가 알면 나처럼 충격 받을까 봐…… 그런데 말해야 될 것 같아서. 내가 엄마한테 먼저 얘기해 줘야 될 것 같아서 그래."

머릿속이 완전히 텅 비어 버린 사람처럼, 효명은 넋이 나간 얼굴로 그새 하얗게 마른 입술을 몇 번 달싹였다. 그러나 아무것도 말이 되어 나오지 않았다. 효명을 이해할 수 있는 건 자신뿐이었다. 자신 역시 똑같았기에.

눈을 꽉 감자 눈꺼풀 위로 하얗게 스미던 거실 등의 빛이 새까맣게 잠겨들었다. 어둠. 어둠. 어둠. 그리고 다시 빛.

정언은 현국이 죽은 이후 효명의 마음 어느 곳에서는 결코 새벽이 오지 않았다는 걸 알고 있었다. 죄책감이라는 이름의 그 밤은 끝없이 길었다. 그러나 어떤 밤도 영원할 수는 없었다. 언젠가는 여명이 밝아야 했다. 정언은 머릿속의 단어들을 토하듯 입을 열었다.

"있잖아, 엄마. 어떤 사람이 있어. 부인하고 딸이 둘 있는데, 그런데 우리처럼, 우리랑 똑같이…… 엄대진이 그 사람을 죽였어. 남편이고 애들 아빠인데, 자기 비리 드러날까 봐 그냥 죽여 버렸다고. 그 사람 자기 죽을 거 알고 있었어. 알면서도 진실 말하려고 했어."

규형이 어떤 마음으로 수아에게 그 메모리카드를 건넸을지 짐작조차 할 수 없었다. 마지막 인사조차 준비하지 못한 사람이, 어떻게 그 희박한 확률에 도박을 걸 수 있었을까.

진실을 말하는 건 내 몫이 아니라고 외면하기는 쉬웠다. 입을 다물고 눈을 돌리면 그만이었다. 그런데도 어떤 사람들이 그렇게 살 수 없는 건 무엇 때문일까. 왜 전부를 잃을 걸 알면서도 맞서 싸우기를 선택하는 걸까.

"정언아."

효명이 고개를 가로저었다. 효명의 손이 정언의 팔을 붙들었다. 말로 하지 않아도 그 손길이 무슨 뜻인지는 충분히 알 수 있었다. 정언은 자신의 팔을 움켜쥔 효명의 손을 떼어 냈다.

"그 사람 아니었으면 아빠 어떻게 죽었는지, 왜 죽었는지 평생 몰랐을 거야."

들끓는 감정들이 심장 안을 뜨겁게 채웠다.

"그러니까 내가 도망치면 안 돼."

사진 속 현국의 웃는 얼굴을 보았을 때부터 이미 마음은 정해져 있었다.

정언은 효명의 어깨를 쥐며 자신을 보게 했다. 효명의 눈은 젖은 채였다. 그 눈가를 손끝으로 만지자 그것이 무슨 신호라도 되는 듯 효명의 눈에서 눈물이 흘러내렸다. 정언은 나지막하게 말했다.

"아빠가 죽은 거 엄마 잘못 아냐. 절대로. 엄마가 무슨 짓 했더라도 엄대진 못 막았을 테니까."

고개를 흔들며 무슨 말인가를 하려던 효명이 결국 한마디도 하지 못하고 정언을 끌어안았다. 정언은 그 등으로 팔을 둘렀다. 금방이라도 무너질 것처럼 떨리는 팔이 정언을 놓지 않을 것처럼 몇 번이고 끌어당겼다. 효명이 정신없이 입술을 달싹였다.

"정언아, 너 어떻게 하려고 그래. 응? 너 무슨 일 생기면……."

"내가 할 거야."

정언은 효명의 말을 끊었다.

"내가 한다고. 내가 엄대진 막을 거야. 그 새끼가 다신 이런 짓

못 하게, 내가 그렇게 할 거라고. 내가 누구 딸인데."

"정언아!"

효명이 비명을 지르듯 정언을 불렀다. 그러나 이미 물러날 마음 따위는 깨끗하게 버린 뒤였다.

"그 새끼한테 지기 싫다고! 그냥 있으면, 내가 이 방송 안 하면 지는 거야! 엄마 평생 죄책감 가지면서, 엄마 때문에 아빠 죽었다고 생각하면서! 그거 아니라고, 엄마 잘못 없다고 내가 증명할게. 우리처럼 잘못 없이 죄책감 느끼면서 사는 사람들 더 안 나오게, 그런 새끼들이 사람 죽이는 거 더 못 하게 만들 거야. 사람들이 이유도 모르고 가족 잃는 일 없게 할 거라고!"

자신이 여기까지 온 건 단 하나의 목표를 위해서였다. 엄대진을 막아야 했다. 두 번 다시는 이런 일이 일어나지 않아야 했다. 그게 왜 자신의 몫이어야 하는지는 중요하지 않았다. 누군가 해야 할 일이라면, 지금 여기 있는 자신이 바로 그 일을 해야 할 사람이었다.

"너 어떻게 되면, 너까지 어떻게 되면 나 어떻게 살라고 그래!"

효명이 흐느끼며 정언의 등을 다시 한 번 움켜 안았다. 그러나 그 팔에는 힘이 없었다. 딸이 어떤 사람인지 누구보다 잘 아는 건 효명 자신이었다. 정언이 한 번 결정한 이상 절대 마음을 돌리지 않으리라는 걸 효명 역시 이미 알고 있을 터였다.

"엄대진이 지금 제일 바라는 게 뭔지 알아? 내가 입 다무는 거. 그 새끼 내가 누구 딸인지 다 알아! 아빠가 죽은 거 그 새끼 말 안 들어서라고. 아빠가 돈도 권력도 다 싫다고, 진실 밝히겠다고 해서! 내 입까지 막으려고 그러는 거 그냥 참아? 그냥 지금처럼 무서워하고 떨면서 평생 조용히 살아? 엄마가 자기 탓하면서, 나는 또 그런 사람들 생기는 거 그냥 지켜보면서 죄책감 가지고?"

효명이 멍하니 정언을 마주 보았다. 정언은 똑바로 그 눈을 응시했다.

"나 그렇게 살기 싫어. 그렇게는 절대 안 살아. 엄대진이 바라는 대로 안 해. 그런 놈이 대통령 되면 사람들이 침묵하는 거 당연해져. 아빠가 왜 죽었는지, 왜 어떤 사람들이 그렇게 죽어야 되는지 아무도 모른다고. 그랬으면 좋겠어?"

팔을 움켜쥐고 있던 효명의 손에서 힘이 빠졌다. 정언은 효명을 떼어 내며 흠뻑 젖은 그 얼굴을 감싸 닦아 주었다. 손으로 스며든 습기는 따뜻했고, 곧 차가워졌다. 정언은 거의 속삭이듯 입술을 달싹였다.

"엄마, 나 믿어. 난 절대 안 죽어. 끝까지 살 거야. 끝까지 살아서 엄대진 감옥 보낼 거야. 내가 언제 엄마한테 약속한 거 어긴 적 있어?"

그 말에 효명이 겨우 고개를 저었다.

"자기 아빠, 자기 남편 왜 죽었는지도 모르는 사람들 계속 생기면 안 되잖아."

지금까지 만났던 많은 사람들의 얼굴과 목소리가 영사기의 필름처럼 차례로 지났다. 소중한 사람을 한순간 잃어버리고 남겨진 이들. 결코 채워질 수 없는 상처. 말하지 못하는 진실들.

"엄마처럼 죄책감 가지고 사는 사람들 더 많아지면 안 되는 거잖아."

그 필름의 마지막은 현국의 얼굴이었다. 정언은 잠시 눈을 감았다. 아빠의 마지막 순간이 언제나 궁금했다. 자신의 죽음을 예감한 순간, 아빠는 뭘 남기고 싶었을까.

이제는 알 것 같았다.

긴 침묵이 흘렀다. 따뜻한 거실로 내려앉은 고요함은 무겁고 짙었다. 두 사람은 손끝 하나 움직이지 않은 채 서로를 오래 응시했다.

마침내 그 정적을 깬 쪽은 효명이었다. 효명은 떨리는 손으로 정언의 얼굴을 만졌다. 손끝으로 기억하려는 듯 정언의 얼굴을 몇 번이고 덧그린 효명이 정언을 끌어안았다.

"……방송 끝나면 집으로 와."

애써 웃는 목소리가 떨렸다.

"너 좋아하는 거 해 놓을 테니까. 알았지?"

정언은 효명의 어깨에 얼굴을 묻었다. 익숙한 엄마의 냄새가 스며들었다. 부드러운 빵 냄새와 오래된 나무의 냄새 같은 것이 뒤섞인 따뜻한 감각이었다. 잠시 숨을 들이쉰 정언은 효명에게 말했다.

"갔다 올게. 내일 방송 끝나고 바로 올게."

효명을 꼭 안았다 놓은 정언은 몸을 일으켰다. 효명이 현관까지 따라 나왔다. 이따 봐, 하고 짐짓 아무렇지도 않은 얼굴로 손을 흔들어 보인 정언은 몸을 돌렸다. 계단을 내려가는 내내 등 뒤에서는 문이 닫히는 소리가 들리지 않았다.

돌아보는 대신 차에 시동을 건 정언은 핸드폰을 꺼냈다. 윤에게 전화를 걸자 신호가 두어 번 가기도 전, 대답이 돌아왔다.

『네, 선배.』

놀란 목소리였다. 정언은 숨을 고르고는 다른 손으로 핸들을 꼭 움켜쥐었다. 손끝이 새하얗게 질렸다.

"나 내일 방송 나가야겠어."

내뱉은 말에 윤의 목소리가 커졌다.

『네?』

"내일 생방 대본 나온 거 메일로 나한테 보내 줘."

『선배, 지금 그게 무슨…….』

"내가 할 거야."

정언은 윤의 말을 끊었다. 전화 너머로 윤이 짧은 숨을 들이켰다. 정언은 다시 한 번 말했다.

"죽어도 할 거야."

무슨 뜻인지 단번에 알아차린 듯했다. 잠시 말이 없던 윤이 알겠어요, 하고 대답했다.

"다시 전화할게."

전화를 끊자, 바로 메일 알림창이 떴다. 윤이 보낸 최종 구성안이었다. 정언은 즉시 차에 앉은 채 구성안을 확인했다. 이미 수도 없이 본 내용이었다. 흐름을 파악하는 건 어렵지 않았다. 머릿속에 멘트를 집어넣는 건 그다음이었다.

정언은 차를 출발시켰다. 익숙한 골목을 빠져나간 차가 한적해진 도로 위를 달렸다. 머릿속은 온통 구성안의 내용으로 가득 차 있었다. 언제나 마지막 멘트는 담당 피디의 몫이었다.

어떤 말로 시작해야 할까.

900회. 그 까마득한 숫자가 불현듯 깊게 다가왔다. 이제 <비하인드 24> 이전에는 어떤 삶을 살았는지도 기억나지 않았다. 앞으로도 그럴 수 있을까. 확신할 수 없는 미래는 늘 불안했다. 운전하는 동안 내내 기억을 되짚던 정언의 생각이 멈춘 건 한곳이었다.

김윤.

시간을 달라고 말했던 건 자신이었다. 어쩌면 이미 언젠가부터 결정되어 있었던 대답. 이 방송이 끝나면, 얼마나 긴 시간 동안 <비하인드 24>가 멈춰 있을지 알 수 없었다. <비하인드 24> 바깥의 삶. 오랫동안 상상해 본 적 없는 그 삶을 생각했을 때, 거기 있는 건 윤이었다.

이 방송이 끝나면 윤에게 대답을 돌려 줄 생각이었다.

차가 고가차도로 접어들었다. 이미 오래전에 퇴근 시간이 지난 한밤중의 도로는 한산했다. 정언은 액셀을 밟았다. 그때 뒤에서 강한 빛이 번뜩였다. 저도 모르게 눈을 찌푸린 정언은 백미러를 보았다.

바로 뒤차에서 켠 상향등의 빛이 직선으로 백미러에 꽂혔다. 시야가 제대로 보이지 않았다. 상향등을 켤 이유가 없는 도로였다. 뭐지, 하고 생각한 정언은 차선을 바꿨다. 뭔가 이상하다는 예감이 든 건 그 순간이었다.

뒤차가 상향등을 켠 채 따라붙었다. 비어 있는 차선을 두고, 왜 하필이면. 퍼뜩 머릿속이 서늘해졌다. 전화벨이 울리기 시작한 건 그때였다. 액정에 선명하게 윤의 이름이 떴다. 정언은 귀에 꽂은 핸즈프리의 버튼을 눌렀다. 귓가로 윤의 목소리가 넘어왔다.

『어디까지 오셨어요?』

"지금 가는 중이야. 거의 다……."

액셀을 밟던 정언은 말을 멈췄다. 따라온다. 올라간 속도만큼 뒤차가 가까워지고 있었다. 정언은 손을 뻗어 백미러를 조절했다. 강한 상향등의 빛 탓에 후방이 거의 보이지 않았다. 혹시나 싶어 속도를 늦추자 뒤차도 마찬가지로 느려졌다. 그것을 알아차린 순간 목덜미가 선뜩하게 긴장했다.

백미러를 몇 번 움직이자, 짧은 순간 뒤차의 번호판이 눈에 들어왔다.

『선배, 전화 안 들리세요?』

잠깐의 침묵이 이상했는지 윤이 물었다. 정언은 숨을 들이쉬었다.

"지금 내가 차 번호 하나 부를 테니까 받아 적어."

정언이 바로 번호판의 번호를 반복해 부르자, 까닭도 모른 채 윤이 그 번호를 되풀이했다.

『무슨 일 있어요?』

"누가 따라와."

정언의 나지막한 목소리에 윤이 되물었다.

『네?』

곧바로 윤이 다급하게 말했다.

『지금 어디세요? 제가 갈게요. 선배, 어딘지 얘기해 주세요. 빨리요!』

"못 멈춰. 세우면 더 위험해져."

『선배!』

뒤로 붙은 차가 가까워졌다. 검은색 SUV. 강한 상향등의 빛에 정언은 팔을 올려 눈을 가렸다. 따라오던 차가 옆으로 바짝 붙었다.

고개를 돌린 정언의 눈에 들어온 건 어쩐지 낯이 익은 옆모습이었다. 이상한 기시감에, 정언은 바로 창을 조금 더 내렸다.

운전석에 앉은 남자가 정언을 곁눈질했다. 열려 있는 그쪽의 조수석 창 너머로 눈이 마주쳤다. 누구였더라. 찰나에 스친 물음에 답을 찾은 건 직후였다. 착각이 아니었다. 정언은 핸들을 움켜쥐었다.

"성산고가차도 지났어. 만약에 무슨 일 생기면 바로 경찰에 신고해."

손경일.

『선배, 전화 끊지 마세요. 계속 켜 놓고 계세요!』

그 얼굴을 잊을 수 있을 리 없었다. 핸즈프리로 고함을 치는 윤의 목소리가 들렸다. 정언은 있는 힘껏 액셀을 밟았다. 똑같이 속도를 올리는 옆 차의 엔진 소리가 굉음처럼 귓가를 파고들었다. 다음 순간 운전석으로 강한 충격이 느껴졌다. 저도 모르게 비명이 터졌다.

『선배!』

잡은 핸들을 놓친 건 그때였다. 다시 한 번 옆을 들이받는 감각에 몸이 크게 흔들렸다. 귀에 꽂고 있던 핸즈프리가 그대로 날아갔다. 선배, 하고 다시 한 번 외치는 윤의 목소리가 들린 것 같았다.

그러나 더 이상 생각을 할 수가 없었다. 세 번째의 충격이 가해졌다. 창에 머리가 부딪친 순간 모든 사고가 그대로 정지했다. 상황을 판단하는 건 불가능했다. 강한 소용돌이에 빨려드는 것처럼 세상이 계속해서 회전했다.

엄청난 소리와 함께 차체가 충돌한 건 직후였다. 에어백이 터지는 것과 동시에 스위치를 내리듯 의식이 추락하기 시작했다. 바닥을 모르는 어둠 속으로 몸이 끝없이 떨어지는 것 같았다. 아득한 빛이 점점 멀어지며 마침내 점이 되어 사라졌다. 마지막

암전 직전 정언은 생각했다.

이미 결정되어 있던 대답이라면 말할 걸 그랬다.

좋아한다고.

내 곁에 있어 줬으면 좋겠다고.

이 순간 이후의 삶이 자신에게 허락된다면.

그런 가정은 이제 아무런 의미가 없었다.

빛, 어둠, 빛, 다시 어둠.

한 점의 빛도 없는 어둠이 그대로 정언을 집어삼켰다.

48

　병원 특유의 소독약 냄새가 유독 더 민감하게 느껴졌다. 무슨 정신으로 병원까지 달려왔는지도 모를 노릇이었다. 대기실 의자에 멍하니 앉아 있던 윤은 얼굴을 감쌌다. 핸드폰 너머로 들리던 정언의 비명 소리가 귓가를 떠나지 않았다.

　"김 피디, 괜찮아?"

　넋을 놓고 있던 윤은 퍼뜩 고개를 들었다. 곁에 앉은 재희가 걱정스럽게 윤을 보았다. 며칠 밤샘한 처지는 마찬가지라, 재희의 얼굴도 어지간히 초췌했다. 윤이 네, 하고 입술을 달싹였으나 그게 말뿐이라는 걸 뻔히 아는 재희가 혀를 찼다.

　그때 아래층에 내려갔던 찬수가 계단으로 올라왔다. 초조한 표정으로 대기실 안을 오가던 팀원들의 시선이 일제히 찬수에게 쏠렸다. 찬수가 뒷머리를 벅벅 긁으며 얼굴을 찌푸렸다.

　"지금 수술실 들어갔어. 머리를 부딪쳤고 출혈이 심해서 자기들이 뭐라고 말을 못 하겠다는데. 일단 들어가 봐야 안대."

　팀원들의 얼굴이 순식간에 어두워졌다. 긴 한숨을 뱉은 재희가 미간을 좁히며 물었다.

"어머님은요?"

"응급실에 누워 계셔. 송 작가랑 희림이 가 있고."

연락을 받고 달려온 효명은 그 자리에서 혼절한 뒤였다. 때문에 민혜와 희림이 일단 응급실에 있기로 한 모양이었다. 그 말을 듣자마자 분을 못 이긴 호형이 벽을 걷어차며 욕을 내뱉었다.

"이 씨발 새끼들 진짜!"

아무도 호형을 말리지 못했다. 말만 안 했을 뿐 어차피 심정은 다 같았다. 예준이 미치겠다는 듯 마른세수를 하더니 혼잣말처럼 중얼거렸다.

"야, 이거 정말 돌아 버리겠다. 어떻게 이런 일이 생기냐."

"서 피디가 마지막 타깃이었겠지. 죽여 버리려고 작정하고 받았는데, 뭐."

석현이 가라앉은 투로 대꾸했다. 예준이 기가 찬다는 듯 목소리를 높였다.

"이사진이 시사까지 했잖아요! 자기들이 내용 확인했으면 됐지, 우리가 생방하는 것도 모르는데 애를 왜……."

"서 피디가 이 건 메인인 거 알고 있었고, 위험 요소는 전부 제거하고 싶을 테니까."

대신 대답한 건 재희였다. 대기실 안이 조용해졌다. 사이를 둔 재희가 말을 이었다.

"아직 대선까지 시간 있잖아. 우리 쪽 싹 날리고 흐름 다시 가져올 방법 있다고 생각한 거지. 그게 이거고. 살고 싶으면 입 다물어라."

윤은 심장 위를 꽉 눌렀다. 숨이 막혀 올라오지 않는 느낌이었다. 눈앞이 아찔하게 돌아, 윤은 몸을 숙이며 눈을 감았다. 대기실에 무거운 침묵이 내려앉았다. 그 침묵을 깬 건 호형이었다.

"이거 방송 꼭 해야 돼요?"

울분에 찬 목소리가 부들부들 떨렸다.

"사람 하나 수술실에 눕혀 놓고 이 방송 하는 게 맞아요?"

누구도 그 말에 대답하지 않았다. 상황이 이렇게까지 된 이상, 아무리 <비하인드 24>라고 해도 방송을 강행한다는 건 무리였다. 재희도 그 때문에 입을 열지 않는 듯했다. 호형이 씩씩거리며 내뱉었다.

"내가 무서워서 그런 게 아니라, 아니 뭐 솔직히 안 무섭다면 그것도 거짓말이긴 한데, 씨발, 아 진짜…… 목숨 걸고 취재해 오니까 진짜 목숨 날려 버리는데 어떡하냐고요. 나 지금 솔직히 병원 의사들도 못 믿겠어요. 엄대진 지시 받았으면 서 피디 수술실에서 어떻게 하는 거 일도 아닐 거 아냐."

그 말을 듣자마자 석현이 호형에게 버럭 소리를 질렀다.

"야, 안호형! 너 지금 어디서 주둥이를 그따위로 털어? 말조심 안 해?"

"말이 그렇다는 거 아니에요, 나도 답답하니까 하는 소리죠!"

"답답해도 할 소리가 있고 못 할 소리가 있지, 이 새끼야!"

석현이 자리에서 벌떡 일어났다. 곁에 있던 찬수가 황급히 석현을 말렸다.

"야, 야. 뭐하는 거야, 지금. 왜들 이래. 진정해."

"안 피디, 그만하고 앉아."

재희가 한마디 하자 호형이 뭐라고 하려는 듯 입술을 달싹이다 어쩔 수 없다는 얼굴로 자리에 앉았다. 잠시 침묵하던 재희가 예준에게 물었다.

"주 피디, 지금 세트 세팅 중이지?"

"우리가 여기 올 때 세트 이동 시작했으니까 그럴걸요."

"거기 우 피디 있어?"

"네. 계속 전화오고 난리도 아니에요, 지금."

예준이 핸드폰을 흔들어 보였다. 스튜디오 세팅을 위해 일단 지혁을 남겨 두고 왔는데, 상황이 어떻게 돼 가는지 모르니 불안해서 연신 전화를 거는 듯했다. 재희가 찬수 쪽을 보았다.

"수술 끝나려면 얼마나 걸린대요?"

"확실히 모르겠다는데. 최소한 서너 시간 생각하나 봐."

찬수가 한숨을 쉬었다. 가벼운 부상은 아닌 모양이었다. 사고가 났다는 걸 알자마자 경찰에 신고했는데, 정언이 병원으로 이송된 건 보지 못해 상태가 정확히 어느 정도인지는 알 수 없었다. 그때 대기실로 올라온 철진이 턱까지 찬 숨을 고르며 손가락으로 아래층을 가리켰다.

"밑에 경찰 왔어요. 서 피디 차 블랙박스 수거해서 봤다는데 너무 명백하게 뒤에서 고의로 받은 거라, 더 할 얘기가 없다네."

"운전자가 누구야?"

재희가 묻자 철진이 잠깐 호흡을 고르더니 대답했다.

"손경일이래요."

그 말에 찬수가 눈을 휘둥그렇게 떴다.

"손경일이 직접 운전했다고? 지금 상태 어떤데?"

"어깨하고 갈비뼈 골절이라는데 생명에는 지장 없대요. 현장에서 서 피디 차 들이받고 내려서 도망치다가 순찰대 출동해서 잡혔나 봐요."

"이런 개새끼, 뒈지려면 확 뒈져 버리지."

호형이 분이 안 풀리는 듯 중얼거렸다. 재희가 호형의 어깨에 손을 짚어 진정시키며 물었다.

"그래서?"

"입원실에서 치료받는 중이라는데 상태 본 뒤에 서로 이송할 건가 보더라고요."

철진의 대답을 듣기 무섭게 석현이 자리에서 벌떡 일어났다. 당장 뛰쳐나갈 기세였다.

"그 새끼 지금 어딨어?"

"아니, 뭐 어쩌려고 그래요?"

예준이 서둘러 석현을 끌어 앉히려 하자, 석현이 예준의 손을 뿌리쳤다.

"뭘 어떻게 해, 씨발! 아주 죽여 버려야지! 좆같은 새끼들, 사람 목숨 알기를 아주⋯⋯."

내버려 뒀다가는 정말 무슨 일이라도 낼 것 같았다. 예준이 석현을 붙들어 말리는 사이, 재희가 눈썹 위를 문지르더니 나지막하게 말했다.

"진정해. 진정하고, 일단 어떻게 할지 생각해 보자고. 사무실로 가 있든지."

"지금 이 판에 사무실 가면 우리가 무슨 일을 어떻게 해요."

호형이 부루퉁하게 대꾸했다. 재희가 가볍게 손뼉을 딱 치고는 바깥을 가리켰다.

"그럼 커피 한 잔 마시고들 옵시다. 찬바람도 쐬고. 여기 서 있다고 무슨 수 생겨?"

재희가 윤에게 따라 나오라는 손짓을 했다. 반쯤 정신이 나간 상태로 재희를 따라가자, 병원 밖으로 나간 재희가 자판기에서 커피를 뽑아 한 잔을 윤에게 건네며 근처 벤치에 걸터앉았다.

윤이 곁에 앉자 재희는 말없이 커피를 마셨다. 밖으로 나왔는데도 소독약 냄새가 끈질기게 달라붙어 떨어지지 않았다. 도저히 커피를 마실 기분이 아니었다. 두어 모금을 겨우 넘긴 윤은 결국 더 마시지 못하고 컵을 내려놓았다.

"김 피디, 괜찮아?"

재희가 물었다. 윤은 대답 대신 두 손으로 눈가를 덮었다. 손이 부들부들 떨렸다. 아무 생각도 할 수가 없었다. 되짚으면 되짚을수록 후회되는 일이 한두 가지가 아니었다. 한동안 아무 말도 하지 못하던 윤은 겨우 입을 열었다.

"제가 잘못했어요."

속에서 뜨거운 것이 울컥 치밀었다. 눈물이 쏟아질 것 같았다. 윤은 눈가를 꽉 눌러 애써 그 감각을 참으며 말을 이었다.

"처음부터 이희경 씨 혼자 만났어야 됐어요. 선배 오지 말라고 했어야 하는데, 그냥 집에 있어도 된다고 말렸어야 되는데……."

여기 오는 내내, 대기실에서 앉아 있는 동안에도 계속 그 생각뿐이었다. 처음부터 희경을 혼자 만났으면 됐을 문제였다. 최소한 아까 방송국으로 오겠다고 고집을 부리는 것이라도 말렸어야 했다. 그랬으면 최소한 오늘 정언이 목표가 되는 건 막을 수 있었을지도 몰랐다.

차라리 자신이 타깃인 편이 나았다. 절대 죽지 말라고 말하던 정언의 목소리가 머릿속에 맴돌았다. 어쩌면 이런 순간을 예상했던 걸까. 정언은 늘 가장 최악의 선택지를 먼저 고려하는 사람이었다. 그러나 설령 예상했다 한들, 이런 식은 아니었을 게 분명했다.

숨을 제대로 쉴 수가 없었다. 죄책감 탓에 누가 심장을 움켜쥐고 쥐어짜는 기분이었다. 윤이 몸을 작게 말자, 재희가 윤의 어깨를 감싸며 달래듯 말을 건넸다.

"그런 생각하지 마. 서 피디 그랬던 이유 있었을 거야. 말도 없이 회사 이틀이나 결근할 정도로 힘들었던 애가 갑자기 마음 돌렸는데, 김 피디 말 들었을 것 같아?"

물론 정언의 성격을 모르는 바 아니었다. 머리로는 재희의 말이 맞다는 걸 알고 있었다.

「죽어도 할 거야.」

그렇게 말하던 정언의 목소리가 생생했다. 정언이 그렇게 결심했다면 자신이 어떻게 말렸어도 소용없었을 게 틀림없었다. 하지만 이미 돌이킬 수 없는 일이 벌어진 뒤였다. 재희가 창백하게 질린 윤을 보더니 얼굴을 찌푸렸다.

"죄책감 갖지 마. 일 저지른 놈이 나쁜 거지, 김 피디는 아무 잘못 없어."

네, 하고 대답했지만 재희의 말이 귀에 들어오지 않았다. 수술실에 누워 있을 정언 생각을 하면 머릿속이 끓는 것 같았다가, 바로 다시 얼어붙는 것 같았다. 한참을 앉아 있던 재희가 몸을 일으켰다.

"일단 들어가서 다시 얘기해 보자고. 여기서 계속 시간 보낼 수는 없으니까."

재희가 앞장섰다. 대기실로 돌아가자 그새 삼삼오오 앉아 뭐라고 대화를 나누고 있던 팀원들이 눈을 돌렸다. 이미 자정을 넘긴 지는 한참이었다. 손목에 찬 시계를 확인한 찬수가 긴 침묵 속에서 조심스럽게 입을 열었다.

"우선 오늘은 시사 미리 한 편집본 틀면 어때?"

모두의 시선이 일제히 쏠리자, 찬수가 머뭇거리며 짧은 한숨을 뱉었다.

"서 피디 저렇게 됐는데, 어머님도 지금 충격 심하시고…… 그런데 우리가 방송 강행하는 게 맞는 건지 모르겠어. 일단 기다렸다가 다시 기회 오면……."

"기회가 오겠냐고요, 지금."

예준이 말을 잘랐다. 찬수가 마지못해 고개를 끄덕였다.

"그건 나도 알긴 하는데 상황이 너무 안 좋잖아. 이거 알려지고 자칫하면 우리가 언론 플레이로 역공당할 수도 있다고. 무리하게 취재하려다 이 꼴 당했다 하면서. 걔들 심심하면 우리가 사생활 침해한다, 보도 윤리 어긴다 그러고 거는 게 취미잖아. 서 피디 일 그쪽에서 기획한 건데 계속 숨길 수도 없고."

"톡 까놓고 그냥 겁난다고 그래요."

싸늘하게 내뱉는 예준의 얼굴에 찬수의 표정이 굳었다.

"야, 주예준."

"그게 사실 아닙니까. 임 선배 애들 있고, 그러면 불안한 거 이해해요."

"너 말을 왜 그렇게 해? 내가 가족 생각하니까 몸 사린다는 것처럼 얘기하잖아, 지금."

"그게 사실이라도 저 임 선배 비난 안 한다고요. 책임질 가족 있는 사람이 몸 사리는 거 당연하잖아요."

찬수가 그 말에 멈칫했다. 예준이 아이 씨, 하고 혼잣말로 내뱉으며 머리를 감싸고 있다가 고개를 들었다.

"이 정도까지 한 적 없으니까 그러는 거 아니에요. 그냥 협박

전화, 사찰, 이런 거 다 무시하겠는데 사람을 진짜로 죽이려고 하잖아. 더한 짓은 못 하겠어요? 서 피디는 우리가 알고 증거라도 남았지. 다음에는 증거도 못 잡을 수도 있는데."

"아니, 이 새끼들이 진짜 왜 이래?"

현진이 성질을 냈다. 다들 건드리면 바로 터질 것처럼 예민해진 상태였다. 그 때문에 일부러 잠깐 소강시키려 자리를 떴던 건데, 돌아와서도 그다지 해결된 건 없어 보였다.

재희가 그만들 해, 하고 두 사람을 말렸을 때였다. 귀신이라도 본 듯 핏기가 완전히 빠진 민혜가 복도 저편에서 나타났다. 민혜를 먼저 알아본 호형이 자리에서 일어났다.

"송 작가님!"

고개를 돌린 재희가 멈칫하더니 황급히 달려가 민혜를 부축했다. 금방이라도 쓰러질 것 같은 얼굴로 휘청거리던 민혜가 재희의 손길에 이끌려 의자에 앉았다. 재희가 몸을 숙이며 물었다.

"괜찮아? 본인이 환자야, 지금."

그러나 민혜는 재희의 말을 듣지도 못한 듯했다. 초점이 나간 눈을 깜빡이던 민혜가 고개를 들었다.

"다들 알고 있었어?"

"뭘?"

밑도 끝도 없는 물음에 현진이 되물었다. 민혜가 대답 대신 팀원들을 둘러보았다.

"나만 몰랐니?"

무슨 말인지 모를 노릇이었다. 팀원들은 서로의 얼굴만 바라보았다. 충격이 심해서 그런가, 하고 생각한 모양이었다. 그러나 다음 순간 민혜의 입에서 나온 말은 뜻밖의 것이었다.

"정언이 서현국 기자님 딸이었던 거 나만 몰랐어?"

"뭐라고요?"

몸을 반쯤 돌리고 있던 예준의 눈이 커졌다. 민혜가 더듬거리며 말을 이었다.

"어머님이…… 어머님이 그러시더라고. 정언이 아빠 때문에 그랬다고. 자기가 아빠 얘기 방송해야 된다고 그러고 나갔다고. 내가 무슨 말인지 못 알아듣고, 아빠 때문에, 그게 무슨 소리냐고 그러니까 어머님이…… 아버님이 서현국 기자님이래. 나 내가 뭐 잘못 들은 줄 알았어."

"진짜예요?"

예준이 민혜를 다그쳤다. 얼어붙은 얼굴로 서 있던 찬수가 바로 재희에게 시선을 돌렸다.

"강재희 너 알고 있었어?"

팀원들의 시선이 일제히 재희에게 쏠렸다. 침묵하던 재희가 어쩔 수 없다는 듯 한숨을 뱉었다.

"서 피디가 비밀로 해 달라고 했어요. 그래서 나도 굳이 얘기 안 한 거고."

"아니, 진짜……."

찬수가 이마를 짚었다. 호형이 입을 다물지 못한 채 서 있다가 재희에게 물었다.

"최창묵 인터뷰 따고 나서부터 서 피디 결근한 거 그것 때문이에요?"

대답을 기다린 질문은 아닌 듯, 호형은 즉시 윤의 팔을 잡아채 자기를 보게 했다.

"김 피디는 알고 있었어?"

"인터뷰 딴 뒤에 강 피디님한테 들어서……."

머뭇거리던 윤의 대답이 미처 끝나기도 전 현진이 재희를 향해 고함을 쳤다.

"씨발, 강재희! 너 제정신이야? 이 미친 새끼야, 여태까지 숨길 게 따로 있지! 상황이 이렇게까지 됐는데 왜 그 얘기를 안 해! 엄대진 이 새끼가 그러면 처음부터 다 알고 있었던 거 아냐? 서정언 그게 서현국 딸이니까 죽이려고 한 거 아니냐고!"

"……내가 생각 짧았어요. 엄대진이 서현국 기자님 죽였다는 얘기 그땐 몰랐잖아. 뻔히 다 알고 있다고는 생각 못 했던 거지."

한숨을 섞어 내뱉은 재희가 미간을 눌렀다. 복도 안에 무거운 침묵이 내려앉았다. 다들 어지간히 충격을 받은 듯했다. 한동안 말이 없던 재희는 민혜에게 눈을 돌렸다.

"어머님은 뭐라고 하셔?"

민혜가 다 죽어 가는 얼굴로 대답했다.

"정신없으셔. 조금 전에 겨우 의식 돌아와서 얘기한 거야. 정언한테 얘기는 들었다고 하시더라고."

"아버님 얘기?"

"응."

민혜가 힘없이 고개를 끄덕였다. 현진이 민혜 곁에 털썩 걸터앉으며 부스스한 머리를 마구 헤집었다.

"어떡하냐, 이걸. 방송 내보내면 어머님 더 충격 받으시는 거 아냐?"

"그래서 하자는 거야, 말자는 거야. 지금 세트는 들어오는 중이고 주조, 부조 다 얘기는 된 상태잖아."

석현이 끼어들었다. 찬수가 어떻게 해야 할지 모르겠다는 얼굴로 어깨를 늘어뜨렸다.

"야, 이거 진짜 뭐 어떻게 해야 할지를 모르겠다. 판은 다 벌려 놨는데, 상황이…… 서 피디 어떻게 될지도 모르겠고."

다시 긴 정적이 흘렀다. 간호사들과 간병인 몇몇이 복도를 지나다니는 소리만 간헐적으로 들렸다가 멀어졌다. 먼저 그 침묵을 깬 건 윤이었다.

"방송하죠."

일시에 수십 개의 눈동자가 윤에게 몰렸다. 찬수가 되물었다.

"뭐?"

엉망진창이던 머릿속이 천천히 가라앉았다. 정언이 어머니에게 사실을 애기했다면, 그건 그럴 만한 이유가 있어서임이 분명했다. 몸을 일으킨 윤은 의자 등받이를 꽉 움켜쥐었다. 새하얗게 질린 손끝에 힘이 들어갔다.

"선배가 도저히 못 하겠다고 했다가 마음 바꾼 거예요. 박규형 과장님이 블랙박스 메모리 남겨 놓은 거 보고 몇 시간 있다가 바로 저한테 방송하겠다고, 지금 간다고 전화했어요."

예준이 윤을 만류했다.

"김 피디, 이거 그렇게 쉽게 말할 문제가 아냐."

"저 쉽게 말하는 거 아닙니다. 제가 선배하고 마지막으로 통화한 사람이에요. 사고 나는 그 순간까지 제가 선배하고 전화하고 있었어요."

윤의 나지막한 목소리에 팀원들이 입을 다물었다. 윤은 입술 안쪽을 이로 눌렀다. 정언의 비명 소리가 내내 귓가에서 떠나지 않았다. 핸드폰 너머로 들려오던 비명 소리, 충돌음, 노이즈, 그리고 침묵. 단숨에 온몸을 얼려 버리던 그 공포는 지독히도 생

227

생했다.

바라는 건 결국 이거다. 누구나 겁에 질려 입을 다물게 되는 것. 아무도 진실을 말하려 하지 않는 것. 눈을 감고, 귀를 막은 채 모두가 그 어둠의 동조자가 되는 것. 그러나 그렇게 되도록 내버려 둘 수는 없었다. 정언이 그런 걸 원할 리 없다고 윤은 확신하고 있었다.

"엄대진이 제일 원하는 게 이런 상황이에요. 우리 방송 못 하게 만드는 거. 그러려고 이런 짓까지 하잖아요. 선배도 아니까, 엄대진한테 지기 싫어서 방송하겠다고 얘기한 거예요."

"서 피디 속을 어떻게 아는데. 이 얘기 방송하면 서 피디는 자기 불행 동네방네 전시하는 꼴 되는 거야. 그건 생각 안 해?"

예준이 날카롭게 물었다. 무슨 뜻인지는 알고 있었다. 정언은 자신의 약한 부분을 드러내는 걸 누구보다 싫어했다. 그러나 자신에게 전화했을 때, 정언은 이미 그 모든 걸 다 감수할 각오가 되어 있었을 게 분명했다. 윤은 예준을 똑바로 바라보았다.

"아버지가 사고로 돌아가신 줄 알았는데, 사실은 누가 죽였다는 거 알게 된 사람 기분 어떨지 아시겠어요?"

예준이 순간 멈칫했다. 윤은 고개를 가로저었다.

"전 그거 상상도 안 가요. 여기 있는 분들 아무도 선배가 겪은 일 상상 못 하시잖아요."

수도 없이 이해하려 노력했던 일이었다. 정언의 고통을 조금이라도 알고 싶었다. 그러나 수백 번, 수천 번을 상상해도 그 마음을 결코 가늠할 수 없었다.

결국 자신이 할 수 있는 위로는 그만해도 좋다는 게 전부였다. 도망쳐도 된다고, 포기해도 된다고. 그 말에 고맙다고 대답하던 정언의 얼굴이 되살아났다. 윤은 애써 떨림을 참으며 말했다.

"그래서 제가 선배한테 얘기했어요. 방송 안 해도 괜찮다고. 그 서현국 기자님 자료도 선배가 준 거예요. 자기가 직접 확인도 못 해서 저한테 줬다고요. 그런 사람이 직접 방송 나올 생각을 한 이유가 뭐라고 생각하세요?"

"어머님이……."

찬수가 주저하며 입을 열었다. 그러나 마음을 정한 이상 더 시간을 끄는 건 낭비였다. 윤은 즉시 말을 끊었다.

"선배가 이미 얘기했다면서요. 방송 나가기 전에, 어머님한테 먼저 말하고 회사로 오려던 거라고."

동의를 구하듯 민혜 쪽을 보자 민혜가 고개를 끄덕였다. 윤은 단호하게 말했다.

"어머님이 그거 못 견디신다고 생각했으면 선배가 이 내용 방송에서 뺐을 거예요. 자기가 방송할 생각도 안 했을 테고, 어머님한테 끝까지 숨겼겠죠. 선배한테는 아버지지만 어머님한테는 남편이에요. 선배가 그 정도 생각 안 했을 리 없습니다."

물을 끼얹은 듯 모두가 조용해졌다. 윤은 팀원들과 시선을 맞췄다. 불안, 분노, 좌절, 공포, 확신 없는 흔들림. 윤은 그 모든 감정을 이미 알고 있었다. 자신 역시 마찬가지였다. 지금만큼 두려운 적은 없었다.

만에 하나라도 정언이 잘못되면. 그런 가정조차도 하기 싫었다. 생각하는 것만으로도 미쳐 버릴 것 같았다. 입이 말랐다. 까끌대는 입술을 말아 잘근거리던 윤은 숨을 들이쉬었다.

"선배가 방송 못 하겠다고 했을 때 제가 그랬어요. 팀 믿어 달라고. 선배 없다고 이 방송 못 하게 되는 거 아니라고요."

정언을 안심시키려 한 빈말이 아니었다. 윤 자신도 그렇게 믿고 있었다. 그리고 반드시 그래야만 했다.

"그러니까 저 이 방송 해야겠습니다."

방송하자고 말한 순간부터 이미 마음은 결정돼 있었다. 윤은 못 박힌 듯 이쪽을 물끄러미 응시하는 재희를 향해 단호하게 말했다.

"안 된다고 하시면 저 혼자서라도 방송 진행할 겁니다."

재희는 오랫동안 말이 없었다. 손목시계의 초침이 돌아가는 소리가 들릴 정도의 정적이 지났다. 그 서늘한 눈이 무슨 생각을 하는지 윤은 짐작하지 못했다. 그러나 재희가 어떤 결정을 하든 이미 윤에게는 상관없는 일이었다.

긴 침묵을 지키던 재희가 마침내 입을 열었다.

"알았어. 그렇게 하자."

"선배!"

놀란 호형이 불렀으나, 재희는 바로 호형의 말을 잘랐다.

"김 피디 말 맞아. 서 피디가 한다고 했는데 우리가 여기서 지금 하네 마네 하는 거 의미 없어. 방송 안 한다고 해서 엄대진이 우리 내버려 둔다는 보장도 없고. 무서워서 못 한다는 거 말 안돼. 진짜 겁나면 더 방송해야지. 그리고 이거 우리 팀만 걸려 있는 거 아니잖아. <뉴스라이트>하고 주조, 부조 엔지니어들, 교양국, 미술팀까지 다 걸려 있어."

그 말에 다들 정신이 번쩍 든 듯했다. 이 방송에 회사 전체가 걸려 있다고 해도 과언이 아니었다. 만약 이 방송을 못 하게 된다면 가장 먼저 위험해지는 건 <뉴스라이트>였다. 먼저 포문을 터 준 사람들을 절벽 끝에서 떠미는 꼴로 만들 수는 없었다.

방금 전까지 다 죽어 가던 민혜가 자리에서 벌떡 일어났다. 엉망이 된 머리를 다시 하나로 모아 질끈 묶은 민혜가 빨개진 코끝을 슥슥 문지르고는 손뼉을 딱딱 쳤다.

"그럼 일단 혜주랑 희림이 여기 있으라고 하고, 우리는 바로다 회사로 가자. 준비하려면 빠듯해. 세팅된 거 확인하고, 리허설도 해야 되고. 기술 쪽하고도 얘기 맞춰 봐야 될 거 아냐. 만에 하나 위에서 방송 막는다면 어떻게 할지도 얘기해야 되고."

다른 팀까지 걸려 있는 일에서 물러난다는 건 불가능했다. 마음을 정했는지, 찬수가 에라 모르겠다, 하고 중얼거리며 가자는 손짓을 했다. 팀원들을 따라 내려가던 재희가 윤을 돌아보았다.

"그레이 계열 슈트 가지고 있는 거 있어? 핏 좋은 걸로."

왜 갑자기 그런 걸 묻는지 영문을 알 수 없었다. 윤이 얼떨결에 네, 하고 대답하자 재희가 손목에 찬 시계를 한 번 확인하고는 씩 웃었다.

"아, 다행이네. 본인 옷 입어야 그림 잘 나오거든."

"네?"

"나랑 같이 스튜디오 들어가자. 서 피디 자리에 앉아."

재희의 말을 듣자마자 순식간에 현실감이 밀어닥쳤다. 윤의 굳은 얼굴을 본 재희는 어깨를 으쓱해 보였다.

"나도 처음 촬영할 때 엄청 떨었어. 지금 보면 진짜 한심해. 김 피디가 뭘 해도 그것보단 나을걸. 그리고 이왕이면 다홍치마라고, 얼굴 잘생긴 사람 나와야 시청률이 0.1퍼센트라도 더 오르지. 그 얼굴 뒀다가 뭐하려고 그래? 우리도 갖고 있는 거 다 써 보자고."

"그래, 맞아. 김 피디 딕션도 좋더라."

뒤를 따라오던 민혜가 추임새를 넣자, 그래? 하고 되물은 재희가 윤의 어깨를 툭 쳤다.

"그럼 더 잘 됐네. 한숨도 못 잤지? 일단 들어가서 좀 자고 나와. 완전히 밤새면 정신도 없고 얼굴 엉망이라 이따 생방 못해. 좀 자고 열 시 맞춰서 옷 가지고 출근해. 셔츠는 화이트, 넥타이는 네이비나 블루. 그래야 스튜디오에서 볼 때 세트 컬러하고 어울려. 오후에 리허설 들어갈 거니까 그 전까지 멘트 숙지 완벽하게 하고."

바로 몇 시간 후면 <비하인드 24>의 스튜디오에 자신이 앉아 있게 된다. 단 한 번도 생각해 본 적 없는 장면이었다. 선뜻 머릿속에 그려지지 않는 그 모습을 애써 떠올리던 윤은 마르는 입술을 축이며 대답했다.

"알겠습니다."

주차장으로 내려온 재희가 민혜를 자기 차에 태우고는 이따 봐, 하며 먼저 출발했다. 심호흡을 한 윤은 차를 가지고 집으로 향했다. 윤은 집에 들어서자마자 가장 먼저 옷장을 열어 재희가 말한 대로 슈트와 셔츠, 넥타이를 챙겼다.

대강 씻은 윤은 커튼을 잡아당겨 친 뒤 알람을 맞추고 침대에 누웠다. 긴 하루였다. 죽을 만큼 피곤했지만 쉽게 잠이 오지는 않았다. 눈을 감자 귓가에 정언과의 마지막 통화가 계속 환청처럼 맴돌았다.

침착하게 차 번호를 부르던 목소리. 그러나 그 순간 정언은 이미 뭔가 잘못됐다는 걸 예감했을 게 분명했다.

전신에 스몄던 공포감은 분노로 바뀐 지 오래였다. 윤은 가슴 위를 꾹 눌렀다. 최후의 반격. 위협적이라고 생각했기에 제거하려고 들었을 것이다. 그렇다면 그 기대에 부응해 줄 생각이었다. 엄대진이 그토록 두려워하는 <비하인드 24>를 그의 눈앞에 들이밀어서.

죽은 사람들에 대해 알지 못하고 알 필요도 없다고 말하던 엄대진의 얼굴이 떠올랐다. 정언 역시 그 알 필요도 없는 사람들 중 하나가 될 수도 있었다. 그런 일이 벌어지도록 눈 뜨고 지켜보기만 할 생각은 없었다.

윤은 몸을 말며 억지로 잠을 청했다. 머리가 무거웠다. 생각을 지우려 노력하는 건 쉽지 않았다. 그러나 최대한 단순해져야 했다. 방송을 하고, 진실을 말한다. 그것만이 지금 자신이 할 수 있는 단 하나의 일이었다.

알람이 울린 건 서너 시간 뒤였다. 제대로 잔 것 같지는 않았으나 눈은 바로 뜨였다. 찬물로 세수를 하고 챙겨 둔 옷과 차 키를 집어 든 윤은 핸드폰을 확인했다. 조금 전 혜주로부터 온 단체 메시지가 남아 있었다.

─ 서 피디님 수술 끝났어요 아직 의식은 없대요

윤은 현관에 멈춰 선 채 그 메시지를 한동안 내려다보았다. 절대 죽지 않는다고 맹세하겠다던 정언이었다. 정언이 자기 입으로 한 약속을 어길 리 없었다. 입술을 깨문 윤은 핸드폰을 주머니에 쑤셔 넣고는 바로 주차장으로 내려갔다.

방송국에 도착해 사무실로 올라가자, 수화기를 한쪽 어깨에 끼운 채 연신 분주하게 뭔가를 확인하던 재희가 손짓으로 윤을 불렀다. 곧 수화기를 내려놓은 재희가 크게 숨을 내쉬었다.

"빨리 왔네. 좀 피곤해 보이는데, 괜찮아?"

"네. 많이 잤습니다."

233

그 말에 재희가 코끝으로 웃는 소리를 냈다. 속이 빤한 거짓말인 걸 들여다본 듯했다.

"방송 끝나고 더 많이 자. 일단 지금 별관 스튜디오는 세팅 끝났고, VCR 최종 점검하고 큐시트 정리하는 중이야. 오후에 리허설 한 번 하고, 바로 옷 갈아입고 메이크업 받을 거니까 준비하고 있어. 프롬프터 있어도 멘트 머릿속에 다 들어 있어야 돼. 가능하겠어?"

"네."

윤이 고개를 끄덕였다. 그때 어디를 갔다 왔는지 헐레벌떡 사무실로 들어서던 민혜가 윤을 보자마자 달려왔다.

"왔어요? 안 그래도 찾고 있었는데."

잠시 헉헉거리며 숨을 고르던 민혜가 윤의 어깨를 짚었다.

"마지막 멘트는 담당 피디가 써야 돼요. 우리 방송 본 적 있죠? 어떻게 쓰는지 알지?"

"네, 압니다."

윤은 고개를 끄덕였다. <비하인드 24>의 매 방송은 반드시 담당 피디들이 직접 쓴 멘트로 마무리하게 되어 있었다. 수도 없이 본 것이었지만 막상 자신이 직접 써야 한다고 생각하니 등줄기가 바짝 긴장되는 느낌이었다.

민혜가 숨도 쉬지 않고 빠르게 말했다.

"김 피디가 할 줄 알았으면 미리 쓰라고 하는 건데 할 수 없지. 칼같이 시간 맞추면 마지막 멘트 나가는 시간 30초 정도 될 거예요. 시간 없으니까, 리허설 때는 빼고 본방에서 하는 걸로. 빨리 쓰고 정리해요. 오버하거나 모자라면 강 피디가 서브할 거니까 너무 긴장 안 해도 돼."

민혜가 재희에게 눈을 주자, 곁에 서 있던 재희가 오케이 사인을 보냈다. 그 뒤부터 몇 시간은 어떻게 흘러갔는지 모를 정도였다. VCR 점검 사항을 확인하고, 시간을 체크하고, 자막이며 CG 등을 최종 협의하고, 카메라 구도를 논의하는 것만으로도 오후가 순식간에 지나갔다.

식사를 챙겨 먹을 시간도 없었다. 배달시킨 햄버거를 맛도 모르고 쑤셔 넣으며 준비를 마치기 무섭게 별관 스튜디오로 이동했다. 생방송 스탭이 역부족인 탓에 <뉴스라이트>와 <오늘의 요리> 스탭들까지 와 있는 통에 스튜디오 안이 바글거렸다.

"임 선배가 스튜디오 메인이고, 부조에는 최 피디하고 민 피디가 들어갈 거야. 다들 위치 점검해!"

재희의 외침에 스탭들이 부지런히 움직였다.

"리허설 들어갑시다!"

곧 총지휘를 맡은 찬수의 사인과 동시에 리허설이 시작됐다. 카메라와 조명 등이 완벽하게 맞지는 않는 듯했으나, 실전이 아니라고 생각해서인지 막상 멘트를 시작하니 걱정했던 것보다는 덜 긴장되는 게 다행이었다.

곁에 앉은 재희는 멘트를 마칠 때마다 타임체커가 기록하는 시간을 연신 메모하며 사이사이 찬수가 보내는 사인을 확인했다. 재희라고 생방송에 익숙한 건 아닐 텐데도, 능숙하게 현장을 끌어가는 모습에 속으로 감탄이 나왔다.

정확히 80분을 꽉 채운 리허설을 마치자, 아직 방송은 시작하지도 않았는데 기력이 전부 빠져나간 느낌이었다. 찬수가 마지막 컷 사인을 보내는 것과 동시에 자리에서 일어난 재희가 윤을 보았다.

"잘하는데? 엄살 그만 부려도 되겠네. 가서 빨리 의상 갈아입고, 분장 팀 대기하고 있으니까 스탠바이 해."

재희가 스탭들과 이야기를 나누는 사이 윤은 서둘러 옷을 갈아입었다. 옷매무새를 고치기 무섭게 어디선가 〈뉴스라이트〉 분장 팀 두 사람이 달려와 윤을 앉혀 놓았다. 한 사람은 머리를 만지고, 한 사람은 얼굴을 스펀지로 두드려 대는 통에 정신이 하나도 없었다.

윤이 생전 처음 당해 보는 호사 아닌 호사에 시달리는 사이, 누군가 슬쩍 분장 팀의 뒤를 기웃거렸다. 마침내 분장 팀에게서 풀려나기 무섭게 어깨를 툭 치는 손길에 깜짝 놀란 윤은 그쪽을 돌아보았다. 전한동 부장이었다.

"김윤이랬나? 오늘 서정언 대신 방송 들어간다며?"

"네."

"인물 좋네."

윤을 아래위로 훑어보던 한동이 슬며시 웃었다.

"잘할 수 있지? 김 피디한테 시보국 달려 있다 생각하고 하라고. 오늘 여기 사활 걸 사람 한두 명 아니니까."

알고는 있었지만, 그 말에 다시 한 번 입이 말랐다. 윤이 대답할 말을 고르는 사이, 어딘가에서 귀신같이 나타난 재희가 뒤에서 한동의 팔을 잡아끌며 짐짓 투덜거렸다.

"부장님, 김 피디 2년 차예요. 아직 입봉도 못 한 병아리가 긴장해서 방송 망하면 어쩌시려고요. 부담 주지 마세요."

"야 인마, 내 올해의 언론인상이 걸려 있는데 어떻게 부담을 안 줘?"

한동이 반 농담으로 그 말을 받아넘겼다. 재희가 웃는 얼굴로 한동을 쫓아 보내고는 윤의 손에 큐카드와 대본을 쥐어 주었다.

"보고 있어. 긴장하지 말고."

윤이 네, 하고 대답하자 재희가 시계를 확인하고는 몸을 숙여 나지막하게 말했다.

"서 피디 회복실로 옮겼다고 아까 연락 왔어."

"의식 돌아왔대요?"

윤이 다급하게 묻자 재희는 고개를 가로저었다.

"아직이야. 출혈 잡는 것 때문에 시간이 오래 걸렸나 봐. 너무 걱정하지 말고, 마지막까지 집중해서 하자. 알았어?"

윤이 대답 대신 무릎 위에 놓인 손을 말아 쥐자, 가만히 윤을 내려다보던 재희가 물었다.

"진짜 괜찮겠어?"

"선배 저하고 약속했어요. 절대 안 죽는다고."

윤은 고개를 끄덕였다.

"선배가 약속 어길 사람이라고 생각 안 합니다. 저도 선배한테 선배 없어도 이 방송 어떻게든 할 거라고 약속했고요."

그건 스스로를 설득하는 말에 가까웠다. 그러나 말하는 사이 마음이 차분하게 가라앉았다. 지금 다른 생각은 사치였다. 오케이, 하며 윤의 등을 두드린 재희가 고개를 돌려 지혁을 찾았다.

"우 피디, 유튜브 YBS 채널에서 실시간 스트리밍 나가는 거 확인했어?"

"네. 저녁 뉴스 라이브 제대로 나가고 있어요. 이따 생방 시작 하면 바로 연결해 준대요."

지혁의 대답에 알겠다는 표시를 한 재희는 큐시트를 말아 쥐 며 찬수에게 향했다. 윤은 손에 들린 대본으로 눈을 주었다. 몇 달을 취재했던 내용이고, 하루 종일 수백 번은 더 봤을 텐데도 반복해서 읽을 때마다 머릿속이 하얘지는 것 같았다.

윤은 숨을 고르며 성옥이 가져다 놓은 물을 연신 한 모금씩 마셨다. 입 안이 계속 타들어 가는 듯한 기분이었다. 혼자 앉아 연신 대본을 중얼거리며 다시 읽어 보는 사이, 세팅이 완전히 끝난 스튜디오에서 스탭들이 저마다 자리를 잡았다.

김윤 마이크, 하고 찬수가 멀찍이서 외쳤다. 음향 팀이 달려와 윤에게 마이크를 달았다. 그 모습을 지켜보고 있던 민혜가 윤을 손짓으로 불렀다.

"김 피디, 이리 와 봐요."

윤이 가까이 다가가자 민혜가 손을 뻗어 윤의 넥타이를 바로 잡아 주었다. 민혜의 얼굴에도 긴장한 기색이 역력했다. 민혜가 윤의 재킷 위를 탁탁 털며 몇 번이고 이리저리 살피더니 윤을 올려다보았다.

"잘할 수 있죠?"

"네."

"이거 하나 먹어요."

민혜가 주머니에서 뭔가를 꺼내더니 윤의 입에 밀어 넣었다. 얼결에 받아먹은 윤이 이게 뭐냐는 표정을 하자 민혜가 심각하게 말했다.

"청심환. 방송 절대 망치지 말라고 주는 거예요. 실수하면 나한테 제일 먼저 혼날 줄 알아."

아무리 봐도 농담이 아닌 얼굴이라, 윤은 들고 있던 물을 한 모금 마셔 청심환을 넘기고는 고개를 끄덕였다.

"실수 안 할게요."

"멘트 잊어버리면 큰일 나요."

"리허설 때 보셨잖아요."

윤이 걱정 말라는 투로 대답하자 민혜가 부러 더 고뇌하는 얼굴로 눈을 가늘게 떴다.

"너무 완벽해서 걱정이야. 실전에서 그만큼 못할까 봐."

"저 실전에 더 강하니까 걱정 마세요."

민혜를 안심시키기 위해 씩 웃어 보이자, 민혜가 마주 웃고는 세트를 가리키며 가서 앉으라는 손짓을 했다. 윤이 자리에 앉자 스탭들이 앵글과 조명을 다시 확인했다. 성옥이 윤의 앞에 잘 정리된 큐카드를 밀어 놓고는 자리로 돌아갔다. 민혜가 뒤를 돌아보며 프롬프터를 가리켰다.

"프롬프터는 바로 정면이에요. 긴급 상황 생기면 성옥이가 바로 알려 줄 거고."

찬수의 옆자리에 앉은 성옥이 스케치북을 들어 보였다. 찬수가 윤에게 크게 말했다.

"스튜디오로 전환될 때 내가 사인 줄 거니까, 아까 해 봤지? 정신 똑바로 차리고 사인만 정확히 보면 문제없을 거야. 김 피디한테 붙는 거 2번 카메라니까 그쪽 보고. 고정이니까 괜히 여기저기 시선 안 돌려도 돼. 강재희 어디 갔어? 시간 다 됐는데."

"노조 사무실에 잠깐 들렀다 오신대요."

성옥의 말이 끝나기 무섭게 재희가 스튜디오 안으로 뛰어 들어왔다. 숨을 고른 재희가 세트에 앉았다. 음향 팀이 재희의 마이크를 점검하는 사이 찬수가 물었다.

"준비됐어?"

재희가 마이크를 달며 손으로 오케이 사인을 보냈다.

"주조하고 부조 쪽 출입구 아예 잠갔어요. 시보국에서 만에 하나 대비해서 출입 통제하고. 여기 별관 스튜디오는 교양국에서 막는 중이에요."

"주조 못 건드리면 남산에서 끊으려고 하진 않겠지?"

"그렇게까진 못 해요. 생방 나가는 도중에 끊으면 바로 실시간 검색어 찍고 핫이슈 올라온다고. 아무리 엄대진이라도 그건 자살이지."

서둘러 물을 한 모금 마신 재희가 말을 이었다.

"낮에 시사본 예고 나갔대. 위에서는 상상도 못 하나 봐. CM 나갈 때 파일 바로 내리기로 했어. 그쪽에는 시사본 백업 없고, 설령 구한다고 해도 업로드하는 데 시간 걸릴 테니까. 생방송 시작하는 대로 하단에 긴급 생방송으로 편성 변경한다고 슈퍼 넣어 준다고 했고."

분장 팀이 그새 살짝 흐트러진 재희의 머리를 다시 한 번 만지고는 세트 밖으로 빠졌다. 모니터에 비치는 얼굴을 확인한 재희가 성옥에게 시선을 돌렸다.

"이 작가, 김 피디 큐카드 전부 확인했지? 순서 맞게 줬어?"

"네!"

성옥이 오케이 사인을 보냈다. 벽에 걸린 디지털시계를 보자 방송까지 몇 분 남지 않은 것이 눈에 들어왔다. 심장이 조금씩 빨라지기 시작했다. 카메라 앵글을 확인한 찬수가 농담 반, 진담 반으로 감탄사를 내뱉었다.

"야, 지금 둘이 비주얼 완전 드라마네. 교양국이라 그런가, 조명 아주 교양 있어. 지금 조명발 완전 끝내줘."

"시보국에서 이런 비주얼 보니까 가슴이 막 벅차고 그래요?"

재희가 받아넘긴 말에 찬수는 질색하는 얼굴로 대꾸했다.

"사람이 칭찬을 하면 너도 1절만 해라, 좀."

"부정은 안 하네? 하긴 나 재수 없다고는 욕해도 얼굴로 욕하는 사람은 없더라."

짐짓 턱을 만지며 모니터를 확인하는 재희를 본 찬수가 더 말 섞기 싫다는 표정으로 손을 휘적였다.

"그래, 너 잘났다. 시청자 카페에 아주 초 단위로 캡처 올라오게 찍어 줄 테니까 실물하고 너무 다르다고 욕먹을 각오나 하고 있어, 인마."

스튜디오 안에 웃는 소리가 터졌다. 두 사람 사이에 오가는 가벼운 농담 덕에 바짝 긴장된 분위기가 조금 부드러워졌다. 앞에 놓인 대본을 다시 한 번 빠르게 넘겨보고는 눈으로 시계를 확인한 재희가 윤에게 나지막하게 말했다.

"온 에어 들어오면 실전이야. 정신 똑바로 차려."

"네."

윤은 고개를 끄덕였다. 시계를 확인한 지혁이 외쳤다.

"스탠바이 들어갑니다!"

마침내 스튜디오의 온 에어 램프가 켜졌다. 조명이 머리 위로 쏟아졌다. 새하얀 빛에 눈이 부셨다. 윤은 잠시 눈을 감았다 떴다. 모든 공기가 달라졌다.

드디어 시작이었다.

49

"안녕하십니까, 시청자 여러분. 타협하지 않는 진실, <비하인드 24>의 강재희입니다."

사인이 떨어짐과 동시에 재희가 입을 열었다. 그 또렷한 목소리가 스튜디오 안을 채웠다. 날카롭고 스마트한 인상은 조명 아래서 한결 더 도드라졌다. 지나치게 무겁지도, 가볍지도 않은 미소가 스튜디오 안의 불안정한 공기를 눌렀다.

<비하인드 24>를 오래 했다지만 생방송은 처음이었다. 그런데도 제집 안방처럼 여유로운 재희의 태도에 윤은 마른침을 삼켰다. 아직은 카메라가 재희를 원샷으로 잡고 있었다. 재희가 카메라를 똑바로 응시했다.

"오늘 <비하인드 24>는 900회 특집 생방송으로 진행합니다. 예고 없이 진행되는 생방송에 많이 놀라셨으리라 생각합니다. 이 900회 생방송을 결정하기까지는 많은 어려움이 있었습니다. 그러나 저희는 반드시 오늘 이 자리에서 시청자 여러분께 진실을 말씀드려야 한다는 데 뜻을 모았습니다. 여러분과 이 뜻 깊은 순간을 함께할 수 있어 진심으로 감사하는 마음입니다."

재희가 윤에게 시선을 주었다.

"오늘 방송은 김윤 피디와 함께하겠습니다."

카메라가 돌아왔다. 윤은 민혜가 이야기한 대로 2번 카메라에 눈을 두었다. 얼결에 받아먹은 청심환 덕분인지 미칠 듯이 뛰던 심장은 조금 가라앉아 있었다. 그러나 대신 현실감이 사라졌다. 수많은 카메라와 조명 앞에 앉은 자신을 실감할 수가 없었다.

"안녕하십니까, <비하인드 24> 김윤입니다."

입에서 나온 목소리조차 낯설게 들렸다. 그러나 수백 번, 수천 번을 반복해 연습한 대본의 멘트는 그런 감각과는 아무 상관없이 자연스럽게 흘러나왔다.

"오늘 저희가 들려 드릴 이야기는 한 남자의 죽음으로부터 시작합니다."

아마 송출되는 화면은 VCR로 전환됐을 터였다. 등 뒤의 리어 프로젝션에 VCR이 재생되고 있겠지만, 뒤를 돌아볼 수는 없었다. 물론 굳이 확인하지 않아도 어떤 화면인지는 충분히 알고 있었다.

"아직 매서운 추위가 가시지 않은 2월 3일 새벽, 119로 다급한 신고 전화가 들어왔습니다."

미리 찍어 둔 재연 화면이었다. 어두운 새벽 시간, 건설 현장에서 엎드린 채 쓰러진 한 남자. 대역이라는 걸 알면서도 그 화면을 처음 봤을 때 숨이 탁 막히는 것 같던 기분을 잊을 수 없었다. 프롬프터에 시선이 머물렀으나, 머릿속에 넣어 둔 대본을 읽는 편이 훨씬 빨랐다.

"이제 막 뼈대가 올라가기 시작한 신도시 건설 현장에서 한 남자가 차가운 땅 위에 쓰러진 채 발견되었습니다. 사인은 추락

사였습니다. 추위와 고통 속에서 죽어 간 남자는 진송신도시 서온건설 현장 과장인 박규형 과장이었습니다."

윤은 잠시 사이를 두었다가 말을 이었다.

"경찰과 서온건설 측은 이 사건을 과도한 업무량과 사내 따돌림으로 인한 자살이라고 단정했습니다."

이 사건의 담당 형사였던 철우와의 인터뷰 화면으로 VCR이 전환됐다.

『국과수에서 자살이 확실하다고 했나요?』

화면 속에서 들리는 정언의 목소리에 머릿속이 차가워졌다. 낮은 목소리, 끝이 짧고 단호한 말투. 수도 없이 들었던 그 목소리가 지금은 더 간절했다. 손바닥으로 식은땀이 배어 나왔다. 철우의 대답이 흘러나왔다.

『자살이다, 타살이다 이렇게 딱 단정을 지어서 온 건 아니지만 타살로 볼 수 있는 소견이 없어요.』

진송신도시 현장을 촬영한 스케치가 모니터를 채웠다. 윤은 거대한 기계들 사이로 인부들이 말없이 오가는 살풍경한 그림 위에 자기 목소리를 얹었다.

"그러나 박씨가 사망한 현장에는 유서조차 남아 있지 않았습니다. 유가족이 이 죽음을 자살로 받아들일 수 없는 건 당연했습니다. 취재진은 이 사건을 제보한 박씨의 아내를 만났습니다."

희경의 집으로 화면이 이어졌다. 정언의 목소리가 다시 등 뒤에서 스며들었다.

『이상한 기미가 전혀 없었다는 거죠?』

『그런 게 있었으면 제가 알았을 거예요. 근데 회사에서도 평판이 좋았고…… 사람들하고도 항상 원만하고 그랬거든요. 절대 뭐 누구한테 원한 같은 거 살 사람도 아니었고요.』

『금전 관계나 이런 건요?』

『그런 것도 전혀 없어요.』

힘없는 희경의 대답을 듣는 것만으로도 표정을 그릴 수 있었다. 아직 기억이 생생했다. 선배는 어떻게 견디는 거냐고 묻지 않고는 참을 수 없었던 그날.

『보통 자살할 사람이 며칠 뒤 약속 잡고 그러지는 않잖아요.』

『약속을 잡았다고요?』

『그 주 주말에 애기들 데리고 아쿠아리움 가기로 했었어요.』

짧게 편집된 인터뷰와 함께 규형의 핸드폰에 남아 있던 아쿠아리움 티켓 예매 내역을 촬영한 화면이 나타났다.

"박씨는 무척 가정적인 사람이었습니다. 박씨는 사건 당일로부터 바로 며칠 뒤, 고래를 좋아하는 작은딸을 위해 아쿠아리움에 가기로 약속하고 티켓까지 예매해 둔 상태였습니다."

다시 스튜디오로 카메라가 돌아왔다. 확인하지는 못했지만, 아마 자신의 원샷일 것 같았다. 강한 조명이 꽂혔다. 그러나 윤은 눈도 깜빡이지 않고 카메라를 응시했다.

"이 사건에 대한 제보를 받은 저희는 박씨의 주변 사람을 수소문하기 시작했습니다."

스튜디오에서 재희와의 투샷으로 앵글이 돌아온다. 직접 볼 수는 없었지만 리허설 때 이미 머릿속에 다 들어온 흐름이었다. 기억하는 대로 흘러가고 있다는 걸 깨닫자 허공에 흩어지던 현실감이 조금씩 모여들었다. 자신이 어디 앉아 있는지 확실히 자각할 수 있었다.

재희와 자신 사이의 스크린으로 녹취록 CG를 입힌 화면이 재생됐다. 진송신도시 현장 사무실에서 정언이 녹취한 내용이었다. 노이즈가 약간 있긴 했으나, 음향 팀에서 이미 음성 변조와 보정을 마친 소리는 알아듣기 어렵지 않았다.

기계음에 가까워진 해나의 목소리가 흘러나왔다.

『박 과장님처럼 저희한테도 잘해 주시고 현장에도 잘하고 그런 분이 없어요. 현장 나갈 때도 말도 되게, 왜 같은 말도 좋게 잘 하는 사람 있잖아요. 노가다 판이 워낙 좀 거칠고 그런데 박 과장님은 말 예쁘게 잘 하셔서 아저씨들도 다 좋아하고 그랬어요. 사내 따돌림 뭐 그런 식으로 기사 나서 우리도 깜짝 놀랐다니까요.』

그리고 곧이어 용민의 말이 재생됐다. 역시 기계음처럼 변조된 목소리였다.

『인사고과가 좋고 직원 평가도 굉장히 좋은 친구였어요. …… 아무튼 뭐 사내 왕따, 그런 거는 사실 말이 안 돼요. 그럴 사람은 진짜 아니거든요.』

용민의 멘트가 끝나는 것과 거의 동시에 재희가 입을 열었다.

"취재진이 만나 본 모든 제보자들이 사측의 주장과는 다른 이야기를 하고 있었습니다. 이 죽음의 진실을 추적하기 위해서는 현장의 CCTV가 필요했습니다. 현장에 있는 CCTV는 열두 대 이상, 그러나 박씨의 사망 당일 해당 현장의 CCTV는 없었습니다."

경찰서에서의 인터뷰로 화면이 전환됐다. 블러 처리가 된 철우의 얼굴 맞은편으로 어슷하게 정언의 뒷모습이 걸렸다. 칼 같은 단발 아래 드러나는 흰 목덜미. 선이 가늘고 창백한 옆얼굴이 약간 드러났다. 윤은 고개를 돌려 등 뒤의 스크린을 보고 싶은 것을 참았다.

『현장에 아예 CCTV가 없었던 건가요?』

정언의 목소리가 또렷했다. 철우의 대답이 흘러나왔다.

『아뇨, 설치가 돼 있긴 했어요. 그런데 현장 CCTV가 그날 밤에 작동이 안 된 걸로 확인이 된 거죠.』

『그날 밤에만요?』

『그날 오후부터 작동이 안 됐대요. 공사 중에 매설된 CCTV 선을 잘못 건드린 것 같다고 하더라고요..』

눈이 빠지도록 돌려 보던 진송신도시 현장 CCTV가 나타났다. 아직 다 짓지도 않은 데다 유동 인구도 거의 없는 곳의 CCTV 화면은 단조로웠다. 윤은 나지막하게 말했다.

"나머지 현장 CCTV를 수거해 분석하던 중, 취재진은 이상한 점을 하나 발견하게 되었습니다."

CCTV 화면으로 검은 소형 승합차 한 대가 지나갔다. 그 위로 빨간 동그라미가 그려졌다. 미리 더빙을 입힌 정언의 목소리가 위로 얹혔다. 원래대로라면 진행하는 피디가 다시 더빙을 해야 했지만, 재희가 그냥 가자고 결정한 까닭이었다.

『외부 차량의 출입이 철저히 제한되는 현장, 그런데 한 차량이 매일 거의 같은 시간에 출입하고 있습니다. 차량에는 '경일용역'이라는 글씨가 선명합니다.』

승합차의 후면 창에 붙은 글씨가 확대되었다. 누구나 충분히 알아볼 수 있을 만한 글씨였다.

『취재 결과 이 경일용역은 단순한 인력 회사가 아니었습니다. 포항 조직폭력배 출신 손경일이 운영하는 용역 업체였습니다.』

다시 해나의 제보 전화 녹취록이 흘러나왔다.

『있잖아요, 서온에서 용역 깡패를 써서 현장을 감시해요. 이거

247

는 현장에서 일하시는 분들이 확실히 더 잘 아시는 거거든요.
다른 데는 어떻게 하는지 모르겠지만 아무튼 진송신도시 현장에
서는 그렇게 했어요.』

『왜 감시를 하는 거죠? 굳이 그래야 할 이유가 있나요?』

『회사에 대해서 자기들끼리 뭐라고 씹나, 그거 감시하는 거예
요. 그 무슨 비리가 어쩌고저쩌고 하면서 막 데모도 하고 그러
잖아요. 그러니까 우리끼리 뭐, 회사가 자재 같은 것도 속이고
그런 비리, 그런 거 막 얘기하고 그럴까 봐서.』

<뉴스라이트>의 자료 화면이 짧게 재생됐다. 수창의 얼굴 아
래로 헤드라인이 또렷했다. '서온건설, 자재 횡령 및 사기 의혹'.
간결한 제목은 직관적이었다. 재희가 미소를 유지하며 말했다.

"최근 <뉴스라이트>의 보도 내용을 기억하는 분들이 많으실
겁니다. 서온건설은 현장에서 자재를 속이고 있다는 것이 발각
될까 봐, 불법 용역 업체인 경일용역을 고용해 현장 인부들을
감시했습니다."

민혜가 이 멘트를 몇 번이나 고쳤던 것이 기억났다. 찬수 곁에
팔짱을 끼고 선 민혜에게 슬쩍 눈을 주자, 민혜가 입모양으로
파이팅을 외쳤다. 다시 해나의 녹취록이 재생됐다.

『그거를, 그것 때문에 박 과장님이 한 번 좀 크게 싸웠다고요.
밥 먹고 오줌 한 번 누러 가는데도 사람을 감시하니까, 아저씨
들이 일을 못 하겠다고 과장님한테 하소연을 해가지고. ……조
계장이라고 있어요. 걔 그거 경일용역 깡패거든요. 그거를, 나중
에 혹시 문제가 될까 싶으니까 회사에서 계장이라고 고용을 해
서 심었어요.』

"숨진 박씨는 서온건설 본사에 이런 문제를 여러 차례 항의했

으나, 사측은 도리어 용역 업체 직원 조 모 씨를 계장으로 채용해 박씨의 감시역을 맡겼습니다."

윤은 재희의 멘트를 받았다. 반전을 줄 때는 톤을 약간 바꿔서, 하고 조언하던 재희의 말대로 목소리에 조금 더 힘이 들어갔다.

"그런데 제작진은 취재 도중, 조씨가 사건 당일 박씨의 사망을 가장 먼저 알린 신고자였다는 사실을 알게 되었습니다."

VCR에 119 신고 대장 스케치가 지나갔다. 곧이어 경찰 측의 사건 기록에 쓰인 '신고자: 조창식'이라는 글자가 선명해졌다. 앞에 앉아 자기 핸드폰을 확인하던 민혜가 스케치북에 매직으로 재빨리 뭔가를 휘갈기더니 이쪽을 향해 들어 보였다.

─ 실시간 검색어 1위 서온건설

스케치북을 확인한 재희가 한쪽 눈을 찡긋했다. 대체 그 여유가 어디서 나오는지 진심으로 궁금해졌다.

카메라 보라는 찬수의 사인에, 퍼뜩 정신을 차린 윤은 서둘러 찰나에 스친 잡다한 생각들을 지웠다. 한가하게 이런 생각에 빠져 있을 때가 아니었다.

"조창식은 제작진의 현장 방문 직후 종적을 감췄습니다. 경일용역 역시 마찬가지였습니다. 저희는 경일용역과 조창식의 행적을 추적하기 시작했습니다. 그 과정에서 한 제보자로부터 서온건설과 경일용역에 대한 이야기를 들을 수 있었습니다."

블러 처리를 한 후현과 정언의 뒷모습이 모니터에 흐릿하게 나타났다. 일부러 장소를 짐작할 수 없도록 좁은 구도로 찍은 화면이었다.

『내가, 예전부터 그 손경일이를 건너건너 알았다고요. 손경일이 밑에 있는 게 조창식이다, 그걸 내가 나중에 알았지.』

『경일용역 손경일 사장 말씀하시는 겁니까?』

『아, 예. 그 경일용역 손경일, 그놈이 여기 포항 출신이에요. 지금 서온건설 사장 하는 남제선이, 남제선이랑 손경일이랑 아주 오래 전부터 알았어요.』

다시 화면이 전환됐다. 오래전의 뉴스 클립이었다. 을정신도시 개발 현장에서 원주민과 충돌한 경일용역 직원들의 모습이었다. 화면은 곧 애포신도시 개발 현장에서 벌어진 아수라장으로 돌아갔다. 윤은 화면의 전환에 맞춰 연습한 대로 멘트를 얹었다.

"95년도 을정신도시 개발 현장에서 촬영된 영상입니다. 주민들을 폭행하는 남자들이 입은 조끼에 경일용역이라는 글씨가 선명합니다. 2001년도 애포신도시 개발 현장에서도 마찬가지였습니다."

스크린에 낡은 흑백 앨범의 사진이 떴다. 까까머리를 한 어린 남학생 둘의 사진이었다. 한 사람은 귀티 나는 얼굴에 고집스러운 입매가 눈에 띄었고, 다른 한 사람은 깡마르고 사나운 눈초리였다.

남제선, 손경일.

아래 쓰인 딱딱한 폰트의 이름이 또렷했다. 재희가 스크린으로 시선을 주었다.

"포항중학교 졸업앨범에서 발견한 남제선과 손경일의 사진입니다. 제보자의 말대로, 인근 지역에서는 두 사람을 잘 알고 있었습니다. 오래 전부터 두 사람은 공생 관계였습니다."

화면은 다시 오래전의 사진으로 넘어갔다. 아카이브를 모두 뒤져 찾아낸 남정건설 건물이었다. 남평환과 남강웅, 남제선의

가계도가 그 옆에 그려졌다.

『서온건설의 전신은 포항 거점의 건설회사 남정건설입니다. 남제선 회장의 조부인 고 남평환 회장이 남정건설을 설립했고, 부친인 남강웅 사장이 사망한 뒤 남제선 회장이 회사를 경영하게 되었습니다. 남제선 회장은 경영권 승계 과정에서 조폭인 손경일을 이용했던 것으로 알려져 있습니다.』

미리 더빙해 놓은 자신의 목소리가 생경하게 들렸다. 윤의 내레이션이 끝나자 재희가 질문을 던졌다.

"지방 건설사였던 남정건설은 서온건설로 사명을 바꾸고 수도권으로 진출하며 단번에 5대 건설사로 규모를 키웁니다. 어떻게 그럴 수 있었을까요?"

뒤의 화면이 바뀌었다. 통계 수치를 제시한 표였다. 윤은 화면에 시선을 주었다.

"서온건설이 수도권 진출 이후 수주한 신도시 사업과 각종 SOC 사업 현황입니다. 수치로만 비교해도 경쟁사에 비해 월등히 많은 수주를 따낸 것을 확인할 수 있습니다."

서온건설에 대한 통계 수치 위로 강조 표시가 들어갔다. 윤은 말을 이었다.

"저희는 특히 을정신도시, 애포신도시, 한교신도시, 그리고 진송신도시 지역에 주목했습니다. 해당 지역들은 90년대 이후 가장 규모가 큰 신도시 개발 지역입니다. 이 지역은 모두 한국선진당의 텃밭이기도 합니다. 20년 이상 반복되어 온 사례를 우연이라고 치부할 수는 없었습니다. 한선당과 서온건설 사이의 커넥션이 있다는 추측이 가능했습니다. 저희는 취재 도중, 한 익명의 제보자로부터 진송신도시 개발과 관련된 중요한 제보를 받았습니다."

『매수자 명의를 저로 할 수 있겠느냐, 그런 제안이 왔어요. 몇 달 정도, 취득세나 이런 부분은 그쪽에서 전부 대는 걸로 하고. 명의만, 명의만 쓰겠다고 한 거죠.』

곧바로 한 남자의 목소리가 흘러나왔다. 현국의 유품인 녹음기 속 테이프의 증언이었다. 현국이 그에게 묻는 것이 들렸다.

『매수한 토지 위치가 어딥니까?』

『의정부 지나서, 거기가 지금은 농지입니다. 엄대진이 차명으로 매수를 하고 있어요.』

진송신도시 위치를 표시한 수도권 지도가 화면에 나타났다. 현국의 목소리가 이어졌다.

『투기입니까?』

『그렇죠. 1, 2년 사이에 신도시 개발 계획 잡을 겁니다. 의정부 지나서, 전방에서 가까운 쪽이니까, 아무래도 사람들이 보수 성향이 강하죠. 지역적으로…… 개발 결정되면 최소한 스무 배 이상, 정말 최소한으로 잡아서. 그 정도 가격 폭등할 건 예측이 됩니다.』

『해당 지역이 부지 선정에 실패할 가능성도 있지 않습니까?』

『서온건설 끼고 있잖아요. SOC 몰아주고, 신도시 개발 넣어주고 리베이트 받고. 그 리베이트 다 한선당으로 들어갑니다. 국토부 한선당이 잡고 있는데 부지 선정이 별겁니까?』

『리베이트라면?』

『아시면서, 캐쉬, 캐쉬. 만 원짜리 박스에 딱 넣어서, 인편으로 도어 투 도어 합니다. 을정신도시, 한교신도시, 여기도 다 그렇게 했어요. 지금 그 의정부 땅 거기 개발되면 콩고물 기다리는 의원들 많다고요.』

녹음 파일이 거기서 끊겼다. 재희가 입을 열었다.

"들으신 대로, 이건 진송신도시 부지 선정 이전 시점의 증언입니다. 오래된 증언의 신뢰성을 담보할 수 없다고 생각하시는 분들도 분명히 계실 겁니다. 그런데 놀랍게도 죽은 박씨의 휴대전화에서 이를 뒷받침하는 증거가 나타났습니다."

처음 발견했던 규형의 메모리카드와 안의 내용물, 파일을 열어 보는 화면 등이 차례로 나타났다. 그 위로 정언의 또박또박한 더빙이 얹혔다.

『박씨가 사용하던 휴대전화 메모리카드입니다. 여기에는 다량의 문서파일과 녹취파일 등이 남아 있었습니다. 특히 엑셀 파일에는 지역명과 특산물 이름, 숫자, 일정이 반복해 기록된 상태였습니다. 취재진은 박씨가 남긴 다이어리와 해당 파일을 비교 분석했습니다.』

규형의 다이어리에 적힌 출장 일자와 일치하는 엑셀 파일의 칸마다 강조색이 들어갔다.

『다이어리에 출장이라고 기록된 날짜와 해당 파일에 적힌 일정이 거의 대부분 일치합니다. 대체 이 출장의 정체는 무엇이었을까요?』

스크린의 화면이 지도로 변환됐다. 윤은 지도 위에 그려지는 동그라미들을 가리켰다.

"박씨의 차량 내비게이션 앱 기록을 분석한 결과, 앱에 남은 대부분의 목적지가 한선당 지역구 의원 사무실 인근 장소였습니다. 취재진은 행선지 인근의 CCTV와 내부 화면을 입수했는데, 여기서 그 일부를 공개합니다."

유란과 메이에서 입수한 CCTV 화면이 차례로 재생되기 시작했다. 규형이 VIP룸에 들어갔다 나오는 모습이 여러 번 반복됐다. 매번 달라지는 CCTV 화면의 날짜와 다이어리의 출장 날짜가 겹쳐졌다.

"박씨의 손에 들린 종이 가방이 룸에 들어갔다 나올 때는 없어집니다."

규형이 들고 있던 쇼핑백이 VIP 룸에 들어갔다 나온 후에는 사라지는 장면이 다시 한 번 재생됐다. 화면이 멈추며 얼굴이 캡처된 인물들 아래 소속과 이름이 표시됐다.

"해당 영상에서 또렷하게 얼굴이 확인된 인물들입니다. 저희는 이 영상에서 한선당 의원 성재춘, 민병수, 고규덕, 신차훈, 기획조정국장 노영훈, 총무국장 우경안, 경남도당 의원 이장복, 그리고 엄대진 의원실 보좌관 안영균 등의 인물을 확인할 수 있었습니다."

물론 이들 모두 자신들이 받은 건 절대 뇌물이 아니라고 우길 수도 있었다. 그러나 굳이 그 쇼핑백 안의 내용물을 제시하지 않더라도 시청자들이 이 상황을 어떻게 받아들일지는 뻔한 것이었다.

"출장에서 박씨가 만난 인물은 모두 한선당 소속이었습니다. 박씨는 주기적으로 이 종이 가방을 이들에게 전달하는 배달부 역할을 하고 있었습니다."

재희의 멘트와 함께 오래전의 뉴스 화면이 나타났다. 김진우 앵커가 <뉴스라이트>를 진행하던 시절이었다. 서온건설 게이트에 대해 보도하는 김진우 앵커의 모습이 잠시 지나갔다. 화면이 멈추는 것과 동시에 재희가 말을 이었다.

"시청자 여러분도 이 사건을 기억하실 겁니다. 한선당 의원 일부가 신도시 개발에 관여했고 서온건설로부터 뇌물을 수수했다는 혐의를 받았으나, 무혐의로 종결된 사건이죠. 그런데 이 사건을 조사하던 특검 측에, 서온건설과 한선당 사이에 오고간 뇌물에 대해 증언한 증인이 있었습니다."

다시 해나의 녹취록 일부가 흘러나왔다.

『박 과장님이 외부 출장이 많았거든요. ……거래처 미팅 다니는 건데, 여기서 막 지방까지도 가야 되고 그래서 다들 안 하려고 한단 말이에요. 저 여기 왔을 때 윤 부장님이라고 계셨는데, 원래 그분이 하시던 일이래요. 근데 윤 부장님이 뭐 어떻게 돌아가시고 한동안 그거 하는 사람 없다가, 그게 본사 찍히면서 박 과장님이 하시게 된 거죠. 과장님은 안 그래도 승진 계속 밀리는데 혹시나 그것까지 거절하면 불이익 받을까 봐 하신 걸로 알아요.』

재희는 화면 한쪽에 표시된 녹취록 자막으로 시선을 주었다. '윤 부장님'이라는 글자에 강조 표시가 들어갔다.

"제보자의 증언에 등장하는 윤 부장이 바로 그 증인입니다. 제보자의 증언에 따르면, 박씨가 다닌 출장 업무는 원래 윤 부장의 몫이었습니다. 해당 사건의 담당 검사는 윤 부장에 대해 이렇게 증언합니다."

화면이 인터뷰로 전환됐다. 진형은 검사와의 인터뷰였다. 형은은 신원 보호를 원하지 않았다. 하단에 '서울남부지검 형사 제2부 검사 진형은'이라는 자막이 선명했다. 화면 속에서 형은이 예의 그 차분한 표정으로 입을 열었다.

『본인이 아는 한 일단 자기가 가장 오래 전달책으로 일한 사람일 거다, 그런 얘기를 하더라고요. 사측에서 신뢰가 높았던 건 사실이었던 것 같아요. 증인 출석 결정하고 사측에서 협박하고 회유하고, 이게 아주 심했어요.』

나지막한 형은의 목소리가 이어졌다. 대석의 가족들이 지금 이 방송을 보고 있을지 문득 궁금해졌다.

『그 직전에 하청업체 사장 일가족이 자살했어요. 애가 둘 있었고, 중학생 딸하고 초등학생 아들 하나. 서온 공공건설 사업 하청 따려고 상당히 무리해서 로비를 많이 넣었는데, 서온 측하고 엄대진계 의원들이 하청을 주겠다고 약속하고 그걸 계속 받다가 입찰 때 뒤통수를 쳤어요. 이 하청업체하고 본사, 엄대진계 사이 전달책이 윤씨였던 겁니다. 회사 사활이 걸린 문제였기 때문에 결국 버티지를 못했죠. 기사 한 줄 안 났어요. 그분이 그일 겪고 나서 이건 아니라고 생각해서 증언을 하기로 결심했던 거예요.』

'공판 출석 예정이던 증인 윤○○ 사고사'

형광펜으로 덧칠된 서류 위의 글자들이 선명했다. 그 위로 미리 입혀 놓은 정언의 멘트가 지났다.

『그러나 윤씨는 공판 출석 직전 사망합니다. 사인은 졸음운전으로 인한 교통사고였습니다.』

화면이 다시 바뀌었다. 대석이 사망하던 날의 CCTV 영상이었다. 대석의 차가 비틀거리며 차선을 넘어 벽을 들이받는 과정이 그대로 재생됐다.

"이 영상은 사고 당시의 CCTV 영상입니다. 그런데 취재 도중 저희는 이상한 사실을 알게 되었습니다."

형은의 인터뷰 화면이 다시 나타났다.

『처음에는 경찰이 음주운전이라고 의심했는데 부검 결과 알코올은 전혀 검출이 안 됐어요. 대신 디펜히드라민 성분이 상당히 나왔죠. 평소에 고인이 계절성 비염이 있어서 늘 약을 먹었다고 했는데, 저희가 의료 기록 확인한 결과 평소 처방받던 약은 2세대 항히스타민제 계열이었거든요.』

"1세대 항히스타민제의 부작용은 졸음입니다. 숨진 윤씨는 평소 1세대 항히스타민제에 대한 부작용이 상당히 심했습니다. 그런데 죽기 전날, 늘 다니던 동네 병원 의사 김 모 원장은 갑자기 윤씨에게 전화를 걸어 병원으로 오라고 이야기하고는 그에게 고의로 부작용이 있는 약을 처방합니다."

『차트에 주의사항 표시가 돼 있는 환자분이었어요. 위낙 오래 다니셔서 저도 기억을 하죠. 그런데 그날 처방 나간 약이 부작용 있는 성분이라 제가 원장님한테 물어봤어요. 그러니까 굉장히 막, 짜증을 내시는 거예요. 그래서 제가 더 말을 못 했죠.』

김회영 원장의 병원에서 일하던 간호사 최정미의 증언이었다.

"해당 병원 간호사의 증언입니다. 저희는 김 모 원장에게 직접 해명을 듣기 위해 수소문했으나, 김 모 원장은 윤씨의 죽음 이후 갑자기 캐나다로 이민을 가 버렸습니다. 이에 대해 취재 도중, 한 제보자가 김 원장의 이민 과정에 관해 저희에게 연락을 해 왔습니다."

윤의 멘트가 끝나자 황정률 목사의 녹취록이 덧붙여졌다.

『정 사장이라는 사람이 있는데, 이 사람이 갑자기 누가 최대한 빨리 캐나다로 이민을 와야 된다. 목사님이 좀 알아봐 달라. 그래서 제가 이민 컨설팅 업체를 소개해 줬습니다. 그런데 이 업체 대표가 나중에 저한테 그래요. 목사님, 이 사람 좀 이상해

257

요. 그래서 왜 그러냐, 물어보니까 한국 외교부에서 직접 전화가 왔대요. 김 원장 건 빨리 처리해 달라고. 실제로 더 먼저 오퍼를 넣은 사람도 있는데, 그 사람이 이례적으로 처리가 굉장히 빨리 됐죠.』

스크린에 정양훈 사장과 조석문 원장을 실루엣으로 표시한 그림과 자막이 나타났다.

"제보자에게 김 원장의 이민 처리를 부탁한 정 모 사장은 한선당 해외동포위원회 소속 당원이었습니다. 김 원장이 캐나다에서 취업한 한인 병원의 조 모 원장 역시 마찬가지입니다. 조 원장은 십여 년 전 한선당 의원 자녀들의 병역비리에도 직접적으로 관여한 인물입니다."

과거 <비하인드 24>에서 방영했던 병역비리 편의 자료 화면이 등장했다. 조석문이 작성했던 허위 진단서와, 해당 의원들이 모르는 사실이라고 답변하는 장면들이 지나갔다. 윤은 카메라를 응시했다.

"이를 더 이상 우연의 일치라고 생각할 수 없었습니다. 저희는 유사한 사례가 더 있으리라 보고 추가 취재를 진행했습니다. 취재 결과 서온건설에 재직하던 이 모 과장과 고 모 과장 역시 해당 출장 업무에 차출되었던 인물로, 두 사람 모두 사망한 것을 확인했습니다."

화면에 이훈주 과장의 사망확인서가 등장했다. 정장 차림의 한 남자가 다른 남자에게 억지로 떠밀려 산을 올라가는 재연 화면 위로 재희의 목소리가 얹혔다.

"이 모 과장은 야산에서 추락해 사망했으며 등산 중 추락사로 처리되었습니다. 그러나 고인은 평소 등산을 즐기지 않았습니다. 심지어 사건 당일 고인은 셔츠와 구두 차림이었고, 함께 있는 의문의 남성을 보았다는 목격자의 증언도 있었습니다. 등산 도중 추락사했다기에는 석연치 않은 부분이 많습니다."

윤은 재희의 멘트를 받아 말을 이었다.

"또 다른 인물인 고 모 과장은 서온건설 하청업체를 운영하던 허 모 사장이 운전하던 차에 치어 사망했습니다. 유가족은 이를 고의로 보고 허 사장에 대한 소송을 진행했으며, 법원에서 허 사장의 살인 혐의가 인정되었습니다. 그러나 허 사장은 계속해서 억울함을 주장하고 있었습니다. 저희는 그를 만나 이야기를 들어 보기로 했습니다."

대역으로 녹화한 허주경 사장의 인터뷰가 나오기 시작했다. 윤은 서둘러 테이블 아래 놓인 물을 한 모금 마셨다. 입 안이 전부 타들어 가는 기분이었다. 찬수가 잘하고 있다는 사인을 보냈다. 윤은 보일 듯 말 듯하게 겨우 고개를 끄덕였다.

『처음에는 하청 입찰하는 데마다 따라다니면서 담당 직원들 접대했습니다. ……한정식집에서 식사 대접하고 십만 원, 이십만 원 주던 게 일식집, 룸살롱, 이런 데로 가면서 백 단위, 천 단위로 돈이 뛰었죠.』

성우가 녹음한 대역 인터뷰는 지나치게 매끄러운 감이 없지 않으나, 내용을 전달하기에는 충분했다.

『고 과장 쪽에서 먼저 연락이 왔었죠. 본사 회계 과장이다, 그러니까 저는 좀 놀랐습니다. 어쨌든 본사 직원이니까 제가 거절하기가 뭐한 상황이었고, 그래서 나갔더니 거기서 고 과장 얘기를 한 겁니다. 자기가 뇌물 전달책이다. ……그러니까 그 사람 말은 자기가 이거 누가 받는지 다 알고 있다. 하청업체 입장에서는 억울하지 않냐, 매번 돈 이렇게 갖다 바치면서도 언제 모 가지 잘릴지 몰라서 덜덜 떠는 거 언제까지 할 거냐. 발상을 바꿔 봐라. 이 리스트 언론에 터트리겠다고 협박하면 어떻게 되겠느냐…….』

곧 대역 배우들이 연기한 짧은 클립이 재생됐다. 허주경 사장이 한밤중에 천중헌 이사를 만나 대포폰을 건네받는 장면이었다. 클립 위로 정언의 내레이션이 흘렀다.

『고 모 과장이 허 사장과 접촉한 걸 알게 된 서온건설 측에서는 허 사장에게 고 모 과장의 살해를 사주했습니다. 이 과정에서 허 사장과 동승해 현장에서 고 모 과장의 살해를 종용하며 협박한 사람은 다름 아닌 조 계장, 조창식이었습니다.』

스튜디오로 다시 앵글이 돌아왔다.

"허 사장은 동승자가 있었다고 주장했으나, 검찰은 그건 허위 진술이라며 CCTV를 증거로 제출합니다. 재판부는 검찰의 손을 들어 주었습니다. 그런데 취재진이 이 CCTV를 입수해 분석한 결과, 이 영상은 조작된 것으로 드러났습니다."

"검찰이 직접 증거 조작을 했다는 겁니까?"

"그렇습니다."

재희의 질문에 대답한 윤은 스크린에 나타난 CCTV 영상을 가리켰다.

"검찰이 제출한 해당 영상은 용인휴게소 인근 CCTV인데, 보시다시피 야간 식별이 불가능할 정도로 화질이 매우 낮습니다. 조수석은 거의 까맣게 되어 형체를 알아볼 수 없습니다. 그런데 도로교통부 확인 결과, 사건 당시 용인휴게소 인근 CCTV는 야간 촬영이 가능한 고화질 기종으로 전수 교체되어 있었습니다."

도로교통부에서 온 용인휴게소 인근의 CCTV 교체 관련 답변과 경찰대 신우령 교수로부터 온 영상 감정서의 내용이 화면에 떴다. 중간 부분의 소견이 확대되며 빨간색 밑줄이 그어졌다.

　"전문가는 고의로 해상도를 낮추고 조수석의 밝기를 조작한 것으로 보인다는 의견을 제시했습니다."

　재희가 입을 열었다.

　"허 사장은 서온건설 천중헌 이사가 자신에게 직접 이 일을 지시했으며, 변호사도 붙여 주었다고 주장합니다. 천중헌 이사가 소개해 준 변호사는 현 신환석 민정수석이 소속돼 있던 로펌 평진 소속의 공윤승 변호사였습니다. 공 변호사는 이 사건의 재심을 포기하라고 종용했으며, 허 사장 측에서 제시한 증거조차 검찰에 제출하지 않았습니다. 저희는 공 변호사의 답변을 듣고자 했으나 평진 측은 취재에 불응했습니다. 해당 재판의 재판부 역시 저희의 공문에 답변하지 않았습니다. 이 재판의 담당 판사인 김 모 판사는 현재 청와대 신환석 민정수석과 오랜 친분이 있는 것으로 알려져 있습니다."

　재희의 멘트 도중 호형이 성옥에게 가까이 다가가 뭐라고 귓속말을 건넸다. 성옥이 재빨리 스케치북에 뭐라고 써서 이쪽을 향해 들어 보였다.

　─ 편성국에서 연락 시도 중, 실검 1위 유지

　일이 심상치 않게 돌아간다는 걸 위에서도 드디어 알아차린 모양이었다. 앞으로 절반. 편성국이라면 심석건이 직접 연락을 시도하고 있을 가능성이 높았다. 주조정실과 부조정실 쪽 문을 아예 걸어 잠갔다고 했으니 실력 행사가 벌어질 수도 있었다.

　그러나 재희의 말처럼 지금 이 상황에서 생방송을 중단한다는 건 더 큰 리스크를 감당해야 하는 일이었다. 짜릿한 감각이 등줄기를 달려 내려갔다. 카페인을 한 번에 들이부은 것처럼 심장이 두근거렸다. 흘끗 거기 눈을 준 재희는 아무 일도 없다는 양 말을 이었다.

"이 사건의 진실을 알기 위해 박 과장의 감시역이었던 조씨의 행방을 쫓던 제작진에게 충격적인 소식이 들려왔습니다. 조씨가 거주하던 연립에서 흉기에 찔려 사망했다는 소식이었습니다."

김정환 교수가 보내 주었던 부검 보고서가 화면에 등장했다. '예리한 흉기에 의한 흉부 자창, 두 종류의 상처, 살인 경험이 있거나 전문적으로 훈련받은 인력'이라는 내용이 확대되어 나타났다. 곧 조창식이 살던 연립 근처의 동네 풍경을 스케치한 화면에서, 담당서로 넘어간 네 대의 휴대폰이 화면에 비쳤다. 윤은 마르는 입술을 축였다.

"사건 현장에 남아 있던 휴대폰 디지털 포렌식 결과, 조씨와 또 다른 인물 사이의 녹취파일이 남아 있는 것을 확인할 수 있었습니다."

곧 조창식의 핸드폰에 남아 있던 손경일과의 녹취 내용이 재생됐다.

『입금이 안 돼서 전화 드렸습니다.』

『아니, 당장 그 돈 없다고 어떻게 돼? 상황 알잖아. 우리 쪽에서 지금 뭐 1원 한 장도 마음대로 할 수가 없다고.』

『그럼 애들 편에 현금으로라도 보내 주셔야 할 거 아닙니까. 감방 가도 지금 이것보다는 낫겠습니다.』

『그러니까 애초에 일을 똑바로 했어야 할 거 아냐! 내가 위에서 아주 돌아가면서 얼마나 깨졌는지 알아? 너 이 새끼 일 허술하게 처리하는 게 한두 번도 아니고, 여태까지는 그냥 넘어갔지만 이번 일로 상황 아주 개같이 됐다고!』

고함을 치는 손경일의 목소리가 생생해, 윤은 무릎 위에 놓인 손을 말아 쥐었다. 손경일. 그 이름을 생각하는 것만으로도 머릿속이 싸늘해졌다. 숨을 들이쉰 윤은 앞을 보았다.

"조씨와 통화를 한 상대는 경일용역 대표인 손경일이었습니다. 조씨는 금전 문제로 손경일과 다툼이 있었던 것으로 보입니다. 경찰이 조씨 집 인근 CCTV를 분석한 결과, 용의자는 두 명으로 좁혀졌습니다. 조씨와 경일용역에서 함께 일했던 김 모 씨와 장 모 씨라는 인물입니다."

곧 <뉴스라이트>에서 짧게 방송했던 해당 뉴스의 화면이 나갔다. 경찰이 저수지에 빠진 차를 끌어올리고 현장을 통제하는 모습이었다.

"그러나 이 두 사람 역시 얼마 후 강원도 양양의 한 저수지에서 사체로 발견됩니다. 두 사람에게서는 공통적으로 졸피뎀과 알코올 성분이 검출되었으며, 뒤에서 목이 졸려 죽은 것으로 밝혀졌습니다. 조사 결과 유력한 용의자는 손경일이었습니다."

수배 전단에 박힌 손경일의 얼굴이 선명했다. 윤은 차가워지는 손끝을 쥐었다 펴며 호흡을 눌렀다.

"살해당한 조씨와 김씨, 장씨는 손경일이 가장 아끼던 부하였습니다. 그런데 손경일은 왜 이들을 제거해야 했을까요? 우리는 손경일의 부하 중 한 사람이었던 이 모 씨를 통해 그 까닭을 들을 수 있었습니다."

병원에서 이원욱과 진행한 인터뷰 화면 일부가 재생되기 시작했다. 블러 처리가 된 이원욱의 얼굴이 뿌연 필터 너머로 흐릿했다. 헐떡이는 이원욱의 목소리는 변조된 채로도 생생했다. 조창식과 김성학, 장영관의 이름은 묵음으로 처리된 뒤였다.

『취재 오고. 그 뒤로 위에서 뭔 오더가 왔나 봐요. 창식이 형이 집 밖으로 못 나왔어요. 외국으로, 아예 멀리 내보내려고 했는데, 형이 전과가 많으니까. 근데 며칠이면 될 줄 알았는데, 우리가 돈줄이 다 묶여 버렸어요. 사장도 아주 뒈지려고 했다고, 그것 때문에. 위에서 뭘 못 하게 하니까.』

『돈줄이 왜 묶인 겁니까?』

『그건 뭐 위쪽 사정이니까 우리는 모르고, 그게 아무튼 한 달, 두 달 넘어가니까 창식이 형이 사장하고 엄청 싸웠다고요. 사장도 위에서 만 원 한 장 마음대로 쓰지 말라고 그랬다니까. 우리도 못 받은 돈 많았단 말이에요. 자기도 죽겠는데 형이 자꾸 뭐 어디다가 꼰지르겠다. 그렇게 말을 했다는 거지. 뭐 기자나, 그렇겠지. 그러니까 사장이 성학이하고 재선이 불러서 창식이 죽여라, 그런 거라고요. 성학이, 영관이, 창식이 형, 나, 이렇게 넷이 제일 오래 같이 일했거든요. 그런데 형을 죽이라고 그러니까, 애들도 막 선뜻 그게 안 되지.』

『그런데 어떻게 그렇게 된 거죠?』

『돈. 돈 때문에. 몇 달 돈이 막히니까, 우리도 빠듯하잖아요.』

이제 곧 진짜 본론에 접근할 시간이었다. 윤은 자신을 정면으로 찍는 카메라를 응시했다.

"조씨의 핸드폰에서 나온 녹취록이나 이씨의 증언을 보았을 때, 더 위에서 이들에게 일을 지시하는 사람이 있었음을 짐작할 수 있었습니다. 그건 과연 누구였을까요? 제작진은 조씨가 죽기 직전 접촉한 인물을 만나 그에 대한 힌트를 얻을 수 있었습니다.

조씨가 연락했던 사람은 <데일리시사 인 서울> 사회부 임형원 기자였습니다."

형원의 모습이 화면에 나타났다. 그러고 보니 며칠째 <데일리시사> 쪽에서 아무런 연락을 받지 못한 것이 생각났다. 형원은 무사한지 문득 궁금해졌다. 형원이 화면 안에서 입을 열었다.

『자기가 진송신도시 관련해서 엄대진하고 남제선, 이쪽 커넥션 관련된 정보를 갖고 있다는 겁니다. 기자가 그 말 듣고 어떻게 눈깔이 안 돌아가요. 당장 만나자고 했는데 그건 또 안 된대요. 그러면서 자기가 지금 사정이 있다. 일단 다시 연락하겠다. 혹시 이삼 주 지나도 자기가 연락이 없으면 은행 금고에 뭘 맡겨 두겠다고 찾아가라는 겁니다.』

곧 화면에 조창식의 핸드폰이 비쳤다. 스마트폰 갤러리 앱에서 저장된 동영상을 확인하는 장면이 흘러나왔다. 미리 더빙해 둔 내레이션이 그 위로 깔렸다.

『조씨가 임형원 기자에게 맡긴 것은 핸드폰이었습니다. 그 핸드폰에는 영상 하나가 들어 있었습니다.』

조창식의 핸드폰 속 동영상이 스크린을 채웠다. 엄대진의 얼굴이 또렷했다.

『돈 안 도는 건 조금만 기다려. 민권당에서 검찰하고 국세청 내사 자료 뒤지고 있다는 소문 들어서 내가 당분간만 좀 참아 달라고 했어. 중요한 시즌이라, 알잖아.』

화면 속 엄대진은 느긋했다. 그러나 지금 이 순간에도 그럴 수 있을까. 이 방송을 보고 있는 엄대진의 얼굴을 두 눈으로 확인하고 싶다는 생각이 들었다.

『경선, 대선 지나고 잠잠해지면 내가 조 군하고 손 사장 서운하게 안 하지. 그리고 내가 조 군한테 따로 부탁하고 싶은 게 있는데, 이건 다음에 얘기하자고. 현장 진행은 어떻게 되고 있어? 현장에도 문제 있나? 요새 데모하는 건 좀 어때?』

편집된 영상 속 엄대진의 모습은 뉴스에서 늘 보던 모습과는 딴판이었다. 시청자들에게 이 모습이 어떻게 비칠까. 시장에서 소탈하게 상인들과 악수를 나누며 대화를 주고받던 엄대진은 거기 없었다.

『일정 좀 바짝 당기라고 해. 엊그제 통화하면서 단가 낮춰서라도 미분양 세대부터 빨리 팔아 버리자, 문제 생기는 건 국토부에서 다 커버 칠 테니까 걱정하지 마라, 그렇게 얘기했는데 아직도 오더 안 떨어졌어? 남 대표도 나이 먹더니 영 예전 같지가 않아.』

여기저기서 스탭들이 자기 핸드폰을 확인하는 모습이 눈에 띄었다. 아마 회사 내부나 기자들로부터 오는 연락인 듯했다. 철진이 서둘러 다들 핸드폰 끄라는 손짓을 했다. 재희에게로 앵글이 돌아갔다.

"현재 대선 후보인 한선당 엄대진 의원이 이들과 직접 접촉한 동영상이었습니다. 엄 의원은 손경일과 조씨에게 직접 지시를 내리며, 서온건설 경영에도 관여하는 정황을 보입니다. 서온건설 게이트 특검에서 이미 드러났듯, 서온건설은 엄 의원을 비롯한 한선당 의원들과의 커넥션을 통해 이득을 취했습니다. 이 과정에서 감리 조작은 필연적이었습니다. 서온건설의 감리를 전담한 업체는 고원종합기술공사였습니다."

화면에 이종규 팀장이 보낸 메일 캡처와 이중으로 조작된 감리 확인서가 나타났다. 윗선에서 감리 조작을 지시한 내용이 화면에 상세하게 비쳤다.

"고원종합기술공사 내부에서 확보한 자료입니다. 해당 메일에는 서온건설 상무 출신의 사외이사 윤 모 씨가 직접 감리 조작을 지시한 정황이 드러나 있습니다. 이 고원종합기술공사의 최대 주주는 채기원이라는 인물입니다. 채기원은 서온건설 남제선 회장의 아내 김신옥의 오촌 조카인 것으로 확인되었습니다."

다시 형원과의 인터뷰 화면이 재생됐다.

『이 사람이 나이가 서른하나밖에 안 됐는데, 국내에서 행적 취재하니까 뭐 별다른 일을 하질 않아요. 임대업자로만 등록이 돼 있고. 그런데 감리업체 최대 주주에, 서온건설이 인수한 대국시멘트 지분 20퍼센트도 이 사람 소유예요.』

『대국시멘트면 중금속 과다 검출된 시멘트 업체 말씀하시는 거죠?』

『네.』

화면에 수없이 쌓인 관련 서류들이 비쳤다. 그 위로 정언의 목소리가 겹쳐졌다.

『서온건설 게이트 이후 엄 의원이 조성한 비자금을 추적하던 <데일리시사>의 증언입니다. 이들은 엄 의원이 수백 개의 차명 계좌를 이용해 해외로 자금을 반출하는 것으로 추측했습니다.』

형원의 모습이 재차 이어졌다.

『엄대진 대포통장에서 해외로 나간 자금 추적하려고 우리 팀이 나갔어요. 그리스 소재 페이퍼컴퍼니에서 세탁 한 번 하고, 그걸 다시 스위스로 뺀다 이 정보를 얻어서 그거 확인하러 갔거든요.』

맞은편에 앉아 메모를 하고 있는 정언의 모습이 얼핏 비쳤다.

등 뒤의 VCR이 어떤 장면인지 뻔히 알고 있었기에 입이 마르는 기분이었다. 화면 속의 두 사람 모두 같은 일을 당한 채 병원에 누워 있게 될 거라고는 아무도 상상하지 못했을 터였다.

『그리스 페이퍼컴퍼니, 회사 이름이 SO 컴퍼니입니다. 우리 생각에는 신옥 이니셜 S, O일 것이다, 이렇게 짐작을 했죠. 거기 대표 명의가 크리스티안 채라고 돼 있어요. 이 사람이 누구냐, 현지인도 아니고. 그런데 설립에 관여한 법인 취재하면서 그게 채기원인 걸 안 거죠, 우리는.』

성옥의 스케치북이 다시 한 번 올라왔다.

― 실시간 검색어 1위 엄대진

그것을 확인한 재희의 입매가 슬쩍 올라갔다. 형원이 보내 준 SO 컴퍼니 취재 자료들이 화면에 지나갔다.

"SO 컴퍼니는 대체에너지 개발 회사로 등록되어 있습니다. 공개된 공시 자료는 연간 매출액 10억 정도에 불과한 작은 회사입니다. 그러나 한국에서 수십 억, 수백 억 돈이 계속해서 투자금 명목으로 들어가고 있었습니다. 취재 결과 SO 컴퍼니의 수출입 내역은 모두 실체 없는 것으로 드러났습니다."

호형이 현지 업체와 통화하며 SO 컴퍼니의 수출입 내역을 확인하는 장면이 등장했다. 부품을 생산한다는 공장 자체가 존재하지 않는 곳이라는 전화 너머의 답변은 명확했다.

"취재를 진행하는 동안 서온건설 하청업체들의 제보가 쏟아졌습니다. 대부분이 원청과 담당 공무원, 지역구 의원에게 제공해야 하는 향응과 뇌물에 대한 내용이었습니다. 현장에서 자재를 빼돌리거나 품질이 낮은 것으로 바꿔치기한다는 증언도 나왔습니다."

윤의 멘트와 함께 청명토목 퇴사자인 신병민으로부터 받은 내부 자료가 화면에 비쳤다. 곧이어 <뉴스라이트>의 이번 주 보도 내용이 자료화면으로 등장했다. 윤은 편집된 자료 화면을 가리키며 말했다.

"<뉴스라이트>의 보도 내용대로 서온건설은 감리 조작을 통해 설계를 변경하고 자재를 속여 왔습니다. 이렇게 쌓인 자금의 일부는 한선당의 정치 자금으로 흘러들어 간 것으로 보입니다. 특히 일부 하청업체는 공시지가보다 지나치게 낮은 금액으로 엄 의원에게 토지나 건물 등의 부동산을 매도했고, 엄 의원은 이를 시세의 몇 배로 매도해 큰 차익을 남긴 것을 확인할 수 있었습니다."

서온건설 하청업체인 노경건설 대표 이금호가 미성년자였던 엄대진의 막내아들에게 토지를 매도한 증거가 나타났다. 등기부 등본의 명의 변경 내역과 당시 공시지가, 이금호가 매도한 가격, 엄대진이 다시 그 땅을 판 가격 등이 차례로 화면 옆에 자막으로 표시됐다.

"엄 의원의 가족들 역시 이 차명 거래에 적극적으로 개입하고 있었습니다. 제작진은 엄 의원의 부인인 <조한일보> 변순철 회장의 차녀 변정화 씨 계좌로 상당한 금액이 입출된 내역을 확인했으며, 변씨가 계열사 계좌를 이용하여 매출을 속이고 하청업체에 무기장을 강요하여 세금 탈루 및 비자금을 확보하는 정황을 발견했습니다."

호형이 확인한 변정화 계좌 관련 내역들이 재희의 멘트에 맞춰 화면 위로 지나갔다. 곧 엄대진의 돈이 이동하는 과정이 간단한 그림과 함께 화면에 나타났다. 정언의 내레이션이 거기 맞쳐 흘러나왔다.

『엄 의원은 이렇게 조성한 자금을 수백 개의 차명 계좌, 소위 대포통장을 이용해 해외 페이퍼컴퍼니인 SO 컴퍼니에서 세탁한 것으로 보입니다. 차명 계좌를 통해 유한회사를 설립하고, 이 유한회사에서 엄대진 소유의 부동산을 고액으로 매수하거나 비상장 주식에 투자하는 방식으로 돈의 출처를 감추려 한 것으로 추측됩니다.』

윤은 맞은편 스튜디오 벽에 걸린 시계에 잠깐 눈을 주었다. 곧 클라이맥스로 접어들 시간이었다. 이 스튜디오 바깥에서는 지금 어떤 일들이 벌어지고 있을까. 윤은 카메라를 응시했다.

"이 차명 계좌와 엄 의원 사이의 관련성을 찾는 것은 어려웠습니다. 취재진은 오랜 추적 끝에 해당 의원실의 안영균 보좌관과 그 부인 정 모 씨가 이 일에 적극적으로 개입했다는 증거를 찾을 수 있었습니다. 정씨는 어게인라이프라는 노숙자 자활 재단과의 봉사 활동을 통해 손쉽게 노숙자들의 명의를 도용한 것으로 보입니다. 저희는 명의를 도용당한 한 피해자와 접촉했습니다."

반석교회의 신찬호 목사가 화면에 등장했다.

『아무튼 자기들 사무실에 한 번 방문해라, 그러면서 그 급식 봉사 하시는 여자분이 교회에서 목욕도 시켜 주고 새 옷도 주고 그랬답니다. 그 여자분 차를 타고 강남 사무실에 갔는데, 인적사항 적으라고 하고 사진 찍고 하더니 며칠 있다가 민증을 주더라는 거예요. 주소는 뭐 대충 급식소 주소로 쓰고 한 모양입니다.』

『본인이 아닌데 주민등록증 발급을 받아 왔다는 거죠?』

『그렇죠. 그때 20만 원인가를 받았대요. 나중에 경찰인지 변호사님인지 누가 찾아보니까 이 분 이름으로 계좌 개설한 증명서, 뭐 그런 게 있었답니다.』

찬호의 말이 끝나자 곧 모자이크 처리된 홍구영의 모습이 등장했다. 정언이 그의 곁에 앉아 묻는 목소리가 들렸다.

『이분이 어르신 그 사무실로 데려가신 것 맞습니까?』

『예, 맞아요. 그게, 그랬죠. 아마 나 말고도 몇 명 더 그렇게, 그때 아마…… 잘은 모르겠네, 지금은. 내가 기억이, 이렇게 막 선명하지가 못해서.』

『어르신 말고 다른 분들도 그 사무실에 가서 통장 만들고 그랬었다는 거죠?』

『예.』

구영의 인터뷰 화면 직후 은행 인근에서 찍힌 정보현의 CCTV 화면이 재생됐다. 곧 화면이 분할되며, 교회 홈페이지에 올라와 있던 정보현의 사진과 CCTV 속 인물의 비교 분석 결과가 나타났다.

"정씨가 타인 명의 계좌를 개설한 날 은행 인근에서 찍힌 CCTV 영상입니다. 전문가들은 분석 결과 CCTV 속 인물과 사진 속의 인물이 동일인이라고 판단했습니다."

윤의 멘트가 끝나자 다시 화면이 바뀌며 채기원의 EX 빌딩 전경이 비쳤다. 스크린 속 카메라는 EX 빌딩 바깥에 붙은 간판들을 하나씩 확대했다. 카메라는 '사단법인 어게인라이프'와 '국회의원 성재춘 사무실' 간판에 특히 오래 머물렀다.

"이 어게인라이프라는 단체는 노숙자 자활을 돕기 위한 재단으로 설립되었으나, 그 실체는 엄 의원의 자금 세탁용 재단이었습니다. 이 단체와 한선당 성재춘 의원의 사무실은 같은 건물에 있으며, 이 건물의 소유주는 SO 컴퍼니 대표 채기원입니다. 우연의 일치일까요?"

재희의 질문을 받은 윤이 말을 이었다.

"이 단체의 발기인 중 한 사람은 서온건설 게이트 당시 한선당 의원들 가운데 유일하게 처벌받은 최창묵 전 의원입니다. 저희는 오랜 설득 끝에 최창묵 전 의원과의 인터뷰를 진행할 수 있었습니다."

화면에 창묵의 초췌한 얼굴이 나타났다. 하단에 선명하게 '최창묵 전 의원'이라는 자막이 박힌 채였다. 창묵의 낮은 목소리가 흘러나왔다.

『발기인으로 등록된 몇 사람, 뭐 이미 조사하셨으니까 아시겠지만 전부 엄대진이나 서온건설하고 관련 있는 사람들이죠.』

『어게인라이프가 어떤 목적의 단체인지 알고 계셨습니까?』

『처음에는 몰랐죠. 정말 노숙자 자활 지원 단체인 줄 알았습니다. 비례 받고 난 뒤에 안 거죠. 사실상 저는 거기 이름만 올려 뒀으니까, 활동은 직원들이 알아서 하겠거니 한 겁니다.』

『노숙자들 이용해서 명의 도용하기 위해 만들었다는 걸 나중에 아셨다는 거죠?』

『네. 그런 방식을 사용한다는 것 자체를 생각도 해 본 적이 없었으니까.』

이때까지만 해도 정언에게 그런 일이 벌어질 거라고는 상상하지도 못했다는 걸 떠올리자 입이 썼다. 윤은 서둘러 물을 한 모금 더 마셨다. 후반부로 달려갈수록 스튜디오 안의 공기가 점점 더 팽팽해졌다. 창묵의 말이 이어졌다.

『금액이 어느 정도 하한선이면 기업에서 기부금 명목으로 받아서 세탁하기 굉장히 편리해요.』

"최 전 의원은 어게인라이프가 법망을 피한 돈세탁과 명의 도용을 손쉽게 하기 위해 설립된 단체임을 인정했습니다. 이 어게인라이프의 이현교 대표는 허주경 사장 공판에서 검찰 측 영상 분석 전문가로 증언한 인물이기도 합니다. 그는 본래 대구 지역에서 활동하며, 한선당 대구 지역 의원들의 홍보 영상 등을 제작해 주던 인물로 밝혀졌습니다."

드디어 진짜 폭탄이 터질 시간이었다. 재희가 얼굴에서 웃음기를 거뒀다. 한순간 베일 듯 날이 선 얼굴만큼 분명한 목소리가 흘러나왔다.

"취재를 진행하는 도중, 저희 제작진에게 YBS의 대주주인 바른언론진흥회 이사진들로부터 여러 차례 압박이 가해졌습니다. 해당 방송의 기획안을 미리 검토하겠다거나, 서온건설에 대한 취재를 중단하라는 등의 압박이었습니다."

조창식이 형원에게 보낸 동영상의 일부가 다시 재생됐다. 이 순간을 위해 일부러 잘라 내고 뒤에 공개하기를 택한 부분이었다. 엄대진이 손경일에게 느긋한 말투로 묻는 것이 들렸다.

『요새 회사는 좀 어때?』

『여러 가지로, 아시잖습니까. 방송국에서 자꾸 달라붙으니까 신경 쓰이죠.』

『우리 쪽에서 그림 만들고 있으니까 조금만 참으라고 그래. 유동욱하고 거기 백, 백 뭐라는 시보국장 하나만 자르면 일 금방이니까.』

"이 일의 배후에도 엄 의원이 있었습니다. YBS 유동욱 사장과 백선경 시사보도국장은 현재 횡령 및 배임 혐의로 검찰 조사를 받고 있는 상황입니다. 이들을 고발한 한국언론지형 바로잡기라는 시민단체는 한선당 계열의 인사들로 구성되어 있습니다."

재희의 멘트와 함께 유동욱 사장과 백선경 국장이 검찰에 출두하는 모습, 한국언론지형 바로잡기에서 두 사람을 고발한다는 기자회견을 하는 장면 등이 스크린에 나타났다.

"한선당과 엄 의원의 언론 장악 시도는 오래 전부터 이루어져 왔습니다."

재희가 덧붙인 말이 끝나기 무섭게 다시 창묵의 얼굴이 화면에 등장했다.

『그게 엄대진 방식입니다. 오래 전부터. 제가 서온건설 수도권 진출했을 때부터 엄대진 뒤 캐던 기자들 여럿 있었다고 얘기했죠. 이 사람들 거의 변절했어요. 변절 안 한 사람은 죽었고요. 살해당한 겁니다. ……정치에서 제일 중요한 게 언론 포섭하는 겁니다. ……엄대진이 당시에 젊은 피로 이미지메이킹을 하고 있었기 때문에, 진보 스피커가 반드시 필요했어요. 그 과정에서 제일 먼저 리스트업된 사람들이 YBS 서현국하고 최영직입니다. ……그런데 그 두 사람이 그때 서온건설이 신도시 사업 모조리 쓸어간 부분에 대해 취재하고 있었어요. 종착점이 어디였겠습니까? 결국 엄대진이에요.』

'YBS <뉴스라이트> 사회부 서현국 기자 사망'이라는 타이틀을 단 단신 기사 몇 개가 편집되어 화면에 나타났다. 창묵의 목소리가 이어졌다.

『엄대진이 하조대 방파제에서 본인 입으로 얘기했으니까요. YBS 서현국 아시죠? 서현국 내가 죽였습니다. 최 의원님 하나 여기서 죽이는 건 일도 아니에요. 정확히 그렇게 말했습니다.』

정언이 이 말을 들으며 어떤 심정이었을지 짐작하는 것은 여전히 불가능했다. 만약 지금 이 자리에 정언이 있었다면, 아버지의 죽음을 어떻게 설명할 수 있었을까. 윤이 잠깐 숨을 고르는 사이, 재희가 말했다.

"우리는 한선당 이규완 의원으로부터 이를 증명하는 추가적인 자료를 받을 수 있었습니다."

화면 속에서 메이 VIP룸에 마주 앉은 이규완과 엄대진의 모습이 나타났다. 리허설 때 이 영상을 처음 본 외부 스탭들이 일제히 경악하던 것이 떠올랐다. 시청자들의 반응도 크게 다르지는 않을 터였다.

『의원님, 방통위 건 협조 좀 해 주십시오. 안 그래도 민권당 2중대냐고 당내에서 말 나오는 거 아시지 않습니까.』

『지금도 공영방송에 윗선에서 다이렉트로 말 넣는다고 기자들이 아주 기분 나빠 한다며. 기자들 다루기 까다로운 거 알잖아. 괜히 건드려 봐야 벌집 쑤시는 꼴밖에 더 되겠어? 여론도 너무 나빠. 민권당에서도 가만히 안 있을 거고.』

『여론은 생기는 게 아니라 만드는 겁니다.』

『그걸 누가 모르나? 그런데 지금 상황이 그렇다고. 젊은 놈들 그 뭐야, SNS. 그런 걸로 말 나오는 것도 심각하고.』

『그건 걱정하지 마십시오. 디지털대응본부 만들지 않았습니까. 돈 좀 쓰면 댓글하고 SNS 여론 잡는 거 몇 달이면 됩니다. 그 정도 기다릴 각오도 없이 정치 어떻게 하려고 하십니까?』

『공영방송 제대로 먹을 자신 있어?』

『YBS가 제일 강성이라 골치긴 한데, 거긴 일단 올해 말이나 내년 초에 바언진 이사들 싹 물갈이하면서 윗선 갈아 치우면 한 반 년이면 끝날 겁니다. 바언진 보수 이사들 말로 <뉴스라이트>하고 <비하인드 24> 두 개만 잡아 주면 나머지는 문제없답니다. 평기자, 평피디들 할 수 있는 일 생각보다 그렇게 많지가 않습니다. 지금까지야 정권이 손 못 대니까 내버려 둔 거지만 언제까지 개들 말에 끌려 다닐 수 없지 않습니까. 방통위 물갈이만 한 번 하면 그건 일도 아닙니다.』

무슨 전달 사항을 들었는지 귀에 꽂은 이어폰을 누르며 심각한 표정으로 서 있던 찬수가 재빨리 성옥의 스케치북을 가져왔다. 찬수가 거의 날아가는 글씨로 뭔가를 휘갈겨 적더니 이쪽을 향해 들어 보였다.

— 주조 쪽에서 충돌 발생

차라리 방송을 끊는 편을 선택한 모양이었다. 그러나 이제는 되돌릴 수 없었다. 화면 속의 엄대진은 이런 일이 벌어질 거라고는 단 한 번도 상상하지 않았을 게 분명했다. 그 여유로운 얼굴은 마치 부조리극의 일부처럼 느껴졌다.

『이미 돈 알짜로 나오는 계열사는 전부 집사람 앞으로 돌아가 있습니다. <조한일보>야 간판이니 보기에만 좋은 겁니다. 그거 하나 먹는 건 별일 아닙니다. 여차하면 장인어른 돌아가실 날 좀 당기면 그만이죠.』

『죽는 날까지 엄 의원 맘대로 받으려고 그러나?』

『사람 오는 날 받는 건 마음대로 못 해도 가는 날 받는 건 마음대로 아닙니까.』

『여태까지 했던 것처럼 하는 건 힘들 텐데.』

이런 일이 벌어질 거라고는 상상조차 하지 않았을 엄대진의 목소리는 옅은 웃음기를 담고 있었다.

『요새 뜨는 제약 벤처가 하나 있습니다. 제가 아주 잘 아는 회사인데, 여기서 지금 심혈관 질환 치료제 개발 중입니다. 현재 시판 중인 어떤 약보다 효과가 탁월합니다. 2차 임상까지 갔는데, 이 약에 장인어른하고 처형이 굉장히 관심이 많아요. 그런데 아직 상품화가 안 됩니다. 리포트에 기록을 못 하는 심각한 부작용이 있어요. 뇌출혈 발생률이 너무 높습니다.』

『얼마나 걸리겠어?』

『지난번에 장인어른 쓰러지신 뒤로 회사에 얘기는 해 뒀습니다. 건강 끔찍이 생각하시는 양반인데 제가 권하면 안 드시겠습니까?』

두 사람의 대화가 흐르는 사이, 스튜디오는 바늘 하나 떨어지는 소리도 들리지 않을 정도로 조용했다. 닫힌 문 너머로 희미하게 바깥에서 뭐라고 외치는 소리가 들리는 것 같았으나 분명하지는 않았다.

"엄 의원은 개발 중인 신약을 이용해 장인인 <조한일보> 변순철 회장을 제거하고 <조한일보>를 완전히 자기 손에 넣으려 했습니다. 현재 변 회장은 의식이 없는 상태로, 생명유지장치에 의지해 연명하고 있는 것으로 알려졌습니다."

핸드폰을 확인한 민혜가 찬수가 아직 들고 있던 스케치북을 낚아채더니 바로 뭐라고 적어 머리 위로 들어 보였다.

─ 인터넷 폭발! 실검 1위부터 10위까지 전부 관련 검색어!

유력한 대선 후보인 사위가 언론 재벌인 장인을 죽이려 했다는 건 뉴스로도, 가십으로도 폭발적인 파급력을 가질 내용이었다. 지금쯤 엄대진 측에서는 정신없이 포털에 연락해 실시간 검색어를 내리려 하고 있을 게 뻔했다.

"엄 의원은 얼마 전 제작진에게 접촉을 시도했습니다. 저희 제작진은 그 자리에서 현재까지 엄 의원과 관련해 의문사한 이들에 대한 질문을 던졌습니다. 저희는 엄 의원으로부터 그들 중 누구도 알지 못한다는 답변을 받았습니다."

윤은 자신의 눈을 똑바로 쳐다보던 엄대진을 상기했다. 그런 사람은 모른다고, 자신과는 아무런 상관도 없다고 담담하게 내뱉던 그 뱀 같은 얼굴.

"그러나 그 답변은 모두 거짓말이었습니다."

무너지기 시작한 둑, 한 방울의 물.

바람은 단 하나였다. 이 흐름이 반드시 옳은 방향이기를.

조창식의 핸드폰 속 영상에서 엄대진이 느긋하게 말했다.

『그리고 그 박규형 건, 그건 걱정하지 말라고. 어차피 조 군이 직접 어떻게 한 것도 아니고 데리고 올라간 것밖에 더 있어? 그거 방송국 애들이 경찰 국과수 뺑뺑이 쳐 봐야 나오는 거 없어. 블랙박스 고장 나서 메모리도 없었다며.』

박규형의 이름을 발음하는 엄대진의 목소리는 여상했다. 그런 사람 하나 죽는 일쯤은 아무것도 아니라는 듯. 자신이 너무나 쉽게 죽인 그 한 사람 한 사람이 마침내 수십 년간 쌓여 온 둑을 무너뜨릴 거라고 상상해 본 적 있을까.

곧 이원욱의 절박한 목소리가 거기 대비되어 울려 퍼졌다.

『제가 다 얘기합니다. 전부, 전부 다 얘기할 수 있어요. 아는 거 다 말하겠습니다. 이거 싹 손경일 사장이 시킨 거예요. 처음에 박규형, 박 과장 죽인 것도 손경일 사장 지시였고, 그거 창식이 형이 한 거라고요. ……창식이 형이 그거 전문으로 그렇게 일을 했어요. 사람 언제 죽이고, 어떻게 죽이고, 이런 거. 사장하고 창식이 형이 다이렉트로. 사장도 위에서 오더를 받고. 뭐 서온건 설이나, 국회의원 누구. 이런 데서.』

실명은 전부 묶음 처리된 뒤였으나, 정작 가장 귀에 들어오는 건 주어도 없는 국회의원이라는 단어였다. 윤은 스튜디오로 돌아온 카메라를 응시했다.

"이 오더를 내린 국회의원의 정체는 다름 아닌 엄 의원이었습니다."

"첫 번째 영상에서 엄대진 의원이 블랙박스에 대해서 언급하는데요."

재희가 덧붙인 말에 윤은 고개를 끄덕였다.

"저희는 취재 초반 박씨의 차량을 확인했습니다. 당시 해당 차량의 블랙박스에는 메모리카드가 없는 상태였습니다. 그런데 방송 직전, 유가족으로부터 박씨가 숨겨 두었던 메모리카드를 받을 수 있었습니다. 지금 보여 드릴 영상은 바로 그 블랙박스에 저장된 영상입니다."

로열 스트레이트 플러쉬.

이건 규형이 가장 희박한 확률에 건 마지막 도박이었다.

『박 과장 죽고 부인까지 죽으면 애들은 누가 돌보나?』

화면 속의 엄대진은 웃고 있었다.

『나 뒤통수치려던 놈들 중에 아직 살아 있는 놈 없어. 시체도 못 찾은 놈 많고. 조 계장하고 손 사장이 컨트롤이 안 된다고 하도 그러니까 내가 직접 만나러 온 거야. 무슨 말인지 알겠어?』

『……네.』

『아직 의원님, 의원님 하지만 곧 대통령님, 대통령님 할 날 온다고.』

대통령이라는 단어를 발음할 때, 엄대진의 입매가 양옆으로 말려 올라갔다.

『박 과장 계속 이러면, 내가 대통령 되고도 살려 두겠어?』

달동네에 연탄을 나르며 검댕을 묻히고 땀을 흘리는 엄대진의 가면 뒤로 숨겨진 진짜 얼굴. 자신이 창묵에게 그렇게 말했던 것이 떠올랐다. 단 한 사람이라도 더 진실을 알 수 있다면 의미가 있는 것 아니냐고.

이 방송을 보는 모든 사람들이 엄대진의 가면 뒤를 보는 것만으로도 이미 충분한 의미가 있었다.

『내가 죽이고 싶은데 못 죽이는 사람 없어. 농담이라고 생각하지 마.』

나지막한 목소리가 스튜디오 안을 채웠다. 잠시 짧은 침묵이 지났다. 연극적인 정적이었다. 재희가 입을 열었다.

"어쩌면 이 순간, 그는 자신의 죽음을 예감했을지도 모르겠습니다."

등 뒤의 스크린에서 마지막 녹취가 재생되기 시작했다.

『지난번에 마지막이라고 말씀하셨잖아요. 저도 더는 힘들어서 못 하겠습니다. 저 집에 애가 둘입니다. 부인하고 애 둘 키우겠다고 열심히 살고 있습니다. 이렇게까지 하고 싶지가 않습니다.』

『박 과장, 지금 사무실이야? 다음 승진에서는 절대 안 밀리게 해 준다잖아. 이번이 진짜 마지막이야.』

『처음에는 한 번만, 그다음에는 또 한 번만, 한 달만, 삼 개월만 더, 그렇게 일 년을 했습니다! 이건 사람 사는 게 아닙니다. 이렇게 승진해서 어떻게 살겠습니까.』

『지금 와서 발 빼는 건 더 위험해. 이런 일인 줄 모르고 시작했어?』

『몰랐습니다. 아시잖아요. 저 진짜 몰랐습니다.』

이 녹취를 처음 들었던 순간의 기억이 어제 일처럼 스쳤다. 온몸이 떨리던 그 감각은 아직도 생생했다. 죽을 만큼 무섭다는 게 뭔지 처음 깨달았던 순간이었다. 회사로 돌아오는 내내 심장이 터질 것처럼 뛰었었다. 그때 자신의 손을 잡아 주던 정언의 체온이 되살아났다. 늘 서늘한 손이 따뜻하게 느껴졌던 순간. 그 순간을 떠올리면 누구라도 그런 사람을 좋아하지 않을 수는 없을 거라는 생각이 들곤 했다.

"박씨가 마지막으로 남긴 조창식과의 통화 녹취록입니다."

재희가 정면을 응시했다. 그 눈은 흔들리지 않았다.

"그는 좋은 남편, 다정한 아빠, 성실한 동료로서 하루하루를 보내던 평범한 사람이었습니다. 그러나 회사는 자신들의 잘못을 지적했다는 이유로 그를 괴롭혔습니다. 승진이 되지 않고 한직으로 밀려났지만, 가족들을 위해서라도 회사를 그만둘 수는 없었습니다. 그는 가족들을 위해 위험한 출장을 시작했습니다."

재희의 목소리가 낮아졌다.

"어쩌면 그대로 침묵할 수도 있었을 겁니다. 눈을 감고, 귀를 막고, 입을 다물었다면 그는 지금 살아서 가족들과 함께 이 방송을 보고 있었을 수도 있습니다. 하지만 박규형 씨는 그렇게 하지 않았습니다. 자신이 침묵하지 않는 것이 사람답게 사는 길이라고 생각했기 때문입니다. 그래서 그는 진실을 말하려 했고, 그걸 원하지 않았던 누군가가 그를 죽였습니다."

마치 쓸모없어진 물건을 버리듯, 아무렇지도 않게.

그 춥고 어두운 새벽, 아무도 없는 공사 현장에서 죽어 가던 규형이 마지막으로 생각한 것은 가족들이었을 터였다. 자상한 남편이자 다정한 아빠였던 한 사람의 평범한 삶은 이토록 쉽게 무너져서는 안 되는 것이었다.

"박규형 과장의 죽음으로부터 시작된 이 거대한 진실게임의 종착역은 대한민국에서 현재 가장 막강한 권력을 자랑하는 한 인물입니다. 지금 이 방송을 보고 계신다면 대답해 주십시오. 엄대진 의원님, 당신은 대통령이 될 자격을 가진 사람입니까?"

윤은 카메라를 향해 물었다. 엄대진과 마주 앉았던 그 순간, 누구도 다른 사람의 삶을 자기 물건처럼 다룰 권리가 없다고 말했을 때 그의 얼굴에 스치던 불쾌감을 윤은 결코 잊지 않았다. 지금 이 순간, 그는 뭐라고 대답할까.

"누구도 이 평범한 가장의 죽음에 주목하지 않았습니다. 그러나 남겨진 유가족은 진실을 알고자 했습니다. 저희에게 이 사건을 제보한 이후, 유가족은 사측으로부터 끊임없이 제보를 취소하라는 협박과 회유에 시달렸습니다. 그러나 어떤 방법으로도 유가족의 의지를 꺾을 수는 없었습니다."

재희가 말하는 사이 타임체커가 카운트다운을 시작했다. 드디어 이 긴 여정의 마지막이 눈앞이었다. 잠시 사이를 둔 재희가 말을 이었다.

"지금 여기서 시청자 여러분들을 만나기 위해 저희 역시 수많은 고비를 넘어야 했습니다. 지난 17년간 여러분과 함께했던 그 모든 <비하인드 24>의 순간들은, 어쩌면 오늘을 위해서였는지도 모르겠습니다."

재희의 말끝이 얼핏 흔들렸다. 이 순간을 각오하고 있었을 텐데도, 막상 거기에 직면하자 밀어닥치는 감정을 컨트롤하기 쉽지 않은 듯했다. 숨을 한 번 들이쉰 재희가 정면을 보았다. 재희의 마지막 멘트였다.

"<비하인드 24>는 900회를 마지막으로 여러분의 곁을 잠시 떠납니다. 그러나 이것은 마지막 인사가 아닙니다. 저희는 이 자리에서 오늘 방송을 시작으로 더 치열하게 나아가겠다고 선언합니다."

이 단 한순간을 위해 달려온 시간들이 머릿속을 빠르게 스쳤다. 윤은 카메라에 시선을 주었다. 빨갛게 점멸하는 작은 빛이 동공에 맺혔다. 윤은 입을 열었다.

"대한민국의 역사는 언제나 침묵하지 않고, 방관하지 않는 국민들에 의해 진보해 왔습니다. 거대한 권력 앞에서 평범한 이들이 가질 수 있는 유일하며 가장 강력한 무기는 진실입니다."

수십 번을 다시 썼던 마지막 멘트였다. 타임체커가 마지막 30초를 알려 왔다. 자신에게 허락된 30초는 숨이 막힐 정도로 무거웠다.

"저희가 오늘 이 자리에 앉은 이유는 단 하나입니다. 어떤 권력도 침묵을 강요할 수 없기 때문입니다. 저희는 우리 모두가 누구도 진실을 말하는 것을 두려워하지 않는 세상, 누구도 자신의 욕망을 위해 타인의 삶을 짓밟지 않는 세상이 매일 조금씩 더 가까워지기를 바랍니다."

시계의 숫자가 점차 줄어들고 있었다. 쏟아지는 조명이 순간 시야를 흐렸다. 스튜디오 안의 모든 사람이 사라지고 이 공간에 홀로 앉아 있는 듯한 감각이 차올랐다.

"마지막으로……."

온몸이 떨렸다. 심장이 터질 듯 뛰었다. 그 소리가 귓가를 가득 채웠다. 마지막. 자신의 입으로 방금 발음한 그 단어가 너무나 낯설게 느껴졌다. 대본의 모든 멘트들이 지워지고, 마침내 단 한 문장만이 그 자리에 남았다.

이 마지막 문장은 처음부터 정해진 것이었다.

"마지막으로, 오늘 이 자리의 주인공이었어야 할 저의 존경하는 선배이자 동료인 서정언 피디에게 깊은 감사의 마음을 전합니다."

그리고 동시에 시계의 숫자가 0을 가리켰다.

"지금까지 타협하지 않는 진실, <비하인드 24>의 김윤이었습니다."

오랫동안 상상했던 진짜 마지막이었다.

시간이 멈춘 것 같았다.

절대 끝나지 않을 듯한 정적이 지났다.

마침내 온 에어 램프가 꺼졌다. 스튜디오 안에서 환호성이 터졌다. 앉아 있는 그대로 온몸이 무너지는 느낌이었다. 카메라를 내팽개치고 달려온 찬수가 윤을 꽉 끌어안았다. 웃음소리와 울음소리가 한데 뒤엉켰다. 찬수가 뭐라고 외치는 말이 하나도 들리지 않았다.

그 소란스러운 침묵 속에서 윤은 눈을 내리감았다.

한 방울의 물.

이것으로 충분했다.

방향을 구별할 수 없는 어둠 속에서 정언은 무작정 걸었다. 아무 생각도 나지 않았다. 멍한 머릿속으로 끝없이 걷던 정언의 눈에 마침내 작은 문이 하나 보였다. 이 문을 열면 어디로 가게 될까. 그런 의문을 떠올리기도 전, 손이 먼저 문을 밀었다.

문이 열리자 빛이 쏟아져 들어왔다. 팔을 올려 눈가를 가린 정언은 저도 모르게 한 걸음 뒤로 물러났다. 이 경계를 선뜻 넘어갈 생각이 들지 않았다. 한동안 그 자리에 서 있던 성언은 머뭇거리며 팔을 내렸다. 빛에 익숙해진 시야로 들어온 건 어딘지 모르게 낯익은 풍경이었다.

봄날의 공원이었다. 푸르른 잎이 나무마다 무성했다. 정언은 문밖으로 한 걸음 나섰다. 등 뒤에서 문이 닫혀 돌아보자 이미 문은 그 자리에 없었다. 삼삼오오 짝을 지어 산책을 하는 사람들이 정언을 스쳐 지나갔다.

"서정언."

어디선가 자신을 부르는 목소리에 정언은 반사적으로 시선을 돌렸다. 먼발치의 벤치에 앉은 남자가 손짓을 했다. 정언은 그 자리에 멈춰 선 채 눈을 깜빡였다.

현국이었다. 조금 덥수룩한 머리에 뿔테 안경, 갈색 재킷과 체크무늬 셔츠. 기억 속에 언제나 남아 있던 모습 그대로였다.

정언은 현국에게 달려갔다. 얼마 되지 않는 거리일 텐데도 숨이 턱까지 차올랐다. 마침내 현국의 앞에 멈춰 섰을 때, 앉아 있던 현국이 정언을 올려다보았다.

정언은 내내 떠올리던 현국의 얼굴을 문득 상기했다. 어딘지 모르게 슬퍼 보이던 그 모습. 그러나 지금 눈앞의 현국은 그렇지 않았다. 안경 너머의 눈은 웃고 있었다.

"오랜만이네. 우리 딸 못 본 사이에 너무 커서 못 알아보겠다."

"거짓말."

입을 열자 가빠진 숨소리에 섞여 부루퉁한 말이 튀어 나갔다. 현국이 옆자리를 손으로 두어 번 쓸며 앉으라는 표시를 했다.

"기자가 거짓말을 왜 해."

정언은 현국의 곁에 풀썩 주저앉았다. 앉기 무섭게 피로감이 몰려왔다. 내내 어둠 속을 걸었던 탓인 듯했다.

"그때랑 똑같은데."

공연히 창피해 툴툴거리자 현국이 정언의 머리를 쓰다듬었다.

"그때도 세상에서 제일 예쁜 최효명 여사 다음으로 예뻤는데, 지금은 더 예쁘네."

"어디 가서 그런 소리 하지 마."

질색하는 정언의 얼굴에 현국이 소리를 내어 웃었다. 정언은 고개를 돌려 현국을 물끄러미 보았다.

마흔다섯. 죽기에는 젊은 나이였다. 현국은 나이보다 몇 살쯤 덜 먹어 보이는 편이라 더 그랬다. 마지막 기억은 영안실 침대에 누워 있던 싸늘하고 창백한 얼굴이었다. 그때로부터 십수 년이 지났는데도 전혀 변함없는 모습이 어쩐지 생경했다.

"기분이 이상해."

정언이 혼잣말처럼 중얼거리자, 현국이 웃음기 어린 투로 물었다.

"왜."

잠시 말이 없던 정언은 시선을 돌렸다. 어린아이들이 깔깔대며 달려간 길 위로 하얗게 햇살이 부서졌다. 정언은 혼잣말처럼 나지막하게 입술을 달싹였다.

"나는 이렇게 컸는데 아빠는 그대로잖아."

말을 하는 동안 현국이 자신의 기억 속에서 영원히 마흔다섯 그대로일 거라는 사실을 깨닫자, 불현듯 심장 부근으로 지끈거리는 감각이 스쳤다. 정언은 애써 웃었다.

"몇 년만 더 있으면 아빠랑 친구 되겠다. 한 십오 년 지나면 아빠가 나보다 어려지겠네."

"영원히 젊은 거 맘에 드는데."

농담처럼 대꾸한 현국이 손을 깍지 끼어 뒷머리를 받쳤다. 오랫동안 공원의 풍경을 응시하던 현국이 입을 열었다.

"힘들었어?"

마치 지난 몇 달 사이 벌어진 일들을 다 알고 묻는 것 같았다. 정언은 바람 빠지는 소리를 냈다.

"조금."

아니라는 말은 나오지 않았다. 여상한 척하며 대답하자, 현국이 다시 물었다.

"지금은 어때?"

"모르겠어."

정언은 고개를 가로저었다. 힘들지 않다는 건 거짓말이지만, 모든 걸 다 놓아 버릴 만큼은 아니었다. 돌아가야 되는데, 하고 생각한 건 그때였다. 어디로 돌아가야 하는지도 생각이 나지 않았지만 어쩐지 그래야 할 것 같았다. 손끝을 만지작거리던 정언은 현국에게 시선을 돌렸다.

"아빠는 후회 안 해?"

"그럴 거였으면 시작 안 했지."

현국은 앞을 보며 담담하게 말했다. 부전여전이라며 펄펄 뛰던 효명이 떠올랐다. 웃음을 터트리자, 현국이 왜 그러냐는 듯 정언을 보았다. 정언은 고개를 가로저었다.

"아빠 보러 갔었는데, 나 어릴 때 찍은 사진 있어서 옛날 생각 났어."

"너 열한 살 때 소풍 가서 찍은 사진? 아빠가 맨날 바빠서 안 놀아 준다고 막 울어서, 회사에 휴가 내고 갔던 건데."

현국이 씩 웃는 얼굴에 정언은 눈을 동그랗게 떴다.

"내가 그랬다고?"

"생전 뭐 조르는 적이 없었는데 그러니까, 내가 딸한테 너무 못해 줬구나 미안했지."

그랬었나.

정언은 기억을 되짚었다. 지금은 희미해진 일이었다.

어릴 적부터 뭔가를 조르는 법이 드물던 정언이었다. 효명은 어린애가 왜 그러냐며 늘 혀를 찼다. 그런데도 현국에게 울면서 그런 말을 했을 정도라면 어린 마음에 어지간히 속이 상했던 모양이었다. 기억을 더듬는 정언에게, 현국이 나지막하게 말을 이었다.

"입구에 풍선 파는 아저씨가 있었는데, 가만히 서서 그것만 계속 쳐다보더라. 사 달라는 말도 못 하고. 풍선 사 줄까? 그랬더니 아니래. 잃어버리기 싫다는 거야. 그래서 내가 풍선 하나 사서 손가락에 줄 묶어 줬잖아. 그거 집에도 가지고 와서 내내 방에 띄워 놨던 거 기억나?"

사진 속의 노란 풍선. 퍼뜩 그 풍선이 생각났다. 현국의 말에 흐릿해진 기억 속의 어떤 장면들이 뇌리를 스쳤다. 손가락에 몇 번을 단단히 묶어 두었던 실. 터질까 봐 조심하며 집으로 가져온 풍선은 오랫동안 정언의 방 한구석을 차지하고 있었다.

"정언아, 있잖아."

현국이 가만히 정언을 불렀다.

"소중한 게 있으면 잃어버릴까 봐 먼저 걱정하지 마."

정언은 그 말에 고개를 번쩍 들었다. 심장이 빠르게 뛰기 시작했다. 소중한 것. 잃어버릴까 봐 두려워하던 것.

현국의 손에는 어느새 노란 풍선이 하나 들려 있었다. 현국이 정언의 손에 그 풍선을 쥐어 주었다. 현국은 그날처럼 정언의 가는 손가락에 실을 매듭지어 주었다.

현국이 고개를 젖혔다. 파란 하늘과 녹색 이파리 사이로 선명한 노란색 풍선이 불어오는 바람에 흔들렸다. 현국이 조용히 말했다.

"지키면 되는 거야."

지키면 되는 거야.

정언은 그 말을 입 안으로 다시 한 번 되풀이했다. 손을 말아 쥐며 곁을 보았을 때 현국은 이미 그 자리에 없었다. 멍하니 서 있던 정언은 문득 들려오는 낯익은 목소리에 멈칫했다.

"선배, 정신 드세요?"

윤이었다.

여기 어떻게, 하고 생각하며 정언은 눈을 떴다. 방금 전까지 선명하던 시야가 일순간 어둡고 흐릿하게 가라앉았다. 눈을 몇 번 깜빡이자, 규칙적인 무늬를 이루는 하얀 천장이 눈에 들어왔다. 머리맡에 켜진 조도 낮은 수면 등이 사물과 어둠의 윤곽을 부정확하게 흐렸다.

정언은 고개를 돌렸다. 크게 뜨인 눈으로 이쪽을 응시하는 얼굴이 익숙했다.

"……김 피디?"

정언이 입술을 달싹이자, 잠깐 굳어 있던 윤이 긴 한숨을 내쉬며 고개를 숙였다.

"아…… 다행이다."

혼잣말처럼 중얼거리는 목소리에 안도하는 기색이 역력했다. 정언은 그제야 자신이 누워 있다는 것을 깨달았다. 보조 침대에 앉은 윤이 한쪽 손을 감싸 쥔 채였다. 그 손의 부들부들 떨리는 감각이 둔탁하게 스미다 점차 또렷해졌다.

"선배가 저 못 알아볼까 봐 진짜 걱정했어요."

윤이 애써 웃었다. 속삭임에 가까운 말은 농담처럼 들렸다. 그러나 정언은 그 너머의 감정들을 쉽게 알아차렸다. 안개가 낀 듯 멍하던 머릿속이 조금씩 또렷해졌다.

한밤중의 도로. 윤에게 걸려 왔던 전화. 손경일. 충돌. 그리고…… 하나씩 되살아나는 기억에 정언은 퍼뜩 소스라쳤다.

"여기……."

저도 모르게 몸을 일으키려 했으나 뜻대로 움직일 수가 없었다. 왼쪽 어깨에서 둔한 아픔이 밀려들었다.

"뭐야?"

반사적으로 튀어나간 물음에 윤이 정언을 달래듯 손을 조금 더 힘주어 잡았다.

"선배 사고 났던 거 기억하세요?"

정언은 대답 대신 윤을 보았다. 윤이 반대편 손으로 주변에 드리워져 있던 커튼을 걷었다. 한밤중의 창가가 눈에 들어왔다. 야경의 빛이 멀리서 반짝였다. 옆자리에 놓인 침대는 빈 채였다.

"여기 병원이에요. 사고 엄청 크게 났어요. 선배 하루 종일 의식 없었다고요."

병원.

그 단어를 입 안으로 곱씹자 그제야 사라졌던 현실감이 생겨났다. 정언은 천천히 주변을 둘러보았다. 자신과 윤 둘뿐인 병실 안은 쥐죽은 듯 고요했다. 철제 침대와 링거 걸이 따위가 눈에 들어왔다. 시선을 옮기자 한쪽 손에 연결된 링거가 보였다.

정언은 그쪽 손을 움직여 보았다. 손등에 꽂힌 주사바늘에서부터 뻐근한 통증이 희미하게 번졌다. 반대편 벽에 시계가 걸려 있었다. 어둠 때문에 문자판은 확실히 보이지 않았다. 시계. 정언은 순간 떠오른 생각에 다급하게 물었다.

"방송은? 지금 몇 시야?"

목소리가 잔뜩 잠긴 채였다. 정언의 입에서 나온 말에 윤이 짐짓 투덜거렸다.

"그게 제일 먼저 걱정되세요? 한밤중에 여기 앉아 있는 사람은 걱정 안 되시고요?"

정언이 멈칫하자 윤이 곧 웃으며 고개를 가로저었다.

"농담이에요. 지금 일요일 새벽 세 시 반이에요. 방송 끝나자마자 왔어요. 어머님이 한숨도 못 주무셔서 제가 대신 있겠다고 했어요. 잠깐 주무시고 아침에 오신대요."

"방송 한 거야?"

일요일 새벽 세 시 반. 방송이 끝나고도 남았을 시간이었다. 윤이 그 말에 아까워 죽겠다는 표정을 했다.

"선배가 방송 보셨어야 돼요. 저 완전 장난 아니었다니까요."

"김 피디가 방송을 했다고?"

정언은 믿을 수 없다는 얼굴로 되물었다. 재희가 굳이 윤을 생

방송에 앉혔다니, 방송이 어떻게 나갔을지 짐작조차 가지 않았
다. 정언의 불신을 읽었는지 윤이 어깨를 으쓱했다.

"몰랐는데 제가 화면발 잘 받더라고요."

정언은 눈을 가늘게 떴다. 윤이 쿡쿡거리며 웃는 소리를 냈다.

"농담이에요. 근데 선배가 보셨으면 진짜 깜짝 놀라셨을걸요."

"왜."

"저 좀 멋있었거든요."

옅은 수면 등의 빛으로 윤의 얼굴에 음영이 졌다. 가만히 윤을
쳐다보던 정언은 윤이 아직 메이크업도 지우지 않았다는 걸 곧
깨달았다. 공들여 만진 머리에 소매를 걷어 올린 흰 셔츠, 파란
색 넥타이. 병실에는 전혀 어울리지 않는 비주얼이었다.

정언이 윤을 빤히 응시하자, 걱정하는 줄 알았는지 윤이 서둘
러 정언을 안심시켰다.

"방송 잘 끝났어요. 걱정하지 마세요. 오늘 <데일리시사 인 서
울> 조간 1면으로 엄대진 비자금 기사도 나간대요. 인터넷이
난리예요. 사무실로 전화 너무 많이 와서 다들 아예 선 뽑아 버
렸어요."

실감이 나지 않았다. 눈을 깜빡이던 정언은 잠긴 목소리로 물
었다.

"위에서는?"

"방송 중간에 밖에서 충돌 있었대요. 주조하고 부조 쪽 출입
아예 통제하고 우리 스튜디오도 다 잠그고 방송 들어갔거든요.
월요일에 이사회에서 가만 안 둔다고 그랬다는데, 모르겠어요.
사실 뭐라고 하든 말든 관심도 없고요. 각오 안 한 거 아니니까."

윤이 여상하게 대답했다. 정언은 나지막하게 긴 숨을 뱉었다.

안도감과 허전함이 묘하게 뒤섞인 이상한 감정이 속에서 차올랐다. 정언이 침묵하자, 가만히 정언을 보고 있던 윤이 물었다.

"아픈 데는 없으세요?"

"조금. 심한 건 아닌 것 같은데…… 나 많이 다쳤대?"

정언이 묻는 말에 윤이 잠깐 머뭇거리다 입을 열었다.

"선배 차 절반이 다 날아가서 119 왔을 때 다들 운전자 죽었을 거라고 그랬대요. 병원 들어왔을 때도 출혈이 많았는데 큰 혈관이 손상돼서 그랬다고 하더라고요. 왼쪽 어깨 골절이라 당분간 움직이기 좀 불편할 거라는데, 그래도 이 정도인 게 천만다행이라고…… 방송 끝나자마자 병원 달려왔더니 선배 아직도 의식 없다고 그러잖아요. 혼자 별별 생각 다 했다니까요."

왼쪽 어깨의 통증을 그제야 이해할 수 있었다. 거의 하루가 넘도록 의식이 없었으니, 사람들이 무슨 생각을 했을지는 보지 않아도 뻔했다. 멍하니 윤을 쳐다보던 정언은 입술을 달싹였다.

"걱정했겠네."

"저하고 약속하셨잖아요. 절대 안 죽을 거라고."

윤이 다시 웃는 얼굴을 했다. 그러나 그 목소리 끝이 언뜻 떨렸다. 애써 아무렇지도 않은 척하고 있다는 게 눈에 빤히 보였다. 윤이 정언의 시선을 피하며 멋쩍게 눈썹 위를 긁적였다.

"그래서 그냥 그동안 피곤했으니까 이참에 푹 쉬시나 보다 그랬죠. 덕분에 선배가 제 앞에서 자는 거 원 없이 구경도 했고."

공연히 눈가를 문지른 윤이 서둘러 말을 돌렸다.

"더 주무셔도 돼요. 푹 자야 빨리 낫죠."

윤이 조금 흐트러진 이불을 다시 고쳐 덮어 주었다. 정언은 천장을 올려다보았다. 현국이 손에 쥐여 주었던 풍선이 생각났다.

손끝을 움직이자, 풍선 대신 그 손을 잡고 있던 윤이 가만히 차가운 손끝을 감싸 왔다. 스며드는 체온이 따뜻했다.

"김 피디."

정언이 나지막하게 부르는 소리에, 윤이 의아한 듯 정언을 보았다.

"네?"

"……있잖아."

입 안이 말랐다. 정언은 눈을 내리감으며 입술을 달싹였다.

"내가 어릴 때 아빠랑 엄마랑 공원에 소풍을 간 적이 있거든. 근데 거기서 파는 풍선을 보고 그게 갖고 싶은데, 말은 안 하고 쳐다보기만 했대. 아빠가 사 줄까, 하고 물어봤는데 아니라고 했다는 거야. 잃어버리기 싫다고."

윤은 말없이 그 이야기를 듣고 있었다. 정언이 숨소리를 섞어 말을 이었다.

"가지고 있으면 언젠가는 없어질 것 같으니까, 그러면 더 속상하잖아. 처음부터 없었으면 안 그래도 되는데."

윤이 멈칫하는 것이 느껴졌다. 감은 눈으로 희미한 빛이 스며들었다.

"예전부터 그랬어. 그래서 뭘 욕심내는 게 성격에 안 맞는 거야. 그게 갖고 싶어도, 정말 소중하게 생각하고 싶어도…… 없어져 버리면 내가 못 견딜 것 같아서."

그게 편했다. 상처 받지 않기 위해 늘 먼저 밀어냈다. 그러면 누구도 다치지 않을 거라고 믿었다. 그러나 그 마지막 순간 느꼈던 건 결국 후회였다. 끝없이 떨어지는 의식 속에서 바람은 단 하나뿐이었다.

이 순간 이후의 삶이 허락된다면.

"방송 내가 하겠다고 얘기하고 가는 길에 계속 생각했었어. 끝나면 김 피디한테 말해야겠다고."

윤이 황급히 정언의 말을 끊었다.

"선배, 잠깐만요."

초조한 얼굴로 마르는 입술을 축인 윤은 정언에게 물었다.

"저 마음의 준비 좀 해도 돼요?"

"싫은데."

"딱 5분만요. 저 잠깐 나가서……."

정언이 사이를 두지 않고 대답하자, 떨리는 목소리로 말한 윤이 자리에서 벌떡 일어났다. 듣고 싶지 않은 말일 거라고 짐작한 모양이었다. 정언은 정말 병실을 나가려는 윤의 등에 대고 말했다.

"죽는 건가 생각하니까 그게 후회됐어."

윤이 그 자리에 멈춰 섰다.

"김 피디가 전화했을 때 말할 걸 그랬다."

정언은 한숨처럼 중얼거렸다.

"내가 좋아한다고."

긴 침묵이 지났다. 돌아선 윤의 얼굴이 창백했다. 윤이 떨리는 손으로 침대 난간을 꽉 움켜쥐었다. 손끝이 새하얗게 질릴 정도였지만 알지도 못하는 것 같았다.

"그러니까 내 옆에 있어 주면 안 되냐고."

감고 있던 눈을 뜬 정언은 자신을 내려다보는 윤과 시선을 맞췄다.

소중한 게 있다면 잃어버릴까 봐 걱정하지 마.

지키면 되는 거야.

현국의 목소리가 또렷하게 되살아났다. 정언은 희미하게 미소를 지었다.

"……잃어버릴까 봐 겁났어. 지금까지 한 번도 그런 적 없었으니까."

곁에 두면 다치게 할까 봐 무서웠다. 윤이 생각해 본 적 없는 평범한 삶의 순간들을 자신에게 끌어들일 때마다, 그 순간들을 언젠가 잃어버리게 되는 것이 더 두려워졌다. 그래서 말할 수 없었다.

그러나 두 번 다시 그런 후회를 하고 싶지는 않았다. 그 어둠 속에서 바란 지금 이후의 삶. 그건 이 말을 하기 위해 허락된 순간이었다.

"내가 욕심내면 안 될 것 같은데, 내가 가지면 분명히 잃어버릴 텐데……."

"안 그래요."

윤이 고개를 가로저었다. 떨리는 눈동자가 선연했다. 사랑에 빠진 사람의 눈. 자신을 보는 그 눈이 언제나 낯설었다. 소년과 남자의 경계를 흐리는 윤의 눈을 마주 볼 때면, 거부할 수 없이 마음이 이끌렸다.

"안 그래요, 선배. 절대 아니에요. 선배가 저 잃어버릴 것 같으면 묶어서 끌고 다니셔도 돼요."

윤이 정신없이 말했다. 이 순간에도 그 말에 어이가 없어 웃음이 터졌다.

"본인이 무슨 소리 하는지 알고 하는 거지?"

"몰라요. 저 지금 제가 무슨 소리 하는지 모르겠는데, 상관없어요. 저 좋아한다고 하신 거잖아요. 선배가 저보고 옆에 있어 달라고 하신 거 맞잖아요. 제가 잘못 들은 거 아니죠?"

마지막 단어들은 거의 울고 있었다. 대답 대신 윤을 올려다보자, 고개를 숙인 윤의 눈에서 떨어진 눈물이 흰 시트 위로 순식간에 스며드는 광경이 슬로 모션처럼 맺혔다. 서둘러 눈가를 문지른 윤이 어색하게 웃었다.

"솔직히 저 방송 끝나면 울 줄 알았거든요. 그때는 잘 참았는데……."

그새 잠겨 버린 목소리가 끝을 흐렸다. 정언은 농담처럼 내뱉었다.

"이거 가지고도 이러는데 청혼했다간 통곡하는 거 아냐?"

"선배, 제발요…… 저 지금도 기절할 것 같아요."

진심으로 애원하는 윤의 얼굴을 빤히 보던 정언은 짐짓 웃음기를 거뒀다.

"기절하지 마. 기절했다 일어나면 그런 적 없다고 할 거니까."

"잠깐만요, 잠깐만요 선배. 그럼 녹음할 테니까 지금 한 번만 더 얘기해 주세요. 기절했다 깨도 증거는 있어야 되잖아요."

윤이 황급히 핸드폰을 찾는 듯 몸을 더듬었다. 아무리 봐도 장난이 아닌 것 같은 그 태도에 결국 다시 웃는 소리가 터졌다.

"안 해도 돼. 나 그냥 하는 말 없는 거 알잖아."

서 있기가 힘든 듯 침대 난간을 붙잡은 윤이 몸을 숙이며 긴 한숨을 뱉었다. 무슨 생각을 하는지 한동안 말없이 서 있던 윤이 손끝으로 정언의 머리칼을 만졌다. 머리칼을 쓸어 올려 주며 이마로 스치는 손끝이 떨렸다. 정언은 그 손을 잡아 내렸다. 그러자 긴 손가락이 사이로 스미듯 깍지를 끼어 왔다.

"……걱정하게 해서 미안해."

그 말에 윤이 웃었다.

"괜찮아요."

잠시 정언을 들여다보던 윤이 몸을 기울였다. 얼굴이 가까워졌다. 고작 한 뼘도 되지 않을 듯한 사이에서 가느다란 호흡이 느껴졌다. 숨이 겹쳐지는 거리. 이제 익숙해진 희미한 섬유유연제 향 같은 것이 그 사이로 흩어졌다.

"진짜 다 괜찮아요."

윤이 나지막하게 대답했다. 정언은 잡힌 손으로 윤의 넥타이를 가만히 쥐었다. 풍선의 실을 놓치지 않으려는 아이처럼 움켜쥔 손길에 윤이 다른 쪽 손을 침대 위로 짚으며 몸을 더 깊이 숙였다. 닿은 입술 사이로 윤의 체온이 순식간에 번져들었다.

정언은 눈을 감았다. 민감해진 감각들 사이로 모든 단어가 자취를 지웠다. 한동안은 어떤 말도 필요하지 않을 것 같았다.

괜찮았다.

모든 것이 전부 다.

50

안녕하십니까, 시청자 여러분.

먼저 17년이라는 긴 시간 동안 변함없이 <비하인드 24>를 아껴 주신 시청자 여러분께 깊은 감사의 말씀을 드립니다.

그간 언론 보도를 통해, 혹은 다른 경로로 공영방송에 가해지고 있는 탄압을 접하셨으리라 생각합니다. 저희 역시 그 탄압에서 예외는 아니었습니다. 그러나 이 자리에서 미처 다 언급할 수 없는 수많은 방해 속에서도, 시청자 여러분의 관심과 사랑으로 무사히 900회 방송을 마칠 수 있었습니다.

이제 저희는 미리 말씀드린 대로 잠시 여러분의 곁을 떠납니다. 그러나 이것은 결코 패배 선언이 아닙니다. 저희는 시청자 여러분께서 오랫동안 보내 주신 신뢰에 보답하기 위해, 방송의 바깥에서 더 치열하게 싸우고자 한 걸음 물러납니다.

돌이켜 보면 <비하인드 24>는 저희 삶의 가장 큰 행운이자 가장 무거운 짐이었습니다. 평범한 사람에 지나지 않는 저희가 진실의 목격자로서 살 수 있는 행운을 얻었지만, 그 진실의 무게를 감당하기에는 벅찰 때도 있었습니다. 그럼에도 이 자리를 지킬 수 있었던 것은 시청자 여러분 덕분이었습니다. 어둠에서 눈을 돌리지 않고 기꺼이 동행해 주신 여러분이 계셨기에 저희도 계속해서 나아갈 수 있었습니다.

시청자 여러분과 함께하는 매 순간은 저희의 역사였으며, 곧 모두의 역사였습니다. 저희는 역사가 언제나 진보한다고 확신합니다. 지금까지 그래 왔듯, 여기까지 함께해 주신 여러분의 작은 목소리가 모여 세상을 바꾸고 이 기나긴 밤을 밝히는 힘이 된다는 것을 믿어 의심치 않습니다.

저희는 그 믿음을 가지고 끊임없이 맞설 것입니다.

<비하인드 24>는 반드시 여러분의 곁으로 돌아옵니다.

901회로 다시 인사드릴 날을 기다리겠습니다.

<비하인드 24> 제작진 일동.

51

"저희도 주말에는 쉬어야죠. 일부러 전화 꺼 놓은 건 아니고요, 일이 있었습니다. 아뇨, 저희가 당장 인터뷰 응할 상황이 아니라서요. 네, 네. 일단 좀 마무리되고 나서, 네."

열 통째가 넘어간 이후로는 숫자 세는 것을 포기했기에, 방금 걸려 온 게 몇 번째 전화인지 기억할 수가 없었다. 재희는 아침부터 내내 울려 댄 탓에 뜨거워진 핸드폰을 내려놓았다.

다른 팀원들이라고 사정이 나은 건 아니었다. 끊임없는 벨소리와 진동으로, 월요일 아침부터 사무실은 시장 바닥을 방불케 하는 수준이었다. 귓전을 때리는 전화벨에 예준이 부리나케 수화기를 집어 들었다.

"네, 누구…… 아, 박 기자님. 아니, 벌써 말씀드렸잖아요. 아이고, 제가 박 기자님만 피하고 그런 게 아니라니까요. 제가 뭐 안 만나드리려고 그러는 게 아니라 진짜 저희가 지금 그럴 시간이 없어요. 잠깐만요, 다른 데서 전화가 또 들어와서."

예준이 한쪽 어깨에 수화기를 끼우고 다른 손으로 핸드폰을 확인하는 사이, 전화를 받고 있던 찬수는 말 돌리기에 여념이 없었다.

"아니, 무슨 말을 해 달래. 그냥 우리 방송 나간 게 다야. 비자금 그건 원래 <데일리시사>가 하던 거고. 그거 메인이 서정언 피디인데 지금 부재중이야. 난 진짜 뭐 아는 게 없다니까. 나는 아주 조금, 조금 서포트만 했고…… 이 인간이 속고만 살았나, 왜 이래."

이 소란함 속에서도 이어폰으로 귀를 틀어막은 채 우아하게 커피를 홀짝이던 현진이 마침내 더 이상은 못 참겠는지 벌떡 일어나며 고함을 쳤다.

"야, 다들 전화 좀 끊어! 아주 시끄러워 죽겠어!"

우아한 건 겉보기뿐이었던 듯했다. 황급히 수화기를 내려놓은 철진이 항변했다.

"전화가 오는 걸 어떡해요. 핸드폰을 꺼 놓을 수도 없고."

"도대체 다들 여태 어디서 뭐하다가 우리가 모가지 내놓고 방송하니까 뒷북을 찢어지게 치냐?"

현진의 말에 재희가 웃는 소리를 냈다.

"뒷북이라도 쳐 주니까 얼마나 다행이에요."

사실 방송을 내보낸 뒤 가장 걱정했던 건 반대의 상황이었다. 자신들을 제외한 모두가 침묵하고, 그런 보도는 있지도 않았던 것처럼 되어 버린다면 그거야말로 상상할 수 있는 최악이었다.

이렇게까지 한 것도 아무 보람 없이, <뉴스라이트>의 몇몇과 자신들, <데일리시사>가 역풍을 맞고 그대로 묻혀 버릴 가능성도 생각하지 않은 건 아니었다. 때문에 월요일 아침부터 쏟아지는 연락과 엄대진에 대한 뉴스들은 차라리 안심이었다.

그때 지혁이 오늘자 조간신문을 품에 한 아름 안고 사무실에 나타났다. 근처 편의점에서 신문이란 신문은 다 쓸어 온 모양이었다. 십수 종의 신문을 탁자 위에 차곡차곡 펼쳐 놓는 지혁의 곁으로 팀원들이 모여들었다. 가장 먼저 선명한 헤드라인이 눈에 들어왔다. <조한일보>였다.

"'엄대진, 장인까지 살해했나'…… YBS <비하인드 24> 보도 파문'.

장인 살해. 입 안으로 뇌어 본 말은 조미료를 듬뿍 친 음식처럼 입에 착착 붙는 느낌이었다. 하여튼 선동 실력은 알아줘야 돼, 하고 속으로 중얼거린 재희는 고개를 절레절레 저었다.

'서온건설 게이트 제2막 개봉, 엄대진 어디로 가나', 'YBS <뉴스라이트>, 잇따른 추가 폭로 예고' 따위의 제목들을 훑어보던 현진이 팔짱을 끼었다.

"헤드라인 좋고, 웬일이래? 덮고 넘어갈 줄 알았는데. 서온건설 게이트 때도 일주일 내내 1면에 싣는 놈들이 하나도 없더니."

"변순철이 걸렸잖아요. 유력 대권주자가 장인 죽였다는데 안 물어뜯을 수 있나. 다른 건 몰라도 이건 진짜 크지. <조한일보>에서 바로 장인 살해로 헤드라인 뽑은 거 봐요. <조한일보>가 이렇게 나오면 나머지도 따라가게 돼 있어요."

재희의 대답에 현진이 휙 휘파람을 불었다.

"실직 일보 직전인데 출발은 좋네."

바람 빠지듯 웃는 소리가 여기저기서 터졌다. 이미 일요일 오전에 인사위원회 소환 예고 문자가 모두에게 날아온 뒤였다. 월요일까지 기다리지도 못하고 문자부터 보낸 걸 보니, 위에서 어지간히 난리가 났나 보다 짐작은 하는 중이었다.

손에 들고 있던 핸드폰이 진동했다. 또 어디 기자인가 싶어 무심코 시선을 내리자, 충민의 이름이 보였다. 재희는 충민에게 들어온 메시지를 확인하고는 고개를 들었다.

"인사위원회 소환 명단 지금 붙었다네."

그 말이 신호라도 된 양 곧이어 다른 피디들의 핸드폰도 연달아 진동했다. 메시지로 온 명단을 확인한 찬수가 코웃음을 쳤다.

"아주 작정했는데? 우리하고 <뉴스라이트>에 주조, 부조, 교양국 최진수 부장에 그 팀 스탭들까지 싹 다 소환했네."

"오륙십 명은 되겠는데? 아이고, 아주 날밤 까고 인사위원회 하라고 그래. 그 사람들 언제 다 하나하나 불러서 소명하는 거 들으려고?"

"그러니까. 삽질한다 삽질한다 하니까 진짜 삽질하고 있어, 이것들이."

찬수가 현진과 주거니 받거니 하며 투덜대는 사이, 재희는 손 끝으로 스크롤을 하며 명단을 보았다. 하단에는 '오늘 오후부터 가나다순으로 소환 예정, 순서는 명단대로'라고 적혀 있었다.

명단 가장 위에 선명히 박힌 자신의 이름을 확인한 재희는 과장된 동작으로 어깨를 으쓱해 보였다.

"매도 먼저 맞겠네, 이거."

"선배 맷집 좋잖아요. 미리 많이 맞고 인사위 진 좀 빼요."

"아니, 대신 맞아 준다는 말은 못할망정 우리 의리가 이것밖에 안 돼?"

재희는 철진의 말에 눈을 부릅떴다. 철진이 낄낄거리는 사이, 사무실 문이 열리며 누군가가 고개를 들이밀었다.

"야, 강재희."

한동이었다.

문틈으로 손짓하는 한동을 본 재희는 어, 하며 바로 한동에게 달려갔다.

　재희를 데리고 옥상으로 올라간 한동은 자판기에서 커피 두 잔을 뽑았다. 재희에게 한 잔을 건네고는 벤치에 걸터앉은 한동이 주머니를 뒤적여 담배를 꺼내 물었다. 재희가 곁에 앉자 한동은 담배에 불을 붙였다. 커피를 한 모금 마신 재희가 먼저 말을 꺼냈다.

　"한선당 지금 어떻대요? 현 기자가 무슨 얘기 합니까?"

　담배 연기를 허공에 내뿜은 한동이 픽 웃는 소리를 냈다.

　"뭘 어떻게 돼, 인마. 현선준이 오늘 아침에 국회 들어갔는데 한선당 지금 완전 초상집이란다. 방송 이렇게 나간 이상 이규완 밀어야 하는 거 아니냐는 얘기까지 나온다는데."

　"이규완도 이미 검찰 조사 받는 상황이라 아무리 일이 이렇게 됐어도 한선당에서 엄대진 버리기 쉽지 않을 텐데요. 대응본부 만들었대요?"

　"만들긴 했나 본데, 지금 미디어 통제가 안 되잖아. <조한일보> 컨트롤 실패하니까 그 아래는 줄줄이 소시지지, 뭐. 엄대진이 일요일 새벽에 바로 김인택한테 튀어 갔다는데, 김인택이 안 만나 줬다는 소리 있던데. 오늘 헤드라인 보니까 내부에서 변은화하고 김인택이 미디어그룹에 지령 준 것 같아. 종편 채널에서도 아침부터 계속 자극적으로 기사 뽑더라고. 타격 심할 거야."

　느긋하게 대답한 한동은 잠시 말없이 담배를 피웠다. 절반쯤 타들어 간 담배를 눌러 끈 한동은 적당히 식은 커피를 홀짝이며 말을 이었다.

　"일요일 아침에 <데일리시사>까지 터졌잖아. 임형원 기자 병원 들어가서 기사 못 나올 줄 알았을 텐데 토요일 밤에 <비하인드 24> 나가고 일요일 아침에 바로 <데일리시사> 터져서 대비를 못 한 것 같아. 인터넷에 지금 토, 일, 월, 사흘째 실시간 검색어 아니냐. 한선당에서 포털에 내려 달라고 지랄발광하나 봐. 기계적으로 내려도 사람들이 워낙 많이 검색을 해 대니까 검색어를 아예 블라인드 안 하면 막히질 않는다고 그러더라고."

"검색어 블라인드하면 자살하겠다는 소린데요."

재희가 툭 내뱉자 한동이 명치 위를 쓸어내리며 킬킬거렸다.

"그러니까. 어우, 아주 십 년 묵은 체기가 다 내려갔어. 기자회견 하긴 할 모양인데 뭐라고 할지 두고 봐야지."

"이게 얼마나 갈까요?"

잠깐 생각하던 재희가 물었다. 기실 지금 중요한 건 이 문제였다. 잠깐의 화제몰이는 성공했지만, 대선까지는 아직도 긴 레이스였다. 엄대진이 언제든 여론 반전을 시도할 가능성이 있었다. 한동이 눈썹을 좁혔다.

"서온건설 아파트 입주자들 일도 그렇고, 지금 수도권 신도시 쪽 여론은 완전히 돌아섰다고 봐야 돼. TK에서도 우리가 키워 줬는데 부실공사로 갚았다 이런 여론이 굉장히 강하다고. 한선당에서 부랴부랴 지진 피해 대책위 만들어서 적극적으로 보상 대책 논의한다고 했다는데, 오늘 아침에 현장에서 한선당 의원들 쫓겨났다잖아."

"분위기 뒤집어야 될 테니까 민 의원 네거티브로 가겠죠?"

"제일 먼저 생각할 만한 거긴 한데, 이 건을 덮을 만한 네거티브 소스가 없지. 그런 게 있으면 벌써 썼지 남겨 뒀겠어? 기껏해야 예전 변호사 사무실 계약할 때 다운계약서 썼다 이딴 거나 애기할 텐데, 사실도 아닌 데다 그런 거 아무리 떠들어 봐야 <조한일보>가 돌아선 이상 스피커가 없으니까 공허하다고. 대신 우리가 이걸 대선까지 끌고 가려면 추가 보도 계속 터트려야 하는데 그렇게 되게 내버려 두진 않겠지. 일단 인사위에서 다 틀어막지 않겠냐?"

본인도 소환 명단에 들어 있으면서 남 애기 하는 투였다. 되묻던 한동이 생각났다는 듯 자세를 고쳐 앉았다.

"서정언 어떻게 됐어? 많이 안 좋대? 병원 가 봐야 되는데."

"출혈은 잡았고, 왼쪽 어깨 골절이래요."

재희의 대답에 한동이 혀를 찼다.

"그거 판은 저 혼자 다 깔아 놓고 누워 있으려니 그 성질에 근질근질하겠네. 애들이 현장 찍어 온 거 보고 아주 심장 떨어지는 줄 알았어. 차가 절반이 날아갔잖냐. 내가 그거 보자마자 서정언 살았나 죽었나 이러면서 지랄을 했다니까."

"그만하길 천만다행이죠."

"구조대원 말로 현장 도착했을 때 아, 또 사람 죽었구나. 그러고 갔다더라고. 피칠갑을 해서 실려 나왔다는데 목숨 붙인 게 기적이다. 그 차 들이받은 새끼는?"

"살인교사하고 살인 걸려 있는 게 있어서 바로 담당서에서 데려갔어요."

손경일은 이미 수배가 걸려 있는 상황이라 응급처치 후 담당서로 인도된 뒤였다. 한동이 심각한 표정으로 눈썹을 긁적였다.

"그 새끼 검찰 넘어가면 엄대진이 검찰 움직이려나?"

"저희도 그게 좀 걱정입니다. 엄청나게 중요한 증인이라 엄대진이 제거하려고 하지 않을까 싶기도 하고요. 서온건설 게이트 때처럼 여론 반전시킬 기회 노릴 텐데, 프레임 한 번 먹히면 어떻게 될지 모르겠어요."

재희는 남은 커피를 마셨다. 달고 쓴맛이 입 안에 맴돌았다. 한동이 목소리를 낮췄다.

"그렇지. 일단 김인택 쪽에서 오후에 접선하자고 연락이 왔어. 변은화가 방송 봤대. 엄대진이 말한 신약 복용 중이었나 봐."

"부작용 아직 없었답니까?"

"나도 자세한 건 모르겠는데 아직 안 실려 간 거 보면 그렇지 않겠어? 본서울 담당 의사들 전부 엄청나게 깨졌다는 소리는 들리더라고. 변은화가 소송 걸겠다고 난리가 난 모양이야. 이를 갈면서 엄대진 죽여 버리겠다고 했다던데. 김인택 쪽에서 우리가 추가 자료 가지고 있는지, 검증 가능한지 한 번 확인해 보려는 것 같아."

말없이 귀를 기울이고 있던 재희는 실없이 웃었다.

"누가 먼저 죽이냐가 문제겠네요. 엄대진은 우리 죽여 버리고 싶을 거 아니에요."

끔찍한 소리를 태연하게 하는 재희에게 한동이 질렸다는 표정을 했다.

"웃음이 나오냐, 인마? 진짜 죽을 수도 있는데?"

"죽을 땐 죽더라도 엄대진이 집에서 그 방송 보다가 기절초풍했을 얼굴 상상하면 기분이 좀 좋더라고요."

"그건 그래. 우리가 그 개고생을 한 보람이 있잖아."

바로 태세를 전환한 한동이 손목에 찬 시계에 잠깐 눈을 주더니 물었다.

"넌 인사위 언제 호출이냐?"

"오늘 오후요. 가나다순이라 제가 첫 번째잖아요. 매도 먼저 맞는 게 낫긴 한데, 너무 먼저 맞는 거 아닌가 싶어요."

재희가 짐짓 투덜거리자 한동이 재희의 등을 툭툭 쳤다.

"너 같은 놈이 먼저 맞아 줘야 뒷사람이 편하지."

"제가 뭐 샌드백입니까? 보는 사람마다 그 소리게."

"야 인마, 매도 맞아 본 놈이 프로답게 맞는다니까."

띄워 주는 건지, 놀리는 건지 분간이 안 가는 말투로 진지하게 말한 한동은 킬킬 웃었다.

"뭐 그냥은 안 넘어가지 싶긴 하다. 엄대진이 꼭지 완전 돌아갔다고 하더라고. 어제 윗대가리들 불러 조인트 엄청 깠다니까 빠따 제대로 맞을 각오는 하고 가."

"이럴 때일수록 잘 달래서 데려가야 될 텐데, 사람이 왜 그렇게 인덕이 없죠?"

"그러니까 망하지."

심드렁하게 내뱉은 한동이 아, 하더니 딱 소리가 나게 손뼉을 쳤다.

"그나저나 김윤 걔 출근했냐? 난리야 난리. 대체 누구냐고. 어제 들어갔더니 집사람이 그 피디 너무 잘생겼다는 소리만 삼십 분을 하더라. 우리 팀 애들도 아주 그냥 눈이 하트가 돼 가지고 김윤 피디 타령을 얼마나 하는지……."

"오늘 연차 썼습니다. 그 정도예요? 이거 김 피디 불러온 거 판단 미스였네. 내 인기 떨어지는데."

재희가 턱을 만지작거리며 심각한 얼굴을 하자 한동이 재희를 아래위로 훑어보고는 혀를 찼다.

"하긴 강재희 한물갈 때 됐지."

"서운하게 무슨 말씀이세요, 저 아직 십 년은 더 현역이에요."

"그만큼 해 먹고 십 년을 더 해? 야, 이 새끼 이거 완전 장난 아니네."

"곧 삼십 년도 해 드시는 부장님이 왜 이러십니까."

받아친 농담에 한동이 졌다는 듯 두 손을 들어 보였다. 웃는 소리를 낸 재희는 화제를 돌렸다.

"국장님하고 사장님은 검찰 조사 이후로 아직 별 얘기 없죠?"

"그런 것 같더라고. 국장님한테 연락 안 왔냐?"

"어제 점심때쯤 전화하셨더라고요. 방송 잘 봤다고. 어떻게 되는 거냐고 여쭤보니까 검찰에서 일단 조만간 2차 조사가 있을 거라는 식으로 얘기했대요. 변호사들은 걱정 말라고 그러긴 했답니다."

전화 너머로 들려오던 선경의 목소리를 떠올리자 가슴 한쪽이 약간 묵직하게 가라앉았다. 언제나 잘 벼려진 칼 같던 선경이 지치고 무뎌진 걸 깨닫는 일은 그다지 유쾌하지 않았다.

재희의 속을 알아차리기라도 한 양 잠깐 말이 없던 한동이 입을 열었다.

"구속영장 청구할 거 같긴 한데, 지금 여론이 이래서 발부 안 되지 않겠냐? 애초에 영장 청구 자체도 좀 무리고."

"<뉴스라이트>는 어떻게 하실 겁니까?"

"아예 지금 인사위 결정 떨어지기 전까지는 남은 멤버들끼리 제작팀 구성해서 돌리자고 합의 봤어. 니들한테 받은 자료랑 서정언 사고 건 엄대진이 교사한 걸로 엮어서 오전 회의 들어가려고. 그나저나 최영직 그 새끼 뭐라고 안 하든?"

한동이 영직의 이름을 꺼내기 무섭게 핸드폰이 진동했다. 무심결에 핸드폰을 꺼내 확인한 재희는 피식 웃었다. 액정에 '최영직 CP'라는 이름이 선명했다.

"양반 못 되시는데요."

한동에게 화면을 보여 준 재희는 바로 전화를 받았다.

"네, 강재희입니다."

『잠깐 올라와.』

언제나처럼 거두절미하고 본론부터 내뱉는 건조한 목소리가 돌아왔다. 좋은 말 하자고 부르는 것일 리는 만무했다. 용건은 이미 충분히 짐작 가능했다.

"알겠습니다."

대답하기 무섭게 전화가 끊어졌다. 재희는 몸을 일으켰다.

"가 봐야겠어요."

한동이 손을 휘적거렸다. 빈 종이컵을 구겨 쓰레기통에 던져 넣은 재희는 옥상을 나섰다. 비상구 계단을 내려가 CP실 문 앞에 선 재희는 잠시 숨을 골랐다. 복도는 쥐 죽은 듯 고요했다.

매번 찾아올 때마다 숨이 막힐 것 같던 그 침묵이 오늘은 도리어 편안했다. 문을 두 번 두드리자 안에서 영직의 대답이 들렸다.

"들어와."

문을 열자 서늘하게 가라앉은 공기가 밀려들었다. 희미하게 에어컨 팬 돌아가는 소리가 적막 사이로 스몄다. 문을 닫은 재희는 시선을 들었다. 소파에 앉아 있던 영직이 재희 쪽을 보지도 않고 앉아, 하고 내뱉었다. 손가락 사이에 끼워진 전자담배 끝에서 빨간 불이 반짝였다.

"……도대체 무슨 생각을 하고 사는 거야?"

재희가 맞은편에 앉기 무섭게 영직이 입을 열었다. 책망하는 말투였으나 그건 어쩐지 무력하게 들렸다. 평소의 냉소적인 얼굴은 여전했지만 전 같은 여유는 느껴지지 않았다. 재희가 잠시 침묵을 지키는 사이, 영직은 전자담배의 전원을 끄며 짧은 한숨을 뱉었다. 안경 너머의 눈은 충혈된 채였다.

"이사진 시사 때 가져온 파일은 뭐였어?"

영직이 다그쳤다. 기가 막힐 만도 했다. 멀쩡히 이사진들을 앉혀 놓고 최종본이라고 편집까지 다 마친 영상을 틀었는데, 그게 가짜일 거라고 예상한 사람이 있을 리 없었으니 기가 막힐 만도 했다. 재희는 약간 웃고 싶은 기분이 된 것을 참으며 대답했다.

"따로 편집했습니다."

"처음부터 생방송할 생각이었고?"

"네."

영직은 망설이는 기색도 없는 재희를 빤히 바라보았다. 단어를 고르는 듯 한동안 말이 없던 영직이 물었다.

"생방에서 <비하인드 24> 셔터 내리겠다고 말한 건 본인 생각이야?"

"팀에서 합의된 사항입니다."

"왜 일을 크게 만들어!"

다음 순간 영직이 고함을 쳤다. 그 잘 만들어진 가면 같은 얼굴이 순식간에 무너졌다. 분노와 당혹감 따위가 뒤섞인 그 표정은 놀랍게도 묘하게 인간적으로 느껴졌다. 영직이 쥐고 있던 전자담배를 탁 소리가 나게 내려놓았다.

"프로그램 유지시켜 주겠다고 말했잖아! 뭐가 불만이야? 뭐가 불만이라 일을 이렇게 만들어? 지금이 독재 시대도 아니고, 누가 니들 대공분실 끌고 간다고 했어? 그냥 몇 년만 참고 눈치 좀 보라는데 그게 힘들어? 왜 회사를 이렇게 들쑤시냐고! 이게 대체 무슨 효과가 있을 것 같아서 이래? 이럴수록 힘없는 놈들만 개죽음당하는 거 몰라?"

"정말 아무 효과 없는 일이면 저 부르시진 않았을 거라고 생각합니다."

더 잃을 게 없다고 생각해서인지, 영직이 그렇게 화를 내는데도 마음은 도리어 편했다. 담담한 재희를 본 영직이 기가 찬다는 표정을 했다.

"해고까지 갈 수 있는 사항인 거 알고 저질렀어?"

"편성 받은 시간에 편성 받은 프로그램 방송한 건 해고 사유 안 됩니다. 윗선에서 원하시는 대로 시청률도 동시간 최고로 뽑아 드렸는데요."

빙글거리는 재희의 얼굴에 영직이 고함을 쳤다.

"해고 사유가 되는지 안 되는지는 위에서 결정해!"

"문 닫겠다고 말했을 때 아무 생각 없이 했겠습니까? 해고 걸고 저희 협박하시는 거 불가능합니다. 위에서 저희 해고하신다면 지금 상황에 기름 붓는 꼴 될 것도 각오하셔야겠죠."

해고까지 감수하고 저지른 짓이긴 했지만, 눈앞에서 그런 말을 들으니 썩 유쾌하지는 않았다. 그러나 어차피 돌이킬 수 없는 일이었다. 영직이 한쪽 손으로 얼굴을 덮으며 긴 한숨을 쉬었다. 오랫동안 사이를 둔 영직이 가라앉은 투로 입을 열었다.

"대체 이렇게까지 해야 되는 이유가 뭐야?"

"사람이 이유가 있어야만 진실 말할 수 있습니까?"

되물은 말에 영직이 미간을 좁혔다. 철없는 어린애를 보는 듯

한 눈으로 재희를 응시하던 영직이 내뱉었다.

"엄대진 뒤통수 한 번 쳤다고 이긴 것 같아? 검찰 넘어가면서부터가 진짜 시작이야."

"지금까지 엄대진 한 번도 검찰 포토라인 선 적 없습니다. 거기 세우면 그때부터 시작입니다. 시작을 해야 무슨 일이든 벌어지죠. 시작도 안 하면서 진짜네 가짜네 얘기하는 게 무슨 의미가 있습니까?"

"검찰 윗대가리들 이미 신환석계가 장악했어. 시작이고 뭐고 애초에 싸움이 안 된다고."

재희는 그를 마주 보았다. 안경 너머의 싸늘한 눈동자는 어쩐지 이상한 동정을 갖게 했다.

"어차피 지는 싸움 하지 말라고, 그냥 입 다물고 살라고 강요하면 세상이 더 나아집니까?"

"말대꾸하지 마."

"CP님이 사시는 세상은 그랬습니까?"

영직이 순간적으로 멈칫했다. 재희는 그 찰나를 놓치지 않았다. 영직의 뿌리 깊은 회의감 어딘가에서 일어나기 시작한 균열을 엿본 것 같았다. 그 역시, 언젠가는 이쪽 세상에 살았던 사람이었다. 젊고 열정적이던 기자의 세계가 무너졌던 순간은 언제였을까.

문득 최창묵의 말이 떠오른 건 필연적이었다.

「서현국하고 최영직 알아주는 콤비였죠. 그런데 한 사람은 죽고, 한 사람은 변절합니다.」

서현국 기자의 죽음이 그를 반대편의 세계로 데려갔으리라는 건 쉽게 짐작할 수 있었다. 최창묵과 인터뷰를 한 직후, 정언이 영직을 만나러 갔다던 윤의 말이 생각났다. 정언에게 영직이 무슨 말을 했을지 불현듯 궁금해졌다.

"서정언은 어떻게 됐어?"

사이를 둔 영직이 말을 돌렸다. 정언이 방송 직전에 크게 사고를 당했다는 건 이미 모르는 사람이 없었다. 영직의 귀에도 그 얘기가 들어간 모양이었다.

"병원에 입원중입니다."

짧게 대답하자 영직이 쓰고 있던 안경을 벗어 내려놓으며 눈가를 눌렀다. 안경 너머로 가려졌던 주름이 손끝에서 짙게 선을 남겼다. 그가 무슨 생각을 하는지는 짐작할 수 없었다. 그러나 재희는 그 패인 주름들 사이로 언뜻 회한처럼 보이는 감정들이 스치는 것을 알아차렸다.

영직이 한숨 섞인 목소리로 말했다.

"……인사위 전까지 내가 최대한 윗선 설득해 보겠지만 자초한 일이니까 기대는 하지 마. 이사진들도 벌써 엄대진한테 깨질 대로 깨져서 시보국 아주 갈아 버리려고 작정했으니까. 특히 팀원들은 몰라도 강 피디 같은 경우는 그냥 안 넘어갈 거야."

영직이 먼저 윗선을 설득하겠다고 나올 줄은 생각하지 못했다. 뜻밖의 이야기에 약간 놀란 재희는 눈썹을 좁혔다. 이미 되돌릴 수 없이 단단해 보였던 그의 회의감을 금 가게 한 건 무엇일까. 그런 의문 끝에 떠오른 건 정언의 얼굴이었다. 빚이 있다고 생각하는 건가, 어쩌면.

"그만 나가 봐."

생각이 더 이어지기 전, 탁자에 시선을 둔 영직이 손을 내저었다. 재희는 대답 대신 되물었다.

315

"행복하십니까?"

영직이 귀를 의심하는 얼굴로 고개를 들었다.

"뭐?"

"과거를 부정하고 타협할 가치가 있을 정도로 지금 행복하시냐고 여쭤보는 겁니다."

영직의 입가가 미묘하게 비틀렸다. 쓰게 웃는 표정은 환각처럼 순식간에 사라졌다. 영직은 안경을 다시 썼다. 차가운 금속테 너머로 영직의 얼굴에 남은 수많은 감정들이 숨어들었다. 예의 그 무감한 목소리가 되돌아왔다.

"궁금하면 본인이 직접 해 보지 그래."

"죄송하지만 그럴 일은 없을 것 같습니다."

재희는 자리에서 일어났다. 가볍게 고개를 숙여 보이며 문으로 향하자 따라붙는 시선이 느껴졌다. 잡은 문고리에서 서늘한 감각이 스몄다. 재희는 뒤를 돌아보지 않았다. 사무실을 나서며 고요한 복도를 걸어가는 재희의 등 너머에서 묵직하게 문이 닫히는 소리가 울렸다.

정언은 헤드에 받쳐 놓은 베개에 등을 더 깊이 묻었다. 벨포 밴드로 고정된 왼쪽 어깨가 약간 욱신거리는 감각은 빈말로라도 유쾌하다고는 할 수 없었다. 아침에 진통제를 맞았는데도 통증은 아직 남아 있었다. 표정을 감춘 정언은 읽고 있던 신문에서 눈을 떼지 않은 채 입을 열었다.

"누가 보면 반신불수 환자인 줄 알겠어. 혼자 다 할 수 있으니까 안 붙어 있어도 돼."

물론 그건 월요일 아침부터 연차를 내고 달려와 병원에 붙어 있는 윤을 향한 말이었다. 정말 간병인이라도 된 양 곁에서 떨어지지 않을 기세라, 일요일에 애써 달래 집으로 보내 놓은 보람이 없었다. 아침 식사를 하기도 전에 새벽같이 병실로 달려와 내내 붙어 있었던 것이다.

"어머, 남자 친구분 오셨나 봐요. 좋으시겠다."

때마침 혈압을 재러 온 간호사가 남의 속도 모르고 지나가듯 말했다. 오늘만 벌써 네 번째였다. 회진 돌 때, 링거 갈 때, 식후 약 줄 때, 그리고 지금. 매번 바뀌는 간호사들마다 하는 말에 윤은 질리지도 않는지 내내 생글거렸다.

남자 친구라니.

회사 후배에, 팀원에, 부사수에, 다른 사람도 아닌 김윤이. 아직도 현실감 없는 사실을 되새긴 정언은 가벼운 한숨을 뱉었다.

가게 때문에 효명이 내내 병실에 있을 수는 없었다. 딱히 와 줄 사람이 없는 판에 윤이 곁에 있어 주는 건 고맙긴 했다. 그러나 조금만 아픈 티가 나는 듯싶으면 골절된 게 자기 어깨인 양 안절부절못하는 통에 더 신경이 쓰이는 것도 사실이었다.

혈압을 잰 간호사가 정상이에요, 하며 다시 병실을 나갔다. 정언이 눈을 가늘게 뜨자 윤이 씩 웃었다.

"저 있어서 안 심심하시잖아요."

정언은 손을 휘적이며 대답했다.

"없을 때도 안 심심했어."

"있으니까 훨씬 덜 심심하실 텐데 아니에요?"

툭 내뱉은 말에도 윤은 전혀 기가 죽지 않았다. 하기야 그렇게 밀어낼 때도 굴하는 법이 없었는데, 이제 와서 그럴 리가 만무하기는 했다. 더 말을 보태는 걸 포기한 정언이 읽고 있던 신문을 덮자 윤이 생각났다는 듯 입을 열었다.

"참, 아까 <데일리시사> 쪽에서 연락 왔었어요. 임 기자님 의식 돌아왔다고 회복중이시래요. 거기도 눈 뜨자마자 제일 먼저 기사 나갔냐고 물어보셨다고 그러더라고요."

"아, 그래? 다른 문제는 없고?"

그 말에 반색하며 묻자 윤이 고개를 끄덕였다.

"네. 검사 진행했는데 별 이상 없대요. 선배한테 고맙다고 꼭 전해 달라고 그러셨다던데요."

"고마운 건 우리 쪽이지. 아무튼 다행이네, 걱정 많이 했는데."

그렇지 않아도 형원이 병원에 입원한 지 며칠이 지났는데도 다른 얘기가 없어 속이 타던 참이었다. 혹시나 형원이 잘못되기라도 할까 싶어 걱정했는데, 무사히 의식이 돌아왔다니 듣던 중 반가운 소식이었다.

대기실에 앉아 애써 씩씩하게 굴던 시현을 떠올린 정언은 재차 물었다.

"범인은 잡혔대?"

"그건 아직 모르겠어요. 다른 얘기 없었던 거 보면 아직 수사 중이지 않을까요?"

"나중에 연락 한 번 해 봐야겠네."

방송 후부터 내내 연락이 끊이지를 않는 통에, 정언 역시 아예 핸드폰을 무음으로 돌려놓은 뒤였다. 방송에서 <데일리시사 인 서울> 이름을 걸고 형원이 직접 나와 엄대진 비자금을 언급했으니, 그쪽도 당장은 정신이 없을 게 뻔했다.

정언은 침대 옆 사물함 칸에 놓아둔 윤의 핸드폰에 눈을 주었다. 윤도 핸드폰을 무음으로 설정해 뒀는지, 소리 없이 화면에 연신 메시지며 부재중 전화 알림창이 뜨는 중이었다. 그러나 윤은 핸드폰 따위는 아예 안중에도 없는 듯했다.

"과일 깎아 드릴까요?"

몸을 숙여 냉장고에서 사과 한 알을 꺼낸 윤은 정언이 미처 뭐라고 대답하기도 전, 과도를 집어 들어 사과를 깎기 시작했다. 작은 과도를 능숙하게 움직이는 윤의 손에 시선을 두고 있던 정언은 기가 차서 웃었다.

"그런 것도 할 줄 알아?"

"제가 뭐 못하는 거 보셨어요?"

윤이 여상하게 대꾸했다. 그러는 사이에도 얇은 껍질이 사각거리며 접시 위로 쌓였다.

"말이나 못하면."

"말을 제일 잘하죠."

가차 없이 정언의 말문을 막은 윤은 베드 테이블에 조각낸 사과를 쌓은 접시를 올려 두었다. 정언은 무심결에 그리로 손을 뻗었다. 다음 순간 윤이 얼른 정언을 막더니 곁에 놓인 포크로 사과 한 조각을 찍어 정언에게 내밀었다. 정언이 뭐야, 하는 얼굴로 쳐다보자 윤이 씩 웃었다.

"아 하세요."

"뭐?"

정언은 귀를 의심하며 되물었다. 얘가 미쳤나, 하고 이마에 써 붙인 정언의 표정 따위는 아랑곳 않고 윤이 다시 한 번 손에 든 포크를 내밀었다.

"빨리요."

"나 손 있어."

"저도 눈 있어요. 선배 손 있는 거 안 보여서 이럴까 봐 그러세요?"

대경실색하는 꼴이 더 재미있어 죽을 지경인 모양이었다. 한동안 실랑이를 했으나 결국 손을 든 쪽은 정언이었다. 귀를 아예 막은 양 생글거리며 앵무새처럼 아 하세요, 빨리요, 를 반복하는 윤에게 이길 리 만무했다. 기어이 입 안에 사과 한 조각을 넣어 준 윤이 의기양양한 얼굴을 했다.

"이러려고 과일 깎아 준다고 했어?"

사과를 전투적으로 씹으며 부루퉁하게 내뱉는 정언을 본 윤이 쿡쿡거렸다.

"꼭 그런 건 아니고요."

"그럴 의도가 있긴 있었다?"

말꼬리를 잡는 정언의 태도에도 윤은 여유로웠다.

"백 퍼센트 결백하다고는 할 수 없죠."

"취재 몇 달 하더니 발언이 아주 정치적인데."

"연애는 정치적으로 안 하니까 걱정하지 마세요."

먹던 사과가 목에 걸렸다. 입을 틀어막으며 몇 번 기침을 한 정언은 티슈를 뽑아 입가를 닦았다. 아주 선배 머리 꼭대기에 앉으려고 드네, 하고 속으로 중얼거린 정언은 고개를 절레절레 저었다. 아무리 생각해도 윤을 이긴다는 건 요원한 일이었다.

괜히 받아 준 건가. 때늦은 후회가 잠시 밀려왔으나 이미 엎질러진 물이었다. 없던 두통이 생기는 것 같아 관자놀이 부근을 누른 정언은 말을 돌렸다.

"인사위원회 소환한다고 그러던데 혹시 명단 왔어? 폰 확인을 못 했는데."

사과 조각을 집어 먹던 윤이 고개를 끄덕였다.

"아까 왔던데요. 우리 팀하고 <뉴스라이트>, 주조, 부조 들어간 엔지니어 분들, <오늘의 요리> 팀까지 다 명단에 있어요."

"<오늘의 요리>는 왜? 스튜디오 건 때문에?"

정언이 눈썹을 찡그리며 묻자 윤이 어깨를 으쓱해 보였다.

"스튜디오도 그렇고, 우리 팀에 스탭이 없으니까 <뉴스라이트>하고 그쪽에서 지원해 줬거든요. 그거 문제 삼으려고 그러는 것 같아요."

"인원 엄청날 텐데, 인사위에만 며칠 걸리겠네. 누가 먼저야?"

"강 피디님이요."

정언은 그 말에 바람 빠지는 소리로 웃었다.

"잘못 걸렸는데. 순서 왜 그렇게 정했대? 선배 혼자 필리버스터(filibuster)[3] 하는 인간인 거 몰랐나?"

<비하인드 24> 팀원이라면 누구나 각종 위원회에는 익숙했다. 재희는 그 중에서도 독보적이었다. 대형교회 경영 비리 건 보도로 대형 소송이 걸렸을 때 열린 인사위원회에서 혼자 여섯 시간을 떠드는 통에, 나중에는 위원들이 질려서 제발 그만 말하고 나가 달라고 애원했다는 이야기는 시보국에서 전설처럼 전해

---

3) 국회에서 소수파 의원들이 다수파의 법안 통과·의결 등을 막기 위해 합법적인 수단을 통해 의사 진행을 고의로 방해하는 행위. 장시간의 연설, 규칙 발언 연발, 의사 진행 또는 신상 발언 남발, 요식 및 형식적 절차의 철저한 이행, 각종 동의안과 수정안의 연속적인 제의, 출석 거부, 총퇴장 등의 방법이 이에 해당한다.

지고 있었다.

"가나다순으로 그냥 정한 거라던데요."

윤이 대답했다. 정언은 머릿속으로 자신의 순서를 계산해 보고는 혀를 찼다.

"그럼 난 며칠 더 있어야 되겠네. 김 피디는 몇 번째야?"

"일곱 번째요. 제 차례 오려면 한 이삼 일 걸릴 거래요."

별것 아니라는 투였다. 윤의 말투만 들으면 인사위원회가 아니라 가벼운 면담 자리라고 생각될 정도였다. 베드 테이블 위를 손끝으로 두드리던 정언은 눈썹 위를 두어 번 문질렀다.

"사무실 난리일 텐데, 안 나가 봐도 돼?"

팀원들을 떠올리자 가장 먼저 걱정이 밀려들었다. 산전수전 다 겪었다고 입버릇처럼 말했지만, 입사 이래로 지금 같은 일은 처음이었다. 엄대진에게 상황이 불리해진 건 사실이지만, 그렇다고 해서 회사 전체를 좌지우지하는 세력들이 당장 힘을 잃을 리 없었다.

결국 밀려나는 건 이쪽일 것이다. 반드시 방송을 하겠다고 다짐했을 때부터 각오한 일이었다. 그러나 막상 그 현실이 눈앞에 닥치자 막막한 기분이었다. 장외로 밀려나면 어떤 방식으로 싸워야 할까. 방송을 준비하는 과정과는 비교도 되지 않을 만큼 길고 지루한 싸움이 될 게 분명했다.

"강 피디님이 어차피 일도 없는데 하루 쉬라고 하셨어요."

긍정적인 건 천성인지, 윤은 느긋했다. 그 느긋함이 어이없는 한편 이상하게 안심되는 기분이라 실없이 웃음이 터졌다. 윤이 의아한 표정으로 정언을 마주 보았다. 정언은 서둘러 짐짓 엄한 표정을 했다.

"오랜만에 쉬면서 여기서 아침부터 죽치고 있는 이유가 뭔데."

"선배하고 있는 게 쉬는 거예요. 저 들어가서 한숨도 못 잤다니까요."

"엄청 피곤했을 텐데 왜 잠을 못 자."

한숨도 못 잤다는 소리를 듣자마자 대번에 얼굴이 찌푸려졌다. 윤이 손을 뻗어 구겨진 정언의 미간을 눌러서 펴 주고는 입가를 슬쩍 말아 올렸다.

"설레서요. 꿈에 선배 나와서 심장 터질까 봐 잠을 못 자겠더라고요."

누가 불이라도 붙인 것처럼 단번에 얼굴로 피가 몰렸다. 눈 하나 깜짝 않고 그런 소리를 잘도 하는 게 신기할 지경이었다. 윤이 평소에도 하고 싶은 말은 절대 안 참는다고 생각했는데, 그동안 자신이 본 건 빙산의 일각에 지나지 않았다는 사실을 깨닫자 앞이 막막했다.

속을 들여다보는 것처럼 빤히 응시하는 시선에 그렇지 않아도 뜨거워진 얼굴이 더 화끈거렸다. 도저히 그쪽으로 눈을 돌릴 자신이 없어, 정언은 이미 덮어 둔 신문 위를 손끝으로 더듬었다. 글자가 하나도 들어오지 않았다. 민망해한다는 걸 알아차렸는지 윤이 말을 돌렸다.

"방송 나가고 집에서 난리 나서 여기가 차라리 속 편해요."

"무슨 일 있어?"

같은 문장을 눈으로 세 번째 읽으며 묻자 윤이 소리를 내어 웃었다.

"저 집에 <오늘의 요리> 잘리고 <비하인드 24>로 옮겼다고 말 안 했거든요. 부모님이 생각도 안 하고 계시다가 텔레비전

보고 기절하신 거죠. 쟤가 왜 저기 있냐고. 처음에는 닮은 사람인가 했다가 밑에 제 이름 나가는 거 보고 엄청 놀라셨대요."

"그걸 왜 말 안 했어?"

정언은 생각도 못 한 말에 고개를 번쩍 들었다. 여태까지 얌전히 <오늘의 요리> 하는 줄 알았던 아들이 뜬금없이 <비하인드 24> 생방송을 진행하고 있는 걸 봤다면 어느 부모라도 놀라지 않을 리 없었다. 황당해하는 정언의 얼굴에 윤이 멋쩍어하며 대답했다.

"프로그램 잘리고 전보당했다고 그러면 걱정하실 것 같아서 가만히 있었거든요. 제가 방송 타게 될 줄도 몰랐고. 그러니까 집에서 어떻게 된 건지 당장 와서 설명해 보라고 난리가 난 거예요. 너무 바빠서 못 간다고, 나중에 얘기한다고 그랬죠."

열없이 뒷머리를 긁적이면서도 눈은 여전히 생글거렸다.

"그래 놓고 여기서 이러고 있어?"

"무자식이 상팔자죠?"

선수를 치는 윤의 말에 알긴 아네, 하고 중얼거리자 윤이 쿡쿡 웃었다. 뭐라고 한마디를 하려던 정언은 병실로 들어서는 누군가의 인기척에 말을 멈췄다.

조심스럽게 들어온 사람이 주위를 두리번거리다 열린 커튼 사이로 정언을 보더니 반색했다.

"안녕하세요, 피디님."

희경이었다. 양손에 빵집 쇼핑백과 주스 선물세트를 든 희경이 고개를 꾸벅 숙여 보였다. 희경을 알아본 윤이 자리에서 벌떡 일어났다.

"어, 안녕하세요!"

"저, 이거……."

희경이 손에 들고 있던 것을 내밀었다. 윤이 서둘러 쇼핑백과 주스 상자를 받아 들어 곁에 내려놓고는 얼른 희경에게 자기가 앉아 있던 자리를 권했다. 사양하던 희경은 윤이 재차 앉으세요, 하고 재촉하자 마지못해 자리에 앉았다.

피곤한 기색이 역력했으나 얼굴은 좋아 보여 내심 안심이 되었다. 정언이 자세를 고쳐 앉자, 희경이 얼른 정언을 만류했다.

"편하게 계세요."

"괜찮습니다. 여기까지 무슨 일이세요? 애들은요?"

정언의 물음에 희경이 살짝 민망한 표정으로 미소를 지었다.

"방송 보고 제가 연락 드렸었는데 답이 없어서요. 방송에도 안 나오시고 그래서, 혹시 무슨 일 있으신가 싶었는데 작가님이 피디님 사고로 입원하셨다고 얘기하시더라고요. 제가 찾아뵈어도 되냐고 하니까 병원 알려 주시길래 얼굴 뵙고 인사만 잠깐 드리고 싶어서…… 입원한 분 괜히 부산하실까 봐 애들은 언니한테 맡겨 놓고 왔어요."

"일부러 안 오셔도 되는데, 죄송합니다."

사고가 난 이후로 핸드폰을 제대로 확인하지 못했더니 연락이 끊겨 걱정이 된 모양이었다. 공연히 미안한 마음에 정언이 먼저 사과하자, 희경이 화들짝 놀란 표정으로 손사래를 쳤다.

"사고 났다고 하셔서 제가 너무 놀랐거든요. 혹시 취재하다가 안 좋은 일 당하신 건가 싶어서 오면서 정말 별생각이 다 드는 거예요. 저희 때문에 그러신 거면 어쩌나 싶기도 하고……."

희경이 말끝을 흐렸다. 정언은 얼른 그 말을 부정했다.

"그런 거 아니니까 걱정 안 하셔도 돼요. 일부러 와 주셔서 감사합니다. 제가 먼저 인사 드렸어야 하는데 죄송하죠. 어머님하고 수아, 리아 아니었으면 저희 방송 시작도 못 했을 텐데요."

"아니에요. 피디님들 바쁘신 거 아는데 계속 신경 써 주시고 챙겨 주셔서 정말 감사했어요."

희경이 고개를 가로젓고는 잠시 머뭇거렸다. 무슨 할 말이 있는 사람처럼 손끝을 만지작거리던 희경이 마침내 용기가 난 듯 입을 열었다.

"저, 그런데 제가 뭐 하나만 여쭤봐도 될까요?"

"네, 그럼요."

"그날 수아가 드린 게 뭔지…… 집에 가서 물어봐도 끝까지 대답을 안 하는 거예요. 저한테는 비밀이라고 그러면서. 무슨 이상한 물건 드려서 괜히 폐 끼친 건 아닌지 계속 신경이 쓰여서요."

"아, 그게……."

정언은 대답하려다 순간 망설였다. 규형이 자신의 죽음을 미리 예감하고 블랙박스 메모리를 수아에게 주었다는 이야기를 해도 좋을지 확신이 서지 않았다. 정언의 얼굴에 나타난 짧은 주저를 읽었는지, 희경이 먼저 물었다.

"혹시 애들 아빠 블랙박스 메모리 같은 거였나요?"

가슴이 덜컥 내려앉았다. 멈칫하는 정언을 본 희경이 애써 웃는 얼굴을 했다.

"방송에서 마지막에 애들 아빠 목소리가 나왔잖아요. 차 안에서 찍힌 영상인 것 같아서요. 그런데 제가 그런 걸 본 적도 없고, 드린 적도 없어서 어디서 구하셨을까 하다가 그 생각이 나더라고요."

희경의 목소리 끝이 약간 잠겼다. 희경이 무릎 위에 놓인 손을 꼭 말아 쥐는 것이 눈에 들어왔다. 정언이 뭐라고 선뜻 말을 꺼내기 어려워한다는 걸 눈치챘는지, 윤이 얼른 냉장고에 들어 있던 음료수며 과일 따위를 꺼내 올려놓았다.

"네. 수아가 말하면 안 된다고 해서 저희가 따로 말씀을 못 드렸어요. 박 과장님께서 이걸 다른 가족분이 가지고 계시면 혹시 경찰 조사 받거나 할 때 그쪽으로 넘어갈지도 모른다고 생각해서 수아한테 주셨던 것 같아요. 과일 좀 드시죠. 주스도 드시고요. 애들은 괜찮죠? 상담은 계속 받고 계시고요?"

자연스럽게 화제를 돌린 윤은 음료수 병의 뚜껑을 따 희경 앞에 밀어 놓았다. 희경이 고개를 꾸벅 숙여 보이고는 말했다.

"아빠 생일파티 한 이후로 확실히 많이 좋아졌어요. 요즘은 수아하고 리아가 자꾸 강아지 키우고 싶다는 얘기도 하고, 원장님도 애들 정서에 좋다고 하셔서 주말에 유기견 센터 같이 가 보기로 했어요."

"강아지 키우면 손 많이 가실 텐데 괜찮으시겠어요?"

"자기들이 잘 돌보겠다고, 어디서 배웠는지 각서까지 썼어요. 목욕도 잘 시켜 주고 청소도 잘 하겠다고요."

희경이 핸드폰을 꺼내더니 사진을 한 장 찾아 정언과 윤에게 보여 주었다. 삐뚤삐뚤한 글씨로 쓴 각서였다. 색색의 색연필로 '1. 강아지를 잘 돌보겠습니다. 2. 청소를 잘 하겠습니다. 3. 목욕을 우리가 시켜 주겠습니다. 4. 엄마 말씀 더 잘 듣겠습니다.' 라고 꾹꾹 눌러쓴 글씨가 눈에 들어왔다.

아래는 박수아, 박리아라는 이름 석 자도 또박또박 적혀 있었다. 저도 모르게 웃음이 터졌다. 두 사람이 웃는 것을 본 희경이 민망한 표정으로 가방에 핸드폰을 도로 넣고는 따라 웃었다.

"애들 조르는 건 못 당하겠더라고요. 참, 방송 나가고 하니까 몇 군데서 다른 일자리 소개시켜 주시겠다는 연락도 왔어요. 방과후 교사 월급이 워낙 적으니까, 조금 더 많이 받는 자리로 옮기면 어떻겠냐고요. 그리고 상생변이라는 데서 서온건설에 소송하자고, 도와주시겠다고 하시고요. 최, 뭐라고 하셨는데. 여자분. 제가 잘 몰라서……."

"최유림 변호사님이요?"

"아, 네. 맞아요. 아는 분이세요?"

정언이 되묻자 희경이 눈을 동그랗게 떴다. 정언은 고개를 끄덕였다.

"상생변에서 어려운 분들 많이 도와주시거든요. 최 변호사님 믿을 만한 분이고, 박 과장님하고도 진송신도시 현장에서 여러 번 만나신 적 있다고 들었습니다. 소송 생각 있으시면 도움 많이 되실 겁니다. 서온건설 측에서 다른 얘기 있었나요?"

"조금 아까 보상금 관련해서 만나고 싶다고 메시지가 오긴 했거든요. 어떻게 할지 아직 잘 모르겠어요. 시댁하고도 얘기해 봐야 할 것 같고요."

"그러면 일단 최 변호사님한테 연락하셔서 메시지 보여 드리고 의논하시면 어떨까 싶은데요. 제 생각에는 소송 진행할지, 회사하고 합의할지 그런 부분은 전문가하고 얘기하시는 게 좋을 것 같거든요."

정언의 말에 희경이 네, 네, 하며 고개를 주억거렸다. 정언은 그 얼굴을 가만히 보았다. 길거리에서 스쳐 지나가면 그대로 잊어버릴 듯한 평범한 사람. 그러나 정언은 그런 평범한 사람들이 때로 얼마나 강인할 수 있는지 잘 알고 있었다.

입이 마르는지 음료수를 한 모금 더 마신 희경이 병을 내려놓았다. 그러더니 조심스럽게 정언의 한쪽 손을 잡아 왔다. 따뜻한 손이었다. 가느다란 떨림이 그 체온을 타고 스며들었다. 희경이 입술을 몇 번 물었다 놓고는 말을 꺼냈다.

"사실 제가 처음에 게시판에 글 올릴 때는 진짜 연락 주실 거라고는 생각도 못 했어요. 너무 답답하니까, 누구라도 얘기만 좀 들어 줬으면 좋겠다 싶어서 매일 글 올린 거거든요. 피디님들 오셨을 때까지만 해도 확신이 없었고…… 그런데 방송 보고 너무 놀랐어요. 아, 애들 아빠한테 그런 일이 있었구나. 나는 그런 걸 하나도 몰랐는데, 혼자서 꼭꼭 숨기고 어떻게 살았을까 싶고……."

천천히 말하는 사이 희경의 눈이 새빨개졌다. 윤이 얼른 티슈 몇 장을 뽑아 건네자 희경이 아이고, 하며 창피한 표정으로 서둘러 눈가를 눌렀다.

"제가 아픈 분 병문안 와서 주책이죠."

"아니에요."

정언은 희경의 손을 감싸 쥐었다. 희경이 잠긴 목소리로 겨우 말을 이었다.

"보면서 너무 무섭고 겁났어요. 내가 당한 건 정말 아무것도 아니었구나, 피디님들은 괜찮으실까 싶은 거예요. 방송 보고 잠이 안 와서 뉴스 검색도 많이 해 봤거든요. 그리고 나니까 그 젊은 분들이 이걸 어떻게 하셨을까, 이런 일 하시면서 저하고 애들까지 챙겨 주신 건가 생각하니까…… 제가 제 생각밖에 안 한 것 같아서 정말 죄송했어요."

"그런 생각 하지 마세요. 용기 내서 글 안 올려 주셨으면 저희가 방송 못 만들었죠. 중간에 포기하고 싶으셨을 텐데 끝까지 잘 싸워 주셔서 제가 더 감사합니다."

정언은 거대한 권력과 기업을 상대로 혼자 남겨진 희경이 견뎌야 했을 나날들을 쉽게 상상할 수 있었다. 언젠가는 자신들이 진실을 알려 줄 거라는 막연한 희망에 기대 버텨 온 희경에게 어떤 존경의 말도 아깝지 않은 건 당연했다.

그 한마디에 있는 힘껏 틀어막으며 격류를 막아 내던 둑이 무너진 듯, 희경이 결국 참으려 애를 쓰던 눈물을 터트렸다. 정언은 어깨를 들썩이며 흐느끼는 희경을 달래는 대신 그 손을 더 꼭 잡았다. 자리에서 일어난 윤이 소리 없이 병실 문을 닫았다.

정언은 오랫동안 침묵했다. 자신 앞에서 단 한 번도 눈물을 보인 적 없었던 효명이 희경의 모습 위로 겹쳐졌다. 한 인간으로서의 고통을 묻어 둔 채 얼마나 긴 시간 동안 참아야 했을까. 그 아픔을 어렴풋이나마 짐작할 수 있었기에, 굳이 울음을 멈추게 하고 싶지는 않았다. 그녀에게는 충분히 마음껏 울 수 있는 권리가 있었다.

한참을 흐느끼던 희경이 겨우 조금 진정됐는지 연신 죄송해요, 죄송해요, 하고 입술을 달싹였다. 곁에 앉아 있던 윤이 서둘러 물을 한 잔 따라 주며 마시게 했다. 숨도 쉬지 않고 컵을 비운 희경은 목덜미까지 새빨개져 얼굴을 몇 번이나 닦으며 중얼거렸다.

"아휴, 제가 아픈 분 뵈러 와서 이게 무슨 꼴인지……."

"괜찮아요. 그동안 고생 많이 하신 거 아는데요. 앞으로도 무슨 일 생기면 꼭 연락 주세요. 저희가 도와 드릴 수 있는 일이면 뭐든 도와 드릴 테니까 부담 갖지 마시고요."

정언이 웃으며 대답하자 희경이 다시 한 번 눈가를 티슈로 꾹 꾹 누르고는 고개를 꾸벅 숙였다.

"얼굴 뵈러 왔으니까 그만 갈게요. 제가 가야 쉬시죠. 피디님, 정말 감사해요. 얼른 나으세요. 다 나으시면 제가 꼭 식사 한 번 대접할게요."

"애들 보러 가겠습니다. 조심해서 가세요. 김 피디, 좀 모셔다 드릴래?"

희경에게 가벼운 묵례를 건넨 정언이 윤에게 넌지시 묻자, 윤이 선뜻 네, 하고 대답했다. 희경이 괜찮다며 연신 사양했으나, 자리에서 일어난 윤은 희경을 안내해 병실 밖으로 데리고 나갔다. 병실 안이 금방 고요하게 가라앉았다.

정언은 반쯤 걷어 둔 커튼 너머의 창가로 시선을 주었다. 아파트와 빌딩 숲 사이로 비치는 하늘이 청량했다. 여름의 햇살이 그 사이로 떨어졌다.

취재를 처음 시작했을 때가 겨울의 끝물이었던 것이 떠올랐다. 회색 하늘, 가라앉은 공기, 차갑고 마른 바람 사이를 지나 도착한 계절이 문득 눈부셨다.

윤이 돌아온 건 십 분쯤 뒤였다. 정언이 창가를 보고 있는 걸 알아차린 듯, 윤은 병실로 들어오자마자 창을 열었다. 바람이 병실 안으로 불어 희미하게 떠도는 소독약 냄새를 멀리 밀어냈다. 창가에서 잠시 불어오는 바람 사이로 손을 내밀어 보던 윤이 다시 정언 곁에 앉았다. 정언은 윤에게 물었다.

"잘 가셨어?"

"네. 병원 앞에서 택시 잡아 드렸어요."

대답한 윤이 몸을 조금 숙이며 손끝을 만지작거렸다. 잠시 말이 없던 윤이 혼잣말처럼 입을 열었다.

"방송하고 나서부터 계속 기분이 이상해요."

"왜?"

"모르겠어요. 그냥…… 신문, 방송 다 우리 얘기로 도배되고, 사람들이 전부 그 얘기 하고 있잖아요. 아무것도 못 바꿀 수도 있다고 각오하고 한 거라 더 그런가 봐요. 이렇게 될 수도 있구나, 내가 뭔가 의미 있는 일을 한 건가, 뭐 그런 생각도 들고요. 처음 <비하인드 24> 올 때는 이렇게 될 거라고는 생각도 안 했거든요."

정언은 처음 윤을 만났던 날을 떠올렸다. 파란색 PP박스를 품에 안은 채 회의실로 들어서던 윤의 모습이 어제 일처럼 되살아났다.

만약 그때 윤이 <비하인드 24>로 오지 않았다면 어떻게 됐을까. 민혜가 희경이 올린 글을 무시했다면, 자신이 희경에게 동질감을 느끼지 않았다면…… 쉽게 지나칠 수도 있었던 수많은 우연들이 모여 도달한 곳을 짐작한 사람은 아무도 없을 터였다.

"본인이 몇 달 동안 뭘 했는지 이제 실감이 좀 나?"

피식 웃는 정언의 얼굴에, 윤이 멋쩍은 듯 뒷머리를 긁적였다.

"선배가 다 하신 거죠, 뭐. 전 선배 뒤만 따라다녔는데."

"겸손이 지나친 거 아냐? 두 번만 따라다녔다가는 김 피디가 내 선배 되겠어."

"에이, 싫어요. 그냥 후배 할래요."

농담 반, 진담 반으로 내뱉은 말에 윤이 펄쩍 뛰었다. 예상하지 못한 반응이었다. 정언은 별 이상한 놈 다 보겠다는 표정으로 눈을 가늘게 떴다.

"선배 시켜 준다는데 왜 싫어? 선배 되면 나 안 따라다녀도 되는데?"

"그러니까 싫죠. 따라다니지도 못하는데 선배 돼서 뭐해요."

잠깐 말문이 막힌 정언은 윤을 빤히 보았다. 그 시선을 맞받던 윤의 입가가 슬며시 호를 그렸다.

"왜 그렇게 보세요?"

"기가 막혀서."

"제 얼굴이요?"

정언은 대답 대신 윤의 한쪽 뺨을 잡아당겨 흔들었다. 윤이 아야야, 하며 팔을 휘적거렸다. 정언이 손을 놓아주기 무섭게 윤이 빨개진 볼을 문지르며 얼굴을 찡그렸다.

"그 억울한 표정 뭐야?"

웃음을 참으며 짐짓 엄하게 내뱉자 윤이 입을 삐죽거렸다.

"이런 사이에 좀 받아 주실 수도 있잖아요. 농담인데."

남들이 잘생겼다고 입에 침이 마르도록 칭찬을 할 때는 민망해하면서, 둘만 있을 때는 꼭 자신의 비주얼을 적극적으로 어필하는 윤이었다. 평소의 그 태도를 생각해 볼 때 방금 전의 그 말이 농담이라고 단정할 수가 없었다.

매번 장난스럽긴 했지만, 살면서 본 남자 중에 자기가 잘생긴 걸 모르는 남자는 정언의 기억에 단 한 명도 존재하지 않았다. 재희마저도 자기 얼굴에 자부심이 넘쳤다. 윤이라고 예외일 리 만무했다. 하여튼 이 인간들은, 하고 속으로 중얼거린 정언은 픽 웃으며 되물었다.

"이런 사이가 무슨 사인데."

"연애하는 사이요."

투덜거리는 말투였으나 대답은 바로 돌아왔다. 연애. 울림소리가 많은 두 글자의 단어가 눈에 띄지 않는 돌부리처럼 불현듯 마음에 채였다. 낯선 기분이었다. 정언이 잠깐 그 기분의 정체를 생각하는 사이, 갑자기 말이 없어진 정언을 본 윤이 눈을 동그랗게 떴다.

"이 반응 뭐예요? 선배 그런 분이었어요?"

"그런 분은 또 뭐야?"

기가 차서 되묻자 윤이 심각하게 대꾸했다.

"저 잠도 못 잘 만큼 설레게 하시더니 이렇게 심장 떨어지게 그러실 거예요? 선배 저 가지고 노시면 진짜 나쁜 사람이에요."

"진짜 나쁜 사람 못 만나 봤어?"

정색하는 정언의 얼굴에 윤이 몸을 숙이며 쿡쿡거렸다. 한참 웃던 윤이 정언의 손을 잡아 마디 위로 살짝 입술을 대었다. 가는 숨이 손끝에 닿는 감각이 생생했다. 저도 모르게 깜짝 놀란 정언이 손을 빼려 하자, 윤이 그 손을 더 꽉 쥐며 입술을 댄 채 시선을 들어 정언을 응시했다.

"그만 들었다 놨다 하세요. 장난으로 던진 돌에 맞아 죽는 개구리 생각도 해 주셔야죠."

목소리에 남은 웃음기와 달리 눈은 진지했다. 병실 안의 느슨했던 공기가 한순간 확 당겨졌다. 그 묘한 긴장감에 정언은 순간 숨을 멈췄다. 물끄러미 정언을 마주 보던 윤이 씩 웃었다. 이럴 때면 매번 속을 들여다보이는 기분이었다. 정언은 눈썹을 좁혔다.

"지금 김 피디 얼굴 되게 마음에 안 드는데."

그 말을 들은 윤이 잡고 있던 정언의 손을 놓아주고는 자기 뺨을 만지며 심각한 표정을 했다.

"어, 속으로만 생각했는데 얼굴에 보였나? 너무 티 났어요?"

"무슨 생각?"

"공공장소에서 하기엔 약간 불건전한⋯⋯."

그 말이 미처 끝나기도 전 정언은 윤의 다른 쪽 뺨을 아까보다 더 세게 쥐어 잡아당겼다. 윤이 아아, 하고 파닥대면서도 실실 웃는 통에 맥이 풀린 정언은 고개를 절레절레 저었다.

"그런 소리 하고 싶어서 여태까지 어떻게 참았어?"

"저 인내심 장난 아니죠?"

"원래 그런 스타일이야?"

"이런 남자 싫어하세요?"

말로 싸운다면 재희를 이길 자신도 있었지만, 윤에게는 도저히 그럴 수 없을 것 같았다. 정언은 말을 말자는 표정으로 손을 휘적거렸다. 자신이 이겼다는 걸 직감했는지 의기양양해진 윤이 의자를 당겨 조금 더 가까이 앉았다.

아까 열어 둔 창에서 바람이 스며들었다. 윤이 흐트러지는 머리칼을 쓸어 올리며 창가 쪽으로 고개를 돌렸다. 벽에 걸린 시계에 잠깐 눈을 준 정언은 가벼운 한숨을 섞어 윤에게 말했다.

"진짜 여기 안 있어도 되니까 들어가서 쉬어. 방송 준비하느라 피곤했을 텐데 연차 써 놓고 여기서 뭐하는 거야."

윤이 에이, 하며 대꾸했다.

"집에서 선배 괜찮은가 걱정하는 게 더 답답해요. 눈에 보여야 마음 편하죠."

"계속 이러고 붙어 있을 거면 아예 들고 다니지, 왜."

"그래도 돼요?"

아무 생각 없이 내뱉은 말에 윤이 눈을 반짝였다. 그러라고만 하면 정말 들고 다니기라도 할 기세였다. 어이가 없어 되긴 뭐가 돼, 하고 타박을 놓자 윤이 진심으로 실망한 표정을 했다.

"에이, 저 또 설렜잖아요. 허락해 주시면 진짜 들고 다니려고 그랬는데."

"어디에 어떻게 들고 다니려고?"

"제가 있는 모든 곳에 소중하게 잘……."

아무래도 또 뺨을 움켜잡힐 것 같았는지, 말하면서 윤이 몸을 슬슬 뒤로 뺐다. 눈 하나 깜짝 않고 그런 소리를 잘도 하는 그 얼굴에 이젠 화를 낼 생각조차 들지 않았다.

"실없는 소리 하는 거 보니까 인사위 걱정은 안 되나 보네."

"처음 불려갔을 때나 겁났지, 두 번째 되니까 아무렇지도 않은데요."

혀를 차며 내뱉은 말에 윤이 웃으며 대답했다. 농담이 아닌 것 같았다. 하긴 그간의 일을 생각해 보면 재희와 자신을 능가할 정도로 간이 부었다고 느낀 적이 한두 번이 아니었다. 애초에 아무리 친구 일이라도 이사진들 보라고 글을 올리는 그 대범함이 어디 갔을 리 없었다. 정언은 자기 배를 가리키며 심각하게 물었다.

"간 잘 있어? 배 밖으로 나온 거 아니고?"

"요새 누가 무겁게 간 넣고 다녀요. 집에 잘 두고 왔죠."

마치 예상 질문지를 미리 뽑아 놓기라도 한 양 대답이 즉각 돌아왔다. 윤의 유들유들한 얼굴에 내내 머릿속을 맴돌던 생각이 입 밖으로 튀어나왔다.

"진짜 말이나 못하면."

그러자 윤이 얼굴의 웃음기를 지우며 갑자기 진지한 표정을 했다. 뭔가 불길한 예감이 엄습했다.

"말을 못했으면 다른 걸 더 적극적으로 활용했겠죠."

"뭘 더 적극적으로 활용해?"

"얼굴이라든가, 몸이라든가……."

물론 그런 예감은 늘 틀리는 법이 없었다. 정언은 윤의 대답이 끝나기도 전 칼같이 말을 잘랐다.

"아니, 지금도 충분해."

당연히 진심이었다. 윤이 지금보다 그런 걸 더 적극적으로 활용한다니, 상상만 해도 몸 둘 바를 모를 지경이었다. 몸을 앞으로 기울여 침대 난간에 턱을 괸 윤이 정언을 빤히 보았다.

"아직 그건 시작도 안 했는데 서운하게 무슨 말씀이세요."

창으로 스민 햇살의 입자가 긴 속눈썹과 짙은 갈색 눈동자 위에 떨어져 알알이 반짝였다. 반쯤 올린 머리칼 사이로 드러난 반듯한 이마와 눈썹, 그린 듯 떨어지는 콧대와 입매에 불가항력적으로 시선이 머물렀다. 아무래도 망한 것 같다는 생각이 든 건 직후였다.

"농담이에요."

눈 한 번 깜빡이지 않고 정언을 물끄러미 응시하던 윤이 말했다. 물론 전혀 농담 같지 않았다. 자리에서 일어난 윤이 침대 커튼을 완전히 걷었다. 햇살이 창가에서 하얗게 부서졌다. 정언이 반사적으로 손을 올려 햇빛을 가리자, 윤이 뒤를 돌아보았다.

"큰일 났다."

불현듯 혼잣말처럼 중얼거린 윤은 손을 뻗어 창가의 블라인드를 약간 내려 주었다. 뭐가, 하고 묻자 블라인드를 조절하던 윤이 대답했다.

"가까이서 봐도 예쁜데 여기서 봐도 예쁜데요."

마신 것도 없이 사레가 들렸다. 콜록거리는 정언을 본 윤이 씩 웃었다.

"날씨 진짜 좋아요. 저 커피 한 잔 사올게요. 쉬고 계세요."

윤이 병실을 나갔다. 복도에서 멀어지는 윤의 발소리를 듣고 있던 정언은 테이블 위로 푹 엎드렸다. 아 젠장, 하고 중얼거리기 무섭게 귀 끝이 뜨거워졌다. 심장 뛰는 소리가 고막을 가득 채웠다. 신경 쓰이던 어깨의 통증조차 잠시 기억나지 않았다.

열린 창문으로 바람이 불어 들어왔지만, 달아오른 얼굴을 식히기에는 이미 역부족이었다.

52

복도에 붙은 인사위원회 공고문 앞으로 팀원들이 하나둘씩 모여들었다. 다른 팀도 상황은 마찬가지였다. '시사보도국 3부 <비하인드 24>'라는 프로그램명 아래 쓰인 아홉 명의 이름 옆 고지 사항은 한 칸으로 통합되어 있었다. 강재희, 김윤, 민철진, 서정언, 안호형, 우지혁, 임찬수, 주예준, 최석현, 이상 가나다순, 무기한 정직.

더할 것도 뺄 것도 없는 다섯 글자의 처분은 이미 예상한 사항이라 그다지 충격은 없었다. 공고문이 붙기 전에 이미 징계 사항을 통보받았던 터라 더 그랬다. 석현이 팔짱을 끼며 마치 남 얘기를 하듯 느긋하게 내뱉었다.

"야, 이거 세게 나오네."

호형의 어깨 너머로 공고문을 슬쩍 본 재희가 손에 들고 있던 아이스커피를 마시며 대수롭지 않다는 투로 대꾸했다.

"이럴 줄 예상 못 했던 거 아니잖아."

"이제 어쩌냐?"

석현이 재희를 돌아보며 물었다. 재희는 커피를 한 모금 더 마시고는 물고 있던 빨대를 놓았다.

"뭘 어떻게 해. 인사위 재심 청구하는 거지. 어차피 재심에서도 번복 안 되겠지만 그러면 법원 가고. 판례가 있어서 법원 가면 승소할 가능성 높긴 한데, 일단 그사이에 놀 생각들 하지 마. 집에서 놀면서 구박받고 매일 도시락 싸들고 공원 다니고 이럴까 봐 할 일 생각해 놨으니까."

"할 일?"

석현이 눈을 동그랗게 떴다. 그러나 재희는 대답 대신 곁에 서 있던 윤에게 눈을 돌렸다.

"그건 이따가 얘기합시다. 김 피디, 서 피디는 언제 퇴원한대? 이번 주에는 병원 나온다며."

윤은 손목에 찬 시계를 보고는 대답했다.

"오늘 점심시간 지나서요."

"한 2주 있었나? 더 입원해 있어야 하는 거 아냐?"

재희가 눈썹을 약간 찌푸리며 물었다.

"선배가 답답해서 병원에 더 못 있겠다고 해서요."

윤의 말에 석현이 하여튼 그 성질머리, 하며 낄낄거렸다. 입원한 지 일주일이 넘어가면서부터 퇴원을 입에 달고 살던 정언이었다. 병실에 들를 때마다 정언은 매번 조간신문을 종류별로 쌓아 놓고 시사 주간지를 읽거나 노트북으로 뉴스를 체크하는 중이었다.

그러다 없던 병이 생길 지경이라 억지로 산책을 데리고 나가거나 기사를 못 읽게 했는데, 결국 열흘이 지나자 인내심이 완전히 바닥난 듯했다. 찬수가 곁에서 고개를 주억거렸다.

"서정언 그 성깔에 병원에 누워서 아무것도 못 하고 있으려니 얼마나 속 터지겠어. 인사위 가서 지랄도 좀 해 줬어야 하는데 병원 있다고 소명도 서면으로 하라고 하고."

"오늘 드디어 엄대진 기자회견 한다는데, 서 피디가 어떻게 병원 침대에 가만히 누워서 그 꼴 보겠어요."

호형이 곁에서 한마디 거들었다. 그 말에 퍼뜩 생각이 난 듯 찬수가 호형에게 물었다.

"맞다. 기자회견 몇 시랬지?"

"이따 네 시요. 한선당 당사에서 한다는 것 같던데."

이미 공고문 따위는 다들 안중에도 없었다. 호형이 관자놀이 부근을 긁적였다.

"방송 나가고 열흘이나 무슨 작당을 했을까?"

대신 대답한 건 재희였다.

"변호사들하고 머리 쥐어짰겠지, 뭐. <조한일보>에서 아주 그동안 묻어 놨던 거 빵빵 터트리고 난리가 났는데. 더뉴원랩도 검찰 조사 들어갔지, 서온건설 아파트 주민들마다 집단 소송 들어갔지, 백업해 줘야 할 청와대 지지율은 안 그래도 레임덕이라 더 갈 데도 없는데 지금이 최악이지, 인사위 하는 동안 우리 방송은 계속 나가지. KTBC랑 IBS 보도국도 단체 행동 시작했잖아."

방송 직후, 김인택이 <뉴스라이트> 측과 접촉했다는 이야기는 들은 적이 있었다. 그러나 만약 민주영 의원이 당선되면서 정권이 바뀐다면 <조한일보> 측에도 불리한 부분이 많았다. 때문에 이쪽에서는 김인택과 변은화가 엄대진에게 대립각을 세울지가 초유의 관심사였다.

<조한일보>의 태세 전환은 순식간이었다. 한동이 제공한 자

료가 도저히 그냥 넘어갈 수준은 아니라고 판단한 듯했다. <조한일보>에서는 엄대진과 변정화, 자식들 명의로 된 차명 재산에 대한 단독 기사를 연일 내보내고 있었다. 내부 고발자 수준의 기사들이 끝없이 쏟아졌다.

물론 변정화도 가만히 당하고 있을 리 만무했다. 변정화 역시 상속 과정의 문제와 변은화가 지병 치료 과정에서 받은 특혜 등을 다른 매체에 매일같이 떠들고 다녔다. 거대 미디어그룹 상속자인 두 자매의 혈투에 대중들의 관심이 쏠리는 건 당연했다.

변정화의 폭로에 복수하듯, 변은화는 출시 전의 신약을 엄대진에게 제공한 더뉴원랩에 대한 기사들을 터트렸다. 더뉴원랩에 대한 검찰 조사는 피할 수 없었다. 더뉴원랩 측에서는 자신들은 그런 용도인 줄 전혀 몰랐다며 모든 것을 엄대진 탓으로 덮어씌우고 있어, 아직 초반이었으나 진흙탕 싸움이 될 건 불 보듯 뻔한 일이었다.

이 일의 중심인 서온건설도 무사할 수는 없었다. 대형 아파트 단지 입주민들은 수만 명, 수십만 명 단위였다. 특히 내진설계 미비로 가장 심하게 문제가 된 동해 남부 신도시 지역에서는 시민단체와 함께 자체 조사위원회를 구성하고 이미 집단 소송 절차에 들어간 상태였다.

수도권 신도시 지역에서는 서온건설 아파트 입주 이후 아토피와 알레르기가 발병한 자녀를 가진 부모들의 집단 소송이 진행 중이었다. 성인들 가운데서도 원인 불명의 두통이나 구토감, 피부병 등을 호소하는 사람들 역시 소송에 참여했다. 저가 자재를 사용한 부분에 대한 소송은 별도였다. 전문가들은 각종 소송에 대해 천문학적인 보상액을 예상하고 있었다.

특히 을정신도시, 애포신도시, 한교신도시는 신도시 공사 당시부터 저질러진 비리가 한두 가지가 아닌 탓에 계속해서 제보가 폭주했다. 시장 이하 건축 관련 공무원들은 죄다 전수 조사해야 한다는 여론이 강했다.

이것도 곧 지나가겠거니 하며 침묵하던 정부도 예상과 달리 점점 거세지는 비난에 당황하고 있다는 소문이 돌았다. 피해자들을 중심으로 불매운동과 시민단체 고발, 집회 등의 자발적 행동이 빠르게 확산 중인 데다, 이 사태가 그간 보수 여당과 청와대 세력에 대한 불만 세력을 결집시키는 기폭제가 되고 있었다. 이대로 두면 결코 무시할 수 없는 규모가 될 가능성이 높았다.

"평진에서 소송 담당하겠죠?"

윤이 묻자 재희가 그렇겠지, 하며 고개를 까딱였다.

"차 의원님 말로 어지간한 로펌에서는 수임 다 거절했다던데. 여론이 너무 안 좋아서 변호사들이 엄청 꺼린대. 엄대진 쪽에서 저번 주에 먼저 골든 라인업 짜서 얘들이 변호할 거라고 기사 냈다가 거기 이름 언급된 변호사들이 욕을 좀 먹었어야지. 평진도 안 하려고 했는데 공윤승이 허주경 사장 건으로 엮인 것 때문에 어쩔 수 없이 들어갔다는 얘기 있더라고."

관심도가 최고조인 사건이라 아무리 대형 로펌이라도 선뜻 뛰어들기 쉽지는 않을 터였다. 게다가 허주경 사장 공판 위증 혐의로 구속된 이현교가 CCTV 조작에 대해 검찰과 평진 측의 외압이 있었다고 증언해 버리는 바람에 평진도 아주 난처해진 상황이었다.

평진이 살기 위해서는 엄대진을 살리는 수밖에 없었다. 울며 겨자 먹기로 사건을 수임했을 것이 뻔했다. 찬수가 팔짱을 끼며 심각한 표정으로 물었다.

"민권당에서 차려 준 밥상 걷어차는 짓은 안 하겠지?"

"경선 없이 바로 후보 단일화 들어간 거 보면 거기서도 사활 걸었죠. 아예 미디어 대응 TF 구성도 했다는데요. 민권당 일반 당원들이 밥상 걷어차는 놈들은 탈당시키라고 엄청 강경하게 나오는 바람에 민 의원 반대파들도 전처럼 대놓고 딴지를 못 건다 잖아. 그러면 이젠 한선당이 문제지. 아직도 이규완 불구속인데 그냥 이규완 밀자, 그래도 엄대진 밀어야 된다 이러고 지들끼리 싸우고 있는 거 보면 정신 못 차렸어요. 계속 정신 못 차렸으면 좋겠는데."

재희가 대답했다. <비하인드 24> 방송 직후 민권당은 당내 경선 과정을 전부 중지하고 민주영 의원으로 단일화를 발표한 상태였다. 군소 후보들의 지지율까지 결집된 마당이라, 현재는 민주영 의원이 대선 후보로 단독 선두를 달리고 있었다.

재희의 말에 그러게, 하고 맞장구를 친 찬수가 잠깐 뭔가를 생각하더니 미간을 찌푸렸다.

"근데 한선당도 답이 없긴 없겠네. 엄대진 지지율이 아무리 떨어져도…… 이번 주 지지율 조사 결과 나왔나?"

"엄대진이 15퍼센트 넘게 떨어졌는데도 거의 30퍼센트 육박해요. 양자 대결 가면 한선당 콘크리트 20퍼센트는 무조건 나오니까, 상황이 이렇다고 민 의원님이 승리 확신할 수는 없죠. 분위기 파악 못 하고 깽판 치는 놈 없으라는 법도 없고."

하루 앞을 내다볼 수 없이 돌아가는 판이었다. 지금 안전하다고 해서 그 지지율이 막판까지 고정돼 있으리라는 보장은 없었다. 찬수가 미간을 누르며 골치 아프다는 표정을 했다.

"콘크리트는 어쩔 수 없어도 유동층은 떨어뜨려야 되는데. 대선까지 시간이 좀 있어서 걱정이네. 그사이에 무슨 일이 일어날지 모르는 거고, 프레임 짜고 총공하면 뒤집힐 수도 있고. 걔들도 사활 걸고 할 거라…… 일단 우리 잘리는 건 못 막는 거 아니냐?"

"장외투쟁이 불리하긴 한데 해 봐야죠. 신이 주신 기회라고 생각하고. 엄대진이 그동안 몇 번을 빠져나갔냐고. 포토라인 세우는 데까지 오지도 못했어요. 힘들다고 이번이 처음인데 이 기회 그냥 날려요? 엄대진이 대통령인 나라에서 자식 키울 거야?"

재희가 씩 웃자 찬수가 눈을 부라렸다.

"와, 이 새끼 이거 자식 없는 놈이 막말하는 거 봐."

"부인도 없고 자식도 없으니까 막말하죠."

산뜻한 얼굴로 찬수의 말을 받아친 재희가 다시 윤에게 시선을 주었다.

"나 노조 사무실 내려갔다 올게. 김 피디, 서 피디 퇴원하는 데 갈 거지?"

"아, 네."

"오케이. 가 보고 괜찮은지 연락 줘."

재희가 윤의 어깨를 두어 번 툭툭 치고는 비상구 계단으로 빠져나갔다. 팀원들이 저마다 뭐라고 대화를 주고받으며 사무실로 들어가는 사이, 주차장으로 내려가려는 윤을 누군가 붙들었다. 깜짝 놀라 돌아보니 민혜였다.

"김 피디, 나 지금 커피 마시러 갈 건데 내려가는 김에 같이 갈래요?"

네, 하고 대답한 윤은 엘리베이터 버튼을 눌렀다. 로비로 내려와 카페에 들어서자 에어컨 바람이 훅 쏟아졌다.

"제가 살게요."

메뉴판에 눈을 두며 말을 꺼내자 민혜가 아이, 하며 손을 내저었다.

"아냐, 아냐. 정언 때문에 고생하는데 내가 사야지. 날이 더워서 그런가 달고 시원한 것만 맨날 당겨 죽겠어. 뭐 마실래요?"

"작가님 드시는 걸로요."

"그래요, 그럼. 저희 아이스 카페모카 톨 사이즈로 두 잔 주세요. 휘핑 많이 올려서."

민혜가 카운터에 자신의 카드를 내밀었다. 픽업대 앞에 선 윤은 곧 나온 커피 두 잔을 들어 하나를 민혜에게 건네며 고개를 꾸벅 숙였다.

"잘 먹겠습니다."

아무 생각 없이 꽂힌 빨대를 입에 물고 커피를 한 모금 마셨을 때였다. 민혜가 커피를 손에 든 채 윤을 빤히 쳐다보다 물었다.

"혹시 정언하고 연애해요?"

생각도 못 한 질문에 입에 물린 빨대를 놓을 생각도 하지 못하고 잠깐 얼어붙었던 윤이 곧 되물었다.

"네?"

아직 그 사실을 아무에게도 말한 적이 없었다. 정언이 먼저 얘기했을 리도 만무했다. 뭐라고 대답해야 하나 잠시 망설이는 사이, 민혜가 이것 봐라, 하는 표정으로 옆구리를 쿡 찔렀다.

"얼굴로 대답하네. 정언이 말하지 말라고 그랬어요?"

민혜에게 솔직히 털어놓아도 되는지 판단이 서지 않았다. 각목처럼 뻣뻣해진 윤을 본 민혜가 윤의 소매를 잡아끌어 카페 구석 자리에 앉았다. 목을 뽑아 주변에 아는 사람이 있는지 확인한 민혜가 무슨 비밀 작당이라도 하는 사람처럼 몸을 낮추며 소곤거렸다.

"김 피디가 병원 진짜 자주 갔잖아요. 근데 정언이 그럴 애가 아니거든. 자기 엄마도 그렇게 못 오게 하는 앤데, 생판 남이 자기 입원했다고 며칠씩 왔다 갔다 하게 내버려 두는 게 아무리 생각해도 말이 안 되는 거야. 나도 한 번 왔으면 됐다고 퇴원할 거니까 오지 말라고 그렇게 펄펄 뛰었는데. 정언이 강 피디 그렇게 좋아해도 강 피디가 김 피디처럼 병원 드나드는 거 상상도 못 해. 내가 시사 프로 짬이 십 년이 넘는데 그 정도 눈치는 있지."

윤이 어항 밖으로 건져 낸 금붕어처럼 입을 몇 번 뻐끔거리다 다물자 민혜가 눈을 흘겼다.

"둘이 나한테도 비밀로 하려고 그랬어요?"

"아니, 그런 건 아닌데요, 일부러 숨기려고 한 건 아닌데 상황이 그래서……."

저절로 변명하는 자세가 된 윤은 눈치를 살폈다. 사실 굳이 비밀로 하려던 건 아니었다. 정언의 성격을 생각한다면 동네방네 소문내고 다니는 걸 원할 리는 없었으나, 그렇다고 죽어도 아무한테도 말하면 안 된다고 하지도 않았던 것이다.

다만 방송 후부터 인사위다 뭐다 하며 부산했던 데다 팀원들에게 계속 인터뷰 요청이나 취재 협조 요청 같은 것이 들어오는 통에 굳이 그 얘기를 꺼낼 타이밍이 없었다.

재희가 만에 하나 후속 취재를 할 수도 있으니 계속 관련 사항에 대해 알아보라고 지시한 통에, 그걸 챙기는 데 쓸 정신도 모자랄 판이었다. 민혜가 팔짱을 끼더니 고개를 절레절레 흔들었다.

"하여튼 웃겨. 내가 김 피디 같은 남자 사귀면 회사 앞에 현수막부터 걸고 시작할 텐데."

"저도 현수막 걸고 싶은데 그랬다가는 사귀자마자 차일 것 같아서요."

윤이 멋쩍게 대답하자 민혜가 어머머, 하며 윤을 아래위로 훑어보았다. 사위 품평하는 장모의 표정을 한 민혜가 의뭉스러운 얼굴로 웃었다.

"며칠 전부터 계속 낌새가 이상해서 물어볼까 말까 고민했다는 거 아냐. 아우, 이제 속 시원하네."

민혜는 리드를 열어 빨대 끝으로 산처럼 쌓인 휘핑크림을 휘적이며 말을 이었다.

"사실 내가 전부터 정언한테 계속 김 피디 어떠냐고 물어봤단 말이에요. 그때마다 정언이 그런 소리 하지 말라고 엄청 뭐라고 그랬다고."

"그래요?"

그건 처음 듣는 이야기였다. 민혜가 턱을 괴며 쿡쿡거렸다.

"불편해지게 왜 그러냐고, 김 피디가 자기한테 가당키나 하냐고. 그 성격에 사내연애 말도 안 되잖아. 생각도 안 했으니까 철벽 친 거지. 강 피디가 사귀자고 했어도 정언은 둘 중에 하나가 회사 관두기 전에는 절대 안 그랬을 거라고요. 강재희도 똑같은 인간이니까 둘이 몇 년을 그냥 그러고 지낸 거고. 그런데도 만나는 거면 정언이 김 피디 진짜 좋아하긴 하나 봐."

테이블 위에 시선을 두고 있던 윤은 마지막 말에 퍼뜩 고개를 들었다. 내가 좋아한다고, 그러니까 내 옆에 있어 주면 안 되냐고…… 정언이 그렇게 말했을 때 그게 진심이라는 걸 의심하지는 않았다. 그러나 타인의 입으로 정언이 자신을 좋아한다는 말을 듣는 건 뭔가 이상한 기분이었다. 정언이 개인적인 이야기를 쉽게 하는 사람도 아니었고, 감정을 잘 드러내는 사람은 더더욱 아닌 탓이었다.

진짜 좋아하긴 하나 봐. 곱씹은 말에 입 안이 달았다. 남아 있던 카페모카의 잔상에서 희미한 쓴맛이 지워졌다. 민혜가 입가에 손가락을 하나 댔다.

"정언이 말하기 전에는 비밀로 할게요."

"감사합니다."

윤이 고개를 꾸벅 숙여 보이자 민혜가 핸드폰을 눌러 시간을 확인하더니 손을 저었다.

"얼른 가 봐요. 늦으면 걔 또 혼자 휙 간단 말이야."

"아, 네!"

잠깐 잊고 있었던 본래의 목적을 상기한 윤은 서둘러 자리에서 일어났다. 주차장으로 내려가 차에 시동을 건 윤은 바로 병원으로 출발했다.

점심시간 지나고 퇴원한다고 듣기는 했는데, 민혜의 말마따나 조금만 늦었다가는 자신이 오거나 말거나 정언이 알아서 갈 게 뻔했다. 병원 지하 주차장에 차를 세운 윤은 시계를 몇 번이나 확인하며 황급히 병실로 뛰어 올라갔다.

그새 짐을 챙겨 놓고 싹 정리한 침대에 걸터앉아 핸드폰을 확인하던 정언이 인기척에 고개를 들었다. 윤은 문가를 짚으며 잠시 숨을 골랐다.

"퇴원 수속 끝나셨어요? 저 안 늦었죠?"

헉헉대며 묻자 정언이 왜 저러나 하는 얼굴로 윤을 빤히 보더니 핸드폰을 들어 보였다.

"안 와도 되는데 뭐 하러 왔어? 잠깐만."

곁에 앉은 윤이 턱까지 찬 호흡을 진정시키는 사이, 정언은 어딘가로 전화를 걸었다. 신호가 몇 번 가는가 싶더니 희미하게 상대방이 여보세요, 하는 소리가 들렸다.

"네, 기자님. 저 서정언입니다. 네, 말씀 들었습니다. 아직 병원에 게세요? 아, 언제요? 며칠 되셨구나. 네, 괜찮으시겠어요? 범인은…… 그러세요? 다행이네요. 인사위 결과 저희도 오늘 받아서요. 네, 아뇨, 괜찮습니다. 예상하고 있던 거라서요. 아마 인사위 재심 청구하고 안 되면 법원 갈 것 같아요. 네, 네. 시간 괜찮으시면 이번 주에 한 번 뵙죠. 제가 들르겠습니다. 네, 감사합니다. 연락드릴게요."

아마 형원인 듯했다. 짧은 통화를 마친 정언이 머리칼을 쓸어 올리며 입을 열었다.

"임 기자님이 오전에 메시지 남겨 놓으셨더라고. 전화하셨는데 내가 못 받아서."

"뭐라고 하세요?"

"월요일에 퇴원하셨대. 오늘 오후에 엄대진 기자회견하는 데 취재 가신다고 그러네."

윤은 그 말에 눈을 휘둥그렇게 떴다. 며칠이나 의식을 잃고 있던 사람이 깨어나자마자 다른 일도 아니고 엄대진의 기자회견에 취재를 간다니, 자신으로서는 상상도 할 수 없는 일이었다.

"그러서도 된대요?"

"나도 그게 걱정인데 일단 본인은 괜찮다고 하시니까. CCTV 돌리고 수배 내려서 그저게 범인 잡았다고 연락 받으셨다네. 경찰에서 범인 핸드폰이랑 계좌 내역 다 털어서 청부 살해 시도하려고 한 건지 아닌지 조사 중이래. 그게 맞으면 누가 시킨 건지 추적하겠지."

가벼운 한숨을 뱉은 정언이 화제를 돌렸다.

"사무실 분위기는 어때? <뉴스라이트> 쪽도 다 징계 받았어?"

윤이 고개를 끄덕이며 대답했다.

"전 부장님하고 원진솔, 이도하 기자님도 무기한 정직이래요. 뉴스 제작 참여하고 있는 직원들은 대부분 6개월 감봉하고 부장급은 다른 부서로 전보됐고요. 주조 쪽은 여 MD님이 자기가 주조하고 부조에 강요한 거라고, 다른 직원들은 잘못 없다고 하셨나 봐요. 여 MD님 청주 YBS 사무직으로 발령 냈다고 하더라고요. 나머지는 3개월 감봉이고."

"교양국은?"

"최진수 부장님은 3개월 정직 처분하고, 우리 도와준 스탭들은 계약직인데 연장 없다고 얘기 나왔다던데요."

정언이 얼굴을 찌푸리며 구겨진 미간을 손끝으로 눌렀다.

"미친놈들이네, 진짜."

"그것도 많이 봐준 거래요. 이사회에서 우리 생방 참여했거나 도움 준 사람들 전원 해직시키라고 난리가 났다는데 정직 처분인 거 다행인 줄 알라고 했대요. 원래 강 피디님하고 선배하고 저는 위에서 완전 찍어서 애네 셋은 무조건 해직이라고 그랬다는데요."

정언이 기가 찬다는 표정으로 코웃음을 쳤다.

"해직 한 번 시켜 보지 왜 말았대? 뭐가 무서워서?"

"여론 신경 쓰여서 그런 것 같아요. 일단 강 피디님 말로는 소집됐던 사람들 전부 인사위 재심 청구한다고, 전원 징계 취소 안 되면 법정 싸움 가시겠다고 하더라고요."

"이따 엄대진이 뭐라고 할지가 진짜 궁금하네."

정언이 팔짱을 끼며 내뱉었다. 그때 간호사가 봉투 하나를 들고 병실로 들어왔다. 내복약이 든 봉투였다. 차트를 확인한 간호사가 침대 위에 봉투를 내려놓고는 말했다.

"서정언 님, 약 나왔어요. 하루에 두 번 아침저녁으로 드시고요, 선생님이 다음 예약은 일단 2주 간격으로 두 번 잡아 드리라는데 그렇게 해 드릴까요?"

"네."

"보험사 청구용 서류는 8층 의무기록 복사실에서 받아 가시면 돼요."

간호사의 말이 끝나기 무섭게 윤이 자리에서 일어났다.

"제가 갔다 올게요."

의무기록 복사실에서 서류를 받아 내려오자, 침대에 앉아 있던 정언이 몸을 일으켰다. 처음 왔던 그대로 자리는 깨끗하게 정리된 채였다. 바닥에 놓아둔 커다란 여행용 가방 하나와 쇼핑백 두어 개를 본 윤은 바로 짐을 챙겨 들었다.

정언이 됐다며 만류했으나, 어차피 한쪽 어깨를 제대로 쓰지도 못하는 정언에게 처음부터 종이 한 장 들게 할 생각도 없었다. 엘리베이터에 탄 윤은 지하 주차장 층수를 누르고 정언에게 물었다.

"어디로 가실 거예요? 어머님 댁으로?"

"아니, 사무실."

"사무실이요?"

뭘 잘못 들었나 싶어 되묻자 정언이 앞을 보며 대답했다.

"회사 어떻게 돌아가는지 좀 보고 가려고. 사무실 갔다가 저녁에 엄마 집에 잠깐 들르고. 저녁에는 택시 타고 가면 되니까 안 데려다줘도 돼."

"제가 어차피 선배 말 안 들을 줄 알고 말씀하시는 거죠?"

윤의 말에 정언이 바람 빠지는 소리로 웃었다. 이 문제로 길게 얘기해 봐야 소용없다는 걸 이제 정언도 잘 아는 탓이었다. 주차장에 세워 둔 차 뒷좌석에 먼저 짐을 밀어 넣은 윤은 정언에게 조수석 문을 열어 주었다.

"운전을 못 하니까 불편하네."

정언이 혼잣말처럼 투덜거렸다. 운전석에 앉은 윤은 바로 그말을 받았다.

"저 있잖아요."

"김 피디가 그러니까 더 불편해."

언제나처럼 무뚝뚝한 말투에 푹 웃는 소리를 낸 윤은 시동을 걸려다 손을 멈췄다.

"아, 오기 전에 송 작가님이 물어보시던데."

"뭘?"

뜬금없이 튀어나온 민혜의 이야기에 정언이 창가에 잠깐 머물렀던 시선을 거두며 물었다.

"선배랑 저랑 사귀냐고요."

정언이 그 말에 잠깐 멈칫했다. 정언 역시 자신과의 관계를 남들에게 말한다는 것에 대해 생각해 본 적이 없는 듯했다.

"뭐라고 했어?"

"그렇다고 했죠."

여상하게 대답하자 정언의 표정이 미묘해졌다. 웃는 것도 아니고, 난처해하는 것도 아닌 느낌이었다. 무슨 뜻일까. 불현듯 가슴이 약간 서늘해졌다. 정언은 쉽게 읽히지 않는 얼굴로 윤을 물끄러미 마주 보았다.

"그랬더니?"

"선배가 저 진짜 좋아하나 보다 그러시던데요."

윤은 애써 그 서늘함을 외면하며 정언의 눈을 응시했다. 감정이 잘 드러나지 않는 눈동자는 지하 주차장의 창백한 조명 아래서 더 깊게 보였다.

"내가?"

정언이 아주 낯선 말을 들은 사람처럼 되물었다.

"아니에요?"

장난스럽게 놀란 척을 했으나 정언은 대답하지 않았다. 정언의 성격을 잘 알기에 평소였다면 굳이 물고 늘어질 일이 아니었지만, 어쩐지 조금 삐딱해진 윤은 공연히 정언을 재촉했다.

"어, 왜 대답 안 하세요?"

"무슨 대답."

"이러실 거예요?"

자신이 원하는 말이 뭔지 빤히 알고 있을 정언이었다. 윤은 핸들 위에 엎드려 왼쪽 뺨을 묻고는 정언을 보았다.

"대답 안 하시면 저 계속 이러고 있을래요."

정언의 입매가 슬몃 비틀어졌다. 어린애처럼 굴 생각은 없었지만 다소 투정을 부리고 싶은 기분인 것도 사실이었다. 그런 속내를 정언이 모를 리 없었다.

"꼭 말로 해야 되나?"

"행동으로 보여 주셔도 괜찮아요."

선수를 치자 정언이 고개를 까딱여 앞창 너머로 보이는 주차장 표지판을 턱으로 가리켰다.

"여기 공공장소거든."

"차 안은 사적인 공간이죠."

"김 피디 차니까 김 피디한테 사적인 공간이겠지."

"선배하고 전 사적인 관계잖아요."

한마디도 지지 않고 대꾸하는 윤에게 정언이 짐짓 엄한 표정을 했다.

"나 직장 선배야."

"여긴 사무실 아니고요."

유들유들하게 돌려준 말에 정언이 한숨을 섞어 웃었다. 정언의 인내심은 여기까지인 모양이었다. 정언이 핸들 위에 엎드린 윤의 이마를 손끝으로 밀었다.

"김 피디님, 밤새 여기 있을 생각 아니면 안전벨트나 하시죠."

아무래도 원하는 대답을 듣기는 틀린 것 같았다. 윤은 서글픈 얼굴로 자세를 고쳐 앉았다. 정언이 먼저 자기 쪽 안전벨트를 당기려는 듯 손을 뻗었다. 윤은 서둘러 정언 쪽으로 몸을 기울였다.

"잠깐만요, 제가 해 드릴게요."

안전벨트 버클을 잡자 가까이서 희미한 눈의 냄새가 스쳤다.

지금처럼 정언과 가까이 있을 때면 늘 나는 향이었다. 익숙한 감각에 윤은 문득 움직임을 멈췄다. 그 잠깐의 찰나, 정언이 갑자기 윤을 불렀다.

"김 피디."

"네?"

시선이 맞닿는 거리가 지나치게 짧다는 걸 자각한 건 직후였다. 본의는 아니었으나, 감각이 민감해지며 느슨했던 차 안의 공기가 당겨졌다. 낮은 숨소리가 선명하게 들렸다. 이렇게 가까운데도 정언은 눈을 피하지 않았다. 퍼뜩 셔츠 칼라 위의 목덜미가 서늘하게 긴장했다.

"내가 진짜 좋아하는 거 맞아."

정언이 나지막하게 말했다. 얇은 입술의 움직임에 시선이 머물렀다. 때문에 그 말은 아주 조금의 딜레이를 두고 머릿속에 들어왔다. 조수석의 안전벨트 버클을 잡고 있던 손에 힘이 들어갔다. 정언이 손끝으로 윤의 이마를 한 번 더 밀었다.

"그러니까 앞으로는 어지간하면 그런 질문 하지 마."

자신의 팔과 시트 사이에 완전히 갇힌 채로도 정언은 그다지 의식하는 기색이 없었다. 서늘했던 목덜미로 열이 확 몰렸다. 진짜 좋아하는 거 맞아. 담백하기 그지없는 단어들이었으나 순식간에 심장이 부풀었다.

가슴 뛰는 소리가 들릴 것 같아 윤은 숨을 참았다. 짧은 정적이 지났다. 눈 한 번 깜빡이지 않고 코앞에서 정언을 들여다보자, 정언의 눈이 조금 가늘어졌다.

"왜 그렇게 봐?"

윤은 눈을 떼지 않은 채 대답했다.

"사적인 공간에서 할 수 있는 사적인 행동에 대해서 생각하고 있었죠."

정언이 웃는 소리를 냈다.

"언제까지 이러고 생각할 건데?"

"지금 생각 끝났어요."

버클을 잡고 있던 손이 떨어졌다. 그 손이 헤드레스트를 지나 정언의 뺨과 목덜미를 완전히 감쌌다. 몸을 조금 더 기울이자 입술이 쉽게 닿았다. 무슨 말을 하려는지 달싹이는 정언의 입술을 이 끝으로 가볍게 누르듯 물자 단어 대신 얕은 숨이 순식간에 뒤섞였다.

세 번 깜빡인 속눈썹이 곧 내려앉았다. 푸르스름한 지하 주차장의 조명이 차 안으로 스몄다. 눈을 감자 눈꺼풀 위로 빛무리가 떠돌았다. 린넨 셔츠의 어깨 부근으로 정언의 손끝이 닿았다. 가느다란 손가락이 윤의 어깨 위를 배회하다 등을 안았다.

스며드는 체온이 깊어졌다. 공기가 멈춘 듯 고요하게 가라앉았다.

대답은 이걸로 충분했다.

◆

회의실에 모여 앉은 팀원들은 텔레비전을 틀었다. 생방송으로 진행되는 엄대진의 기자회견이 곧 시작되려는 참이었다. 수많은 기자들이 모여 있는 당사 강당에 엄대진이 나타난 건 중계가 시작되고 몇 분쯤 지나서였다.

엄대진은 검은 정장에 검은 넥타이 차림이었다. 수척해진 얼굴과 충혈된 눈은 평소의 엄대진처럼 보이지 않았다. 물론 그런 외양조차 철저히 계산된 연출일 게 분명했다. 고개를 숙이며 단상 위로 올라간 엄대진이 입을 열었다. 그 목소리가 부들거리며 떨렸다.

『국민 여러분, 저는 지금 더할 나위 없이 참담한 심정으로 이 자리에 섰습니다. 저는 정계에 뛰어든 이후 단 하루도 저 자신만을 위해 살아 본 적이 없었습니다. 수십 년 동안 오로지 국민 여러분을 위해, 조금이라도 더 나은 세상을 만들기 위해 있는 힘껏 달려왔습니다.』

첫마디가 떨어지기 무섭게 팀원들 사이에서 실소가 터졌다. 몰려 있는 취재진들 중 몇몇이 뭐라고 소리치는 것이 들렸으나, 엄대진은 그 말을 무시하고는 계속해서 발언을 이어 나갔다.

『지금 저를 둘러싼 수많은 의혹에 대해 이 자리에서 모두 해명할 수는 없습니다. 그러나 그 의혹들 중 무엇도 사실이 아니라는 점만은 분명히 말씀드리겠습니다. 만일 그 혐의 중 하나라도 사실로 밝혀진다면 저는 모든 것을 내려놓고 자연인 엄대진으로 돌아가겠습니다.』

현진이 더 이상 못 참겠다는 얼굴로 코웃음을 치며 내뱉었다.

"하이고, 지랄도 풍작이지요? 자연인으로 왜 돌아가? 하나라도 사실이면 감방 가야지."

"그러니까요. 뇌물, 횡령, 배임, 사기, 살인교사, 살인미수, 의약품관리법 위반, 또 뭐 있지? 아무튼 뭐라도 걸리면 바로 철창행이구만 자연인은 무슨."

그 말에 맞장구를 친 호형이 팔짱을 끼었다. 어디 무슨 소리를 하는지 계속 들어 보자는 태도였다. 엄대진은 미리 준비한 듯 주머니에서 손수건을 꺼내 눈가를 두어 번 찍었다. 혀를 내두른 석현이 재미있어 죽겠다는 표정을 했다.

"야, 눈물 한 방울 안 흘리면서 우는 척하기엔 HD 화질이 너무 정직하지 않냐? 인간적으로 안약이라도 넣고 오는 성의는 있어야지."

"여태 성의 없이 잘 해먹었는데 기자회견에 뭐 그런 성의까지 보이겠어."

대꾸한 재희가 입가에 손가락 하나를 살짝 댔다. 감정을 추스르는 듯 잠시 말을 멈췄던 엄대진이 물을 한 모금 마시더니 다시 입을 열었다.

『여러분, 저는 지금 건국 이래 최대의 위기를 맞은 대한민국을 이끌어 가기 위한 시험대 앞에 서 있습니다.』

그 말투는 다시 평소의 엄대진으로 돌아와 있었다. 마치 잘 짜인 연극 한 편을 보는 듯한 태세 전환이었다. 지금 이 기자회견을 위해서 초 단위로 시간을 재며 수십 번도 더 연습했을 게 분명했다. 엄대진이 힘을 주며 목소리를 높였다.

『대한민국이라는 침몰 직전의 배를 기꺼이 맡아 되살릴 선장이 과연 누구겠습니까? 바로 저 엄대진입니다. 국민 여러분, 이 최악의 정치 공작 앞에 흔들리지 마십시오. 결국 진실은 밝혀집니다. 저는 현재 야당과 일부 종북 언론이 야합하여 제기하는 저에 대한 추문을 결코 좌시하지 않을 것입니다.』

기자들이 웅성거리는 소리가 카메라 너머로도 선명했다.

『의원님의 진실이 뭡니까!』

누군가가 크게 외쳤다. 책상에 걸터앉아 있던 정언은 그 목소리의 주인공을 바로 알아차렸다. 임형원 기자였다. 형원의 외침을 시작으로 여기저기서 진실을 말하세요, 변명하지 마십시오, 하는 고함 소리와 조용히 좀 하라고 윽박지르는 소리들이 뒤섞였다.

단상 앞에 서 있는 엄대진의 표정이 미묘하게 일그러졌다. 찰나였으나 정언은 그 순간을 분명히 알아보았다. 소란스러워진 장내 따위는 신경 쓰지 않는다는 듯 엄대진의 목소리가 울려 퍼졌다.

『저의 정치 생명을 끊으려는 공작은 이번이 처음은 아닙니다. 저는 그때마다 진실은 언젠가 밝혀진다는 생각으로 묵묵히 견뎌 왔습니다. 그러나 이번만은 침묵하지 않겠습니다. 제가 마침내 국민 여러분을 위해 이 한 몸 바칠 준비가 된 지금, 누구도 저의 의지를 꺾을 수 없다는 것을 보여드리려 합니다. 국민 여러분, 저는 이 레이스를 반드시 끝까지 완주하겠습니다.』

대선은 절대 포기하지 않겠다는 소리였다. 한국선진당 내부에서 결국 다른 대안이 없다고 판단한 모양이었다. 엄대진은 카메라를 똑바로 응시했다.

『보수의 마지막 희망 저 엄대진이 여러분과 함께할 것입니다. 감사합니다.』

말을 마친 엄대진이 바로 돌아서 자리를 떴다. 대변인이 급히 단상으로 올라와 마이크를 잡았다.

『질문은 받지 않겠습니다. 오늘 기자회견 마칩니다.』

현장의 기자들 사이에서 불만 어린 목소리가 터져 나왔다. 그러나 화면은 현장을 더 보여 주는 대신 즉시 오후 뉴스로 전환됐다. 모니터에 눈을 고정하고 있던 찬수가 기가 찬다는 투로 헛웃음을 뱉었다.

"야, 누가 쟤 보수의 마지막 희망 시켜 줬냐? 내가 진성 보수인데 그런 적이 없는데?"

"엄대진 말 못 들었어요? 우리 보고 종북이라잖아요. 선배 종북 언론 핵심 멤버예요. 아주 진성 좌빨이라고, 진성 좌빨. 진성 보수는 무슨. 아직도 자기 정체성을 그렇게 모르나?"

재희가 찬수에게 면박을 주었다. 왁 터지는 웃음에 찬수가 짐짓 정색을 했다.

"진성 좌빨이라니 말이 심하네. 우리 아버지 들으시면 나 다리 몽둥이 분지르려고 쫓아오셔, 인마. 아직도 거실에 박정희 사진 붙여 두시는 분인데."

"그런 분이 자식이 <비하인드 24> 피디인 걸 여태 가만히 뒀습니까? 그 다리 몇 번은 분지르고도 남았겠네."

재희가 농담처럼 받아치자 찬수가 고개를 주억거렸다.

"그래서 아버지 전화 오면 안 받잖아."

"무자식이 상팔자네요."

"사돈 남 말 한다."

"나 무자식이라 선배랑 사돈 못 됩니다."

재희는 손가락질을 하는 찬수의 말을 여상하게 넘겼다. 저 새끼는 한마디를 안 져, 하고 구시렁거리는 찬수를 보며 낄낄대던 호형이 곧 심각하게 물었다.

"근데 당장 내일부터 우리 어디 가서 손가락 빨죠?"

"내가 아까 그냥 놀게 안 한다고 말했잖아. 팀장 말을 아주 귓등으로 들어?"

재희가 의자에 느슨하게 기대며 눈을 가늘게 떴다. 정언이 재희가 앉아 있는 의자를 툭 차며 내뱉었다.

"무슨 플랜이 있으면 빨리 얘기를 해요, 그러니까."

"하여튼 성질 급해."

투덜댄 재희가 씩 웃었다.

"일단 재심 청구하고 법정 간대도 최소한 몇 달은 걸려. 전 부장님하고 내가 좀 생각을 해 봤거든. 우리 쪽하고 KTBC, IBS에서도 지금 해직이나 정직 처리된 직원들이 꽤 있잖아."

다른 방송사 얘기까지 나오는 걸 보니 뭔가 생각한 게 있긴 한 모양이었다. 재희가 잠깐 사이를 두었다가 자세를 바로 고쳐 앉았다.

"서대문 쪽에 한 50평쯤 되는 공간이 있어. 지하인데 지금 비어 있고, 원래 렌탈 스튜디오 운영하다 나간 지 반년쯤 됐대. 동영상 강의 같은 거 촬영 많이 했다고 하더라고. 일단 기본적인 시설은 갖춰진 자리야. 건물주가 아는 사람인데, 설비 권리금하고 임대료는 저렴하게 주겠다고 얘기가 나왔어."

재희의 말을 주의 깊게 듣고 있던 호형이 의아한 얼굴을 했다.

"임대료 얘기가 왜 나와요? 지하에서 뭐 물장사라도 하게요?"

"내가 설마 안 피디한테 그러겠어? 물장사하려면 이거 중요한 거 알지?"

재희가 자기 얼굴을 가리키며 농담인지 진담인지 분간이 안 가는 투로 진지하게 되물었다. 몇 초 정도 그 말을 곱씹던 호형이 곧 분통을 터트렸다.

"와, 더러워서라도 내가 이 생에 쌓은 덕으로 내세에는 잘생기게 태어나고 만다."

그 꼴을 보던 정언이 고개를 절레절레 흔들며 말을 끊었다.

"둘이 헛소리하지 말고 빨리 본론부터 얘기해요. 벌써 피곤해지려고 그러니까."

어떻게 하면 호형을 조금 더 놀려 볼까 싶어 눈을 반짝이던 재희가 그 말에 퍼뜩 정신이 돌아온 듯 손뼉을 딱 쳤다.

"아, 고마워. 바로 삼천포 갈 뻔했네. 아무튼 그래서 우리끼리 모여서 방송국 차려 보면 어떨까, 그 얘기 한 거지."

뜻밖의 말에 철진이 눈을 휘둥그렇게 떴다.

"방송국? 지금 방송국이라고 그랬어요?"

놀라는 팀원들의 얼굴에 재희가 아, 하며 손을 휘적거렸다.

"거창한 건 아니고, 유튜브에서 탐사보도 전문 채널 하나 개설해서 좀 놀아 보면 어떨까 그거야. 지금 해직이나 정직 처리된 사람들 공영방송 1군인데 집에서 노는 건 인력 낭비 아냐. 이미 이쪽에서 인지도 있는 팟캐스트 진행자들이나 유튜버들이 좀 있는데, 그 사람들하고 연계해서 신선한 콘텐츠 뽑아 볼까 하는 생각도 있고. 일단 우리도 훨씬 자유롭다고."

이미 팟캐스트나 유튜브 쪽에서 정치 콘텐츠를 생산하는 사람들이 꽤 있다는 건 알고 있었지만, 자신들이 거기 뛰어든다는 건 생각도 해 본 적이 없었다.

그러나 재희의 말처럼 인터넷 방송이라면 확실히 각종 검열이나 심의에서 자유로울 터였다. 공중파에서는 시도하기 어려운 것도 실험해 볼 만했다. 잠깐 생각하던 정언은 흥미롭다는 투로 물었다.

"재밌을 것 같은데. 수익 모델이 있어요?"

재희가 고개를 끄덕였다.

"KTBC <더 체이서> 팀이 PPL 활용 엄청 잘 했었잖아. 거기 정환일 피디가 원래 광고회사 출신이거든. 우리 방송 터지고 나서 인사위 소환됐다는 얘기 듣고 연락 왔길래 며칠 전에 모여서 얘기했었어. KTBC 해직 멤버들이 오래 전부터 이런 거 기획하고 있었고, 광고 주겠다는 업체 몇 군데 컨택해서 긍정적으로 얘기 중이래. 광고 삽입하면서 제작비 일부 지원하는 형식도 가능하고, 방송 도중에 아예 상품 노출해 주는 것도 있고. 인터넷 방송이라 그런 쪽은 제약 없이 할 수 있으니까."

이미 생각보다 논의가 상당히 진전돼 있는 듯했다. KTBC와 IBS에서 해직 사태가 벌어진 건 작년 말부터라, 그쪽에서 먼저 꽤 오랫동안 준비하고 있었던 모양이었다. 팔짱을 낀 재희가 말을 이었다.

"거기서는 우리보고 숟가락만 얹어 달라 그거야. 론칭 준비는 거의 다 된 상태고, 콘텐츠 준비해서 오픈할 일만 남았다고."

"지금 멤버가 누군데?"

"KTBC에서는 일단 여기 참여하는 게 <더 체이서> 팀 전원하고 <뉴스 원> 신수현 아나운서. IBS는 <김영은의 리얼타임> 진행하는 김영은 기자 포함해서 열 명 정도 된다고 들었어. 우리는 일단 전 부장님하고 원진솔, 이도하 기자는 무조건 하겠다고 했고, 김진우 앵커도 끼워 달라고 했대. 나도 하겠다고 얘기했고. 지금 해직이나 정직 처분 받은 <뉴스라이트> 멤버들 중에서도 같이하고 싶다는 사람들 꽤 있나 봐."

KTBC <더 체이서>도 탐사보도 프로그램으로는 빠지지 않는 팀이었다. <뉴스 원>의 신수현 아나운서 역시 KTBC의 간판급 아나운서 중 하나였다. 게다가 IBS의 김영은 기자는 IBS 차기 보도국장으로 가장 유력하다고 할 정도의 베테랑 기자였다.

라인업을 들은 석현이 야, 하며 감탄했다.

"김진우에 신수현이면 종편에서 맨발로 달려와서 모셔 갈 라인업인데."

"그렇지. 안 그래도 신수현 아나운서가 15분에서 20분 정도 라이브로 데일리 뉴스 진행도 할 예정인데, 김진우 앵커랑 같이 하면 좋겠다고 하더라고."

가볍게 대답한 재희가 얼굴에서 곧 웃음기를 거뒀다.

"그런데 정환일 피디 쪽에서 비슷한 미디어를 많이 분석했는데 결과적으로 인지도가 생기고 수익성이 어느 정도 보장되는 시점까지 시간이 상당히 걸린대. 그래서 그쪽에서 바로 우리한테 숟가락 얹어 달라고 한 거야. <비하인드 24> 네임밸류가 필요하니까."

"고정적이고 열성적인 시청층이 확보된 프로그램 백 가지고 시작하겠다?"

정언의 물음에 재희가 그렇지, 하고 수긍했다.

"우리가 얼굴 까고 방송해 왔잖아. 인터넷 방송은 공중파랑 달라서 일부러 팔로우하면서 업로드될 때마다 찾아서 보는 코어 시청층이 굉장히 중요한데, 우리가 지금 시사 프로그램 중에는 그게 제일 강하지."

짧은 한숨을 뱉은 재희가 눈썹 부근을 문지르며 턱을 괴었다.

"문제는 이거야. 지금 그쪽하고 얘기가 된 건 <더 체이서>, <김영은의 리얼타임>, <비하인드 24>가 돌아가면서 한 주에 한 번씩 새 콘텐츠를 업로드하는 거거든. <뉴스 원>하고 <뉴스라이트> 팀이 매일 뉴스 담당하면서 현장에서 나오는 5분 정도 짧은 영상 같이 올리고. 이렇게 하면 우리가 이번 방송 내보내면서 다 못 넣은 소스 활용해서 추가 취재 거의 없이 갈 수 있는 건 한 달 정도일 거야. 이 시점이 넘어가면 무조건 비용 발생 시작돼."

현실적인 이야기였다. 늘 팀원들을 최우선으로 두는 재희에게 지금 무엇보다 중요한 건 수익과 관련된 문제일 터였다. 재희가 진지해진 표정으로 팀원들을 둘러보았다.

"솔직히 당장 수익 창출 불가능에 가깝고, 수익이 난다 하더라도 실제로 배분되는 건 열정 페이 수준일 가능성이 높아. 우리가 지금 시청률 10퍼센트라고 가정했을 때 아주 러프하게 추산한다면 대한민국 인구 5백만이 우리 방송을 본다고 생각할 수 있잖아. 그런데 유튜브 방송은 시사 프로 특수성 생각할 때 조회수 10만이라도 엄청나게 선방이라고. 엄대진 저렇게 나오는 거 보면 저쪽도 목숨 걸고 할 텐데, 우리가 아무리 특종 터트려도 공중파에서 공론화되는 것도 기대 못 해."

단순히 재미있겠다는 생각으로 뛰어들지는 말라는 이야기였다. 정언은 코끝으로 웃는 소리를 냈다.

"그래서 하자는 거예요, 말자는 거예요? 뭐 이렇게 혀가 길어, 강재희답지 않게."

재희가 어깨를 으쓱해 보였다.

"내가 끌고 가진 않겠다는 거지. 자유민주주의 사회에서 독재할 수 있나. 생계 문제 있잖아. 작가들은 내가 종편이든 케이블이든 자리 나는 데 바로 먼저 꽂아 줄게. 이거 진행하는 동안 수익 배분 가능할 거라는 말 못 해. 거짓말하긴 싫으니까 애초에 확실하게 하자고."

"어쨌든 난 해요."

재희의 말이 끝나기 무섭게 정언이 대꾸하자, 윤이 곁에서 서둘러 손을 들었다.

"저도 합니다."

윤에게 시선을 준 찬수가 있는 대로 눈을 흘기며 부러 면박을 주었다.

"아이, 이거 김 피디 눈치 없는 거 봐. 막내가 그러면 선배들 체면이 뭐가 되나? 선배들이 먼저 다 한다고 한 다음에 저도 선배님들 본받고 싶습니다, 이래야 면이 딱 서지. 막내가 선수를 치니까 이거 뭐 안 할 수가 없게 됐잖아."

"그러니까 눈치게임 하지 말고 바로 손들었어야죠."

정언은 윤을 대신 변호했다. 윤이야 당연히 자신이 한다니까 앞뒤 생각할 것도 없이 자기도 하겠다고 했을 게 뻔한 탓이었다. 두 사람 쪽을 슬쩍 본 재희가 찬수를 향해 혀를 찼다.

"자발적으로 해요, 자발적으로."

찬수가 땅이 꺼지도록 한숨을 쉬며 대답했다.

"나 아주 자발적이야. 와이프한테 당장 내일부터 아무 데나 출근하겠다고 맹세를 했다고. 집구석에 있는 거 꼴도 보기 싫으니까 공원이라도 가라는데 어떡해."

아무래도 농담이 아닌 듯한 말투에 여기저기서 키득대는 소리가 터졌다. 예준이 에이, 하며 한마디를 보탰다.

"이런 독재면 그냥 합시다. 강 선배는 꼭 굳이 한 번씩 멋있어 보이고 싶을 때마다 우리 의견 묻는 척하더라. 다른 때는 독재 잘만 하면서."

"그러니까. 맨날 지 맘대로 위에 가서 들이받아 놓고 우리는 죄도 없이 도매금으로 상종도 못 할 놈들 되고 말이야."

찬수가 거들자 재희가 정색하며 되물었다.

"솔직히 다 같은 마음인 거 내가 혼자 뒤집어썼다는 생각은 안 하는 거야, 다들?"

"보통 사람은 생각만 하지 너처럼 행동으로 옮기질 않아, 이 새끼야."

"이러니까 잘해 줘 봐야 소용이 없다니까."

툴툴거리는 재희를 향해 코웃음을 친 현진이 됐어 됐어, 하며 손을 내저었다.

"누가 들으면 진짜 엄청 잘해 준 줄 알겠다. 야, 프로 옮길 거 같으면 그냥 내가 알아서 옮겨. 어디서 어린 자식이 어르신 걱정을 해?"

"내일모레 불혹인데 나 아직 새파란 연하남 취급해 주는 건 한 작가님밖에 없네, 역시."

재희가 감동받은 표정을 하자 현진이 되도 않은 소리 한다는 얼굴로 재희의 옆구리를 쥐어박았다. 재희가 아야, 하며 옆구리를 문지르는 사이 현진이 말했다.

"어차피 나도 우리 문 닫으면 잠깐 쉬려고 했는데, 노느니 소일거리 한다 생각하고 하지, 뭐. 혜주나 희림이, 성옥이는 내가 다른 자리 소개해 줄 거니까 거기 가 있어. 안 그래도 우리 셔터 내렸다니까 작가들 좀 보내 달라는 데가 한두 군데가 아냐."

"왜요, 저희도 같이하게 해 주세요."

희림이 볼멘소리를 했으나 현진은 딱 잘라 거절했다.

"안 돼. KTBC 하는 거 보니까 지금 항소 중인데 백 퍼센트 상고까지 가게 생겼어. 지금 5개월째라고. 상고까지 가면 올해 다 지나, 이것들아. 우리도 마찬가지일 텐데 프리랜서가 반 년 쉬면 진짜 손가락 빨아야 되는 거 몰라? 애가 돈 못 받는다고 얘기할 정도면 진짜 굶으면서 해야 돼. 젊은 애들 열정페이 받고 일하면 있던 열정도 없어져. 그 열정 아꼈다가 우리 방송 다시 시작하면 그때 와."

"사람이 어려울 때 밑바닥 본다는데 어떻게 저희만 가라고 하세요?"

"장판 안 보려다가 구들장까지 들어내려고 그래?"

"지금 갈 만한 데면 다 하고 싶은 말 못 하고 참고 살아야 되는 데잖아요. 저 그런 데서 일하기 싫어요."

희림의 항변에 현진이 혀를 차며 재희를 돌아보았다.

"이 새끼 때문에 애들 다 버렸어, 하여튼. 사람이 맨날 안 참고 어떻게 살아?"

재희는 그 말에 대답 대신 웃기만 했다. 현진이 골치 아파 죽겠다는 표정으로 머리칼을 흩으며 희림에게 말했다.

"하여튼 생각 잘 해 봐. 생각 잘 하고 다시 얘기해."

재희가 두 손을 들어 보이며 현진을 거들었다.

"나 사비 털어서까지 월급 못 줘. 나 진짜 아무 말도 안 했다."

"여기 누가 강 피디님한테 월급 달란 사람 있어요?"

새침하게 대꾸하는 혜주의 얼굴에 피식거리는 웃음이 터졌다. 정언은 손을 휘적대며 화제를 돌렸다.

"생각 잘 해 볼 수 있게 자세한 사항이나 알려 줘 봐요."

재희가 앉아 있던 테이블에서 내려오며 대답했다.

"오늘 저녁에 회의하기로 했으니까 거기 갔다 와서 얘기할게. 내일 만약에 진짜 우리 사내 출입 금지되면 다른 팀에서 미팅룸 잡아 주기로 했으니까 일단 출근들은 하라고. 오늘은 볼 거 다 봤으니까 그만 퇴근합시다. 당분간 이 사무실도 안녕이니까 챙겨 갈 물건 있으면 잘 챙겨 놓고."

"사무실 문만 봐도 지긋지긋했는데 갑자기 애틋하네."

짐짓 서글픈 얼굴로 중얼거린 호형이 기지개를 켜며 자리에서 일어났다. 곁에 앉아 있던 윤이 정언에게 막 뭐라고 얘기하려는데, 재희가 생각났다는 듯 정언에게 시선을 주었다.

"아, 서 피디는 나랑 잠깐 얘기 좀 하자."

무심코 네, 하고 대답한 정언은 몸을 일으켰다. 재희가 잠깐 정언의 등 뒤로 시선을 흘끔 던지더니 의뭉스럽게 웃었다. 저 인간이 또 왜 저래, 속으로 생각한 정언은 재희를 따라 회의실을 나섰다.

옥상으로 올라간 재희는 정언이 오기를 기다려 문을 닫았다. 더워진 바람이 슬슬 습기를 머금는 걸 보니 곧 장마가 시작될 것 같았다. 그래도 차양막 아래의 그늘은 아직 선선했다. 벤치에 걸터앉은 재희가 물었다.

"몸은 좀 어때?"

"팔 한쪽 못 쓰는 것 빼고는 너무 멀쩡해서 탈이죠."

정언은 왼쪽 어깨를 고정시킨 벨포 밴드를 가리켰다. 재희가 팔짱을 끼며 정언을 위아래로 훑어보았다.

"그래 보이긴 하네. 불사조야 뭐야, 차가 반파됐는데 그렇게 멀쩡하고."

"왜요. 멀쩡해서 서운해요?"

"말을 해도 꼭 그렇게 할래?"

툭 뱉은 말에 재희가 장난스럽게 미간을 찌푸렸다. 정언이 웃는 소리를 내자 재희가 등을 기대며 입을 열었다.

"그때 방송 직전에 아버님 자료 준 거 전 부장님 팀에서 자료

분석하고 추가 취재 중이야. 방송에 못 나간 부분들 정리해서 뉴스 내보낼 수 있으면 내보내고, 안 되면 우리 채널 개설할 때 거기서라도 터트리겠다고."

"그래요?"

정언은 자신이 잠시 그 문제에 대해 잊고 있었다는 걸 깨달았다. 녹음기의 테이프 마지막 부분을 들어 본 것 이외에는 거의 손도 대지 않은 자료들이라, 정확히 무슨 내용이 있는지도 확인하지 못한 채였다. 재희가 머리칼을 쓸어 올렸다.

"지난번 이사회 건은 언론노조에서 별도 채널 열어서 그쪽에 올리기로 했고. 이번 주 안에 다른 사례들하고 모아서 업로드한다고 얘기하더라."

정언은 대답 대신 고개를 까딱였다. 재희가 아직 서 있던 정언에게 옆자리를 가리키며 앉으라는 손짓을 했다. 정언이 곁에 앉자 재희가 위로 같은 말을 건넸다.

"그동안 고생했어. 방송하고 싶었을 텐데 아쉽게 됐네."

"이제 와서 뭘. 누구든 하면 됐죠. 김 피디가 잘했으니까 다행이고."

"방송 나간 거 봤어?"

재희의 물음에 정언은 관자놀이를 누르며 한숨을 쉬었다.

"김 피디가 자기 진짜 멋있었다고 볼 때마다 노래를 부르는데 어떻게 안 봐요."

저 진짜 멋있었는데, 정말 잘했는지 한 번만 봐 주시면 안 돼요? 하며 며칠 내내 기대감에 차 눈을 반짝이던 윤의 얼굴을 떠올리자 없던 두통이 밀려왔다. 물론 한밤중에 다시보기로 방송을 보다 결국 울었다는 건 무덤까지 가져갈 비밀이었다.

정언의 옆얼굴을 물끄러미 보고 있던 재희가 입매를 슬몃 말아 올렸다. 뭔가 불길한 느낌에 얼굴을 구긴 정언은 눈을 가늘게 떴다.

"뭐야, 그 얼굴."

"김 피디랑 만나기로 했어?"

생각도 못 한 질문에 정언은 바로 되물었다.

"누가 그래요?"

긍정도, 부정도 아닌 정언의 태도에 이미 대답은 됐다는 듯 재희가 빙글거렸다.

"아니라고는 안 하네?"

"언제부터 남 얘기에 그렇게 관심 있었어요?"

"우리 일이 남 얘기 캐고 다니는 일인 거 몰라?"

재희가 장난스럽게 대꾸하더니 웃겨 죽겠다는 표정으로 팔짱을 끼었다.

"비밀 연애면 김 피디 야단 좀 치고. 내가 아까 서 피디보고 잠깐 얘기 좀 하자고 하니까 그때부터 나한테서 눈이 안 떨어지던데. 얼굴 뚫리는 줄 알았어."

회의실을 나오기 직전 등 뒤를 슬쩍 본 재희가 의뭉스럽게 웃던 게 퍼뜩 떠올랐다. 안 봐도 윤이 어떤 모습이었을지는 충분히 짐작 가능했다. 정언이 한쪽 손으로 얼굴을 감싸며 아 진짜, 하고 투덜거리자 재희가 어깨를 툭 부딪쳤다.

"왜, 귀엽잖아."

"귀엽긴 뭐가…….'

정언은 어색하게 말끝을 흐렸다. 윤이 안 귀여운 건 아니었지만, 아무 때나 귀여운 건 아무리 생각해도 좀 문제가 있었다. 재희가 고개를 비스듬히 기울였다.

"귀여운 남자가 취향이었어? 여태 그걸 몰랐네."

"알았으면 뭐 어쩌게요."

기가 막힌다는 투로 내뱉자 재희가 진지한 표정으로 턱을 만지작거렸다.

"알았으면 나한테 징 빨리 떼게 더 카리스마 넘치는 선배가 돼 줬을 거 아냐. 아니, 난 지금도 너무 멋있어서 탈인데 대체 내 어디서 귀여움을 발견한 거야?"

정언은 대답 대신 눈도 한 번 안 깜빡이고 재희를 빤히 보았다. 말 한마디 없어도 무슨 소리를 하고 싶어 하는지 알아차린 듯 재희가 곧 삿대질을 했다.

"야, 서 피디. 지금 눈으로 욕한 거 다 봤거든?"

들이미는 손가락을 찰싹 소리가 나게 때린 정언은 눈을 부릅떴다.

"봤으면 조용히 해요. 입으로도 욕하기 전에."

"무슨 말을 못 해."

"말 같은 말을 해야 말하게 내버려 둘 거 아냐."

정언의 말에 재희는 한참 혼자 쿡쿡거렸다. 정언이 그만 웃어요, 하고 성질을 부리며 재희의 스니커즈 끝을 툭 차자 재희가 겨우 웃음을 멈췄다. 재희는 손끝으로 입술 위를 두어 번 문지르다 혼잣말처럼 중얼거렸다.

"확인사살 당하니까 기분이 좀 이상하긴 하네."

목소리에는 아직 웃음기가 남아 있었으나 정언은 그 말에 담긴 미묘한 감정을 곧 눈치챘다. 뭐라고 한 단어로 표현하기는 어려운 감정이었다. 아마 재희 자신조차도 그럴 게 분명했다.

"뭐가, 사랑이 어떻게 변하니 이런 거 하려고 그래요?"

공연히 장난처럼 받아넘긴 말에 재희가 짐짓 정색했다.

"내가 나쁜 남자라 매력 있는 건 사실이지만 그렇게까지 양심 없진 않지."

곧 손을 깍지 끼어 뒷머리를 받친 재희는 허공으로 시선을 던졌다. 오후의 햇살 속 날카롭게 떨어지는 그 옆모습에 잠깐 눈이 머물렀다.

"이제 와서 후회하는 사람처럼 왜 그래요?"

직구를 던지자 재희가 고개를 돌려 정언을 마주 보았다.

"솔직히 말하면 약간."

뜻밖의 대답이었다. 정언이 멈칫한 것을 알아차렸는지, 픽 웃은 재희가 말을 이었다.

"백 퍼센트라는 건 없으니까. 사람들이 가끔 되게 무의미한 가정을 할 때가 있잖아. 만약에 지금 당장 로또 1등 당첨되면 뭘할까, 그런 거. 어차피 절대 그런 일은 안 일어나지만 그냥 잠깐 현실에서 위안 받고 싶으니까 도망치는 거지. 나도 마찬가지야."

담백한 말투였으나 그건 아문 상처 위로 남은 흉터처럼 느껴졌다. 언제든 되살릴 수 있는 고통을 그 아래 숨긴 채 산다는 건 뭘까. 결코 채워지지 않는 결핍을 담은 채 완결되어 버린 그 빈틈없는 얼굴에 문득 심장이 약간 움직였다.

재희는 언제나 진짜 자신을 감추는 데 능숙한 사람이었다. 그러나 수심을 짐작할 수 없는 수면 아래의 세계를 잠깐 엿본 듯한 감각이 지났다. 나지막한 목소리가 흩어졌다.

"그런데 아무리 생각해도 답은 정해져 있다고. 서 피디한테 손 내밀면 내가 달라지나? 아니거든. 난 계속 똑같은 강재희일 텐데. 결국 상처 줄 거고, 아프게 할 거고. 배드 엔딩일 거 알면서 시작하는 이야기 재미없잖아."

"그래서?"

"그래서는 뭐가 그래서야. 아, 더 밑천 털면 없어 보이니까 그만할래."

재희가 두 손을 들어 보였다. 그 오랜 시간 동안 단 한 번도, 실수로라도 선을 넘은 적 없는 재희였다. 자신이 손을 뻗으면 언제든 닿을 수 있는 가장 쉬운 상대인 걸 잘 알면서도.

예전 언젠가 재희가 했던 말이 떠오른 건 그때였다.

「서 피다나 나 같은 종류의 사람들이 있잖아. 잃어버리는 게 무서워서 시작도 못 하는 사람들.」

그게 무슨 뜻인지 정언은 누구보다 잘 알고 있었다. 잠시 말이 없던 정언은 턱을 괴며 재희를 마주 보았다.

"그걸 감수할 정도로 내가 매력 있진 않았던 거 아니고?"

재희는 그 농담을 즉시 부정했다.

"그건 아니지. 매력이 넘쳐서 탈이면 몰라도."

"말이라도 고맙네요."

여상하게 받아넘기자 재희가 심각한 얼굴을 했다.

"고마우면 커피 한 잔 사 줄래? 나 지갑 놓고 왔어."

"뭐야, 진짜."

어이없다는 얼굴로 재희의 어깨를 친 정언은 몸을 일으켰다. 주머니를 뒤적여 남은 동전을 자판기에 넣고 버튼을 누르자, 어느새 재희가 손을 뻗어 믹스커피가 채워진 종이컵을 빼냈다.

"잘 마실게."

"아무래도 이거 얻어 마시려고 사람 설레게 한 것 같은데."

의혹 가득한 정언의 말에 재희가 슬픈 표정으로 대꾸했다.

"삼백 원 벌기가 이렇게 힘들다."

대답 대신 걷어차려는 시늉을 하는 정언을 재빨리 피한 재희는 화단 가장자리에 걸터앉으며 웃었다.

"얘기 끝났으니까 가도 돼. 나 이거 마시고 내려갈 거니까."

재희가 커피를 한 모금 마셨다. 길게 스미는 햇살이 재희의 정갈한 얼굴 한쪽에 짙은 음영을 드리웠다. 달의 뒷면처럼 늘 감춰지는 그 절반의 그림자가 눈에 밟혔다. 속으로 혀를 찬 정언이 툭 내뱉었다.

"한여름에도 고독 씹는 거 병이야, 병."

"고독을 씹어야 내 캐릭터가 완성되잖아."

농담인지, 진담인지 모를 소리를 한 재희가 손을 흔들었다. 내일 보자, 하는 목소리에 정언은 대답 대신 고개를 까딱 기울이고는 자리를 떠났다. 등 뒤에서 문이 닫히는 소리가 들렸다. 그 문 너머에서 재희가 어떤 표정을 하고 있을지 상상하는 건 늘 그렇듯 마음을 가라앉게 만들었다.

사무실로 돌아온 정언은 문을 열었다. 그새 팀원들이 빠져나간 사무실 안은 조용했다. 자리에 앉아 있던 윤이 인기척에 퍼뜩 고개를 들었다가 정언인 걸 알자마자 자리에서 벌떡 일어났다. 윤이 기다리고 있을 거라는 생각은 미처 하지 못했던 탓에 퍼뜩 놀란 정언은 미간을 좁혔다.

"그냥 가지, 기다리고 있었어?"

"데려다 드린다고 했잖아요. 어머님한테 가실 거죠?"

미리 준비하고 있었던 듯 윤이 차 키를 집어 들었다. 어차피 말린다고 들을 윤도 아니었다. 짧은 한숨을 쉰 정언이 놓아둔 가방에 손을 뻗자, 윤이 잽싸게 정언의 가방을 들어 한쪽 어깨에 메고는 가요, 하며 정언을 재촉했다. 생글생글 웃는 얼굴에 말문이 막혔다.

지하 주차장으로 내려온 윤이 차에 시동을 걸었다. 정언은 윤이 조수석 문을 열어 주면 주는 대로, 안전벨트를 매 주면 주는 대로 내버려 두었다. 평소답지 않게 한마디도 없이 고분고분한 게 이상했는지 윤이 가만히 정언을 마주 보다 물었다.

"강 피디님이 뭐라고 하세요?"

뭐라고 했는지 알면 윤의 반응이 어떨지는 안 봐도 뻔했다. 정언은 두어 번 헛기침을 하며 나오려는 웃음을 참았다.

"그냥 아빠 자료 <뉴스라이트> 팀에서 취재 중이라고 한 거랑 이사회 녹취록 이번 주에 언론노조 채널에 공개된다고, 그 얘기 한 거야. 왜?"

"오래 계시는 것 같아서요."

윤이 짧게 대답했다. 기다리는 내내 어지간히 초조했던 모양이었다. 액셀을 밟으며 주차장을 빠져나가는 윤에게 시선을 준 정언은 장난스럽게 물었다.

"집착하는 거야, 질투하는 거야?"

"둘 다죠."

돌아온 말은 진지했다. 어느 쪽이든 윤에게 어울리는 단어들은 아니었다. 이럴 때마다 누가 자신을 놀리려고 몰래카메라 촬영 중인 게 아닐까 심각하게 고민되는 건 당연했다. 정언은 잠시 침묵하다 입을 열었다.

"선배가 김 피디 만나냐고 물어보더라."

때마침 신호에 걸려 차를 세운 윤이 멈칫하며 정언을 보았다.

정언은 부러 창가에 눈을 둔 채 말을 덧붙였다.

"비밀 연애할 거면 김 피디 단속 잘 하라던데. 자기 얼굴 뚫리는 줄 알았다고."

아, 하고 중얼거린 윤이 손끝으로 핸들 위를 톡톡 두드렸다. 눈치채라고 대놓고 한 행동이 아니었기에, 그게 재희에게 그렇게 보였다는 걸 방금 깨달은 듯했다. 그러나 그다지 난처해하는 기색은 아니었다.

하기야 민혜가 알아차리고 물어봤다는 얘기를 했을 때도 숨길 생각 따위는 전혀 없어 보이던 윤이었다. 그 태도를 상기하자 헛웃음이 나왔다. 슬쩍 정언을 본 윤이 바뀐 신호에 다시 차를 움직이며 대답했다.

"저 숨기는 거 못 해요. 선배가 허락만 하시면 방송국 정문에 현수막 걸 수도 있어요. 사귀자마자 차일까 봐 참는 거지."

"그거 농담이야, 진담이야?"

"궁금하세요?"

윤이 되물었다. 물론 전혀 궁금하지 않았다. 장난으로라도 그렇다고 했다가는 정말 내일 아침 출근하면서 정문에 걸린 현수막을 보게 될 것 같았다. 말문이 막힌 걸 알아차렸는지 윤이 혼자 웃었다.

가게 앞에 차를 세운 건 저녁 시간이 다 되어서였다. 먼저 내린 윤이 문을 열어 주었다. 정언은 고마워, 하고 인사를 건네며 차에서 내렸다. 때마침 가게 앞에 나와 있던 효명이 정언을 알아보고는 후다닥 달려왔다.

"얘, 정언아!"

정언이 뭐라고 대답하기도 전, 윤이 고개를 꾸벅 숙였다.

"안녕하세요, 어머님."

그제야 윤의 존재를 깨달은 효명의 눈이 화등잔만 하게 뜨였다. 왠지 모를 불길한 예감이 등줄기를 엄습했다. 윤에게 그만 가라고 운을 떼기도 전, 효명이 윤의 양팔을 덥석 쥐었다. 입이 귀에 걸렸다는 게 저런 표정을 보고 하는 말일까 싶었다.

"김 피디님이 데려다주셨어요? 어머, 고마워서 어떡해. 저기, 밥 먹고 가요. 안 그래도 정언이 들른다고 해서 저녁 해 놨거든."

"네?"

갑작스러운 제안에 당황했는지 윤이 눈을 깜빡였다. 망했다, 속으로 중얼거린 정언은 나오는 한숨을 눌렀다. 효명은 늘 정언의 성격이 현국을 닮은 거라고 주장했으나, 마음먹은 일은 꼭 하고야 마는 그 성미가 어디서 온 건지 정언 자신이 가장 잘 알고 있었다.

"아이, 어른이 권하면 사양하는 거 아냐. 저녁만 먹고 가요. 저녁 안 먹었죠?"

"아. 네. 감사합니다."

윤이 미소를 지으며 선뜻 대답했다. 그런 소리를 듣고도 윤이 거절할 리 만무하다고는 생각했으나, 그렇게 웃으면서 말할 건 또 뭐란 말인가. 재희에게조차 가차 없는 현진마저 한 방에 넘긴 미소였다. 효명이라고 예외일 수 없었다.

그새 마음이 바뀔까 싶었는지, 효명은 한쪽 팔을 싸맨 딸 따위는 안중에도 없이 후다닥 윤을 데리고 집으로 올라갔다. 아니 엄마, 하고 정언이 황급히 등 뒤에서 효명을 불렀으나 이미 부질없는 일이었다.

집에 들어서자마자 식탁 다리가 휘어지도록 차려 놓은 음식들이 눈에 들어왔다. 동네잔치라도 하는 품새였다. 가지각색의 전과 나물에 잡채, 무쌈말이, 회무침, 생선조림 같은 음식들에 윤의 눈이 크게 뜨였다. 효명이 아침부터 가게를 드나들며 부지런히 해다 놓은 모양이었다.

"이걸 언제 다 하셨어요?"

"아유, 하면 다 하지."

식탁 앞에 윤을 먼저 앉혀 놓은 효명은 가스레인지를 켜 갈비찜 냄비를 다시 한 번 데우고는 막 한 밥을 퍼 윤 앞에 먼저 놓아 주었다.

마지못해 곁에 앉은 정언의 앞에도 밥 한 그릇을 놓은 효명은 곧 끓기 시작한 갈비찜 냄비를 열었다. 순식간에 집 안으로 달큼한 냄새가 훅 번졌다. 그릇에 갈비찜을 한가득 담아 가운데 놓은 효명이 윤에게 물었다.

"혹시 뭐 못 먹는 거 있어요?"

"아뇨, 전혀 없습니다."

윤이 얼른 고개를 저었다. 먹으면 당장 죽을 음식이 있다고 해도 기꺼이 먹을 기세였다.

효명이 맞은편에 자기 밥그릇을 놓자, 바로 자리에서 일어난 윤이 의자를 빼 효명을 앉게 했다. 효명이 어머, 하며 윤을 올려다보았다. 그 눈에 이미 하트가 박힌 걸 알아차린 정언은 눈썹 위를 손으로 가리며 한숨을 쉬었다.

"집 밥 진짜 오랜만인데 선배 덕분에 호강하겠네요. 잘 먹겠습니다."

자리로 돌아온 윤이 씩 웃었다. 저건 그냥 습관일까, 자기 얼굴이 잘 먹힌다는 걸 아니까 저러는 걸까. 답을 알 수 없는 물음을 떠올린 정언은 효명에게 먼저 수저를 들라고 손을 휘적였다.

남의 심정 따위 알 리 없는 효명은 연신 윤에게 음식을 권했다. 윤은 밥알 하나 안 남길 기세로 깔끔하게 밥 한 그릇을 해치웠다. 원래도 딱히 입이 짧은 편은 아닌 것 같았으나, 당장 홈쇼핑에 나가도 될 정도로 잘 먹는 걸 보니 더 기가 막혔다.

"맛이 괜찮아요? 나이가 드니까 요새는 혀가 둔해서 맛을 잘 몰라."

손맛 있기로 둘째가라면 서러운 효명이었으나, 먹는 즐거움을 모르는 정언 탓에 이렇게 음식 만든 보람을 주는 사람은 오랜만인 듯했다. 효명이 묻는 말에 윤이 생글거리며 대답했다.

"진짜 맛있는데요. 식당 하셨어도 사람들 줄 섰겠어요."

"한 그릇 더 먹을래요?"

"네."

두 번 생각할 것도 없다는 듯 대답한 윤이 빈 그릇을 내밀었다. 효명이 밥을 새로 담아 놓아 주자, 윤은 먹은 적도 없는 사람처럼 다시 한 그릇을 비웠다. 누가 보면 얼굴 닳겠다고 할 정도로 윤을 빤히 보고 있던 효명이 한숨을 쉬었다.

"아휴, 오랜만에 잘 먹는 사람 보니까 너무 좋네. 우리 정언이는 입이 짧아서……."

"엄마!"

정언이 버럭 소리를 지르자 화들짝 놀란 효명이 깜짝이야, 하며 눈을 흘겼다.

"애, 귀청 떨어져. 나 아직 귀 안 먹었다."

두 사람을 번갈아 보던 윤이 웃으며 물었다.

"선배가 입이 짧아요?"

"뭘 해 줘도 시큰둥해요, 애가. 무슨 재미로 사나 몰라. 먹는 재미도 없고, 연애하는 재미도 없고."

신이 난 효명이 정언에게 손가락질을 했다. 먹던 밥이 목에 걸리는 기분이라 정언은 들고 있던 젓가락을 탁 내려놓았다. 윤이 무슨 말을 할지 조마조마해진 탓이었다. 효명은 아랑곳하지 않고 윤에게 물었다.

"김 피디님은 전에 애인 없다고 그랬나? 그 인물로 왜 애인이 없을까?"

윤이 정언 쪽을 슬쩍 보았다. 단정한 입매가 부드러운 호를 그리며 말려 올라갔다.

"눈이 너무 높은가 봐요."

"어머, 그래. 눈 높을 만하지. 어떤 스타일 좋아해요? 아무래도 아나운서 스타일인가? 막 참하고 예쁘고, 있잖아요. 방송국 다니니까 그런 여자들 많이 보잖아."

동네 강아지 눈에도 효명이 윤을 떠보고 있다는 게 뻔할 정도였다. 윤의 눈치에 그걸 알아차리지 못했을 리가 없었다. 진심으로 자리를 뜨고 싶어진 정언은 황급히 말을 끊었다.

"선봐? 뭐하는 거야, 갑자기."

입이 바짝 말랐다. 정언이 서둘러 찬물을 마시는 사이, 윤이 정언에게 시선을 고정하며 재미있어 죽겠다는 얼굴로 대답했다.

"선배 같은 여자가 완전 이상형이라 다른 데서는 못 찾겠더라고요."

그 말에 마시던 물이 넘어왔다. 입을 틀어막은 정언은 콜록거리며 한참 기침을 하다 식탁 아래로 윤의 무릎을 한 대 쳤다. 윤이 하하하, 하고 어색하게 웃으며 자세를 고쳐 앉았다.

"잘 먹었습니다."

곧 자리에서 일어난 윤이 식탁에서 빈 그릇이며 수저를 싹 챙겨 싱크대에 넣었다. 그냥 둬요, 하고 놀란 효명이 만류했으나 윤은 셔츠 소매를 걷어 올리며 웃었다.

"저 설거지가 취미인데 요새 집에서 밥을 못 해먹어서 할 일이 없었거든요. 남은 거 치우시고 그릇만 주세요."

효명과 윤 사이에 짧은 실랑이가 벌어졌다. 그러나 이미 결과를 아는 정언은 윤을 말리기를 포기했다. 아니나 다를까, 결국 두 손을 든 쪽은 효명이었다. 식탁 위를 치운 효명이 싱크대에 그릇을 쌓아 놓자, 윤이 자신에게는 낮아도 한참 낮은 싱크대에서 설거지를 시작했다.

설거지가 취미라는 게 빈말은 아닌 듯, 한두 번 해 본 솜씨는 아니었다. 어디서 식당 아르바이트라도 했었나, 거실 소파로 나와 앉은 정언이 속으로 생각하는 사이 윤의 뒷모습에서 눈을 떼지 못하던 효명이 소곤거렸다.

"얘, 이상형이라는 거 그냥 하는 말인 줄 알면서 내가 왜 설레니. 보통내기 아니네, 김 피디."

그냥 하는 말이 아니라는 걸 알면 효명이 어떤 반응을 보일까 불현듯 궁금해졌다. 물론 정언은 그 말을 입 밖으로 내지 않을 정도의 자제력은 있었다.

"설렐 일이 그렇게 없어?"

정언이 면박을 주었으나 효명은 들은 척도 하지 않고 윤의 등에 시선을 고정한 채 중얼거렸다.

"어머 세상에, 어디서 저런 애가 왔어."

윤과 연애한다고 얘기하는 순간 당장 뛰쳐나가 동네잔치라도

383

벌일 기세였다. 고개를 절레절레 흔든 정언은 소파 등받이에 턱을 괴며 윤에게 시선을 던졌다.

화이트 린넨 셔츠에 블랙 슬랙스. 딱히 포인트도 주지 않은 심플한 코디였으나, 뒤에서 봐도 효명의 반응이 이해가 안 가는 건 아니었다. 셔츠 칼라 위로 드러난 흰 목덜미는 소년 같은데, 넓은 어깨에서 곧은 등으로 떨어지는 반듯한 선은 또 남자다웠다. 눈으로 훑어도 한참인 긴 다리는 말할 것도 없었다.

망할 자식, 뒤에서 봐도 저렇게 괜찮을 건 뭐야. 누구에게 하는 소린지 모를 투덜거림을 속으로 삼키던 찰나, 윤을 뚫어지게 보던 효명이 갑자기 정언에게 속삭였다.

"너 조심해라."

뜬금없는 말에 정언은 의아한 표정으로 되물었다.

"뭘 조심해?"

"김 피디 같은 남자가 진짜 위험해."

잠깐 사이를 두고 실없이 웃음이 터졌다. 굳이 효명의 말이 아니더라도 윤이 얼마나 위험한지 너무 잘 아는 탓이었다.

갑자기 웃는 소리가 난 까닭인지 설거지를 하고 있던 윤이 이쪽을 돌아보았다. 시선이 마주치기 무섭게 윤의 눈매가 완만하게 휘어졌다. 윤이 다시 고개를 돌리자마자 효명이 정언의 허벅지 위를 찰싹 쳤다.

"웃을 일이 아냐. 쟤 눈웃음 살살 치면서 저러는 거 봐. 너 같은 애들일수록 저런 남자가 작정하면 순식간에 넘어간다니까."

앞에 앉혀 놓고 이상형 호구조사를 할 때는 언제고, 이제 와서 조심하라고 하는 건 또 뭔가 싶었다. 효명을 아래위로 훑어본 정언은 심각하게 되물었다.

"넘어갔으면 싶은 거 아니고?"

"언감생심이다, 애."

사정을 알 리 없는 효명이 눈을 흘겼다. 엄마의 눈으로 보기에도 언감생심이라니 약간 좌절하고 싶은 기분이 되었다. 그새 윤이 물기까지 깨끗하게 닦은 그릇들을 건조대 위에 잘 정렬해 놓고는 손을 털었다. 윤이 설거지를 마친 걸 확인하자마자 정언은 자리에서 벌떡 일어났다.

"엄마, 나 가야 돼."

아무래도 여기서 계속 시간을 끌면 안 될 것 같았다. 김 피디, 하고 윤을 부르자 윤이 깍듯하게 인사를 하며 물었다.

"어머니, 정말 잘 먹었습니다. 저 다음에 또 놀러 와도 되죠?"

다음은 무슨 다음, 하는 말이 목까지 나왔으나 정언은 애써 그 말을 눌러 참았다. 효명이 윤의 손을 덥석 잡으며 활짝 웃었다. 아무리 기억을 더듬어도 그건 최근 몇 년 사이 본 것 중에 제일 밝아 보이는 얼굴이었다.

"그럼요. 언제든지 와요. 먹고 싶은 거 말하면 해 줄게요."

"감사합니다."

다시 한 번 고개를 꾸벅 숙여 보인 윤이 현관을 나서려다 말고 뭔가 생각난 듯 아, 하며 효명을 보았다.

"지난번에 가져다주신 빵 정말 맛있던데, 저 지금 내려가서 빵 좀 사 가도 될까요?"

"어머, 그래요."

진열장을 모조리 쓸어다 줄 기세로 반색한 효명이 얼른 윤을 끌고 가게로 내려갔다. 역시나 어깨가 부러진 딸 따위 안중에도 없었다. 가게 맞은편에 세워 둔 윤의 차에 기대선 정언은 쇼윈도 안으로 보이는 윤과 효명의 모습을 지켜보다 한숨을 쉬었다.

빵 쟁반 위를 가득 채우더니 기어이 양손에 쇼핑백을 들고 나서는 윤의 뒤로 효명이 총총 따라 나왔다. 잠시 정언을 잊었던 게 분명한 효명이 서운한 얼굴로 말했다.

"자고 가지."

정언은 손사래를 치며 대답했다.

"엄마 일찍 나가야 되는데, 뭐. 나 내일 출근도 해야 되고. 차 없어서 멀리서 왔다 갔다 하면 힘들어."

"그래, 알았어. 들어가서 좀 쉬어. 병원 더 있었으면 좋겠는데 그렇게 고집을 부리니."

하여튼 애가, 하고 뭐라고 나무라려는 효명의 말을 윤이 재빨리 막았다.

"제가 잘 데려다 드릴게요. 걱정하지 마시고 들어가세요."

"고마워요. 조심해서 가요."

하려던 잔소리가 머릿속에서 싹 날아간 듯, 효명이 만면에 미소를 띠우며 손을 흔들었다. 효명을 억지로 가게 안으로 떠밀어 들여보낸 정언은 차 안에 앉아 간신히 숨을 돌렸다. 시동을 걸던 윤이 입을 열었다.

"어머니 음식 솜씨 진짜 좋으시네요."

"그건 다행인데 빵은 언제 다 먹으려고 그렇게 많이 샀어?"

뒷좌석에 둔 쇼핑백을 백미러로 보며 내뱉자 윤이 웃었다.

"삼시 세끼 먹어 보죠, 뭐. 다 맛있어 보이던데요."

그렇게 생글거리며 사람 말문을 막는 데는 당할 재주가 없었다. 정언이 창가에 턱을 괴자 윤이 차 안에 놓아두었던 캔디 통을 열어 정언에게 건네고는 자기도 한 알을 먹었다.

정언은 캔디 통 안을 들여다보다 손톱만 한 캔디를 집어 입에 넣었다. 청량한 민트 맛 뒤로 산뜻한 레몬 맛이 입 안에서 번졌다. 도로를 빠져나가던 윤이 물었다.

"어머님이 뭐라고 안 하세요?"

혹시 뭐라고 했는지 궁금한 모양이었다. 조금 전 효명의 얼굴을 떠올린 정언은 코끝으로 웃는 소리를 냈다.

"김 피디 조심하래."

"저 조심하라고요?"

윤이 놀란 표정으로 눈을 크게 떴다. 정언은 툭 내뱉었다.

"눈웃음 살살 치는 게 위험하다고."

동그랗게 치떴던 눈가로 순식간에 웃음기가 번졌다.

"관상 보셔야겠는데요. 저 위험한 거 바로 아시고."

신호등에 빨간 불이 들어왔다. 윤이 안전선에 차를 멈췄다. 정언은 창밖으로 무심하게 시선을 주었다. 어둠이 내려앉은 대로변에 색색의 간판이 환하게 불을 밝혔다. 여름의 거리를 지나다니는 사람들의 걸음이 바빴다.

다음 순간 정언은 무릎 위에 아무렇게나 놓아둔 손을 잡아 오는 감각에 멈칫하며 고개를 돌렸다. 평소와 달리 약간 서늘하게 느껴지는 긴 손가락이 사이로 스미듯 정언의 손을 깍지 끼어 쥐었다. 움찔한 정언이 손끝을 말자, 몸을 기울인 윤이 정언의 손을 끌어 마디 위에 입을 맞췄다.

"선배는 항상 저 경계하셔야 된다고 했잖아요."

윤의 목소리가 살짝 낮아졌다. 불현듯 목덜미가 소슬했다. 그 낯선 감각이 윤 때문인지, 혹은 차 안을 채우는 에어컨 바람 때문인지 바로 판단이 되지 않았다.

"운전이나 해, 운전이나."

애서 표정을 감추자 윤이 쿡쿡대며 잡고 있던 손을 놓아주었다. 부드러운 리본이 풀려나가듯, 손가락 사이사이로 얽혀 있던 체온이 빠져나갔다. 윤이 운전을 하는 사이 정언은 공연히 오른손 손바닥 위에 눈을 주었다.

가만히 가느다란 손가락을 말아 쥐자 이미 사라진 감각들이 되살아났다. 손을 올려 만져 본 목덜미가 서늘했다. 목덜미 부근에서 찰랑거리는 머리칼이 움직이며 희미한 섬유유연제 향이 떠올랐다가 흩어졌다.

윤이 정언의 오피스텔 지하 주차장에 도착했을 때는 이미 저녁 메인 뉴스가 시작된 지 한참이었다. 차를 세운 윤이 도어록을 풀어 주는 대신 갑자기 물었다.

"커피 한 잔만 주시면 안 돼요?"

"그러든지."

대수롭지 않다는 얼굴로 고개를 까딱이자 윤이 갑자기 웃기 시작했다. 자기가 물어봐 놓고 왜 저러나 싶어 정언은 눈을 가늘게 떴다.

"뭐야."

"그냥 해 본 소리예요. 선배 저한테 너무 경계심 없다니까요."

장난스럽게 투덜대는 윤을 본 정언은 별생각 없이 대꾸했다.

"커피는 줄 수 있는데, 왜."

대답 대신 윤은 정언의 안전벨트를 풀어 주었다. 굳이 몸을 기울여 버클을 제자리로 돌려놓은 윤이 한 뼘이 될까 말까 한 거리에서 정언을 빤히 응시했다. 고작 몇 초 정도일 게 분명한 정적이 묘하게 뒷덜미를 슬쩍 당겼다. 뭔가 어색해진 정언이 입을 열려 했으나, 먼저 그 침묵을 깬 건 윤이었다.

"저 그렇게 순진한 남자 아니에요."

방금 전까지 어려 있던 웃음기는 이미 흔적도 없이 사라진 뒤였다. 순간 저도 모르게 호흡이 가라앉았다. 심장 뛰는 소리가 들릴 것 같아서였다.

주차장의 창백한 조명 아래서 윤의 짙은 갈색 눈동자가 서늘하게 비쳤다. 긴 속눈썹이 그리는 그늘이 거기에 음영을 더했다. 그렇게 자주 본 얼굴인데도, 이런 순간이면 낯설게 느껴졌다.

"이제 커피만 마실 자신 없어요."

윤이 말했다. 그 눈에 잠깐 시선을 사로잡힌 탓에, 윤의 말을 이해하기까지는 약간의 시간이 필요했다. 말뜻을 깨달은 순간 서늘했던 목덜미로 열이 몰렸다. 손을 뻗은 윤이 조수석의 도어록을 풀었다. 탁 소리와 함께 도어록이 오픈 상태로 돌아갔다.

조수석 문을 열어 준 윤이 빙긋 웃었다. 팽팽하게 당겨졌던 공기가 순식간에 느슨해졌다. 자신의 의지와는 아무 상관도 없이 순간적으로 컨트롤되는 상황이 생경했다. 입 안이 말랐다. 심장 뛰는 소리가 고막을 채웠다.

"들어가세요. 내일 아침에 올게요."

"걸어서 출근하면 돼. 안 와도…….."

그 얼굴은 그새 다시 평소의 윤이었으나, 어쩐지 눈을 마주치기가 어려웠다. 시선을 피하며 대답하던 정언이 채 문장을 끝맺기도 전, 윤이 그 말을 잘랐다.

"같이 걸어가죠, 뭐."

"아, 응."

저도 모르게 더듬거린 정언은 당황하며 도어를 밀었다. 반쯤 열린 문으로 서둘러 몸을 내민 순간, 윤이 갑자기 정언의 팔을 잡았다.

"선배, 잠깐만요. 여기."

반사적으로 고개를 돌리자 윤의 손끝이 입술에 닿았다. 미끄러지듯 아랫입술 위를 스치고 지나가는 서늘하고 부드러운 감각에 반사적으로 눈이 약간 크게 뜨였다. 슬몃 입가를 말아 올린 윤이 방금 지나친 궤적 위로 짧게 키스했다.

레몬, 민트, 섬유유연제 향.

순식간에 공기 중으로 부유한 입자들이 선명했다.

윤이 잡고 있던 팔을 놓았다. 무슨 정신으로 차에서 내렸는지 모를 노릇이었다. 조수석 문을 닫을 때까지도 정언은 약간 얼이 빠진 상태였다. 윤이 창을 내리며 정언에게 손을 흔들었다.

"내일 봐요, 선배."

창 너머로 가만히 마주 보는 시선에 정언은 입술 안쪽을 이 끝으로 눌렀다. 애써 태연한 척 돌아섰으나 멀쩡해 보이는지 확신할 수가 없었다. 입구에 카드 키를 대고 안으로 들어선 정언은 엘리베이터 버튼을 눌렀다. 지하 주차장에 엘리베이터가 도착하며 땡, 하는 소리가 울렸다.

그 소리가 무슨 신호라도 되는 양 정언은 그 자리에 무릎을 접어 주저앉았다. 고개를 파묻자 귀 끝이 화끈거렸다.

아, 진짜 망할 자식. 엄마 말 틀린 게 하나도 없다니까.

소리가 되어 나오지 않는 말을 중얼거린 정언은 머리칼을 흩었다. 입 안에서 달고 산뜻한 캔디 향이 내내 맴돌았다.

53

『······민권당 민주영 후보에 대한 한국선진당의 불법 사찰 의혹을 조사하던 검찰은 오늘 오후 한선당이 보수단체 회원들을 이용하여 민주영 후보 및 일부 친민 성향 인사들에 대한 불법 사찰을 자행한 것으로 보인다고 밝혔습니다. 민권당 최영안 당대표는 한국선진당에 공식 사과와 관련 인물 처벌을 강력하게 요구했습니다. 그러나 한국선진당이 정치 공작이라는 입장을 고수하며, 여야 충돌은 불가피한 상황으로 흘러가고 있습니다.』

지하 스튜디오 사무실 한쪽에 틀어 놓은 텔레비전에서 앵커의 목소리가 흘러나왔다. 잠시 하던 일을 멈추고 화면에 시선을 주고 있던 팀원들은 저마다 혀를 찼다. 자리에 앉아 있던 찬수가 아이고, 하며 의자에 등을 기댔다. 중고 의자가 삐걱대는 소리를 내며 뒤로 기울어졌다.

"야, 증거 다 나왔고 자백까지 했는데도 발 빼는 거 봐라."

"아직 덜 맞았다는 소리지. 계속 때려 보죠. 죽을 만큼 맞으면 잘못했다고 비나 안 비나 궁금하니까."

책상 위에 걸터앉아 있던 재희가 대꾸했다. 서대문의 지하 스튜디오로 출근하기 시작한 지 벌써 한 달 가까이 되어 가고 있었다.

공영방송 YBS, KTBC, IBS 출신들이 모여 만든 유튜브 대안언론 채널 '프론트라인'에 <비하인드 24> 팀 전원이 합류한 건 지난달의 일이었다. 채널 오픈은 이번 달 초로 정해져 있었다. 그 사이 <비하인드 오브 비하인드 24>, 약칭 <BOB> 론칭 계획을 세우고 거의 매일같이 회의가 이어졌다.

공중파와는 전혀 다른 방식의 방송을 만든다는 건 쉬운 일이 아니었다. 팀원들은 저마다 날밤을 새우면서 비슷한 콘텐츠는 모조리 분석했다. 작가들이 그간 쓴 구성안만 수십 편이었고, 시험본까지 만들었다 폐기한 것도 적지 않았다.

한 달 사이 매일 엄대진과 관련된 뉴스를 체크하는 것도 일이었다. 대선 국면에서 싸움은 완전히 진흙탕으로 굴러가고 있었다. 악화일로를 걷는 여론 탓에 한선당 내부에서 엄대진파와 반엄대진파의 폭로전이 거의 매일같이 이어지는 중이었다. 분당 얘기까지 나오는 판이었다.

돌아선 아군이 더 무섭다는 말대로, <조한일보>는 엄대진 죽이기의 선두주자였다. 당연히 배후에는 김인택과 변은화가 있었다. <조한일보>의 종편 계열사인 JTV에서는 연일 엄대진의 지저분한 사생활을 모조리 들춰냈다. 엄대진이 스폰서였다는 여자 연예인들의 이름이 이니셜로 줄줄이 보도되는가 하면, 내연녀와 혼외자 이야기까지 떠돌았다.

청와대도 예외는 아니었다. 사망한 변순철 회장이 서온건설 게이트를 덮기 위해 불러다 앉힌 신환석 민정수석에 대한 보도도 여기저기서 나오기 시작했다. 검찰 고위직에 깔린 신환석 라인들이 정권이 바뀌면 가장 먼저 날아갈까 봐 몸을 사리고 있다는 소문이 돌았다. 뇌물과 성접대 추문 등은 덤이었다.

민정수석은 대통령의 최측근이었다. 신환석이 터지면 김영근 대통령이 무사할 리 만무했다. 때문에 청와대에서 필사적으로 신환석 건을 틀어막으려 한다는 얘기는 있었으나, 한 번 시작된 흐름을 막는 건 어려웠다. 신환석의 존재는 시한폭탄이었다. 이대로 간다면 대선 토론회 전에 터질 건 불 보듯 뻔한 일이었다.

TK 지역에서 간신히 콘크리트를 유지하던 엄대진의 지지율도 마지노선이 무너지기 일보직전이었다. 물론 거기에는 <조한일보>의 역할이 가장 컸다. 한선당과 엄대진은 황급히 <조한일보> 죽이기에 나섰다.

국장급 인사들의 로비 의혹이 줄줄이 터져 나왔고, 갑자기 <조한일보>에 대한 강력한 세무조사가 이루어지기 시작했다. <조한일보> 내부에서 엄청난 반발이 일어난 건 당연했다. 지금까지 자기가 큰 게 누구 덕인데, 이제 와서 뒤통수를 치느냐는 것이었다.

그러는 사이 민주영 의원의 지지율은 착실하게 올라가고 있었다. 서온건설 건은 민 의원에게 상당한 호재였다. 민권당에서는 서둘러 서온건설 시공 아파트 입주 피해자들을 위한 TF를 구성하고, 민 의원의 민변 시절 경험을 살려 민간 변호인단과 조사특위를 만들었다.

특히 지진 피해가 컸던 혁신도시 인근 지역 피해자들을 직접 만나고, 법률 자문에 도움을 준 덕분에 해당 지역의 지지율이 점차 상승하는 중이었다. 전통적으로 민권당에게 TK는 필패 지역이었으나, 민권당 내부에서도 젊은 사람들이 많이 유입된 신도시 지역 위주로 상당히 해볼 만해졌다는 여론이 강했다.

이제 팀원들 중 이 싸움에서 질 거라고 생각하는 사람은 거의 없었다. 물론 인사위원회 재심에서도 결과가 번복되지 않았고, 결국 소송까지 간 상황이라 언제 다시 회사로 돌아가게 될지는 아무도 모르는 일이었다. 그러나 그럼에도 지치지 않을 수 있는 건 희망 때문이었다.

그건 언제든 꺼질 수 있는 작은 불씨와 같았다. 그렇기에 결코 방심할 수 없었다. 팀원들은 방송국에서보다 더 치열하게 일했다. 야근이며 밤샘은 일상이었으나 누구 하나 불평하지 않았다.

<BOB>에서 첫 화로 선택한 건 <비하인드 24> 900회에서 미처 다 다루지 못한 이야기였다. 경일용역의 실체, 서온건설과 경일용역의 커넥션, 엄대진과 서온건설이 그간 경일용역의 손을 빌려 살해한 사람들을 꼼꼼히 다룬 <BOB> 첫 화의 반응은 예상 외로 컸다.

인터넷에 입소문이 퍼진 건 순식간이었다. 자고 일어나면 채널 구독자 단위가 달라질 정도였다. 회를 거듭할수록 반응은 폭발적으로 늘기 시작했다. 한 달 사이 인터넷에서 프론트라인과 <BOB>를 모르면 간첩 취급을 받을 정도였다.

턱을 괴고 마우스를 움직이던 지혁이 목을 뽑아 말했다.

"어제 올린 영상 지금 22만 찍었어요. 추이 오름세 되게 좋은데요."

재희가 팔짱을 끼며 가볍게 휘파람을 불었다.

"벌써? 첫 회는 10만까지 3일 걸렸는데 입소문이 좀 나니까 확실히 빠르네. <더 체이서> 팀하고 <김영은의 리얼타임> 쪽은 어때?"

"거기는 아무래도 우리보다는 느린데 낙수효과가 있어요. 채널 구독하면 일단 같이 노출이 되니까. <더 체이서>도 지난주 회차까지 전부 40만 넘겼고 <리얼타임>도 오늘 지나면 15만 찍을 것 같아요. 우리는 첫 회가 지금 70만 찍었는데, 구독자 붙는 게 빨라서 전체적으로 파이가 빨리 늘어나는 느낌인데요."

지혁의 목소리에 생기가 돌았다. <BOB> 편집은 피디들이 각자 담당했으나, 예고편이나 후작업 등 기타 자잘한 사항들은 지혁과 윤이 나눠 맡고 있었다.

영상은 매주 목요일 자정 업로드라, 월요일 밤부터 수요일 오전까지는 거의 스튜디오에 살아야 했다. 어지간히 피곤할 텐데도 반응이 좋으니 기운이 나는 모양이었다.

"인터넷 반응도 체감이 다르다니까. 아까 출근 시간에 메인 확인하니까 정화재단 실시간 검색어 1위로 떠 있더라. 우리 영상 그대로 받아쓰기해서 우선 기사 올린 데 많은데, 포항명인고 쪽에 대선고하고 남정건설 간부들 관련 자료 구할 수 있냐고 연락이 많이 갔나 봐."

석현의 말투도 들떠 있었다. 이번 주 주제는 엄대진과 정화재단이었다. 엄대진의 아버지인 엄중길이 과거에 어떻게 정화재단을 이용해 남정건설과 정계를 잇는 커넥션을 만들었는지에 대해 상세히 다룬 회차였다.

보안이 철저해 업로드 전에는 무슨 주제가 나올지 외부에서는 알 수 없었다. 때문에 기자들이 <BOB> 업로드를 기다렸다가 바로 영상을 보고 기사거리를 찾아내 연락하는 게 일상이었다.

자정 업로드라 그때부터 전화와 메시지가 불이 나는 경우가 많아, 팀원들은 아예 목요일 자정부터 아침까지는 핸드폰을 무음으로 돌려놓곤 했다.

"<경상일보>에도 남정건설 관련해서 물어보는 전화 엄청 왔다던데요."

정언이 한마디를 보탰다. 골절된 어깨가 많이 회복돼, 요즘은 벨포 밴드 대신 보호대를 하고 다니는 중이었다. 아직 자유롭게 운전을 하고 다닐 정도까지는 아니었으나, 남들이 너 사고 났던 애라며 뜯어말릴 만큼 일하는 건 여전했다.

팀원들의 말을 주의 깊게 듣고 있던 재희가 짧은 한숨을 뱉고는 미간을 문질렀다. 최근 들어 사방에서 들어오는 인터뷰 요청이며 방송 출연 요청에 몸이 열 개라도 모자랄 지경이었다. 모든 팀원들이 다 그랬지만 특히 가장 심각한 건 재희였다. 재희의 다이어리는 각종 일정으로 빼곡해, 빈 날짜가 거의 하루도 없을 정도였다.

"인기 많아지는 건 좋긴 한데 신경 써야 될 게 너무 많네. 일단 오케이."

충혈된 눈가를 누른 재희는 건너편에 앉아 있던 현진에게 말했다.

"한 작가님, 내가 어제 1회 다시 보니까 우리가 아직 버릇을 못 버렸어요. 전체적으로 흐름 확 당기고, 영상 중요한 부분 몇 분씩 잘라서 돌아다녀도 무리 없게 가야 될 것 같아. 요즘은 어린 친구들이 그렇게 특정 부분 캡처하거나 몇 분 단위로 잘라서 커뮤니티나 SNS에 올리는 게 익숙하다고 하더라고요. 짧게, 짧게 가고 약간 튀어도 괜찮으니까 멘트나 자막 부분을 좀 더 감각적으로 써 보죠. 그리고 사람들이 공통적으로 얘기하는 게 우리가 각자 캐릭터가 있으니까 이게 좀 살았으면 좋겠다 그거야.

이 부분 고민해 보고 내일 오전 팀 회의 때 다시 얘기하죠."

아마 여기저기서 <BOB>에 대한 반응을 찾아본 모양이었다. 그 바쁜 사이 시간을 쪼개 모니터링을 했나 싶어 윤은 속으로 혀를 내둘렀다. 현진이 키보드를 두드리며 그래, 하고 대답했다. 재희가 잠깐 뭔가를 생각하더니 말을 이었다.

"아, 그리고 <뉴스라이트> 쪽에서 서현국 기자님 건 우리 쪽에서 팔로우해 줄 수 있냐고 물어보더라고."

현국의 이름을 듣자마자 사람들의 시선이 정언에게 쏠렸다. 그러나 정언은 대답 대신 아무렇지도 않게 어깨를 으쓱해 보였다. 상관없다는 뜻이었다. 그 얼굴을 잠시 보고 있다가 곧 눈을 돌린 재희가 가볍게 손뼉을 딱 쳤다.

"지금 우리 채널로 나가는 라이브 뉴스는 시간이 짧아서 충분히 다루기가 힘들데. 이건 우선 민 피디랑 최 피디가 하자. 이따 전 부장님 출근하시면 얘기해 봐. 자료가 상당히 많다는데 어느 정도 진행됐는지 파악하고, 내일 회의 때 같이 한 번 보자고. 둘이서 팔로우할 수 있으면 그렇게 하고, 안 되면 김 피디랑 내가 백업하는 걸로."

윤이 네, 하고 대답하자 재희가 고개를 까딱였다. 그사이 벽에 걸린 스케줄 보드를 눈으로 확인한 정언이 재희에게 물었다.

"스케줄 이거 확실히 다 표시된 건가? 선배랑 김 피디, 오늘 저녁에 OBC <투데이 데스크> 인터뷰 잡혀 있는 거 맞아요?"

"아, 응. 7시 30분으로 돼 있나?"

재희가 몸을 돌려 보드에 적힌 일정을 보았다. 정언이 자기 다이어리를 펼쳐 보고는 눈썹 위를 긁적였다.

"<투데이 데스크> 2부에 나가는 거죠? 인터뷰 마치고 정리하면 9시쯤 되겠네. 9시 30분에 <데일리시사> 임형원 기자님하고 만나기로 한 건 기억하고? 그쪽에서 둘이 넘어오면 20분쯤 걸리나?"

"선배가 먼저 가 계세요. 인터뷰 끝나는 대로 제가 강 피디님이랑 이동할게요."

재희 대신 윤이 대답하자 정언이 오케이 사인을 보냈다.

"나 5시에 한남동에서 주 선배하고 <소셜페이퍼> 인터뷰 있어. 그거 끝나고 시간 봐서 임 기자님 약속 장소로 넘어갈게."

"지난번에 임 기자님이 SO 컴퍼니 얘기하시지 않았어요?"

<BOB> 론칭 직전 형원을 만났을 때, 형원이 곧 채기원과 직접 접촉할 거라는 이야기를 한 적이 있었다. 서온건설과 엄대진이 자신을 이용하고 버릴 작정이라는 걸 알게 된 채기원이 해외 도피 중 먼저 <데일리시사> 쪽에 연락을 해 왔다는 것이었다.

"<데일리시사> 팀이 청도에서 채기원 만났대. 그 팀에 페이퍼컴퍼니 자료 전부 넘겼다네. 주말에 한국 들어올 거고, 입국하는 대로 특검팀이 바로 소환할 거라고 하더라고."

자기 다이어리를 한참 들여다보며 정언의 말을 듣고 있던 재희가 갑자기 뭔가를 떠올린 듯 고개를 번쩍 들었다.

"아, <조한일보> 이송욱 기자한테도 연락 왔었잖아. 그거 언제야?"

"그건 내일 오후에. 이송욱 기자가 우리 스튜디오로 오겠다고 그랬잖아요."

정언의 대답에 미간을 찌푸리고 있던 재희는 윤에게 시선을 주었다.

"JTV <독사전> 팀에서 같이 오겠다고 하지 않았어? 거기서 나랑 김 피디 얘기했었지?"

얼마 전 JTV의 시사 토크쇼인 <독사전>에서 게스트로 재희와 윤에게 출연 요청이 들어온 것을 말하는 모양이었다. 윤은 들고 있던 펜으로 관자놀이 부근을 누르며 미간을 약간 좁혔다.

"<독사전> 논조가 좀 걸리는 데가 많다고 기획안하고 취재 방향 협의 없으면 안 나가겠다고 하셨었는데요."

윤의 말을 듣고서야 생각이 난 듯 재희가 자기 머리를 탁탁 쳤다.

"아, 그랬지. 김 피디, JTV에서 혹시 추가로 뭐 메일 온 거 있나 좀 봐 줄래? 내가 정신이 없어서 그저께부터 메일 확인을 하나도 못 했거든."

"네."

윤이 <BOB> 팀의 공식 메일 계정을 확인하는 사이, 석현이 의자를 빙글 돌려 빼곡하게 채워진 스케줄 보드를 보다가 기가 찬다는 투로 내뱉었다.

"어떻게 된 게 종편에서 더 신났어?"

"<조한일보>에서 그동안 숨겼던 거 다 터트리면서 JTV 쪽에서 특종 보도를 계속 내잖아. 그쪽이 하던 가닥이 있어서 엄청 자극적으로 이슈를 소비하니까 전체적으로 시청률이 좀 올랐대. 그래서 지금 다른 종편에서도 <데일리시사>하고 우리 쪽 계속 부르는 거지, 뭐. 우리도 유튜브만 파는 것보다는 훨씬 파급력 있으니까."

재희가 어깨를 으쓱했다. 종편 채널 출연 같은 건 YBS 시절에는 상상도 하지 않은 일이었다. 그러나 상황이 이렇게 된 이상 물불을 가리는 건 무의미했다. 대부분의 팀원들은 어디서든 인터뷰 요청이나 출연 제의가 있으면 무조건 응하고 있었다.

물론 그걸 곱게 보는 사람만 있을 리 만무했다. VIP 운운하며 종편 출연이나 인터뷰를 자제하라는 요청을 받은 것만도 여러 번이었다. 발신번호 없이 오는 사찰 문자도 계속 이어지고 있었다. 하지만 어차피 이쪽에서도 더 잃을 게 없는 판이었다.

그때 사무실 문이 열리며 호형이 들어섰다. 취재를 다녀온 듯, 기세가 한풀 꺾인 더위에도 땀을 삐질삐질 흘리며 자리에 앉은 호형이 손부채질을 했다.

"아이고, 더워 죽겠네. 일이 좀 재밌게 돌아가는 거 같아요."

"뭐가 또 재밌어? 난 이제 누가 재밌는 일 생겼다고 하면 막 불안하더라."

철진이 질색하는 표정을 하자 잠시 숨을 돌린 호형이 낄낄거렸다.

"이거 정보현이 진짜 국회 진출할 생각인가 봐. 국회에서 현선준 기자 만났는데 정관수 있잖아요, 정보현 아버지. 정관수랑 정보현이 한선당 입당한 거 알았어요? 그쪽에서 정관수가 한선당 의원들하고 지역 유지들 사이에서 작업 시작했다는 소문 있대요. 한선당 노원 정 송형창이 지금 골프장 캐디 성폭행 건으로 재심 중이잖아요. 그거 거의 실형 확정이라고 봐야 되고, 그러면 그 자리 공석이라 내년 보궐 나올 거라고. 거기 정보현이 나간다는 얘기가 기정사실이라는데요. 지금 다니는 교회가 거기 지역구라면서요."

"안영균은?"

철진이 눈을 휘둥그렇게 떴다. 호형이 에어컨 앞으로 의자를 움직이며 손을 휘적거렸다.

"구치소 들어간 사위가 문제겠어요, 지금? 일 터지고 안영균 검찰 소환되자마자 정관수가 바로 정보현 친정 데려갔다면서요. 캐나다 있던 애들도 불러들였다는데."

"안영균이 자기 선에서 다 안고 간다고? 정보현 정계 진출하게 내버려 두고?"

정언이 믿을 수 없다는 얼굴로 묻자, 호형이 몰라, 하며 어깨를 으쓱했다.

"나도 들은 얘기니까. 안영균이 무슨 생각인지는 모르지. 아직 검찰에 입 안 열었다며. 검찰에서 안영균 자택하고 사무실 싹 수색해서 증거 털었는데도 의원님은 모르는 일이라고 잡아뗀다잖아. 다 자기 선에서 한 거라고."

"엄대진이 안영균은 보호해 주겠다고 했나?"

정언이 혼잣말처럼 중얼거리며 고개를 갸웃하는 얼굴에 예준이 턱을 긁적였다.

"아니면 안영균하고 정보현이 엄대진 버릴 생각했을 수도 있지. 어차피 안영균이 여기까지일 것 같으면 안영균이 엄대진한테 몸도 마음도 다 바치고 배신당한 충신 프레임 짜고, 정보현이 충신의 아내로 드라마 쓰면서 썩은 줄 버리고 갈아탈 수도 있지 않아?"

"그것도 말은 되네요. 정관수가 괜히 엄대진하고 줄 대진 않았을 텐데, 바로 딸 데려가고 애들까지 캐나다에서 다 불러들인 거 보면 뭔 그림이 있나 본데? 방송 소스 떨어질까 봐 알아서 잘들 해 주네."

정언이 재미있다는 표정을 했다. 그 대화를 들으며 재희가 다이어리에 뭔가를 메모했다. 아마 이 얘기를 확인해 보려는 듯했다. 자리로 돌아가려던 호형이 아, 하며 말을 덧붙였다.

"참, QBC <트루스>에서 지금 청와대하고 엄대진이 대선 전에 딜 끝났다는 거 내부 제보자 확보했답니다. VIP 퇴임 후에 친인척 비리 문제 무조건 덮어 주고, 장학재단 설립해서 돈세탁할 플랜 짰다고. 공영방송 장악 부분 아예 성문화한 내부 문서도 있대요. 여기서 우리 만나서 얘기 좀 듣고 싶다고 그랬다는데요. 백선경 국장님하고도 얘기됐고, 이거 관련해서 이규완 인터뷰도 딴 상황이라고."

선경의 이름을 들은 재희가 멈칫하며 되물었다.

"국장님이? 그거 누가 얘기했어?"

"<더 체이서> 정환일 피디님이요. 들어오다가 만났어요. <트루스> 박여원 피디하고 만나고 오는 길이래요. 우리 팀에도 좀 물어봐 달라고, 시간 되는 사람들 최대한 취재에 협조해 주자고 얘기하길래 알았다고 했는데요."

"QBC에서 그거 방영이 가능하대?"

재희가 의아한 표정을 했다. QBC도 공중파였으나 민영 채널이라, 상대적으로 공영방송보다 윗선의 압력에서 자유로운 편이었다. QBC의 간판 시사 프로그램인 <트루스>는 사내에서 소위 '언터처블'로 불린다고 할 정도였다.

그렇다고는 해도 민영 방송국이다 보니 시장 경제 논리에서 벗어날 수는 없었다. 정부에서 QBC를 타깃으로 삼고 대기업을 압박해 광고를 떨어뜨릴 수도 있었기에, 언론 탄압 이후로 상당히 몸을 사리는 분위기가 된 것도 사실이었다. 그 물음에 호형이 고개를 주억거렸다.

"사장 선에서 오케이 났대요. 아무래도 정권 바뀔 느낌이라 미리 줄 서려는 거 아니겠어요?"

"줄을 서겠다?"

호형의 말을 되풀이하며 잠깐 생각하던 재희가 눈썹을 찌푸리며 호형에게 스케줄 보드를 가리켜 보였다.

"안 피디, 그거 일단 저기 좀 적어 줘. 내일 회의에서 얘기하자고. 회의에서 할 얘기 엄청 많네. 이거 남들 인터뷰 응하다 시간 다 가겠어. 서 피디, 다음 주 아이템 스케줄 맞출 수 있겠어? 한선당 사찰 건이지? 우리 케이스까지 전부 묶어서?"

호형이 자리에서 일어나 보드에 QBC 이야기를 적는 사이 정언이 대답했다.

"네. 민권당 쪽에서도 만나자고 하더라고요. 사찰 건 소스 주겠다고."

"민 의원님은 대선 때까지는 그 일 관련해서 직접 인터뷰 안 하겠다고 하시고?"

"그런 것 같던데요. 당 차원 대응만 있고 본인은 일단 원칙대로 하고 싶다 그거죠. 안 그래도 한선당 쪽에서 계속 정치 공작이라고 발광하니까 빌미 주기 싫은 것도 있을 거고. 굳이 본인이 네거티브 이용하지 않아도 보도가 계속 나가니까."

"알았어. 그쪽은 서 피디가 팔로우 좀 해 주고, 안 피디, 서온건설 소송 건 다녀온 건? 한교신도시 단지 1,200세대 집단 소송 시작한 거지?"

들고 있던 마카펜을 내려놓은 호형이 재희를 돌아보았다.

"상생변 출신 로펌 투게더로에서 여기 담당한대서 거기 변호사들 내일 만날 거예요. 이번 주말에 한선당 경기도당사 앞에서 서온건설 시공 임대주택 주민들이 촛불집회 시작한다고 하더라고요."

호형의 말을 들으며 다이어리에 부지런히 메모를 하던 재희가 펜 끝으로 책상을 톡톡 치다 입을 열었다.

"다음 주 목요일에는 서온건설 피해자 모임 집회 있다고 그랬나? 이거 <리얼타임> 팀에서 나간다고 하니까, 안 피디도 같이 가. 이번 주 토요일에 광화문 시민 집회 있는 것도 좀 챙기고. 이건 우리 팀 다 나갈 거야. 주말에 미안한데 다들 신경 좀 씁시다. 아, 그리고 우 피디, 편집 아르바이트 하나 붙이자고 하는데 공고 좀 올려 줄래? 면접은 우 피디가 직접 보고."

"저희 인력 충원할 수 있는 상황이에요?"

편집 프로그램을 만지고 있던 지혁이 깜짝 놀라며 묻자, 재희가 고개를 끄덕였다.

"크라우드 펀딩 들어간 거 추이가 괜찮다던데. 뷰수가 잘 나와서 광고 추가로 협의 중인 것도 있다고 그러고. 회사 다닐 때 생각하면 절대 안 되지만 기대보다는 잘 나오는 것 같아. 일단 우리가 수익 때문에 퀄리티 타협하지는 말자고 했으니까."

지혁의 표정이 한층 더 밝아졌다. 세상을 다 가진 얼굴을 하는 지혁을 본 재희가 코끝으로 웃는 소리를 냈다. 손을 깍지 끼어 뒷머리를 받친 재희가 의자에 등을 깊숙하게 묻으며 크게 한숨을 쉬었다.

"어우, 일단 숨 좀 돌립시다. 커피 좀 마시고 하자. 카페인 떨어져서 정신이 하나도 없어."

"내가 갔다 올게요. 커피 드실 분 메뉴 보내요."

그 말을 들은 정언이 자리에서 일어나며 핸드폰을 흔들어 보였다. 윤이 서둘러 정언을 따라 몸을 일으켰다.

"같이 가요, 선배."

입구를 나서자 아직 더운 기색이 남은 오후의 공기가 지하 계단 아래까지 스몄다. 두어 걸음 앞질러 가는 정언의 곁에 나란히 서자, 정언이 손을 올려 햇빛을 가리며 윤을 보았다.

"하루가 어떻게 가는지 모르겠다, 진짜. 더뉴원랩 건은 어떻게 됐어?"

"아직 엠바고 걸려 있는데 더뉴원랩 오정구 대표가 검찰 조사에서 엄대진하고 커넥션 있었던 거 자백했다는데요. 신약 허가 관련해서 특혜 받은 증거 제출했다고 오전에 원진솔 기자님이 <조한일보> 검찰 출입기자 통해서 들었대요."

검찰은 부작용이 심각하다는 걸 알면서도 엄대진이 신약을 유출해 변순철에게 복용하게 한 데는 명백한 살인 의도가 있다고 판단했다. 이 이야기를 전해 준 진솔은 더뉴원랩 대표가 결국 커넥션에 대해 자백하는 바람에 엄대진이 혐의를 피하기 어려울 거라고 보고 있었다. 자백 이야기를 들은 정언은 놀란 듯 약간 눈을 치켜떴다.

"그래? 변은화랑 변정화 소송 진행은 잘 되고 있나?"

"변정화 쪽 변호사들이 줄줄이 사임하고 있어서 그쪽이 좀 어려운 것 같더라고요. <조한일보>에서 신환석 라인 터트려 버리겠다고 협박중이라 신환석계가 이러지도 저러지도 못한다면서요. 지금 여론이 최악이라 그것까지 터지면 청와대 다 뒤집힌다고, VIP 선에서 엄대진 버리라고 가이드라인 나온 것 같대요."

"VIP가 엮인 게 많아서 엄대진 버리면 엄대진도 이판사판일 텐데."

정언이 고개를 약간 기울이며 혼잣말처럼 중얼거렸다. 윤은

405

그 말에 웃었다.

"전 부장님한테 여쭤보니까 굿이나 보고 떡이나 먹으면 된다고 하시던데요."

"떡 너무 거하게 먹는 거 아닌가 벌써 설레네."

재미있다는 투로 대꾸한 정언이 근처 단골 카페로 들어섰다. 정언은 핸드폰으로 그새 들어온 메시지를 보며 카운터에 주문을 했다.

"아이스 아메리카노 그란데 사이즈 더블 샷으로 일곱, 아이스 카페라떼 톨로 둘, 바닐라라떼 톨 둘, 페퍼민트 티도 하나 주세요. 아, 아이스 아메리카노 벤티 트리플 샷 하나 추가해 주시고. 김 피디는 아이스 카페모카 마실 거지? 아이스 카페모카도 하나 주시고요. 휘핑 많이 올려서."

숨도 쉬지 않고 말한 정언은 진동 벨을 받아 소파에 털썩 주저앉았다.

"이 인간들은 뭘 이렇게 다양하게 시켰어, 도대체."

맞은편에 앉은 윤은 투덜거리는 정언을 가만히 보았다. 한여름에도 핏기 없는 얼굴은 여전했다. 반쯤 걷어 올린 린넨 셔츠 소매 아래로 드러난 팔이 새삼 가늘었다. 하드한 스케줄 때문인지, 하루가 다르게 실시간으로 말라 가는 게 눈에 보였다.

"선배 요새 너무 마르는 거 아니에요?"

윤이 걱정스럽게 묻자 눈을 감은 채 소파에 등을 묻고 있던 정언이 내뱉었다.

"본인이나 잘 챙겨. 엊그제 <뉴스세븐>에서 왔다가 우리 팀에 모델 있냐고, 그 키 크고 엄청 마른 남자 누구냐고 물어봤다는 거 못 들었어?"

엄청 마른, 을 유독 강조하는 통에 윤은 자신의 몸을 내려다보 았다. 프론트라인에 들어온 후로 살이 좀 빠진 건 사실이었다. <비하인드 24> 때보다 훨씬 바빠진 탓이었다.

"모델 되려면 아직 더 빼야 될 것 같은데요."

심각하게 대답하자 눈을 뜬 정언이 정색했다.

"지금도 충분히 말랐으니까 실없는 소리 하지 마."

그 성격에 남의 체중에 이렇게까지 진지한 게 낯설었다. 윤은 나오려는 웃음을 눌러 참으며 두어 번 헛기침을 했다.

"에이, 보셔서 아시면서 왜 그러세요. 뼈밖에 없는 건 선배고 요. 제가 저번 주에도 집에서⋯⋯."

집에서, 까지만 말했는데도 정언이 바로 자세를 고쳐 앉으며 미간을 좁혔다.

"그건 오픈된 공간에서 하기에는 아주 부적절한 발언 같은데."

다음 말이 뭔지 이미 뻔히 알고 하는 소리였다. 윤은 의뭉스럽 게 웃으며 되물었다.

"이따 밀폐된 공간에서 할까요?"

정언이 대답 대신 손가락을 까딱여 가까이 오라는 제스처를 했다. 윤이 앞으로 몸을 내밀자 정언이 바로 윤의 한쪽 볼을 쥐 어 잡아당겼다. 허튼소리 하지 말라는 무언의 협박이었다. 진심 이 담긴 손길에 윤은 아 선배, 하고 투정을 부렸으나 먹힐 리 만 무했다.

짐짓 부루퉁한 표정으로 잡혔던 뺨을 문지른 윤은 시계를 보 았다. 이미 점심시간은 한참 지난 오후였다. 정언과 예준이 5시 에 인터뷰가 있다고 했으니, 재수 없으면 저녁시간도 넘길 것 같았다. 윤은 고개를 들어 정언을 마주 보았다.

"점심 안 드셨죠?"

"아, 잊어버렸어."

정언이 대수롭지 않다는 표정으로 대답했다. 취재 다닐 때 보통 대충 먹는다는 건 알고 있었지만, 눈에 보일 정도로 말라 가니 걱정이 되는 건 어쩔 수 없었다. 윤은 카운터 옆의 샌드위치 쇼케이스를 가리키며 물었다.

"뭐 좀 드실래요?"

"아냐, 생각 없어. 나중에 배고프면 그때 먹을게."

정언이 고개를 가로저었다. 윤은 얼굴을 찌푸리며 정언을 나무랐다.

"그러니까 안 그래도 없는 살이 더 빠지죠. 한 손으로도 들겠어요."

윤의 말에 실없이 웃는 소리를 낸 정언이 기지개를 켜고는 작게 하품을 했다. 이번 주 내내 거의 사무실에 들어와 있지 못할 정도로 바빴다. 정언이 팔짱을 끼며 고개를 까딱였다.

"그렇게 부담 없이 들고 갈 수 있을 것 같으면 이따 밤에 나 좀 갖다 놓고 가든가. 오늘은 진짜 집에 갈 기운도 없어."

"저희 집에 갖다 놔도 돼요?"

반쯤 진심인 소리를 농담처럼 하자 정언이 픽 웃었다.

"갖다 놓고 뭐하려고."

"오픈된 공간에서 대답하기에 좀 부적절한 행동이요."

양쪽 볼을 다 잡힐 발언이라, 윤은 미리 몸을 뒤로 빼며 대답했다. 정언이 윤을 아래위로 훑어보다 고개를 절레절레 흔들더니 더 상대해 줄 기력도 없다는 표정으로 손을 저었다.

"곤란하겠는데. 나 일 년 치 체력 지금 다 당겨쓰고 있으니까."

그게 빈말이 아니라는 건 윤도 잘 알고 있었다. 다른 팀원들도 입을 모아 인정할 정도로 체력 좋은 정언이었으나, 연초부터 지금까지 제대로 쉰 적도 없이 달려온 상황이었다.

회복하는 속도보다 소진되는 속도가 훨씬 빠른 탓에, 간만에 쉬는 주말이면 죽은 듯이 잠드는 게 일이었다. 그것도 요즘 같은 상황에는 주말까지 스케줄이 거의 꽉 찬 터라 불가능했다. 속으로 한숨을 뱉은 윤은 정언을 마주 보았다.

"주말에 저희 집 놀러 오세요. 맛있는 거 해 드릴게요."

뭐라도 해서 먹여야 할 것 같아서였다. 정언이 그 말에 눈을 가늘게 떴다.

"아까 선배 얘기 들었잖아. 토요일에 집회 취재 나간다고."

"취재 끝나고 오시면 되잖아요. 일요일도 주말인데."

"자고 가라고?"

일부러 돌려 말했으나, 하고 싶은 말이 뭔지 정확히 눈치챈 정언이 눈을 가늘게 떴다. 윤은 대답 대신 재차 물었다.

"오실 거죠?"

그때 테이블 위에 올려놓은 진동 벨이 울리기 시작했다. 정언이 가느다란 손가락으로 머리칼을 쓸어 올렸다. 손가락 사이로 새까만 머리칼이 스몄다가 흩어졌다. 그게 표정을 감추고 싶을 때의 버릇이라는 걸 윤은 잘 알고 있었다.

"생각해 보고."

잠시 사이를 두고 정언이 짧게 대답했다. 씩 웃은 윤은 자리에서 일어났다. 주말의 메뉴를 뭘로 할지 벌써부터 머릿속이 분주해졌다.

◆

광화문 앞을 가득 메운 사람들의 손에는 저마다 '서온건설 폐업하라, 한선당은 해산하라', '엄대진은 사퇴하라, 청와대는 사죄하라' 같은 문구가 적힌 플래카드며 초, 야광 스틱 같은 것이 들려 있었다.

데모라기보다는 축제에 가까운 분위기로 진행되던 집회가 끝을 알린 지 이십 분쯤 지났지만, 아직 광화문 앞은 인산인해를 이루는 중이었다.

손에 들고 있던 캠코더를 가방에 넣은 재희가 주변을 둘러보았다. 근처에서 촬영을 하던 정언도 집으로 돌아가는 집회 참가자들의 모습을 마저 찍고는 카메라의 전원을 껐다. 몇 시간째 집회 풍경을 찍고, 시민들과 인터뷰를 하느라 정신이 하나도 없었다.

찬수와 함께 가까이 다가온 재희가 정언에게 물었다.

"오늘 사람 장난 아니다. 지금 경찰 추산 인원 나왔어?"

"지난주보다 훨씬 늘어난 것 같아요. 분위기 이런데 엄대진이 대선 완주할 수 있을까?"

정언이 이마에 맺힌 땀을 닦으며 묻자 재희가 글쎄, 하며 어깨를 으쓱해 보였다.

"여기까지 왔으면 엄대진도 더 물러날 데 없지. 지금 그만두면 혐의 전부 인정하는 건데. 정권 바뀌는 순간 감방행이야. 해볼수 있는 건 다 해보려고 하지 않겠어? 신환석계가 그동안 하도 깽판을 쳐 놔서 검찰에서도 내분이 장난 아니라던데."

정언은 재희의 말을 들으며 핸드폰으로 실시간 기사를 검색했다. '안전한 세상 만들기 광화문 범국민 집회 50만 모여'라는 제목의 기사가 모바일 메인에 떠 있는 것이 눈에 들어왔다. 정언은 재희에게 기사 내용을 보여 주었다.

"오늘 경찰 추산 50만인 것 같은데요."

"실제로는 더 되겠는데, 그럼. 집회 시작하고 매주 기록 경신이네. 대선 때 되면 백만 명 나올 수도 있겠다."

재희가 정언이 내민 핸드폰 화면을 들여다보았다. 그때였다. 집으로 돌아가는 길인지, 꺼진 초를 들고 있던 두 여학생이 가까이 다가왔다. 대학생 정도 되어 보이는 학생들의 손에는 근처 커피 전문점의 테이크아웃 캐리어가 들려 있었다.

"안녕하세요, 저……."

한 여학생이 눈치를 보다 쭈뼛거리며 말을 걸었다. 핸드폰에 눈을 두고 있던 재희가 퍼뜩 놀라 그쪽을 돌아보았다.

"아, 네."

재희를 보자마자 두 사람은 맞아, 맞아, 하며 자기들끼리 소곤거렸다. 처음 말을 걸었던 여학생이 순식간에 새빨개진 얼굴로 물었다.

"저기, <비하인드 24> 맞으시죠? 강재희 피디님 맞죠?"

정언과 찬수는 재빨리 한 발 떨어져 그 광경을 흥미롭게 지켜보았다. 멈칫한 재희가 네, 하고 대답하기 무섭게 여학생들이 손에 들고 있던 캐리어를 내밀었다. 안에는 커피 네 잔이 들어 있었다.

"이거 드세요."

"저 주시는 건가요?"

재희가 당황한 얼굴로 되묻자 여학생들이 고개를 크게 주억거

411

렸다. 얼결에 캐리어를 받아 든 재희가 정언과 찬수에게 어떻게 좀 해 달라는 눈빛을 보냈으나 두 사람은 모른 척 재희를 외면했다. 당황하는 강재희라니, 돈 주고도 못 할 구경을 포기할 마음이 없었던 것이다. 그사이 여학생들이 재희의 팔을 덥석 잡으며 눈을 빛냈다.

"저기, 사진 한 장만 찍어 주시면 안 돼요?"

"저요?"

"네, 네! 저희 엄청 팬이라서요. <BOB> 진짜 열심히 보고 있어요! 강재희 피디님 완전 좋아하거든요!"

농담으로 자신의 인기를 어필하는 게 취미인 재희였으나, 막상 광화문 한복판에서 이런 상황을 맞이할 줄은 꿈에도 생각하지 못한 듯했다. 물론 이전에도 길거리에서 사람들이 <비하인드 24> 피디 아니냐며 알아보는 일은 심심찮게 있었지만 지금 같은 경우는 흔하지 않았다.

얼결에 양쪽에서 여학생들에게 붙들린 재희는 잠시 어쩔 줄 몰라 하다 곧 비즈니스 모드로 들어갔다. 조금 전의 놀란 기색은 온데간데없이 산뜻하게 웃으며 셀프 카메라로 사진을 찍어 주는 재희를 지켜보던 찬수가 하여튼 난놈이야, 하고 혀를 내둘렀다.

사진을 몇 장이나 찍고 나서야 재희를 놓아준 여학생들은 미리 준비한 듯 가방에서 매직펜을 꺼내 핸드폰 뒷면을 가리켰다.

"여기, 여기 사인도요."

여기서 재희를 만날 걸 알고 만반의 준비를 갖추고 왔다고 해도 믿을 것 같았다. 재희가 순순히 펜을 받아 들어 핸드폰 뒷면에 사인을 하고 돌려주자, 두 여학생이 발을 동동거렸다.

"실물이 훨씬 잘생겼어요!"

누가 보면 연예인 팬미팅인 줄 알 게 분명했다. 재희가 웃는 얼굴로 부드럽게 말했다.

"감사합니다. 저희 방송 소문 많이 내 주세요."

찬수가 질색하는 표정으로 정언에게 속삭였다.

"저 새끼 저럴 때 쓸데없이 목소리도 좋지 않냐?"

"선배가 얼굴도 좀 쓸데없이 괜찮긴 하죠."

정언이 심각하게 대답하자 찬수가 구시렁거렸다.

"그러니까, 나쁜 새끼. 피디가 얼굴 잘생기고 목소리 좋아서 뭐할 거야."

"뭐하긴요. 저기서 저런 거 하지."

두 사람이 그런 대화를 나누고 있거나 말거나 팬미팅 현장은 다른 세계였다. 재희의 말에 여학생들이 목이 떨어져라 고개를 끄덕였다.

"해시태그 엄청 걸어서 올릴 거예요. <BOB> 진짜 재밌다고, 저희 친구들한테도 이거 꼭 보라고 영업 되게 많이 하거든요. 학교 커뮤니티에도 올릴게요! 저기, <비하인드 24> 다시 하시는 거죠?"

"그럼요, 방송국 정상화되면 저희도 돌아가죠."

씩 웃은 재희가 캐리어를 들어 보이며 고개를 꾸벅 숙였다.

"커피 감사합니다. 잘 마실게요."

여학생들은 힘내세요, 하고 손을 흔들며 사라졌다. 숨을 돌린 재희가 커피 한 잔을 정언에게 먼저 건넸다. 커피를 받아 든 정언은 웃겨 죽겠다는 표정으로 재희를 훑어보았다.

"아주 아이돌이네, 아이돌이야. 지금이라도 기획사 하나 알아보지 그래요?"

"십 년만 젊었어도 그러는 건데 아쉽네."

재희가 짐짓 안타깝다는 투로 대꾸했다. 재희가 내민 커피를 받자마자 뚜껑을 열어 쭉 들이켠 찬수가 면박을 주었다.

"십 년 젊어도 서른이 목전이다, 인마."

"이거 왜 이래요, 나 유치원 때부터 날렸던 남자야. 십 년 전에도 꾸준했다고."

"아이고, 오죽하시겠습니까요."

"오죽하지 않은 거 방금 봤잖아요."

그새 언제 당황했냐는 듯 본래의 모습으로 돌아간 재희가 주위를 둘러보다 턱짓으로 정언의 등 너머를 가리켰다.

"진짜 아이돌 저기 오네."

정언과 찬수는 뒤를 돌아보았다. 윤이 인파를 헤치고 이리로 오는 중이었다. 남들보다 머리 하나는 큰 덕에 굳이 찾으려 하지 않아도 쉽게 눈에 띄었다. 본인은 전혀 모르는 듯했으나, 주변 사람들이 윤이 지나갈 때마다 저도 모르게 쳐다보는 게 눈에 들어왔다.

세 사람이 자신을 뚫어지게 보고 있다는 걸 가까이 와서야 알아차린 윤이 의아한 표정을 했다. 집회 내내 돌아다닌 탓인지 상기된 뺨에 이마는 땀으로 흠뻑 젖어 있었으나, 그게 결코 그 얼굴에 마이너스가 되지는 못했다. 찬수가 땅이 꺼지도록 한숨을 쉬며 구시렁거렸다.

"세상이 왜 이렇게 불공평하냐?"

"왜요?"

이유를 모르는 윤이 물었다. 정언은 대답 대신 웃음을 눌러 참으며 하나 남은 커피를 건넸다.

"아냐. 커피 마셔."

목이 말랐는지 윤은 그 자리에서 바로 컵 절반을 비웠다. 한숨 돌린 윤이 정언을 마주 보았다.

"웬 커피예요?"

"선배 팬들이 주고 갔어. 오늘부터 선배 시사프로세의 아이돌로 부르기로 했으니까 그렇게 알아."

정언이 재희를 보며 놀리는 투로 대꾸하자 윤이 눈을 휘둥그렇게 떴다.

"진짜요?"

태연한 척했어도 민망하긴 했는지, 재희가 그 말에 윤의 어깨를 툭 쳤다.

"뭐가 진짜야, 진짜는."

헛기침을 한 재희가 서둘러 말을 돌렸다.

"<뉴스라이트> 팀에서 내일 영상 올린다니까 이따 그쪽 메일로 원본 가지고 있는 거 다 전송해 줘. 아까 한 작가님이 SNS에 올릴 만한 사진이나 영상 짧은 거 있냐고 찾던데, 폰으로 찍은 것도 괜찮으니까 현장 분위기 잘 나온 거 있으면 한 작가님한테 보내 주고. 토요일까지 고생 많았어."

찬수가 시계를 보더니 재희에게 제안했다.

"야, 한잔하고 갈래? 다른 애들 아직 있잖아. 애들 불러서 종로에 우리 자주 가는 거기 갈까?"

"좋죠."

선뜻 대답한 재희가 정언에게 시선을 돌렸다.

"서 피디는?"

아무 생각 없이 그럴까, 하고 대답하려던 정언은 등 뒤에서 셔츠 자락을 당기는 손길에 말을 멈췄다. 윤이 토요일 집회 취재 끝나고 집에 오라고 했던 것이 그제야 떠올랐다. 어색하게 웃은 정언은 고개를 저었다.

　"피곤해서 안 될 것 같아요."

　"그래? 하긴 뭐 워낙 바빴어야지. 들어가서 내일은 푹 자. 요새 서 피디 얼굴이 말이 아냐, 아주."

　다행히 이상한 낌새를 알아차리지 못한 듯 혀를 차는 재희의 얼굴에 정언은 미간을 좁혔다.

　"그 정도예요?"

　"전 부장님이 서 피디 왜 날로 피골이 상접하냐고 나보고 뭐라고 하시더라. 너 애들 굶기냐고. 나 욕 먹이지 말고 잘 자고 잘 먹고 그러고 다녀."

　안 그래도 윤이 왜 그렇게 마르냐고 한마디 한 이후로 그게 내내 마음에 걸리던 참이었다. 아직 버틸 만은 했으나, 남들이 보기에도 그런 소리를 할 정도라면 효명이 봤을 때는 오죽할까 싶어서였다. 촬영 전날 라면이라도 먹고 잘까, 하며 부질없는 생각을 하는 사이 재희가 윤에게 말했다.

　"김 피디가 좀 데려다줘. 괜찮지?"

　"아, 네. 월요일에 뵙겠습니다."

　윤에게는 듣던 중 반가운 소리일 터였다. 기다렸다는 듯 덥석 대답하며 인사하는 윤을 본 재희가 빨리 가라는 손짓을 했다.

　"그러자고. 들어가."

　재희와 찬수가 인파 사이로 사라지는 것을 확인한 윤이 정언의 팔을 잡고는 차를 세워 둔 인근 빌딩 쪽으로 향했다. 빌딩 지하 주차장에 도착한 정언은 윤의 차에 타며 툭 내뱉었다.

"아주 오늘만 기다렸지?"

윤이 시동을 걸며 되물었다.

"그러면 안 돼요?"

물론 그러면 안 될 이유는 없긴 했다. 정언이 입을 다물자 윤이 에어컨을 틀었다. 달력은 이미 가을로 접어든 뒤였지만 아직 더위가 기승이었다. 후덥지근하게 갇혀 있던 공기가 빠르게 서늘해졌다. 윤이 빌딩 주차장을 빠져나오며 투덜거렸다.

"어떻게 된 게 프론트라인 들어오고 선배 얼굴 볼 시간 더 줄어든 것 같아요."

"매일 보면서 뭘 더 보려고 그래. 24시간 붙어 있고 싶어?"

정언의 말에 윤이 심각하게 되물었다.

"진짜 집착하는 남자 만나 보실래요?"

자기 딴에는 진지한 것 같았으나 어이가 없어 웃음이 터졌다. 정언이 웃기 시작하자 윤이 정색했다.

"농담 아니라니까요."

겨우 웃음을 멈춘 정언은 숨을 고르며 창밖을 가리켰다.

"나 여기서 내려서 집에 가?"

협박할 생각은 아니었으나 효과는 즉각적이었다. 바로 기세가 꺾인 윤이 풀죽은 목소리로 대답했다.

"······아뇨."

턱을 괴며 올라가려는 입꼬리를 가린 정언은 애써 창가로 시선을 돌렸다. 들으라는 듯 한숨을 폭 쉰 윤이 말없이 자기 집으로 차를 몰았다. 왜 저렇게 쓸데없이 귀엽게 구는 걸까. 내내 생각해도 답이 없는 질문을 떠올리던 정언은 차에서 내렸다.

417

윤의 집 현관문을 열자 익숙한 섬유유연제 향이 밀려들었다. 소파 옆에 카메라와 여분의 옷이 든 가방을 내려놓자, 긴장이 풀렸는지 어깨가 뻐근했다. 무심결에 어깨를 주무르자 윤이 돌아보며 바로 걱정스러운 표정을 했다.

"괜찮으세요? 계속 아파요?"

"무리하면 약간. 일단 움직이는 데는 지장 없으니까. 언제 치웠어? 시간 없었을 텐데."

여상하게 대꾸한 정언이 주위를 둘러보며 물었다. 집 안은 머리카락 한 올 안 보일 정도로 깔끔하게 정리된 상태였다. 바쁘기는 다들 마찬가지인데, 언제 시간과 기력이 남아 청소를 했는지 모를 노릇이었다. 에어컨을 튼 윤이 그 물음에 웃었다.

"오늘 나오기 전에요. 일단 뭐 드실래요?"

"아니. 시간 늦었는데 내일 먹지, 뭐. 물 한 잔만 줄래?"

윤이 냉장고에서 생수 병을 하나 꺼내 컵에 따라서는 정언의 앞에 내려놓았다. 정언은 물을 마시며 윤에게 턱으로 욕실 쪽을 가리켰다.

"먼저 씻어."

"선배 먼저 쓰세요. 저 괜찮은데."

"나 숨 좀 돌리게."

스툴에 걸터앉은 정언은 텔레비전을 틀었다. 윤이 네, 하고는 곧 자기 옷을 챙겨 욕실로 들어갔다. 문 너머로 희미한 물소리가 들리기 시작했다. 정언은 그 소리를 한 귀로 듣고 한 귀로 흘리며 채널을 이리저리 돌려 보았다.

뉴스 채널에 눈이 잠시 머물렀으나 몸도 마음도 피곤했다. 클래식 공연 채널에 리모컨을 멈춘 정언은 테이블 위에 턱을 괴며 멍하니 흘러나오는 음악을 들었다. 에어컨 바람 때문에 접어 올린 셔츠 소매 아래의 팔로 얕게 한기가 돌았다.

서늘해진 팔을 문지르는 사이, 샤워를 마친 윤이 안에서 나왔다. 이미 편한 옷으로 갈아입은 뒤였다. 윤은 거실에 가득한 클래식 음악이 이상했는지 정언을 돌아보았다.

"클래식 좋아하세요?"

"가끔 듣는 것만. 음악 잘 몰라. 그냥 듣기 좋아서."

정언의 대답에 아직 젖은 머리에 대충 수건을 덮어쓴 윤이 맞은편에 앉으며 웃었다.

"분위기 좋은데요."

"계속 좋아야 될 텐데 김 피디 분위기 맞춰 줄 수 있을지 걱정이네."

농담을 던진 정언은 씻고 올게, 하며 몸을 일으켰다. 욕실로 들어서자 아직 습한 공기 속에 무겁게 남은 향의 입자들이 밀려들었다. 윤이 쓰는 바디용품과 클렌저 따위의 향이었다.

이럴 때면 갑자기 윤과의 사이가 실감나곤 했다. 타인의 가장 사적인 공간에서 경계를 넘어와 있다는 건 정언에게 낯선 일이었다. 샤워부스 안에서 물을 틀자, 위에서부터 쏟아지는 뜨거운 물에 머릿속이 씻겨 나갔다.

서둘러 샤워를 마친 정언은 옷을 갈아입고는 젖은 머리를 대강 말렸다. 욕실 문을 열자 아직 아까의 클래식 음악이 흘러나오고 있었다. 스툴에 앉아 테이블 위에 엎드린 윤의 뒷모습이 눈에 들어왔다. 가까이 다가가 몸을 숙이자, 그새 잠들었는지 얕은 숨소리가 새어 나왔다.

"김 피디, 괜찮아?"

가만히 묻자 윤이 퍼뜩 눈을 떴다. 잠든 것도 몰랐던 모양이었다. 눈가를 약간 찡그린 윤이 고개를 들며 곁에 서 있던 정언을 올려다보았다.

"남 걱정할 때가 아니네."

혀를 차자 윤이 나른한 얼굴로 입술을 달싹였다.

"긴장 풀려서 그런가 봐요. 이거 시작하고 거의 하루도 못 쉬었더니……."

말을 채 끝맺지 못하고 윤이 연이어 작게 하품을 했다. 하기야 자신도 이러다 죽겠다 싶을 정도인데 윤이라고 크게 다를 것 같지는 않았다. 안쓰러운 마음에 정언은 윤의 팔을 잡았다.

"침대에서 자. 여기서 이러지 말고."

그러자 윤이 몸을 일으키는 대신 정언의 허리를 안으며 품에 얼굴을 묻었다. 길게 내쉬는 숨이 얇은 티셔츠 안으로 스며들었다. 멈칫한 정언은 윤을 내려다보았다. 윤이 얼굴을 들지 않은 채 나지막하게 말했다.

"잠깐만 이러고 있을게요."

정언은 자리를 찾지 못하고 허공에서 멈춰 있던 손을 윤의 등에 얹었다. 잠시 머뭇거리다 달래듯 등을 토닥거리자 윤이 한숨처럼 속삭였다.

"……미치는 줄 알았어요, 진짜."

평소와 약간 달라진 말투였다. 그걸 알아차리지 못할 정도로 눈치가 없지는 않았다. 허리를 안은 윤의 팔에 조금 더 힘이 들어갔다.

"눈앞에 있는데 아무것도 못 하니까 완전 고문당하는 기분이에요."

투정을 부린 윤이 고개를 들어 정언을 쳐다보았다. 정언은 손 끝으로 아직 젖은 윤의 머리칼을 만지며 픽 웃었다.

"뭘 그렇게 하고 싶은 게 많은데?"

"선배가 상상하시는 거 전부 다요."

정언은 대답 대신 윤의 이마를 톡 쳤다. 소리를 내어 웃고는 안고 있던 정언을 놓아준 윤이 몸을 일으켰다.

윤은 리모컨을 집어 들어 텔레비전을 껐다. 집 안이 순식간에 적막 속으로 가라앉았다. 희미하게 에어컨 돌아가는 소리만이 그 정적을 채웠다.

손을 뻗어 거실 스위치를 내린 윤이 정언의 손을 잡았다. 침대 옆에 켜 둔 스탠드 덕에 아주 어둡지는 않았다. 정언을 끌어 침 대에 눕힌 윤이 곁으로 들어오며 턱을 괴고 정언을 마주 보았다. 느슨하고 가벼운 공기가 사이로 떠돌았다.

정언은 윤의 눈가를 만져 보았다. 긴 속눈썹이 스치는 감각이 희미했다. 그 손끝을 잡아 내린 윤이 손톱과 마디 위에 가벼운 소리가 나게 입을 맞췄다. 부드러운 피부와 옅은 숨결이 섞인 감각에 불현듯 목덜미가 오싹했다. 에어컨 탓은 아니었다.

"피곤해 보여."

정언이 나지막하게 말하자 윤이 씩 웃었다.

"조금요."

"진짜 괜찮아?"

"지금이 제일 괜찮을걸요."

연신 가느다란 손가락을 쥐고 장난치듯 입을 맞추던 윤의 입 술이 손바닥 위로 닿았다. 곧 손목 안쪽으로 호흡이 먼저 미끄 러지고 뒤이어 입술이 따라왔다. 핏줄이 그대로 비치는 창백한 손목 위로 입을 맞추던 윤이 눈만 들어 시선을 떼지 않는 정언을 응시했다.

"왜 그렇게 보세요?"

"그냥."

짧은 대답에 윤의 눈매가 호를 그렸다. 손을 대는 순간 녹아 버릴 것 같은 표정이었다. 모두에게 친절한 윤이지만, 이런 얼굴을 아는 사람은 극히 드물었다. 그 얼굴에 잠시 눈을 사로잡힌 정언은 이마 위로 흘러내린 윤의 머리칼을 쓸어 넘겼다. 물기가 어린 머리칼이 손가락에 습하게 말렸다가 부드럽게 풀려나갔다.

"그렇게 안 웃었으면 좋겠는데."

"왜요?"

"넘어갈 것 같아서."

윤이 짐짓 눈을 동그랗게 떴다.

"아직도 안 넘어오셨다는 소리예요?"

순간 동시에 웃음이 터졌다. 고개를 숙이자 윤의 이마가 닿았다. 손목으로 조금 전까지 닿아 있던 입술 대신 긴 손가락이 스며들었다.

가는 손목을 휘감는 감각에 눈을 들자, 그새 윤이 위에서 한쪽 팔을 짚어 정언을 내려다보았다. 조도 낮은 스탠드의 빛에도 단정한 얼굴은 흐트러지지 않았다. 윤이 몸을 더 숙였다.

"안 돼요?"

거의 호흡이 닿는 거리에서 윤이 숨소리로 물었다. 정언은 재미있다는 얼굴을 했다.

"안 된다고 하면 어쩌려고?"

"구석에서 슬퍼하면서 밤새 울죠, 뭐."

대답하는 윤의 눈꼬리가 내려갔다. 물론 윤을 그렇게 내버려 둘 생각은 없었다. 푹 웃은 정언은 팔을 올려 윤의 목을 감았다. 선선해진 공기 때문인지 가장 먼저 느껴진 서늘함 뒤로 곧 체온이 녹아들었다.

윤이 입술을 겹쳐 왔다. 눈을 감자 얇고 민감한 피부가 맞닿고 비스듬히 미끄러지듯 녹아드는 감각이 생생했다. 무심코 한숨처럼 내뱉은 숨결을 빼앗긴 건 그다음이었다. 입 안에서 부드럽고 뜨거운 혀가 뒤엉켰다. 숨을 쉬는 법을 잊어버린 것 같은 기분이 들었다.

머릿속이 몽롱하게 가라앉았다. 윤을 안은 팔이 떨렸다. 윤이 정언을 끌어당겨 완전히 품으로 가뒀다. 맞닿은 가슴에서 빠르게 튀는 비트가 느껴졌다. 누구의 것인지 분간이 가지 않았다.

멍하니 그 감각들을 받아들이던 정언은 젖어 있는 윤의 머리칼을 어루만지다 입술이 닿은 채로 속삭였다.

"……덜 말랐어. 감기 걸리겠다."

윤이 웃었다.

"백 번 걸려도 상관없어요."

손을 뻗은 윤이 스탠드의 스위치를 내렸다. 달칵, 짧은 소리와 함께 방 안이 완전히 어둡게 잠겨들었다. 적막 속에서 서로의 체온이 스며들었다. 삼원색의 한가운데처럼, 다채로운 감각들이 뒤섞여 이루는 어둠이 짙었다. 아직 새벽이 오려면 한참이었다.

설명할 수 없는 것들로 채워진 밤은 길었다.

54

　난방을 최대로 돌려도 한겨울 지하 스튜디오 특유의 냉랭한 기운은 어쩔 수가 없었다. 천장에서 돌아가는 히터 탓에 공기가 건조했다. 윤은 입구에 놓인 가습기의 다이얼을 최대로 돌렸다. 하얀 습기가 안개처럼 쏟아졌다.

　프론트라인 론칭 이후 처음으로 팀원 전부가 저녁 스케줄이 없는 날이었다. 재희가 모처럼의 회식을 제안했으나, 추운데 나가지 말고 그냥 시켜 먹자는 찬수의 말에 다들 사무실에서 중국 음식을 한 상 가득 차려 놓고 옹기종기 앉아 있는 중이었다. 민혜와 현진은 피곤하다며 먼저 집에 들어간 뒤였다.

　지혁이 한 손으로는 짜장면 그릇의 랩을 뜯으며 다른 손으로는 텔레비전 리모컨을 눌렀다. 때마침 저녁 뉴스가 방영되는 시간이었다. QBS 송선민 앵커의 얼굴이 눈에 들어왔다.

　『다음 뉴스입니다. 오늘 오후 서온건설 진송신도시 현장 과장 박 모 씨의 살인 사주 및 부하 직원 살해 혐의 등 여러 건의 살인 및 살인미수, 살인교사 혐의로 구속 수감되었던 용역 업체 사장 손 모 씨와 공범인 직원 이 모 씨에 대한 1심 선고가 내려졌습니다.』

그릇의 랩을 벗기는 데 열중하고 있던 팀원들이 일제히 어, 하며 고개를 들었다. 손경일과 이원욱에 대한 공판이 진행 중인 건 당연히 알고 있었으나, 다른 일로 워낙 바빠 공판 결과가 오늘 나온 줄은 미처 몰랐던 것이다. 송선민 앵커의 목소리가 이어졌다.

『법원은 검찰에서 주장하는 대부분의 혐의를 인정하였으며, 그 죄질이 극악하고 오랫동안 유사 범행이 반복되어 온 점, 피고인이 법원에서 반성하는 태도를 보이지 않고 증거를 인멸하려한 점 등을 들어 손 모 씨에게 징역 30년, 공범 이 모 씨에게 징역 18년을 각각 선고하였습니다. 두 사람에게 실형이 선고되면서, 이들에게 범행을 지시한 혐의를 받고 있는 서온건설 남제선 회장과 한국선진당 엄대진 의원에게도 검찰의 칼날이 돌아갈지 귀추가 주목되고 있습니다.』

화면을 뚫어지게 응시하던 석현이 의아한 얼굴로 고개를 갸웃했다.

"손경일은 진짜 핵심이잖아. 재가 실형 받아 버리면 남제선하고 엄대진도 감방 익스프레스 아냐? 손경일까지 그냥 버리고 가기로 한 건가?"

"걔들이 아무리 손경일 빼내려고 했어도 재판부에서 여론 부담스러워서 그렇게는 못 했을걸. 박규형 과장 건이 워낙 화제였어서 <트루스>에서 방송했을 때도 시청률 꽤 나왔다잖아. 안 그래도 허주경 사장 건도 국가 배상 판결나서 검찰 분위기 개판 이라는데. 공판 들어가고 인터넷에 공판 후기하고 판사 이름 이런 것까지 다 뜨는데 압박 심했겠지."

재희가 그새 탕수육 한 점을 입에 넣고 우물거리며 대답했다. 그사이 다음 뉴스가 시작됐다. 광화문을 가득 메운 시민들의 모습이 화면에 나타났다. 촛불과 플래카드, 피켓 따위를 들고 집회에 참여하고 있는 사람들을 찍은 장면 위로 기자의 목소리가 더해졌다.

『안전한 세상 만들기 범국민 광화문 집회가 날로 열기를 더해가고 있습니다. 검찰 조사 중인 서온건설 남제선 회장은 오늘 오후 결국 직접 기자회견을 열어 대국민 사과문을 발표하고 피해자들에 대한 보상과 재발 방지를 약속했습니다. 그러나 시민들의 반응은 싸늘하기만 합니다.』

집회에 참여한 한 시민이 화면에 나타났다. 가족과 함께 나온 평범한 중년의 여인이었다. 여인은 손에 플래카드를 꼭 움켜쥐고 있었다. 어느덧 겨울로 접어든 날씨에, 장갑도 끼지 않은 맨손 마디마다 빨개진 것이 눈에 들어왔다.

『저는 지금까지 수십 년 동안 서온건설이 정치인들하고 짜고서 그랬다는 게 용납이 안 되는 거고요. 서민들을 농락했다고요. 서민들은 정말 평생 돈 모아서 내 집 장만 하나 하는 게 목표잖아요. 나랑 내 가족이 안전하게 살 수 있는 집, 그게 어떤 사람들한테는 평생의 꿈인데 그걸 그렇게 짓밟은 거거든요. 애들이 그렇게 병 걸리는 집에 어떻게 살겠어요. 임대 주택도 그렇잖아요. 그게 없이 사는 사람들 희망인데, 그걸 그따위로 사람 살지를 못하게 지어 놓고. 없이 산다고 곧 무너질 집 지어서 돈은 똑같이 받고 팔아먹는 게 말이 돼요?』

울분에 차 말하는 여인의 얼굴에 시선이 머물렀다. 윤은 손을 멈춘 채 인터뷰 화면을 보았다. 저렇게 평범한 사람들이 광화문을 가득 채우고 있다는 것이 실감나지 않았다. 타인의 고통에 공감하고 사회의 부조리에 분노하는 사람들의 힘이 문득 두려워졌다. 화면은 광화문에 넘실대는 촛불의 빛을 보여 주다 곧 다시 스튜디오로 전환됐다.

『서온건설에 대한 집단 소송이 줄을 잇는 가운데, 검찰은 남제선 회장의 부인 김신옥 씨가 한국선진당 의원들의 정치 자금 세탁 용도로 그리스에 페이퍼컴퍼니를 개설했다는 혐의를 제기했습니다. 김신옥 씨의 오촌 조카인 채 모 씨가 대표로 있는 이 기업은 대체에너지 사업 회사로 등록되어 각종 조세 혜택을 받아 왔으나, 검찰은 내부 자료 조사 결과 해당 업체의 거래 내역 등이 전부 거짓인 것으로 판단된다고 밝혔습니다.』

얼마 전 형원을 통해 이미 들은 이야기였다. <데일리시사 인 서울> 팀에서 채기원을 만난 뒤, 신변 보호를 약속받고 청도에서 입국한 채기원은 SO 컴퍼니에 대한 내부 자료를 검찰에 모조리 넘겼다.

특히 매출 내역을 위조한 이중장부와 돈세탁에 이용한 스위스 계좌 내역까지 전부 제출한 까닭에, 검찰에서 소환 조사를 받은 남제선이 이 사실을 알고 대노했다는 말이 있었다. 심지어 김신옥은 조카에게 배신을 당했다며 아예 이마를 싸매고 드러누웠다는 소문이 파다했다.

형원이 엠바고가 걸려 있으니 검찰 입장이 나올 때까지는 따로 말하지 말아 달라고 했는데, 오늘 확실히 검찰에서 결론을 내린 모양이었다.

"오늘따라 이 집 깐풍기 엄청 맛있는 거 같은데 나만 그래?"

석현이 연신 감탄을 하며 깐풍기를 입으로 가져갔다. 물론 그

건 입맛이 돌 만한 소식들 때문일 터였다. 다행히도 석현의 입맛을 계속 유지시켜 줄 뉴스가 뒤를 이었다.

『대선을 5일 앞둔 지금, 더해 가는 악재에 한선당의 표정은 밝지 않습니다. 엄대진 의원이 대부분의 혐의를 부인하는 가운데, 전문가들은 연일 이어지는 한선당의 네거티브 전략이 역효과를 부른다고 지적하고 있습니다. 어제 오후 민권당 최영안 대표는 매니페스토(manifesto)4) 선거를 하자더니 정작 사돈의 팔촌까지 뒤지며 네거티브에 혈안이 되어 있는 건 누구냐는 발언으로 한선당의 태도를 강도 높게 비판했습니다.』

"사돈의 팔촌까지 뒤지면 뭐가 달라질 것 같은가?"

재희가 혼잣말처럼 내뱉자 그사이 말없이 탕수육을 욱여넣던 정언이 코웃음을 쳤다.

"5일 사이에 천지가 개벽할 일 있겠어요?"

"거의 없다고 봐야지. 그러니까 한선당이 더 눈 뒤집히는 거고. 민 의원님 지지율 20퍼센트에서 시작해서 지금 49퍼센트까지 올라온 거 봐. 엄대진은 40퍼센트에서 시작해서 지금 27퍼센트까지 떨어졌잖아. 손에 쥐고 있던 게 날아가는 꼴 실시간으로 보는데 누가 제정신이겠어."

재희는 여상하게 대답했다. 석현이 허공에 긴 숨을 뱉고는 의자에 등을 묻었다.

---

4) 목표와 이행 가능성, 예산 확보의 근거 등을 구체적으로 제시한 선거 공약. 한국에서는 2006년 5월 31일 지방선거를 계기로 후보자들이 내세운 공약이 구체성을 띠고 있으며 실현 가능한지, 곧 '갖춘 공약'인지의 여부를 평가하자는 매니페스토 운동이 시민단체를 중심으로 전개되었다.

"대선 지나면 우리도 지하실 신세 좀 벗어날까 모르겠네."

"하루아침에 되겠어? 몇 달은 더 기다릴 생각 해야지. 이사진 해임 문제도 있고, 사장님하고 국장님 복귀하시고 방송국 정상화돼야……."

대답하던 재희가 말을 멈추더니 뭔가 생각난 듯 웃기 시작했다. 갑자기 왜 저러나 싶어 팀원들이 재희에게 시선을 주자, 한참 만에 겨우 웃음을 멈춘 재희가 이마를 문질렀다.

"그리고 생방에서 맘대로 이제 방송 안 한다고 터트린 거 완전 괘씸죄잖아. 지금 와서 얘긴데 방송하고 그날 밤에 사장님한테 다이렉트로 전화 왔었다고."

"사장님이요?"

정언이 멈칫하며 되물었다. 재희는 고개를 끄덕였다.

"사장님이 화내시는 거 입사하고 처음 들었다니까. 전화 받자마자 강재희 이 새끼 너 돌았어? 이러고 소리치시는데 나 진짜 너무 놀라서 장난전화인 줄 알고 번호 다시 확인했다는 거 아냐. 일 년 치 욕 그때 다 먹었잖아."

"사장님이 이 새끼, 저 새끼 그러셨다고? 선배한테?"

정언이 믿을 수 없다는 표정을 했다. 유동욱 사장은 점잖기로 이름난 타입이었다. 생전 목소리 한 번 높여 본 적이 없다는 동욱이 재희에게 대뜸 그런 말을 했을 정도라면 어지간히 황당하기는 했던 모양이었다. 재희가 다시 생각해도 기가 막힌다는 얼굴로 쿡쿡거렸다.

"사장님 욕하는 소리 들어 본 사람 YBS에서 나밖에 없을 거 같지 않아?"

"자랑이다, 자랑이야."

찬수가 면박을 주자, 재희가 그럼요, 하고 받아넘기며 짐짓 한숨을 쉬었다.

"복귀해도 잔소리 엄청날 텐데, 그거 생각하면 벌써부터 숨이 탁 막히네."

"복귀만 시켜 주면 출근하자마자 사장실 가서 일장연설 듣는 게 하루 일과래도 기꺼이 하고 싶다, 야."

찬수의 말에 여기저기서 웃음이 터졌다. 프론트라인 일도 어느 정도 익숙해졌고, <비하인드 24>를 방송할 때와는 다른 방식으로 시청자들과 소통하는 재미도 붙은 뒤였다. 그러나 모두가 내심 언젠가는 돌아갈 곳이 있다는 걸 믿으며 기다리는 심정이라는 걸 부인할 수는 없었다.

사무실 안을 채우던 웃음소리가 사그라졌다. 뉴스는 스포츠 소식으로 넘어가 있었다. 전투적으로 짜장면을 먹던 찬수가 갑자기 손을 멈추며 정언에게 시선을 주었다.

"아 참, 저번에 <끝판왕>에서 차 의원님 만났을 때 얘기 들어 보니까 대선 끝나고 바로 엄대진 검찰 소환 가능성 높다고 그러던데 혹시 무슨 연락 왔었어?"

"진형은 검사님이 연락했더라고요. 대선 끝나면 그동안 우리가 취재한 자료 검찰에 제공할 수 있냐고. 일단 당연히 그러겠다고는 했는데 우리가 너무 긍정적인 거 아닌가 좀 불안하긴 하네요."

정언이 고개를 끄덕이며 대답했다. 민권당은 내부적으로 대선 승리를 거의 기정사실화하고 있었다. 민주영 의원과 TF의 핵심 멤버들이 내각 구성과 향후 조치 등에 대해 연일 강도 높은 회의를 진행한다는 소식이 들려오는 중이었다.

무혐의로 끝났던 서온건설 게이트와 엄대진에 대한 재조사가 진행될 것은 확실했다. 이정수 검사와 진형은 검사가 재조사 팀의 주요 멤버가 될 확률이 높았다.

며칠 전 형은이 정언에게 안부 전화를 걸어 만약에 재조사가 시작된다면 자료를 제공하거나 증인으로 나설 수 있냐고 물었다는 얘기는 윤도 들어 알고 있었다.

정언의 대답을 듣던 찬수가 나무젓가락 끝으로 관자놀이 부근을 긁적이며 미간을 좁혔다.

"검찰에서 엄대진 라인 완전히 뿌리 뽑는 게 보통 일은 아니긴 하겠네."

"민 의원님하고 민권당이 무슨 그림을 그리는 느낌이긴 한데, 일단 대선 때문에 엄대진 소환이 몇 달을 미뤄졌잖아요. 그사이에 증거 인멸할 건 다 했을 것 같기도 하고."

정언의 말에 재희가 끼어들었다.

"몇십 년 치 자료 다 숨길 순 없지. <조한일보>에서 김인택이 쥐고 있는 것만 해도 장난 아닐 거야. <조한일보>는 살아야 되니까 대선 지나고 그거 가지고 딜 하려고 할 수도 있고."

"일단 대선 끝나고 생각해야지, 지금은 우리끼리 이런다고 뭐가 되나."

찬수가 더 생각하기 싫다는 얼굴로 손을 휘적거렸다.

"아이고, 그래도 연말 가까워지고 선거 때 다 되니까 좀 한가해서 좋네. 애 생일도 못 챙길까 봐 아주 조마조마해 죽는 줄 알았어. 무슨 운동화가 갖고 싶다고 며칠 전부터 난리야, 아주."

바깥의 거리는 이미 크리스마스 분위기가 시작되고 있었다. 알록달록한 전구로 장식된 상점가와 거리에서 흘러나오는 캐럴은 늘 마음을 들뜨게 했다. 지하 스튜디오에서는 계절이 가는 것도 남의 일처럼 느껴졌으나, 한 해가 거의 다 갔다는 걸 실감하자 문득 기분이 이상했다.

"한참 더울 때 여기 들어왔는데 이제 한겨울이야. 아이고, 시간 잘 간다."

철진이 혼잣말처럼 중얼거리자, 예준이 고개를 절레절레 흔들었다.

"회사 다니면서 방송 나간 것보다 여기서 반 년 하면서 얼굴 판 게 더 많다니까요."

소리를 내어 웃은 찬수가 예준에게 물었다.

"주 피디는 좀 어때? 집에서 뭐라고 안 그러나?"

예준은 테이블 위에 놓여 있던 핸드폰을 가리켰다.

"장인어른이 목요일 아침만 되면 문자가 딱 와요. 주 서방, 잘 보고 있네. 그거 안 오면 서운하다니까, 이젠. 처갓집 가면 다시 보기로 저 나온 방송 틀어 주시고, 저 인터뷰한 신문 잡지 모아서 보여 주시고 아주 몸 둘 바를 모르겠어요. 저번에는 술 드시다 말고 친구분들한테 엄대진 뽑으면 우리 사위 백수 된다고 호통을 치셨다는 거 아냐."

"사위 사랑 대단하시네."

혀를 내두르는 찬수에게 예준이 그런 소리 하지 말라는 표정으로 도리질을 쳤다.

"근데 장모님은 매몰차시다니까요. 저번에 가니까 뭐라고 하시는 줄 알아요? 내가 주 서방 하는 그거, 동영상 좀 봤는데 주 서방은 거기 피디들 중에 인물이 중간쯤 되는 것 같아, 이러시는 거야. 장인어른이 막 아니라고 우리 사위가 제일이라고 수습

하시는데 장모님은 끝까지 아니래."

심각한 예준의 얼굴에 다시 한 번 왁 웃음이 터졌다. 철진이 낄낄거리며 물었다.

"누구 인물을 그렇게 좋아하셔?"

"장모님 스타일은 강 선배인데, 사위로는 김 피디가 좋으시대. 아주 취향 확고하셔. 김 피디 보고 처제가 시집만 안 갔어도 소개시켜 달라고 그러는 건데, 그러면서 아주 땅을 치셨다니까."

"번호표 뽑으라고 그래. 대기자가 너무 많잖아."

철진이 턱으로 윤을 가리켰다. 아니에요, 하며 황급히 손을 내저은 윤은 정언에게 흘끔 눈을 주었다. 팀원들을 따라 웃는 걸 보니 방금 그 말에 별생각이 없는 듯했다.

정언과 연애를 시작한 지 벌써 몇 달이 지났지만, 딱히 팀원들에게 그 사실을 밝히지는 않은 상태였다. 재희나 민혜처럼 이미 눈치챈 사람도 있었지만 동네방네 소문 낼 성격들은 아니었다.

주말도 없이 늘 일에 치여 사는 팀원들에게 사실 저희 사귀는데요, 하고 공언할 타이밍도 없기는 했다. 더구나 누가 묻지도 않는데 먼저 나서서 말하기도 민망했다. 그렇다고는 해도 자기들만 비밀이라고 생각하는 게 사내 연애라는데, 왜 다른 팀원들은 눈치도 못 채고 이런 소리를 하는지 모를 노릇이었다.

혼자 괜히 안절부절못하는 윤의 심정을 알 리 없는 석현이 웃다 말고 갑자기 손뼉을 딱 치더니 정언에게 물었다.

"어, 참. 서 피디 너 소개팅 안 할래?"

짜장면을 젓가락에 돌돌 말아 막 입 안에 넣던 정언이 뭐 잘못 들었나 하는 얼굴로 석현을 바라보더니, 냅킨으로 입가를 닦은 후 얼굴을 찌푸리며 되물었다.

"자다가 봉창 두드리는 소리 뭐예요?"

"아니, 나 대학 후배인데 지금 회계사 하는 놈이야. 인물 좋고 성격 좋고……."

오오, 하며 팀원들이 탄성을 질렀다. 놀림 반, 진심 반인 소리에 정언은 눈을 가늘게 떴다.

"인물 좋고 성격 좋고 직업도 좋은 남자가 왜 날 만나?"

"개가 서 피디 소개 좀 시켜 달라고 저번부터 난리야. 저번에 그 뭐냐, <트루스>. <트루스> 나갔을 때 봤는데 너무 맘에 들어서 꼭 만나고 싶다고. 자기 이상형이 텔레비전에 딱 나오는데 심장마비 걸리는 줄 알았대. 야, 강재희 같은 상장 폐지 주식 집어치우고 유망주 투자 한 번 하자."

"아니, 뜬금없이 가만히 있는 난 왜 상장 폐지시켜? 나는 장외 주식이지, 장외 주식."

재희가 농담조로 항의하자 석현이 도끼눈을 떴다.

"장외 주식도 매물이 있어야 거래를 하지. 휴지조각은 입 다물어, 인마."

"그러니까요. 피디님, 만나 보기나 하세요. 뭐 어때요. 만나서 커피 한잔하고 밥도 먹고 괜찮으면 또 만나보고 그러면 되죠."

맞장구를 친 혜주가 정언을 부추겼다. 재희가 아니 난 왜 날벼락이야, 하고 투덜거리는 얼굴에 정언이 대답 대신 픽 웃었다. 호형이 곁에서 도저히 믿을 수 없다는 표정을 했다.

"아니, 근데 그 후배님 이상형이 대체 뭐길래 서 피디한테 그래요?"

"멋있는 여자."

석현의 대답이 바로 돌아왔다. 찬수가 아이, 그러면 할 말 없네, 하고 거들었다. 윤은 들고 있던 젓가락을 내려놓았다. 설마 정언이 그런 데 관심을 보일 리 없다고 생각하면서도 초조해지는 속을 어쩔 수 없었다.

석현이 자기 핸드폰을 꺼내 뒤지며 말했다.

"내가 사진 한 번 보여 줄 테니까 일단 봐봐. 애가 지 학번에서 탑이었대, 탑."

"에이, 연예인급 아닌 이상 서 피디 눈에 차겠어요? 강 선배 몇 년을 보고 김윤이랑 일 년 내내 붙어 다녔는데."

호형이 면박을 주자 석현이 정색하며 대꾸했다.

"이거 왜 이래. 내가 설마 서정언한테 시시한 놈 붙이겠어? 서 피디 소개해 달라는 놈들 중에 내가 아주 심혈을 기울여 엄선한 거야."

"심지어 한 명도 아니에요?"

눈을 휘둥그렇게 뜨는 호형을 본 철진이 팔꿈치로 호형의 옆구리를 쥐어박았다.

"야, 유튜브 댓글에 너 귀엽다는 애들도 있는데 서 피디 소개해 달라는 놈들이 왜 없을 거라고 생각하냐?"

호형이 그 말에 급격히 수그러들었다. 남들은 다 웃고 있는데 혼자 입이 말라, 자리에서 벌떡 일어난 윤은 괜히 정수기에서 물 한 컵을 받아 마셨다. 그사이 한참 핸드폰 갤러리를 스크롤하던 석현이 드디어 사진을 찾아낸 모양이었다.

"여기 있다. 얼굴이나 한 번 봐봐. 애가 내 후배라 그런 게 아니라 진짜 괜찮아."

등 뒤에서 들리는 석현의 목소리에 윤은 저도 모르게 뒤를 돌아보았다. 정언이 아 됐어요, 하고 거절했으나 석현은 아예 자리를 정언의 곁으로 옮겨 앉았다.

"당장 뭐 하라는 게 아니고 혜주 말대로 그냥 만나나 보라니까. 만나는 데 돈 드는 거 아니잖아. 진짜 강재희 때문에 그래? 재랑 서 피디랑 손 한 번을 잡았어, 뭘 했어. 저 새끼는 그냥 열부문 세우고 대통령 표창 받게 내버려 두고 앞길 개척하자고."

아예 팔짱을 끼며 그 모습을 구경하는 재희의 입매가 슬며시 말려 올라갔다. 그 의뭉스러운 표정을 알아차린 석현이 재희를 아래위로 훑어보다 냅킨을 구겨서 냅다 던졌다.

"넌 양심도 없이 왜 실실 쪼개, 인마. 서 피디가 너 때문에 호시절 다 보냈구만."

"선배 남자 친구 있습니다."

결국 참다못한 윤은 입을 열었다. 그 순간 사무실 안이 일제히 고요해졌다. 틀어 놓은 텔레비전의 광고 소리만이 울려 퍼졌다. 모두의 시선이 순식간에 윤에게 쏠렸다. 누가 급속 냉동이라도 시킨 것처럼 얼어붙었던 석현이 눈을 껌뻑이다 물었다.

"……누가 뭐가 있다고?"

"아니, 그게……."

정언이 황급히 윤의 말을 막으려 했으나, 그보다 찬수가 더 빨랐다. 자리에서 벌떡 일어난 찬수가 재희의 어깨를 움켜쥐고 흔들었다.

"야, 너야? 진짜 너야? 너 그래서 웃었냐? 이 새끼, 너 언제……."

"전데요."

윤은 재희가 미처 해명을 하기도 전, 찬수의 말을 끊었다. 번지수를 잘못 찾은 찬수가 뻣뻣하게 굳어서는 정언과 재희와 윤을 번갈아 보았다.

"에이, 무슨 농담을 그렇게 해. 만우절 네 달이나 남았는데."

호형이 눈알을 굴리며 어색하게 웃었다. 이마를 짚은 정언이 한숨을 내쉬었다. 장난이 아니라는 걸 그제야 알아차린 듯, 혜주와 희림이 어머, 어머머, 하며 서로 팔을 찰싹찰싹 때려 댔다. 금붕어처럼 입을 뻐끔거리던 석현이 정언을 다그쳤다.

"진짜야? 진짜 김 피디랑 사귄다고? 서 피디가?"

모두의 눈이 정언에게 쏠렸다. 눈썹을 문지른 정언이 답지 않게 말끝을 흐렸다.

"일이 뭐 그렇게 되긴 했는데……."

지혁이 두 손으로 입을 틀어막으며 경악하는 얼굴로 눈을 크게 떴다. 누가 뒤통수를 한 대 툭 치면 당장 눈알이 굴러 나올 정도였다.

다른 사람들이라고 그다지 사정이 나아 보이지는 않았다. 호형은 입을 딱 벌린 채 몇 번이나 손가락으로 정언과 윤을 번갈아 가리켰다. 고개를 절레절레 흔든 예준이 손을 내밀었다.

"거 봐, 내가 느낌 이상하다고 그랬잖아. 다들 돈 내놔, 빨리."

재희를 제외한 나머지 피디들이 아이 씨, 하고 투덜거리며 지갑에서 만 원짜리를 꺼내 예준에게 건넸다. 그 꼴을 본 정언은 대번에 얼굴을 구겼다.

"이건 또 뭐예요?"

예준이 방금 수거한 지폐들을 펼쳐 보이며 의기양양하게 대답했다.

"아니, 내가 김 피디랑 서 피디 만나는 거 같지 않냐니까 다들 절대 아니래. 저 눈치들로 무슨 시사 프로를 한다고 그러냐. 근데 내가 서 피디 사고 났을 때부터 뭔가 감이 왔거든. 김 피디가 갑자기 전화 받다 말고 눈 돌아가서 미친놈처럼 소리 지르고 경찰에 신고하고 119 부르고 그럴 때까지만 해도 긴가민가했단 말이야."

정언이 그 말에 윤에게 잠깐 시선을 주었다. 내가 그랬었나, 속으로 생각한 윤은 정언의 눈치를 살폈다.

"근데 김 피디가 밥 먹듯이 병원 드나드는 거 보고 느낌이 좀 이상하더라고. 그래서 내가 혹시 둘이 사귀나? 이러니까 다들 나보고 미쳤냐고, 그게 진짜면 돈 준다고……."

그러거나 말거나 무용담을 늘어놓듯 신이 나서 떠들던 예준이 갑자기 말을 멈추더니 재희에게 휙 시선을 돌렸다.

"아니, 잠깐만. 강 선배는 알고 있었어요?

"주 피디가 아는데 내가 몰라, 그럼?"

재희의 대답에 예준이 기가 찬다는 투로 팔짝 뛰었다.

"아는데 왜 말을 안 해요?"

"뭐가 재밌다고 남 연애하는 걸 떠들어?"

여상하게 대꾸한 재희가 윤에게 한쪽 눈을 슬쩍 찡긋해 보였다. 홧김에 질러 버리긴 했지만 막상 말을 뱉으니 심장이 쿵쿵거렸다. 정작 당사자인 정언은 무슨 생각을 하는지 모를 얼굴로 앉아 이쪽으로는 시선도 주지 않는 통에 갑자기 불안해진 건 덤이었다.

"어우 씨, 너무 놀라서 방금 먹은 탕수육 얹힌 거 같아."

찬수가 명치 부근을 쓸어내리며 고개를 절레절레 흔들었다.

"일 년을 취재하면서 본 것보다 이게 더 충격적이다. 올해의 토픽으로 선정해야겠어."

"<비하인드 24> 901회로 내보내야 되는 거 아니에요?"

호형이 심각한 표정으로 물었다. 대답 대신 곁에 앉아 있던 철진이 호형의 입에 깐풍기를 쑤셔 넣었다. 재희가 손뼉을 딱 치며 주의를 돌렸다.

"다들 서 피디가 상장 폐지 주식 버리고 유망주 투자 잘 하고 있는 거 알았으면 먹던 거나 계속 먹어. 뭘 그렇게 놀라고 그래? 못 만날 사이도 아닌데."

그건 그렇지, 하며 팀원들이 다들 빠르게 수긍했다. 석현이 투덜거리며 핸드폰을 주머니에 집어넣었다.

"에이, 중매 잘 서서 술 석 잔 받아먹나 했더니 글렀어. 시시한 놈 만나는 거면 당장 집어치우라고 하고 들이밀어 보려고 그랬는데, 만나도 하필이면 김 피디 같은 놈 만날 건 뭐야."

"서 피디가 뭐 시시하게 하는 거 봤어요?"

공돈이 생긴 까닭인지 한껏 기분이 좋아진 예준이 타박을 놓았다. 사무실 안이 곧 깔깔거리며 웃고 떠드는 분위기로 돌아갔다. 테이블 위를 가득 채우던 음식들이 바닥을 드러낸 건 한 시간쯤 뒤였다. 몸을 일으킨 재희가 말했다.

"슬슬 들어갑시다. 날도 춥고. 주말엔 푹 쉬고 조금만 더 힘내서 가자고."

그릇들을 정리해 밖에 내놓고 테이블 위를 치운 팀원들이 퇴근 준비를 서둘렀다. 사무실 문을 잠그고 밖으로 나서자 매서운 초겨울 칼바람이 불었다. 으, 하고 발을 동동거린 찬수가 먼저 손을 흔들었다.

"나 오늘 버스 타고 가려고. 월요일에 보자."

다들 인사를 나누고 헤어질 즈음이었다. 버스 정류장으로 종종걸음을 치던 찬수가 갑자기 윤에게 되돌아왔다. 주차장으로 향하는 정언의 뒤를 따라가던 윤은 팔을 낚아채는 손길에 깜짝 놀라 뒤를 돌아보았다. 찬수가 윤의 옆구리를 쿡 찌르더니 나지막하게 속삭였다.

"김 피디, 잘 좀 해 줘."

무슨 말인지는 굳이 되묻지 않아도 뻔한 것이었다. 윤이 멋쩍게 웃자 찬수가 잘 하라고, 하고 되풀이하며 윤의 등을 툭 치고는 후다닥 뛰어갔다. 앞서가던 정언이 의아한 듯 윤을 보았다. 윤이 서둘러 정언의 곁에 나란히 서자 정언이 물었다.

"임 선배가 뭐래?"

"선배한테 잘 하라고 그러시던데요."

"별소릴 다 하고 그래."

픽 웃더니 혼잣말처럼 중얼거린 정언이 두터운 목도리에 얼굴을 파묻었다. 윤은 잠시 머뭇거리다 걸음을 멈췄다.

"혹시 화나셨어요?"

"왜?"

정언이 되물었다. 윤은 정언의 눈치를 슬쩍 살피며 대답했다.

"제가 선배들 앞에서 사귄다고 얘기해 버려서……."

"화났다고 하면 취소하려고?"

눈만 내놓고 묻는 통에 그 표정을 짐작할 수가 없었다. 입술을 물었다 놓은 윤은 고개를 가로저었다.

"아뇨."

"왜 그랬는데?"

돌아온 질문은 미처 예상하지 못한 것이었다. 윤이 선뜻 대답하지 못하자 정언이 눈을 가늘게 떴다. 뒤늦게 귀 끝이 뜨거워졌다. 차가운 바람 탓은 아니었다.

"······선배한테 누가 다른 남자 얘기만 해도 돌아 버릴 것 같아서요."

정언이 윤을 빤히 바라보았다. 속을 들여다보는 듯한 시선에 얼굴이 화끈거렸다. 윤은 고개를 숙였다. 가로등에 비친 그림자가 한밤중의 보도블록 위로 길게 늘어졌다.

"어른스럽게 굴고 싶은데 잘 안 돼요. 화나신 거면 죄송해요."

정언이 이쪽으로 한 걸음 성큼 다가왔다. 순식간에 가까워진 거리에 시선을 들자 정언과 눈이 마주쳤다. 정언이 손을 뻗어 윤의 머리칼을 아무렇게나 흩어 놓았다.

"김 피디는 희한하게 가끔 본인을 너무 과소평가해."

정언이 얼굴을 파묻었던 목도리를 내리며 내뱉었다. 움직이는 입술 사이로 입김이 하얗게 부서졌다.

"나 아무 데나 투자 안 해."

서늘한 눈매가 장난기 있게 휘었다. 더 가까이 다가온 정언이 눈을 깜빡이는 윤의 등을 꽉 안았다. 인적 드문 건물 뒤편에서 차게 파고들던 바람이 한순간 사그라졌다. 윤은 저도 모르게 숨을 멈췄다. 코트 위로 등을 쓸어내리는 손길은 다정했다.

"그리고 화 안 났어."

정언이 나지막하게 말했다. 긴 숨을 내쉬며 정언이 윤의 품에 잠시 얼굴을 묻었다. 문득 이마 위로 차가운 것이 떨어졌다. 손끝을 댄 순간 그 감각은 곧 흔적도 없이 녹아 사라졌다. 가로등 빛에 드문드문 하얀 입자가 흩날리는 것이 보였다. 늦은 첫눈이었다. 어, 하며 손바닥을 펼치자 눈송이가 내려앉으며 순식간에 조그만 물방울이 맺혔다.

"눈 와요."

"좋은데. 일 년 다 간 것 같고."

윤이 속삭이자 정언이 대답했다. 정언의 가느다란 속눈썹 위로 눈송이가 하나 떨어졌다가 녹아내렸다. 그 광경이 슬로 모션처럼 눈에 들어왔다. 정언이 윤을 안고 있던 팔에 조금 더 힘을 주었다.

"그동안 수고했어."

담담한 말투였으나 심장이 빨라졌다. 이대로 잠깐 시간이 멈춰도 좋을 것 같았다. 윤은 이마 위로 흐트러진 정언의 머리칼을 쓸어 올려 주었다.

"크리스마스 다 돼 가는데 말만 하고 선물은 안 주실 거예요?"

농담처럼 던진 말에 정언이 눈을 들어 윤을 빤히 바라보았다.

"자고 갈래?"

되로 주고 말로 받은 통에 당황하는 윤의 얼굴을 본 정언이 소리를 내어 웃었다. 정언은 손끝으로 윤의 이마를 툭 밀었다. 윤이 서둘러 그 손을 감싸 쥐자, 정언이 고개를 까딱였다.

"밤새 여기 서 있을 거야?"

물론 그럴 생각은 없었다. 잠깐이라면 괜찮을 것 같았다. 가로등의 사각지대로 정언을 잡아끈 윤은 그 얼굴을 양손으로 감쌌다. 그새 꽁꽁 언 뺨이 부드러웠다. 서둘러 입을 맞추자 마치 아이스크림이 녹아들듯 차갑고 달콤한 감각이 입 안으로 번졌다.

떨어지는 눈송이가 머리칼이며 코트 위로 내려앉았다. 나누는 숨결 사이로 희미하게 눈의 냄새가 났다. 첫눈이 내리는 거리는 고요했다. 멀리서 익숙한 캐럴의 멜로디가 떠돌았다.

◆

　을지로 근처의 호프집 안은 사람들로 가득 찼다. 연말의 시끌 벅적한 분위기도 분위기였지만, 오늘 밤은 그것과는 또 다른 묘 한 열기가 가게 안을 떠돌았다. 맥주를 마시며 담소를 나누는 사람들의 눈은 가게 안의 대형 텔레비전에 고정된 채였다.

　실시간 대선 개표 방송이 진행 중이었다. 지도 위를 점차 물들 이는 파란색이 선명했다. 지역마다 박빙, 약간 우세, 우세, 유력 따위가 쓰인 아이콘이 엎치락뒤치락하며 치열하게 싸우기 시작 한 지 이미 네 시간째였다.

　맥주잔을 들고 텔레비전 화면을 아예 뚫을 기세로 응시하던 찬수가 마침내 마지막 아이콘이 뒤집히자 잔을 탁 내려놓았다. 지도 위가 거의 전부 파란색으로 뒤덮이며 민주영 의원의 얼굴 옆으로 유력, 혹은 우세 아이콘이 붙었다.

　"끝났네. TK도 저만하면 박빙인데."

　여상한 말투였으나 얼굴에서 기쁨을 숨길 수는 없었다. 호프 집 안의 사람들은 거의 다 찬수와 비슷한 표정이었다. 잔뜩 긴 장한 듯 마르는 입술을 축이던 윤이 곁에 앉아 있던 정언에게 나지막하게 속삭였다.

　"뒤집힐 일 없겠죠?"

　정언은 손을 뻗어 뻥튀기 조각을 집어 먹으며 대답했다.

　"더 벌어지면 벌어졌지 좁혀지긴 힘들지."

　"투표 끝나기 전까지 SNS에 별 얘기가 다 돌아서 불안하더라 고요."

　윤이 겨우 안도한 듯 가슴을 쓸어내렸다. SNS에서 지지자들

443

이 오후부터 내내 출구조사 결과 민주영이 근소하게 뒤진다, 엄대진이 근소하게 뒤진다, 젊은 사람들 투표율이 낮다, 나이 든 사람들 투표율이 낮다 하며 치열하게 싸우는 것을 본 까닭이었다. 턱을 괸 정언은 고개를 끄덕였다.

"원래 그래. 여론전이지. 서로 종료 직전까지 자기들이 근소하게 뒤진다고 언론 플레이한다고. 그래야 유권자들이 위기의식 느끼니까. 이젠 거의 끝났다고 봐야지. 남은 TK 투표함 다 까서 100퍼센트 엄대진 표라도 힘들어."

화면이 양쪽으로 분할되며 각각 민권당과 한선당의 캠프 사무실을 비췄다. 분위기가 대조적인 건 당연했다. 민권당 캠프 사람들은 개표 방송을 보며 서로 얼싸안거나 웃는 얼굴로 이야기를 주고받았다.

가장 앞줄에 앉은 민주영 의원과 부인은 손을 깍지 끼어 꼭 잡은 채였다. 두 사람은 담담해 보였다. 결과를 예상했다기보다는 거기서 초연하기로 마음먹은 것 같은 느낌이었다.

한선당 캠프 사무실은 조용했다. 엄대진계 의원들이 자리를 지키고는 있었으나, 이미 패색이 완연한 상황을 되돌리기 쉽지 않다는 걸 잘 알 터였다. 카메라가 앞에 앉은 엄대진과 변정화의 모습을 비췄다. 변정화가 애써 웃는 얼굴로 엄대진의 팔짱을 끼었다.

"한선당 완전 초상집이겠지?"

철진이 치킨 한 조각을 우물거리며 물었다. 석현이 그렇지 뭐, 하며 철진의 말을 받았다.

"한 한 달 전부터 캠프 실무자들은 필패라고 판단했다는 애기 있더라고. 분위기 아주 안 좋았다는데. 눈으로 보면 충격 더 심하겠지. 처음에 캠프 얘기 나올 때까지만 해도 서로 가고 싶어 했다는데 이젠 뭐 완전 썩은 줄 잡은 꼴 아냐."

듣고 있던 정언이 한마디를 보탰다.

"흐름 한 번 타면 뒤집기 힘드니까. 물은 엎질러졌는데 주워 담지도 못하고 닦지도 못하고, 상황 애매하죠. 그런데 선배는 거기를 또 부득불 기어갔어요? 누가 반긴다고."

정언의 마지막 말에 앉아 있던 팀원들이 낄낄거렸다. 재희는 한동과 <더 체이서> 정환일 피디, <김영은의 리얼타임> 김영은 기자와 함께 한선당 당사 앞에서 프론트라인 라이브 방송을 진행하러 나가 있는 중이었다.

찬수가 고개를 절레절레 흔들었다.

"그 성격 누가 말려. 지금 전 부장님이랑 둘이 아주 작당을 했어. 실시간으로 촬영하면서 하도 약을 올리니까 조금 전에 보좌관들이 쫓아 나와서 제발 좀 가라고 사정했대. 안에서 의원들이 엄청 빡쳤나 보더라고."

"그러다 언제 칼 맞아 죽지."

정언이 혀를 차자 찬수가 정언에게 손가락질을 했다.

"아이고, 남 말 하고 있다."

왁 웃는 소리가 터졌다. 틀린 말은 아니었다. 정언은 피식 웃으며 다시 화면으로 눈을 주었다. 대도시 광장마다 설치된 대형 스크린 앞에 모여들어 실시간으로 개표 방송을 지켜보는 시민들의 얼굴이 차례로 지나갔다. 석현이 거기 시선을 둔 채 말했다.

"사실 대선 이긴다고 당장 뭐 되는 건 아닌 거 알면서도 사람 마음이 그렇다. 이사진 싹 쳐내고 회사 물갈이하는 데 몇 달은 걸릴 텐데 기분은 벌써 방송국이야, 아주."

"크리스마스 선물 거하네 싶다니까요."

호형이 맞장구를 치자 석현이 그치, 하고 수긍했다. 그때 철진이 자리에서 벌떡 일어났다.

"어, 유력 떴다!"

드디어 민주영 의원의 얼굴 옆에 '당선 유력'이라고 쓰인 아이콘이 박혔다. 여기저기서 환호성이 터졌다. 화면이 급하게 민주영 캠프 사무실로 돌아갔다. 지금 소감이 어떠냐고 묻는 기자들의 질문에, 민주영 의원이 잠시 눈을 감았다 떴다.

『결과는 마지막까지 하늘에 맡기겠습니다. 저는 국민 여러분께서 선택하시는 길을 겸허하게 따라가려 합니다.』

차분한 목소리였다. 국민이 선택한 길. 그 길이 어떤 길인지는 이미 모두가 알고 있었다. 개표 방송을 진행하는 아나운서의 목소리가 시끌벅적한 호프집 안을 채웠다.

『전국 개표 65퍼센트가량 진행 중입니다. 현재 득표율 43.8퍼센트로 기호 1번 민권당 민주영 후보 당선이 매우 유력한 상황입니다. 기호 2번 한국선진당 엄대진 후보는 현재 23.2퍼센트의 득표율을 보이고 있습니다. 한국선진당은 현재 대구·경북 지역 개표율이 낮은 것에 희망을 걸고 있는 모습입니다. 그러나 대구·경북을 제외한 대부분의 지역에서 현재 민주영 후보가 우세해 결과를 뒤집기는 쉽지 않아 보입니다.』

크, 하며 잔에 남은 맥주를 단숨에 마신 찬수가 손을 들었다.

"어우, 맥주가 아주 물처럼 들어가네. 여기 피처 하나 더 주시고 순살 두 개 추가요!"

신이 난 찬수를 본 예준이 면박을 주었다.

"누가 보면 선배가 당선된 줄 알겠어요."

"사실상 기분은 거의 그 수준 아니냐?"

찬수가 심각하게 되물었다. 다들 그 심정을 잘 알기에 웃음으로 대답을 대신했다. 추가한 피처 하나와 치킨 두 마리를 깨끗하게 해치운 팀원들이 자리에서 일어난 건 한 시간쯤 뒤였다.

"선배가 다들 고생했다고 내일은 하루 쉬래요."

정언이 방금 들어온 재희의 메시지를 확인하고는 핸드폰을 흔들어 보였다. 계산을 하고 길거리로 나서자, 이미 늦은 시간인데도 거리는 흥분으로 들뜬 느낌이었다. 찬수가 패딩 자락을 여미며 혼잣말처럼 중얼거렸다.

"대선만 몇 번을 보냈는데 기분 이상하네."

"그러게. 평생 못 잊을 것 같아요."

철진이 곁에서 말을 보탰다. 굳이 말로 설명하지 않아도 공감되는 기분이었다. 수고했다고 인사를 나누고 삼삼오오 흩어지는 팀원들 사이로, 정언은 윤과 나란히 버스 정류장을 향해 걸음을 옮겼다. 도심 여기저기서 사람들이 모이는 통에 길이 막힐 것 같아 차는 오전에 사무실에 두고 온 뒤였다.

윤이 먼저 발을 멈췄다. 머플러에 얼굴을 반쯤 묻은 정언이 의아한 표정으로 돌아보자, 윤이 잠깐 망설이는 듯하더니 정언에게 조심스럽게 물었다.

"집에 가실 거예요?"

"왜?"

"그냥요. 광화문 가 보고 싶어서요."

을지로에서 광화문은 금방이었다. 이런 날 그냥 집에 들어가기 아쉬운 모양이었다. 가면 되지 뭐, 하고 대답한 정언은 광화문 방향을 가리켰다.

방향을 돌려 나란히 걷자 민주영 의원의 얼굴이 그려진 피켓을 든 여학생들이 까르르 웃으며 두 사람을 지나쳤다. 가방에는 파란 리본이 묶여 있었다. 추운 날씨인데도 유모차를 밀고 나온 젊은 부부도 있었고, 플래카드를 든 연인들도 눈에 띄었다.

윤이 가만히 정언의 손을 잡았다. 정언은 멈칫하며 윤을 쳐다보았다. 긴 손가락이 얽히며 차가운 손으로 체온이 스몄다. 매서운 바람이 빌딩 숲 사이를 돌고 지났다. 윤이 정언을 끌어당겨 자기 코트 주머니로 잡은 손을 넣어 주었다.

"춥잖아요."

당황해서 반사적으로 팔을 빼려 하자 윤이 정언의 손을 더 꼭 쥐며 웃었다. 귀 끝이 뜨거워져, 정언은 머플러 속으로 얼굴을 더 파묻었다. 별것 아닌 행동인데도 그런 일이 처음인 탓인지 공연히 어색했다. 정언은 그 어색함을 떨치기 위해 말을 돌렸다.

"어, YBS네."

광화문 광장에 설치된 오픈 스튜디오가 눈에 들어왔다. 패딩에 목도리, 장갑으로 중무장한 스탭들이 분주하게 돌아다니고 있었다. 스튜디오 한가운데서 겹겹이 껴입은 한 남자가 모니터 앞에 선 채 방송을 진행하는 모습이 보였다. 김양운 앵커였다.

저 자리로 돌아가야 할 사람들이 있었다. 그 자리에 멈춰 선 정언은 한동안 YBS의 오픈 스튜디오를 물끄러미 바라보았다. 곁에서 그런 정언을 지켜보던 윤이 주위로 시선을 주었다.

"추운데 사람들 진짜 많아요."

"우리도 여기 와 있잖아."

정언은 여상하게 대답했다. 윤이 대답 대신 긴 숨을 뱉었다. 허공에 하얗게 습기가 어리며 반짝였다. 방송용 조명들로 광장

한복판은 대낮처럼 밝았다. 눈이 부신지 윤이 손을 올려 잠시 눈가를 가렸다.

"그렇게 감동적이야?"

혹시 우는 건 아닌가 싶어 툭 던진 말에 윤이 웃었다. 손등이 만드는 그늘 아래로 가려진 눈이 어떤 표정을 하고 있는지 알 수 없었다. 말이 없던 윤은 일렬로 선 경찰들과 그 앞을 지나다니며 웃고 떠드는 시민들 사이로 다시 걷기 시작했다.

"제가 게시판에 글 쓰게 만들었던 그 친구가 기제국에서 다큐 찍는데, 걔는 예전부터 자기는 그 일이 너무 좋다는 거예요."

침묵하던 윤이 입을 열었다. 그 목소리는 조금 낮아져 있었다. 코트 주머니 안으로 윤은 다시 정언의 손을 고쳐 쥐었다.

"오태훈 피디?"

정언이 묻자 윤이 고개를 끄덕였다.

"네. 그런데 전 대기업 다닐 때 매일 그랬거든요. 나는 왜 여기서 보람을 못 느끼지? 남들도 다 그런가? 나중에는 돈 받으려고 하는 거지, 그러면서도 뭔가 허무하더라고요. 그만두고 방송국 들어왔는데도 결국 하는 일이 달라져서 그렇지 다 똑같은가 보다, 다들 그냥 이렇게 사는 거겠지, 그렇게만 생각했어요."

앰프와 스피커를 통해 시끄럽게 울리는 음악 소리며 방송 멘트 사이로 윤의 나지막한 목소리가 흩어졌다.

"그런데 여기 와서 태훈이 얘기가 뭔지 조금 알겠더라고요. 세상이 원래 이런 데였나? 지금까지 내가 본 건 뭐였지? 제가 사는 데가 세상의 전부인 줄 알았어요. 그런데 아니었던 거죠. 여기 와서 처음 내가 뭔가 가치 있는 일을 한다는 생각 들었어요."

독백 같은 말이었다. 정언이 듣든 말든 상관없다는 듯, 윤은 앞을 보았다. 정언은 문득 윤이 처음 <비하인드 24>에 왔을 때를 되짚었다. 시청자 카페와 편람, 기획안을 뒤적이며 몰두하던 그 얼굴. 윤이 여기서 얼마나 버틸지 궁금해지던 순간들.

"그래서 자꾸 선배 더 알고 싶더라고요."

마치 마음을 읽기라도 한 것처럼 윤이 정언을 내려다보았다.

"아무리 생각해도 그냥 할 수 있는 게 아닌데 항상 그냥, 이러시니까."

어떻게 견디는 거냐고 몇 번이나 묻던 윤이 떠올랐다. 누군가가 해야 하니까, 내가 여기 있으니까. 그냥이라는 두 글자가 윤에게는 충분한 대답이 되지 못했으리라는 건 알고 있었다.

"선배가 사는 세상은 어떤 덴지 너무 궁금한 거예요."

시선이 마주쳤다. 선배가 사는 세상. 정언은 그 말을 다시 한 번 곱씹었다. <오늘의 요리>와 <비하인드 24>. 절대 마주칠 수 없을 두 가지의 삶이 교차하는 지점을 뭐라고 부를 수 있을까. 머릿속에 떠올린 건 한 단어였다.

"그런 생각 해 본 적 없었는데."

운명.

―운명이라는 말 싫어하는데, 솔직히 그런 경험은 다른 말로는 표현이 안 돼.

재희의 말이 뇌리를 지났다. 정언은 자신이 방금 그 말을 완벽히 이해했다는 것을 깨달았다. 알고 있는 모든 언어를 동원하더라도 답은 결국 하나였다.

멀리서 날아온 밝은 조명의 입자가 윤의 눈동자 위로 반사되며 작은 빛을 흩뿌렸다.

"가끔 선배는 끝이 어딘지 아실까 궁금했어요."

누구도 답을 알 수 없을 질문이었다. 매번 한 치 앞도 보이지 않는 어둠 속을 헤매는 기분이었다. 이정표가 사라진 길 위에서 희망은 늘 막연했다.

"이제 선배가 사는 세상이 뭔지 조금 알 것 같아요."

걸음을 멈춘 윤의 눈매가 부드러운 호를 그렸다. 빛의 입자들이 가는 속눈썹 위로 머물렀다.

"여기가 끝인 줄 알았는데 시작인 것도."

심장이 움직이는 듯한 감각이 생경했다. 정언은 잠시 숨을 멈췄다. 긴 팔이 어깨를 휘감아 끌어당겼다. 파묻힌 품에서는 언제나처럼 햇살 냄새가 희미했다. 꽁꽁 언 귓가로 따뜻한 호흡에 섞인 목소리가 떨어졌다.

"그러니까 계속 선배 옆에 있게 해 주세요."

정언은 대답 대신 윤의 등을 안았다. 차가운 바람이 속속 스민 회색 코트의 결이 손끝으로 느껴졌다.

"끝까지 가 보고 싶어요."

정언은 고개를 들어 윤을 보았다.

"허무할지도 몰라."

어쩌면 영직이 말한 대로 아무것도 바뀌지 않을 수도 있었다. 이 모든 일이 그저 헛된 노력일지도 몰랐다. 그런 두려움을 매번 이겨 낼 수 있다는 건 거짓말이었다. 그만두고 싶고, 멈추고 싶은 순간은 늘 그렇지 않은 순간보다 더욱 많았다.

"아무것도 없을 수도 있고, 아무것도 아닐 수도 있어."

"그래도 좋아요."

윤이 대답했다.

"가 보기 전에는 아무도 모르잖아요."

망설임 없는 확신에 찬 눈동자가 반짝였다. 누군가가 심장 안에 작은 불을 붙인 듯 옅은 열기가 차올랐다. 문득 사람들의 환호성이 멀게 들렸다. 아마 방금 민주영 의원의 당선이 확실시된 모양이었다.

정언은 윤의 어깨 너머로 넘실대는 불빛들을 보았다. 사람들의 손에 들린 조그만 촛불의 빛이 어둠 위를 수놓았다. 수많은 두려움 속에서 자신을 움직이는 건 오로지 한 가지 믿음이었다.

우리가 마침내 도착하는 곳은 늘 이전보다 나을 거라고.

"일 년을 하고도 정신 못 차렸으면 안 되는데."

짐짓 눈썹을 찌푸리는 정언의 얼굴에 윤이 웃음을 터트렸다.

"평생 못 차릴 것 같은데요."

그 눈을 마주 보던 정언은 다시 윤의 품에 얼굴을 묻었다. 감은 눈 안으로 빛무리가 일렁였다. 매서운 바람조차 무디게 느껴졌다. 두 사람은 오랫동안 그 자리에서 움직이지 않았다.

이제 눈을 뜨면 세상은 다시 시작이었다.

<완결>

외전 (1). Baby, it's cold outside

재희가 사무실 문을 열고 들어섰다. 어제도 철야였던 주제에 출근하자마자 싱글벙글한 얼굴이었다. 그 표정을 본 팀원들은 다들 불안한 눈빛을 주고받았다. 저게 또 무슨 꿍꿍이지, 하는 기색이 역력했다. 재희가 의아하다는 듯 물었다.

"다들 왜 그래?"

"아침부터 너 실실 웃으면 좋은 일이 하나도 없던데."

현진이 아무래도 수상하다는 투로 대꾸하자, 재희가 눈을 크게 떴다.

"눈치챘어요?"

"뭔데 그래?"

현진이 불안하게 묻자 재희가 쿡쿡거리며 한참 웃고는 손을 저었다.

"아냐, 진짜 좋은 소식이에요. 우리 부당 인사 건 노조에서 승소했다고."

"진짜야?"

찬수가 자리에서 벌떡 일어났다. 재희는 고개를 끄덕였다.

"사측에서 항소 포기했고, 해직되거나 무기한 정직된 직원들 계약직하고 프리랜서 포함 전원 즉시 복직시키는 조건 받아들이기로 했대요. 부당 전보된 사람들도 본인 의사 따라 원래 팀으로 돌아가는 걸로."

"미쳤어, 미쳤어!"

민혜가 발을 동동 구르며 두 손으로 입을 막았다. 사무실 안에서 환성이 터졌다. 재희가 입가에 손가락을 대며 말을 이었다.

"고광훈하고 원종철 제외한 나머지 바언진 이사들도 오늘 전부 이사직 사임한대."

결정권을 쥔 이사들이 전부 사임했다면, 회사가 드디어 정상적으로 돌아가게 될 것은 확실했다. 정언은 믿을 수 없다는 얼굴로 물었다.

"이사들이? 누구 소스예요?"

"이충민 선배한테 연락받았어. 사장님은 내일부터 바로 다시 출근하신다고 그러더라고. 국장님은 지금 남미 여행 중이시라 여행 마치고 다다음주부터 나오신다고 들었어."

"그럼, 우리 언제부터 다시 나갈 수 있는데요?"

"그건 인사위에서 통보할 거래."

믿기지가 않았다. 프론트라인에서 방송을 만들면서도, 팀원들은 돌아가며 공판에 증인으로 출석하고 있었다. 공판은 길고 지루했다. 민권당과 민변, 상생변에서도 도움을 주고는 있었으나 공영방송을 절대 뺏기지 않으려는 청와대와 한선당의 의지도 만만치 않았다.

때문에 더 긴 싸움을 예상한 건 사실이었다. 같은 일이 벌어진 KTBC와 IBS도 작년부터 시작된 부당 해고 관련 소송이 아직 진행 중이었다. 사측이 1심에 불복해 항소하는 바람에 YBS에서도 최소한 항소는 기본이고 대법원 상고까지 갈 각오도 하고 있던 참이었다.

그런데 YBS에서 가장 먼저 백기를 들고 재심조차 포기했다는 건 좋은 신호였다. YBS 판결이 그렇다면, KTBC와 IBS 역시 사측에서 소송을 포기하거나 재심에서 노조가 승소할 확률이 높았다. 이미 바뀐 정권에서 계속 이전 스탠스를 고집하는 건 경영진에게 좋을 것이 없었다.

"이사들은 한꺼번에 그만두기로 얘기가 된 건가?"

석현이 조심스럽게 묻자 재희가 고개를 끄덕였다.

"이번에 방통위원장 교체되면서 공영방송 감사 빡세게 하겠다고 선포했잖아. 감사 시작되면 걸릴 게 한두 가지가 아니니까 버텼다가 못 볼 꼴 보기 전에 자진 납세하겠다 그거지."

호형이 뭔가를 생각하다 턱을 긁적였다.

"고광훈이랑 원종철은 왜 버틴대요? 안 털릴 자신 있나?"

문 앞의 테이블 위에 걸터앉은 재희가 대답했다.

"방통위원장 갈리면서 공영방송 뺏기게 생겼으니까 한선당에서 사임하지 말라고 압박 넣었다고 하더라고. 그런데 여론이 너무 안 좋으니까. 이사들 동문회 이런 데서도 욕 많이 먹었대. 어지간한 사람은 못 버티지."

"걔들도 결국 관두겠죠?"

"관둘 수밖에 없어. 노조에서 직원들에 대한 인격 모독하고 성희롱 건으로도 건 거 있고, 외부 용역 업체 써서 감사 사칭하고 사무실 턴 것도 걸어 놨잖아. 그것도 곧 결과 나올 거 아냐. 안 관둔대도 나머지 멀쩡한 사람들로 채우면 이사회에서 힘쓰기 어렵지. 시보국 정상화되면 더 그럴 거고."

재희의 말을 듣고 있던 희림이 기지개를 쭉 켜며 사무실 안을 둘러보았다.

"드디어 지하실 안녕이네요."

"근데 좀 시원섭섭하다. 여기도 엄청 정들었는데. 안 해 보던 거 하니까 재미도 있었고. 막상 끝낸다고 하니까 또 그러네."

예준이 웃자 철진이 예준을 거들었다.

"그치. 댓글 다는 사람들도 대선 끝나고 그러더라. 우리 방송국으로 돌아가는 건 좋은데, 프론트라인 더 못 보게 되는 건 서운하다고."

처음부터 시한부 프로젝트로 시작한 프론트라인 기획이 생각보다 반응이 좋아진 건 사실이었다. 이제 대한민국에서 인터넷을 할 줄 아는 사람 중 프론트라인이 뭔지 모르는 사람은 거의 없다고 해도 과언이 아닐 정도였다.

실시간으로 반응이 오는 방송은 팀원들에게도 새로운 경험이었다. 유튜브 댓글이나 SNS 팔로워들이 보내는 응원 메시지만도 하루에 적게는 수백 개, 많게는 수천 개씩이 쌓이곤 했다. 간혹 팀원들끼리 여기 익숙해지면 돌아가서 어떡하냐는 말을 농담처럼 할 때도 있었다.

"그래서 여러 가지로 생각 중이야. <BOB>에서 좋았던 거 <비하인드 24>로 가져다가 도입하면 어떨까 그런 생각도 있고. 우리 본방에서도 여기서 하던 것처럼 연출 템포 더 올려서 간다든가, 방송 끝나면 유튜브나 SNS 통해서 취재 뒷얘기 더 풀어 준다든가. 뭐 이런 건 일단 나중에 생각하자고. 국장님이 메일 보내셨는데, 개편 때 분위기 싹 갈아치울 생각 하시는 것 같더라고."

　재희도 그런 부분에 대해 여러 가지로 고민했던 모양이었다. 우선 돌아가게 되면 시사보도국 전체에도, 팀에도 여러 가지 변화가 일어날 건 분명했다. 사무실 안에 생기가 돌았다.

　"그럼 일단 부당 전보되거나 이런 사람들도 다 돌아오겠네."

　석현이 무심코 한 말에 예준이 갑자기 뭔가 생각났다는 듯 윤을 획 돌아보았다.

　"어, 그럼 김 피디 다시 <오늘의 요리> 가야 되는 거 아냐?"

　팀원들의 시선이 일제히 윤에게 쏠렸다. 갑자기 자신에게 돌아온 화제에 윤이 눈을 동그랗게 뜨자 찬수가 황급히 손을 휘적거렸다.

　"에이, 가긴 왜 가. 서 피디가 있는데."

　정언은 그 말에 즉시 얼굴을 구겼다.

　"내가 김 피디 묶어 놨어요?"

　"아아니, 뭐 그런 소리가 아니라……."

　찬수가 어물거리며 눈치를 살폈다. 애초에 윤이 <비하인드 24>로 오게 된 게 부당 전보 때문이었으니, 다시 돌아가겠다고 하면 막을 방법은 없었다. 내심 붙잡고 싶은 마음이야 다들 마찬가지여도 선뜻 가지 말라는 말을 꺼낼 수 없는 건 당연했다.

　"저 내쫓고 싶으세요?"

　윤이 묻자, 찬수가 그 말에 펄쩍 뛰며 손을 내저었다.

　"아니지, 아니지. 우리 팀에 지대한 공헌을 하는 김 피디를 어떻게 나가라고 하겠어. 솔직한 마음으로는 그냥 천년만년 우리랑 같이하자고 하고 싶은 마음이 굴뚝이지."

　"그러면 굴뚝에 계속 불 피우시면 될 것 같은데요."

윤이 씩 웃고는 대답했다. 재희가 짐짓 가슴을 쓸어내리며 예준에게 면박을 주었다.

"주 피디, 말이 씨가 된다고. 그런 말은 하기 전에 잘 생각해."

예준이 예에, 하고 말끝을 늘였다. 아무래도 조금만 더 내버려 뒀다가는 온갖 쓸데없는 소리들이 나올 것 같아, 정언은 서둘러 말을 돌렸다.

"검찰이 엄대진 구속영장 청구한 건 어떻게 됐어요?"

재희는 손목에 찬 시계를 확인하고는 별 의심 없이 고개를 까딱였다.

"오전 중으로 결과 나온다고 했으니까 곧."

"되겠지?"

"공판 제출 자료만 8천 페이지가 넘는다던데. 공소시효 만료된 건 제외하고도 혐의 인정될 건이 많고 증거 인멸 정황도 확실해서 구속될 거야."

더 볼 것도 없다는 투였다. 서온건설─엄대진 재조사 팀이 구성된 건 대선 직후였다. 모두가 예상한 대로 이정수 검사와 진형은 검사가 팀의 주축이었다. 한선당에서는 당연히 정치 보복이라며 반발했으나, 국민 여론을 꺾을 방법이 없었다.

그간 <비하인드 24>에서 관련 내용으로 취재한 자료들은 모조리 검찰에 증거로 제출되었다. <뉴스라이트>나 <데일리시사인 서울> 쪽도 마찬가지였다. 서현국 기자의 유품인 취재 자료의 사본도 전부 넘긴 뒤였다.

민주영 정부는 출범 직후 법무부장관과 대법원장, 헌법재판소장, 검찰총장을 전부 새로 임명하며 강도 높은 검찰 개혁을 예고했다. 이미 검찰 내부 조직에 뿌리 깊게 퍼져 있는 신환석계,

정확히 말하자면 엄대진계 인사들의 제거 작업이 이루어지는 중이었다.

엄대진의 소송을 담당하고 있는 법무법인 평진 내부에서도 전관예우고 뭐고 기대하기 어렵다는 말이 나온다는 판이었다. 게다가 이규완이 한선당 내부 정보를, 채기원이 서온건설과 페이퍼컴퍼니 정보를 싹 넘긴 바람에 발을 빼기도 쉽지 않았다.

엄대진은 아직도 대부분의 혐의를 안영균의 일탈로 주장하는 중이었다. 그러나 이미 검찰에서는 정보현과도 접촉을 마친 뒤였다. 정보현은 어게인라이프를 이용한 차명 계좌 관련 내용을 모두 진술했다.

언론에는 정보현이 자택에 남은 증거들을 제공했다는 정도로만 되어 있었다. 그러나 실제로는 그녀와 안영균이 신변에 대한 협의를 어느 정도 마친 뒤, 엄대진에 대한 정보를 검찰에 모조리 넘겼다는 것이 정설이었다.

상황은 엄대진에게 사면초가였다. 대부분의 전문가들은 엄대진의 구속과 중형 구형을 예상하고 있었다. 게다가 서온건설 게이트와 언론 탄압 공작, 사찰 등도 심각했지만 대중들에게 가십으로 소비되는 건 죽은 변순철 회장과 처형 변은화에 대한 엄대진의 살해 시도였다.

물론 엄대진은 혐의를 부인하고 있었으나, <조한일보>가 돌아선 데다 대중들이 이미 키워 준 장인 죽이고 처형까지 죽이려던 놈이라며 손가락질하는 마당이었다. 정치적으로 엄대진은 이미 끝난 것이나 다름없었다. 당내의 엄대진계 의원들 역시 마찬가지였다.

"한선당 엄대진계 반응 어때요?"

정언이 묻자 재희가 어깨를 으쓱했다.

"몸 사릴 수밖에 없지. 이규완이 검찰에 엄청나게 협조적이잖아. 엄대진계 내부에서도 경선 때 이규완 엮는 게 아니었다고 엄대진 판단 비난하는 의원들이 많대. 반 엄대진계 쪽에서는 완전 기회지, 뭐. 한선당에서 엄대진계 완전히 쫓아내든지 분당하든지 하는 쪽도 생각하는 것 같더라고."

"이규완도 뇌물 혐의 때문에 의원직 박탈당할 가능성 높은데, 분당하면 양쪽에서 리더 없이 분당하겠네요."

"콩가루 되는 거지, 뭐. 분당해 봐야 어차피 한 일이 년 버티다 도로 합치겠지만 돌아가는 꼴이 재밌으니까."

강 건너 불구경하는 사람처럼 내뱉은 재희는 기지개를 켰다. 그때 재희가 옆에 놓아둔 핸드폰에서 메시지 알림음이 울렸다. 핸드폰을 확인한 재희가 고개를 들었다.

"아, 빠르네. 인사위에서 문자 왔어."

그 말에 다들 자기 핸드폰으로 눈을 돌렸다. 징계 대상이었던 사람들 전원에게 온 메시지였다. 바로 다음 주부터 본래 팀으로 복귀하라는 짧은 메시지를 몇 번이고 읽던 찬수가 눈가를 문질렀다.

"실감이 안 난다. 기분이 진짜 이상해. 당연히 돌아갈 거라고 생각하고 온 덴데 막상 정리하려니까……."

그 모습을 본 예준이 질색을 하며 찬수의 어깨를 쳤다.

"어어, 왜 울려고 그래요? 늙어서 감상만 늘었어, 진짜."

웃음이 터지자 찬수가 민망한지 공연히 눈을 부라렸다.

"울긴 누가 울어, 이 새끼들아."

나오려던 눈물이 쏙 들어간 모양이었다. 그 모습에 푹 웃은 정언은 아 참, 하며 재희에게 물었다.

"그러면 KTBC랑 IBC는? 프론트라인 팀에서 YBS 팀들만 빠지는 거예요?"

"오늘 우리 판결났으니 그쪽 재심에도 영향 가겠지. 지금 회의 들어가서 어떻게 마무리할지 얘기해 봐야 될 것 같아. 일단 마지막 메시지 올릴 준비하고 있어."

대선 후부터 방송국 복귀는 시간문제였다. 때문에 <BOB> 마지막 회에 들어갈 메시지를 미리 준비하기 시작한 지 오래였다. 물론 당장 다음 주부터 복귀할 거라고 예상한 사람은 아무도 없었다.

다들 마음이 바빠졌는지 어떡하지, 하며 벽에 걸린 스케줄 보드를 확인하기 시작했다. 그때였다. 갑자기 사무실 문이 벌컥 열리더니 누군가가 고개를 들이밀었다.

"야, 강재희!"

기차 화통을 삶아 먹은 듯한 발성이었다. 문 바로 옆에 앉아 있던 재희가 화들짝 놀라며 움찔했다. 한동이었다.

"깜짝이야. 부장님, 회의실 안 가고 왜……."

안으로 들어선 한동은 다짜고짜 재희의 말을 싹둑 잘랐다.

"하여튼 내가 이 새끼 믿고 일 저질렀는데 결국 또 이렇게 된다니까."

씩씩거리는 한동의 얼굴에 재희가 의아한 표정을 했다. 팀원들의 시선이 한동에게 쏠렸다. 호사다마라더니, 혹시 무슨 안 좋은 일이라도 있나 싶어 덜컥 불안해졌다. 허리에 손을 짚은 한동이 잠시 숨을 고르더니 재희에게 삿대질을 했다.

"올해의 언론인상 서온건설—엄대진 게이트 보도한 <비하인

드 24> 팀하고 <뉴스라이트> 사회부 TF 공동수상이라고 연락 왔잖아! 야 이 새끼야, 넌 그 상 내 거라고 그렇게 장담을 하더니 기어이 공동수상을 가져가냐?"

심각하게 한동의 말을 듣고 있던 재희의 표정이 점점 환해졌다. 이게 무슨 소리인가 싶어 귀를 기울이던 팀원들이 다시 한 번 환호성을 터트렸다. 다음 순간 앉아 있던 테이블에서 풀쩍 뛰어내린 재희가 부장님, 하고 외치며 한동을 덥석 끌어안았다.

"인마, 떨어져! 징그러워!"

한동이 질색을 하며 재희를 밀어내려 했으나 소용이 없었다. 한동이 혀를 차고는 재희의 뒷머리를 툭툭 쳤다. 수고 많았다, 하고 툭 뱉은 한동의 얼굴에도 웃음이 번졌다.

◈

윤은 빈 노트를 펼쳐 놓은 채 한 손으로 턱을 괴고 앞을 뚫어지게 보았다. 대학 졸업 이후로는 한 번도 와 보지 않은 대형 강의실이었다. 간혹 곁에서 흘끔거리는 여학생들의 시선이 느껴졌으나, 윤은 모자를 더 눌러쓰며 앞을 주시했다.

강단에서 보기 드물게 정장과 풀 메이크업 차림으로 이야기를 하고 있는 건 바로 정언이었다. 윤이 와서 앉아 있는 이 대형 강의실은 윤의 모교 강의실이었다. YBS로 복귀한 이후, 팀원들에게는 자주 특강 요청이 들어오곤 했다. 특히 가장 많은 요청을 받는 건 재희와 정언이었다.

오늘은 윤의 모교에서 특강이 있는 날이었다. 정언이 따로 이 스케줄에 대해서 말하지는 않았으나, 학교 SNS를 통해 공지된

까닭에 우연히 알게 된 것이었다. 자신의 모교라 우연의 일치치
고는 재미있다는 생각이 들어 일부러 반차까지 내고 따라왔는
데, 물론 정언은 자신이 여기 앉아 있다는 사실을 새까맣게 모
르고 있었다.

"······미국 CBS 방송국의 <60minutes>는 1968년부터 현재까
지 방영중인 대표적인 탐사보도 프로그램입니다. 주제의 제한이
없고, 정치, 경제, 사회, 문화 전반에 걸친 이슈를 다루며 다양한
시청자층을 꾸준히 유지하고 있죠. 한국 탐사보도 프로그램은
대부분 그 출발부터 이 <60minutes>의 영향을 강하게 받았습
니다."

훈련이 잘 된 정확한 발음과 또렷한 목소리가 강의실 안을 채
웠다. 아직 방학 기간일 텐데도 강의실은 만석이었다. 특히 앞줄
에서 눈을 빛내며 열심히 정언의 말을 받아 적는 건 대부분 여
학생들이었다.

시사 프로그램 피디를 지망하는 여학생들에게 정언이 얼마나
좋은 롤 모델일지는 굳이 말로 하지 않아도 뻔한 것이었다. 원
래도 여성 팬들이 많은 정언이었다. 농담 반, 진담 반으로 호형
이 우리 중에 여자한테 인기 제일 많은 건 서 피디라며 볼멘소
리를 할 정도였다.

"<비하인드 24> 역시 처음에는 <60minutes>의 포맷을 참조
하면서 시작했습니다. 자리를 잡기까지 상당히 많은 실험을 거
쳤고요. 피디들이 중심이 되면서부터 지금의 스타일이 만들어졌
죠. 피디들이 무대 뒤의 감독을 벗어나 올라운드 플레이어로서
의 역할을 요구받으면서, <비하인드 24>가 나름대로 차별성 있
는 프로그램으로 성장할 수 있었던 겁니다."

정언은 곧 피디의 역할에 대해 설명했다. 이어서 <비하인드 24>의 구성이나 취재 과정, 애로사항, 앞으로의 방향을 이야기하는 동안 윤은 내내 정언에게서 눈을 떼지 않았다.

사실 말하는 내용은 거의 한 귀로 듣고 한 귀로 흘리는 중이었다. 정언의 그런 차림을 본 건 정언이 유란 내부 CCTV를 확보하려고 차세진 의원의 비서관인 척했던 날 이후로 처음이었기에, 윤에게 다른 건 크게 중요하지 않았다.

"이런 자리에 서는 건 낯설어서 도움이 됐을지 모르겠습니다. 이렇게 가까이서 미래의 후배들을 만날 수 있어 반가웠습니다. 지루했을 텐데 마지막까지 자리 지켜 주셔서 감사합니다. 여기까지 하겠습니다."

마침내 정언의 강의가 끝났다. 질문 받겠습니다, 하는 말이 끝나기도 전 여학생들이 앞다투어 손을 들었다. 곁에서 교수가 연신 그만 커트하라는 신호를 보내는데도 결국 삼십 분 가까이 질문을 모두 받아 준 정언이었다.

먼저 학생들을 내보낸 정언이 벗어 둔 코트를 입고는 노트북과 자료 따위를 정리하기 시작했다. 가장 뒷줄에 앉아 그런 정언을 지켜보던 윤은 마지막 학생이 나가는 것을 확인한 뒤 재빨리 손을 들었다.

"피디님, 질문 있습니다."

몸을 숙여 노트북의 어댑터 코드를 빼던 정언이 아직도 학생이 남아 있어 놀랐는지 이쪽을 보지도 않고 먼저 네, 하고 대답했다. 정언이 퍼뜩 고개를 든 건 다음 순간이었다. 익숙한 목소리라는 걸 깨달은 모양이었다.

윤이 쓰고 있던 모자를 벗으며 머리를 흩자, 눈을 가늘게 뜨며 이쪽을 빤히 쳐다보던 정언이 미간을 좁혔다.

"김 피디?"

씩 웃은 윤은 자리에서 일어나 강단으로 뛰어 내려갔다. 정언의 노트북과 자료가 든 가방을 대신 정리해 주는 사이, 정언이 황당하다는 표정으로 윤을 마주 보았다.

"여긴 어떻게 알고 왔어?"

윤은 대답 대신 팔짱을 끼며 심각한 표정으로 되물었다.

"특강 마치고 스케줄이 어떻게 되시죠?"

"그게 왜 궁금한데?"

"스케줄 비어 있으면 데이트 신청하려고요."

정언이 대답 대신 등을 한 대 툭 때렸다. 아픈 척을 한 윤은 정언의 백팩을 대신 메며 나가자는 손짓을 했다. 강의실을 나서 캠퍼스를 가로질러 가는 동안, 정언이 궁금한지 재차 윤에게 물었다.

"나 오늘 여기 오는 거 어떻게 알았냐고."

"SNS에 선배가 특강한다고 광고 엄청 했던데요. 왜 말씀 안 하셨어요?"

그렇게 정보가 새어 나갔을 줄은 생각도 하지 못한 듯했다. 정언이 드물게 민망해하는 얼굴을 하며 투덜거렸다.

"아 씨, 쪽팔리게."

"엄청 멋있었는데 왜요. 뒤에서 보는데 심장 떨려 죽는 줄 알았어요."

정언이 눈을 가늘게 떴다. 윤은 장난스럽게 왼쪽 가슴 위를 두어 번 문질렀다.

"아직도 뛰는데요. 선배 이렇게 입는 거 볼 기회가 없어서 그런가."

"안됐네, 이게 처음이자 마지막일 텐데."

농담인지 진담인지 분간이 안 가는 말투였다. 정언이 아주 특별한 날 아니면 이런 차림을 하지 않는다는 건 윤도 잘 알고 있었다.

"영광인데요. 선배 인생에 한 번밖에 없는 순간을 제가 본 거 아니에요. 더 못 보기 전에 한 장만 찍어 두면……."

짐짓 감동받은 양 대답하며 손으로는 서둘러 핸드폰을 꺼내려 하자, 정언이 윤의 손등을 찰싹 쳤다. 하하, 하고 웃고는 따끔한 손등 위를 문지른 윤은 화제를 돌렸다.

"점심 아직 안 드셨죠?"

"응."

"저 이 근처 맛있는 집 많이 아는데, 뭐 드시고 가실래요?"

윤의 말에 정언이 고개를 약간 기울였다.

"여기 잘 알아?"

"저희 학교니까 잘 알죠."

생각도 못 한 말이었는지 정언이 눈을 동그랗게 떴다. 정언의 손을 잡고 정문을 나선 윤은 길 건너편의 상점가를 가리켰다.

"저 학교 다닐 때 여기 꽉 잡고 있었다니까요. 선배가 저희 학교 간다고 돼 있길래 반차 쓰고 쫓아온 거예요."

"재밌는 우연이네, 몰랐는데."

"그럴 땐 인연이라고 할걸요. 드시고 싶은 거 없으세요?"

솜씨 좋게 받아친 윤이 묻자 정언이 손을 저었다.

"시간이 애매해서 금방 저녁 될 것 같아. 차나 한 잔 마시자."

"그럼 저 자주 가던 카페 있는데 거기 가요. 아직도 있을지 모르겠다."

신호가 바뀌기 무섭게 정언을 끌고 길을 건넌 윤은 주위를 두리번거렸다. 졸업한 지 몇 년이 지나 기억과는 군데군데 달라지기는 했으나, 여전히 익숙한 거리였다. 큰길가 사이의 골목으로 접어들자 학생들로 북적거리는 대로변과는 달리 한적한 동네가 나타났다.

다행히 카페는 그대로였다. 오래된 건물 2층의 카페 문을 열자, 아직 낮인데도 조도 낮은 조명에 재즈풍의 경음악이 먼저 두 사람을 반겼다. 방학 시즌이라 그런지 카페 안은 한산했다. 조용하고 분위기가 좋아 밥 먹듯 드나들던 곳이었다.

늘 앉던 구석 창가 자리에 앉자 종업원이 메뉴판을 들고 가까이 다가왔다. 메뉴판을 보지도 않고 아메리카노 두 잔을 주문한 윤은 턱을 괴며 창밖을 보았다.

"저 여기 진짜 많이 왔거든요. 되게 좋아하던 집인데 안 없어져서 다행이네요."

카페 안을 둘러보던 정언이 등받이 높은 소파에 기대며 팔짱을 끼었다.

"여자 친구랑?"

짓궂은 말투였으나 속내를 짐작하는 건 어렵지 않았다. 정언에게 시선을 돌린 윤은 슬몃 입매를 끌어올렸다.

"은근히 과거 얘기 자주 물어보는 거 아세요? 선배는 남자 친구 어디서 만나셨는데요?"

"노코멘트."

"이것 봐, 맨날 저만 털리잖아요. 불리하게."

고개를 까딱이며 짧게 대답하는 정언에게 툴툴거리자 정언이 되물었다.

"불만이야?"

"아뇨. 반한 놈이 죄인이죠, 뭐."

윤은 즉시 백기를 들었다. 곧 커피 두 잔이 앞에 놓였다. 정언이 피식 웃고는 말없이 커피를 마셨다. 갓 내린 커피 향이 순식간에 고요한 카페 안을 채웠다. 커피를 몇 모금 마시던 윤은 컵을 내려놓았다.

"아침에 일찍 나오셨어요?"

가까이서 마주 앉아 있으니 어두운 조명에서도 피곤한 기색인 것이 눈에 들어왔다. 정언이 눈가를 문지르며 대답했다.

"자료 준비하고…… 길 막힐까 봐 좀 일찍 나왔어. 그냥 과 단위 특강은 몇 번 갔었는데, 강의실이 커서 그런지 좀 긴장되던데. 실수하면 어떡하나 싶어서."

"밤에도 못 주무신 것 같은데요. 방송은 그렇게 잘하시면서."

"스튜디오에서 찍는 거랑은 다르더라고."

대답한 정언이 커피를 마시다 말고 자신을 뚫어지게 보는 윤의 시선을 느꼈는지 의아한 표정을 했다.

"왜."

"신기해서요. 선배도 긴장을 하긴 하는구나 싶어서."

"나도 사람이야."

"그러니까요."

씩 웃은 윤은 정언을 가만히 마주 보았다.

"좋은데요. 선배 이러는 거 아무나 못 보잖아요."

정언이 들고 있던 컵 너머로 윤을 응시하더니 눈으로 웃었다. 정언이 자신 앞에서는 확실히 느슨하다는 걸 확인하는 순간이면 묘한 감정이 밀려들었다. 물론 아직도 때로 조금 더 기대 줬으면 싶을 때가 훨씬 많다는 걸 부인할 수는 없었다. 그러나 지금 정언에게 가장 가까이 있는 사람이 자신이라는 건 의심의 여지가 없는 사실이었다. 음악 좋네, 하고 혼잣말처럼 중얼거린 정언이 말없이 남은 커피를 홀짝였다.

이렇게 한가한 오후는 오랜만이었다. YBS로 돌아온 뒤로 아직 방송은 시작하지 않았지만 그렇다고 일이 없는 건 아니었다. 복귀한 선경은 시사보도국 전체의 체질 개선이 필요하다고 판단하고 있었다.

교체된 이사진과 유동욱 사장은 이전 정부와 한선당에서 손을 댄 인사들을 경질시켰다. 그 자리에 새 인물들을 채워 넣는 것만 해도 큰일이었다. 아직 어수선한 분위기 속에서 재희는 내내 선경과 다이렉트로 <비하인드 24> 리뉴얼에 대한 이야기를 진행하고 있었다.

팀에서도 <BOB> 때의 노하우를 바탕으로, 지금까지 유지해 온 방식에 변화를 주고 공백기 동안 떨어진 시청자들을 다시 끌어올 방법에 대해 거의 매일 회의가 이루어지는 중이었다. 따뜻한 컵 위를 손끝으로 만지작거리던 윤은 입을 열었다.

"저녁은 선배 집에서 먹을까요? 그러면 저녁 먹고 바로 쉬실 수 있잖아요."

거의 다 마셨는지 컵을 내려놓은 정언이 손끝으로 눈썹 위를 문질렀다.

"귀찮잖아."

"안 귀찮아요. 파스타 해 드릴게요. 괜찮죠?"

눈을 반짝거리는 윤의 얼굴에 정언이 가벼운 한숨을 쉬었다.

469

지금처럼 여유가 있는 날이면 서로의 집에서 식사를 할 때가 종종 있었다. 그러나 어디서 밥을 먹든 윤이 부엌에 정언을 가까이 오지도 못하게 하는 건 마찬가지였다.

때문에 가만히 앉아 남의 호의를 받는 일이 익숙하지 않은 정언의 성격에는 그게 가끔 미안하고 부담스러운 듯했다. 물론 그렇다고 해서 윤이 정언에게 마음 편하라고 일 시킬 생각은 추호도 없는 건 당연했다.

"커피 마시고 마트 들렀다가 가요."

윤은 이미 신이 난 채였다. 말려도 안 들을 게 뻔하다는 걸 알았는지, 정언이 좋을 대로 하라는 얼굴로 손을 휘적였다. 정언이 커피를 다 마시자마자 먼저 계산을 하고 돌아온 윤은 정언을 끌고 카페를 나섰다.

다시 학교 주차장으로 돌아간 두 사람은 정언의 차로 집 근처 마트에 들렀다. 마트에 오는 동안 내내 머릿속으로 쇼핑 리스트를 짰던 윤은 전투적으로 카트를 채웠다. 양손에 들어야 할 정도로 잔뜩 장을 본 윤이 정언과 집에 들어온 건 채 삼십 분도 지나지 않아서였다.

윤은 집에 들어오자마자 산 물건들을 식탁 위에 늘어놓고 정리하며 정언에게 말했다.

"준비하는 데 시간 좀 걸려요. 먼저 씻고 잠깐 쉬고 계세요."

이미 정언의 집 부엌은 자신의 집 부엌만큼이나 익숙했다. 바로 손을 씻은 윤은 정언이 뭐라고 대답하기도 전, 싱크대 찬장을 열어 냄비를 꺼내고는 물을 받아 인덕션 위에 올렸다.

물이 끓는 사이 양파와 깐 마늘, 베이컨, 새우, 버섯 따위의 재료들을 익숙하게 손질한 윤은 바로 팬을 꺼내 예열하고는 오일을 둘렀다. 물이 끓기 시작한 냄비에 파스타를 한 줌 쥐어 집어넣고는 팬에서 재료를 볶자, 작은 집 안으로 순식간에 고소한 냄새가 퍼졌다.

윤이 자주 정언의 집을 드나들게 된 이후, 언제든 떠날 사람이 잠시 머무는 것 같았던 이 공간에는 점차 생활감이 깃들기 시작했다. 윤은 그게 이런 순간 때문이 아닐까 때로 생각하곤 했다. 평범한 일상이 정언의 삶에 스며드는 순간들. 거기 자신이 있다는 게 좋았다.

윤이 딱 맞게 익은 면을 건져 팬에 넣고 소스와 함께 볶는 동안, 때마침 젖은 머리를 수건으로 감싼 정언이 욕실에서 나와 윤의 어깨 너머를 기웃거렸다. 뒤를 돌아본 윤은 인덕션을 끄고는 정언을 식탁 앞에 앉혔다.

찬장에서 접시 두 개를 꺼내 다 된 파스타를 나눠 담은 윤은 정언과 마주 앉았다. 턱을 괴고 윤을 물끄러미 응시하던 정언이 픽 웃는 소리를 냈다. 윤이 포크로 파스타를 돌돌 말다 말고 의아한 표정으로 눈을 들자, 정언이 손을 뻗어 윤의 머리칼을 흩었다.

"이런 남자가 왜 날 좋아하지?"

장난처럼 내뱉은 말이었으나 얼핏 비친 진심을 알아채는 건 쉬웠다. 정언이 그런 말을 하는 건 드문 일이었다. 아직 젖어 있는 정언의 머리칼에서 습하고 옅은 향이 스쳤다. 공기가 살짝 당겨지는 감각은 언제나 심장 부근을 간질거리게 만들었다.

부러 한숨을 쉰 윤은 쥐고 있던 포크 끝으로 접시 가장자리를 톡톡 쳤다. 금속과 도기가 만나며 생기는 맑고 가벼운 소리는 순식간에 흩어졌다.

"굳이 지금 그런 말씀 하시는 건 인내심 시험이죠?"

정언이 무슨 소리를 하느냐는 얼굴로 눈썹을 좁혔다.

"저녁이고 뭐고 나쁜 짓 하고 싶어지는데요."

"한겨울에 패딩 없이 길거리로 쫓겨나는 나쁜 짓 당하기 싫으면 얌전히 먹기나 해."

느물거리는 윤의 수작을 가차 없이 자른 정언이 앞에 놓인 파스타를 먹기 시작했다. 짐짓 입을 삐죽거리자 정언이 애써 웃음을 참는 게 눈에 들어왔다. 물론 씨알도 안 먹힐 소리라는 건 알고 했지만, 백 퍼센트 농담은 아니었다.

하여튼 남의 속도 모르고, 하며 속으로 투덜거린 윤은 서둘러 파스타를 먹었다. 언제나처럼 알덴테를 살짝 넘긴 부드러운 면과 신선한 재료, 올리브 오일이 이루는 담백한 하모니는 스스로 평가하기에도 꽤 그럴듯한 것이었다. 소박하지만 여유로운 저녁의 성찬으로는 더할 나위 없었다.

짧은 식사를 마친 정언이 자리에서 일어나 먼저 커피를 내렸다. 산미가 적고 향이 풍부한 커피는 두 사람 모두의 취향이었다. 커피를 한 모금 마시던 정언은 아직 젖은 머리칼이 거슬렸는지 손끝으로 무심결에 그 끝을 만지작거렸다.

그것을 본 윤은 자리에서 일어나 화장대 위에 놓여 있던 헤어드라이어를 가져왔다. 정언이 손을 내밀었으나 윤은 고개를 흔들었다.

"제가 할게요."

이런 기회는 아무 때나 오는 게 아니었다. 윤이 그런 걸 놓칠 리 없었다. 정언이 뭐라고 하기도 전, 윤은 정언의 등 뒤로 의자를 가져다 놓고 앉았다. 드라이어를 켜자 따뜻한 바람이 쏟아졌다. 윤은 조심스럽게 정언의 머리칼을 말리기 시작했다.

손안에서 부드러운 머리칼에 맺힌 습기가 날아가 흩어졌다. 열기 사이로 희미한 플로랄 향의 입자가 떠돌았다. 손가락 사이 사이로 흘러내리는 새까만 머리칼의 감각은 매번 낯설었다. 창백한 목덜미 위를 겨우 절반쯤 덮는 짧은 머리칼은 쉽게 말랐다.

손끝이 귓가며 뺨, 목덜미를 스칠 때마다 서늘한 체온이 닿았다 떨어졌다. 거의 다 마른 머리칼을 모아 올려 찬바람으로 마저 남은 습기를 날리는 동안, 목에서 어깨로 떨어지는 가느다란 선에 시선이 머물렀다.

윤은 쥐고 있던 머리칼을 풀어 주고는 드라이어를 꺼 식탁 위에 내려놓았다. 드라이어 소리가 사라진 집 안은 순식간에 고요해졌다. 약간 흐트러진 머리칼을 만져 마저 정리해 준 윤은 뒤에서 팔을 뻗어 정언을 안았다. 목덜미에 코끝을 살짝 부비자 정언이 움찔하는 것이 느껴졌다. 들이쉰 숨으로 비누 향 같은 것과 눈의 냄새가 뒤섞였다.

윤은 정언을 안은 팔에 조금 더 힘을 주었다. 정언은 윤을 밀어내지 않았다. 정언의 손가락 끝이 셔츠 소매 위로 윤의 팔을 덧그리듯 천천히 움직였다. 간질간질한 감각이 좋았다. 윤이 나지막하게 속삭였다.

"선배 머리가 더 길었으면 좋겠어요."

"왜. 긴 머리가 취향이야?"

대수롭지 않게 되묻는 목소리에 웃음이 터졌다. 윤은 정언의 등에 이마를 대며 쿡쿡거렸다.

"아뇨. 단발이니까 너무 금방 마르잖아요. 이러고 있는 거 좋은데."

윤은 오랫동안 그대로 앉아 있었다. 조용하게 가라앉은 집 안에서 감각들은 예민해졌다. 윤은 나지막하게 엇갈리는 숨소리, 싱크대의 수전에서 떨어지는 물방울 소리, 닫힌 창밖으로 멀리 지나는 둔탁한 자동차 소리 따위를 차례로 인식했다.

심장 뛰는 소리가 민감한 고막 위를 두드렸다. 아마 보나마나 자신의 것일 게 뻔했다. 애는 왜 이렇게 제멋대로지, 속으로 생각했으나 이런 순간에 뜻대로 제어가 될 리 없었다.

정언 역시 그런 윤을 눈치챈 듯했다. 한동안 윤을 그대로 내버려 두던 정언이 몸을 돌려 마주 앉았다. 무릎이 닿는 거리에서 윤이 거의 반사적으로 몸을 내밀자, 정언이 윤의 어깨를 잡아 멈추게 하고는 손끝으로 이마를 툭 밀었다.

"이제 정리해야 쉬지."

폭 웃은 윤은 몸을 일으켰다. 그릇에 손을 대려는 정언을 막으며 서둘러 식탁 위와 싱크대를 치운 윤은 후다닥 설거지를 마쳤다. 찬장에 그릇과 조리도구들을 정리해 넣고 문을 닫자, 그새 침대에 웅크리고 앉아 무릎에 얼굴을 파묻은 정언의 모습이 보였다.

조심스럽게 침대 가장자리에 앉자 정언이 퍼뜩 고개를 들었다. 그 잠깐 사이 깜빡 졸았던 모양이었다. 윤이 손을 뻗어 정언의 뺨을 만지자, 정언이 희미하게 웃고는 중얼거렸다.

"오늘은 진짜 피곤한데."

"아무 말도 안 했는데요."

"얼굴에 다 적어 놨잖아."

여상한 말에 뜨끔해진 건 어쩔 수 없었다. 일생을 포커페이스 따위와는 연 없이 살아온 윤이었다. 그렇게 티가 났나, 부질없이 자문한 윤은 입을 삐죽 내밀었다.

"모른 척해 주실 수도 있는 거 아니에요?"

"알아 달라고 써 붙인 줄 알았는데?"

정언이 팔짱을 꼈다. 침대 위로 올라앉은 윤은 투정부리듯 몸을 앞으로 조금 내밀었다.

"이번 주에 처음 이렇게 둘이 있는 거 아세요? 오늘도 제가 안 쫓아왔으면 못 만났잖아요. 아직 방송 전인데 선배는 뭐가 그렇게 바쁘신데요, 속상하게."

"김 피디는 놀고 있어, 그럼?"

"그런 건 아니지만 시보국 개편 시작하면 더 바빠지는데……."

"그때 되면 좋든 싫든 사무실에서 하루 종일 볼 텐데 뭐가 문제야."

"사무실에서 이러고 있을 수는 없잖아요."

윤의 말에 정언이 기가 찬다는 표정으로 되물었다.

"제정신이야?"

"제정신 아닌 거 아시면서."

대꾸한 윤은 풀썩 옆으로 누웠다. 무릎을 모아 안은 정언이 그 위에 턱을 올려놓고는 모로 누운 윤을 내려다보았다. 윤은 손을 뻗어 정언의 손끝을 만지작거리며 눈을 반짝였다.

"자고 가도 돼요?"

"벌써 남의 침대에 누워서 할 말은 아니지 않나?"

정언이 되물었다. 윤이 여기 왔을 때부터 이미 이렇게 될 줄 알았다는 투였다. 그건 그렇죠, 하고 뻔뻔하게 대답하자 정언이 고개를 절레절레 저었다. 윤의 어깨를 툭툭 쳐 일어나게 한 정언은 등을 떠밀었다.

"가서 씻어, 이러다 자지 말고."

물론 윤은 그 말을 기꺼이 따랐다. 서둘러 씻고 정언의 집에 놓아둔 옷으로 갈아입고 나오자, 정언은 그새 침대에 누워 있었다. 거실의 불을 끈 채 침대 옆에 켜 둔 조도 낮은 스탠드 빛이 사물의 윤곽을 슬머시 흐렸다.

윤은 비워진 침대 한쪽으로 파고들어 정언을 가만히 보았다. 베개에 오른쪽 얼굴을 파묻은 채 나른하게 자신을 마주 보는 눈과 시선이 마주쳤다. 윤은 손끝으로 정언의 뺨과 머리칼을 만지며 속삭이듯 물었다.

"내일도 바쁘세요? 사무실 출근하시려고요?"

정언은 그 말에 고개를 가로저었다.

"아니. 내일은 쉬려고."

말끝이 이미 잠겨들고 있었다. 긴장했다는 소리가 빈말은 아니었던 듯했다. 눈을 깜빡이는 속도가 점차 느려졌다. 윤은 그 얼굴에 낮게 웃었다.

"선배 벌써 졸린데요?"

"말했잖아, 피곤하다고."

"조금만 놀아 주시면 안 돼요?"

윤이 한 뼘 더 가까워진 통에 시트가 바스락대는 소리를 냈다. 윤을 빤히 응시하던 정언이 윤의 코끝을 가볍게 쥐고 흔들었다.

"나 빨리 쉬어야 되니까 집에서 저녁 먹자면서?"

그 말에 뜨끔해진 윤이 입을 다물자 정언이 작게 하품을 하고는 눈가를 찡그렸다.

"노는 건 내일 합시다, 김 피디님."

"여기서는 이름 불러 주기로 하셨잖아요. 선배가 김 피디라고 부를 때마다 무슨 말을 못 하겠어요."

윤이 투덜거리자 정언이 픽 웃는 소리를 냈다.

"그런 것치고는 하고 싶은 말 다 하잖아. 무슨 말을 더 하고 싶은데."

"알고 싶으세요?"

"아니."

잠이 묻은 목소리로도 정언은 단호하게 그 말을 거절했다. 웃음이 터진 윤은 몸을 반쯤 일으켜 정언에게 입을 맞췄다. 연신 쪽쪽대며 귀찮게 굴자, 몇 번 밀어내는 시늉을 하던 정언은 결국 포기한 듯 한숨을 쉬고는 윤을 마주 보았다.

"김윤, 까불래?"

"저 아직 시작도 안 했어요."

그 말에 정언이 애써 터지려는 웃음을 참는 게 빤한 얼굴로 엄하게 내뱉었다.

"계속 기어오르지?"

"진짜 기어오르는 거 뭔지 보여드려요?"

순식간에 양팔을 짚어 정언을 가두며 위에서 내려다보자, 정언의 창백한 얼굴 위로 어둡게 그늘이 졌다. 그렇지 않아도 희미한 표정들은 쉽게 그림자 속으로 숨겨졌다. 윤은 물끄러미 그 어둠 속의 눈동자를 응시했다.

무슨 생각을 하는지 아래서 윤을 올려다보던 정언이 곧 낮게 웃었다. 윤이 왜요, 하고 묻자 정언이 대답 대신 윤의 얼굴을 만졌다. 서늘한 손가락이 이마와 눈썹, 눈가와 뺨을 덧그리다 내려와 입술에 머물렀다.

얇고 민감한 피부 위로 스치듯 천천히 움직이는 손끝에, 윤은 더 참지 못하고 정언의 손을 쥐었다. 입술 사이에서 스미는 숨이 달떴다. 정언이 한숨처럼 중얼거렸다.

"하여튼 진짜 쓸데없이 잘생겼어."

"오늘 무슨 날이에요?"

안 하던 소리를 오늘따라 자주 하는 걸 보니 내 생일이었나, 하고 머릿속을 되짚어 보았으나 생일까지는 아직도 한참이었다. 그 말에 기어이 정언에게서 웃음이 터졌다. 휘어지는 눈가에, 그새 빨개진 귀 끝에, 다시 입술 위에 가벼운 키스를 건넨 윤은 입술을 댄 채 속삭였다.

"선배는 선배가 예쁘다는 거 왜 모르시는지 가끔 진짜 궁금하던데."

"본인 눈에나 그렇다는 건 알고?"

숨소리로 돌아온 질문에 윤은 정언의 목덜미로 얼굴을 파묻으며 대답했다.

"진짜 제 눈에만 그러면 좋겠는데 아니라서 미치겠다니까요."

정언의 손끝이 뒷머리를 감싸 왔다. 듣기 좋은 웃음소리가 귓가에서 흩어졌다. 윤은 손을 뻗어 스탠드를 마저 껐다. 미처 커튼을 치지 못한 창밖에서 도시의 불빛이 흘러들었다. 충분히 밝은 것 같았고, 또 충분히 어두운 것처럼도 느껴졌다. 어느 쪽이든 좋았다.

"이따 점심엔 뭐 먹지? 어우, 누가 아침마다 점심, 저녁 메뉴 좀 정해 줬으면 좋겠어."

예준이 기지개를 켜며 벽에 걸린 시계를 보았다. 그 말에 호형이 그러니까요, 하고 맞장구를 쳤다. 두 사람의 대화를 들으며 서류를 보고 있던 재희가 고개를 들며 대꾸했다.

"그러라고 구내식당 있는 거 아냐."

"아, 그래도요. 가끔 나가서 먹고 싶은데 그때마다……."

항변하는 호형은 아랑곳 않고 재희가 안경을 고쳐 쓰더니 문쪽을 가리키며 말을 끊었다.

"지금 누가 계속 앞에서 기웃거리지 않아? 문 좀 열어 줘 봐."

그 말에 윤은 무심코 문 쪽으로 고개를 돌렸다. 아니나 다를까, 재희의 말대로 누가 사무실 앞에서 연신 서성대는 것이 눈에 들어왔다.

자리에서 일어난 호형이 쪼르르 뛰어가 문을 열었다. 처음 보는 남자 두 사람이 양손에 뭔가를 잔뜩 들고 서 있다가 문이 열리자마자 어, 하며 얼른 안으로 들어왔다.

"무슨 일이시죠?"

당황한 호형이 앞을 막자, 대답 대신 한 남자가 되물었다.

"서정언 피디님 안에 계십니까?"

뜬금없이 정언을 찾는 통에 멈칫한 윤은 몸을 젖혀 그쪽을 보았다. 기억을 더듬어 봐도 누구인지 영 생각이 나지 않았다. 호형이 약간 경계하는 얼굴로 남자들을 훑어보았다.

"지금 외근 나갔는데요. 누구시죠?"

"아, 저희 배우 한승주 씨 매니저인데요."

남자가 황급히 주머니에서 명함을 꺼내 내밀었다. 명함을 받아 든 호형이 한승주, 하고 중얼거리더니 곧 눈을 휘둥그렇게 떴다.

한승주라면 요즘 한창 잘나가는 젊은 배우였다. 무명 아이돌 그룹의 멤버였던 한승주는 재작년 오디션으로 한 드라마의 조연에 캐스팅되면서 주목받기 시작했다. 두 작품 만에 주연으로 올라와, 요즘은 가장 핫한 남자 배우 반열에 늘 이름을 올리는 편이었다.

<비하인드 24>에서 개편 방향이 결정된 이후 가장 먼저 다루기로 한 아이템은 사내 미술센터 비정규직들의 실태였다. 900회 방송을 진행하면서 스튜디오 세트를 설치할 때 재희가 센터장과 이 부분에 대해 방송에 내보내 주기로 약속을 한 까닭이었다.

회사가 정상화되어 가고는 있었으나 아직 이 문제가 해결되지 않았고, 다른 방송국도 사정은 마찬가지였다. 심지어 최근 한 케이블 방송사에서 스탭이 무리한 스케줄에 세트를 서둘러 설치하다 큰 사고가 발생한 적도 있어, 한 번 짚고 넘어가는 게 좋겠다고 얘기가 된 터였다.

이 아이템에 대해 회의를 하던 도중 방송계 전반에 걸친 부당 계약에 관련된 이야기가 나왔고, 정언이 그 아이템을 맡기로 해서 취재 중이었다. 오늘 오전 외근도 그 때문이었다.

한승주는 정언의 취재원 중 하나였다. 아이돌 활동 당시 계약한 회사가 블랙기업이라, 부당 계약 사례에 대해 수소문하던 중 한 예능국 피디가 소개해 준 것이었다.

서브인 윤도 당연히 취재 내용에 대해서는 이미 잘 알고 있었다. 다만 윤이 알기로는 정언이 한승주를 취재로 만난 건 두 번뿐이었다. 정언의 성격상 개인적인 이야기를 나누거나 했을 리도 없었다. 때문에 굳이 왜 사무실까지 매니저들이 정언을 찾아왔는지는 모를 노릇이었다.

매니저들이 사무실 안에 들고 온 물건들을 내려놓고는 고개를 꾸벅 숙였다.

"승주 씨가 <비하인드 24> 서정언 피디님 팀에 이것 좀 갖다 드리라고 해서요. 이번에 저희 촬영팀에 돌린 건데, 저번에 감사했다고 이 팀에도 꼭 좀 전해 달라고 했습니다."

"아, 네."

호형이 얼떨떨한 얼굴로 대답하자 매니저들은 잘 부탁드립니다, 하고 다시 한 번 인사를 하며 사라졌다. 문이 닫히기 무섭게 팀원들이 몰려들었다.

"이게 뭐야?"

철진이 기웃거리며 묻자 그새 쭈그리고 앉아 쇼핑백을 뒤적이던 성옥이 고개를 들었다.

"도시락인데요."

도시락이라는 말에 예준이 반색했다.

"아니, 나 점심 고민하던 거 어떻게 알았지?"

"이거 호텔 레스토랑 도시락이에요."

성옥이 도시락 위를 가리켰다. 말마따나 한눈에 보기에도 고급스러운 도시락 위로 두른 띠에는 레스토랑 로고와 호텔 이름이 동시에 박혀 있었다. 개당 몇 만 원쯤은 우습게 넘길 법한 고급 도시락이었다.

그새 곁에서 다른 쇼핑백을 뒤적이던 철진이 안에 든 박스를 열어 보더니 고개를 갸웃했다.

"화장품 세트? 이건 뭐냐?"

부리나케 달려온 민혜가 철진의 손에 들린 박스를 보더니 어머, 하며 만면에 화색을 띠었다.

"이거 한승주가 선전하는 거잖아. 이거 이렇게 세트면 되게 비싸던데. 안 그래도 기초 똑 떨어졌는데 웬일이니."

"와이프 갖다 주면 난리 나겠네. 요새 걔 나오는 드라마 완전 빠져 사는데."

철진이 웃으며 투덜거리기라는 신기술을 선보이는 사이, 작가들은 옹기종기 모여 화장품 세트를 구경했다. 그새 말없이 다가오더니 벌써 도시락 하나를 열어 맛을 보던 석현이 의아한 얼굴로 물었다.

"근데 서 피디가 취재하면서 뭘 얼마나 잘 해줘서 이걸 우리 팀에 주지?"

"그러게. 입사한 이래로 이런 거 받아 본 기억이 없는데. 욕먹고 계란 던지는 건 맞아 봤어도 이런 건 또 처음이네. 서 피디 성격에 뭐 막 그럴 애가 아닌데 뭘 어쨌길래 이래?"

예준이 고개를 갸웃거렸다. 다들 그러게, 그러게, 하며 그제야 뭔가 이상하다고 생각한 듯 한마디씩 보탰다. 물론 윤 역시 마찬가지였다. 취재 때문에 고작 두 번 만난 게 전부인 취재원이, 그것도 연예인이 드라마국도 예능국도 아닌 시보국 피디에게 이런 걸 줄 만한 이유가 뭔지 도무지 떠오르지 않았다.

그때 사무실 문이 열리며 정언이 들어섰다. 정언은 안으로 들어오자마자 걸음을 멈췄다. 자리에 있어야 할 팀원들이 죄다 문 앞에 서 있는 통에 놀란 모양이었다.

이건 뭐야, 하는 얼굴로 주위를 둘러보던 정언의 시선이 바닥에 놓인 도시락으로 떨어졌다.

"웬 도시락? 누가 시켰어요?"

정언이 의아하다는 투로 묻자 성옥의 책상 위에 걸터앉아 있던 재희가 대답했다.

"하여튼 양반 못 돼. 한승주가 매니저 시켜서 서 피디 갖다 주라고 그랬다는데?"

"한승주? 왜?"

정언이 눈을 동그랗게 떴다. 정언도 짐작 가는 이유가 없는 모양이었다. 그 표정을 본 순간 윤은 미묘하게 뭔가가 마음에 걸리는 기분이 되었다. 그게 뭔지 설명할 수는 없었으나 기분이 썩 좋지는 않았다. 재희가 어깨를 으쓱해 보였다.

"그걸 왜 우리한테 물어봐, 만난 사람이 알겠지. 저번 취재 때 고마웠다고 전해 달라던데?"

"그래요?"

정언은 머릿속으로 기억을 되짚는 듯 잠시 생각에 잠겼다가 몸을 숙여 도시락 하나를 집어 들어 이리저리 돌려 보았다.

"맛은 있겠네. 비싸 보이고."

민혜가 곁에서 수상하다는 표정을 하며 정언의 옆구리를 팔꿈치로 쿡쿡 찔렀다.

"정언, 이거 진짜 왜 주는 건지 몰라? 뭐가 그렇게 고마웠대?"

"모르겠는데요."

정말 생각나는 게 없는 모양이었다. 재희가 팔짱을 끼며 턱을 만지작거리다 심각한 표정으로 끼어들었다.

"이거 혹시 한승주가 작업 거는 거 아냐?"

순간 심장이 덜컥 내려앉은 윤은 저도 모르게 재희를 보았다. 방금 느낀 그 미묘한 기분이 뭔지 깨달은 탓이었다. 다른 의도가 있다는 직감. 그냥 웃어넘길 수도 있는 일이었지만 어쩐지 그렇게 되지 않았다.

"선배 뭐 잘못 먹었어요?"

재희가 자신을 놀리는 거라고 생각했는지 정언이 대번에 인상을 구겼다. 에이 설마, 하고 믿을 수 없다는 표정을 하던 호형이 정언의 곁에 서 있던 윤에게 시선을 옮기더니 눈을 가늘게 떴다.

"아니지. 설마가 사람 잡긴 하잖아. 난 진짜 김 피디가 그럴 줄 꿈에도 상상 안 했다. 서 피디한테 뭔가 마성의 매력이 있을 수도 있지."

"하긴 그러지 말라는 법 없긴 하네. 서정언이 뭐가 빠져. 한승주 걔 뭐 잘생겼어? 인물이야 강재희나 김윤이 훨씬 낫지. 연예인이 뭐라고 그래. 진짜 애가 맘에 들어서 그럴 수도 있잖아."

현진까지 한마디 거들자 정언이 기가 찬다는 표정으로 손을 내저었다.

"됐어요, 됐어. 한승주 몇 살인지는 알아요? 호적등본에 지문 찍은 인주도 안 마른 애 가지고 다들 어디까지 가려고 그래?"

"아이고, 난 모르겠다. 굿이나 보고 떡이나 먹어야지."

두 손을 들어 보인 철진이 도시락을 들고 자리로 돌아갔다. 다들 나도, 하며 각자 도시락이며 화장품 세트를 하나씩 챙겼다. 정언이 픽 웃고는 자리에 앉아 컴퓨터를 켜는 사이, 민혜가 정언을 쿡쿡 찌르더니 나지막하게 속삭였다.

"근데 한승주 걔 완전 선수라며. 소문 장난 아니던데."

"그게 나랑 무슨 상관이에요. 그냥 취재원인데, 뭐."

정언은 대수롭지 않다는 투로 대꾸했다. 본인은 아무 생각 없는 것 같았으나, 공연히 안절부절못하게 되는 건 역시 윤 쪽이었다. 별일 아닐 거라고 생각하면서도 손끝에 박힌 가시처럼 거슬리는 기분을 어떻게 할 수는 없었다.

오후 내내 일이 손에 잡히지 않는 건 당연했다. 고민하던 윤은 교양국에 있던 시절 동기였던 다인에게 메시지를 보냈다. 혹시 한승주 잘 아는 사람 있어? 하고 물은 메시지에 답이 바로 돌아왔다.

— 갑자기 한승주는 왜? 섭외할 일 있어?

— 아니, 그냥. 좀 궁금해서.

— 우리 막내작가 하던 홍유민 있잖아, 유민이가 팀 옮겨서 걔 나오는 프로 한 적 있는데 물어볼게.

— 고마워.

메시지를 보내고 나자 온 신경이 핸드폰으로 쏠렸다. 확인해야 할 취재 자료가 쌓여 있는데 하나도 눈에 들어오지 않았다. 인터넷 창을 켜 한승주의 이름을 검색하자 수많은 기사가 쏟아졌다.

대부분 동료 배우들과 있었던 몇 번의 스캔들, 출연 작품, 광고 같은 것들과 관련된 기사였다. 아이돌 시절 있던 회사와 계약을 해지하는 과정에서 진행 중인 소송에 대한 기사도 꽤 눈에 띄었다. 그건 취재 준비를 할 때 이미 확인한 사실이기는 했다.

윤은 기사마다 박힌 한승주의 사진을 몇 번이나 스크롤해 보았다. 요즘 스타일로 적당히 멀끔한 얼굴은 딱히 흠을 잡을 만큼은 아니었다. 다만 소위 '잘 놀게' 생긴 느낌인 게 그다지 마음에 들지 않았다. 물론 이런 기분으로는 어떻게 생겼든 마음에 들 리 없긴 했다.

삼십 분쯤을 한승주에 대해 샅샅이 뒤지고 나니 갑자기 이게 무슨 짓인가 하는 자괴감이 밀려들었다. 인터넷 창을 끄고 한숨을 내쉰 윤은 자리에서 일어났다. 아무래도 머리를 비워야 할 것 같았다.

커피를 한 잔 사 들고 옥상으로 올라가 앉은 윤은 손으로 얼굴을 감싸며 심각하게 생각에 잠겼다. 좋게 생각하자면 부당 계약 건을 취재하려고 만난 거고, 아직도 소송이 진행 중인 건이니 자기 얘기를 들어 준 게 고마워서일 수도 있었다.

하지만 보통 그럴 때 이렇게까지 하나 생각하자 또 머릿속이 복잡해졌다. 아 진짜. 하고 괴로워하던 윤을 상상의 나래에서 구해 준 건 다인의 전화였다. 액정에 뜬 다인의 이름에 후다닥 전화를 받자, 건너편에서 쾌활한 목소리가 돌아왔다.

『같은 회사 있어도 얼굴 한 번 보기 힘드네. 한승주 갑자기 왜 물어본 거야?』

"아니, 그냥 그럴 일이 좀 있었어. 홍 작가랑 연락해 봤어?"

윤의 물음에 다인이 느긋하게 대답했다.

『유민이가 아주 치를 떨더라. 걔가 스탭 킬러래. 그 팀에서도 당한 작가 있다고.』

생각지도 못한 말에 정신이 번쩍 들었다. 윤이 핸드폰을 고쳐 쥐자 다인이 말을 이었다.

『요새 뭐 몰래 만나고 그게 쉽냐. 연예인 만나면 금방 걸리고 일 귀찮아지잖아. 그러니까 걔가 항상 스탭들 노린다고 하더라고. 가까이 있어서 만나기 쉽고 잘 안 걸려서 좋다고. 기자들이 알아도 상대가 일반인이면 기사를 안 내잖아. 그래서 작가나 AD, FD 꼬셔서 몇 번 자고 잠수 타고 그러는 적이 자주 있었나 봐. 얼굴 조금만 괜찮으면 작업을 하도 걸어 대니까 작가들 사이에서 한승주 조심하라는 말 돈다고 그러네.』

"그래?"

『아 진짜, 나 요새 걔 나오는 드라마 재밌게 보다가 완전 다 깼잖아. 모르고 봤어야 되는데!』

"미안해. 어디 물어볼 사람이 없더라고."

성질을 부리는 다인에게 사과를 하면서도 심란해 죽을 지경이 었다. 고맙다는 말을 몇 번이나 하고 전화를 끊은 윤은 초조해져 마르는 입술을 잘근거렸다.

고뇌하는 사이 다 식은 커피를 쭉 들이켜고는 다시 사무실로 내려가자, 윤의 속을 알 리 없는 정언이 그새 책상 위에 봐야 할 자료들을 더 쌓아 놓은 뒤였다.

생각을 다른 데로 돌리려고 애를 써도 흰 것은 종이고 검은 것은 글씨였다. 두 시간이면 충분히 검토할 수 있는 자료들이었으나, 저녁 내내 자리에 앉아 있었는데도 채 반의반도 확인하지 못한 윤이었다.

저녁 식사도 하지 않고 내내 다운된 상태로 앉아 있는 통에 정언도 뭔가 이상하다고 생각한 듯했다. 결국 여덟 시쯤 정언이 먼저 자리를 정리하고 일어났다. 윤은 서둘러 데려다 드릴게요, 하며 정언을 따라 나섰다. 지하 주차장에 세워 둔 차에 타자마자 정언이 윤에게 물었다.

"김 피디, 기분 안 좋아?"

하루 종일 그러고 있었으니 정언이 눈치를 채지 못했을 리 없었다.

"아, 아뇨."

핸들에 머리를 박고 싶은 기분이 된 윤이 씨도 안 먹힐 얼굴로 부정했으나, 정언은 역시 들은 척도 하지 않았다.

"아까부터 표정 계속 그러잖아."

윤은 입을 다물었다. 경험상 이럴 때 주절거려 봐야 제 발로 늪에 빠지는 꼴이 된다는 걸 아는 탓이었다. 시동을 건 윤은 얼른 방송국 주차장을 빠져나왔다. 정언의 오피스텔 주차장까지는 몇 분 걸리지 않는 거리였다. 차라리 빨리 이 상황을 벗어나는 게 상책이었다.

그사이 정언은 내내 뚫어지게 윤을 보고 있었다. 이러다 진짜 얼굴 뚫리는 거 아닐까 심각하게 고민이 될 정도였다. 마침내 차를 세운 윤이 도어록을 풀자, 정언이 한마디 툭 내뱉었다.

"도시락 때문에 그래?"

반사적으로 움찔하자 정언이 그럴 줄 알았다는 표정으로 한숨을 쉬었다. 윤은 그게요, 하고 뭐라고 변명이라도 해 보려고 입을 열었으나 결국 몇 초 지나지 않아 그런 시도를 포기했다. 정언이 고개를 절레절레 흔들었다.

"적당히 해, 적당히. 아무것도 아닌데 왜. 걔가 뭐 정말 나한테 관심 있을까 봐 그래?"

차라리 아무 말도 안 들었다면 모르겠는데, 그런 일이 불가능하다고 단정할 수가 없는 게 문제였다. 재희가 대번에 혹시 한승주가 관심 있는 거 아니냐고 묻던 것도 마음에 걸렸다. 재희의 눈치에 그런 말이 바로 나오는 게 아무래도 농담처럼 느껴지지가 않았다.

"혹시 인터뷰하면서 선배한테 호의적이라거나, 좀…… 아무튼 그러지 않았어요?"

그러나 걔가 스탭 킬러라는데 혹시 모르니까 조심하세요, 라고 말했다가는 정언이 무슨 반응을 보일지 안 봐도 뻔했다. 최대한 돌려서 물은 말에 정언이 어이없다는 투로 웃었다.

"연예인 자주 안 만나 봐서 모르겠지만 자기 인터뷰하는 피디한테 막 대하는 경우가 더 드물 것 같은데."

그건 그랬다. 한승주가 정말 인간 망종이라고 해도 피디 앞에서 그렇게 굴 연차는 아니었다. 더구나 자기 부당 계약 건으로 취재를 온 피디에게 개차반으로 군다는 건 더더욱 상상하기 어려운 일이었다. 정언이 팔짱을 끼었다.

"머릿속에서 지금 소설 백 편은 쓴 얼굴인데?"

"아니, 전 그냥……."

"김 피디는 세상에 본인 같은 취향이 굉장히 흔하다고 생각하는 게 문제야."

"선배!"

정언의 말에 윤은 바로 목소리를 높였다. 자신이 지나치게 예민하게 굴고 있다는 걸 감안해도, 정언이 이런 일에 경계심이 없는 건 사실이었다. 예상보다 윤의 반응이 심각했는지, 가만히 윤을 응시하던 정언이 눈썹을 찌푸렸다.

"제발 부탁이니까 이상한 생각하지 마."

"한승주가 이상하게 굴잖아요. 이런 일이 흔해요?"

"뭐가 걱정되는 건데?"

그 물음에 말문이 막혔다. 하기야 뭘 걱정하느냐고 물으면 딱히 할 말은 없었다. 한승주가 무슨 작정을 하고 이러는 거든, 정언에게 먹힐 리 없다는 걸 가장 잘 아는 사람이 바로 자신이었다. 대답하지 못하는 윤의 얼굴을 본 정언이 피식 웃는 소리를 냈다.

"눈앞에서 실물 봐도 김 피디가 한승주보다 훨씬 잘생겼어. 이제 됐어?"

그러면 안 되는데 대책 없이 입꼬리가 올라갔다. 난 왜 이렇게 쉬운 남자인 걸까, 속으로 자책했으나 이미 늦은 일이었다.

윤은 소용없다는 걸 알면서도 헛기침을 두어 번 하고는 툴툴거렸다.

"그냥 저 달래려고 하시는 말씀인 거 다 알거든요."

"아주 미안하지만 진심이야. 내가 맘에 없는 소리 해 가면서 남 달래 줄 사람인지 아닌지 본인이 제일 잘 알 텐데."

물론 그것도 사실이었다. 하루 종일 혼자 심란하던 속이 좀 가라앉는 기분이었다. 한숨을 쉰 윤이 정언을 와락 끌어안자 정언이 등을 몇 번 두들기고는 어이없다는 투로 물었다.

"그렇게 좋아?"

굳이 말할 필요도 없었다. 강아지처럼 부비적대는 윤의 등을 찰싹 친 정언이 윤을 밀어냈다.

"여기 주차장이야. 정신 차리고 그만 들어가."

윤은 차 문을 열려는 정언의 팔을 다급하게 잡았다.

"선배, 한 번만 더 말해 주시면……."

"뭘?"

의아한 얼굴로 윤을 돌아본 정언이 미간을 찌푸렸다.

"잘생겼단 소리 어릴 때부터 귀에 못이 박히게 듣지 않았어?"

"선배한테 듣는 건 다르단 말이에요."

윤이 조르자 정언이 윤의 이마를 손끝으로 톡톡 밀었다.

"아주 잘생긴 김윤 피디님, 도시락 하나 가지고 이러지 말고 본인 사내 메일로 쏟아지는 팬레터나 어떻게 좀 하시죠."

그 말에 멈칫한 윤은 눈을 동그랗게 떴다. 900회 방송에 나간 후로 인터넷에서 화제가 됐던 건 사실이었다. 그러나 주목받는 건 체질에 맞지 않다 보니, 남들의 그런 관심이 좋기만 한 건 아니었다. <BOB> 방송 때도 다른 피디들에 비해 윤은 출연 빈도가 확연히 적었다.

그러나 아무리 적게 나와도 귀신같이 알아보고 캡처를 올리며 팬레터를 보내는 사람들이 있었다. 대부분 의례적으로 감사하다는 짧은 답장을 보내는 게 전부였는데, 정언이 그걸 알고 있을 거라고는 생각도 하지 못했던 것이다.

"그거 신경 쓰고 계셨어요?"

윤의 놀란 얼굴에 정언이 장난스럽게 되물었다.

"그렇다고 하면 기분 좋아지겠지?"

"네."

윤은 즉시 고개를 끄덕였다. 생각할 시간 따위는 전혀 필요 없는 질문이었다.

"거짓말은 안 하는 거야, 못 하는 거야?"

"둘 다요."

"솔직해서 좋네."

반쯤 포기했다는 투였으나 목소리에는 웃음기가 묻어 있었다. 차에서 내린 정언은 문을 닫기 전 윤에게 말했다.

"얼른 들어가. 전화할게."

손가락으로 전화하자는 제스처를 해 보인 정언이 엘리베이터를 향해 걸어갔다. 그 뒷모습이 사라질 때까지 시선을 떼지 않고 있던 윤은 곧 핸들 위로 엎드리며 한숨을 참았다. 너무 좋아하는 게 문제일까. 예민해지고 싶지 않은데, 자꾸만 날이 서는 신경이 까끌거렸다.

◆

　시동을 끈 정언은 짧게 진동하는 핸드폰 소리에 시선을 돌렸다. 조수석에 던져 놓은 핸드폰 액정에 메시지 미리보기 창이 떠 있었다. 누군가 싶어 핸드폰을 집어 든 정언의 얼굴이 곧 굳어졌다.

　ㅡ 피디님 오늘이나 내일 시간 괜찮으면 저녁 먹을래요?

　한승주.

　지난번 도시락 건 이후로 거의 매일 한승주에게 연락이 오는 중이었다. 처음에는 간단한 안부 문자라 그러려니 했는데, 최근 들어 이상하게 스케줄을 묻는다거나 사적인 질문을 하는 일이 많았다.

　그럴 때마다 바빴다거나 메시지를 못 봤다는 핑계로 적당히 답을 피하곤 했으나, 그런 변명을 매번 써먹는 건 불가능했다. 때문에 한승주의 연락에 대처하는 일도 은근히 스트레스가 되고 있었다.

　사적으로 만난 사이라면 칼같이 차단하면 그만이었다. 그러나 상대는 연예인에 취재원이었다. 한승주가 한창 잘나가는 연예인이다 보니 화제성 때문에라도 포기하기 어려웠고, 소개해 준 사람도 끼어 있다 보니 상황이 난처했다.

　연락하지 말아 달라고 직접 말하기에는 자의식 과잉 같은 기분이 들어 망설여지는 것도 있었다. 윤이 예민하게 굴며 넘겨짚은 것처럼 한승주가 다른 속셈이 있다고는 쉽게 생각할 수 없기는 했다.

　입봉 초반에는 어린 여자다 보니 취재원으로 만난 사람들이 추근대는 경우가 많았고, 그런 일에는 이골이 나 있었지만 이번 상대는 종류가 달랐다. 아무리 생각해도 이제 겨우 스물넷 먹은 연예인이 자기보다 나이도 한참 많은 시사 프로그램 피디에게 집적거릴 만한 이유가 없었다.

앤 애정결핍이야 뭐야, 하고 속으로 중얼거리며 짧은 한숨을 쉰 정언은 눈썹 위를 문질렀다. 인터뷰를 진행하는 동안 내내 태도가 사근사근했고, 날카로운 인상에 비해 붙임성이 좋은 느낌이기는 했다. 소문이 안 좋다는 건 나중에 알았지만 어차피 자신과는 상관없는 일이었다. 원래 성격이 그런 거겠지, 애써 생각하며 정언은 차에서 내려 사무실로 올라갔다.

윤은 취재 때문에 오후 외근이 있어 자리를 비운 채였다. 정언이 자리에 앉자 민혜가 고개를 갸웃하더니 정언 쪽으로 몸을 기울였다.

"정언, 얼굴이 왜 그래?"

"얼굴이 왜요?"

"누가 봐도 심란해 보여."

하여튼 눈치들은 귀신이었다. 정언은 손사래를 치며 민혜의 말을 부정했다.

"아냐, 아냐. 아무 일 없어요. 심란은 무슨."

"한승주한테 연락 계속 오니?"

어디 CCTV라도 달아 놨나 싶었다. 회의 도중 한승주에게 연락이 오는 걸 몇 번인가 본 까닭에 넘겨짚은 듯했다. 처음에는 귀엽다고 넘기던 민혜도 빈도수가 잦아지니 뭔가 낌새가 이상한 모양이었다. 멈칫한 정언이 민혜를 마주 보자 민혜가 목소리를 낮췄다.

"걔 소문이 진짜 영 별로더라. 원래 여자 스탭들한테 누나 누나 하면서 잘 살살거리는데 그러다 따로 만나자고 하고, 몇 번 자면 연락 끊고 그런다고. 자기보다 나이 많고 그러면 돈 안 써도 되고 귀찮게 안 굴어서 좋다 그런 소리 대놓고 하고 다닌대. 술버릇 나쁘다는 소문도 많고."

감이 좋은 민혜가 뒷소문까지 알아봤을 정도라면 어지간히 마음에 걸려서였을 게 분명했다. 모두가 이렇게 자의식 과잉의 길로 가는 건가, 혼자 생각한 정언은 귀찮다는 투로 대꾸했다.

"사생활까지 내가 알 바는 아니죠, 뭐. 취재하려고 만난 거고 얼굴 본 적 두 번밖에 없는데. 걔도 생각이 있으면 설마 나한테 그러겠어?"

"생각이 있는 놈 같으면 자기 취재하러 온 피디한테 그렇게 연락을 안 해. 오늘은 뭐라고 그래? 시간 있냐? 만나자고 그런 소리는 안 해?"

민혜가 소곤거리며 정언을 다그쳤다. 정언이 됐다며 손을 내젓자 눈을 흘긴 민혜가 주위를 한 번 둘러보더니 걱정스러운 얼굴로 속삭였다.

"김 피디한테 애기했어? 걔가 그런다고?"

"그런 애길 왜 해요."

안 그래도 한승주에게 신경과민 수준인 윤이었다. 한승주가 이러고 있는 걸 안다면 어떻게 될지 눈에 선해 머리가 지끈거렸다. 민혜가 옆구리를 찌르며 정언을 나무랐다.

"무슨 일 있을지 모르는데 애기해 놔. 나 이상하게 걔 영 느낌이 안 좋아."

"연예인이에요, 연예인. 말 나올 일 안 하게 처신 알아서 하겠지. 신경 안 써도 돼요."

정언은 민혜의 말을 자르며 의자를 당겨 앉았다. 아이 정말, 하고 투덜거린 민혜도 더 이상 말해 봐야 소용없다는 걸 알았는지 몸을 다시 집어넣었다.

신경 쓰지 않으려 했지만 그런 말을 듣고서도 아무렇지 않을 리 없었다. 꺼진 핸드폰 액정 위를 손끝으로 두드리던 정언은 결국 한승주의 메시지에 답하는 걸 포기했다. 그냥 적당히 넘길 생각이었다. 그러나 일이 손에 잡히지 않았다.

결국 식사도 거른 채 책상 앞에 앉은 정언은 <뉴스라이트>에서 넘어온 취재 자료를 저녁 내내 읽었다. 엔터계 부당 계약 건 말고도 지금 거의 막바지까지 온 엄대진 공판 관련 건도 계속 팔로우하고 있어야 해서, 아직 방송 전인데도 일이 많았다.

엄대진 공판은 일주일에 서너 번 이상이 진행되는 하드한 스케줄인 데다 내용도 방대했다. 하루라도 밀렸다가는 일이 몇 배였다. 이번 주에는 취재 때문에 외근이 많아 읽지 못한 자료들이 한가득했다.

윤에게 전화가 온 건 밤 열 시가 가까워서였다. 원래 법률 자문을 저녁에 만나기로 했는데, 스케줄이 밀려 지금 취재가 끝났다는 것이었다.

"늦었네. 거기서 그냥 퇴근해."

정언의 말에 핸드폰 너머에서 윤이 물었다.

『선배는요? 지금 어디신데요?』

"사무실. 이번 주 엄대진 공판 자료 체크하는 중이야. 이거 보고 바로 가려고."

『내용 많잖아요. 저 사무실 다시 들어갔다 갈게요.』

괜찮다고 말하기도 전, 전화가 끊어졌다. 더 말해 봐야 그냥 퇴근하라고 할 게 뻔하니 아예 안 듣고 끊은 모양이었다. 하여튼 점점 요령만 늘어, 하고 투덜거린 정언은 고개를 잠시 뒤로 젖혔다.

텅 빈 사무실이 고요했다. 재희는 선경과 할 얘기가 있다며 저녁 내내 자리를 비웠고, 나머지 팀원들은 퇴근하거나 출장을 간 뒤였다. 자리에서 일어나 커피 한 잔을 내린 정언은 창가에 서서 바깥의 풍경에 눈을 주었다. 머릿속이 복잡한 기분은 그다지 유쾌하지 않았다.

얼마나 그러고 있었던 건지, 등 뒤에서 들리는 인기척에 깜짝 놀라 돌아보자 막 사무실로 들어온 윤이 눈을 마주치고는 웃었다. 정언은 벽에 걸린 시계로 눈을 주었다. 적어도 삼십 분은 넋을 놓고 있었다는 걸 깨닫자 기분이 더 가라앉았다.

"무슨 생각을 그렇게 하세요?"

"아냐. 좀 피곤해서 커피 한잔한 거야."

윤의 말에 최대한 감정을 누르며 여상하게 대답한 정언은 자리로 돌아왔다. 윤이 정언의 책상 위에 쌓인 자료를 절반 덜어 자기 자리에 앉으며 물었다.

"저녁 드셨어요?"

"그냥 대충."

적당히 둘러댄 정언은 서둘러 자료로 눈을 돌렸다. 차라리 이럴 땐 아무 생각 없이 일하는 게 편했다. 산더미같이 쌓였던 자료들을 전부 체크하고 마지막 장을 밀어 놓자, 벌써 새벽 한 시가 훌쩍 넘어 있었다.

"김 피디, 그만하고 가자. 남은 건 내일 보고."

"잠깐만요. 십 분만 더 있으면 다 볼 것 같아서요."

윤이 피곤해 보이는 눈가를 누르며 대답했다. 정언이 뭐라고 하려는데, 책상 위에 놓인 핸드폰이 진동하기 시작했다. 이 시간에 전화를 할 만한 사람이 생각나지 않았다. 정언은 뭐지, 하며 핸드폰을 확인했다.

모르는 번호였다. 순간 가슴이 덜컥 내려앉았다. 혹시 효명에게 무슨 일이 생긴 건가 하는 생각이 스쳤다. 정언은 앞뒤 잴 것도 없이 바로 전화를 받았다.

"네, 서정언입니다. 누구……."

『아직 안 자요?』

말을 채 끝맺기도 전 젊은 남자의 목소리가 돌아왔다. 어딘지 모르게 익숙한 느낌이었다. 정언은 핸드폰을 귀에서 떼며 번호를 다시 한 번 확인했다. 저장한 적이 없는 번호였다. 전화를 잘못 건 건가 싶어 정언은 미간을 찌푸렸다.

"누구시죠?"

정언의 물음에 건너편에서 아, 하며 웃는 소리가 났다.

『나 한승주예요. 이거 내 개인 폰이라 번호 모르는구나.』

잘못 걸렸다는 생각이 든 건 그때였다. 원래 연락하던 번호로는 계속 답을 피한다는 걸 눈치채고 일부러 모르는 번호로 연락한 게 분명했다. 정언은 아 네, 하고 건성으로 대답하며 이 끝으로 입술 위를 눌렀다. 이 시간의 전화는 확실히 이상했다.

『오후에 연락했었는데 못 받았어요?』

존대를 쓰긴 하는데 묘하게 맞먹는 듯한 말투가 거슬렸다. 취재 때는 깍듯한 태도였기에 더 그랬다. 정언은 최대한 사무적으로 대답했다.

"스케줄 때문에 일일이 확인을 못 했습니다. 죄송합니다."

『아뇨, 아뇨. 죄송할 건 없고요. 시간 되면 모레 시사회 보러 올래요? 나 영화 개봉하거든요. 피디님 주려고 VIP 시사 티켓 남겨 놨는데.』

성질 같아서는 이 새끼가 언제 날 봤다고, 하고 한마디 내뱉고 싶은 기분이었다. 뭔가 이상하다고 생각했는지 윤이 고개를 들어 정언을 보았다.

"저희가 취재 스케줄이 풀이라 가능할지 모르겠네요. 말씀은 감사합니다. 그리고 죄송한데 시간이 너무 늦어서요."

『아, 그쵸?』

"전화 끊겠습니다."

바로 통화를 종료한 정언은 관자놀이 부근을 눌렀다. 지금까지 온 연락에 대한 답도 늘 사무적이었는데, 눈치가 없는 건지 없는 척을 하는 건지 분간이 가지 않았다. 윤이 굳은 얼굴로 정언에게 물었다.

"뭐예요?"

"아무것도 아냐."

"누군데 그러세요?"

정언이 대답 대신 가벼운 한숨을 쉬자 윤이 재차 정언을 다그쳤다.

"설마 한승주예요?"

눈치 빠른 사람이 너무 많은 것도 피곤했다. 침묵이 긍정이라는 걸 바로 알아차린 윤이 기가 막힌다는 투로 내뱉었다.

"그 새끼 미쳤어요? 뭐래요? 대체 무슨 중요한 용건이 있어서 이 시간에 전화를 해요?"

어지간하면 윤의 입에서 안 나오는 단어들이었다. 윤이 이미 화가 났다는 걸 알아차리기는 어렵지 않았다. 정언은 서둘러 대답했다.

"별 얘기 아니었어. 자기 영화 개봉한다고 시사회 보러 올 수 있냐고 물어본 거야."

"그 소리 하려고 전화했다고요? 이 시간에?"

되묻은 윤은 잠깐 말이 없다가 눈을 가늘게 떴다.

"선배 연락처는 어떻게 알았대요?"

"인터뷰 딸 때 명함 줬는데 그거 보고 했겠지."

정언은 최대한 별것 아니라는 식으로 말했다. 잠시 사이를 둔 윤이 정언을 마주 보았다.

"한승주한테 연락 온 거 처음 아니죠?"

정언은 그 말에 멈칫했다. 윤이 신경 쓸 게 눈에 보여 지금까지 숨겼는데, 윤이 그걸 눈치채면 몇 배로 더 화를 낼 게 뻔한 탓이었다. 이미 확신하고 던진 질문인 듯 윤은 정언의 대답을 기다리지도 않았다.

"이유가 뭔데요? 연락해서 대체 뭐라고 해요?"

"별거 아냐. 그냥 안부 문자야. 전화한 건 처음이고."

어울리지도 않게 변명하는 느낌이라 문득 심장이 서늘해졌다. 윤이 이렇게까지 화를 내는 경우는 정말 드물었다. 유독 한승주에게 이렇게 반응하는 건 이상했다. 정언은 의자를 돌려 윤과 마주 앉았다. 시선을 내린 윤의 입매가 고집스럽게 다물린 걸 보니 단단히 마음이 상한 모양이었다.

"원래 피디들한테 영업 잘 하는 스타일 있잖아. 정말 별거 아냐. 왜 그렇게 신경을 써."

답지 않게 애써 윤을 달래듯 말하자, 한동안 말이 없던 윤이 툭 뱉었다.

"그 자식 기분 나빠요."

그 새끼에서 그 자식이 된 걸 보니 조금 가라앉기는 했나 싶었다. 정언이 피식 웃자 윤이 정색했다.

"웃지 마세요, 진짜예요."

"드라마 그만 봐야겠네. 김 피디가 상상하는 그런 일은 드라마에서나 일어나는 거 알지?"

장난스럽게 넘기려 했으나 윤은 심각했다.

"현실보다 더한 픽션 보신 적 있고요?"

물론 분명 이상한 상황이라는 건 알고 있었다. 그러나 어쨌든 자신 쪽에서 선을 그으면 될 문제였다. 정언은 윤을 가만히 보다 대답했다.

"김 피디가 머릿속에서 드라마 안 찍어도 내 인생 충분히 드라마틱해."

"선배."

"완벽한 남자 주인공도 있고."

덧붙인 말에 윤이 입을 다물었다. 공연히 윤을 더 신경 쓰이게 하고 싶지는 않았다. 정언은 윤의 뺨을 툭툭 두드리고는 몸을 일으켰다.

"질투하니까 귀여운데, 상상은 거기까지 해. 극본 공모전 참가시키기 전에. 그만하고 집에 가자."

아무래도 말이 길어지면 안 될 것 같았다. 뭐라고 말하려던 윤이 할 수 없다는 듯 자리에서 일어났다. 정언이 서둘러 자리를 정리하는 사이, 밖에서 문을 두드리는 소리가 들렸다. 재희인가 싶어 정언은 고개도 들지 않고 윤에게 말했다.

"김 피디, 문 좀 열어 줘."

재희답지 않게 출입증을 두고 갔나 막 생각한 찰나였다. 윤이 문을 열기 무섭게 들려온 목소리에 정언은 저도 모르게 손을 멈췄다.

"서정언 피디님 있어요? 잠깐 인사하러 왔는데요."

한승주였다. 문 앞에 선 윤을 빤히 바라보던 승주가 어깨 너머로 정언을 발견하고는 아, 하며 손을 흔들었다.

미치고 팔짝 뛰겠다는 관용구의 뜻을 정언은 그 순간 완벽하게 이해했다. 윤을 겨우 달래 놨더니 이게 무슨 상황인지 정말 돌아 버릴 지경이었다.

"진짜 바빴던 거 맞구나. 핑계인 줄 알았는데."

잘생겼다며 난리라는 그 얼굴이 씩 웃는 게 결코 반갑지 않았다. 정언은 애써 머릿속을 정리하며 승주를 마주 보았다. 사무실 안으로 들어온 승주가 빙글거렸다.

"<비하인드 24> 사무실은 항상 사람 있다고 해서 지나가다 들렀거든요. 피디님이 진짜 퇴근 안 했어도 시간 늦어서 혼자 있을 줄 알았는데."

"아, 네. 이쪽은 저희 팀 김윤 피디라고……."

"이거요."

정언이 등 뒤의 윤을 가리켰으나, 승주는 바로 그 말을 끊으며 재킷 주머니에서 티켓 두 장을 꺼내 정언에게 가까이 다가왔다. 정언의 책상 위에 티켓을 밀어 놓은 승주가 고개를 까딱였다.

"아까 말한 시사회 티켓."

"괜찮다고 말씀드린 것 같은데요."

"부담 갖지 마요. 바쁜 거 아니까. 내가 피디님 팬이라서 주는 거예요."

당황한 정언은 뭐라고 할 말을 찾지 못하고 윤 쪽으로 시선을 돌렸다. 완전히 굳은 표정으로 이쪽을 뚫어지게 보는 윤을 보자마자 두통이 밀려들었다. 평소의 해사함이 싹 사라진 얼굴에 도는 냉기에 저도 모르게 오한이 들 지경이었다.

"여기 어떻게 올라오셨죠?"

정언의 물음에 승주가 민혜의 책상에 걸터앉더니 옷 안에 걸고 있던 출입증을 꺼내 보였다.

"아래서 촬영하고 있거든요. 아무도 안 막던데, 왜요?"

출입증이 있으면 방송국 안 어디든 돌아다니는 것 자체는 가능했다. 그렇다고는 해도 이런 경우는 정말 처음이었다. 예능국이나 드라마국, 라디오국이라면 그러려니 할 테고 교양국까지도 어떻게 커버할 수 있겠지만, 시보국 한복판에서 돌아다니는 연예인이라니, 이건 아무래도 이상한 그림이었다.

"와인 좋아하시나? 다음에 시간 될 때 제가 근사한 데 소개할게요. 여지흔 형 알죠? 그 형이 한남동에서 와인바 하거든요. 루프탑이 진짜 멋있어요."

남의 속이야 알 바 아닌 듯 승주가 씩 웃었다. 어디서 들어 본 이름 같긴 했지만, 드라마와 연이 없는 정언은 여지흔이 누군지 알지 못했다. 설령 안다 해도 그게 중요하지는 않았다. 생판 모르는 인간이 루프탑 와인바를 하든 말든 무슨 상관인가 싶어 슬슬 짜증이 났다.

"죄송한데 지금 시간이 너무 늦은 것 같은데요. 그리고 시보국 사무실은 중요한 자료가 많아서 원칙적으로 외부인 출입이 안 되고요. 취재 관련해서 얘기하실 게 있으면 저한테 따로 연락 주시죠."

최대한 정중한 태도를 유지하며 말하자, 승주가 그제야 윤과 정언을 번갈아 보았다.

"아, 네. 퇴근하시나 보네. 내가 눈치 없었죠?"

앉아 있던 책상에서 내려온 승주가 윤을 지나쳐 나가다 말고 손을 흔들었다.

"다음엔 사람 없을 때 와야겠다. 연락할게요."

그 모습이 사라지기 무섭게 현기증이 났다. 황급히 사무실 불을 끈 정언은 윤을 끌고 서둘러 지하 주차장으로 내려갔다. 윤의 얼굴이 영 심상치 않았다. 정언을 자기 차에 태워 데려다주는 내내 한마디도 없던 윤이 정언의 오피스텔 주차장에 차를 세우며 시동을 껐다.

도어록을 풀어 줄 생각도 하지 않은 채 앞창 너머를 뚫어지게 보고 있는 얼굴을 흘끔 본 정언은 속으로 한숨이 나오는 걸 눌러 참았다. 잘못한 거 하나 없이 눈치를 보자니 그것도 못 할 짓이었다. 한참 말이 없던 윤이 입을 열었다.

"그 자식 도대체 뭐예요?"

"신경 쓰지 마."

정언은 미간을 누르며 대답했다. 물론 윤이 이미 신경 쓰기 시작한 지금 상황에서는 부질없는 소리였다. 윤이 재차 물었다.

"말하는 게 이상하잖아요. 아까 연락 와서 뭐라고 했는데요."

"별 얘기 아니었다고."

정언의 태도가 방어적이라는 걸 알아차린 듯, 윤이 낮은 한숨을 뱉었다.

"선배 태도에 문제 있다는 말 아니에요. 그렇게까지 하는데 왜 집적거리냐고요."

"워딩 조심해."

정언은 바로 윤의 말을 막았다. 생각은 언제나 단어로 표현되는 순간 더 명료해지기 마련이었다. 그런 단어를 쓰는 건 지금 윤에게 도움 될 게 하나도 없었다. 정언은 가능한 한 침착하게 대답했다.

"취재 때문에 만난 게 전부고, 내가 개인적인 연락 한 적도 없고, 한승주도 그냥 인사하려고 온 거고. 그게 다야."

"그게 다라고요?"

윤이 황당하다는 얼굴로 되물었다. 물론 방금 한 말에 거짓은 없었다. 안 그래도 피곤했고 늦은 시간이었다. 윤과 이런 일로 실랑이하는 게 정언에게도 즐거울 리 없었다.

"그럼 뭔데?"

"의도가 있잖아요! 선배가 선 긋는데도 시사회 티켓 떠맡기고, 일부러 개인 번호로 연락하고, 사무실에 찾아와서 사람 없을 때 오겠다는 둥 하는데 그게 진짜 아무 생각 없어서 그러는 것 같으세요?"

윤의 목소리가 올라갔다. 아까처럼 적당히 넘어가기에는 이미 틀렸다는 걸 직감하자, 정언 역시 이 상황이 짜증스러워졌다.

"무슨 의도? 걔 연예인이야, 난 그냥 시사 프로 피디고. 누가 봐도 말 안 돼. 아무도 오해 안 한다고."

"말이 되든 안 되든 저 이 상황 기분 나쁘다고요. 말하는 거 못 들으셨어요? 저 없으면 뭐 어쩌려고 그러는 건데요? 이 시간에 누가 지나가다 시보국 사무실을 들러요?"

윤의 말이 점점 빨라졌다. 한동안 잠잠했던 두통이 밀려들었다. 정언은 지끈거리는 이마를 짚었다. 잠시 숨을 고르던 윤의 목소리가 낮아졌다.

"선배는 본인이 남자들한테 어떻게 보이는지 너무 과소평가하는 거 아세요?"

"남자? 미쳤어? 걔 스물넷이야. 나 대학 들어갔을 때 아직 초등학생이었다고."

입사했을 때부터 선배 알기를 우습게 안다고 욕먹은 게 하루 이틀 일이 아니었다. 몇 살이 많아도 하는 짓이 유치하면 남자는커녕 선배로도 보지 않는 건 천성이었다. 그러니 연하를 연애 상대로 보는 건 윤 이전에는 상상도 한 적이 없었다.

더구나 스물넷은 연하라고 치기도 힘들 만큼 까마득한 어린애였다. 윤이 이렇게까지 말하는 이유가 뭔가 싶어 슬슬 열이 올랐다. 기가 막힌다는 정언의 태도에 윤이 대꾸했다.

"열네 살도 아니고 뭐가 문젠데요."

"문제없으면 뭐, 내가 걔 만나야 돼? 연락이라도 해?"

"선배."

"나 지금 이 상황을 김 피디한테 구구절절 설명해야 된다는 거 자체가 이해 안 가. 뭐가 문제야? 뭐하자는 건데, 이게? 며칠째 걔 때문에 예민해져서 사람 신경 쓰이게 만들더니, 스물네 살짜리 애 가지고 다른 남자 운운하는 게 말이 돼?"

지금 이상으로 뭘 어떻게 더 하라는 건가 싶어 화가 났다. 애초에 여지를 준 적도 없었고, 멋대로 군 건 한승주 쪽이었다. 모르는 번호로 새벽에 전화를 건 것도 모자라 사무실까지 쳐들어올 줄 알았다면 진작 자리를 피했을 터였다.

"문 열어. 피곤해."

정언이 내뱉은 말에 입술을 깨물고 있던 윤이 도어록 오픈 버튼을 눌렀다. 차 문을 열고 내린 정언은 뒤도 돌아보지 않고 입구로 걸어갔다. 채 몇 걸음을 떼기도 전 팔을 잡혀 돌려세워진 건 다음 순간이었다. 눈을 들자 전에 없이 날카로워진 윤의 눈동자가 시선을 맞춰 왔다.

이게 뭔가 생각하기도 전 몸이 그대로 떠밀렸다. 윤의 차 뒷문에 등이 가볍게 부딪쳤다. 아프지는 않으나 돌발적인 행동에 당황해 얼굴이 찌푸려졌다.

김 피디, 하고 입을 열었으나 정언은 그 말도 끝까지 하지 못했다. 윤이 갑자기 입을 맞춰 온 탓이었다.

놀란 정언은 윤을 밀어내려 했으나, 양 뺨을 감싼 윤의 손은 완강했다. 뭐라고 할 틈도 없이 단번에 호흡을 빼앗은 윤이 입 안을 헤집었다. 물러날 곳도 없이 붙들고 밀어붙이는 통에 정신이 하나도 없었다.

단 한 번도 이런 식으로 군 적이 없는 윤이었다. 숨이 막혀 윤의 어깨를 치자 윤이 그제야 간신히 정언을 놓아주었다. 정언은 멍한 머릿속으로 눈가를 찡그리며 윤을 쳐다보았다.

"김 피디, 지금 이게……."

평소와 너무 다른 태도에 할 말이 생각나지 않았다. 윤이 자동차 루프 부근으로 손을 짚어 정언을 가두며 숨을 몰아쉬었다. 하얀 얼굴이 상기된 채였다. 이 끝으로 입술을 눌러 물고 잘근거리던 윤이 입을 열었다.

"……걔가 스물넷 아니었으면 상관없어요?"

"뭐?"

"선배한테 남자로 보이는 나이였으면 괜찮은 거냐고요."

"무슨 생각하는 거야, 도대체?"

기가 차서 묻자 윤이 진심으로 화가 난 표정을 했다.

"저도 미치겠어요, 진짜! 무슨 말인지 모르시겠어요? 다른 남자가 선배한테 이러는 거 제가 그냥 보고 있어야 돼요? 이딴 식으로 눈에 뻔히 보이는 수작 거는데도 신경 쓰지 말라고요? 죄송하지만 저 그렇게 관대한 남자 아니거든요."

늘 생글거리던 윤의 눈에 불꽃이 튀었다. 아버지 일을 숨긴 걸 알았을 때조차 화를 내지 않았던 윤이었다. 하다못해 자신이 그렇게 오래 좋아한 재희에게도 이런 식으로 군 적이 없었다. 유독 한승주에게만 이렇게 예민한 이유가 있는 게 분명했다.

소문이 안 좋다고 신신당부하던 민혜가 퍼뜩 떠올랐다. 설마 윤이 그 얘기를 알아서 더 이렇게 구는 건가 싶었으나, 그렇다고 자기 입으로 그래서냐고 묻는 건 위험했다. 정말 그래서라면 차라리 다행이지만, 윤이 만약 몰랐다면 불난 집에 기름 붓는 꼴일 게 뻔해서였다.

머릿속이 아무렇게나 휘감아 던진 철사 뭉치처럼 복잡하게 뒤엉켰다. 두 사람 모두 잠시 말이 없었다. 사이로 정적이 지났다. 새벽의 주차장은 고요했다. 실은 몇 분쯤이겠지만 몇십 분처럼 느껴지는 침묵을 먼저 깬 쪽은 윤이었다.

"제가 선배 더 좋아하니까 저 이해 못 하시는 거 알아요."

광량이 부족한 주차장의 조명 아래서 경계를 흐리는 눈동자가 짙게 가라앉았다. 눈썹 위를 두어 번 문지른 정언은 한숨처럼 내뱉었다.

"정말 왜 이러는지 모르겠네. 신경 쓸 일 아니라고 했잖아. 이게 지금 이럴 일이야? 내 성격 몰라? 김 피디 안 좋아했으면 애초에 끊었어. 여기까지 오지도 않았다고. 내가 덜 좋아하는지 어떻게 알아? 물어본 적은 있고?"

"물어봤으면 제가 원하는 대답 들을 수는 있어요?"

윤의 목소리가 떨렸다. 멈칫한 정언은 윤을 빤히 보았다. 루프 부근을 짚은 윤의 손끝은 새하얗게 질려 있었다.

"선배 어떤 사람인지 알고 좋아했고, 선배 바꾸려는 생각 없어요. 어떻게 해 달라는 거 아니에요. 그냥 화가 나서 미치겠는데…… 그 자식이 선배 몇 번이나 봤다고 그런 식으로 행동하는 것도 짜증나고, 저 지금 이렇게 유치하게 구는 것도 짜증나요. 그런데 진짜 짜증나는 게 뭔지 아세요? 제가 그 자식 무시 못 하고 선배 앞에서 이따위로 굴고 있는 거예요."

한쪽 손으로 눈가를 덮은 윤은 한동안 아무 말도 하지 않았다. 절반만 드러난 얼굴로는 그 표정을 알 수 없었다. 정언은 멍하니 그런 윤을 보았다. 한참 그러고 있던 윤이 정언을 외면하며 정언을 가두고 있던 손을 뗐다.

"……죄송해요. 그만 들어가세요. 저 선배랑 더 있으면 진짜 한심한 꼴 보일 것 같아요."

정언은 김 피디, 하고 부르며 윤의 팔을 잡았다. 윤은 고개를 가로저었다. 눈을 맞추지 않는 윤을 보니 오늘은 아무래도 안 될 듯싶었다.

"얼른 들어가서 자. 나중에 다시 얘기해."

화를 낼 생각이었는데, 그렇게 굴어 놓고 자기가 더 불안해하는 얼굴을 보자 맥이 풀렸다. 나지막하게 말하자 네, 하고 조그맣게 대답한 윤이 다시 차를 탔다. 주저하던 윤이 겨우 시동을 걸었다. 정언은 주차장을 빠져나가는 윤의 뒷모습을 물끄러미 보다 손을 올려 이마를 짚었다. 잠은 이미 싹 달아난 뒤였다.

◈

"속보 뜬다. 엄대진 징역 15년, 벌금 230억 처분이라는데."

모니터를 보고 있던 찬수가 말했다. 엄대진 공판의 1심 결과가 나오는 날이어서, 아까부터 뉴스 실시간 스트리밍을 띄워 놓고 있던 중이었다.

재희는 취재를 위해 아침부터 법원에 나가 있었다. 철진이 옆에서 찬수의 모니터 쪽으로 고개를 들이밀었다.

"검찰이 얼마 구형했었죠?"

"외환거래법 위반, 알선수뢰, 뇌물수수, 직권남용, 횡령, 배임 등등 다 포함해서 검찰 구형 20년이었는데 생각보다 혐의 많이 인정했네. 한 5년 때리고 위에서 감형해서 집행유예 나오지 않을까 걱정했는데. 공판도 올해 다 잡아먹을 줄 알았는데 엄청 빨리 진행됐고."

특정 기수에 몰린 신환석계 재판부가 전부 물갈이된 것도 판결에 영향이 있었을 게 분명했다. 철진이 휙 휘파람을 불었다.

"남제선 혐의 다 인정된 것도 컸겠는데요. 자재 문제 때문에 횡령 걸린 거 1심에서 벌써 6년형인데. 보상도 처음엔 내진설계 미비 아파트에만 해준댔다가 난리 나서 다른 데도 다 해줘야 될 판이고. 배상액 천억대로 올라갔다고 하지 않았나?"

"그랬지. 그것 때문에 다른 건설사들도 지금 난리라던데."

"항소 가겠죠?"

철진이 묻자 찬수가 턱 부근을 긁적였다.

"뭐 당연히 가겠지만 전처럼 무혐의 받긴 글렀지. 항소심에서 형량 깎이면 검찰이 무조건 상고 갈 거 아냐. 보수 성향 대법관이 지금 몇 명이나 되지?"

찬수의 물음에 정언이 대신 대답했다.

"석헌수, 윤태강, 최평한이 확실한 보수 성향이죠. 나머지는 중도나 진보에 가깝고. 석헌수 대법관은 5월에 정년이고, 윤태강, 최평한 대법관은 올해 말에 임기 끝나요."

"항소 진행하는 사이에 거의 전부 중도나 진보 성향 대법관으로 교체되겠네. 그럼 상고 가도 판 뒤집기 어렵겠는데."

찬수가 고개를 주억거렸다. 정언은 서류에 눈을 둔 채 물었다.

"살인교사 건도 걸려 있죠?"

"그치. 앞에 손경일하고 이원욱 재판에서 엄대진을 교사범으로 진술했다고. 소급적용 불가한 사례 제외하고라도 건수가 많고 증거가 너무 확실해서 형량 추가될 가능성 높아. 이거 잘못하면 한 30년 맞을 수도 있겠는데. 엄대진 실형 확정되면 김영근하고 신환석 특검도 못 피하지."

부모의 원수가 감방에 들어간다고 해도 지금의 찬수처럼 즐거워 보이지는 않을 것 같았다. 물론 다른 팀원들이라고 그렇게 다른 감정들은 아니었다. 항소하면 형량 더 올라야 되는데, 하고 말을 보태는 호형에게 다들 동조하는 사이, 정언은 옆자리의 윤을 흘끔 보았다.

한승주가 사무실로 왔던 날 밤 이후로 며칠째 윤과 서먹한 분위기였다. 그럴 의도가 있는 건 아니었지만 윤이 내내 저기압인 탓에 뭐라고 먼저 말을 걸기가 어색했다. 팀원들이 공판 이야기를 신이 나서 떠드는 동안에도 윤은 한마디도 하지 않고 자료에만 눈을 두고 있었다.

정언은 속으로 한숨을 내쉬었다. 그때 책상 위에 놓아둔 핸드폰이 진동하기 시작했다. 재희의 전화였다. 여보세요, 하고 전화를 받기 무섭게 재희의 목소리가 돌아왔다.

『서 피디, 지금 어디야?』

"사무실이요."

정언의 대답에 재희가 안도한 기색으로 말을 이었다.

『아, 다행이네. 이번 주 취재 일정 며칠 미루고 우선 나 백업해 줘. 방송 스케줄 민 피디하고 바꿔 줄게. 민 피디는 스케줄 당겨도 여유 있으니까.』

정언은 다른 손으로 책상 위에 놓여 있던 탁상 달력을 집어 들어 스케줄을 확인했다. 재희가 취재 일정을 미루고 백업을 요청할 정도라면 어지간히 정신이 없는 모양이었다.

"엄대진 공판 때문에 그래요?"

『응. 엄대진 특집 볼륨 커질 것 같아서. 미안한데 좀 부탁할게. 이거 하면서 김영근 전 대통령이랑 신환석 검찰 조사 들어간 거 팔로우도 같이. 나 차세진 의원님하고 미팅 있어서 늦게 들어갈 거야. 그 전에 자료 공유 드라이브에 다 올려 줄 테니까 확인해 보고.』

"네."

정언이 전화를 끊자, 몇 분 지나지 않아 맞은편에 앉아 있던 철진이 어, 하며 고개를 들어 정언에게 물었다.

"강 선배가 스케줄 바꿔 달라고 그러네. 서 피디가 서포트해?"

"선배가 부탁해서요."

"고생하겠구만. 수고해."

철진이 혀를 찼다. 정언은 대답 대신 고개를 까딱였다. 재희에게서 자료 올렸으니 확인해 보라는 연락이 온 건 저녁 시간이 다 되어서였다. 재희가 말한 공유 드라이브의 폴더를 열자 스크롤이 끝도 없이 내려갔다.

으이구, 하고 속으로 중얼거린 정언은 우선 문서 자료를 전부 출력했다. 영상은 민혜에게 일단 프리뷰부터 맡겨 달라고 할 심산이었다. 프린터 앞에서 대기하며 받은 문서가 한 박스 가득이었다.

정언이 박스를 안아 책상 위에 내려놓자, 금요일이라 여섯 시가 되자마자 퇴근 준비를 하던 민혜가 눈을 휘둥그렇게 떴다.

"이게 다 뭐야?"

정언은 대답 대신 웃었다. 민혜가 자리에 없는 재희에게 눈을 흘겼다.

"하여튼 강재희 진짜 그 성격 어떡하니? 주려면 미리미리나 주지."

"1심 결과 기다렸어야 하니까 어쩔 수 없죠, 뭐. 작가님, 일단 이거 영상 프리뷰 좀 맡겨 줄래요? 손 빠른 사람이 하면 일요일 전까지는 다 할 것 같은데."

퇴근하려다 말고 다시 자리에 앉은 민혜가 핸드폰에서 프리뷰어들의 연락처를 후다닥 뒤졌다. 잠깐 누군가와 연락을 주고받던 민혜는 정언에게 말했다.

"이하은 씨가 한대. 토요일 밤까지 올려 줄 수 있다네. 내가 영상 보낼게."

"고마워요."

대답한 정언은 박스에서 문서를 꺼내 읽기 시작했다. 민혜가 정언의 어깨 너머로 쌓인 자료들을 보더니 물었다.

"오늘 퇴근 못 하는 거 아냐?"

"자료 생각보다 엄청 많은데요. 다 봐야 돼서 오늘은 못 들어 갈 수도 있을 것 같고."

"불쌍한 인생에 커피 한 잔 사 줄게. 가자. 커피 마시고 해."

민혜가 정언의 팔을 끌었다. 얼결에 끌려 나온 정언은 로비 카페에서 민혜와 잠시 마주 앉았다. 늘 그렇듯 벤티 사이즈 아메리카노가 정언의 앞에 놓였다.

"잘 마실게요."

"혹시 김 피디랑 싸웠어?"

커피를 한 모금 마시기도 전, 민혜가 묻는 말에 사레가 들린 정언은 콜록거리다 얼굴을 찌푸렸다.

"갑자기 왜 자다가 봉창 두드리는 소리를 해요?"

"아니, 눈치가 그런 거 같아서. 나 진짜 오지랖 왜 이러니?"

자기 허벅지를 찰싹 때리며 자문하던 민혜가 몸을 앞으로 내밀었다. 눈을 굴려 주위를 살핀 민혜가 소곤거렸다.

"한승주 때문에?"

"뜬금없이 한승주는 왜 또."

이젠 한승주의 한 자만 들어도 진저리가 날 지경이었다. 그날 이후로 정언은 아예 승주에게 직접 오는 연락은 받지도 않고 있었다.

추가 취재할 분량이 있어, 우선 매니저와 승주의 스케줄이 잡히는 대로 만나기로 약속은 돼 있었다. 그러나 솔직한 심정으로는 추가 취재고 뭐고 집어치우고 아예 새 취재원을 구할까도 심각하게 고민되는 참이었다.

"걔 인터뷰에서 정언 얘기 한 거 알아?"

"네?"

민혜가 물은 말에 정언은 귀를 의심했다. 민혜가 목소리를 낮췄다.

"자기가 <비하인드 24> 엄청 좋아한다고, 그 중에 서정언 피디님이 취재하시는 건 꼭 다 챙겨 본다고 그랬대. <뉴스라이트> 하나 작가가 걔 팬인데 정언 너무 부럽다고 그래서 뭔 소린가 했더니 그러더라고. 우리한테 도시락이랑 선물 돌린 것도 그렇고, 며칠 전에 엄청 늦게 우리 사무실 왔었다며? 진짜야?"

"내가 미친다. 그건 또 어떻게 알았어요?"

기가 차서 되묻자 민혜가 한숨을 쉬었다.

"나정 피디가 그날 걔가 우리 사무실 들어가는 거 봤다고 그러더라고. 걔 지금 찍는 드라마 실내 촬영이 본관 스튜디오에서 있대. 그거 촬영 끝나고 시보국 올라온 거 아니냐고."

뒷골이 당기는 기분이었다. 하기야 야근이 잦은 시보국에서 역시나 아무리 늦은 시간이라도 승주가 그렇게 오가는 걸 아무도 못 봤을 리 없었다.

"정언이 한승주 취재하려고 몇 번 만난 거 알잖아. 나정 피디 걔가 혹시 다른 마음 있는 거 아니냐고…… 거기도 한승주 소문 안 좋은 거 알더라."

민혜가 걱정스러운 듯 말끝을 흐렸다. 이제 보니 그 소리를 하려고 뜬금없이 커피를 사 주겠다며 끌고 내려온 모양이었다. 정언은 됐다는 얼굴로 내뱉었다.

"하여튼 다들 남 얘기 되게 좋아해. 그럴 일 절대 없으니까 작가님도 걱정 말고 얼른 들어가요, 쓸데없는 소리 하지 말고. 나 바빠요."

"알았어. 그냥 걱정돼서 그러지. 적당히 하고 들어가. 월요일 에 만나."

정언이 먼저 자리에서 일어나자 민혜가 손을 흔들었다. 사무 실로 돌아오자 팀원들은 이미 저녁을 먹으러 나간 뒤였다. 뒤늦 게 서둘러 사무실을 나서던 지혁이 멈칫하며 정언에게 물었다.

"선배, 저녁 안 드세요?"

"응. 먼저 먹어."

"네."

짧은 대답에 지혁이 고개를 끄덕이며 후다닥 나갔다. 윤의 자 리도 비어 있었다. 같이 간 건가, 하며 별생각 없이 책상 위의 자료에 골몰하던 정언은 십 분쯤 지나 윤이 자기 자리에 앉는 통에 깜짝 놀라 고개를 들었다.

"저녁 먹으러 간 거 아니었어?"

"일이 좀 있어서요."

윤이 대답했다. 금요일에 무슨 일이 있다는 말은 들은 적이 없 었다. 그렇게 생각하다 보니 한승주가 찾아왔던 날 이후로 며칠 내내 윤과 거의 대화가 없었던 것이 떠올랐다. 공연히 어색해진 정언은 그래, 하고 대답하며 다시 서류로 눈을 주었다.

파티션 너머에서 윤이 나지막하게 한숨 쉬는 소리가 들렸다. 들으라고 하는 건 아닌 듯싶었으나 신경이 쓰이는 걸 막을 수는 없었다.

자리를 정리하는지 부스럭거리던 윤이 정언에게 말했다.

"자료 많으면 반 나눠서 저 주세요. 이따 밤에 사무실 다시 와서 볼게요."

"아냐, 괜찮아. 퇴근해."

정언은 그 말에 바로 거절했다. 괜히 일 있다는 사람을 다시 사무실로 오게 만들 생각은 없었다. 평소 같으면 몇 번을 더 조를 윤이었으나, 오늘은 잠시 망설이더니 네, 하고 대답했을 뿐이었다.

"저 먼저 갈게요."

나지막하게 말한 윤이 가방을 메고는 정언의 등 뒤를 가로질러 사무실을 나갔다. 있을 때도 심란하더니, 그러고 가는 걸 보니까 더 심란해졌다. 남의 기분을 풀어 주는 데는 소질이 영 없었기에 어떻게 해야 할지 막막했다. 보통 이런 경우에는 윤이 늘 먼저 손을 내밀었기에 더 그랬다.

그러나 며칠 내내 생각해도 답이 없는 문제를 이제 와서 고민한다고 뭐가 생길 리 만무했다. 더 고뇌하기를 포기한 정언은 산더미처럼 쌓인 자료로 눈을 주었다. 차라리 일할 때가 마음은 제일 편했다. 금요일 퇴근 직전 일거리를 만들어 준 재희가 고마울 지경이었다.

정신없이 자료를 확인하고 정리하는 사이, 저녁을 먹고 들어온 팀원들이 일을 하다 하나둘 퇴근하기 시작했다. 마지막으로 퇴근하는 호형과 성옥에게 인사를 하고도 한참을 서류에 파묻혀 있던 정언은 퍼뜩 눈을 들었다. 벽에 걸린 시계는 이미 새벽 한 시에 가까워져 있었다.

정언은 손목에 찬 시계를 다시 한 번 확인했다. 재희가 늦을 거라고 말하기는 했지만, 이 시간까지 연락이 없는 걸 보니 아마 술자리에 있는 듯했다.

"되게 늦네."

혼잣말처럼 중얼거린 정언은 기지개를 켰다. 그 많던 자료들은 절반 이하로 줄어 있었다. 밤샘하고 마저 보든지, 아니면 눈 좀 붙이고 내일 아침에 다시 봐도 주말 사이에는 충분히 체크할 수 있을 것 같았다.

엄대진 공판 관련 내용이라면 이미 일 년도 넘게 분석해 온 것이라 머릿속에 흐름은 모두 들어 있었다. 자료의 양에 비해 작업이 빠른 건 당연했다. 재희가 굳이 자신을 찍어 백업을 부탁한 것도 그 때문이었다.

고개를 젖힌 정언은 뒷목을 두드렸다. 그때 책상 위에 놓인 핸드폰이 진동하기 시작했다. 이 시간에 전화하는 사람이 누군가 싶어 얼굴을 찌푸린 정언은 핸드폰을 확인했다.

원영민…… 한승주의 매니저였다. 무슨 일인가 싶어 통화를 연결하기 무섭게 영민의 목소리가 넘어왔다.

『서정언 피디님 되시죠? 저 한승주 씨 매니저 원영민인데요.』

"아, 네. 무슨 일로……."

정언의 대답이 채 끝나기도 전, 영민이 서둘러 용건을 늘어놓았다.

『지난번에 추가 취재 요청하신 건 있잖아요, 그것 때문에 연락드렸거든요. 승주가 모레부터 갑자기 장기 로케가 잡혀서요.』

"장기 로케요?"

정언은 책상 위에 놓인 스케줄러에 눈을 주었다. 재희가 철진과 스케줄을 바꿔 주긴 했지만, 당장 모레부터 한승주가 장기 로케라면 방영 전까지 추가 취재를 할 시간이 없을 것 같았다. 차라리 다행인 건가 막 생각하자마자 영민이 조심스럽게 말을 이었다.

『기간이 좀 될 것 같은데, 승주가 출국 전에 피디님 인터뷰 꼭 하고 나가야 된다고 성화를 부리더라고요. 승주 스케줄이 오늘 촬영 이후밖에 안 비어서요. 피디님 가능하시면 승주가 촬영 끝나고 장소 옮겨서 뵙고 싶다고 그러는데, 시간이 너무 늦어서 좀 그러시겠죠?』

갑작스러운 이야기였다. 핸드폰 너머에서 영민이 어지간히 쩔쩔매는 것이 눈에 보일 정도라, 승주가 고집을 부렸으리라는 건 짐작이 갔다. 스케줄러를 한참 들여다보던 정언은 속으로 한숨을 내쉬었다.

"알겠습니다. 제가 스케줄 맞춰 드려야죠. 촬영 언제 끝나시는데요?"

정언의 말에 영민이 반색했다.

『아, 촬영은 아까 끝났고요. 승주가 지금 장소 이동 중이라는데 어디서 뵐지 주소 바로 보내 드리겠대요. 늦은 시간에 정말 죄송합니다, 피디님.』

"아닙니다. 연락 주셔서 감사합니다."

전화를 끊은 정언은 책상 위를 짚으며 잠시 고개를 푹 숙였다. 별 게 다 제멋대로다 싶었으나 어쩔 수 없었다. 말도 없이 해외 로케를 가 버려서 나중에 알게 되는 것보다는 낫겠지, 하고 애써 좋게 생각하려 노력한 정언은 다시 한 번 시계를 보았다.

핸드폰으로 메시지가 들어왔다. 승주가 사적으로 쓴다는 번호로 보낸 것이었다. 주소는 한남동으로 되어 있었다. 피스 오브 케이크(piece of cake). 낯선 상호를 입 안으로 뇌어 본 정언은 재희에게 전화를 걸었다. 신호가 몇 번 가자 응, 하며 재희가 바로 전화를 받았다.

"어, 선배. 사무실 다시 안 들어올 거예요?"

『좀 늦을 것 같은데. 아직 퇴근 안 했어?』

시끌시끌한 소리가 재희의 뒤로 들렸다. 짐작한 대로 술자리에 붙들려 있는 듯했다. 정언은 가방을 챙기며 대답했다.

"보내 준 자료 체크하는 중인데 갑자기 취재 잡혀서 나가야 될 것 같아서. 일단 지금 반쯤 봤는데, 내일 마저 할게요. 선배 혹시 늦게 들어와서 나 찾을까 봐 전화했어요."

정언의 말에 재희가 놀란 듯 물었다.

『취재? 이 시간에 무슨 취재를 가? 어디를?』

"한승주 추가 취재 약속한 게 있는데, 모레부터 무슨 해외 로케가 잡혔대요. 스케줄이 장기라 오늘 자기 드라마 촬영 끝나고 보면 안 되냐고 매니저한테 전화가 왔더라고."

『한승주?』

잠깐 침묵하던 재희의 목소리가 갑자기 달라졌다.

『그거 꼭 가야 돼?』

"오늘 아니면 시간이 없다는데 어떡해요."

『김 피디는?』

"일 있다고 일찍 들어갔어요."

『다시 나오라고 해. 아니면 대신 보낼 사람 없어?』

정언은 미간을 좁혔다. 재희가 이런 소리를 하는 건 처음이었다. 말하는 건 멀쩡한데 설마 취한 건가 싶어, 정언은 어이없다는 투로 대꾸했다.

"이 시간에 어딜 다시 나오라고 해요. 대신 보낼 사람은 또 무슨 소리야? 왜 그래요?"

『아니, 이 시간에 갑자기 보자고 하는 거 이상하잖아. 나 개별로 느낌이 안 좋아. 개인적으로 서 피디한테 연락도 자꾸 한다며.』

그 많은 한승주 팬은 우리 사무실에만 없나 보네, 속으로 중얼거린 정언은 이마를 짚었다.

"그건 또 누구한테 들었어요?"

『송 작가.』

안 그러던 사람들이 죄다 왜 이러는지 모를 노릇이었다. 기가 차 웃은 정언은 대수롭지 않게 내뱉었다.

"하여튼 팩트만 찾는 주제에 이럴 때만 다들 상상력이 너무 뛰어나. 됐어요, 뭐 별일 있겠어요?"

『이 시간에 어디서 만나자고 그러는데? 일단 장소 보내 줘. 혹시 모르니까.』

"취했어요? 왜 이래?"

정언이 질색했으나 재희의 말투는 평소와 달리 진지했다.

『나 멀쩡해. 농담 아니니까 어디서 만나는지 주소 보내.』

"진짜 왜 이래, 새삼. 알았어요, 알았어."

정언은 전화를 끊었다. 그냥 평소처럼 아무 생각 없이 보고 전화를 했을 뿐인데, 괜히 재희까지 이러니 더 신경 쓰였다. 잠시 망설이던 정언은 가방을 마저 챙기고는 책상의 스탠드를 껐다.

사무실을 나서며 승주가 보낸 주소를 복사해 재희에게 전송한 정언은 택시를 잡았다. 그리 먼 거리는 아니었으나 운전하기가 피곤했다. 차야 뭐 내일 와서 가져가지, 하고 태평한 생각을 하던 정언은 무심코 받은 주소를 핸드폰으로 검색해 보았다.

포털 사이트의 검색창에 '한남동 피스 오브 케이크'를 검색하자 수천 개의 포스팅이 쏟아졌다. 별생각 없이 눌러 본 가장 위의 포스팅에서 제일 먼저 눈에 들어온 건 여지흔이라는 이름이었다. 어디서 들었는데, 하고 생각한 순간 지난번에 한승주가 했던 말이 떠올랐다.

「여지흔 형 알죠? 여지흔 형이 한남동에서 와인바 하거든요. 루프탑이 진짜 멋있어요.」

아니나 다를까, 한승주가 보낸 주소는 바로 그 여지흔이 한다는 한남동 루프탑 와인바였다. 취재 응할 시간도 없어 촬영 끝나고 이 시간에 사람을 불러 대면서, 굳이 이런 데서 만나자고 하는 의도를 도무지 알 수가 없었다.

영 찜찜해진 기분으로 한남동에 도착한 건 이십 분쯤 뒤였다. 늦은 시간인데도 밖에서 보이는 루프탑에는 예쁘게 조명이 들어와 있었다. 가게 안으로 들어서자 한눈에 보기에도 연예인 지망생 같은 종업원이 달려 나왔다.

"혼자 오셨어요?"

아무래도 이런 분위기는 익숙하지 않았다. 정언은 서둘러 명함을 내밀었다.

"YBS 서정언 피디입니다. 한승주 씨 만나러 왔는데요. 혹시……."

"아, 네. 이쪽으로 오시죠."

명함을 확인한 종업원이 말이 채 끝나기도 전, 정언을 안쪽 룸으로 안내했다. 조용한 룸의 문을 열자, 긴 테이블 가운데 앉아 혼자 맥주를 마시던 승주가 어, 하며 반색했다. 등 뒤에서 문이 닫혔다. 복도로 희미하게 넘어오던 음악마저 완전히 끊긴 룸 안이 고요했다.

"피디님 얼굴 보기 진짜 힘드네요."

턱을 괸 승주가 빙글거렸다. 이미 약간 취한 것 같았다. 촬영 끝나자마자 온 거라면서, 대체 언제부터 여기 있었던 건가 하는 생각이 퍼뜩 들었다. 정언은 표정을 감추며 승주와 약간 떨어진 자리에 앉았다.

"죄송합니다. 저희도 요즘 스케줄이 풀이라서요. 피곤하실 텐데 짧게 하겠습니다."

"나 지금 메이크업 다 지웠어요. 촬영은 안 하면 안 되나?"

정언이 가방에서 캠을 꺼내려 하는 것을 본 승주가 정언을 막으며 물었다. 그러죠, 하고 대답한 정언은 대신 포켓에 꽂아 둔 펜형 보이스리코더를 켜고는 자료가 든 파일을 꺼내 확인했다. 그사이 승주는 소파에 등을 묻은 채 정언을 응시했다.

"시사회 안 왔던데, 그날도 바빴어요?"

"네."

정언은 승주를 보지도 않고 대답했다. 여전히 반말 같은 존대가 거슬렸다. 최소한 취재하는 동안에는 말투가 얌전했는데, 그때는 매니저가 동석해서 그랬나 하는 생각이 들었다. 승주가 아이스 바스켓 안에 꽂혀 있던 맥주 한 병을 더 따 홀짝이기 시작했다.

"연락은 왜 그렇게 안 돼요?"

"계속 핸드폰 확인할 수가 없어서요."

"아니잖아. 내 연락 씹는 거 보면 아는데."

아무래도 진짜 취한 게 맞는 모양이었다. 이러면서 무슨 인터뷰를 하겠다는 건가 싶어 속으로 한숨이 나왔다. 정언은 애써 승주에게 시선을 주지 않으려 노력하며 입을 열었다.

"일단 저희가 이전 소속사 계약서 내역 검토는 마쳤습니다. 지금 한승주 씨가 이전 회사인 스포트쇼 쪽에 전속계약 효력 부존재 확인 소송하고 별도로 민사도 같이 진행 중이신데, 이 민사 건이 계약서 음원수익 관련 조항에……."

"뭐가 그렇게 급해요?"

승주가 말을 끊었다. 인터뷰를 할 생각이 아예 없는 거라는 직감이 든 건 그때였다. 씩 웃는 얼굴이 그다지 마음에 들지 않았다. 느낌이 나쁘다던 민혜와 재희, 윤이 생각난 건 직후였다.

"여기 분위기 괜찮죠?"

"계속 진행해도 되겠습니까?"

정언이 딱딱하게 되묻자 승주가 킥킥거리며 웃었다.

"원래 성격이 그래요?"

물론 아니었다. 원래 성격 같으면 벌써 욕이 나가고도 남았을 상황이었다. 승주가 다시 맥주를 마시며 씩 웃었다.

"나 여기 작업 걸 때 아니면 안 와요."

이게 정말 미쳤나 하는 소리가 목까지 올라왔다. 그러나 어쨌든 취재원이었다. 화제성이 있으니 섭외한 건데, 이런 일로 깽판을 치고 뒤집어엎을 수는 없었다. 잠시 감정을 누른 정언은 사무적으로 대꾸했다.

"더 진행하실 생각 없으면 추가 취재는 없던 걸로 하죠."

테이블 위에 펼쳐 놓았던 파일을 덮자, 승주가 그 위를 자기 손으로 눌렀다. 정언은 표정을 굳히며 고개를 들었다. 승주가 나른한 눈으로 정언을 마주 보았다.

"딱딱한 얘기 하지 말고 다른 얘기 좀 하죠. 내 연락 왜 무시해요?"

"취재원하고 사적으로 연락 안 합니다."

그때 주머니 안에서 핸드폰이 진동하기 시작했다. 전화가 걸려온 것 같았다. 그 소리를 들었는지, 승주가 정언의 재킷 주머니 쪽을 뚫어지게 응시했다. 정언이 핸드폰을 꺼내자 갑자기 승주가 핸드폰을 확 낚아채더니 자기 앞에 엎어 놓았다.

"지금 뭐하시는 겁니까?"

돌발 행동에 당황하지 않았다면 거짓말이었다. 승주의 손바닥 아래서 핸드폰이 계속 진동했다. 굳이 승주를 더 자극하고 싶지는 않았기에, 정언은 서둘러 목에 걸고 있던 블루투스 이어폰의 버튼을 눌렀다. 통화가 연결된 건지, 혹은 전화가 끊어진 건지 진동이 멈췄다.

다행히 핸드폰을 확인할 마음은 없었는지, 승주가 정언을 빤히 보았다.

"내 전화 안 받으면서 다른 사람 전화는 왜 받으려고 그래요?"

장난치는 듯한 말투였으나 눈이 전혀 웃고 있지 않았다. 느낌이 좋지 않았다.

"한승주 씨."

승주를 부르는 말투가 강하게 나갔다. 턱을 괸 승주가 키득거렸다.

"에이, 무섭게 왜 그래요. 피디님 스타일 좋고 맘에 들어서 그냥 친해지려고 그런 건데. 그냥 술 같이 마시고, 같이 놀고, 그러면 좋잖아요."

"제가 여기서 한승주 씨하고 이럴 이유 없는 것 같은데요."

그러나 승주는 이미 자신의 말을 거의 듣지 않고 있었다. 손에 든 맥주를 한 모금 더 마신 승주가 자리를 옮겨 정언의 곁에 앉았다.

"피디님 서른둘이라면서요? 되게 동안이네. 나 연상 취향인 거 알았나?"

"그만하시죠."

체력에 아무리 자신이 있다고 해도 성인 남자와 밀폐된 공간에서 일대일로 맞서는 건 피하고 싶었다. 입이 말랐다. 핸즈프리 마이크를 쥔 손에 얇게 땀이 배었다.

"여자는 서른 넘어야 재밌더라고요. 한 번 자도 쿨하잖아. 피디님도 그래 보여서 좋던데. 어떤 스타일이에요? 의외로 벗으면 핫하고, 그런 타입 같기도 하고."

눈 하나 깜짝하지 않고 잘도 그런 소리를 지껄이는 얼굴에 기가 막혔다. 소문이 안 좋은 이유가 있긴 한 모양이었다. 자신에게도 이럴 정도라면 작가나 계약직 스태프들에게는 어떨지 안 봐도 뻔했다.

당장 한 대 쳐 주고 싶은 것을 참은 정언은 자리에서 일어났다. 승주가 어, 하며 정언의 손목을 잡아챘다. 생각보다 훨씬 세게 움켜쥐는 손길에 심장이 덜컥 내려앉았다.

"짜증나게 왜 이래요, 진짜. 그냥 얘기만 좀 하자고."

"놓으시죠."

정언이 그 손을 떼어 내려 했으나 승주는 억지로 정언을 끌어 앉혔다.

"일단 앉아 봐요. 내가 치한이야?"

이미 충분히 그런 것 같은데, 속으로 생각한 정언은 승주의 손을 뿌리쳤다. 그새 손목 위로 새빨갛게 손자국이 남은 채였다. 가방을 들고 나가려 하자 승주가 문 앞을 가로막고 섰다. 정언은 눈썹을 좁히며 승주를 마주 보았다.

"지금 저 위협하시는 겁니까?"

"진짜 웃기네. 내가 무슨 범죄자냐고. 내가 뭐 했어요?"

승주의 얼굴에서 웃음기가 걷혔다. 승주가 다시 정언의 팔을 꽉 움켜쥐었다. 통증이 느껴질 정도로 세게 잡혀, 손목을 비틀어 팔을 빼려 했으나 소용이 없었다. 다친 지 오래인 왼쪽 어깨까지 약간 뻐근하게 아픈 느낌이었다. 가까워진 거리 탓에 알코올 냄새가 확 밀려들었다.

"놓고 얘기하세요."

우선 그 손을 떼어 내려 했지만 아까보다 더 강하게 잡힌 통에 쉽지 않았다. 승주가 황당하다는 얼굴로 정언을 다그쳤다.

"내가 뭐 어쨌냐고. 이 시간에 여기 온 거 뻔하잖아. 뻔한 거 알면서 와 놓고 왜 그래요?"

"비켜 주시죠."

잘못 걸렸다는 생각이 들었다. 격리된 룸 안인 데다 상대가 좋지 않았다. 최대한 침착하게 말했으나, 승주가 얼굴을 찌푸리더니 정언의 어깨를 밀쳤다. 무의식적으로 뒤로 물러섰지만 두 걸음도 가기 전 테이블에 몸이 가로막혔다.

승주가 양팔을 쥐며 꼼짝도 못 하게 정언을 붙들었다. 마른 체격이기는 했지만 일단 성인 남자였다. 힘으로 벗어난다는 건 거의 불가능했다. 소리를 지를까, 미친 척 육탄전을 할까 복잡한 머리로 계산하는 사이 누군가 밖에서 문을 세게 두드렸다.

"씨발, 문 두드리지 마!"

승주가 고함을 쳤으나 밖에서는 듣지 못한 모양이었다. 거의 문을 부술 기세로 쾅쾅대는 소리에, 승주가 쥐고 있던 정언의 팔을 놓고는 짜증스럽게 문을 열었다.

"어떤 새끼가 자꾸……."

그러나 그 말은 끝까지 이어지지 않았다. 안으로 들어선 남자에게 다음 순간 그대로 멱살을 잡혀 벽에 밀어붙여진 탓이었다. 얼마나 세게 떠밀렸는지 퍽 소리가 날 정도였다. 승주보다 더 놀란 쪽은 정언이었다. 승주의 멱살을 움켜쥔 뒷모습이 아무리 봐도 낯이 익어서였다.

"너 제정신이야?"

거친 숨이 섞인 낮은 목소리 끝이 갈라졌다. 그럴 리가 없다고 생각했으나, 그 목소리를 듣자마자 정언은 눈을 의심했다.

진짜 윤이었다.

윤이 이 시간에, 더구나 여기 있을 이유가 하나도 없었다. 갑자기 어떻게 나타난 건지 이해가 가지 않았다.

얼어붙은 정언은 크게 뜨인 눈을 깜빡였다. 그사이 윤은 승주의 멱살을 잡은 손에 더 힘을 주었다. 승주가 새파랗게 질린 얼굴로 콜록거렸다. 그러거나 말거나 윤은 거의 승주를 죽일 기세로 윽박질렀다.

"너 제정신이냐고 묻잖아, 이 새끼야!"

그 목소리에 퍼뜩 정신이 돌아왔다. 정언이 김 피디, 하며 윤을 불렀으나, 윤은 그 말이 아예 안 들리는 듯 버둥거리는 승주를 다시 한 번 벽에 꽉 밀어붙였다. 체격 차가 있는 데다 취하기까지 한 바람에 승주는 윤에게 상대도 되지 못했다.

"이딴 식으로 사람 만만하게 보고 집적대는 거 아무 데나 통할 줄 알았어?"

윤이 이를 갈며 승주를 다그쳤다. 윤이 이렇게 화를 내는 건 이사회에 불려갔던 날 이후로 처음이었다. 분명 자신이 아는 윤이 맞는데 낯선 사람처럼 느껴져, 정언은 그 자리에서 움직이지 못했다. 기침을 하던 승주가 겨우 귀를 의심하는 표정으로 윤을 보았다.

"뭐?"

눈 한 번 깜빡이지 않고 승주를 응시하던 윤이 그 눈앞에 자기 핸드폰을 들어 보였다. 통화 녹음 중인 화면이 떠 있는 액정에 정언의 이름이 선명했다. 아까 걸려온 그 전화가 윤의 전화였던 듯했다.

정언은 목에 걸린 블루투스 이어폰을 내려다보았다. 통화 중을 알리는 파란색 LED가 계속 점멸하고 있었다. 그렇다면 윤은 전화가 연결됐을 때부터 자신과 승주의 대화를 계속 듣고 있었을 게 당연했다. 심장이 덜컥 내려앉았다. 윤이 속에서 긁히는 목소리로 승주에게 나지막하게 속삭였다.

"녹음되고 있는 거 보여? 나 <비하인드 24> 피디야. 너 여기서 지금 지껄인 소리 바로 아침 뉴스 타게 만들어 줄까?"

마른침을 삼킨 승주가 간신히 고개를 저었다. 술이 다 깬 얼굴이었다. 그 얼굴을 뚫어지게 보던 윤이 멱살을 잡은 손을 놓으며 승주를 밀쳤다.

"한 번만 더 이딴 짓 하면 그땐 진짜 죽어 버릴 줄 알아."

승주가 몸을 숙이며 한참을 콜록거렸다. 테이블 위에 놓인 정언의 핸드폰을 집어 든 윤이 나가요, 하며 정언의 팔을 잡아채 뒤도 돌아보지 않고 그 자리를 나섰다. 얼결에 끌려 나온 정언은 건물 밖으로 나와서야 윤에게 물었다.

"여기 어떻게 온 거야? 약속 있다고 한 거 아니었……."

정언의 말이 채 끝나기도 전, 윤이 버럭 소리를 질렀다.

"저한테 먼저 얘기하셨어야죠!"

전에 없이 화가 난 표정이라 저도 모르게 말문이 막혔다. 분이 풀리지 않았는지 아직도 숨이 거칠었다. 윤이 내뱉는 숨결마다 찬 공기가 하얗게 응결했다가 흩어졌다. 감정을 누르려는 듯 윤이 입술을 잘근거리며 씹었다.

그 얼굴이 창백하게 질려 있다는 걸 정언은 그제야 깨달았다. 윤이 전화 너머로 상황을 계속 듣고 있었다면 그러는 것도 무리는 아니었다. 이를 악물고 있던 윤이 자기 머리칼을 흩어 놓으며 정언을 마주 보았다.

"그 시간에 만나자고 하는 거 이상하다고 생각 안 하셨어요? 강 피디님이 저한테 연락해서 가 보라고 안 하셨으면 선배 이러고 있는 줄 몰랐을 거 아니에요! 선배한테 무슨 일 생겼으면 전 어떡하라고요! 진짜 저 미치는 꼴 보고 싶어서 이러세요?"

높아지던 윤의 목소리 끝이 떨리며 확 잦아들었다. 가슴이 덜컥 내려앉았다. 손을 올려 잠시 눈가를 덮고 있던 윤이 정언을 외면하며 근처에 세워 둔 자기 차에 시동을 걸었다. 조수석 문을 열며 정언을 밀어 넣은 윤은 바로 차에 탔다.

운전을 하는 내내 윤은 한마디도 하지 않았다. 정언의 집 지하 주차장에 차를 세운 윤은 시동을 껐다. 굳은 표정으로 앞을 응시하는 윤의 얼굴에 복잡한 감정들이 스쳤다. 한동안 침묵하던 윤이 입을 열었다.

"취재원 다시 섭외할게요. 한승주 건 하지 마세요. 선배 강 피디님 서포트하는 동안 제가 분량 채워 놓을 테니까."

"김 피디."

"고맙다는 말 안 하셔도 돼요. 선배한테 화내려고 왔으니까."

윤이 정언의 말을 끊었다. 정언은 아무 말도 하지 못하고 윤을 보았다. 흰 얼굴에 귀 끝만 새빨갛게 단 채였다. 내내 밖에 있었던 사람 같았다. 퍼뜩 설마, 하는 생각이 들었다. 다시 긴 정적이 내려앉았다.

윤이 이 끝으로 입술을 말아 눌렀다. 하얗게 질린 입술이 가늘게 떨렸다. 그것을 알아차린 정언이 김 피디, 하고 부르자 윤이 자기 얼굴을 감쌌다. 무너지듯 어깨를 웅크린 윤이 입술을 달싹였다.

"가는 내내 머리가 어떻게 되는 줄 알았어요. 전화로 소리는 계속 들리는데…… 나쁜 생각만 들어서 진짜 돌아 버릴 것 같았다고요. 내가 선배 대신 갔으면 그런 일 없었을 텐데, 선배한테 먼저 미안하다고 했으면 되는데, 내가……."

윤은 말을 더 잇지 못했다. 조금 전 승주에게 그렇게 화를 냈던 사람이라고는 믿을 수 없을 정도였다. 정언은 윤의 어깨에 손을 얹었다.

"김 피디. 잠깐만. 나 봐."

"싫어요."

윤이 고개를 가로저었다. 감정을 누르는 듯 한참이나 말이 없던 윤이 고개를 숙였다.

"약속 같은 거 없었어요. 선배한테 사과하기 싫어서 오기 부린 거예요."

"계속 밖에 있었지? 이렇게 추운데?"

정언의 물음에 윤이 네, 하고 조그맣게 대답했다. 이럴 때는 영락없이 소년 같은 얼굴이었다. 사이를 둔 윤이 입을 열었다.

"선배 앞에서 이렇게 굴기 싫어요. 저. 계속 어린애처럼 이러는 거 저도 정말 돌아 버릴 것 같은데…… 그러기 싫은데 마음대로 안 되잖아요. 선배 생각만 하면 아무것도 못 하겠어요. 아무것도 안 보이고 아무 생각도 안 나요. 생각대로 되는 게 하나도 없어요."

지나칠 정도로 솔직한 단어들에 머릿속의 생각들이 그대로 지워졌다. 윤이 겨우 눈을 들어 정언을 마주 보았다. 주차장의 조도 낮은 조명에 짙은 갈색 눈동자가 비쳤다. 평소보다 훨씬 더 가라앉은 그 눈이 마음에 박혔다. 윤이 시선을 내렸다.

"먼저 미안하다고 말 못 해서 죄송해요."

잠긴 목소리였다.

"……선배한테 어울리는 남자였으면 좋겠는데 너무 한심해서 짜증나요."

중얼거린 말에 한숨처럼 웃는 소리가 났다. 매번 자기보고 선배는 스스로를 너무 모른다고 투덜대면서, 정작 윤 자신도 본인이 어떤지 전혀 모르는 모양이었다.

"김 피디는 지금보다 더 멋있으면 내가 좀 곤란할 것 같은데."

정언의 대답에 윤이 멈칫하며 눈을 들었다. 정언은 나지막하게 말했다.

"아까는 고마웠어. 내가 안일했던 거 인정할게."

"그 자식이 나쁜 거지 선배 잘못 아니에요. 아까는 제가 화가 나서……."

윤이 서둘러 정언의 말을 부정했다. 그 얼굴에 푹 웃는 소리가 났다. 가만히 윤을 마주 보던 정언은 작은 숨을 내쉬었다.

"항상 먼저 손 내밀게 해서 미안해."

방금 발음한 단어들이 낯설었다. 정언은 그런 스스로를 생경하게 느꼈다. 이런 말을 누군가에게 하게 될 거라고는 생각도해 본 적이 없었다. 자신의 경계 안에 그토록 가까운 타인을 둔다는 게 어떤 일인지 윤을 만나기 전에는 알지 못했다.

"그리고 지금도 충분해."

손을 뻗은 정언은 윤의 머리칼을 가만히 만졌다. 찬 기운이 아직 남아 있는 부드러운 머리칼을 지나 이마와 뺨, 목덜미로 내려가는 손끝의 궤적을 따라 열이 올랐다. 멍하니 정언을 응시하던 윤이 가벼운 기침을 뱉었다. 손을 멈춘 정언은 윤을 불렀다.

"김윤."

"네?"

윤이 눈을 깜빡였다. 정언은 속삭이듯 윤에게 말했다.

"커피 마시고 가."

그게 무슨 뜻인지는 굳이 묻지 않아도 두 사람 모두 잘 알고있었다.

"선배."

"감기 들어."

윤이 그새 새빨개진 얼굴을 숙였다. 아무래도 감기는 이미 걸린 것 같았다.

"뭐해, 춥잖아."

윤이 고개를 끄덕였다. 먼저 차에서 내린 정언은 윤에게 손을내밀자, 윤이 그 손을 잡았다. 작게 내쉬는 숨이 선명했다. 나란히 엘리베이터를 타고 올라간 두 사람은 어두운 복도를 지났다. 현관문의 비밀번호를 누르고 안으로 들어서자, 문이 닫히는것과 거의 동시에 아직 차가운 윤의 손이 두 뺨을 감싸 왔다. 정언은 눈을 감았다. 맞닿는 입술 사이로 열 오른 숨이 스며들었다. 곧 센서 등이 꺼지며 얇은 눈꺼풀 위로 완전히 어둠이 덮였다. 바람 소리가 멀게 들렸다.

◆

멍한 머릿속으로 기억들이 분절했다. 현관에서의 긴 키스 사이 몇 번인가 센서 등이 점멸했던 것이 떠올랐다. 부드럽고 서늘한 머리칼, 뺨, 입술. 한 입 베어 문 바닐라 아이스크림 안에서 불현듯 따뜻하게 녹인 초콜릿이 쏟아지듯 스며들던 혀와 숨결. 몽롱한 의식 속에서도 감각들은 선명했다.

절제 같은 단어들을 모조리 지워 버린 사전처럼 굴었던 간밤은 자신에게도 낯선 것이었다. 가늘고 창백한 손목을 쥐었을 때 정언이 아파하던 얼굴이 뇌리를 지났다. 손목에 남은 한승주의 손자국을 알아차리고 열 오른 머릿속으로 뭔가 욕 같은 걸 몇 마디 내뱉은 것도 같았다.

─그런 말도 할 줄 알아?

숨이 많이 섞인 정언의 목소리가 환청처럼 귓가를 건드렸다. 몸이 닿는 곳마다 제멋대로 구겨지던 시트와 뒤섞인 체온, 호흡, 그리고…… 뒤척이던 윤은 긴 숨을 내쉬며 눈을 가늘게 떴다.

아직 사방이 푸르스름한 어둠에 잠겨 있었다. 사물의 윤곽을 분간하지 못할 만큼은 아니었으나, 잠이 깰 만큼 밝지도 않았다. 흐릿했던 시야가 점차 또렷해지며 이제 익숙한 정언의 방 안이 눈에 들어왔다.

아직 미열이 남은 건지 머릿속이 약간 들뜬 느낌이었다. 어제 저녁 내내 몇 시간을 밖에서 돌아다닌 후유증인 듯했다. 품에 안겨 있는 사이 정언이 자신의 목덜미며 뺨을 연신 만져 보다 열이 난다고 걱정하던 것이 꿈인지 아닌지 확실하지가 않았다.

윤은 팔을 올려 잠시 눈가를 가리고 있다가 소리 없이 정언 쪽으로 몸을 돌렸다. 세상모르고 잠든 정언의 모습이 눈에 들어왔다. 그렇지 않아도 핏기 없는 얼굴이 새벽빛에 물들어 더 창백해 보였다.

베개에 한쪽 얼굴을 파묻은 윤은 어둠에 조금 익숙해진 눈으로 가만히 정언을 마주 보았다. 이제는 눈을 감고도 그릴 수 있는 얼굴이었지만, 이렇게 보고 있으면 늘 새로웠다.

긴 눈매와 가는 속눈썹, 이마에서 코끝으로 떨어지는 날카롭고 서늘한 선과 얇은 입술. 웃지 않을 때면 차가운 인상이었지만 잠들어 있을 때는 또 다르게 느껴졌다.

윤은 손을 뻗어 조심스럽게 아무렇게나 흐트러진 정언의 머리칼을 갈무리해 넘겨주었다. 정언은 잠버릇이 거의 없어, 잘 때 누운 그대로 아침에 일어나는 게 보통이었다. 그러나 간밤에는 그럴 만한 상황이 아니었다. 정언이 품 안에서 거의 정신을 잃다시피 잠들었던 걸 떠올리자 조금 미안한 기분이 되었다.

이불이 약간 흘러내려 마른 어깨가 드러난 탓인지 정언이 무의식중에 몸을 조금 더 웅크렸다. 윤이 얼른 목까지 이불을 올려 덮어 주자, 그 기척에 퍼뜩 잠이 깼는지 정언이 눈가를 찌푸렸다.

"……몇 시야?"

눈도 뜨지 못한 채 묻는 목소리가 나른했다.

"아직 일곱 시도 안 됐어요."

윤이 속삭이듯 대답하자 정언이 낮은 한숨을 쉬고는 베개에 얼굴을 완전히 묻었다. 잠시 그러고 있던 정언이 고개를 돌려 눈을 가늘게 뜨고 윤을 마주 보았다.

"왜 이렇게 일찍 깼어."

"그냥요."

윤은 손끝으로 정언의 얼굴을 조심스럽게 덧그리며 정언을 응시했다. 어둡기는 했으나 뚫어지게 보는 시선을 알아차리지 못할 정도는 아니었다. 정언이 윤의 손길에 얼굴을 맡긴 채 입술을 달싹였다.

"왜 그렇게 보는데."

"예뻐서요."

정언이 한숨을 섞어 웃는 소리를 냈다.

"자다 깬 게 뭐가 예뻐."

"그냥 다 예뻐요."

뭐라고 혼잣말처럼 중얼거린 정언이 얼굴을 만지는 윤의 손을 잡아 내렸다.

"더 자."

"선배도요."

순순히 대답했으나 물론 말뿐이었다. 정언이 다시 얕은 잠에 빠진 사이, 윤은 쥐고 있던 손끝에 입을 맞췄다. 가느다란 손가락 마디 안쪽과 손바닥 위로 내려간 입술이 손목 안쪽을 눌렀다. 빨갛게 남아 있던 손자국은 다행히 이제 거의 보이지 않았다.

간지러운지 정언이 잠결에 손을 말아 쥐었다. 그게 귀여워 쿡쿡거리자, 결국 한쪽 눈가를 찡그린 정언이 잠긴 목소리로 투덜거렸다.

"자라는 거야, 말라는 거야?"

"원하는 대로 하세요."

윤의 말에 정언이 재차 물었다.

"김 피디는 어느 쪽인데?"

윤은 대답 대신 정언의 손을 만지작거렸다. 체온이 전이돼 따뜻해진 손이 부드러웠다. 윤이 연신 정언의 손을 가지고 장난치다 눈만 들어 웃자 정언이 이마를 툭 박으며 내뱉었다.

"웃지 마, 정들어."

피곤한 기색이 역력했다. 윤은 이불 안으로 정언을 완전히 끌어당겨 안았다. 윤의 품에 파묻힌 정언이 윤을 쳐다보고 있다가 한숨을 쉬었다.

"이제 서른 아냐? 앞자리 바뀌면 예전 같지 않아야 되는데."

"아직 잘 모르겠는데 왜요? 저 어젯밤에 예전 같지 않았어요?"

느물거리며 묻자 대답 대신 정언이 침대 위의 쿠션으로 윤의 입을 틀어막았다. 폭 웃은 윤이 쿠션을 치우자 정언이 팔을 뻗어 윤의 등을 끌어안고는 웅얼거렸다.

"그만하고 더 자."

이쯤이면 잠이 완전히 깰 법도 한데 도저히 불가능한 듯했다. 윤은 정언의 이마 위로 흘러내린 머리칼을 다시 올려 주었다.

"피곤하세요?"

"아닐 거라고 생각하면 양심 없지 않나?"

"좀 그렇죠."

윤은 기꺼이 정언의 비난을 받아들였다. 작게 하품을 한 정언이 낮은 숨을 내쉬었다.

"개편 시작하면 엄청 바빠질 거라 이럴 시간 없어."

"그럼 지금 미리 다 할까요?"

"죽을래?"

나른하던 목소리가 까칠해졌다. 아무리 들어도 방금 그 말은 진심이었다. 윤은 서둘러 변명했다.

"농담이에요."

"방금 그거 하나도 농담 안 같았거든."

당연히 정언의 말대로 농담이 아니긴 했다. 반쯤 비몽사몽인 채로도 그게 분간이 가는 건 정언이 눈치가 빨라서인지, 자신이 감출 의지가 없어서인지 모를 노릇이었다.

"티 많이 났어요?"

심각하게 되묻는 윤에게, 정언이 대답 대신 허리를 있는 힘껏 꼬집었다. 보통은 장난인데 지금은 장난이 아니었다. 윤이 반사적으로 악 소리를 내자 정언이 윤의 등을 한 대 찰싹 때려 주었다. 매운 손길이었으나 웃음이 터졌다. 정언이 자라니까, 하고 내뱉으며 품에 얼굴을 묻었다.

"아직 열 있네."

다시 잠이 든 줄 알았는데, 한참 그러고 있던 정언이 나른하게 웅얼거렸다. 윤은 정언의 머리를 쓰다듬고 있다가 정언에게 속삭였다.

"저 이름 불러 주시면 안 돼요?"

"갑자기 왜."

"어젯밤에 선배가 저 부르실 때 엄청 설렜거든요."

"그만 설레도 되지 않나?"

"죽기 전엔 힘들 것 같은데요."

그 말에 정언이 고개를 들어 윤을 마주 보았다. 아직 잠이 묻은 눈은 도무지 이해가 안 간다는 표정이었다.

"뭐가 그렇게 좋아, 도대체."

"전부 다요."

생각할 필요도 없다는 듯 즉시 대답하자, 한동안 말이 없던 정언이 물었다.

"첫 데이트에서 롤러코스터 타면 성공 확률이 높은 거 알아?"

이런 분위기에서 하기에는 뜬금없는 질문이었다.

"왜요? 놀이기구 타는 거 좋아하세요?"

윤의 물음에 정언이 고개를 가로저었다.

"사람이 순간적인 공포심에 심장이 뛰는 거랑 호감을 구분하기 어렵다고."

"제가 그러고 있다는 얘기죠?"

윤은 웃었다. 정언이 그런 말을 하는 의도가 뭔지 바로 알아차린 까닭이었다. 정언은 간혹 윤에게 그런 말을 할 때가 있었다. 만약에 아무 일도 벌어지지 않았다면, 다른 팀에서 만났으면, 더 평범한 경험을 공유했다면 윤이 자신을 좋아하게 되는 일은 없었을지도 모른다고.

"그럴 수도 있다고."

"아무 일도 안 일어났어도, 세상이 다 멀쩡했어도 전 선배 좋아하게 됐을 거예요."

운명론자는 아니었다. 그러나 다른 말로는 설명할 수 없는 순간이 있다는 걸 알고 있었다. 바로 지금처럼.

"어떻게 확신해?"

정언의 질문에 윤은 심각한 얼굴로 대답했다.

"처음 선배 차 들이받았을 때부터 심장 터질 뻔했거든요."

그 말에 정언이 어이없다는 얼굴로 푹 웃는 소리를 냈다. 가만히 그 얼굴을 보고 있던 윤은 씩 웃었다.

"가끔 이럴 때 알겠어요. 선배가 저 좋아하신다는 거."

정언이 무슨 소리냐는 듯 눈썹을 약간 치켜떴다. 윤은 정언의 코끝에 가볍게 입을 맞췄다.

"일어나지 않을 일 생각하는 취미 없으시잖아요."

잠깐 멈칫하던 정언이 짧게 웃는 소리를 냈다. 못 이기겠다, 하고 중얼거린 정언이 사이를 두었다가 입을 열었다.

"김윤."

정언이 자신의 이름을 부르면 심장이 간질거렸다. 울림소리가 많은 이름이 정언의 목소리로 발음될 때면, 윤은 간혹 지금까지 그 이름을 누구도 부른 적 없는 것처럼 느낄 때가 있었다. 마치 그 이름이 온전히 정언의 것인 양.

"마음의 준비 좀 하게 해 주시면 안 돼요?"

짐짓 가슴 위를 누르며 투덜거리자, 정언이 픽 웃고는 윤의 어깨 너머를 가리켰다.

"커튼 닫아 줄래?"

몸을 일으킨 윤은 창가에 섰다. 짙은 회색의 암막커튼이 묵직하게 창가의 양 끝을 가리고 있었다. 윤은 몸을 조금 내밀어 창밖의 소리에 귀를 기울였다. 바람이 아직 앙상한 가지 사이를 휘돌아 지나가는 소리가 들렸다.

"바람 많이 부네요."

윤은 정언을 돌아보았다. 이불 속에 파묻힌 정언이 입술을 달싹였다.

"그래도 이제 겨울 거의 다 갔어."

"진짜 길었던 것 같아요."

대답하던 윤은 문득 천천히 흩날리는 꽃잎 같은 것을 보았다. 고개를 들어 아직 어둑한 하늘을 보자, 바람을 타고 하얗게 떠도는 입자들이 공기 사이에서 반짝였다.

"어, 눈 오는데요."

아마 이번 겨울의 마지막 눈일 것 같았다. 떨어지는 눈송이를 보고 있던 윤은 커튼을 잡아당겨 닫았다. 순식간에 집 안이 부드러운 어둠으로 휩싸였다.

"더 잘까요?"

다시 침대로 돌아온 윤은 연신 정언의 머리칼이며 귓가, 뺨과 목덜미에 입을 맞췄다.

"오늘은 나가지 말아요."

"자료 볼 거 남았는데……."

"여기서 저랑 보시면 되죠."

정언의 말끝이 맥없이 잠겨들었다. 윤은 그새 다시 반쯤 잠든 정언을 완전히 감싸 안았다. 마른 몸이 품 안에 꼭 맞춘 듯 들어왔다.

"밖은 너무 춥잖아요."

숨소리로 중얼거린 윤은 눈을 감았다. 다시 잠에 빠지기 직전, 겨울이 지나가는 소리가 희미하게 귓가로 아른거렸다. 닫힌 커튼 너머로 사락거리며 눈이 쌓였다.

봄이 가까웠다. 찾아드는 꿈은 이미 따뜻했다.

외전 (2). An ordinary day

영원히 깨지 않기를 바라는 순간이 있다.

커튼 사이로 들어오는 빛에 눈이 뜨였다. 멍한 시선에 흐릿했던 윤곽들은 곧 또렷해졌다. 익숙한 천장, 벽, 창문, 책장, 스탠드, 오디오, 그리고 침대.

재희는 손을 올려 눈을 덮었다. 손바닥 아래로 느껴지는 습기가 차가웠다. 길게 내뱉은 숨이 흩어졌다. 붙잡을 수 없는 기억. 간밤의 꿈은 마치 존재한 적도 없다는 듯 머릿속에서 산산이 부서져 떠돌았다. 원래의 모습조차 잊힌 파편들의 조각은 늘 허무하고 날카로웠다.

오랫동안 그대로 누워 있던 재희는 몸을 일으켰다. 무겁게 내려온 검은색 암막 커튼을 비집고 새어드는 빛에 먼지 입자들이 반짝이며 떠돌았다.

생의 불가항력.

수없이 이런 아침을 반복할 때마다 재희는 그런 것을 생각하곤 했다. 재희는 그날 이후, 자신의 삶 어느 한 부분이 영원히 멈춰 버렸다는 걸 잘 알고 있었다. 결코 되돌릴 수 없고 다시는 움직일 수도 없는 시간들.

어느 날은 살아도 될 것 같았고, 또 어느 날은 죽어야 할 것 같았다. 아무나 제발 자신을 죽여 줬으면 싶은 날이 지나간 뒤에는 살려 달라고 누구에게든 매달리고 싶은 날이 찾아왔다. 지나가면 괜찮아질 거라는 위로들을 애써 믿으려 노력할 때도 있었다. 가끔 이제는 조금 살 만하다고, 어떤 괴로움도 차츰 흐려지기 마련이라고 스스로를 위로하기도 했다.

그러나 절망에는 늘 발소리가 없었다. 눈치채지 못한 사이 등 뒤에 바짝 달라붙어 불현듯 속삭이는 고통에 재희는 쉽게 면역되지 못했다. 그 절망의 전조가 언제나 아름답기에 더욱 그랬다. 간밤의 꿈처럼.

어깨까지 내려오는 긴 머리칼이 손가락 사이를 스치던 감촉, 뺨을 만질 때 전이되던 체온, 동그랗고 반짝이는 눈동자, 입술이 닿는 순간 스미던 숨결과 귓가에서 맴도는 웃음소리.

그런 꿈에서 깨어나는 순간이면 반드시 고통이 목을 졸랐다. 그러나 위험한 걸 알면서도 중독되는 약처럼 재희는 그 전조를 절대 거부하지 못했다. 그게 뭐라도 상관없었다. 신이든, 악마든. 눈을 뜨는 순간이면 지금처럼 흔적조차 없이 사라지는 기억이라도 좋았다.

멍하니 앉아 있던 재희는 다시 한 번 눈가를 문질렀다. 그새 다시 물기 없이 말라 버린 눈이 뻑뻑했다. 핸드폰을 집어 들기 위해 침대 옆의 협탁으로 손을 뻗자, 이미 비어 가벼워진 수면제 병이 바닥으로 떨어져 굴렀다. 안에서 알약 한두 알이 부딪치는 소리가 났다.

재희는 굳이 병을 주우려 하지 않았다. 핸드폰에서 가장 먼저 눈에 들어온 건 현진의 메시지였다.

— 야 너 요새 진짜 엉망이야 주말에 출근하지 마

진짜 엉망이야, 그 구절을 눈으로 되풀이해 읽은 재희는 고개를 들었다. 맞은편의 거울에 비치는 모습이 낯설었다. 피곤한 기색이 역력한 얼굴은 예민하게 날이 선 채였다.

한동안 거울 속의 자신을 마주하고 있던 재희는 시선을 돌리며 오디오의 리모컨 버튼을 눌렀다. 'My funny valentine'의 멜로디가 흘러나오기 시작했다. 의도한 건 아니었다. 이런 날 그다지 좋은 선곡이라는 생각은 들지 않았다.

헛웃음을 뱉은 재희는 오디오의 볼륨을 올렸다. 부드럽고 쓸쓸한 챗 베이커의 목소리가 어둡고 고요한 집 안을 가득 채웠다. 침대에서 일어나 커튼을 젖히자, 아직 회색으로 물든 겨울의 도시가 창밖에서 쓸쓸했다. 저만치 보이는 한강변 위로 엷은 안개가 피어올랐다.

재희는 침대에서 일어나 욕실의 조명을 켰다. 서늘한 공기가 맴돌았다. 재희는 부러 거울을 보지 않았다. 세면대의 수전 레버를 올린 즉시 물이 쏟아졌다. 세면대 아래로 소용돌이치며 흔적 없이 사라지는 물줄기에 시선이 잠시 붙들렸다.

손을 내밀어 받은 물은 차가웠다. 세수를 하는 사이 그나마 남아 있던 간밤의 파편들이 깨끗하게 씻겨 나갔다. 물을 잠그며 얼굴을 숙이자 천천히 떨어지는 물방울이 세면대 위에 투명하게 얼룩졌다.

재희는 눈을 감았다. 무슨 꿈이었는지 지금은 전혀 기억나지 않았다. 하지만 연수의 꿈인 건 분명했다. 확신할 수 있었다.

이대로 다시는 눈을 뜨지 않아도 좋다고 생각하는 건 늘 그때

뿐이었기에.

◆

블라인드를 올리지 않은 거실은 어두웠다. 테이블 위의 커피는 이미 식은 지 오래였다. TV 화면을 채우는 험프리 보가트와 잉그리드 버그만의 무채색 얼굴은 수십 번쯤은 더 본 것일 텐데도 매번 새로웠다.

<카사블랑카>.

연수가 좋아하는 영화였다. 드물게도 쉬는 날이 겹치는 주말이면 나란히 앉아 <카사블랑카>를 보았다. 재희는 이 영화의 결말을 몰랐다. 늘 마지막까지 보지 못하는 탓이었다. DVD 플레이어의 재생 버튼을 누를 때마다 연수는 다짐을 받았다.

「오늘은 결말 물어볼 거야.」

재희는 매번 대답 대신 웃었을 뿐이었다.

'샘, 'As time goes by'를 연주해 줘요(Play it, Sam. Play 'As time goes by').'······ 잉그리드 버그만의 속삭이는 듯한 목소리가 허공을 떠돌았다. 흑백 화면 속 물기 어린 그녀의 눈동자가 아득했다.

잠시 눈을 감자 클래식한 재즈 피아노 소리와 둘리 윌슨의 'As time goes by'가 울려 퍼졌다. 연수는 이 장면을 좋아했다. 연수가 허밍으로 'As time goes by'의 멜로디를 따라 부르며 어깨에 머리를 기댈 때, 재희는 단 한 번도 키스하고 싶다는 충동을 이긴 적이 없었다.

「재희 너 또.」

어깨를 밀어내는 손을 쥐어 깍지를 끼면 연수의 눈이 가늘어졌다.

「내가 나쁜 거 아니거든.」

입술을 댄 채 속삭일 때의 감각이 좋았다. 웃는 소리가 터졌다. 연수는 손가락으로 화면을 가리켰다.

「여기만 보고.」

「싫은데.」

아랫입술을 장난스럽게 깨물며 대답하면 연수는 어쩔 수 없다는 얼굴을 했다. 그리고 키스, 다시, 다시 키스. 소파 위에서 몸이 엉키며 체온이 스미고 달뜬 숨소리가 흩어지면 영화 같은 건 아무래도 좋았다. 가느다란 목덜미에 코끝을 파묻을 때 흐트러지는 머리칼 사이로 희미한 샴푸 향기가 났다.

얇은 티셔츠 아래의 부드러운 몸, 손바닥 아래서 팔딱이는 작은 심장, 연신 귓가를 간지럽히는 호흡, 달고 옅은 살 냄새와 머리칼 사이를 파고드는 가느다란 손가락 끝.

때로 완전히 잊었다고 생각한 감각들은 불시에 선명하게 되살아나곤 했다. 잊기 싫어 몸부림칠 때면 손가락 사이로 빠져나가는 모래처럼 허무하게 사라지던 그 감각들이, 잊어야 한다고 마음먹었을 때면 다시 찾아오는 아이러니는 잔인했다.

재희는 그 불가항력 앞에 항상 순순히 굴복했다. 잊어버리는 건 언제라도 좋았다. 내일일 수도 있었고, 모레일 수도 있었다. 하지만 지금은 아니었다. 지금은 아니어도 괜찮을 것 같았다.

무심코 짚은 소파의 옆자리는 비어 있었다. 서늘한 가죽 커버의 감촉이 그 부재를 증명했다. 머리가 지끈거렸다. 두 손으로 얼굴을 감싸며 재희는 고개를 숙였다. 긴 숨을 내뱉자, 테이블 위의 핸드폰이 진동하기 시작했다. 국제전화였다. 잠시 핸드폰에 뜬 번호를 보고 있던 재희는 재생 정지 버튼을 누르며 전화를 받았다.

『쉬는 날이니?』

어머니의 목소리가 넘어왔다. 재희는 머릿속으로 마지막 통화가 언제였는지 되짚었다. 아마 두 달쯤 전. 빈말로라도 살뜰한 아들이라고는 할 수 없었다.

"네, 어머니."

『토요일이지? 점심은 먹었고?』

"네."

뻔한 거짓말이다. 어머니가 모를 거라는 생각은 들지 않았다. 스튜디오 촬영이 있는 날마다 팀원들이 연예인보다 더 말랐다며 성화였다. 화면으로 보기에도 티가 안 날 리 없었다. 죽으려고 그러는 거면 굶지 말고 차라리 배 터져 죽는 게 낫지 않느냐며 다그치던 정언을 떠올린 재희는 미간을 눌렀다.

『그래. 아들 얼굴 일 년에 한 번 보기도 힘드네.』

웃고는 있지만 서운한 기색이 역력한 말투였다. 그 심정을 모르는 게 아니기에 가슴이 무거워졌다.

"죄송해요."

달리 답할 말도 없었다. 핸드폰 너머에서 짧은 침묵이 지났다.

『그냥 했어. 어제 꿈에서 너 보니까 목소리라도 듣고 싶어서.』

"제가 먼저 해야 되는데……."

『무소식이 희소식이라고 하더라. 텔레비전에서 너 나오는 거 보면 잘 지내나 보다 해.』

"아버지는요?"

『잘 계시지.』

언제나 반복되는 여상한 대화였다. 어머니가 말했다.

『언제 잠깐 왔다 가. 아버지가 너 보고 싶다 소리를 다 한다.』

"일이 워낙 많아서요. 회사도 시끄럽고요. 좀 안정돼야 휴가 낼 수 있을 것 같아요. 휴가 내면 올해는 한 번 갈게요."

장담하지 못하는 공수표도 늘 같았다. 그러나 말이 없는 아버지가 자신을 보고 싶다고 한다는 건 뜻밖이었다. 머릿속으로 몇 달 앞까지 이미 꽉 채워진 스케줄을 생각하며 대답하자, 어머니가 웃었다.

『거짓말인 거 알아도 또 속네.』

그 단어들은 표면을 맴돌았다. 어머니가 진짜 하고 싶은 말은 그런 게 아니라는 걸 재희는 잘 알고 있었다.

어머니는 재희가 이 집에서 혼자 사는 것을 좋아하지 않았다. 연수와의 삶을 준비하던 신혼집인 탓이었다. 발품을 오래 팔아 구한 집이었다. 서로의 취향으로 가구를 맞추고 인테리어를 했다. 소품 하나까지도 연수의 흔적이 그대로 남아 있는 건 당연했다.

가족들은 오래 전부터 재희가 방송국 일을 그만두고 미국에서 자리 잡기를 바랐다. 연수가 죽은 뒤로는 더 그랬다.

아버지는 재희가 미국에 들어오기만 한다면 무슨 지원이든 하겠다고까지 말했다. 학교를 다시 다녀도 좋고, 사업을 해도 좋고, 가게를 내도 좋다고 했다. 만나 보라고 들이민 여자만 수십 명이었다. 그러나 재희의 고집을 꺾을 수 있는 사람은 아무도 없었다.

『재희야.』

"네."

무슨 말인가를 하려던 듯 잠시 사이를 둔 어머니가 당부했다.

『……뭐 잘 챙겨 먹고, 건강하고.』

"어머니도요."

재희가 대답하자 그래, 하는 말과 함께 전화가 끊어졌다. 짧은 통화가 끝나자 집 안은 다시 적막하게 가라앉았다. 재희는 소파 위에 쓰러지듯 누웠다. 멈춰 있던 <카사블랑카> 화면에 눈을 주었으나 더 이상 볼 기분이 나지 않았다.

피곤했다. 몸이 그대로 바닥으로 꺼져 들어가는 것 같았다. 재희는 손을 뻗어 테이블 위를 굴러다니는 수면제 병을 집어 들었다. 처음에는 매일, 그리고 사흘, 나흘, 일주일, 보름, 한 달. 수면제가 필요한 주기는 점차 길어졌지만 여전히 잠이 들기까지의 시간은 괴로웠다.

물도 없이 입 안에 밀어 넣은 작은 알약이 이 사이에서 오독거리며 부서졌다. 마른 혀 위로 아릿하게 쓴맛이 번졌다. 머릿속이 곧 몽롱해졌다. 흐릿해지는 시야 사이로 멈춰 있는 잉그리드 버그만의 얼굴이 서서히 그 또렷한 윤곽을 무너뜨렸다.

「카사블랑카가 무슨 뜻인지 알아?」

나른한 목소리가 귓가에 속삭였다. 언젠가의 기억 속 파편들은 때로 이렇게 갑작스럽게 되살아났다.

어느 주말 밤이었다. 침실의 열린 문 너머로 거실에서 흘러나오는 <카사블랑카>의 대사들이 멀게 넘어오던 순간.

침대 위에 나란히 누워 맞댄 몸은 따뜻했다. 어두운 침실 안에 아직 남은 열기가 떠돌았다. 잠든 줄 알았던 연수가 문득 그렇게 물었다. 재희는 고개를 저었다.

「아니.」

「하얀 집. 모로코 카사블랑카엔 오래 전부터 하얀 집들이 많았대.」

재희는 대답 대신 부드러운 머리칼을 만졌다. 흰 어깨와 목덜미 위로 입을 맞추고 손끝으로 귓가와 뺨을 덧그리며 열중하는 사이 연수의 단어들은 그대로 흘러갔다. 연수가 짐짓 엄한 얼굴을 했다.

「너 내가 방금 뭐라고 했는지 말해 봐.」

「관대하게 용서해 주시죠. 하나도 안 듣고 있는 거 알았어?」

변명은 필요하지 않았다. 순순히 자백하는 재희에게 연수는 눈을 흘겼다. 재희의 두 뺨을 잡아 늘린 연수가 가볍게 입을 맞췄다. 코앞에서 자신을 들여다보는 눈동자가 맑았다. 만져 볼 수 있다면 그렇게 하고 싶을 만큼. 연수는 턱을 괴며 재희의 얼굴을 만지다 손을 멈췄다.

「신혼여행은 거기로 갈까?」

「침대만 있으면 아무 데나 상관없어.」

무심하게 대답한 말에 연수는 짐짓 한숨을 쉬었다.

「너 이러는 거 남들이 알아야 되는데.」

「너만 알라고 이러는 거야.」

연수가 웃음을 터트렸다. 가는 팔이 허리를 안아 왔다. 품으로 파고드는 몸을 당겨 안자 그 동그란 눈매가 휘었다. 연수의 입술이 움직였다. 그때 분명 무슨 말인가를 했었는데.

기억이 나지 않았다.

떠올려 보려 노력했지만 소용이 없었다. 필름이 끊긴 영화처럼 기억의 한 장면은 순식간에 암전됐다. 재희는 팔을 올려 눈가를 가렸다. 의식이 아득하게 잠겨들었다. 잠들기 전이면 늘 하는 생각이 머릿속을 스쳤다.

다시 눈을 뜰 수 있을까.

그러나 결론은 언제나 같았다.

어느 쪽이든 상관없다고.

◆

눈을 뜨자 장식장 위의 디지털시계에 선명한 글자들이 하나씩 읽혔다. S, U, N, AM, 7:02. 일요일. 재희는 기억을 더듬었다. 잠든 건 아마 토요일 오후였을 것이다. 반나절이 그대로 사라졌다는 사실을 깨닫는 일은 늘 그리 유쾌하지 않았다.

소파 위에서 그대로 웅크리고 잠들었던 탓인지 목이 아팠다. 감기에 걸리면 안 되는데, 속으로 중얼거린 재희는 몸을 일으켰다. 두통이 있었다. 허기는 느껴지지 않았다.

아무렇게나 던져 놓았던 핸드폰의 표시등이 소파 아래서 깜빡였다. 몇 통의 부재중 전화는 대부분 중요하지 않았다. 취재 상황과 스케줄을 보고하는 메시지들을 확인한 재희는 긴 숨을 뱉었다.

자리에서 일어난 재희는 냉장고에서 꺼낸 우유 한 팩을 뜯고 시리얼을 부었다. 입 안에 남은 수면제의 흔적이 아직도 썼다. 종이를 씹듯 아무 맛도 느껴지지 않는 시리얼 한 그릇을 비운 재희는 욕실로 들어섰다.

샤워부스 안에서 뜨거운 물을 틀자 거울이 흐려졌다. 얼굴이 보이지 않는 편이 좋았다. 쏟아지는 물줄기 아래서 잠시 머릿속이 가라앉았다. 재희는 벽을 짚은 채 고개를 숙이며 바닥을 보았다. 샤워기에서 떨어지는 물은 세찬 빗소리를 냈다.

그날은 유독 심하게 비가 내렸다. 공항으로 가는 길은 많이 막혔다. 차체를 두드리는 빗소리와 섞여 마일스 데이비스의 <Round about midnight> 앨범이 내내 차 안에서 돌아갔다. 연수도 좋아하는 앨범이었다. 농담처럼 서로 그건 외울 만큼 들었다고 말할 정도였다.

그러나 그날 이후 재희는 단 한 번도 그 앨범을 다시 듣지 않았다. 불현듯 'Bye bye blackbird'의 멜로디가 쏟아지는 물줄기 사이로 떠도는 환청이 들렸다. 잠시 숨을 쉬는 것조차 잊고 있던 재희는 급히 수전 레버를 내렸다. 막힌 숨이 터지며 가벼운 현기증이 일었다.

멍하니 서 있던 재희는 고개를 들었다. 흐릿해진 거울 너머로 지친 얼굴이 눈에 들어왔다. 짧은 한숨을 쉰 재희는 서둘러 면도와 양치를 마치고 욕실을 나섰다. 젖은 머리를 털며 옷장 문을 열자 무채색의 옷들이 눈에 들어왔다.

한동안 눈으로 정갈하게 걸린 옷을 훑어보던 재희는 자주 입는 블랙 진에 하늘색 스트라이프 셔츠를 골랐다. 한동안 이렇게 밝은 옷은 거의 입은 적이 없었다. 공들여 머리를 만지고 향수를 뿌리자 베르가못과 만다린 오렌지, 블랙커런트의 산뜻한 탑 노트가 흩어졌다.

커튼을 젖히고 창을 열기 무섭게 아직 차가운 공기가 순식간에 집 안으로 밀려들었다. 재희는 창가에 손을 짚으며 밖을 보았다. 하늘이 파랗게 보였다. 멀리 한강변 너머까지 또렷했다. 드라이브하기엔 더할 나위 없는 날씨였다.

창을 닫은 재희는 옅은 회색 코트를 입었다. 차 키를 집어 들며 집을 나서는 등 뒤로 도어록이 걸리는 소리가 희미했다. 아파트 단지를 나선 재희가 가장 먼저 들른 곳은 단지 입구의 꽃집이었다.

재희는 가게 문을 열었다. 일요일 이른 오전의 손님을 예상하지 못했는지, 커피를 마시던 젊은 아가씨가 놀란 얼굴로 자리에서 벌떡 일어났다. 난방이 잘 된 작은 가게 안에서 생화의 생생하고 날카로운 향과 희미한 물비린내가 밀려들었다. 안녕하세요, 하고 가벼운 인사를 건네자 아가씨가 물었다.

"찾으시는 거 있으세요?"

붙임성 좋은 말투에 재희는 씩 웃으며 대답했다.

"꽃다발 하나 하려고 하거든요. 작은 거."

"여자 친구분한테 선물하시는구나."

넘겨짚은 말은 그다지 기분 나쁘게 들리지 않았다.

"어떻게 아셨어요?"

농담처럼 되묻자 아가씨가 그럴 줄 알았다는 듯 호들갑을 떨었다.

"에이, 딱 봐도 데이트하러 가시는데요. 여자 친구분 좋으시겠다. 무슨 꽃 좋아하세요? 장미로 드릴까요? 너무 흔하면 라넌큘러스도 좋은데. 리시안셔스도 새벽에 들어왔어요. 좀 특이한 거 좋아하시면 델피늄이랑 디디스커스 같이하셔도 예뻐요."

발음조차 낯선 꽃들의 이름이 쏟아졌다. 재희는 잠시 망설이다 물었다.

"카사블랑카 있나요?"

"카사블랑카요?"

눈을 동그랗게 뜬 아가씨는 곧 웃었다.

"되게 미인이신가 봐요. 카사블랑카 잘 어울리는 분들은 다 예쁘시더라고요."

몸을 돌린 아가씨가 곧 수많은 꽃들 사이에서 새하얀 카사블랑카 몇 송이를 뽑아냈다. 꽃을 배열하고 포장지를 두르는 손길이 야무졌다. 마지막으로 흰색과 핑크색 리본을 꼼꼼하게 묶은 아가씨가 재희에게 꽃다발을 안겨 주었다.

"데이트 즐겁게 하세요."

결제하고 돌아서자 등 뒤로 싹싹한 인사가 따라왔다. 네, 하고 대답한 재희는 품에 안긴 꽃다발을 내려다보았다. 찬 공기 사이로 백합 특유의 향이 싸하게 번졌다. 주차장에 세워 둔 차에 시동을 건 재희는 조수석에 꽃다발을 내려두고는 카 오디오의 버튼을 눌렀다. 꽤 오랫동안 듣고 있는 델로니어스 몽크의 앨범이 익숙하게 흘러나오기 시작했다.

일요일 이른 오전의 도로는 한산했다. 40분쯤 달려 도착한 곳은 한적한 공원이었다. 차를 세운 재희는 꽃다발을 들고 내렸다. 이미 자주 왔던 곳이라 길은 익숙했다. 공원을 가로질러 안쪽으로 들어가자 큰 벽처럼 세워진 야외 봉안당이 눈에 들어왔다.

일정한 규격대로 나눠진 칸들이 끝없이 뻗어 있었다. 모두 똑같이 생긴 칸이었으나, 재희의 시선은 정확히 한곳에 머물렀다.

지연수.

이름 세 글자만이 적힌 조그마한 칸 위에 손을 대자 대리석의 싸늘한 감촉이 스몄다. 연수의 어머니는 생전에도 답답한 걸 못 참던 애가 봉안당 안에 갇혀 있는 건 싫다며 일부러 야외 봉안당이 있는 곳을 골랐다고 했다. 연수가 있는 자리는 볕이 잘 드는 남향이었다.

"날씨 진짜 좋다."

들을 사람이 없는 말을 중얼거린 재희는 비어 있는 헌화대 위에 꽃다발을 내려놓으며 곁에 걸터앉았다. 그 작은 칸 안에 연수가 있다는 걸 아직도 실감할 수 없었다.

"그새를 못 참고 그렇게 보고 싶다고 시위를 하냐, 넌."

짐짓 투정을 부린 재희는 낮은 한숨을 쉬었다. 차가운 공기 속으로 입김이 하얗게 흩어졌다.

"정말 바빴다니까. 알잖아. 일 끝나고 이번 주에 처음 쉬는 건데 어떻게 사람을 이렇게 만들어. 그러다 나 진짜 너 보고 싶어서 미치겠다고 확 죽어 버리면 미안해서 내 얼굴 어떻게 볼래?"

나지막한 목소리 끝이 잠겼다. 소파에서 잠들었던 탓일 거라고 재희는 애써 생각했다.

"일요일 아침부터 엄청 멋 부리고 왔으니까 좀 용서해 줘."

재희는 머리칼을 쓸어 올렸다. 모래처럼 흘러내리는 머리칼 사이로 손목에 뿌린 향수의 향이 옅게 떠돌았다. 오래전 연수가 선물한 것이었다. 이런 거 안 쓴다고 투덜거리자 연수는 깔깔대며 웃었다.

「그러니까 나 만날 때만 뿌려. 괜히 다른 여자 좋은 일 시키지 말고.」

재희는 지금까지 그 말을 단 한 번도 어기지 않았다. 그 농담 같은 말이 그렇게 되리라고는 생각한 적 없었다. 아마 연수도 마찬가지였을 터였다.

오랫동안 침묵하던 재희는 입술을 달싹였다.

"연수야."

오랜만에 불러 보는 이름은 날이 선 칼처럼 입 안을 굴렀다. 싸늘한 침묵이 고요한 추모공원 안을 지나쳤다.

"연수야, 지연수."

재희는 거의 숨소리처럼 속삭였다. 듣는 사람이 없는데도 그 이름을 크게 말할 수 없었다. 문득 코트 주머니 속의 핸드폰이 진동하기 시작했다. 재희는 핸드폰을 꺼냈다. 액정에 정언의 이름이 선명했다. 잠시 그 이름을 물끄러미 내려다보던 재희는 전화를 받았다.

『쉬는데 아침부터 미안해요. 스케줄 확인 때문에…….』

전화를 받기 무섭게 용건부터 꺼내던 정언이 갑자기 말을 멈췄다.

『밖이에요?』

어떻게 알았을까. 가끔 깜짝 놀랄 정도로 눈치가 빠른 정언이었다. 응, 하고 대답하자 정언이 놀란 듯 물었다.

『이 시간에? 어딘데?』

"데이트."

『데이트?』

되물은 정언은 혀를 찼다.

『또 어떤 여자 인생 망치는 중인데요?』

"그래서 인생 망치기 싫으면 나 그만 좋아하라고 설득하는 중이야."

핸드폰 너머에서 웃는 소리가 돌아왔다.

『제발 그래야 되는데.』

"내가 너무 매력 있어서 쉽지가 않다. 이따 다시 전화할게."

그래요, 하고 대답한 정언이 전화를 끊었다. 재희는 끊긴 전화를 한동안 내려다보다 핸드폰을 다시 코트 주머니에 쑤셔 넣었다. 발끝으로 무심히 바닥을 두어 번 찬 재희는 고개를 들었다.

"들었지? 너 이제 나 그만 좋아하면 안 되냐?"

대답 없는 물음이었다. 재희는 한동안 침묵했다.

"난 그럴 수가 없으니까, 너라도……."

긴 사이를 두고 중얼거린 단어들은 허무하게 떨어졌다. 열없이 웃은 재희는 두 손으로 얼굴을 감쌌다. 텅 빈 공원 안에 하얀 햇살이 쏟아지며 눈부시게 부서졌다.

이미 완결된 시간들은 과거에 머물러야 했다. 그러나 재희는 자신의 일부가 그 박제된 시간 안에 갇혀 버렸다는 걸 알고 있었다. 정지한 채로 영원히 유지되는 어떤 삶의 순간들. 거기 계속해서 남아 있는 한 흐르지 않는 시간들은 자신을 이대로 서서히 죽여 갈 게 분명했다.

그러나 알면서도 떠난다는 건 불가능했다. 창문도, 문도 없는 성벽을 쌓아 올리며 재희는 기꺼이 여기 자신을 가두기를 선택했다. 고통은 늘 지독하고 달콤했다. 벗어날 방법 같은 건 생각해 본 적조차 없었다.

재희는 오랫동안 그대로 앉은 채 움직이지 않았다.

언제나와 같은 어느 하루였다.

■ 참고문헌 ■

고혜림, 『방송프로그램 구성실습』, 커뮤니케이션북스, 2006.

고혜림, 『방송구성작가 되기』, 커뮤니케이션북스, 2006.

김강석, 『TV 뉴스 편집: 커뮤니케이션이해총서』, 커뮤니케이션북스, 2014.

김상우·이정헌·김민, 『방송기자의 모든 것: 현장에서 배우는 취재 촬영 편집 보도 A to Z』, 페이퍼로드, 2012.

김어준, 지승호 편, 『닥치고 정치』, 푸른숲, 2011.

김종철, 『폭력의 자유: 해직기자 김종철의 젊은이를 위한 한국 현대언론사』, 시사IN북, 2013.

김주완, 『대한민국 지역신문 기자로 살아가기』, 커뮤니케이션북스, 2007.

김주완, 『SNS시대 지역신문 기자로 살아남기』, 커뮤니케이션북스, 2012.

노종면, 『노종면의 돌파: <돌발영상>에서 <뉴스타파>까지』, 퍼플카우, 2012.

마이라 맥퍼슨, 이광일 역, 『모든 정부는 거짓말을 한다: 20세기 진보 언론의 영웅 이지 스톤 평전』, 문학동네, 2012.

민주사회를 위한 변호사모임, 『쫄지 마 형사절차 수사편: 민변 변호사들이 쓴 수사 완전정복』, 생각의길, 2015.

박성제, 『어쩌다 보니, 그러다 보니』, 푸른숲, 2014.

박성제, 『권력과 언론: 기레기 저널리즘의 시대』, 창비, 2017.

박원달, 『프로듀서는 기획으로 말한다』, 커뮤니케이션북스, 2006.

박현수, 『탐사보도와 CAR 실무』, 커뮤니케이션북스, 2005.

배종대, 『PD로 가는 길』, 박문각, 2004.

심길중, 『텔레비전제작론』, 한울아카데미, 2016.

안민석, 『끝나지 않은 전쟁: 최순실 국정농단 천 일의 추적기』, 위즈덤하우스, 2017.

안태근, 『나는 PD다』, 스토리하우스, 2013.

우장균, 『다시 자유언론의 현장에서』, 나남, 2011.

윤영식, 『부동산개발론: 이론과 실무』, 교육과학사, 2016.

윤활식·장윤환 외 23명, 『1975: 유신 독재에 도전한 언론인들 이야기』, 인카운터, 2013.

원용진·홍성일·방희경, 『PD 저널리즘』, 한나래, 2008.

이대희, 『도로교통사고감정사: 교통사고 조사 분석서 작성 및 재현실무』, 좋은땅, 2012.

이상우, 『권력은 짧고 언론은 영원하다』, 커뮤니케이션북스, 2010.

이용마, 『세상은 바꿀 수 있습니다—지금까지 MBC 뉴스 이용마입니다』, 창비, 2017.

이정란, 『방송작가가 말하는 방송작가』, 부키, 2007.

이진이, 『한국 TV 다큐멘터리 포맷: 커뮤니케이션이해총서』, 커뮤니케이션북스, 2016.

임경빈, 『뉴스가 위로가 되는 이상한 시대입니다』, 부키, 2017.

정구언, 『TV 시스템 운용과 영상제작』, 청문각, 2007.

정용재, 정희상·구영식 편, 『검사와 스폰서, 묻어버린 진실』, 책보세, 2001.

정재홍, 『악! 소리나는 이야기: PD수첩 해고작가 정재홍의 진실탐사 12년』, 미다스북스, 2012.

주진우, 『주기자: 주진우의 정통시사활극』, 푸른숲, 2012.

주진우, 『주진우의 사법활극』, 푸른숲, 2015.

주진우, 『주진우의 이명박 추격기: 저수지를 찾아라』, 푸른숲, 2017.

최승호·지승호, 『정권이 아닌 약자의 편에 서라』, 철수와영희, 2014.

크릭앤리버, 『큐, 나는 방송이 좋다: 방송국 53인의 생생 인터뷰』, 크릭앤리버코리아, 2012.

한겨레 특별취재반, 『최순실 게이트: 기자들, 대통령을 끌어내리다』, 돌베개, 2017.

한국탐사언론인회, 『세상을 깊게 보는 눈』, 황금부엉이, 2007.

한국탐사저널리즘센터(뉴스타파), 『뉴스타파: 포기하지 않는 눈』, 책담, 2017.

SBS 그것이 알고 싶다 제작진, 『그것이 알고 싶다: 한국 사회를 보는 힘』, 커뮤니케이션북스, 2004.

SBS 그것이 알고 싶다 제작진, 『그것이 알고 싶다: 세상을 보는 진실의 눈』, 엘릭시르, 2015.

PD수첩 제작진·지승호, 『PD수첩: 진실의 목격자들』, 북폴리오, 2010.

PD수첩 제작진, 『응답하라! PD수첩: PD수첩에 가해진 폭력과 저항의 기록』, 휴먼큐브, 2012.

■ 기타

『공범자들』, 2017.
『저수지게임』, 2017.
『1987』, 2018.

JTBC 『이규연의 스포트라이트』 119회, <폭로! 민간인 사찰과 조작의 실체>, 2017.10.12. 외
SBS 『김어준의 블랙하우스』, 2017.11.4. 외
SBS 『그것이 알고 싶다』 1097회, <몸통은 응답하라-방송 장악과 언론인 사찰의 실제>, 2017.10.21. 외
MBC 『탐사기획 스트레이트』 2회, <단독입수, 삼성-언론 유착 문자>, 2018.3.4. 외

TBS FM 『김어준의 뉴스공장』
유튜브 채널 마봉춘세탁소, 전국언론노동조합, 한겨레TV 『김어준의 파파이스』, NewBC 『뉴스신세계』 외